dtv

Kommissar Wallander steht vor dem bislang kompliziertesten Fall seiner Karriere. Alles beginnt mit dem spurlosen Verschwinden einer schwedischen Immobilienmaklerin – doch schon bald weisen immer mehr Details auf ein teuflisches Komplott von internationalen Dimensionen hin. Als es Wallander schließlich gelingt, die Details zu einem Bild zusammenzuführen, weiß er, daß es nicht mehr nur um das Wohl Einzelner geht, sondern das Schicksal von Hunderttausenden auf dem Spiel steht ...

Henning Mankell, geboren 1948 in Härjedalen, ist einer der angesehensten und meistgelesenen schwedischen Schriftsteller. Er lebt als Regisseur und Autor in Maputo/Mosambik. Für seine Bücher wurde er mehrfach ausgezeichnet, unter anderem von der Schwedischen Akademie für Kriminalliteratur. Auf deutsch sind von Mankell erschienen: ›Mörder ohne Gesicht‹ (1991, dt. 1993), ›Hunde von Riga‹ (1992, dt. 1993), ›Die weiße Löwin‹ (1993, dt. 1995), ›Der Mann, der lächelte‹ (1994, dt. 2001), ›Die falsche Fährte‹ (1995, dt. 1999), ›Die fünfte Frau‹ (1996, dt. 1998), ›Mittsommermord‹ (1997, dt. 2000) sowie ›Die Brandmauer‹ (1998, dt. 2001), Kriminalromane. Außerdem: ›Der Chronist der Winde‹ (1995, dt. 2000) und ›Die rote Antilope‹ (2000, dt. 2001), Romane.

Henning Mankell
Die weiße Löwin

Roman

Aus dem Schwedischen von
Erik Gloßmann

Deutscher Taschenbuch Verlag

Kurt Wallanders Fälle in chronologischer Folge:

Ungekürzte Ausgabe
Juli 1998
19. Auflage November 2001
Deutscher Taschenbuch Verlag GmbH & Co. KG,
München
www.dtv.de
© 1993 Henning Mankell
Titel der schwedischen Originalausgabe:
›Den vita lejoninnan‹ (Ordfront Verlag, Stockholm 1993)
© 1995 der deutschsprachigen Ausgabe:
edition q Verlags-GmbH, Berlin
Umschlagkonzept: Balk & Brumshagen
Umschlaggestaltung unter Verwendung
eines Gemäldes von Christen Købke
Satz: KCS GmbH, Buchholz/Hamburg
Gesetzt aus der Aldus 9,5/11,25˙ (QuarkXPress)
Druck und Bindung: Druckerei C. H. Beck, Nördlingen
Gedruckt auf säurefreiem, chlorfrei gebleichtem Papier
Printed in Germany · ISBN 3-423-20150-9

»Solange wir fortfahren, die Menschen in unserem Land aufgrund ihrer Hautfarbe unterschiedlich zu bewerten, werden wir an dem leiden, was Sokrates die Lüge in der Tiefe unserer Seele nennt.«

Südafrikas Premierminister Jan Hofmeyr, 1946

»Angurumapo simba, mcheza nani?«
(Wer wagt zu spielen, wenn der Löwe brüllt?)

Afrikanisches Sprichwort

Prolog

Südafrika 1918

Am späten Nachmittag des 21. April 1918 trafen sich drei junge Männer in einem unauffälligen Café im Johannesburger Stadtteil Kensington. Der jüngste, Werner van der Merwe, hatte gerade seinen neunzehnten Geburtstag hinter sich. Der älteste, Henning Klopper, war zweiundzwanzig. Der dritte Mann in der Gesellschaft hieß Hans du Pleiss und würde in wenigen Wochen zweiundzwanzig werden. Gerade an diesem Tag hatten sie sich zusammengefunden, um seine Geburtstagsfeier zu planen. Keiner von ihnen dachte daran oder hatte auch nur die leiseste Ahnung, daß ihr Treffen in dem Café in Kensington historische Bedeutung erlangen sollte. Hans du Pleiss' Geburtstagsfeier kam an diesem Nachmittag gar nicht zur Sprache. Nicht einmal Henning Klopper, der jenen Vorschlag machte, der in der Perspektive die ganze südafrikanische Gesellschaft verändern würde, hatte eine Vorstellung vom Umfang oder den Konsequenzen seiner eigenen, noch nicht ausgereiften Gedanken.

Sie waren drei junge Männer, die sich in Charakter und Temperament sehr unterschieden. Etwas aber hatten sie gemeinsam. Etwas ganz Entscheidendes. Sie waren Buren. Alle drei stammten sie aus Familien, deren Vorfahren mit einer der ersten großen Einwanderungswellen heimatloser holländischer Hugenotten in den achtziger Jahren des 17. Jahrhunderts nach Südafrika gekommen waren. Als der englische Einfluß in Südafrika wuchs und schließlich die Form offener Unterdrückung annahm, hatten sich die Buren mit Ochsenwagen auf ihre lange Fahrt in das Innere des Landes begeben, zu den unendlichen Ebenen in Transvaal und Orange. Für diese drei jungen Männer wie für alle Buren waren Freiheit und Unabhängigkeit die Voraussetzung, daß ihre Sprache und Kultur nicht untergehen würden. Die Freiheit garantierte, daß keine unerwünschte Verschmelzung mit der verhaßten englischstämmigen Bevölkerung erfolgte oder gar mit den Schwarzen oder der indischen Minderheit, die sich vor allem vom Handel in Küstenstädten wie Durban, Port Elizabeth und Kapstadt ernährte.

Henning Klopper, Werner van der Merwe und Hans du Pleiss waren Buren. Das war eine Tatsache, die sie nie vergessen oder verdrängen konnten. Das war vor allem etwas, worauf sie stolz waren. Von frühester Kindheit an hatten sie gelernt, daß sie zu einem auserwählten Volk gehörten. Aber gleichzeitig waren das Selbstverständlichkeiten, die sie selten berührten, wenn sie sich täglich in dem kleinen Café trafen. Das Bewußtsein ihrer Herkunft existierte einfach, als eine unsichtbare Voraussetzung ihrer Freundschaft und Vertrautheit, ihrer Gedanken und Gefühle.

Sie trafen sich nach Feierabend in dem kleinen Café, weil sie alle als Büroangestellte bei der Südafrikanischen Eisenbahngesellschaft arbeiteten. Gewöhnlich sprachen sie über Mädchen, über Zukunftsträume, über den großen Krieg, der in Europa seinen Höhepunkt erreicht hatte. Aber gerade an diesem Tag saß Henning Klopper in gedankenvolles Schweigen versunken. Die anderen sahen ihn verwundert an, denn sonst war er immer der Gesprächigste von ihnen gewesen.

»Bist du krank?« fragte Hans du Pleiss. »Hast du Malaria?«

Henning Klopper schüttelte abwesend den Kopf, ohne zu antworten.

Hans du Pleiss zuckte die Schultern und wandte sich Werner van der Merwe zu.

»Er denkt nach«, sagte Werner. »Er überlegt, wie er schon in diesem Jahr sein Gehalt von vier auf sechs Pfund im Monat erhöhen kann.« Das war eines ihrer ständig wiederkehrenden Gesprächsthemen, wie sie ihre unwilligen Chefs davon überzeugen konnten, ihre mageren Bezüge aufzubessern. Keiner von ihnen zweifelte daran, daß ihre Karrieren bei der Südafrikanischen Eisenbahngesellschaft sie auf längere Sicht auf verschiedene Spitzenpositionen bringen würden. Alle drei verfügten über ein gesundes Selbstvertrauen, waren intelligent und energisch. Ihr Problem war, daß es unerträglich lange dauerte, bis sie erreichten, was ihnen ihrer Auffassung nach zustand.

Henning Klopper nahm einen Schluck aus seiner Kaffeetasse. Mit den Fingerspitzen prüfte er, ob sein hoher weißer Kragen richtig saß. Dann strich er sich langsam über das ordentlich gekämmte, in der Mitte gescheitelte Haar.

»Ich möchte euch etwas erzählen, was sich vor vierzig Jahren zugetragen hat«, sagte er langsam.

Werner van der Merwe starrte ihn durch seine randlosen Brillengläser an.

»Du bist zu jung, Henning«, sagte er. »In achtzehn Jahren kannst du uns Geschichten von vierzig Jahren zuvor erzählen. Aber jetzt noch nicht.«

Henning Klopper schüttelte den Kopf.

»Es geht nicht um meine Erinnerungen«, erwiderte er. »Es geht weder um mich noch um meine Familie. Ich rede von einem englischen Sergeanten namens George Stratton.«

Hans du Pleiss unterbrach seinen Versuch, ein Zigarillo anzuzünden.

»Seit wann interessierst du dich für Engländer?« fragte er. »Ein guter Engländer ist ein toter Engländer, egal ob Sergeant, Politiker oder Grubenaufseher.«

»Er ist tot«, sagte Henning Klopper. »Sergeant George Stratton ist tot. Du brauchst dir keine Gedanken zu machen. Gerade von seinem Tod will ich ja erzählen. Er starb vor vierzig Jahren.«

Hans du Pleiss öffnete den Mund, um einen weiteren Einwand vorzubringen, aber Werner van der Merwe legte ihm schnell die Hand auf die Schulter.

»Warte«, sagte er. »Laß Henning erzählen.«

Henning Klopper trank noch einen Schluck Kaffee und tupfte sich den Mund und den dünnen, hellen Schnurrbart sorgfältig mit einer Serviette ab.

»Es war im April 1878«, begann er. »Während des britischen Krieges gegen die aufrührerischen afrikanischen Stämme.«

»Der Krieg, den sie verloren haben«, sagte Hans du Pleiss. »Nur die Engländer können einen Krieg gegen Wilde verlieren. Bei Isandlwana und Rorke's Drift zeigte die englische Armee, wozu sie in Wahrheit taugt. Nämlich, sich von Wilden massakrieren zu lassen.«

»Laß ihn doch weiterreden«, sagte Werner van der Merwe. »Unterbrich doch nicht immer.«

»Was ich erzählen will, geschah irgendwo in der Nähe des Buffalo River«, fuhr Henning Klopper fort. »Die Eingeborenen nennen den Fluß Gongqo. Die Abteilung Mounted Rifles, für die Stratton verantwortlich war, hatte auf einem freien Feld unweit des Flusses ihr Lager aufgeschlagen und war in Stellung gegangen. Vor ihnen lag ein Höhenzug, an dessen Namen ich mich nicht mehr erinnere. Hinter dem Berg jedoch wartete eine Gruppe Xhosakrieger. Sie waren nicht viele und schlecht ausgerüstet. Strattons Soldaten mußten sich nicht beunruhigt fühlen. Ausgesandte Späher hatten versichert, daß das Xhosaheer unorganisiert war und einen Rückzug vorzubereiten schien. Außerdem erwarteten Stratton und seine Offiziere an diesem Tag Verstärkung durch mindestens ein Bataillon.

Aber plötzlich geschah etwas mit Sergeant Stratton, der sonst bekannt dafür war, daß er nie die Ruhe verlor. Er begann umherzulaufen und sich von seinen Soldaten zu verabschieden. Alle, die ihn sahen, haben berichtet, daß es schien, als sei er von einem plötzlichen Fieber befallen worden. Dann zog er seine Pistole und schoß sich in den Kopf, vor seinen Soldaten. Er war sechsundzwanzig, als er am Buffalo River starb. Vier Jahre älter, als ich heute bin.«

Henning Klopper verstummte abrupt, als ob das Ende der Geschichte auch ihn überrascht hätte. Hans du Pleiss formte aus dem Rauch seines Zigarillos einen Ring und schien eine Fortsetzung zu erwarten. Werner van der Merwe schnippste mit den Fingern nach dem schwarzen Servierer, der im anderen Winkel des Lokals einen Tisch abwischte.

»War das alles?« fragte Hans du Pleiss.

»Ja«, antwortete Henning Klopper. »Reicht das nicht?«

»Ich glaube, wir brauchen mehr Kaffee«, sagte Werner van der Merwe.

Der schwarze Servierer, der auf einem Bein hinkte, nahm die Bestellung mit einer Verbeugung entgegen und verschwand durch die Schwingtür zur Küche.

»Warum erzählst du von einem englischen Sergeanten, der

einen Sonnenstich bekommt und sich erschießt?« fragte Hans du Pleiss.

Henning Klopper betrachtete erstaunt seine Freunde.

»Versteht ihr nicht? Versteht ihr wirklich nicht?«

Seine Verwunderung war echt, da gab es nichts Gespieltes oder Aufgesetztes. Als er die Geschichte über Sergeant Stratton zufällig in einer Zeitschrift in seinem Elternhaus entdeckt hatte, war ihm sofort klargeworden, daß sie ihm etwas bedeutete. Es schien ihm, als könne er in Sergeant Strattons Schicksal sein eigenes sehen. Der Gedanke hatte ihn anfangs verwirrt, weil er so unwahrscheinlich war. Was konnte er mit einem Sergeanten der englischen Armee, der ganz offensichtlich wahnsinnig geworden war und die Revolvermündung auf die Stirn gerichtet und abgedrückt hatte, gemeinsam haben?

Eigentlich war es nicht die Beschreibung von Strattons Schicksal, die seine Aufmerksamkeit gefesselt hatte. Es waren die letzten Zeilen des Artikels. Ein einfacher Soldat, der Zeuge des Vorfalls gewesen war, hatte viel später berichtet, Sergeant Stratton habe an seinem letzten Tag pausenlos einige Worte vor sich hin gemurmelt, immer wieder, als handele es sich um eine Beschwörung. *Lieber begehe ich Selbstmord, als lebend in die Hände der Xhosakrieger zu fallen.*

Genau so konnte Henning Klopper seine eigene Situation als Bure in einem immer mehr von den Engländern dominierten Südafrika verstehen.

Es war, als ob er plötzlich einsah, daß ja auch er vor Sergeant Strattons Wahl stand.

Unterwerfung, hatte er gedacht. Nichts kann schlimmer sein als unter Verhältnissen leben zu müssen, die man selbst nicht beherrscht. Mein ganzes Geschlecht, mein Volk, wird gezwungen, unter englischen Gesetzen, englischer Anmaßung, englischer Verachtung zu leben. Überall wird unsere Kultur bedroht und organisierter Erniedrigung ausgesetzt. Die Engländer werden systematisch versuchen, uns in die Knie zu zwingen. Die größte Gefahr an der Unterwerfung ist, daß sie zur Gewohnheit wird, zur Resignation, die sich wie ein lähmendes Gift ins Blut schleicht, vielleicht sogar ohne daß man es selbst merkt. Dann ist die Unterwerfung vollendet. Die letzte Bastion ist gefallen, das Bewußtsein ist getrübt und beginnt langsam abzusterben.

Bisher hatte er noch nie mit Hans du Pleiss und Werner van der Merwe über seine Gedanken gesprochen. Aber er hatte gemerkt, daß sie in ihren Gesprächen immer öfter in bittere und ironische Kommentare verfielen, wenn es um Untaten der Engländer ging. Der Zorn, der nur allzu natürlich gewesen wäre, der einst seinen Vater in den Krieg gegen die Engländer gezwungen hatte, fehlte.

Das hatte ihm angst gemacht. Wer sollte den Engländern in Zukunft Widerstand entgegensetzen, wenn nicht seine Generation? Wer würde die Rechte der Buren verteidigen, wenn nicht er? Oder Hans du Pleiss oder Werner van der Merwe?

Die Geschichte von Sergeant Stratton hatte ihm etwas klargemacht, was er bereits wußte. Aber es war, als ob er seiner Einsicht nicht länger entkommen konnte.

Lieber begehe ich Selbstmord, als mich zu unterwerfen. Weil ich aber leben will, müssen die Ursachen der Unterwerfung eliminiert werden.

So einfach und so schwer, aber so eindeutig waren die Alternativen.

Er wußte selbst nicht, warum er gerade diesen Tag gewählt hatte, um seinen Freunden von Sergeant Stratton zu erzählen. Plötzlich hatte er gefühlt, daß er nicht länger warten konnte. Die Zeit war reif, sie konnten sich nicht mehr nur mit Zukunftsträumen und Plänen für Geburtstagsfeiern beschäftigen, wenn sie ihre Nachmittage und Abende im Stammcafé verbrachten. Es gab etwas, das wichtiger war als alles andere, etwas, das eine Voraussetzung für die Zukunft überhaupt war. Engländer, denen es in Südafrika nicht gefiel, konnten in ihr Mutterland zurückkehren oder sich andere Vorposten in dem scheinbar unendlichen britischen Imperium suchen. Aber für Henning Klopper und andere Buren gab es nichts anderes als Südafrika. Einst, vor fast 250 Jahren, hatten sie alle Brücken hinter sich abgebrochen, waren den religiösen Verfolgungen entkommen und hatten Südafrika als das verlorene Paradies gefunden. Ihre Entbehrungen hatten ihnen das Gefühl eingegeben, ein auserwähltes Volk zu sein. Hier, im äußersten Süden des afrikanischen Kontinents, lag ihre Zukunft. Entweder diese oder eine Unterwerfung, die eine langsame, aber unerbittliche Vernichtung bedeutete.

Der alte Servierer hinkte mit einem Kaffeetablett heran. Mit zitternden Händen räumte er das benutzte Geschirr ab und stellte neue Tassen und eine Kanne Kaffee auf den Tisch. Henning Klopper zündete eine Zigarette an und sah seine Freunde an.

»Versteht ihr nicht?« sagte er noch einmal. »Begreift ihr nicht, daß wir vor derselben Wahl stehen wie Sergeant Stratton?«

Werner van der Merwe nahm seine Brille ab und putzte sie mit einem Taschentuch.

»Ich muß dich deutlich sehen, Henning Klopper«, sprach er. »Ich muß sichergehen, daß wirklich du es bist, der mir gegenübersitzt.«

Henning Klopper wurde plötzlich wütend. Warum verstanden sie nicht, was er sagen wollte? Konnte es wirklich möglich sein, daß er so allein war mit seinen Gedanken?

»Seht ihr nicht, was rund um uns geschieht?« fragte er. »Wenn wir nicht bereit sind, unser Recht, Buren zu sein, zu verteidigen, wer sonst wird es tun? Soll unser ganzes Volk zum Schluß so niedergedrückt und schwach sein, daß George Strattons Weg als die einzige Möglichkeit übrigbleibt?«

Werner van der Merwe schüttelte langsam den Kopf. Henning Klopper meinte einen entschuldigenden Unterton herauszuhören, als er antwortete.

»Wir haben den großen Krieg verloren. Wir sind zu wenige, und wir haben zugelassen, daß die Engländer zu viele wurden in diesem Land, das einmal unser war. Wir werden gezwungen sein zu versuchen, in irgendeiner Form von Gemeinschaft mit den Engländern zu leben. Alles andere ist unmöglich. Wir sind zu wenige, und wir werden zu wenige bleiben. Selbst wenn unsere Frauen nichts anderes mehr täten, als Kinder zu gebären.«

»Es geht nicht darum, ausreichend viele zu sein«, antwortete Henning Klopper aufgebracht. »Es geht um Glauben. Um Verantwortung.«

»Nicht nur«, sagte Werner van der Merwe. »Jetzt verstehe ich, was du mit deiner Geschichte sagen wolltest. Und ich denke, du hast recht. Sogar ich muß daran erinnert werden, wer ich bin. Aber du bist ein Träumer, Henning Klopper. Die Wirklichkeit ist nun einmal wie sie ist. Daran können auch deine toten Sergeanten nichts ändern.«

Hans du Pleiss hatte aufmerksam zugehört, während er rauchte. Nun legte er sein Zigarillo im Aschenbecher ab und sah Henning Klopper an.

»Du denkst an etwas Bestimmtes«, stellte er fest. »Was meinst du, was wir tun sollen? Uns wie die Kommunisten in Rußland bewaffnen und als Partisanen auf die Drakensberge steigen? Du vergißt außerdem, daß nicht nur die Engländer zu zahlreich in diesem Lande vertreten sind. Die große Bedrohung für unsere Art zu leben geht von den Eingeborenen aus, den Schwarzen.«

»Die werden nie etwas zu bedeuten haben«, gab Henning Klopper zurück. »Die sind uns so unterlegen, daß sie immer tun werden, was wir sagen, und denken, was wir wollen. In Zukunft geht es um den Kampf zwischen uns und dem englischen Einfluß. Nichts anderes.«

Hans du Pleiss trank seinen Kaffee aus und rief nach dem alten Servierer, der regungslos an der Tür zur Küche wartete. Sie waren fast allein in dem Café, von einigen älteren Männern abgesehen, die ganz in eine ausgedehnte Schachpartie versunken waren.

»Du hast nicht auf meine Frage geantwortet«, stellte Hans du Pleiss fest. »Du denkst an etwas Bestimmtes?«

»Henning Klopper hat immer gute Ideen«, sagte Werner van der Merwe. »Vor allem, wenn es um die Verbesserung der Rangierbahnhöfe der Südafrikanischen Eisenbahngesellschaft oder das Anquatschen hübscher Frauen geht.«

»Vielleicht«, antwortete Henning Klopper und lächelte. Es schien, als hätten seine Freunde endlich begonnen zuzuhören. Obwohl seine Gedanken noch unfertig und verschwommen waren, beschloß er zu berichten, worüber er so lange nachgegrübelt hatte.

Der alte Servierer war an den Tisch getreten.

»Drei Glas Portwein«, befahl Hans du Pleiss. »Es widerstrebt einem ja, etwas zu trinken, was die Engländer so mögen. Aber es ist dennoch ein Wein, der in Portugal hergestellt wird.«

»Den Engländern gehören viele der größten portugiesischen Portweindestillationen«, wandte Werner van der Merwe ein. »Die sind überall, diese verdammten Engländer. Überall.«

Der Servierer hatte begonnen, die Kaffeetassen vom Tisch zu räumen. Als Werner van der Merwe über die Engländer sprach, stieß er gegen den Tisch. Ein Sahnekännchen kippte um und bespritzte sein Hemd.

Um den Tisch herum wurde es still. Werner van der Merwe starrte den Servierer an. Dann sprang er hastig auf, packte den alten Mann am Ohr und schüttelte ihn brutal.

»Du hast mein Hemd bekleckert«, rief er.

Dann gab er dem Servierer eine Ohrfeige. Der Mann taumelte, so kräftig war der Schlag. Aber er sagte nichts, sondern beeilte sich, den Portwein aus der Küche zu holen.

Werner van der Merwe setzte sich und wischte sich das Hemd mit einem Taschentuch ab.

»Afrika könnte ein Paradies sein«, sagte er. »Wenn es die Engländer nicht gäbe. Und die Eingeborenen nicht zahlreicher wären, als wir sie gebrauchen können.«

»Wir werden Südafrika in ein Paradies verwandeln«, sagte Henning Klopper. »Wir werden führende Männer bei der Eisenbahn, aber wir werden auch führende Buren sein. Wir werden alle in unserem Alter daran erinnern, was von uns erwartet wird. Wir müssen unseren Stolz wiedergewinnen. Die Engländer müssen einsehen, daß wir uns niemals unterwerfen. Wir sind nicht wie George Stratton, wir fliehen nicht.«

Er unterbrach seine Rede, während der Servierer drei Gläser und eine halbe Flasche Portwein auf den Tisch stellte.

»Du hast nicht um Verzeihung gebeten, Kaffer«, sagte Werner van der Merwe.

»Ich bitte um Entschuldigung für meine Ungeschicklichkeit«, antwortete der Servierer auf englisch.

»In Zukunft wirst du lernen, afrikaans zu sprechen«, sagte Werner van der Merwe. »Jeder Kaffer, der englisch spricht, wird vor ein Standgericht gestellt und wie ein Hund erschossen werden. Geh jetzt. Verschwinde!«

»Soll er uns doch zum Portwein einladen«, schlug Hans du

Pleiss vor. »Er hat dein Hemd bespritzt. Da ist es doch mehr als gerecht, daß er den Portwein von seinem Lohn bezahlt.«

Werner van der Merwe nickte.

»Hast du verstanden, Kaffer?« fragte er.

»Ich werde natürlich für den Wein bezahlen«, antwortete der Servierer.

»Mit Vergnügen«, fügte Werner van der Merwe hinzu.

»Mit Vergnügen werde ich für den Wein bezahlen«, wiederholte der Servierer.

Als sie wieder unter sich waren, kehrte Henning Klopper zum Thema zurück. Die Episode mit dem Servierer war bereits vergessen.

»Ich dachte mir, wir sollten einen Verband bilden«, sprach er. »Oder vielleicht einen Klub. Natürlich nur für Buren. Da können wir diskutieren und mehr über unsere eigene Geschichte lernen. In diesem Klub darf niemals englisch gesprochen werden, nur unsere eigene Sprache. Dort werden wir unsere eigenen Lieder singen, unsere eigenen Schriftsteller lesen, unsere eigenen Speisen zu uns nehmen. Wenn wir hier in Kensington, in Johannesburg, beginnen, vielleicht wird es sich ausbreiten. Nach Pretoria, Bloemfontein, King William's Town, Pietermaritzburg, Kapstadt, überall. Was notwendig ist, ist eine Erweckungsbewegung. Eine Erinnerung daran, daß Buren sich niemals unterwerfen, ihre Seelen sich niemals besiegen lassen, mag der Körper auch sterben. Ich glaube, daß viele nur darauf warten, daß etwas geschieht.«

Sie erhoben ihre Gläser.

»Deine Idee ist ausgezeichnet«, sagte Hans du Pleiss. »Aber ich hoffe, daß wir trotzdem noch ein wenig Zeit übrig haben, um ab und zu hübsche Frauen zu treffen.«

»Natürlich«, erwiderte Henning Klopper. »Alles wird so sein wie gewöhnlich. Aber wir fügen etwas hinzu, was wir verdrängt haben. Etwas, das unserem Leben einen ganz neuen Inhalt geben wird.«

Henning Klopper merkte, daß seine Worte feierlich, vielleicht pathetisch klangen. Aber gerade jetzt erschien ihm das ganz richtig so. Hinter den Worten standen große Gedanken, eine Entscheidung für die Zukunft des ganzen Burenvolkes. Warum sollte er da nicht feierlich gestimmt sein?

»Meinst du, daß auch Frauen dabeisein sollten?« fragte Werner van der Merwe vorsichtig.

Henning Klopper schüttelte den Kopf.

»Das ist nur für Männer«, antwortete er. »Unsere Frauen sollen nicht zu Versammlungen rennen. Das ist niemals unsere Tradition gewesen.«

Sie stießen an, Henning Klopper wurde plötzlich klar, daß sich seine beiden Freunde bereits benahmen, als sei es eigentlich ihre Idee gewesen, etwas von dem wieder aufleben zu lassen, was in dem Krieg vor 16 Jahren verlorengegangen war. Aber es irritierte ihn nicht. Im Gegenteil, er fühlte eine gewisse Erleichterung. Seine Gedanken waren also nicht ganz verkehrt.

»Ein Name«, sagte Hans du Pleiss. »Statuten, Aufnahmeregeln, Versammlungsformen. Du hast dir doch sicher schon alles ausgedacht.«

»Es ist noch zu früh«, antwortete Henning Klopper. »Wir müssen erst noch überlegen. Gerade heute, wo es Zeit wird, das Selbstgefühl der Buren wieder aufzurichten, ist es wichtig, Geduld zu haben. Wenn wir zu schnell vorgehen, kann alles mißlingen. Und wir dürfen nicht scheitern. Ein Verband junger Buren wird die Engländer irritieren. Sie werden alles tun, um uns zu hindern, zu stören, abzuschrecken. Wir müssen gut gerüstet sein. Laßt uns lieber beschließen, daß wir innerhalb von drei Monaten einen Beschluß fassen. Während dieser Zeit werden wir unsere Gespräche fortsetzen. Wir treffen uns hier ja jeden Tag. Wir können Freunde dazu einladen und ihre Meinungen hören. Aber vor allem müssen wir uns selbst überprüfen. Bin ich bereit, das zu tun? Bin ich bereit, mich für mein Volk zu opfern?«

Henning Klopper verstummte. Sein Blick wanderte zwischen den Freunden hin und her.

»Es wird langsam spät«, sagte er. »Ich bin hungrig und will nach Hause, zu Abend essen. Morgen aber laßt uns das Gespräch fortsetzen.«

Hans du Pleiss leerte den Rest des Portweins in die drei Gläser. Dann erhob er sich.

»Laßt uns auf Sergeant George Stratton trinken«, sprach er. »Laßt uns die unüberwindliche Stärke der Buren dadurch zeigen, daß wir auf einen toten Engländer trinken.«

Die anderen standen auf und hoben ihre Gläser.

Im Dunkeln vor der Küchentür stand der alte Afrikaner und beobachtete die drei jungen Männer. Der drückende Schmerz über das erlittene Unrecht bohrte in seinem Kopf. Aber er wußte, daß das vorübergehen würde. Zumindest würde es dem Vergessen anheimfallen, das alle Sorgen betäubte. Am Tag darauf würde er den jungen Männern wiederum ihren Kaffee servieren.

Einen reichlichen Monat später, am 5. Juni 1918, bildete Henning Klopper zusammen mit Hans du Pleiss, Werner van der Merwe und weiteren Freunden einen Verband, den sie *Das junge Südafrika* zu nennen beschlossen.

Einige Jahre später, als die Mitgliederzahl erheblich gestiegen war, schlug Henning Klopper vor, daß der Verband in Zukunft *Broederbond*, Bruderschaft, heißen sollte. Jetzt war es auch nicht mehr nur Männern unter 25 Jahren vorbehalten, sich anzuschließen. Frauen hingegen sollten niemals zu Mitgliedern gewählt werden dürfen.

Die wichtigste Änderung aber erfolgte in einem Konferenzraum im Hotel »Carlton« in Johannesburg, am späten Abend des 26. August 1921. Da wurde beschlossen, daß die Bruderschaft ein Geheimbund werden sollte, mit Initiationsriten und dem Gebot an seine Mitglieder, den wichtigsten Zielen des Verbandes unverbrüchliche Treue zu halten: die Rechte der Buren, des auserwählten Volkes, zu verteidigen, in Südafrika, dem Heimatland, über das man eines Tages wieder uneingeschränkt herrschen würde. Die Bruderschaft sollte von Schweigen umgeben sein, ihre Mitglieder würden im verborgenen wirken.

Dreißig Jahre später übte die Bruderschaft über die wichtigsten Teile der südafrikanischen Gesellschaft einen beinahe totalen Einfluß aus. Niemand konnte Präsident im Land werden, ohne Mitglied der Bruderschaft zu sein oder deren Wohlwollen zu besitzen. Niemand konnte der Regierung angehören oder eine der einflußreichsten Positionen der Gesellschaft erreichen, ohne daß die Bruderschaft hinter der Ernennung oder Beförderung stand. Priester, Richter, Professoren, Zeitungsbesitzer, Geschäftsleute; alle Männer von Einfluß und Macht waren Mitglied der Bruderschaft, alle hatten Treue geschworen und den Eid abgelegt zu schweigen angesichts der großen Aufgabe, das auserwählte Volk zu schützen.

Ohne diesen Verband hätten die Apartheidgesetze, die 1948 angenommen wurden, niemals verwirklicht werden können. Aber Präsident Jan Smuts und seine United Party brauchten nicht zu zögern. Mit der Bruderschaft im Rücken konnte die Trennung in sogenannte niedere Rassen und das weiße Herrenvolk durch ein aggressives System von Gesetzen und Verordnungen geregelt werden, das ein für allemal garantieren sollte, daß sich Südafrika entwickelte, wie die Buren es wünschten. Es konnte nur ein auserwähltes Volk geben. Das war und blieb der Ausgangspunkt für alles weitere.

1968 wurde in aller Heimlichkeit das 50jährige Jubiläum der Bruderschaft gefeiert. Henning Klopper, der einzige Überlebende der Gründer von 1918, hielt eine Rede, die mit den Worten schloß: »Verstehen wir wirklich, in der Tiefe unseres Bewußtseins, welche unerhörten Kräfte heute abend hier in diesen vier Wänden versammelt sind? Zeigt mir eine Organisation mit größerem Einfluß in Afrika. Zeigt mir eine Organisation mit größerem Einfluß irgendwo auf der Welt!«

Ende der 70er Jahre verringerte sich der Einfluß der Bruderschaft auf die südafrikanische Politik dramatisch. Die Anatomie des Apartheidsystems, die sich auf die systematische Unterdrückung der Schwarzen und Farbigen im Lande stützte, hatte angefangen, aufgrund der ihr innewohnenden Unsinnigkeit zu verwittern. Liberale Weiße wollten oder konnten angesichts der sich nähernden Katastrophe nicht mehr untätig bleiben und begannen zu protestieren.

Aber vor allem die schwarze und farbige Majorität hatte genug. Das unerträgliche Apartheidsystem hatte die letzte Grenze überschritten. Der Widerstand wurde immer stärker, die Konfrontation rückte immer näher.

Inzwischen hatten jedoch schon andere Kräfte unter den Buren begonnen, sich in Richtung Zukunft zu orientieren.

Das auserwählte Volk würde sich niemals unterwerfen. Lieber sterben, als sich irgendwann mit einem Afrikaner oder einem Farbigen an einen Tisch zu setzen und eine Mahlzeit mit ihm zu teilen, war ihr Ausgangspunkt. Die fanatische Botschaft war trotz der geminderten Bedeutung der Bruderschaft nicht untergegangen.

1990 wurde Nelson Mandela von Robben Island freigelassen, wo er fast 30 Jahre als politischer Gefangener eingesperrt gewesen war.

Während die Welt jubelte, betrachteten viele Buren Nelson Mandelas Freilassung als eine unsichtbar ausgestellte und unterschriebene Kriegserklärung. Präsident de Klerk wurde zu einem gehaßten Verräter.

In äußerster Heimlichkeit traf sich zu diesem Zeitpunkt eine Anzahl Männer, um die Zukunft der Buren in die Hand zu nehmen. Es waren schonungslose Männer. Aber sie waren der Meinung, ihren Auftrag von Gott erhalten zu haben. Sie würden sich niemals unterwerfen. Auch nicht handeln wie Sergeant George Stratton.

Sie waren bereit, das Recht, das sie für heilig ansahen, mit allen verfügbaren Mitteln zu verteidigen.

Heimlich trafen sie sich und faßten einen Beschluß. Sie würden einen Bürgerkrieg provozieren, der nur auf eine Weise enden konnte. In einem vernichtenden Blutbad.

Im selben Jahr starb Henning Klopper, 94 Jahre alt. In der letzten Zeit seines Lebens hatte er in seinen Träumen immer wieder gemeint, mit Sergeant George Stratton zu verschmelzen. Jedesmal, wenn er im Traum die Mündung der Pistole gegen seine Stirn gerichtet hatte, war er in kalten Schweiß gebadet in dem dunklen Schlafraum erwacht. Auch wenn er alt war und sich nicht mehr darum kümmerte zu verfolgen, was um ihn herum geschah, war ihm doch klar, daß in Südafrika eine neue Zeit angebrochen war.

Eine Zeit, in der er sich niemals würde heimisch fühlen können. Wach lag er im Dunkeln und versuchte sich vorzustellen, wie die Zukunft aussehen würde. Aber die Finsternis war undurchdringlich, und manchmal fühlte er eine große Unruhe in sich. Wie in einem fernen Traum sah er sich selbst zusammen mit Hans du Pleiss und Werner van der Merwe in dem kleinen Café in Kensington sitzen, und er konnte seine eigene Stimme hören, die über Verantwortung für die Zukunft der Buren sprach, die bei ihnen lag.

Irgendwo, dachte er, sitzen auch heute junge Männer, junge Buren, an Cafétischen und reden darüber, wie die Zukunft erobert und verteidigt werden wird. Das auserwählte Volk wird sich niemals unterwerfen, sich niemals selbst aufgeben.

Trotz der Unruhe, die er manchmal nachts in dem dunklen Schlafraum fühlen konnte, starb Henning Klopper in der Gewißheit, daß seine Nachkommen niemals wie Sergeant George Stratton handeln würden, damals am Flußbett des Gongqo an einem Tag im April 1878.

Das Volk der Buren würde sich niemals unterwerfen.

1

Die Immobilienmaklerin Louise Akerblom verließ die Sparbank in Skurup am Freitag, dem 24. April, kurz nach drei Uhr. Sie blieb einen Augenblick auf dem Bürgersteig stehen und sog die Lungen voll frische Luft, während sie darüber nachdachte, was sie tun sollte. Am liebsten hätte sie den Arbeitstag jetzt schon abgebrochen und wäre direkt heim nach Ystad gefahren. Aber sie hatte am Vormittag den Anruf einer Witwe bekommen und versprochen, bei einem Haus vorbeizufahren, das die Frau verkaufen wollte. Sie überlegte, wieviel Zeit das in Anspruch nehmen würde. Eine Stunde vielleicht, entschied sie. Kaum mehr. Dann mußte sie Brot kaufen. Für gewöhnlich pflegte ihr Mann Robert das Brot, das sie brauchten, selbst zu backen. Aber gerade in dieser Woche hatte er es nicht geschafft. Sie überquerte den Marktplatz und hielt sich links, wo die Bäckerei lag. Eine alte Glocke bimmelte, als sie die Tür öffnete. Sie war allein im Geschäft, und die Frau hinter dem Ladentisch, die Elsa Person hieß, würde sich später daran erinnern, daß Louise Akerblom gut gelaunt zu sein schien und davon gesprochen hatte, wie schön es sei, daß der Frühling endlich käme.

Sie kaufte ein Roggenbrot und beschloß, die Familie zum Nachtisch mit Blätterteigtörtchen zu überraschen. Dann ging sie zur Bank zurück, wo ihr Wagen auf der Rückseite geparkt war. Unterwegs traf sie das junge Paar aus Malmö, dem sie gerade ein Haus verkauft hatte. Sie waren noch in der Bank geblieben, hatten den Abschluß perfekt gemacht, den Verkäufer bezahlt sowie die Kauf- und Kreditverträge unterzeichnet. Sie konnte die Freude der jungen Leute über das eigene Haus verstehen. Gleichzeitig aber machte sie sich Gedanken. Würden sie mit der Tilgung des Kredits und den Zinsen klarkommen? Es waren harte Zeiten, kaum ein Arbeitsplatz war mehr sicher. Was würde geschehen, wenn er seinen Job verlor? Trotzdem hatte sie die wirtschaftliche Situation des jungen Paares akribisch studiert. Im Unterschied zu vielen anderen hatten sie eine Verschuldung durch gedankenlose Kreditkartenkäufe vermieden. Und die junge Hausfrau schien von der sparsamen Sorte zu sein. Sie würden ihren Hauskauf schon durchstehen. Wenn nicht, würde das Haus schon bald wieder zum Verkauf ausgeschrieben sein. Vielleicht würde sie selbst oder Robert die Sache dann übernehmen. Es war gar nicht mehr so ungewöhnlich, daß sie im Verlauf weniger Jahre dasselbe Haus zwei- oder dreimal verkaufte.

Sie schloß das Auto auf und wählte am Funktelefon die Nummer des Büros in Ystad. Aber Robert war bereits nach Hause gegangen. Sie lauschte seiner Stimme vom Anrufbeantworter, die mitteilte, daß Akerbloms Immobilienvermittlung über das Wochenende geschlossen hatte, am Montagmorgen um acht aber wieder öffnen würde.

Zuerst wunderte sie sich darüber, daß Robert so zeitig nach Hause gegangen war. Aber dann erinnerte sie sich, daß er sich an diesem Nachmittag mit ihrem Wirtschaftsprüfer treffen wollte. Sie sprach »Hej, ich schau mir nur noch ein Haus bei Krageholm an, dann fahre ich nach Ystad, es ist jetzt Viertel nach drei, um fünf bin ich zu Hause« auf das Band des Anrufbeantworters und klemmte das Mobiltelefon wieder in seine Halterung. Es war ja möglich, daß Robert nach seinem Gespräch mit dem Wirtschaftsprüfer noch einmal ins Büro zurückging.

Sie nahm eine Plastikmappe vom Sitz und suchte die Geländeskizze heraus, die sie nach der Beschreibung der Witwe angefertigt hatte. Das Haus lag an einer Abzweigung zwischen Krageholm und Vollsjö. Es würde etwa eine Stunde dauern, hinauszufahren, Haus und Grundstück zu besichtigen und dann den Heimweg nach Ystad zu nehmen.

Dann begann sie, ihren Entschluß noch einmal zu überdenken. Das kann warten, dachte sie. Ich nehme die Küstenstraße für die Heimfahrt und genieße eine Weile die Aussicht aufs Meer. Ich habe heute schon ein Haus verkauft. Das muß reichen.

Sie begann, einen Psalm zu summen, ließ den Motor an und fuhr aus Skurup heraus. Als sie zur Abfahrt nach Trelleborg kam, änderte sie ihren Entschluß jedoch noch einmal. Weder am Montag noch am Dienstag würde sie dazu kommen, das Haus der Witwe zu besichtigen. Vielleicht wurde die Dame wütend und bot ihr Eigentum einem anderen Makler an? Das konnten sie sich nicht leisten. Die Zeiten waren schon schwer genug. Die Konkurrenz wurde immer härter. Keiner konnte auf angebotene Objekte verzichten, wenn eine Vermittlung nicht gerade völlig aussichtslos erschien. Sie seufzte und bog in die andere Richtung ab. Die Küstenstraße und der Strand mußten warten. Dann und wann schielte sie auf die Skizze. In der nächsten Woche würde sie einen Kartenhalter kaufen, damit sie nicht immer zur Seite schauen mußte, wenn sie die Fahrtroute überprüfte. Aber das Haus der Witwe konnte nicht so schwer zu finden sein, auch wenn sie die Abzweigung, die die Frau beschrieben hatte, noch nicht gefahren war. Das Gelände jedoch kannte sie in- und auswendig. Im kommenden Jahr würden sie und Robert das zehnte Jubiläum ihres Unternehmens feiern können.

Sie erschrak bei dem Gedanken. Schon zehn Jahre. Die Zeit war so schnell vergangen, allzu schnell. In diesen zehn Jahren hatte sie zwei Kinder geboren und zusammen mit Robert verbissen und hart daran gearbeitet, das Immobilienbüro zu etablieren. Als sie anfingen, hatten günstige Zeiten geherrscht, das war ihr klar. Heute wäre es ihnen nicht mehr gelungen, auf den Markt zu kommen. Sie konnte zufrieden sein. Gott hatte es mit ihr und ihrer Familie gut gemeint. Sie würde noch einmal mit Robert darüber reden, ob sie nicht ihre Spenden für »Rettet die Kinder« erhöhen sollten. Natürlich würde er zögern, er sorgte sich mehr um ihre Finanzen als sie. Aber schließlich würde sie ihn schon überzeugen können, wie immer.

Plötzlich merkte sie, daß sie sich verfahren hatte, und sie bremste. Die Gedanken an die Familie und die zehn vergangenen Jahre hatten bewirkt, daß sie die erste Abzweigung verpaßt hatte. Sie lachte, schüttelte den Kopf und schaute sich um, bevor sie wendete und denselben Weg zurückfuhr, den sie gekommen war.

Schonen ist eine schöne Landschaft, dachte sie. Weit und schön. Aber auch geheimnisvoll. Alles, was im ersten Augenblick so eben wirkte, konnte sich schnell in tiefe Senken verwandeln, in denen

Häuser und Höfe wie isolierte Inseln lagen. Sie hörte niemals auf, sich darüber zu wundern, wie sich die Landschaft veränderte, wenn sie umherfuhr, um Häuser zu besichtigen oder sie möglichen Käufern zu zeigen.

Als sie Erikslund passiert hatte, fuhr sie auf den Seitenstreifen und kontrollierte die Wegbeschreibung der Witwe. Sie stellte fest, daß sie richtig gefahren war. Sie bog nach links ab, in die hügelige Straße nach Krageholm, die sich anmutig durch den Wald schlängelte. Durch die Laubbäume glitzerte der See. Sie war diesen Weg viele Male gefahren, aber er würde ihr niemals langweilig werden.

Nach ungefähr sieben Kilometern begann sie, nach der letzten Abzweigung Ausschau zu halten. Die Witwe hatte diese als einen Traktorweg beschrieben, ohne Schotterbelag, voll befahrbar. Sie bremste, als sie die Abfahrt erreicht hatte, und bog rechts ab. Das Haus sollte nach etwa einem Kilometer zur Linken liegen.

Nach drei Kilometern endete der Weg plötzlich, und ihr wurde bewußt, daß sie sich trotz allem verfahren hatte. Einen kurzen Augenblick lang war sie versucht, das Haus warten zu lassen und statt dessen direkt nach Hause zu fahren. Aber sie verwarf den Gedanken und wendete, um zur Straße nach Krageholm zurückzukehren. Ungefähr fünfhundert Meter weiter nördlich bog sie erneut nach rechts ab. Aber auch hier fand sich kein Haus, das auf die Beschreibung paßte. Sie seufzte, wendete und beschloß, sich nach dem Weg zu erkundigen. Kurz zuvor war sie an einem Haus vorbeigekommen, das durch eine Baumgruppe hindurch geschimmert hatte.

Sie hielt an, schaltete den Motor ab und stieg aus dem Auto. Die Bäume rochen frisch. Sie ging auf das Haus zu, eines vom schonischen Typ, weiß gestrichen. Es war jedoch nur ein Giebel übrig geblieben. Mitten auf dem Hof stand ein Brunnen mit einer schwarz angemalten Pumpe. Sie zögerte. Das Haus wirkte völlig verlassen. Vielleicht sollte sie doch lieber nach Hause fahren und hoffen, daß die Witwe es nicht übelnahm.

Ich kann wenigstens anklopfen, dachte sie. Das kostet nichts.

Bevor sie das Haus erreichte, kam sie an einem großen, rot gestrichenen Nebengebäude vorbei. Sie konnte der Versuchung nicht widerstehen, einen Blick durch die halb geöffneten hohen Türen zu werfen.

Was sie sah, verwunderte sie. In dem Gebäude standen zwei Autos. Sie kannte sich in dieser Beziehung nicht besonders aus. Aber zweifellos handelte es sich um einen äußerst teuren Mercedes und einen nicht minder wertvollen BMW.

Jemand ist also zu Hause, dachte sie und setzte ihren Weg fort, hinauf zu dem weiß gekalkten Haus.

Jemand, der eine Menge Geld haben muß.

Sie klopfte an die Tür, aber nichts geschah. Sie klopfte noch einmal, diesmal etwas lauter, jedoch erhielt sie wiederum keine Antwort. Sie versuchte, durch ein Fenster neben der Tür in das Haus hinein zu schauen, aber die Gardinen waren zugezogen. Sie klopfte ein drittes Mal, bevor sie um das Haus herum ging, um festzustellen, ob es eine Hintertür gab.

Sie kam in einen verwilderten Obstgarten. Die Apfelbäume waren gewiß zwanzig, dreißig Jahre nicht mehr geschnitten worden. Unter einem Birnbaum standen ein paar halb verrottete Gartenmöbel. Eine Elster flatterte auf. Sie fand keine Tür und kehrte zur Frontseite des Hauses zurück.

Einmal klopfe ich noch, dachte sie. Wenn keiner kommt und aufmacht, fahr ich nach Ystad zurück. Ich habe immer noch Zeit, eine Weile am Meer zu verbringen, bevor ich nach Hause muß, um das Abendessen vorzubereiten.

Sie wummerte kräftig gegen die Tür.

Wieder keine Antwort.

Sie hörte nicht, sie ahnte nur, daß jemand den Hof hinter ihr betreten hatte. Hastig drehte sie sich um.

Der Mann war ungefähr fünf Meter von ihr entfernt. Er stand regungslos und beobachtete sie. Sie sah, daß er eine Narbe auf der Stirn hatte.

Plötzlich bekam sie Angst.

Woher war er gekommen? Warum hatte sie ihn nicht gehört? Der Hof war mit Schotter ausgelegt. Hatte er sich an sie herangeschlichen?

Sie ging ihm einige Schritte entgegen und versuchte, ganz normal zu klingen.

»Entschuldigung, wenn ich störe«, sagte sie. »Ich bin Immobilienmaklerin und habe mich verfahren. Ich wollte nur nach dem Weg fragen.«

Der Mann antwortete nicht.

Vielleicht war er kein Schwede, vielleicht verstand er nicht, was sie sagte? Etwas Fremdes war in seinem Aussehen, und sie glaubte, daß er vielleicht Ausländer war.

Plötzlich war ihr klar, daß sie weg mußte. Der regungslose Mann mit seinen kalten Augen machte ihr angst.

»Ich will nicht länger stören«, sagte sie. »Entschuldigung, daß ich hier so eingedrungen bin.«

Sie wollte loslaufen, blieb aber sofort wieder stehen. Der regungslose Mann war plötzlich lebendig geworden. Er zog etwas aus seiner Jackentasche. Zuerst konnte sie nicht erkennen, was es war. Dann sah sie, daß es eine Pistole war.

Langsam nahm er die Waffe hoch und zielte auf ihren Kopf.

Lieber Gott, konnte sie noch denken.

Lieber Gott, hilf mir. Er will mich umbringen. Lieber Gott, hilf mir.

Es war Viertel vor vier am Nachmittag des 24. April 1992.

2

Als der Erste Kriminalkommissar Kurt Wallander am Morgen des 27. April, einem Montag, ins Polizeigebäude von Ystad kam, war er wütend. Er konnte sich nicht erinnern, wann er zuletzt eine so schlechte Laune gehabt hatte. Die Wut hatte sogar Spuren in seinem Gesicht hinterlassen, in Form eines Pflasters auf der einen Wange, wo er sich beim Rasieren geschnitten hatte.

Mürrisch antwortete er den Kollegen, die ihm einen guten Morgen wünschten. Als er sein Zimmer erreicht hatte, warf er die Tür hinter sich zu, nahm den Telefonhörer ab und setzte sich, um aus dem Fenster zu starren.

Kurt Wallander war 44 Jahre alt. Man hielt ihn für einen fähigen Polizisten, hartnäckig und manchmal auch scharfsinnig. An diesem Morgen aber fühlte er nur Wut und einen wachsenden Mißmut. Der Sonntag war ein Tag gewesen, den er am liebsten völlig vergessen wollte.

Eine der Ursachen war sein Vater, der allein in einem Haus im Flachland vor Löderup wohnte. Sein Verhältnis zum Vater war immer kompliziert gewesen. Daran hatten die Jahre nichts geändert, weil Kurt Wallander mit wachsendem Unbehagen erkennen mußte, daß er ihm immer mehr zu ähneln begann. Er versuchte, sich sein eigenes Alter wie das des Vaters vorzustellen, und der Gedanke verdarb ihm die Laune. Sollte auch er sein Leben als ein mürrischer und unberechenbarer Greis beschließen? Der plötzlich etwas tun konnte, was reineweg verrückt war.

Am Sonntag nachmittag hatte Kurt Wallander ihn wie gewöhnlich besucht. Sie hatten Karten gespielt und dann draußen auf der Veranda in der Frühlingssonne gesessen und Kaffee getrunken. Ohne Vorwarnung hatte der Vater mitgeteilt, daß er heiraten würde. Kurt Wallander glaubte zunächst, daß er sich verhört habe.

»Nein«, hatte er gesagt. »Ich will nicht heiraten.«

»Ich spreche nicht von dir«, antwortete der Vater. »Ich spreche von mir.«

Kurt Wallander hatte ihn mißtrauisch angesehen.

»Du bist fast achtzig Jahre«, hatte er gesagt. »Du wirst nicht heiraten.«

»Ich bin noch nicht tot«, unterbrach ihn der Vater. »Ich mache, was ich will. Frag lieber, wen.«

Kurt Wallander gehorchte.

»Wen?«

»Kannst du dir doch selbst ausrechnen«, sagte der Vater. »Ich dachte immer, die Polizei wird dafür bezahlt, Schlußfolgerungen zu ziehen?«

»Du kennst doch gar keine Gleichaltrige? Du hast doch sonst keinen Umgang?«

»Ich kenne eine«, berichtigte der Vater. »Und wer sagt denn, daß man eine Gleichaltrige heiraten muß?«

Plötzlich erkannte Kurt Wallander, daß es nur eine Möglichkeit gab: Gertrud Anderson, die fünfzigjährige Frau, die dreimal in der

Woche kam und für den Vater saubermachte und ihm die Wäsche wusch.

»Willst du Gertrud heiraten?« erkundigte er sich. »Hast du sie überhaupt gefragt, ob sie will? Da sind dreißig Jahre Altersunterschied zwischen euch. Wie, glaubst du, solltest du mit einem anderen Menschen zusammenleben können? Das hast du doch nie gekonnt. Nicht einmal mit Mutter ging es gut.«

»Ich bin verträglicher geworden auf meine alten Tage«, erklärte der Vater milde.

Kurt Wallander weigerte sich zu glauben, was er hörte. Sein Vater sollte heiraten? »Verträglicher geworden auf die alten Tage?« Er war unmöglicher als je zuvor.

Dann war es zum Streit gekommen. Zum Schluß hatte der Vater seine Kaffeetasse ins Tulpenbeet geschleudert und sich in das Giebelhaus eingeschlossen, wo er seine Bilder mit immer demselben, sich ständig wiederholenden Motiv malte: Sonnenuntergang in einer Herbstlandschaft, mit oder ohne einem Auerhahn im Vordergrund, ganz nach dem Geschmack des Auftraggebers.

Kurt Wallander war nach Hause gefahren, viel zu schnell. Er mußte das wahnsinnige Unternehmen stoppen. Wie konnte es sein, daß Gertrud, die trotz allem ein Jahr lang beim Vater gearbeitet hatte, nicht einsah, daß es unmöglich war, mit ihm zu leben?

Er hatte den Wagen in der Mariagatan im Zentrum von Ystad geparkt, wo er wohnte, und sich vorgenommen, sofort seine Schwester Kristina in Stockholm anzurufen. Er würde sie bitten, nach Schonen herunterzukommen. Den Vater würde keiner beeinflussen können. Aber vielleicht konnte man Gertrud ein wenig Vernunft beibringen.

Es kam nicht zu dem Anruf bei seiner Schwester. Als er an seine Wohnung kam, die im obersten Stockwerk lag, sah er, daß die Tür aufgebrochen worden war. Ein paar Minuten später konnte er konstatieren, daß die Diebe seine neue Stereoanlage, den CD-Player, alle seine Platten, Fernseher und Video, Uhren und eine Kamera weggeschleppt hatten. Eine ganze Weile saß er wie gelähmt auf einem Stuhl und fragte sich, was er tun sollte. Schließlich rief er seine Arbeitsstelle an und bat darum, mit Martinson, einem der Kriminalinspektoren, sprechen zu dürfen, von dem er wußte, daß er an diesem Sonntag Dienst hatte.

Er mußte lange warten, bis sich Martinson endlich am Telefon meldete. Wallander schätzte, daß er mit einigen Polizisten, die gerade von einer großen Verkehrskontrolle Pause machten, zusammengesessen, Kaffee getrunken und sich mit ihnen unterhalten hatte.

»Hier ist Martinson. Worum geht es?«

»Hier Wallander. Am besten, du kommst her.«

»Wohin denn? In dein Zimmer? Ich dachte, du hättest heute frei?«

»Ich bin zu Hause. Komm her.«

Martinson begriff, daß es wichtig war. Er stellte keine weiteren Fragen.

»Ja«, sagte er. »Ich komme.«

Der Rest des Sonntags war für die Kriminaltechnik und den Untersuchungsbericht draufgegangen. Martinson, einer der jüngeren Polizisten, mit denen Wallander zu tun hatte, war manchmal sowohl schluderig als auch impulsiv. Aber Wallander arbeitete trotzdem gern mit ihm zusammen, nicht zuletzt, weil er sich oft unerwartet scharfsinnig gezeigt hatte. Als Martinson und der Polizeitechniker endlich gegangen waren, brachte Wallander die Tür äußerst provisorisch wieder in Ordnung.

Nachts hatte er überwiegend wach gelegen und gedacht, daß er die Diebe zusammenschlagen würde, wenn sie ihm irgendwann unter die Finger gerieten. Als er über den Verlust aller seiner Platten fürs erste hinweg war, grübelte er mit wachsender Resignation darüber nach, was er in bezug auf seinen Vater unternehmen sollte.

Im Morgengrauen stand er auf, kochte Kaffee und suchte nach seiner Hausratsversicherung. Am Küchentisch sah er die Papiere durch und versuchte, mit der unbegreiflichen Sprache des Versicherungsunternehmens klarzukommen. Zum Schluß schob er die Papiere beiseite und ging sich rasieren. Als er sich geschnitten hatte, überlegte er, ob er anrufen, sich krank melden und sich dann wieder hinlegen und die Bettdecke über die Ohren ziehen sollte. Aber der Gedanke, sich in der Wohnung aufzuhalten und nicht einmal eine Platte auflegen zu können, war unerträglich.

Jetzt war es halb acht, und er saß in seinem Büro hinter verschlossener Tür. Mit einem Stöhnen zwang er sich, wieder Polizist zu sein, und legte den Hörer auf die Gabel.

Sofort klingelte das Telefon. Es war Ebba, unten aus der Rezeption.

»Das ist ja unglaublich, dieser Einbruch bei dir«, sagte sie. »Haben sie wirklich alle deine Platten mitgenommen?«

»Ein paar 78er haben sie mir dagelassen. Ich dachte, ich könnte sie mir vielleicht heute abend anhören. Wenn ich ein altes Grammophon auftreibe.«

»Schrecklich.«

»Es ist, wie es ist. Weshalb rufst du an?«

»Hier steht ein Mann, der unbedingt mit dir reden will.«

»Worüber denn?«

»Über jemanden, der verschwunden ist.«

Wallander betrachtete den Aktenstapel auf seinem Schreibtisch.

»Kann Svedberg das nicht übernehmen?«

»Svedberg ist draußen und jagt.«

»Wonach denn?«

»Ich weiß nicht, wie ich es ausdrücken soll. Er ist unterwegs und sucht nach einem Bullenkalb, das von einem Hof bei Marsvinsholm ausgerissen ist. Es rennt auf der E 14 herum und bringt den Verkehr durcheinander.«

»Darum kann sich wohl die Verkehrspolizei kümmern? Was ist denn das hier für eine Arbeitsteilung?«

»Björk selbst hat Svedberg geschickt.«

»Herrgott!«

»Also kann ich dir den Mann hier reinschicken, der eine Vermißtenanzeige aufgeben will?«

Wallander nickte in den Telefonhörer.

»Meinetwegen.«

Das Klopfen an der Tür einige Minuten später war so diskret, daß Wallander zunächst nicht sicher war, überhaupt etwas gehört zu haben. Aber als er »Herein!« rief, wurde die Tür sofort geöffnet.

Wallander war immer der Meinung gewesen, daß der erste Eindruck von einem Menschen der entscheidende sei.

Der Mann, der Wallanders Büro betrat, war in keiner Beziehung auffällig. Wallander schätzte, daß er ungefähr fünfunddreißig Jahre alt war. Er trug einen dunkelblauen Anzug und eine Brille, das helle Haar war kurz geschnitten.

Gleichzeitig bemerkte Wallander etwas anderes.

Der Mann war offenbar sehr beunruhigt. Es schien, als sei Wallander nicht der einzige gewesen, der eine schlaflose Nacht hinter sich hatte.

Wallander erhob sich und streckte die Hand aus.

»Kurt Wallander. Kriminalkommissar.«

»Ich heiße Robert Akerblom«, sagte der Mann. »Meine Frau ist verschwunden.«

Wallander war von der Direktheit des Mannes überrascht.

»Fangen wir mit dem Anfang an«, sagte er. »Setz dich. Leider ist der Stuhl kaputt. Die linke Armlehne löst sich immer. Achte einfach nicht darauf.«

Der Mann setzte sich.

Plötzlich begann er zu weinen, herzzerreißend, verzweifelt.

Wallander blieb betroffen hinter dem Schreibtisch stehen. Dann beschloß er zu warten. Der Mann auf dem Besucherstuhl beruhigte sich nach einigen Minuten. Er wischte sich das Gesicht ab und schneuzte sich.

»Ich bitte um Entschuldigung«, sagte er. »Aber Louise muß etwas geschehen sein. Sie würde niemals freiwillig verschwinden.«

»Willst du eine Tasse Kaffee?« fragte Wallander. »Wir können vielleicht auch einen Happen zu essen auftreiben.«

»Nein, danke«, antwortete Robert Akerblom. Wallander nickte und kramte einen Notizblock aus einer Schreibtischschublade. Er verwendete gewöhnliches Schreibpapier, das er auf eigene Kosten im Laden kaufte. Er hatte niemals gelernt, mit der Sturmflut unterschiedlicher Formulare umzugehen, mit der die Reichspolizei das Land überschwemmte. Einmal hatte er daran gedacht, eine Eingabe an die Schwedische Polizei zu schreiben mit dem Vorschlag, daß die, die sich die Vordrucke ausgedacht hatten, auch gleich vorgedruckte Antworten zur Verfügung stellen sollten.

»Bitte fang mit deinen persönlichen Angaben an«, bat Wallander.

»Ich bin Robert Akerblom«, wiederholte der Mann. »Gemeinsam mit meiner Frau Louise betreibe ich Akerbloms Immobilienvermittlung.«

Wallander nickte, während er schrieb. Er wußte, daß das Geschäft direkt neben dem Kino »Saga« lag.

»Wir haben zwei Kinder«, fuhr Robert Akerblom fort, »vier und sieben Jahre alt. Zwei Mädchen. Wir wohnen in einem Reihenhaus, Akarvägen 19. Ich bin hier in der Stadt geboren. Meine Frau kommt aus Ronneby.«

Er brach ab, holte ein Foto aus der Innentasche des Jacketts und legte es vor Wallander auf den Tisch. Es zeigte eine Frau von alltäglichem Aussehen. Sie lächelte in die Kamera, und Wallander merkte, daß die Aufnahme in einem Atelier gemacht worden war. Er betrachtete ihr Gesicht und dachte, daß es irgendwie zu ihr paßte, Robert Akerbloms Frau zu sein.

»Das Bild ist erst drei Monate alt«, sagte Robert Akerblom. »Genau so sieht sie aus.«

»Und sie ist also verschwunden?« fragte Wallander.

»Am Freitag war sie in der Sparbank in Skurup und schloß ein Immobiliengeschäft ab. Dann wollte sie noch ein Haus besichtigen, das zum Verkauf stand. Ich selbst habe den Nachmittag zusammen mit unserem Wirtschaftsprüfer in seinem Büro verbracht. Bevor ich nach Hause fuhr, ging ich allerdings noch einmal in unser Geschäft zurück. Da hatte sie angerufen und eine Nachricht auf dem Anrufbeantworter hinterlassen, daß sie um fünf zu Hause sein würde. Sie sagte, es sei Viertel nach drei. Seitdem ist sie verschwunden.«

Wallander runzelte die Stirn. Heute war Montag. Sie war also schon fast drei Tage weg. Drei Tage, mit zwei kleinen Kindern, die zu Hause auf sie warteten.

Wallander fühlte instinktiv, daß es sich hier um kein gewöhnliches Verschwinden handelte. Er wußte, daß die meisten Menschen, die verschwanden, früher oder später wieder auftauchten, und daß es für diese Fälle bald eine natürliche Erklärung gab. Zum Beispiel war es sehr verbreitet, daß Menschen einfach vergaßen zu sagen, daß sie einige Tage oder eine Woche verreisten. Aber er wußte auch, daß relativ wenige Frauen ihre Kinder verließen. Und das beunruhigte ihn.

Er machte sich einige Aufzeichnungen auf seinem Notizblock.

»Ist die Mitteilung auf dem Anrufbeantworter erhalten geblieben?« fragte er.

»Ja«, antwortete Robert Akerblom. »Aber ich habe nicht daran gedacht, die Kassette mitzubringen.«

»Das klären wir später«, sagte Wallander. »War zu hören, von wo aus sie anrief?«

»Vom Autotelefon aus.« Wallander legte seinen Stift auf den Tisch und betrachtete den Mann auf dem Besucherstuhl. Seine Unruhe wirkte durch und durch echt.

»Du hast keine denkbare Erklärung für ihr Fernbleiben?« fragte Wallander.

»Nein.«

»Sie kann nicht bei Freunden zu Besuch sein?«

»Nein.«

»Verwandte?«

»Nein.«

»Es gibt keine andere Möglichkeit, die dir einfällt?«

»Nein.«

»Ich hoffe, du bist mir nicht böse, wenn ich eine persönliche Frage stelle?«

»Wir haben uns nie gestritten. Wenn das die Frage war?«

Wallander nickte.

»Das war es, wonach ich fragen wollte«, bestätigte er.

Er begann noch einmal von vorn.

»Du sagst, sie ist am Freitag nachmittag verschwunden. Trotzdem hast du drei Tage gewartet, bis du zu uns gekommen bist?«

»Ich wagte es nicht.«

Wallander sah ihn erstaunt an.

»Zur Polizei zu gehen, hieße zu akzeptieren, daß etwas Furchtbares geschehen ist«, fuhr Robert Akerblom fort. »Deshalb wagte ich es nicht.«

Wallander nickte langsam. Er verstand sehr gut, was Robert Akerblom meinte.

»Du warst natürlich unterwegs und hast nach ihr gesucht«, forschte er weiter.

Robert Akerblom nickte.

»Was hast du noch unternommen?« erkundigte sich Wallander, während er wieder begann, sich Aufzeichnungen zu machen.

»Ich habe zu Gott gebetet«, antwortete Robert Akerblom einfach.

Wallander unterbrach sein Gekritzel.

»Zu Gott gebetet?«

»Meine Familie gehört zur Methodistenkirche. Gestern haben wir mit der gesamten Gemeinde und Pastor Tureson dafür gebetet, daß Louise nichts Böses geschehen sein mag.«

Wallander spürte, wie sich in seinem Magen etwas drehte. Vor dem Mann auf dem Besucherstuhl versuchte er seine Unruhe zu verbergen.

Eine Mutter zweier Kinder, die einer freikirchlichen Gemeinde angehört, dachte er. So eine verschwindet nicht von selbst. Wenn sie nicht gerade von akuter Geistesverwirrung geplagt wird. Oder religiösen Grübeleien. Eine Mutter zweier Kinder läuft kaum in den Wald hinaus und nimmt sich das Leben. Das kommt vor, aber sehr selten.

Wallander wußte, was das bedeutete.

Entweder war ein Unglück geschehen. Oder Louise Akerblom war Opfer eines Verbrechens geworden.

»Du hast natürlich die Möglichkeit in Betracht gezogen, daß ein Unglück geschehen sein kann«, sagte er.

»Ich habe jedes Krankenhaus in Schonen angerufen«, antwortete Robert Akerblom. »Sie ist nirgends eingeliefert worden. Außerdem würde sich ein Krankenhaus wohl von selbst melden, wenn etwas geschehen wäre. Louise hatte immer ihre Ausweiskarte bei sich.«

»Was für einen Wagen fährt sie?« fragte Wallander.

»Einen Toyota Corolla. Baujahr 1990. Dunkelblau. Die Nummer ist MHL 449.«

Wallander schrieb mit.

Dann begann er noch einmal von vorn. Methodisch ging er im Detail durch, was Robert Akerblom über die Pläne seiner Frau für

Freitag, den 24. April, nachmittags, wußte. Sie schauten sich alles auf der Karte an, und Wallander spürte, wie das Unbehagen in ihm wuchs.

Um Gottes willen, nicht noch einen Frauenmord am Hals, dachte er. Alles, nur das nicht.

Viertel vor elf legte Wallander den Stift beiseite.

»Es gibt keinen Anlaß, nicht zu glauben, daß Louise Akerblom wieder auftauchen wird«, sagte er und hoffte, daß seine Zweifel nicht zu hören sein würden. »Aber wir werden natürlich auch deine Anzeige ernst nehmen.«

Robert Akerblom war auf dem Stuhl zusammengesunken. Wallander befürchtete, er würde wieder beginnen zu weinen. Der Mann in seinem Büro tat ihm plötzlich unendlich leid. Am liebsten hätte er ihn trösten wollen. Aber wie hätte er das tun können, ohne zu offenbaren, wie besorgt er war?

Er stand auf.

»Ich würde gern ihre Telefonnachricht hören«, sagte er. »Dann werden wir nach Skurup fahren und die Bank aufsuchen. Übrigens, hast du zu Hause jemanden, der dir mit den Mädchen helfen kann?«

»Ich brauche keine Hilfe«, sagte Robert Akerblom. »Ich schaffe das selbst. Was, glaubst du, ist mit Louise geschehen?«

»Ich glaube erst mal gar nichts«, antwortete Wallander. »Nur, daß sie bald wieder zu Hause ist.«

Ich lüge, dachte er.

Ich glaube nicht. Ich hoffe.

Wallander fuhr hinter Robert Akerblom her in die Stadt. Sofort nachdem er die Nachricht auf dem Anrufbeantworter abgehört und in ihre Schreibtischschubladen geschaut hatte, würde er zum Polizeigebäude zurückfahren und mit Björk sprechen. Auch wenn es bestimmte festgeschriebene Handlungsabläufe dafür gab, wie die Suche nach verschwundenen Personen abzulaufen hatte, wollte Wallander so schnell wie möglich alle erreichbaren Kräfte zur Verfügung haben. Louise Akerbloms Verschwinden wies von Anfang an auf ein Verbrechen hin.

Akerbloms Immobilienvermittlung war in einem ehemaligen Kolonialwarengeschäft untergebracht. Wallander erinnerte sich an den Laden aus seinen ersten Jahren in Ystad, wohin er als junger Polizist aus Malmö gekommen war. In dem alten Verkaufsraum standen zwei Schreibtische sowie Schaukästen mit Fotografien und Beschreibungen verschiedener Immobilien. Auf einem Tisch, der von Besucherstühlen umstellt war, lagen Aktenordner, wo Interessenten sich in die Anatomie der verschiedenen Objekte vertiefen konnten. An der Wand hingen zwei Generalstabskarten, mit verschiedenen farbigen Stecknadeln gespickt. Hinter dem eigentlichen Büro gab es eine kleine Kochnische.

Sie hatten das Haus vom Hof aus betreten. Trotzdem war Wallander das handgemalte Schild am zur Straße hin gelegenen Kundeneingang nicht entgangen: Heute geschlossen.

»Welcher Schreibtisch ist deiner?« fragte Wallander.

Robert Akerblom zeigte auf ihn mit dem Finger. Wallander setzte sich auf den Stuhl vor den anderen Schreibtisch. Abgesehen von einem Kalender, einer Fotografie der Töchter, einigen Aktenordnern und einem Schreibtischset, war er leer. Wallander hatte den Eindruck, daß er erst kürzlich abgewischt worden war.

»Wer macht hier sauber?« fragte er.

»Wir haben eine Putzfrau, die dreimal in der Woche kommt«, antwortete Robert Akerblom. »Aber wir pflegen täglich selbst Staub zu wischen und die Papierkörbe zu leeren.«

Wallander nickte. Dann sah er sich im Zimmer um. Ihm fiel bis auf ein kleines Kruzifix neben der Tür zur Küche nichts Ungewöhnliches auf.

Dann nickte er in Richtung des Anrufbeantworters.

»Es geht gleich los«, sagte Robert Akerblom. »Es war der einzige Anruf nach drei Uhr am Freitag nachmittag.«

Der erste Eindruck ist entscheidend, dachte Wallander wieder. Jetzt aufgepaßt!

»Hej! Ich schau mir nur noch ein Haus bei Krageholm an. Dann fahre ich nach Ystad. Es ist jetzt Viertel nach drei. Um fünf bin ich zu Hause.«

Fröhlich, dachte Wallander. Sie klingt eifrig und fröhlich. Nicht bedroht, nicht ängstlich.

»Noch einmal«, bat Wallander. »Aber zuerst möchte ich hören, was du selbst auf dem Band mitteilst. Wenn es noch drauf ist?«

Robert Akerblom nickte, ließ das Band zurücklaufen und drückte auf einen Knopf.

»Guten Tag. Hier Akerbloms Immobilienvermittlung. Leider sind wir gerade geschäftlich unterwegs. Aber ab Montag morgen, acht Uhr haben wir wieder geöffnet. Sie können nach dem folgenden Signal gern eine Mitteilung hinterlassen oder ein Telefax senden. Vielen Dank für Ihren Anruf.«

Wallander konnte hören, daß Robert Akerblom Hemmungen gehabt hatte, in das Mikrofon des Anrufbeantworters zu sprechen. Seine Stimme klang gepreßt.

Dann ließ er sich Louise Akerbloms Mitteilung noch einmal vorspielen. Wieder und wieder mußte der Mann das Band zurückspulen.

Wallander versuchte, eine Botschaft herauszuhören, die sich hinter den Worten verbarg. Er hatte keine Ahnung, worum es sich dabei handeln konnte. Trotzdem suchte er. Als er das Band etwa zehnmal gehört hatte, nickte er Robert Akerblom zu, daß er nun genug hatte.

»Ich muß die Kassette leider mitnehmen«, sagte er. »Im Labor können wir die Hintergrundgeräusche verstärken.«

Robert Akerblom nahm die kleine Kassette aus dem Gerät und reichte sie Wallander.

»Du könntest mir einen Gefallen tun, während ich mir ihre Schreibtischschubladen vornehme«, sagte Wallander. »Schreib mir bitte alles auf, was sie am Freitag getan hat. Wen sie treffen wollte, und wo. Notier bitte auch, welchen Weg sie gefahren ist oder gefahren sein könnte. Und die Uhrzeiten dazu. Und dann brauche ich noch eine genaue Beschreibung, wo das Haus liegt, das sie sich bei Krageholm ansehen wollte.«

»Damit kann ich nicht dienen«, sagte Robert Akerblom.

Wallander sah ihn fragend an.

»Louise hat den Anruf der Frau angenommen, die das Haus zum Verkauf angemeldet hat«, erklärte Robert Akerblom. »Erst heute wollte sie die Unterlagen in einer Akte zusammenfassen. Wenn wir die Vermittlung übernommen hätten, wären sie oder ich noch einmal hingefahren und hätten es fotografiert.«

Wallander dachte einen Augenblick nach.

»Mit anderen Worten, bisher weiß nur Louise, wo das Haus liegt«, stellte er fest.

Robert Akerblom nickte.

»Wann wollte die Anruferin wieder von sich hören lassen?« erkundigte sich Wallander.

»Heute im Laufe des Tages«, antwortete Robert Akerblom. »Deshalb wollte Louise sich das Haus ja noch am Freitag ansehen.«

»Wichtig ist, daß du hier bist, wenn sie anruft«, sagte Wallander. »Sag ihr, daß deine Frau das Haus besichtigt hat, heute aber leider krank sei. Bitte sie, dir den Weg noch einmal zu beschreiben, und laß dir ihre Telefonnummer geben. Ruf mich an, sobald sie sich gemeldet hat.«

Robert Akerblom nickte. Er hatte verstanden. Dann setzte er sich, um aufzuschreiben, worum ihn Wallander gebeten hatte.

Wallander öffnete die Schubladen, eine nach der anderen. Er fand nichts Bemerkenswertes. Keine wirkte geleert. Er hob die grüne Schreibunterlage an. Dort lag ein Rezept für Beefsteaks, aus irgendeiner Zeitschrift herausgerissen. Dann sah er sich die Fotografie der beiden Mädchen an.

Er stand auf und ging in die Küche. An der einen Wand hingen ein Kalender und ein eingerahmtes Bibelzitat. Auf einem Regal stand eine kleine, ungeöffnete Kaffeebüchse. Daneben gab es viele verschiedene Sorten Tee. Er öffnete den Kühlschrank. Darin befanden sich ein Liter Milch und eine angerissene Packung Margarine.

Er dachte an ihre Stimme und was sie auf den Anrufbeantworter gesprochen hatte. Er war sicher, daß das Auto nicht in Fahrt war, als sie angerufen hatte. Die Stimme hörte sich gleichmäßig an. So hätte sie nicht geklungen, wenn Louise nebenbei auf den Verkehr hätte achten müssen. Bei einer späteren Überprüfung im Polizeilabor sollte sich zeigen, daß er recht gehabt hatte. Außerdem stand fest, daß Louise Akerblom ein vorsichtiger und gesetzestreuer Mensch war. Sie hätte niemals ihr oder das Leben anderer riskiert, indem sie während der Fahrt telefonierte.

Wenn die Zeitangaben stimmen, ist sie in Turup, dachte Wallander. Sie hat ihre Angelegenheiten in der Bank erledigt und wird gleich nach Krageholm fahren. Aber erst will sie ihren Mann anrufen. Sie ist zufrieden, daß es in der Bank so gut gelaufen ist. Außerdem ist es ein Freitagnachmittag, und der Arbeitstag ist zu Ende. Und das Wetter ist schön. Sie hat jeden Grund, glücklich zu sein.

Wallander ging zurück, setzte sich wieder an ihren Schreibtisch und blätterte in dem Kalender, der auf der Arbeitsplatte lag. Robert Akerblom reichte ihm einen Zettel, auf dem er alles wie von Wallander gewünscht notiert hatte.

»Eine Frage habe ich jetzt noch«, sagte Wallander. »Eigentlich ist es gar keine Frage. Aber es ist wichtig. Was ist Louise für ein Mensch, ich meine, neigt sie zu gewissen Stimmungen?«

Er achtete darauf, in der Gegenwart zu sprechen, als sei nichts geschehen. In seinen Gedanken aber war Louise Akerblom bereits ein Mensch, den es nicht mehr gab.

»Alle mögen sie«, antwortete Robert Akerblom einfach. »Sie ist ausgeglichen, lacht oft, findet schnell Kontakt zu anderen. Eigentlich meint sie, daß es schwer sei, Geschäfte zu machen. Wenn es um Geld und komplizierte Verhandlungen geht, überläßt sie mir den Fall. Sie ist leicht gerührt. Und aufgeregt. Sie nimmt Anteil an den Problemen anderer Menschen.«

»Hat sie irgendeine spezielle Eigenheit?«

»Eigenheit?«

»Wir haben alle unsere Macken«, erklärte Wallander.

Robert Akerblom dachte nach.

»Nicht, daß ich wüßte«, sagte er dann.

Wallander nickte und erhob sich. Es war schon Viertel vor zwölf. Er wollte noch mit Björk sprechen, bevor dieser zum Essen nach Hause fahren würde.

»Ich melde mich später wieder, am Nachmittag«, sagte er. »Mach dir nicht zu viele Gedanken. Überlege, ob du etwas vergessen hast, was ich wissen sollte.«

Wallander verließ das Haus auf demselben Weg, wie er gekommen war.

»Was ist geschehen?« fragte Robert Akerblom, als sie sich die Hand gaben.

»Vermutlich gar nichts«, antwortete Wallander. »Alles hat sicher seine natürliche Erklärung.«

Wallander traf Björk, als dieser gerade auf dem Weg nach Hause war. Wie immer wirkte er gehetzt. Wallander hatte den Eindruck, daß sein Chef um seinen Job auch nicht zu beneiden war.

»Tut mir leid, das mit dem Einbruch«, sagte Björk und zog ein mitfühlendes Gesicht. »Ich hoffe, die Zeitungen schreiben nicht darüber. Das würde keinen guten Eindruck machen, wenn herauskäme, daß man bei einem Kriminalkommissar in die Wohnung eingebrochen ist. Unsere Aufklärungsquote ist schlecht. Die schwedische Polizei rangiert ziemlich weit unten in der internationalen Statistik.«

»Es ist, wie es ist«, sagte Wallander. »Aber ich muß ein paar Minuten mit dir reden.«

Sie standen im Korridor vor Björks Büro.

»Und bitte noch vor dem Mittagessen«, fügte Wallander hinzu.

Björk nickte, und sie gingen in sein Zimmer.

Wallander erklärte ihm den Sachverhalt und berichtete ausführlich über sein Treffen mit Robert Akerblom.

»Eine religiöse Mutter zweier Kinder«, stellte Björk fest, als Wallander geendet hatte. »Seit Freitag verschwunden. Klingt nicht gut.«

»Nein«, bestätigte Wallander. »Das klingt überhaupt nicht gut.«

Björk sah ihn aufmerksam an.

»Du vermutest ein Verbrechen?«

Wallander zuckte die Schultern.

»Ich weiß nicht. Vielleicht. Aber es ist kein gewöhnliches Verschwinden. Da bin ich sicher. Deshalb sollten wir von Anfang an umfassende Mittel einsetzen. Nicht nur die gewöhnliche, abwartende Prozedur bei Vermißtenfällen in Gang setzen.«

Björk nickte.

»Du hast recht«, sagte er. »Wen willst du haben? Vergiß nicht, daß wir unterbesetzt sind, solange Hanson fort ist. Offensichtlich hat er sich genau zum falschen Zeitpunkt ein Bein gebrochen.«

»Martinson und Svedberg«, antwortete Wallander. »Übrigens, hat Svedberg das Bullenkalb gefunden, das auf der E 14 herumrannte?«

»Ein Bauer hat es zum Schluß mit einem Lasso eingefangen«,

sagte Björk düster. »Svedberg verrenkte sich den Fuß, als er in einen Entwässerungsgraben stürzte. Aber er ist im Dienst.«

Wallander stand auf.

»Ich fahre jetzt nach Skurup. Wir sollten uns um halb fünf treffen und zusammentragen, was wir haben. Aber die Fahndung nach ihrem Auto muß sofort beginnen.«

Er legte einen Zettel auf Björks Tisch.

»Toyota Corolla«, sagte Björk. »Ich werde mich darum kümmern.«

Wallander fuhr von Ystad nach Skurup. Weil er Zeit zum Nachdenken brauchte, trödelte er die Uferstraße entlang.

Es war windig geworden. Wolkenfetzen jagten über den Himmel. Er sah eine Fähre von Polen, die gerade in den Hafen einlief.

Als er nach Mossby Strand kam, fuhr er zu dem verlassenen Parkplatz hinunter und hielt an dem verrammelten Kiosk. Er blieb im Wagen sitzen und dachte an das vergangene Jahr, als an dieser Stelle ein Schlauchboot mit zwei toten Männern an Land gespült worden war. Er dachte an die Frau, Baiba Liepa, die er in Riga getroffen hatte. Er dachte daran, daß er sie immer noch nicht vergessen konnte, obwohl er es versucht hatte.

Nach einem Jahr dachte er immer noch ständig an sie.

Was er am wenigsten gebrauchen konnte, war gerade jetzt ein Frauenmord. Er brauchte Ruhe.

Er dachte an den Vater, der heiraten wollte. An den Einbruch und die Plattensammlung, die weg war. Es war, als hätte ihm jemand einen wichtigen Teil seines Lebens gestohlen.

Er dachte an seine Tochter Linda, die in Stockholm eine Volkshochschule besuchte, und zu der er, wie er meinte, langsam den Kontakt verlor.

Es war zuviel auf einmal.

Er stieg aus dem Auto, zog den Reißverschluß der Jacke hoch und lief zum Strand hinunter. Die Luft war kalt, und er fröstelte.

Im Kopf ging er noch einmal durch, was Robert Akerblom ihm berichtet hatte. Wieder prüfte er verschiedene Theorien. Konnte es trotz allem eine natürliche Erklärung geben? Hatte sie vielleicht

Selbstmord begangen? Er dachte an ihre Stimme am Telefon. Ihren Eifer.

Kurz vor eins verließ Kurt Wallander den Strand und fuhr in Richtung Skurup weiter.

Sein Entschluß stand fest.

Jetzt war er sicher, daß Louise Akerblom tot war.

3

Kurt Wallander wurde von einem immer wiederkehrenden Alptraum geplagt, den er, wie er vermutete, mit vielen Menschen teilte. Er träumte, daß er einen Bankraub beging, der die Welt in Erstaunen versetzen würde. In diesem Traum fragte er sich auch, wieviel Geld eigentlich für gewöhnlich in einer normalen Bankfiliale verwahrt wurde. Weniger als man glaubte? Aber mehr als genug? Wie er genau vorgehen sollte, wußte er nicht. Aber der Traum vom Bankraub kam ständig wieder.

Bei dem Gedanken lächelte er vor sich hin. Aber das Lächeln erstarb bald wieder, es bereitete ihm ein schlechtes Gewissen.

Er war sicher, daß sie Louise Akerblom niemals lebendig wiederfinden würden. Er hatte keine Beweise, keinen Tatort, kein Opfer. Er hatte absolut nichts. Dennoch wußte er es.

Immer wieder mußte er an die Fotografie der beiden Mädchen denken.

Wie erklärt man, was nicht zu erklären ist, dachte er. Und wie kann Robert Akerblom weiter zu seinem Gott beten, der ihn und seine beiden Kinder so grausam im Stich gelassen hat?

Wallander schlenderte durch den Schalterraum der Sparbank in Skurup und wartete auf den Bankangestellten, der Louise Akerblom am Freitag nachmittag bei dem Immobiliengeschäft assistiert hatte. Er war gerade beim Zahnarzt. Zuvor hatte Wallander mit dem Bankdirektor Gustav Hallden gesprochen, dem er bei anderer Gelegenheit schon einmal begegnet war. Er hatte ihm frei heraus gesagt, daß er Hinweise im Zusammenhang mit dem Verschwinden einer Frau benötigte. Aber gleichzeitig bat er Hallden, die Angelegenheit vertraulich zu behandeln.

»Wir wissen ja nicht sicher, ob etwas Ernstes geschehen ist«, hatte Wallander erklärt.

»Ich verstehe«, antwortete Hallden. »Ihr glaubt nur, daß etwas geschehen ist.«

Wallander nickte. Genau so war es. Aber wie sollte man sie eigentlich bestimmen, die Grenze zwischen Glauben und Wissen?

Er wurde in seinen Gedanken unterbrochen, als ihn jemand ansprach.

»Sie wollten mich sprechen?« Die Stimme des Mannes hinter seinem Rücken klang unsicher.

Wallander drehte sich um.

»Filialleiter Moberg?« fragte er.

Der Mann nickte. Er war jung, erstaunlich jung, jedenfalls gemessen an den Vorstellungen Wallanders, wie alt ein Filialleiter sein sollte. Aber es war etwas anderes, das sofort seine Aufmerksamkeit erregte.

Die eine Wange des Mannes war auffällig geschwollen.

»Es fällt mir immer noch schwer zu sprechen«, nuschelte Filialleiter Moberg.

Wallander verstand nicht, was der Mann sagte.

»Besser zu warten«, wiederholte er. »Es ist vielleicht besser zu warten, bis die Betäubung nachläßt?«

»Versuchen wir es trotzdem«, schlug Wallander vor. »Ich habe leider nicht viel Zeit. Wenn es beim Sprechen nicht allzu weh tut?«

Filialleiter Moberg schüttelte den Kopf und wies den Weg in einen kleinen Versammlungsraum, der im hinteren Teil der Bankhalle gelegen war.

»Hier haben wir gesessen«, erklärte Filialleiter Moberg. »Sie sitzen auf Louise Akerbloms Platz. Hallden sagte, daß es um sie geht. Ist sie verschwunden?«

»Sie ist als vermißt gemeldet«, sagte Wallander. »Vermutlich ist sie nur bei Freunden zu Besuch und hat vergessen, zu Hause Bescheid zu sagen.«

An Filialleiter Mobergs geschwollenem Gesicht konnte er sehen, daß dieser seine Zurückhaltung mit großer Skepsis aufnahm. Natürlich, dachte Wallander. Verschwundene Menschen sind verschwunden. Man kann nicht halb verschwunden sein.

»Was wollen Sie wissen?« fragte Filialleiter Moberg und trank ein Glas Wasser aus der Karaffe auf dem Tisch.

»Was am Freitag nachmittag geschah«, sagte Wallander. »Im Detail. Uhrzeit, was sie sagte, was sie tat. Ich brauche auch die Namen des Verkäufers und der Käufer des Hauses, falls ich sie später befragen muß. Kannten Sie Louise Akerblom von früher?«

»Ich habe sie bei verschiedenen Gelegenheiten getroffen«, antwortete Filialleiter Moberg. »Wir haben bei insgesamt vier Immobiliengeschäften miteinander zu tun gehabt.«

»Berichten Sie, was am Freitag geschah.«

Filialleiter Moberg zog seinen Taschenkalender aus dem Jackett hervor.

»Wir hatten uns für Viertel nach zwei verabredet«, sagte er. »Louise kam einige Minuten zeitiger. Wir wechselten ein paar Worte über das Wetter.«

»Wirkte sie gespannt oder unruhig?« fragte Wallander.

Moberg dachte nach, bevor er antwortete.

»Nein«, sagte er. »Im Gegenteil, sie schien fröhlich zu sein. Früher hatte ich sie trocken und zugeknöpft erlebt. Aber nicht am Freitag.«

Wallander nickte ihm zu, er möge fortfahren.

»Die Kunden kamen, eine junge Familie Nilson. Und der Verkäufer, ein Repräsentant einer Erbengemeinschaft in Sövde. Wir setzten uns hier an den Tisch und gingen die ganze Prozedur durch. Dabei gab es nichts Ungewöhnliches. Alle Papiere waren in Ordnung. Grundbucheintragungen, Hypotheken, Darlehen, ein Wechsel. Es ging sehr schnell. Dann trennten wir uns. Ich nehme an, alle wünschten einander ein schönes Wochenende. Aber daran erinnere ich mich nicht.«

»Hatte Louise Akerblom es eilig?«

Filialleiter Moberg dachte nach.

»Vielleicht. Das ist möglich. Aber ich bin nicht sicher. Etwas anderes dagegen weiß ich bestimmt.«

»Was?«

»Sie ging nicht direkt zu ihrem Auto.«

Filialleiter Moberg wies auf das Fenster, das auf einen kleinen Parkplatz hinausging.

»Das ist der Parkplatz der Bank. Ich sah, daß sie den Wagen dort abstellte, als sie kam. Als sie die Bank verließ, dauerte es aber eine Weile, bis sie abfuhr. Ich war hier drinnen sitzen geblieben und telefonierte. Deshalb konnte ich sie beobachten. Ich glaube, sie hatte eine Tüte in der Hand, als sie zum Auto kam. Außer ihrer Handtasche.«

»Eine Tüte?« erkundigte sich Wallander. »Wie sah die aus?«

Filialleiter Moberg zuckte die Schultern. Wallander merkte, daß die Betäubung nachzulassen begann. »Wie eine Tüte eben aussieht. Ich glaube, es war eine Papiertüte. Keine aus Plastik.«

»Und dann fuhr sie los?«

»Vorher rief sie über das Autotelefon jemanden an.«

Ihren Mann, dachte Wallander. Soweit stimmt alles.

»Es war kurz nach drei«, fuhr Filialleiter Moberg fort. »Ich hatte den nächsten Termin halb vier und mußte mich vorbereiten. Mein eigenes Telefongespräch zog sich in die Länge.«

»Konnten Sie sehen, wie sie losfuhr?«

»Da war ich wohl schon wieder in meinem Büro.«

»So sahen Sie sie zuletzt, als sie in das Autotelefon sprach?«

Moberg nickte.

»Was für einen Wagen fuhr sie?«

»Ich verstehe nicht viel von Automarken. Aber es war schwarz. Oder vielleicht dunkelblau.«

Wallander klappte seinen Notizblock zusammen.

»Wenn Ihnen noch etwas einfällt, möchte ich, daß Sie sich sofort bei mir melden. Alles kann wichtig sein.«

Wallander verließ die Bank, nachdem er Namen und Telefonnummern des Verkäufers und der Käufer erhalten hatte. Er nahm die Vordertür und blieb auf dem Marktplatz stehen.

Eine Papiertüte, dachte er. Das klingt nach einer Konditorei. Er erinnerte sich an eine Konditorei, die in der Straße lag, die parallel zu den Bahngleisen verlief. Er überquerte den Platz und bog dann nach links ab.

Das Mädchen hinter dem Ladentisch hatte am Freitag gearbeitet. Aber sie erkannte Louise Akerblom nicht wieder, als Wallander ihr die Fotografie zeigte.

»Es gibt ja noch eine andere Bäckerei«, sagte sie.

»Wo liegt die?«

Das Mädchen erklärte, und Wallander merkte, daß die Entfernung von der Bank ungefähr dieselbe war. Er dankte und verließ den Laden. Nach einigem Suchen entdeckte er die Bäckerei, die links vom Marktplatz lag. Eine ältere Frau erkundigte sich nach seinen Wünschen, als er den Verkaufsraum betrat. Wallander stellte sich vor und reichte die Fotografie über den Ladentisch.

»Vielleicht erkennen Sie sie wieder. Es könnte sein, daß diese Frau am Freitag kurz nach drei hier bei Ihnen war.«

Die Verkäuferin holte sich ihre Brille und studierte das Bild aufmerksam.

»Ist etwas passiert«, fragte sie neugierig. »Wer ist das?«

»Beantworten Sie bitte nur meine Frage«, sagte Wallander freundlich.

Die Frau nickte.

»Ich erinnere mich an sie. Ich glaube, sie kaufte ein wenig Gebäck. Ja, daran erinnere ich mich genau. Blätterteig. Und ein Brot.«

Wallander dachte nach.

»Wieviel Gebäckstücke?«

»Vier. Ich erinnere mich, ich wollte sie noch in einen Karton packen. Aber sie sagte, es würde reichen mit einer Tüte. Sie schien es eilig zu haben.«

Wallander nickte.

»Sahen Sie, wohin sie ging, als sie das Geschäft verließ?«

»Nein. Da waren noch andere Kunden, die warteten.«

»Danke«, sagte Wallander. »Sie haben mir sehr geholfen.«

»Was ist denn eigentlich passiert?« fragte die Frau.

»Nichts«, antwortete Wallander. »Reine Routine.«

Er verließ das Geschäft und ging zur Rückseite der Bank, wo Louise Akerblom ihr Auto abgestellt hatte.

Bis hierher und nicht weiter, dachte er. Hier verlieren sich die Spuren. Von hier aus macht sie sich auf den Weg, um ein Haus zu besichtigen, von dem wir immer noch nicht wissen, wo es liegt, nachdem sie auf einem Anrufbeantworter eine Nachricht hinterlassen hat. Sie ist guter Laune, sie hat eine Tüte mit Gebäck bei sich und will um fünf zu Hause sein.

Er schaute auf die Uhr. Drei Minuten vor drei. Genau drei Tage, seit sich Louise Akerblom an ebendieser Stelle befunden hatte.

Wallander ging zu seinem Wagen, der an der Vorderseite der Bank geparkt war, schob eine Musikkassette ein, eine der wenigen, die ihm nach dem Einbruch noch verblieben waren, und versuchte sich an einer Zusammenfassung. Placido Domingos Stimme erfüllte das Coupé, und er dachte, daß vier Stück Blätterteiggebäck genau für die vier Mitglieder der Familie Akerblom reichten. Dann fragte er sich, ob sie wohl auch vor dem Verzehr von Kuchen ein Tischgebet sprachen. Wie fühlt man sich eigentlich, wenn man an einen Gott glaubt?

Gleichzeitig hatte er eine Idee. Ein Gespräch würde er noch führen können, bevor sie sich im Polizeigebäude versammelten, um den Fall durchzugehen.

Was hatte Robert Akerblom gesagt?

Pastor Tureson?

Wallander ließ den Motor an und fuhr in Richtung Ystad. Als er die E 14 erreichte, hielt er sich genau an die vorgeschriebene Höchstgeschwindigkeit. Er rief Ebba in der Rezeption des Polizeigebäudes an und bat sie, Pastor Turesons Telefonnummer herauszusuchen und ihm mitzuteilen, daß Wallander ihn in Kürze treffen wollte. Pastor Tureson hielt sich in der Methodistenkirche auf und würde Wallander gern empfangen, lautete die Antwort.

»Es schadet überhaupt nichts, wenn du von Zeit zu Zeit eine Kirche besuchst«, scherzte Ebba.

Wallander fielen die Nächte ein, die er vor einem Jahr mit Baiba Liepa in einer Kirche in Riga verbracht hatte. Aber er sagte nichts. Auch wenn er wollte, jetzt hatte er keine Zeit, an sie zu denken.

Pastor Tureson war ein älterer Mann, groß und stark, mit buschigen weißen Haaren. Wallander spürte einen kräftigen Händedruck, als sie sich begrüßten.

Der Kirchenraum war einfach. Wallander hatte nicht das erdrückende Gefühl, das ihn oft ankam, wenn er eine Kirche betrat.

Sie setzten sich auf Sprossenstühle, die vorn am Altartisch standen.

»Ich habe Robert vor einigen Stunden angerufen«, sagte Pastor Tureson. »Armer Mann, er ist ganz verstört. Haben Sie sie immer noch nicht gefunden?«

»Nein«, antwortete Wallander.

»Ich verstehe nicht, was da geschehen sein kann. Es war nicht Louises Art, sich Gefahren auszusetzen.«

»Manchmal ist es nicht zu vermeiden«, sagte Wallander.

»Was meinen Sie damit?«

»Es gibt zwei Sorten Gefahren. Der einen setzt man sich aus. Der anderen ist man ausgesetzt. Das ist nicht dasselbe.«

Der Pastor machte eine resignierende Handbewegung. Seine Unruhe wirkte echt, sein Mitgefühl mit dem Mann und den Töchtern aufrichtig.

»Erzählen Sie von ihr«, bat Wallander. »Wie war sie? Kennen Sie sie schon lange? Wie war die Familie Akerblom?«

Pastor Tureson sah Wallander ernst an.

»Sie stellen mir Fragen, als ob es schon vorbei wäre.«

»Das ist eine schlechte Angewohnheit«, entschuldigte sich Wallander. »Ich meine natürlich, daß Sie mir erzählen sollen, wie sie ist.«

»Ich bin jetzt seit fünf Jahren Pastor dieser Gemeinde«, begann Tureson. »Wie Sie hören können, komme ich ursprünglich aus Göteborg. Die Familie Akerblom ist die ganze Zeit über Mitglied dieser Kirche gewesen. Beide stammen aus Methodistenfamilien, sie haben sich durch die Kirche getroffen. Und nun lassen sie ihre Kinder im rechten Glauben heranwachsen. Robert und Louise sind tüchtige Menschen. Arbeitsam, sparsam, großzügig. Es ist schwer, sie auf andere Art zu beschreiben. Es ist überhaupt schwer, von ihnen als einzelnen Personen zu sprechen. Sie gehören zusammen. Die Gemeindemitglieder sind bestürzt darüber, daß sie verschwunden ist. Das fühlte ich bei unserer gemeinsamen Fürbitte gestern.«

Die perfekte Familie. Kein Riß in der Mauer, dachte Wallander. Ich kann mit tausend Leuten sprechen, und alle werden mir dasselbe erzählen. Louise Akerblom hat keine Schwächen, absolut keine. Die einzige Besonderheit: Sie ist verschwunden. Da stimmt etwas nicht. Nichts stimmt.

»Woran denken Sie, Herr Kommissar?« erkundigte sich Pastor Tureson.

»Ich denke an Schwäche«, antwortete Wallander. »Ist das nicht ein grundlegender Zug in allen Religionen? Daß Gott uns helfen wird, unsere Schwäche zu überwinden?«

»Ganz recht.«

»Mir scheint es nun aber, als habe Louise Akerblom keine Schwächen gehabt. Ihr Bild ist so perfekt, daß ich beinahe mißtrauisch werde. Gibt es wirklich Menschen, die so durch und durch gut sind?«

»Louise ist ein solcher Mensch«, erwiderte Pastor Tureson.

»Sie gleicht beinahe einem Engel?«

»Nicht richtig«, sagte Pastor Tureson. »Ich erinnere mich, daß sie einmal Kaffee für den Gemeindeabend kochte. Sie verbrühte sich die Finger. Ich konnte hören, wie sie tatsächlich fluchte.«

Wallander versuchte es noch einmal von vorn.

»Es ist unmöglich, daß es zwischen ihr und ihrem Mann ein Zerwürfnis gab?« fragte er.

»Absolut unmöglich«, antwortete Pastor Tureson.

»Kein anderer Mann?«

»Natürlich nicht. Ich hoffe, Sie stellen diese Frage nicht Robert.«

»Kann sie von religiösen Zweifeln geplagt sein?«

»Das halte ich für ganz ausgeschlossen. Davon hätte ich gewußt.«

»Kann sie einen Grund gehabt haben, Selbstmord zu begehen?«

»Nein.«

»Kann eine akute Sinnesverwirrung sie ergriffen haben?«

»Warum? Sie ist ein durch und durch harmonischer Mensch.«

»Die meisten Menschen haben Geheimnisse«, sagte Wallander nach einer Pause. »Können Sie sich vorstellen, daß Louise Akerblom ein Geheimnis hat, das sie mit niemandem teilt, nicht einmal mit ihrem Mann?«

Pastor Tureson schüttelte den Kopf.

»Gewiß, alle Menschen haben Geheimnisse«, antwortete er. »Oft sehr dunkle Geheimnisse. Aber ich bin überzeugt davon, daß Louise keines hat, das sie dazu bringen könnte, ihre Familie zu verlassen und diese ganze Unruhe auszulösen.«

Wallander hatte keine Fragen mehr.

Es stimmt nicht, dachte er wieder. Etwas an diesem perfekten Bild stimmt nicht.

Er erhob sich und dankte Pastor Tureson.

»Ich werde mit den anderen Gemeindemitgliedern sprechen. Falls Louise nicht zurückkehrt.«

»Sie muß kommen«, sagte Pastor Tureson. »Alles andere ist unmöglich.«

Es war fünf nach vier, als Wallander die Methodistenkirche verließ. Es hatte angefangen zu regnen, und er fröstelte im Wind. Im Auto blieb er einen Moment sitzen und fühlte, daß er müde war. Es war, als hielte er den Gedanken nicht aus, daß zwei kleine Mädchen ihre Mutter verloren haben sollten.

Punkt halb fünf waren sie in Björks Zimmer im Polizeigebäude versammelt. Martinson lümmelte auf dem Sofa, Svedberg lehnte sich gegen die Wand. Wie immer kratzte er sich die Glatze und schien zerstreut nach den verschwundenen Haaren zu suchen. Wallander hatte auf einem Holzstuhl Platz genommen. Björk stand über den Schreibtisch gebeugt und führte ein Telefongespräch. Schließlich legte er den Hörer auf und gab Ebba Bescheid, daß sie in der nächsten halben Stunde nicht gestört werden wollten. Außer, wenn es Robert Akerblom wäre.

»Was haben wir?« begann Björk. »Wo wollen wir anfangen?«

»Wir haben nichts«, antwortete Wallander.

»Ich habe Svedberg und Martinson informiert«, fuhr Björk fort. »Wir haben ihren Wagen zur Fahndung ausgeschrieben. Alles Routinemaßnahmen, die wir ergreifen, wenn wir ein Verschwinden als ernst einschätzen.«

»Nicht einschätzen«, korrigierte Wallander. »Es *ist* ernst. Ginge es um einen Unglücksfall, hätten wir inzwischen irgend etwas erfahren. Haben wir aber nicht. Also handelt es sich um ein Verbrechen. Ich bin leider überzeugt davon, daß sie tot ist.«

Martinson wollte eine Frage stellen, aber Wallander unterbrach ihn und berichtete statt dessen, was er an diesem Tage unternommen hatte. Er war bemüht, seinen Kollegen begreiflich zu machen, was er selbst eingesehen hatte: Ein Mensch wie Louise Akerblom verschwindet nicht freiwillig und läßt die Familie im Stich. Jemand oder etwas mußte sie davon abgehalten haben, wie per Anrufbeantworter angekündigt, um fünf zu Hause zu sein.

»Das klingt zweifellos ernst«, äußerte sich Björk, als Wallander geendet hatte.

»Immobilienmakler, Freikirche, Familie«, sagte Martinson. »Vielleicht ist es ihr zu viel geworden? Sie kauft beim Bäcker ein und macht sich auf den Heimweg. Plötzlich dreht sie um und fährt statt dessen nach Kopenhagen.«

»Wir müssen das Auto finden«, sagte Svedberg. »Das ist die einzige Möglichkeit.«

»Vor allem müssen wir das Haus ausfindig machen, das sie besichtigen wollte«, wandte Wallander ein. »Hat Robert Akerblom nicht angerufen?«

Keiner hatte ein Gespräch entgegengenommen.

»Wenn sie wirklich zu diesem Haus irgendwo in der Nähe von Krageholm gefahren ist, könnten wir ihrer Spur folgen, bis wir sie gefunden haben oder die Spur endet.«

»Peters und Noren haben die Nebenstraßen um Krageholm abgesucht«, sagte Björk. »Aber keinen Toyota Corolla gefunden. Dafür einen gestohlenen Lastwagen.«

Wallander holte die Kassette aus dem Anrufbeantworter hervor. Nach einigem Suchen gelang es ihnen, ein passendes Abspielgerät aufzutreiben. Sie standen im Kreis um den Schreibtisch und lauschten der Stimme Louise Akerbloms.

»Das Band muß untersucht werden«, sagte Wallander. »Ich kann mir eigentlich nicht vorstellen, was die Techniker noch finden könnten, aber auf alle Fälle.«

»Eines ist klar«, sagte Martinson. »Als sie diese Mitteilung gesprochen hat, war sie weder bedroht noch gezwungen, ängstlich oder unruhig, verstört oder unglücklich.«

»Also ist etwas geschehen«, sagte Wallander. »Zwischen drei

Uhr und fünf Uhr. Irgendwo zwischen Skurup, Krageholm und Ystad. Vor gut drei Tagen.«

»Wie war sie angezogen?« erkundigte sich Björk.

Wallander merkte plötzlich, daß er vergessen hatte, ihrem Mann eine der elementarsten Fragen zu stellen. Er gestand sein Versäumnis. »Ich glaube trotzdem, daß es eine natürliche Erklärung geben kann«, sagte Martinson nachdenklich. »Es ist, wie du selbst gesagt hast, Kurt. Sie ist nicht der Typ, der freiwillig verschwindet. Überfall und Mord sind nach wie vor selten, trotz allem. Ich meine, wir sollten wie gewohnt arbeiten und nicht in Hysterie verfallen.«

»Ich bin nicht hysterisch«, sagte Wallander und merkte, daß er wütend wurde. »Aber ich weiß, was ich glaube. Gewisse Tatsachen, meine ich, sprechen für sich.«

Björk wollte gerade eingreifen, als das Telefon klingelte.

»Ich sagte doch, daß wir nicht gestört werden wollen«, rief er in den Hörer.

Wallander griff hastig nach dem Hörer.

»Das kann Robert Akerblom sein. Soll ich nicht lieber mit ihm reden?«

Er übernahm das Gespräch und nannte seinen Namen.

»Hier ist Robert Akerblom. Habt ihr Louise gefunden?«

»Nein«, antwortete Wallander. »Noch nicht.«

»Die Witwe hat inzwischen angerufen«, teilte Robert Akerblom mit. »Ich habe eine Karte. Ich werde selbst hinausfahren und suchen.«

Wallander dachte nach.

»Fahr mit mir«, schlug er vor. »Das ist gewiß am besten. Ich komme sofort. Kannst du die Karte ein paarmal kopieren? Fünf reichen.«

»Ja«, antwortete Robert Akerblom.

Wallander dachte, daß religiöse Menschen oft sehr gesetzestreu und autoritätsgebunden waren. Niemand hätte Robert Akerblom daran hindern können, loszufahren und seine Frau auf eigene Faust zu suchen.

Wallander ließ den Hörer auf die Gabel fallen.

»Jetzt haben wir eine Karte«, teilte er den anderen mit. »Wir fangen mit zwei Wagen an. Robert Akerblom will dabeisein. Er kann mit mir fahren.«

»Sollen wir nicht ein paar Streifenwagen dazunehmen?« fragte Martinson.

»Dann müßten wir in Kolonne fahren«, sagte Wallander. »Erst sollten wir uns die Karte anschauen und einen Plan machen. Dann können wir alle verfügbaren Wagen losschicken.«

»Ruf mich an, wenn sich etwas tut«, sagte Björk. »Hier oder zu Hause.«

Wallander rannte fast über den Gang. Er hatte es eilig. Er mußte herausbekommen, ob die Spur im Nichts endete. Oder ob Louise Akerblom sich irgendwo da draußen befand.

Sie hatten die Karte, die Robert Akerblom nach der Beschreibung am Telefon angefertigt hatte, auf der Motorhaube von Wallanders Wagen ausgebreitet. Svedberg hatte sie mit einem Taschentuch trockengewischt, denn am frühen Nachmittag war ein Regenschauer niedergegangen.

»E 14«, sagte Svedberg. »Bis zur Abfahrt Katslösa und Kadesjö. Nach links Richtung Knickarp, dann nach rechts, wieder links, und dann nach einem Traktorenweg suchen.«

»Nicht so hastig«, sagte Wallander. »Wenn ihr in Skurup gewesen wärt, welchen Weg hättet ihr genommen?«

Es gab mehrere Alternativen. Nach einer kurzen Diskussion wandte sich Wallander an Robert Akerblom.

»Was meinst du?« fragte er.

»Ich glaube, Louise hätte eine kleinere Straße genommen«, antwortete er, ohne zu zögern. »Sie mochte die Raserei auf der E 14 nicht. Ich glaube, sie wäre über Svaneholm und Brodda gefahren.«

»Auch, wenn sie es eilig hatte? Wenn sie um fünf zu Hause sein wollte?«

»Auch dann«, sagte Robert Akerblom.

»Ihr nehmt diesen Weg«, sagte Wallander zu Martinson und Svedberg. »Wir fahren direkt zu dem Gehöft hinauf. Wir nehmen Verbindung auf, wenn es notwendig wird.«

Sie fuhren aus Ystad hinaus. Wallander ließ Martinson und

Svedberg vorbei, die die längere Strecke zu bewältigen hatten. Robert Akerblom starrte vor sich hin. Wallander warf ihm hin und wieder einen Blick zu. Er preßte die Hände unruhig gegeneinander, als könne er sich nicht entscheiden, sie zu falten.

Wallander spürte die Spannung im Körper. Aber was konnten sie eigentlich erwarten zu finden?

Er bremste vor der Abzweigung nach Kadesjö, ließ einen Lastwagen vorbei und erinnerte sich daran, daß er denselben Weg eines Morgens vor zwei Jahren gefahren war, als ein älteres Bauernpaar auf einem abgelegenen Hof getötet worden war. Er schauderte bei der Erinnerung und dachte wie so oft an seinen Kollegen Rydberg, der vor einem Jahr gestorben war. Jedesmal, wenn Wallander mit einem Verbrechen konfrontiert war, das außerhalb des Üblichen lag, vermißte er die Erfahrung und den Rat des älteren Kollegen.

Was geht nur vor in unserem Land, dachte er. Wohin mögen all die altmodischen Diebe und Betrüger verschwunden sein? Woher kommt diese ganze sinnlose Gewalt?

Die Karte lag neben der Gangschaltung.

»Sind wir richtig?« fragte er, um das Schweigen im Auto zu brechen.

»Ja«, antwortete Robert Akerblom, ohne den Blick von der Straße zu wenden. »Hinter dem nächsten Hügelkamm müssen wir links abbiegen.«

Sie fuhren in den Wald von Krageholm ein. Der See lag zur Linken und schimmerte durch die Bäume. Wallander verlangsamte die Fahrt, und sie hielten Ausschau nach der Abzweigung.

Robert Akerblom entdeckte sie. Wallander war bereits daran vorbeigefahren. Er bremste und hielt an.

»Bleib im Auto sitzen«, sagte er. »Ich seh' mich nur mal um.«

Die Abfahrt war fast zugewachsen. Wallander kniete nieder und entdeckte schwache Abdrücke von Autoreifen. Er spürte Robert Akerbloms Augen im Nacken.

Er ging zum Wagen zurück und rief Martinson und Svedberg an. Sie hatten gerade Skurup erreicht.

»Wir sind bei der Abzweigung«, teilte Wallander mit. »Vorsicht, wenn ihr abbiegt. Zerstört die Reifenspuren nicht.«

»Verstanden«, antwortete Svedberg. »Wir machen uns auf den Weg.«

Wallander bog vorsichtig in die Ausfahrt ein und vermied es, die Spuren zu kreuzen.

»Zwei Wagen«, dachte er. »Oder ein und derselbe, der hin- und zurückgefahren ist.«

Sie schaukelten langsam den zerfahrenen, pfützenbestandenen Weg entlang. Das zum Verkauf stehende Haus sollte einen Kilometer entfernt sein. Zu seiner Verwunderung hatte Wallander auf der Karte gesehen, daß der Hof den Namen Einsamkeit trug.

Nach drei Kilometern endete der Weg. Robert Akerblom schaute verständnislos auf die Karte und dann auf Wallander.

»Falscher Weg«, sagte Wallander. »Wir können das Haus nicht übersehen haben. Es soll unmittelbar an der Fahrspur liegen. Wir müssen zurückfahren.«

Als sie die Hauptstraße erreicht hatten, fuhren sie langsam weiter. Nach etwa fünfhundert Metern entdeckten sie die nächste Abfahrt. Wallander wiederholte seine Untersuchung. Im Gegensatz zu dem vorigen Weg gab es hier verschiedene Reifenspuren, die einander kreuzten. Die provisorische Straße schien auch in einem besseren Zustand und häufiger befahren zu sein.

Aber auch hier konnten sie das richtige Haus nicht finden. Zwar sahen sie hinter den Bäumen einen Hof, doch da er mit der Beschreibung überhaupt nicht übereinstimmte, fuhren sie vorbei. Nach vier Kilometern hielt Wallander an.

»Hast du die Telefonnummer dieser Witwe Wallin bei dir?« fragte er. »Ich habe den starken Verdacht, daß sie über keinen ausgeprägten Ortssinn verfügt.«

Robert Akerblom nickte und zog ein kleines Telefonbuch aus der Innentasche. Wallander sah, daß ein Lesezeichen in Form eines Engels zwischen den Seiten lag.

»Ruf sie an«, sagte Wallander. »Erklär ihr, daß du dich verfahren hast. Bitte sie, die Wegbeschreibung noch einmal zu wiederholen.«

Es dauerte lange, bis Frau Wallin sich meldete.

Es zeigte sich, daß Frau Wallin tatsächlich nicht sicher war, was die Anzahl Kilometer bis zur Abfahrt betraf.

»Bitte sie, einen anderen Orientierungspunkt zu benennen«, sagte Wallander. »Es muß doch etwas geben, wonach wir uns richten können. Sonst müssen wir ein Auto schicken und sie holen.«

Wallander ließ Robert Akerblom mit Frau Wallin sprechen, ohne den Lautsprecher zum Mithören einzuschalten.

»Eine Eiche, in die der Blitz eingeschlagen hat«, sagte Robert Akerblom, als das Gespräch beendet war. »Kurz vor dem Baum sollen wir abbiegen.«

Sie fuhren weiter. Nach zwei Kilometern entdeckten sie die Eiche, deren Stamm vom Blitz gespalten war. Hier gab es auch eine Abfahrt, die nach rechts führte. Wallander rief das andere Auto an und gab die Wegbeschreibung durch. Dann stieg er zum dritten Mal aus, um nach Spuren zu suchen. Zu seiner Verwunderung fand er keinerlei Anzeichen, die darauf hindeuteten, daß kürzlich ein Auto hier abgebogen war. Das mußte gar nichts bedeuten, die Reifenspuren konnten vom Regen weggespült worden sein. Trotzdem fühlte er so etwas wie Enttäuschung.

Das Haus befand sich genau an der richtigen Stelle, nach etwa einem Kilometer Fahrt direkt am Weg. Sie hielten an und stiegen aus. Es hatte angefangen zu regnen, der Wind war böig geworden.

Plötzlich rannte Robert Akerblom auf das Haus zu, wobei er mit gellender Stimme nach seiner Frau rief. Wallander blieb am Auto stehen. Das Ganze war so schnell gegangen, daß er völlig überrumpelt worden war. Als Robert Akerblom hinter dem Haus verschwand, eilte er ihm nach.

Kein Wagen, dachte er beim Rennen. Kein Wagen und keine Louise Akerblom.

Als er Robert Akerblom erreichte, wollte der gerade einen Ziegelstein in ein Fenster auf der Rückseite des Hauses schleudern. Wallander fiel ihm in den Arm.

»Das lohnt sich nicht«, sagte Wallander.

»Vielleicht ist sie da drinnen«, rief Robert Akerblom.

»Du sagtest doch, daß sie keine Schlüssel zu diesem Haus besaß«, gab Wallander zurück. »Laß den Stein fallen, dann können wir nachsehen, ob irgendwo eine Tür aufgebrochen ist. Aber eigentlich kann ich dir jetzt schon sagen, daß sie nicht hier ist.«

Robert Akerblom sank plötzlich auf dem Boden zusammen.

»Wo ist sie?« fragte er. »Was ist nur geschehen?«

Wallander bekam einen Kloß im Hals. Er wußte nicht, was er erwidern sollte. Dann nahm er Robert Akerbloms Arm und half ihm aufzustehen.

»Wenn du hier sitzen bleibst, wirst du krank«, sagte er. »Jetzt schauen wir uns erst einmal um.«

Aber es gab keine aufgebrochene Tür. Sie sahen durch die gardinenlosen Fenster in leere Räume. Da war nichts. Als sie das endlich eingesehen hatten, bogen Martinson und Svedberg in den Hof ein.

»Nichts«, informierte sie Wallander. Gleichzeitig legte er einen Finger diskret auf den Mund, ohne daß Robert Akerblom es sehen konnte.

Er wollte nicht, daß Svedberg und Martinson anfingen, Fragen zu stellen.

Er wollte nicht sagen, daß Louise Akerblom vermutlich niemals bis zu diesem Hof gekommen war.

»Bei uns auch nichts«, sagte Martinson ablenkend. »Kein Wagen, nichts.«

Wallander sah auf die Uhr. Zehn Minuten nach sechs. Er wandte sich an Robert Akerblom und versuchte zu lächeln.

»Ich glaube, du bist jetzt zu Hause bei deinen Mädchen am nützlichsten«, sagte er. »Svedberg fährt dich nach Hause. Wir Polizisten setzen die Suche systematisch fort. Versuche, dich nicht zu beunruhigen. Sie kommt sicher zurück.«

»Sie ist tot«, sagte Robert Akerblom mit leiser Stimme. »Sie ist tot und kommt nie mehr zurück.«

Die drei Polizisten schwiegen.

»Nein«, sagte Wallander schließlich. »Es gibt keine Veranlassung zu glauben, daß es so schlimm ausgehen muß. Svedberg fährt dich jetzt heim. Ich verspreche, daß ich dich später anrufen werde.«

Svedberg fuhr los.

»Jetzt wird es ernst«, verkündete Wallander entschlossen. Er spürte, wie die Unruhe in ihm unablässig wuchs.

Sie setzten sich in seinen Wagen. Wallander rief Björk an und forderte, daß sich alle verfügbaren Kräfte mit Fahrzeugen an der zersplitterten Eiche sammeln sollten. Gleichzeitig hatte Martinson begonnen, einen Plan zu entwerfen, wie alle Straßen und Wege im Umkreis des Hofes am schnellsten und effektivsten durchkämmt werden konnten. Wallander bat Björk, darauf zu achten, daß alle mit ordentlichen Karten ausgerüstet wurden.

»Wir suchen, solange es noch hell ist«, sagte Wallander. »Morgen, wenn es Tag wird, machen wir weiter, falls wir heute zu keinem Resultat kommen. Dann mußt du auch Kontakt zum Militär aufnehmen. Wir müssen überlegen, ob wir eine gemeinsame Suchaktion starten.«

»Hunde«, sagte Martinson. »Wir brauchen Hunde, heute abend schon.«

Björk versprach, selbst zu kommen und persönlich die Verantwortung zu übernehmen.

Martinson und Wallander sahen sich an.

»Laß uns zusammenfassen«, sagte Wallander. »Was glaubst du?«

»Sie ist niemals bis hierher gekommen«, antwortete Martinson. »Sie kann hier in der Nähe gewesen sein oder weit weg. Was geschehen ist, weiß ich nicht. Aber wir müssen den Wagen finden. Und da ist es richtig, hier zu beginnen. Jemand müßte ihn ja übrigens gesehen haben. Wir müssen uns überall erkundigen. Björk sollte morgen eine Pressekonferenz abhalten. Wir müssen bekanntgeben, daß wir diesen Vermißtenfall ernst nehmen.«

»Was kann geschehen sein?« fragte Wallander.

»Etwas, was wir uns lieber nicht vorstellen wollen«, antwortete Martinson.

Der Regen trommelte gegen die Scheiben und das Dach. »Zum Teufel«, sagte Wallander.

»Genau«, bekräftigte Martinson.

Kurz vor Mitternacht sammelten sich die müden und durchnäßten Polizisten wieder auf dem Hof des Hauses, das Louise Akerblom wahrscheinlich nie besucht hatte. Sie hatten keine Spur des dunkelblauen Wagens gefunden, und natürlich auch keine von Louise Akerblom. Das interessanteste war noch, daß eine Hundepatrouille zwei Elchkadaver gefunden hatte. Außerdem war ein

Polizeiauto beinahe mit einem Mercedes zusammengestoßen, der einen der schmalen Wege entlanggeprescht kam, als sie sich auf dem Rückweg zum Treffpunkt befunden hatten.

Björk dankte für den Einsatz. Er hatte sich schon mit Wallander beraten. Die müden Polizisten konnten heimgeschickt werden mit dem Hinweis, daß die Suche am nächsten Morgen Punkt sechs Uhr fortgesetzt werden würde.

Wallander war der letzte, der sich wieder in Richtung Ystad auf den Weg machte. Von seinem Mobiltelefon aus hatte er Robert Akerblom angerufen und ihm mitgeteilt, daß er leider keine Neuigkeiten zu berichten hätte. Obwohl es schon spät war, hatte Robert Akerblom Wallander gebeten, ihn noch in der Reihenhauswohnung zu besuchen, wo er nun mit den Töchtern allein war.

Bevor Wallander den Wagen anließ, rief er noch seine Schwester in Stockholm an. Er wußte, daß sie abends immer lange aufblieb. Er erzählte ihr, daß ihr Vater sich mit der Haushaltshilfe verheiraten wollte. Zu Wallanders großer Verwunderung fing sie schallend an zu lachen. Aber dann war er erleichtert, als sie versprach, Anfang Mai nach Schonen herunterzukommen.

Wallander packte das Telefon wieder in die Halterung und fuhr in Richtung Ystad. Regenschauer peitschten gegen die Windschutzscheibe.

Er suchte, bis er Robert Akerbloms Adresse fand. Es war eine Villa, die aussah wie tausend andere auch. Im Erdgeschoß brannte Licht.

Bevor er ausstieg, lehnte er sich im Sitz zurück und schloß die Augen.

Sie ist nie angekommen, dachte er.

Was geschah unterwegs?

Irgend etwas stimmt nicht an diesem Verschwinden. Ich versteh es nicht.

4

Der Wecker neben Kurt Wallanders Bett klingelte Viertel vor fünf.

Er stöhnte und zog das Kopfkissen über das Gesicht.

Ich bekomme viel zu wenig Schlaf, dachte er resigniert. Warum kann ich kein Polizist sein, der die Arbeit vergißt, wenn er nach Hause kommt?

Er blieb liegen und ließ in Gedanken noch einmal den Besuch bei Robert Akerblom am vergangenen Abend ablaufen. Es war eine Qual gewesen, sein flehendes Gesicht zu sehen und nur sagen zu können, daß es ihnen nicht gelungen war, seine Frau zu finden. Kurt Wallander hatte das Haus, sobald er konnte, verlassen und sich gar nicht wohl gefühlt, als er nach Hause fuhr. Dann hatte er bis um drei schlaflos gelegen, obwohl er müde war und an der Grenze zur allgemeinen Erschöpfung.

Wir müssen sie finden, dachte er. Jetzt, bald. Tot oder lebendig. Nur finden müssen wir sie.

Er hatte mit Robert Akerblom vereinbart, daß er sich am Vormittag wieder melden würde, sobald die Suche weiterging. Wallander wußte, daß er Louise Akerbloms persönliche Sachen durchgehen mußte, um herauszufinden, wer sie war. Irgendwo in Wallanders Kopf kreiste die ganze Zeit das Gefühl, daß etwas an ihrem Verschwinden mehr als sonderbar war. Die meisten Vermißtenfälle hatten eigenartige Begleitumstände. Aber diesmal gab es etwas, das sich von seinen früheren Erfahrungen unterschied, und er wollte wissen, was es war.

Wallander quälte sich aus dem Bett, setzte Kaffee auf und wollte das Radio anstellen. Als er sich an den Einbruch erinnerte, fluchte er. Ihm war klar, daß er unter den jetzigen Umständen keine Zeit haben würde, sich um diese Ermittlung zu kümmern.

Er duschte, zog sich an und trank Kaffee. Das Wetter war nicht geeignet, seine Laune zu verbessern. Es regnete anhaltend, und der Wind war stärker geworden. Es war das denkbar schlechteste Wetter für eine Suchaktion. Müde und mißgelaunte Polizisten, Hunde mit herunterhängenden Schwänzen und wütende Rekruten aus dem Regiment würden an diesem Tag die Felder und Wälder rund um Krageholm füllen. Aber das war Björks Sache. Er selbst würde sich mit Louise Akerbloms persönlicher Habe beschäftigen.

Er setzte sich ins Auto und fuhr hinaus zu der gesplitterten Eiche. Björk lief am Straßenrand unruhig auf und ab.

»Was für ein Wetter«, sagte er. »Immer muß es regnen, wenn man draußen unterwegs ist und Leute sucht.«

»Ja«, bestätigte Wallander. »Das ist seltsam.«

»Ich habe mit einem Oberstleutnant Hernberg gesprochen«, fuhr Björk fort. »Er schickt um sieben zwei Busse mit Rekruten. Aber ich denke, wir können am besten schon jetzt mit der Suche beginnen. Martinson hat das Ganze vorbereitet.«

Wallander nickte zufrieden. Martinson verstand es, eine Suchaktion zu organisieren.

»Ich hatte gedacht, um zehn eine Pressekonferenz abzuhalten«, sagte Björk. »Es wäre gut, wenn du dabeisein könntest. Bis dahin brauchen wir ein Foto von ihr.«

Wallander gab ihm das Bild aus seiner Jackentasche. Björk betrachtete das Gesicht Louise Akerbloms.

»Süßes Mädchen«, sagte er. »Hoffentlich finden wir sie lebend. Ist es ähnlich?«

»Ihr Mann behauptet es.«

Björk steckte das Foto in eine Plastikhülle, die er in einer Tasche seines Regenmantels aufbewahrte.

»Ich fahre zu ihrem Haus«, sagte Wallander. »Ich glaube, dort kann ich nützlicher sein.«

Björk nickte. Als Wallander sich seinem Wagen zuwenden wollte, legte ihm Björk die Hand auf die Schulter.

»Was glaubst du?« fragte er. »Ist sie tot? Haben wir es mit einem Verbrechen zu tun?«

»Eine andere Möglichkeit kommt kaum noch in Frage«, antwortete Wallander. »Wenn sie nicht irgendwo verunglückt ist. Aber daran glaube ich eigentlich nicht.«

»Das ist gar nicht gut«, sagte Björk. »Gar nicht gut.«

Wallander fuhr nach Ystad zurück. Das graue Meer trug weiße Schaumkronen.

Als er in die Villa am Akarvägen kam, sahen ihn zwei Mädchen mit ernsten Augen an.

»Ich habe ihnen gesagt, daß du von der Polizei bist«, sagte Robert Akerblom. »Sie wissen, daß Mama fort ist und daß ihr nach ihr sucht.«

Wallander nickte und versuchte zu lächeln, obwohl er einen Kloß im Hals hatte. »Ich heiße Kurt«, sagte er, auch an Robert Akerblom gewandt. »Und wie heißt ihr?«

»Maria und Magdalena«, antworteten die Mädchen im Chor.

»Das sind feine Namen«, sagte Wallander. »Ich habe auch eine Tochter, die heißt Linda.«

»Sie werden heute bei meiner Schwester sein«, sagte Robert Akerblom. »Sie kommt bald und holt sie. Darf ich dir eine Tasse Tee anbieten?«

»Gern«, sagte Wallander.

Er legte den Mantel ab, zog die Schuhe aus und ging in die Küche. Die beiden Mädchen standen in der Tür und schauten ihm zu.

Wo fange ich an? dachte Wallander. Und wird er verstehen, daß ich jeden Schrank öffnen und in all ihren Papieren blättern muß?

Die beiden Mädchen wurden abgeholt, und Wallander trank seinen Tee.

»Um zehn werden wir eine Pressekonferenz abhalten«, sagte er. »Das bedeutet, daß wir den Namen deiner Frau öffentlich nennen und an alle appellieren, die sie gesehen haben können, sich zu melden. Das bedeutet natürlich auch, daß wir nicht mehr ausschließen können, daß es sich um ein Verbrechen handelt.«

Wallander hatte sich vorgestellt, daß Robert Akerblom eventuell zusammenbrechen könnte und anfangen würde zu weinen. Aber der bleiche, hohläugige Mann, tadellos in Anzug und Schlips gekleidet, schien an diesem Morgen gefaßt zu sein.

»Wir müssen weiter glauben, daß alles seine natürliche Erklärung hat«, sagte Wallander. »Aber wir können anderes nicht länger ausschließen.«

»Ich verstehe«, sagte Robert Akerblom. »Ich habe die ganze Zeit verstanden.«

Wallander schob die Teetasse von sich, dankte und erhob sich.

»Ist dir noch etwas eingefallen, was ich wissen sollte?« fragte er.

»Nein«, antwortete Robert Akerblom. »Es ist ganz unerklärlich.«

»Am besten, wir gehen das Haus gemeinsam durch«, schlug Wallander vor. »Ich hoffe, du verstehst, daß ich ihre Kleider, Schubladen, alles, was von Bedeutung sein kann, durchsuchen muß.«

»Sie hat ihre Sachen in Ordnung«, erwiderte Robert Akerblom.

Sie begannen im Obergeschoß und arbeiteten sich hinab bis in den Keller und die Garage. Wallander fiel auf, daß Louise Akerblom lichte Pastellfarben besonders mochte. Nirgends sah er dunkle Gardinen oder Tischdecken. Das Haus atmete Lebensfreude. Die Möblierung bot eine Mischung aus Alt und Neu. Bereits beim Teetrinken hatte er festgestellt, daß die Küche gut ausgerüstet war. Ihr materielles Leben wurde eindeutig nicht von übertriebenem Puritanismus geprägt.

»Ich müßte für eine Weile ins Büro«, sagte Robert Akerblom, als sie ihren Rundgang beendet hatten. »Ich nehme an, daß ich dich jetzt allein lassen kann.«

»Das geht in Ordnung«, sagte Wallander. »Ich warte mit meinen Fragen, bis du zurückkommst. Oder ich rufe an. Kurz vor zehn fahr ich zum Polizeigebäude wegen der Pressekonferenz.«

»Bis dahin bin ich zurück«, versicherte Robert Akerblom.

Als Wallander allein war, begann er mit seiner methodischen Durchsuchung des Hauses. Er öffnete Schubladen und Schränke in der Küche, schaute in Kühlschrank und Gefrierfach.

Über etwas in der Küche wunderte er sich. In einem Fach unter dem Spültisch entdeckte er einen umfangreichen Schnapsvorrat, der nicht zu dem Bild paßte, das er sich von der Familie Akerblom gemacht hatte.

Als nächstes war das Wohnzimmer dran, doch er fand nichts Bemerkenswertes. Dann stieg er ins Obergeschoß hinauf. Das Zimmer der Mädchen ließ er aus. Zuerst widmete er sich dem Bad, studierte die Beschriftungen der Medikamente und machte sich einige Notizen. Er stellte sich auf die Personenwaage und grinste, als er das Ergebnis sah. Dann nahm er sich das Schlafzimmer vor. Er fühlte sich immer unbehaglich, wenn er die Kleider einer Frau durchsuchte. Es war, als ob er von jemandem beobachtet wurde, ohne daß er es wußte. Er durchstöberte Taschen und Pappkartons in den Kleiderschränken. Dann kam die Kommode an die Reihe, in der sie ihre Unterwäsche aufbewahrte. Er fand nichts, was ihn verwirrte, nichts, was ihm etwas sagte, das er nicht schon wußte. Als er fertig war, setzte er sich auf die Bettkante und schaute sich im Zimmer um.

Nichts, dachte er. Absolut nichts.

Er seufzte und ging in den nächsten Raum, ein häusliches Büro. Er setzte sich an den Schreibtisch und zog ein Schubfach nach dem anderen auf. Er versank in Fotoalben und Briefbündeln. Er entdeckte kein einziges Foto, auf dem Louise Akerblom nicht lächelte oder lachte.

Er legte alles wieder ordentlich in die Fächer zurück und machte weiter. Deklarationen und Versicherungspapiere, Schulzeugnisse und Maklerbescheinigungen, nichts, was ihn reagieren ließ.

Erst als er das unterste Schubfach im letzten Seitenteil des Schreibtisches öffnete, erlebte er eine Überraschung. Zunächst glaubte er, daß der Kasten nur weißes Schreibpapier enthielt. Als er jedoch den Boden abtastete, stießen seine Finger auf einen metallischen Gegenstand. Er zog diesen hervor und blieb mit gerunzelter Stirn sitzen.

Es handelte sich um ein Paar Handschellen. Keine Attrappen zum Spielen, sondern richtige Handschellen. Hergestellt in England.

Er legte sie vor sich auf den Tisch.

Das muß nichts zu bedeuten haben, dachte er. Aber sie waren sorgfältig versteckt. Und ich frage mich, ob Robert Akerblom sie nicht an sich genommen hätte, wüßte er von ihrer Existenz.

Er schob das Fach wieder zu und steckte die Handschellen in die Tasche.

Dann waren die Kellerräume und die Garage an der Reihe. Auf einem Regal über einer kleinen Hobelbank fand er einige mit Geschick gebastelte Flugmodelle aus Balsaholz. Er stellte sich Robert Akerblom vor. Vielleicht hatte der einst einen Traum gehabt, Pilot zu werden?

Von fern klingelte ein Telefon. Er beeilte sich und nahm den Hörer ab.

Es war inzwischen neun Uhr.

»Ich würde gern mit Kriminalkommissar Wallander sprechen«, hörte er Martinson sagen.

»Am Apparat«, meldete sich Wallander.

»Am besten, du kommst her«, sagte Martinson. »Sofort.«

Wallander spürte, wie sein Herz schneller zu schlagen begann.

»Habt ihr sie gefunden?« fragte er.

»Nein«, antwortete Martinson. »Weder sie noch den Wagen. Aber ein Haus in der Nähe fing plötzlich an zu brennen. Oder besser gesagt, es explodierte. Ich dachte, es könnte da eventuell einen Zusammenhang geben.«

»Ich komme«, sagte Wallander.

Er schrieb eine Mitteilung an Robert Akerblom und legte den Zettel auf den Küchentisch.

Auf dem Weg nach Krageholm versuchte er zu verstehen, was Martinson eigentlich gemeint hatte. Ein Haus war explodiert? Aber welches Haus?

Er überholte drei Lastzüge hintereinander. Der Regen war so stark geworden, daß es die Scheibenwischer kaum noch schaffen konnten.

Kurz vor der gesplitterten Eiche ließ der Regen etwas nach, und eine schwarze Rauchfahne zeigte sich über den Bäumen. An der Eiche wartete ein Polizeiauto auf ihn. Einer der Polizisten machte ihm ein Zeichen, er solle wenden. Als sie von der Hauptstraße abbogen, erkannte Wallander, daß es sich um die Abfahrt handelte, die er am Tag zuvor fälschlicherweise gewählt hatte, um den Weg mit den meisten Reifenspuren.

Noch etwas anderes war an diesem Weg bemerkenswert, aber er kam nicht so schnell darauf, was es war.

Als sie die Brandstelle erreichten, erinnerte er sich an das Haus. Es lag zur Linken, vom Weg aus kaum zu sehen. Die Feuerwehr war bereits bei den Löscharbeiten. Wallander stieg aus dem Auto und spürte sofort die Wärme des Feuers. Martinson kam ihm entgegen.

»Menschen?« fragte Wallander.

»Keine«, antwortete Martinson. »Soweit wir wissen. Es ist ganz und gar unmöglich, da hineinzukommen. Die Hitze ist enorm. Alles muß gleichzeitig angezündet worden sein. Das Haus stand über ein Jahr leer, seit der Besitzer verstarb. Ein Bauer kam her und hat es mir erzählt. Die Erben haben sich offenbar nicht entscheiden können, ob sie vermieten oder verkaufen wollen.«

»Weiter«, forderte Wallander ihn auf, während er die mächtige Rauchwolke betrachtete.

»Ich war draußen auf der Hauptstraße«, fuhr Martinson fort. »Eine der Suchketten des Militärs war in Unordnung geraten. Plötzlich knallte es. Es war wie eine Bombenexplosion. Erst glaubte ich, ein Flugzeug sei abgestürzt. Dann sah ich den Rauch. Ich habe bis hierher höchstens fünf Minuten gebraucht. Alles brannte. Nicht nur das Wohnhaus, sondern auch die Scheune.«

Wallander versuchte nachzudenken.

»Eine Bombe«, sagte er. »Kann es eine Gasleitung gewesen sein?«

Martinson schüttelte den Kopf.

»Nicht einmal zwanzig Gasrohre hätten eine solche Detonation erzeugen können«, sagte er. »Die Obstbäume auf der Rückseite des Hauses sind umgebrochen. Wenn sie nicht sogar mitsamt der Wurzeln aus der Erde gerissen wurden. Das war kein Zufall.«

»In der Gegend wimmelt es von Polizei und Militär«, gab Wallander zu bedenken. »Nicht gerade eine günstige Gelegenheit für eine Brandstiftung.«

»Genau diesen Gedanken hatte ich auch«, sagte Martinson. »Deshalb vermutete ich sofort einen Zusammenhang.«

»Hast du eine Idee?« fragte Wallander.

»Nein«, antwortete Martinson. »Überhaupt keine.«

»Finde heraus, wem das Haus gehört«, sagte Wallander. »Wer die Erben vertritt. Ich glaube auch, daß das hier kein Zufall ist. Wo ist Björk?«

»Er war bereits auf dem Weg ins Polizeigebäude, um die Pressekonferenz vorzubereiten«, sagte Martinson. »Du weißt, daß es ihn nervös macht, mit Journalisten zu sprechen, die niemals das schreiben, was er sagt. Aber er weiß, was geschehen ist. Svedberg hat mit ihm gesprochen. Und er weiß, daß du hier bist.«

»Ich muß mir das hier genauer ansehen, wenn der Brand gelöscht ist«, sagte Wallander. »Aber es wäre gut, wenn du Leute einteilen könntest, die die Umgebung hier besonders gründlich durchsuchen.«

»Nach Louise Akerblom?« fragte Martinson.

»Vor allem nach dem Wagen«, antwortete Wallander.

Martinson ging, um noch einmal mit dem Bauern zu sprechen. Wallander blieb stehen und schaute auf den lodernden Brand.

Wenn es einen Zusammenhang gibt, welchen? dachte er. Eine verschwundene Frau und ein Haus, das explodiert. Mitten in einer großen Suchaktion?

Er sah auf die Uhr. Zehn Minuten vor zehn. Er winkte einen Feuerwehrmann heran.

»Wann kann ich mit der Untersuchung beginnen?« erkundigte er sich.

»Das brennt noch eine Weile«, sagte der Feuerwehrmann. »Am Nachmittag wird es wohl auf alle Fälle möglich sein, in die Nähe des Hauses zu gelangen.«

»Das ist gut«, sagte Wallander. »Es scheint ja ein ordentlicher Knall gewesen zu sein.«

»Ein Streichholz hat da nicht gereicht«, pflichtete ihm der Feuerwehrmann bei. »Ich tippe auf hundert Kilo Dynamit.«

Wallander fuhr nach Ystad zurück. Er rief Ebba in der Rezeption an und bat sie, Björk mitzuteilen, daß er auf dem Weg sei.

Dann fiel ihm plötzlich ein, was er vergessen hatte. Am Abend zuvor hatte sich jemand von den Besatzungen der Streifenwagen darüber beschwert, daß sie beinahe von einem Mercedes angefahren worden wären, der den Weg entlanggeprescht kam.

Wallander war sicher, daß es sich um den Weg gehandelt hatte, der an dem Haus vorbeiführte, das explodiert war.

Viel zu viele Zufälle, dachte er. Wir müssen bald etwas finden, das den Zusammenhang herstellt.

Björk wanderte in der Rezeption des Polizeigebäudes unruhig auf und ab, als Wallander kam.

»An Pressekonferenzen werde ich mich wohl nie gewöhnen können«, sagte er. »Was ist mit dem Großbrand, von dem Svedberg am Telefon sprach? Er drückte sich sehr komisch aus, muß ich sagen. Er teilte mit, das Haus und die Scheune seien explodiert. Was meinte er damit? Um welches Haus geht es eigentlich?«

»Svedbergs Beschreibung war völlig korrekt«, antwortete Wallander. »Aber da diese Angelegenheit kaum etwas mit der Pressekonferenz zu Louise Akerbloms Verschwinden zu tun hat, schlage ich vor, daß wir im Anschluß darüber sprechen. Dann haben die Kollegen draußen vielleicht schon ein paar Informationen mehr besorgt.«

Björk nickte.

»Dann machen wir das hier jetzt ganz einfach«, sagte er. »Kurzer und klarer Bericht über ihr Verschwinden, Verteilen der Fotos, allgemeiner Appell. Die Fragen nach den Ergebnissen der Suchaktion beantwortest du.«

»Es gibt kaum Ergebnisse«, sagte Wallander. »Wenn wir wenigstens ihr Auto gefunden hätten. Aber wir haben nichts.«

»Irgend etwas muß dir einfallen«, sagte Björk. »Polizisten, die zugeben, daß sie mit leeren Händen dastehen, sind Freiwild. Vergiß das nie.«

Die Pressekonferenz dauerte eine reichliche halbe Stunde. Abgesehen von den Regionalzeitungen und dem örtlichen Rundfunk hatten sich die Lokalkorrespondenten von ›Expressen‹ und ›Idag‹ eingefunden. Jedoch niemand von den ›Stockholmer Blättern‹.

Die kommen erst, wenn wir sie gefunden haben, dachte Wallander. Natürlich nur, wenn sie tot ist.

Björk eröffnete die Pressekonferenz und teilte mit, daß eine Frau verschwunden sei, unter Umständen, die die Polizei als ernst ansehen mußte. Er gab ihre Beschreibung sowie die des Wagens und verteilte die Fotografien. Dann erkundigte er sich, ob es Fragen gäbe, nickte Wallander zu und setzte sich. Wallander betrat das kleine Podium und wartete.

»Was glaubt ihr, ist geschehen?« fragte der Reporter der örtlichen Radiostation. Wallander hatte ihn nie zuvor gesehen. Der Sender schien seine Mitarbeiter ständig zu wechseln.

»Wir glauben gar nichts«, antwortete Wallander. »Aber die Umstände bringen es mit sich, daß wir Louise Akerbloms Verschwinden ernst nehmen müssen.«

»Dann berichte über die Umstände«, forderte der Vertreter des Rundfunks.

Wallander holte tief Luft.

»Wir müssen uns darüber im klaren sein, daß die meisten Menschen, die in diesem Land hier auf die eine oder andere Weise verschwinden, früher oder später wieder auftauchen. Bei zwei von drei Fällen gibt es eine ganz natürliche Erklärung. Eine der häufigsten ist Vergeßlichkeit. Aber manchmal gibt es auch Anzeichen, die auf etwas anderes hinweisen. Solche Fälle nehmen wir sehr ernst.«

Björk hob die Hand.

»Das sollte natürlich nicht so verstanden werden, als würde die Polizei nicht alle Vermißtenmeldungen ernst nehmen«, verdeutlichte er.

Herrgott, dachte Wallander.

Der Reporter von ›Expressen‹, ein junger Mann mit rotem Bart, meldete sich und bat um das Wort.

»Könnt ihr nicht etwas konkreter werden«, sagte er. »Ihr schließt nicht aus, daß es sich um ein Verbrechen handeln könnte. Warum schließt ihr es nicht aus? Ich meine auch, daß es höchst unklar ist, wo sie verschwand und wer sie zuletzt gesehen hat.«

Wallander nickte. Der Journalist hatte recht. Björk war in vielen wichtigen Punkten zu ungenau gewesen.

»Sie verließ die Sparbank in Skurup kurz nach drei am Freitag nachmittag«, sagte er. »Ein Bankangestellter sah sie von dort abfahren, Viertel nach drei. Das steht fest. Danach hat sie niemand mehr gesehen. Wir sind außerdem ziemlich sicher, daß sie einen von zwei möglichen Wegen gewählt hat. Entweder die E 14 Richtung Ystad. Oder sie ist über Slimminge und Rögla in die Gegend von Krageholm gefahren. Wie ihr bereits wißt, ist Louise Akerblom Immobilienmaklerin. Sie kann sich entschieden haben, ein Haus anzusehen, das zur Besichtigung und zum Verkauf stand. Oder sie kann den direkten Weg nach Hause genommen haben. Wir wissen nicht, wie sie sich entschieden hat.«

»Welches Haus?« erkundigte sich einer der lokalen Zeitungsjournalisten.

»Diese Frage kann ich aus fahndungstechnischen Gründen nicht beantworten«, sagte Wallander.

Damit war die Pressekonferenz zu Ende. Der lokale Radiosender interviewte Björk. Wallander sprach auf dem Flur mit einem Mitarbeiter einer örtlichen Zeitung. Als er allein war, holte er sich eine Tasse Kaffee, ging in sein Zimmer und rief seine Kollegen an der Brandstelle an. Er erwischte Svedberg, der mitteilen konnte, daß Martinson bereits eine Gruppe der an der Suchaktion Beteiligten umorganisiert hatte, die sich auf das brennende Anwesen konzentrierten.

»Ich habe noch nie so einen Brand gesehen«, sagte Svedberg. »Da bleibt nicht ein Dachbalken übrig, wenn das vorüber ist.«

»Ich komme heute nachmittag raus«, informierte ihn Wallander. »Ich fahre noch einmal zu Robert Akerblom. Ruf mich dort an, wenn irgend etwas passiert.«

»Wir rufen an«, versicherte Svedberg. »Was haben die Journalisten gesagt?«

»Nichts von Interesse«, antwortete Wallander und legte auf.

Im selben Augenblick klopfte Björk an die Tür.

»Das lief ja richtig gut«, sagte er. »Keine Provokationen, nur vernünftige Fragen. Hoffen wir, daß sie auch schreiben, was wir wollen.«

»Morgen werden wir einige Leute abstellen müssen, um am Telefon zu antworten«, sagte Wallander, der keine Lust hatte, diesen Kommentar zur Pressekonferenz auch noch zu kommentieren. »Wenn eine religiöse Mutter zweier Kinder verschwindet, befürchte ich, daß viele anrufen werden, die überhaupt nichts gesehen haben, aber die Polizei segnen und für sie beten wollen. Außer denen, die wirklich etwas zu berichten haben.«

»Wenn sie heute nicht wieder auftaucht«, sagte Björk.

»Daran glauben wir wohl beide nicht«, meinte Wallander.

Dann informierte er Björk über den seltsamen Brand und die Explosion. Björk lauschte mit bekümmerter Miene.

»Was hat das alles zu bedeuten?« fragte er.

Wallander hob die Arme.

»Ich weiß nicht. Aber ich fahre jetzt noch einmal zu Robert Akerblom und rede mit ihm.«

Björk öffnete die Tür und wollte gehen.

»Um fünf bei mir zur Beratung«, sagte er noch.

Als Wallander gerade sein Zimmer verlassen wollte, fiel ihm ein, daß er vergessen hatte, Svedberg um etwas zu bitten. Er rief noch einmal an der Brandstelle an.

»Erinnerst du dich, daß ein Polizeiauto gestern abend beinahe mit einem Mercedes zusammengestoßen wäre?« fragte er.

»Ich erinnere mich schwach«, antwortete Svedberg.

»Bringe alles über diesen Vorfall in Erfahrung«, fuhr Wallander fort. »Ich habe das Gefühl, daß der Mercedes etwas mit dem Brand zu tun hat. Ob dieser wiederum mit Louise Akerblom zu tun hat, ist weniger sicher.«

»Ich habe es notiert«, sagte Svedberg. »Noch etwas?«

»Wir treffen uns Punkt fünf Uhr«, informierte ihn Wallander und legte auf.

Eine Viertelstunde später war er wieder in Robert Akerbloms Küche. Er saß auf demselben Stuhl wie einige Stunden zuvor und trank eine weitere Tasse Tee.

»Manchmal wird man durch plötzliche Einsätze gestört«, sagte Wallander. »Ein großer Brand ist ausgebrochen. Aber jetzt ist er bereits unter Kontrolle.«

»Ich verstehe«, versicherte Robert Akerblom höflich. »Es ist sicher nicht leicht, Polizist zu sein.«

Wallander betrachtete den Mann auf der anderen Seite des Tisches. Gleichzeitig tastete er mit der Hand nach den Handschellen in der Tasche. Er freute sich nicht gerade auf das Verhör, das er jetzt gleich führen würde.

»Ich habe einige Fragen«, begann er. »Wir sitzen hier wohl genauso gut wie irgendwo anders.«

»Gewiß doch«, sagte Robert Akerblom. »Stelle nur alle Fragen, die du hast.«

Wallander merkte, daß ihn der milde, aber gleichzeitig unmißverständlich ermahnende Ton in Robert Akerbloms Stimme irritierte.

»Bei der ersten Frage bin ich unsicher«, sagte Wallander. »Hat deine Frau irgendwelche medizinischen Probleme?«

Der Mann sah ihn verwundert an.

»Nein«, sagte er. »Wieso?«

»Ich dachte nur, daß sie eventuell erfahren haben kann, daß sie eine schwere Krankheit hat. Ist sie in letzter Zeit beim Arzt gewesen?«

»Nein. Und wenn sie krank gewesen wäre, hätte sie es mir erzählt.«

»Es gibt gewisse schwere Krankheiten, über die Menschen manchmal lieber nicht sprechen«, sagte Wallander. »Zumindest brauchen sie ein paar Tage, um ihre Gefühle und Gedanken zu ordnen. Es ist ja oft so, daß der Kranke denjenigen trösten muß, der die Nachricht empfängt.«

Robert Akerblom dachte nach, bevor er antwortete.

»Ich bin sicher, daß es nicht so ist«, sagte er.

Wallander nickte und fuhr fort.

»Hatte sie Alkoholprobleme?« forschte er.

Robert Akerblom zuckte zusammen.

»Warum stellst du eine solche Frage?« erkundigte er sich nach einer Weile des Schweigens. »Keiner von uns trinkt auch nur einen Tropfen Alkohol.«

»Trotzdem ist der Schrank unter dem Abwaschbecken voller verschiedener Schnapsflaschen«, bemerkte Wallander.

»Wir haben nichts dagegen, wenn andere Alkohol trinken«, sagte Robert Akerblom. »In angemessenen Mengen natürlich. Wir haben von Zeit zu Zeit Gäste. Auch eine kleine Immobilienvermittlung wie die unsere hat manchmal einen Bedarf an dem, was man Repräsentation nennt.«

Wallander nickte. Er hatte keine Veranlassung, diese Antwort in Zweifel zu ziehen. Er holte die Handschellen aus der Tasche und legte sie auf den Tisch. Dabei achtete er genau auf Robert Akerbloms Reaktion.

Wie er erwartet hatte, schaute der ihn verständnislos an.

»Willst du mich verhaften?« fragte er.

»Nein«, antwortete Wallander. »Aber ich fand diese Handschellen im unteren linken Schreibtischfach, unter einem Bündel Schreibpapier, in deinem Büro im Obergeschoß.«

»Handschellen«, sagte Robert Akerblom. »Ich habe sie nie zuvor gesehen.«

»Da eure Töchter kaum in Frage kommen, muß sie wohl deine Frau da hingelegt haben«, sagte Wallander.

»Ich verstehe das nicht«, stammelte Robert Akerblom.

Plötzlich merkte Wallander, daß der Mann auf der anderen Seite des Küchentisches log. Ein kaum hörbares Beben in der Stimme, eine leichte Unsicherheit in den Augen reichten aus, und Wallander war im Bilde.

»Kann jemand anderes sie dort hingelegt haben?« forschte er weiter.

»Ich weiß nicht«, sagte Robert Akerblom. »Zu uns kommen nur Gemeindemitglieder. Abgesehen von geschäftlichen Besuchern. Aber die haben ja im Obergeschoß nichts zu suchen.«

»Niemand sonst?«

»Unsere Eltern. Ein paar Verwandte. Spielkameraden der Kinder.«

»Das ist eine ganze Menge«, bemerkte Wallander.

»Ich versteh das nicht«, wiederholte Robert Akerblom.

Vielleicht verstehst du nur nicht, wie du vergessen konntest, sie da wegzuräumen, dachte Wallander. Die Frage ist doch jetzt, was sie zu bedeuten haben.

Zum ersten Mal stellte sich Wallander die Frage, ob Robert Akerblom seine Frau umgebracht haben konnte. Aber er verwarf den Gedanken. Die Handschellen und die Lüge reichten nicht aus, seine bisherigen Eindrücke zu revidieren.

»Bist du sicher, daß du für die Handschellen hier keine Erklärung hast?« fragte Wallander noch einmal. »Ich sollte vielleicht darauf hinweisen, daß es keinesfalls verboten ist, Handschellen im Haus zu haben. Man benötigt keine Lizenz. Natürlich darf man nicht einfach Leute fesseln, wie man will.«

»Glaubst du, daß ich die Unwahrheit sage?« fragte Robert Akerblom.

»Ich glaube gar nichts«, entgegnete Wallander. »Ich will nur wissen, warum diese Handschellen in einem Schreibtisch versteckt sind.«

»Ich habe bereits gesagt, daß ich nicht verstehe, wie sie in dieses Haus gekommen sind.«

Wallander nickte. Es hatte keinen Sinn, ihn weiter auszuquetschen. Jedenfalls nicht jetzt. Aber Wallander war sicher, daß er gelogen hatte. War es möglich, daß sich hinter dieser Ehe ein abnormes und vielleicht dramatisches Sexualleben verbarg? Konnte dieses wiederum Louise Akerbloms Verschwinden erklären?

Wallander schob die Teetasse von sich, zum Zeichen, daß das Gespräch beendet sei. Die Handschellen steckte er wieder in die Tasche, eingewickelt in ein Taschentuch. Eine technische Untersuchung konnte vielleicht mehr darüber in Erfahrung bringen, wozu sie benutzt worden waren.

»Das war's erst mal«, sagte Wallander und erhob sich. »Ich lass' von mir hören, sobald ich etwas weiß. Und du solltest darauf gefaßt sein, daß es bereits heute abend rundgehen wird, wenn die Abendzeitungen erschienen sind und der Lokalsender seine Nachrichten bringt. Aber wir erhoffen uns natürlich Hilfe.«

Robert Akerblom nickte, ohne zu antworten.

Wallander drückte ihm die Hand und ging hinaus zu seinem Wagen. Das Wetter schien sich zu ändern. Es nieselte, und der Wind war abgeflaut.

Wallander fuhr hinunter zu Fridolfs Konditorei am Busbahnhof, aß ein paar belegte Brote und trank Kaffee. Es war bereits halb eins, als er wieder im Auto saß, auf dem Weg zur Brandstelle. Er hielt, kletterte über die Absperrung und konnte feststellen, daß Haus und Nebengebäude rauchende Ruinen waren. Es war jedoch noch zu früh, daß die Polizeitechniker ihre Arbeit aufnehmen konnten. Wallander trat näher an den Brandherd heran und sprach mit Peter Edler, dem Leiter der Brandbekämpfung, den er gut kannte.

»Wir tränken mit Wasser«, sagte er. »Viel mehr können wir nicht tun. War es Brandstiftung?«

»Ich habe keine Ahnung«, antwortete Wallander. »Hast du Svedberg gesehen, oder Martinson?«

»Ich glaube, die sind essen gefahren«, sagte Edler. »In Rydsgard. Und der Oberstleutnant hat sich seine durchgeweichten Rekruten geschnappt und ist zum Regiment abgezogen. Aber sie kommen wieder.«

Wallander nickte und ging weiter.

Ein paar Meter entfernt stand ein Polizist mit einem Diensthund. Der Polizist kaute an einer mitgebrachten Stulle, während der Hund mit der Pfote eifrig in dem feuchten und rußigen Kies scharrte.

Plötzlich begann der Hund zu jaulen. Der Polizist zog ein paarmal unwirsch an der Leine und schaute dann nach, was der Hund ausgegraben hatte.

Dann sah Wallander, wie er zusammenzuckte und die Stulle fallen ließ.

Wallander wurde neugierig und trat näher.

»Was hat der Hund denn gefunden?« erkundigte er sich.

Der Polizist wandte sich Wallander zu. Er war leichenblaß und zitterte.

Wallander beugte sich herunter.

Vor ihm im Matsch lag ein Finger.

Ein schwarzer Finger. Kein Daumen und kein kleiner Finger. Aber der Finger eines Menschen.

Wallander spürte, wie ihm schlecht wurde.

Er wies den Polizisten mit dem Hund an, Svedberg und Martinson unmittelbar zu benachrichtigen.

»Sie sollen sofort kommen«, sagte er. »Auch wenn sie mitten beim Essen sind. Auf dem Rücksitz meines Wagens liegt eine leere Plastiktüte. Hol sie her.« Der Polizist ging.

Was ist nur los? dachte Wallander. Ein schwarzer Finger. Der Finger eines schwarzen Menschen. Abgehackt. Mitten in Schonen.

Als der Polizist mit der Plastiktüte zurückkam, bastelte Wallander einen provisorischen Regenschutz für den Finger. Das Gerücht hatte sich verbreitet, und die Feuerwehrleute versammelten sich um den Fund.

»Wir müssen in den Ruinen nach Leichenresten suchen«, sagte Wallander zum Leiter des Löschzuges. »Gott weiß, was hier geschehen ist.«

»Ein Finger«, stammelte Peter Edler ungläubig.

Zwanzig Minuten später kamen Svedberg und Martinson und liefen zum Fundort. Verständnislos und unbehaglich betrachteten sie gemeinsam den schwarzen Finger.

Keiner hatte etwas zu sagen.

Schließlich brach Wallander das Schweigen.

»Eines ist sicher«, sagte er. »Das ist kein Finger, der zu Louise Akerblom gehört.«

5

Punkt fünf Uhr waren sie in einem der Konferenzzimmer im Polizeigebäude versammelt. Wallander konnte sich nicht erinnern, jemals eine so gedrückte Zusammenkunft erlebt zu haben.

Mitten auf dem Tisch, eingeschlagen in Plastik, lag der schwarze Finger.

Er konnte sehen, daß Björk, um sich den Anblick zu ersparen, den Stuhl weggedreht hatte.

Alle anderen betrachteten den Finger. Niemand sagte ein Wort.

Nach einer Weile kam ein Auto aus dem Krankenhaus und holte den abgetrennten Körperteil ab. Erst als der Finger weg war, ging Svedberg hinaus und holte ein Tablett mit Kaffeetassen, und Björk eröffnete die Versammlung.

»Ich bin völlig durcheinander«, begann er. »Kann mir jemand das Ganze mal erklären?«

Keiner antwortete. Die Frage war sinnlos.

»Wallander«, sagte Björk und versuchte einen neuen Anfang. »Gib uns eine Zusammenfassung.«

»Das wird nicht leicht«, entgegnete Wallander. »Aber ich kann es versuchen. Ihr anderen dürft gern ergänzen.«

Er schlug sein Notizbuch auf und blätterte.

»Louise Akerblom verschwand vor fast exakt vier Tagen«, begann er. »Noch genauer, vor 98 Stunden. Danach hat sie, soweit wir wissen, niemand mehr gesehen. Während unserer Suche nach ihr und gleichermaßen nach ihrem Wagen explodiert ein Haus genau in dem Gebiet, wo wir sie vermuten. Wir wissen jetzt, daß das Haus einer Erbengemeinschaft gehört. Vertreten wird sie durch einen Rechtsanwalt, der in Värnamo wohnt. Er behauptet, von dem Geschehenen völlig überrascht zu sein. Das Haus ist seit mehr als einem Jahr unbewohnt. Die Erben haben sich noch nicht einigen können, ob das Haus verkauft werden oder in der Familie bleiben soll. Die Möglichkeit besteht auch, daß einer der Erben die anderen auszahlt. Der Rechtsanwalt heißt Holmgren. Wir haben die Kollegen in Värnamo gebeten, ein bißchen mehr von ihm in Erfahrung zu bringen. Zumindest wollen wir die Namen der übrigen Erben und deren Adressen wissen.«

Er trank einen Schluck Kaffee, bevor er fortfuhr.

»Der Brand brach um neun aus«, sagte er. »Vieles spricht dafür, daß eine starke Sprengladung mit Zeitzünder verwendet wurde. Es gibt keinen Grund anzunehmen, der Brand könne durch andere, natürliche Ursachen entstanden sein. Rechtsanwalt Holmgren verneinte nachdrücklich, daß sich zum Beispiel Gasflaschen im Haus befunden haben könnten. Die elektrischen Leitungen sind auch erst vor einem Jahr erneuert worden. Während der Löscharbeiten scharrt einer unserer Polizeihunde einen abgehackten Finger aus, der etwa fünfundzwanzig Meter vom Haus entfernt liegt. Es handelt sich um den Zeige- oder Mittelfinger einer linken Hand. Aller Wahrscheinlichkeit nach gehörte er einem Mann. Wir wissen auch, daß der Mann schwarz ist. Unsere Techniker haben diesen Teil der Brandstelle und des Hofes genau unter die Lupe genommen, ohne jedoch weitere Entdeckungen zu machen. Auch die Hunde haben nichts weiter gefunden. Wir haben die Umgebung genauestens abgesucht, ohne Erfolg. Das Auto ist verschwunden, Louise Akerblom ist verschwunden. Ein Haus ist explodiert, und wir haben einen Finger gefunden, der einem Neger gehört hat. Das ist alles.«

Björk zog eine Grimasse.

»Was sagen die Ärzte?« wollte er wissen.

»Maria Lestadius vom Krankenhaus hat ihn sich angeschaut«, sagte Svedberg. »Aber sie möchte, daß wir uns an das kriminaltechnische Labor wenden. Sie meinte, ihr fehle es an Kompetenz, aus dem Finger zu lesen.«

Björk schwenkte auf seinem Stuhl herum.

»Noch einmal«, bat er. »Aus dem Finger zu lesen?«

»So hat sie sich ausgedrückt«, bestätigte Svedberg resigniert. Es war eine wohlbekannte Marotte Björks, sich manchmal auf das Unwesentliche zu konzentrieren.

Björk ließ die Hand schwer auf den Tisch fallen.

»Das ist ja entsetzlich«, stellte er fest. »Mit anderen Worten: Wir wissen gar nichts. Hat nicht wenigstens Robert Akerblom irgend etwas beizutragen, was uns weiterhelfen kann?«

Wallander beschloß schnell, bis auf weiteres nichts über die Handschellen verlauten zu lassen. Er befürchtete, sie könnten dadurch ihre Gedanken in Bahnen lenken lassen, die gerade jetzt nicht von unmittelbarem Interesse waren. Außerdem bezweifelte er, daß die Handschellen direkt mit Louise Akerbloms Verschwinden zu tun hatten.

»Nein«, antwortete er. »Mir scheinen die Akerbloms die glücklichste Familie des Landes zu sein.«

»Ist bei ihr vielleicht eine Art religiöser Wahnsinn ausgebrochen?« fragte Björk. »Man liest ja so viel von diesen verrückten Sekten.«

»Die Methodistenkirche kann man wohl kaum als verrückte Sekte bezeichnen«, entgegnete Wallander. »Sie ist eine unserer ältesten Freikirchen. Aber ich muß zugeben, daß ich nicht genau weiß, welche Auffassungen sie vertritt.«

»Das muß untersucht werden«, sagte Björk. »Welche Vorstellungen habt ihr, wie wir weiter vorgehen werden?«

»Wir können nur auf morgen hoffen«, meinte Martinson. »Daß die Leute anfangen anzurufen.«

»Ich habe schon Leute eingeteilt, die die Telefonanrufe entgegennehmen«, gab Björk bekannt. »Können wir noch etwas tun?«

»Wir haben etwas, womit wir arbeiten können«, sagte Wallander. »Wir haben einen Finger. Das bedeutet, daß es irgendwo einen schwarzen Mann gibt, dem an der linken Hand ein Finger fehlt. Außerdem braucht er die Hilfe eines Arztes oder Krankenhauses. Wenn es nicht bereits geschehen ist, so wird er auf alle Fälle früher oder später auftauchen. Wir können ebensowenig ausschließen, daß er Kontakt zur Polizei aufnimmt. Niemand schlägt sich selbst einen Finger ab. Zumindest geschieht das äußerst selten. Jemand hat ihm also Gewalt angetan. Natürlich können wir auch nicht ausschließen, daß er das Land bereits verlassen hat.«

»Fingerabdrücke«, sagte Svedberg. »Ich weiß nicht, wie viele Afrikaner sich in diesem Land aufhalten, legal oder illegal. Aber die Möglichkeit besteht, daß der Abdruck in einem unserer Register gespeichert ist. Außerdem können wir eine Anfrage an Interpol hinausschicken. Soviel ich weiß, haben viele afrikanische Staaten in den letzten Jahren brauchbare Kriminalregister aufgebaut. Vor ein paar Monaten stand ein Artikel darüber in ›Svensk Polis‹. Ich glaube, Kurt hat recht. Auch wenn wir keinen Zusammenhang zwischen Louise Akerblom und dem Finger erkennen können, müssen wir die Möglichkeit doch immer im Auge behalten.«

»Sollen wir das Ganze der Presse mitteilen?« fragte Björk. »Das gäbe doch herrliche Schlagzeilen: Wem gehört der Finger?«

»Warum nicht?« meinte Wallander. »Wir können dadurch nichts verlieren.«

»Ich werde darüber nachdenken«, versprach Björk. »Laßt uns abwarten. Aber ich bin einverstanden, daß wir die Krankenhäuser landesweit benachrichtigen. Ärzte haben doch wohl auch eine Pflicht zur Anzeige im Falle des Verdachts, ein Schadensfall könnte durch eine verbrecherische Handlung verursacht worden sein?«

»Sie unterliegen ebenso der Schweigepflicht«, gab Svedberg zu bedenken. »Aber natürlich müssen die Krankenhäuser informiert werden. Kliniken, alles, was wir haben. Weiß jemand, wie viele Ärzte es in diesem Land gibt?«

Keiner wußte es.

»Bitte Ebba, sich darum zu kümmern«, sagte Wallander.

Ebba brauchte zehn Minuten, um den Sekretär des Schwedischen Ärzteverbandes zu erreichen.

»Es gibt gut fünfundzwanzigtausend Ärzte in Schweden«, teilte Wallander mit, als Ebba die Information weitergegeben hatte.

Sie schauten sich betroffen an.

Fünfundzwanzigtausend Ärzte.

»Wo sind die nur alle, wenn man sie mal braucht?« wunderte sich Martinson.

Björk begann ungeduldig zu werden.

»Gibt es noch etwas?« fragte er. »Wenn nicht, so haben wir alle viel zu tun. Morgen früh um acht treffen wir uns wieder.«

»Ich werde die Sache in die Hand nehmen«, sagte Martinson.

Sie hatten gerade ihre Papiere zusammengenommen und waren aufgestanden, als das Telefon klingelte. Martinson und Wallander waren schon draußen auf dem Flur, als Björk sie zurückrief.

»Durchbruch«, keuchte er, hochrot im Gesicht. »Sie glauben, sie haben das Auto gefunden. Es war Noren, der angerufen hat. Ein Bauer war an der Brandstelle aufgetaucht und hatte gefragt, ob die Polizei an etwas interessiert sei, was er in einem Tümpel in einigen Kilometern Entfernung entdeckt habe. In Richtung Sjöbo, hat er, glaube ich, gesagt. Noren fuhr hin und sah eine Radioantenne aus dem Sumpf ragen. Der Bauer namens Antonson war sicher, daß das Auto vor einer Woche noch nicht dagewesen war.«

»Das Auto muß heute abend noch geborgen werden«, sagte Wallander. »Wir können nicht bis morgen warten. Wir müssen Scheinwerfer und Kranwagen anfordern.«

»Ich hoffe, daß sich niemand in dem Auto befindet«, sagte Svedberg.

»Das werden wir bald wissen«, meinte Wallander. »Komm jetzt.«

Der Tümpel lag nördlich von Krageholm, an der Straße nach Sjöbo, unzugänglich neben einem kleinen Gehölz. Es dauerte über drei Stunden, bis die Polizei Scheinwerfer und Kranwagen an Ort und Stelle hatte. Halb zehn war es ihnen endlich gelungen, ein Drahtseil an dem Auto zu befestigen. Wallander war dabei ausgerutscht und halb im Wasser gelandet. Noren lieh ihm einen Overall, den er im Auto hatte. Wallander merkte kaum, daß er durchnäßt war und zu frieren begonnen hatte.

Seine ganze Aufmerksamkeit konzentrierte sich auf den Wagen im Wasser.

Seine Gefühle waren zwiespältig. Er hoffte, es möge das richtige Auto sein. Aber er fürchtete auch, daß sich Louise Akerblom darinnen befinden würde.

»Eines ist in jedem Falle klar«, sagte Svedberg. »Es war kein Unglücksfall. Der Wagen wurde in den Teich gefahren, um ihn zu verbergen. Vermutlich in tiefster Nacht. Denn der, der ihn loswerden wollte, hat nicht gesehen, daß die Antenne aus dem Morast ragte.«

Wallander nickte. Svedberg hatte recht.

Langsam straffte sich das Seil. Der Kran rückte an und begann zu ziehen.

Allmählich tauchten die hinteren Kotflügel auf.

Wallander schaute zu Svedberg, der ein Experte in Sachen Autos war. »Ist es das richtige?« fragte er.

»Warte noch ein bißchen«, antwortete Svedberg. »Ich kann noch nichts erkennen.«

Dann löste sich das Seil. Der Wagen verschwand wieder im Sumpf.

Sie mußten noch einmal von vorn beginnen.

Eine halbe Stunde später begann der Kran erneut anzuziehen. Wallander ließ den Blick zwischen dem allmählich sichtbar werdenden Auto und Svedberg hin- und hergehen.

Der nickte plötzlich.

»Das ist der richtige Wagen. Ein Toyota Corolla. Kein Zweifel.«

Wallander drehte an einem Scheinwerfer. Nun sah man, daß das Auto dunkelblau war.

Langsam tauchte der Wagen aus dem Schlamm auf. Der Kran stand still. Svedberg sah zu Wallander. Dann gingen sie näher heran und schauten von beiden Seiten hinein.

Das Auto war leer.

Wallander öffnete den Kofferraum.

Nichts.

»Der Wagen ist leer«, informierte er Björk.

»Sie kann noch im Morast liegen«, sagte Svedberg.

Wallander nickte und betrachtete den Tümpel. Der Umfang betrug ungefähr hundert Meter. Da die Antenne zu sehen gewesen war, konnte er nicht besonders tief sein.

»Wir brauchen Taucher«, sagte er zu Björk. »Jetzt, sofort.«

»Ein Taucher würde bei der Dunkelheit nichts erkennen können«, wandte Björk ein. »Das muß bis morgen warten.«

»Sie brauchen bloß mit Netzen zwischen sich auf dem Grund langgehen«, sagte Wallander. »Ich will nicht bis morgen warten.«

Björk gab nach. Er ging zu einem der Polizeiwagen und telefonierte. Währenddessen hatte Svedberg die Fahrertür geöffnet und leuchtete mit einer Taschenlampe. Vorsichtig löste er das nasse Autotelefon.

»Die zuletzt gewählte Nummer wird normalerweise abgespeichert«, sagte er. »Sie kann ja noch woanders angerufen haben als den Anrufbeantworter im Büro.«

»Gut«, lobte Wallander. »Gute Idee, Svedberg.«

Während sie auf die Taucher warteten, unternahmen sie eine erste Durchsuchung des Wagens. Auf dem Rücksitz fand Wallander eine Tüte mit aufgeweichtem Gebäck.

Soweit ist alles klar, dachte er. Aber was geschah danach? Unterwegs? Wen hast du getroffen, Louise Akerblom? Jemanden, mit dem du eine Verabredung hattest?

Oder einen anderen? Einen, der dich treffen wollte, ohne daß du es wußtest?

»Keine Handtasche«, stellte Svedberg fest. »Keine Schreibmappe. Im Handschuhfach nur Zulassung und Versicherungskarte. Und eine Ausgabe des Neuen Testaments.«

»Suche nach einer Kartenskizze, handgezeichnet«, sagte Wallander.

Svedberg konnte sie nicht finden.

Wallander ging langsam um das Auto herum. Es war nicht beschädigt. Louise Akerblom war nicht das Opfer eines Verkehrsunfalls geworden.

Sie setzten sich in einen der Streifenwagen und tranken Kaffee aus einer Thermoskanne. Es hatte aufgehört zu regnen, und der Himmel war fast wolkenlos.

»Liegt sie im Morast?« fragte Svedberg.

»Ich weiß nicht«, antwortete Wallander. »Vielleicht.«

Zwei junge Taucher kamen in einem Einsatzfahrzeug der Feuerwehr. Wallander und Svedberg begrüßten sie, sie kannten sich von früher.

»Wonach sollen wir suchen?« fragte einer der Taucher.

»Vielleicht nach einem Körper«, antwortete Wallander. »Vielleicht nach einer Schreibmappe, einer Handtasche. Oder nach anderen Sachen, von denen wir nichts wissen.«

Die Taucher legten ihre Ausrüstung an und stiegen in das schmutzige, morastige Wasser. Zwischen sich hatten sie Zugleinen gespannt.

Die Polizisten schauten schweigend zu.

Martinson kam, als die Taucher den Teich zum ersten Mal durchquert hatten.

»Wie ich sehe, ist es das richtige Auto«, sagte er.

»Vielleicht liegt sie da unten«, teilte ihm Wallander mit.

Die Taucher arbeiteten gründlich. Ab und zu blieb einer von ihnen stehen und zog an der Leine. Verschiedene Gegenstände sammelten sich am Ufer. Ein verschlissener Fußabtreter, Teile einer Dreschmaschine, verrottete Äste, ein Gummistiefel.

Inzwischen war Mitternacht vorbei. Immer noch gab es keine Spur von Louise Akerblom.

Viertel vor zwei in der Nacht stiegen die Taucher aus dem Wasser.

»Mehr ist nicht zu finden«, sagte einer von ihnen. »Aber wir können das Ganze morgen noch einmal wiederholen, wenn ihr glaubt, daß es etwas bringt.«

»Nein«, sagte Wallander. »Sie ist nicht hier.«

Sie wechselten noch ein paar Worte und fuhren dann nach Hause, jeder in seine Richtung.

Wallander trank ein Bier und aß ein paar Zwiebäcke. Er war so müde, daß er nicht mehr denken konnte. Um das Ausziehen kümmerte er sich nicht mehr; er legte sich angezogen auf das Bett und zog eine Decke über sich.

Punkt halb acht, am Mittwoch, dem 29. April, war Wallander wieder im Polizeigebäude.

Ein Gedanke hatte ihn beschäftigt, als er im Auto saß. Er suchte sich die Telefonnummer Pastor Turesons heraus. Der war selbst am Apparat. Wallander entschuldigte sich für den zeitigen Anruf. Dann bat er um ein Treffen im Laufe des Tages.

»Geht es um etwas Besonderes?« fragte Tureson.

»Nein«, antwortete Wallander. »Es sind nur ein paar Fragen, auf die ich gern eine Antwort hätte. Alles kann von Bedeutung sein.«

»Ich habe den Lokalsender gehört«, sagte Tureson. »Und ich habe die Zeitungen gesehen. Gibt es Neuigkeiten?«

»Sie ist immer noch verschwunden«, antwortete Wallander. »Leider darf ich aus Gründen der Geheimhaltung nicht allzu viel über unsere Ermittlungen verraten.«

»Ich verstehe«, sagte Tureson. »Entschuldigung, daß ich gefragt habe. Aber ich bin natürlich beunruhigt über Louises Verschwinden.«

Sie verabredeten, daß sie sich um elf in den Räumen der Methodistenkirche treffen würden.

Wallander legte den Hörer auf und ging in Björks Zimmer. Svedberg saß da und gähnte, während Martinson an Björks Apparat telefonierte. Björk trommelte mit den Fingern nervös auf dem Tisch herum. Mit einer Grimasse legte Martinson den Hörer auf.

»Die ersten Hinweise treffen ein«, sagte er. »Bisher scheint nichts Brauchbares dabei zu sein. Aber einer hat angerufen und steif und fest behauptet, er habe Louise Akerblom letzten Donnerstag auf dem Flugplatz von Las Palmas gesehen. Also am Tag, bevor sie verschwand.«

»Fangen wir jetzt an«, unterbrach ihn Björk. Der Polizeichef hatte in dieser Nacht offensichtlich schlecht geschlafen. Er wirkte müde und zerstreut.

»Wir machen weiter, wo wir gestern aufgehört haben«, sagte Wallander. »Der Wagen muß gründlich untersucht, die Anrufe sofort nach Eintreffen bearbeitet werden. Ich selbst werde noch einmal zur Brandstelle hinausfahren und schauen, was die Techniker herausgefunden haben. Der Finger ist auf dem Weg zur kriminaltechnischen Untersuchung. Die Frage ist, ob wir die Öffentlichkeit informieren oder nicht.«

»Wir tun es«, sagte Björk unerwartet bestimmt. »Martinson kann mir helfen, eine Pressemitteilung zu formulieren. Ich glaube, das wird ganz schön viel Unruhe in die Redaktionen bringen.«

»Besser, wenn Svedberg das übernimmt«, meinte Martinson.

»Ich bin dabei, fünfundzwanzigtausend schwedische Ärzte zu informieren. Plus eine unendliche Anzahl Kliniken und Unfallstationen. Das braucht Zeit.«

»Gut, in Ordnung«, sagte Björk. »Ich selbst werde mich um diesen Rechtsanwalt in Värnamo kümmern. Wir sehen uns heute nachmittag, wenn nichts passiert.«

Wallander ging hinaus zu seinem Wagen. Es würde ein schöner Tag in Schonen werden. Er blieb stehen und sog die frische Luft ein. Zum ersten Mal in diesem Jahr hatte er das Gefühl, daß der Frühling in der Luft lag.

Als er die Brandstelle erreichte, erwarteten ihn zwei Überraschungen.

Die Arbeit der Polizeitechniker war in den ersten Morgenstunden erfolgreich gewesen. Er traf auf Sven Nyberg, der erst vor einigen Monaten zur Ystader Polizei gekommen war. Vorher hatte er in Malmö gearbeitet, aber nicht gezögert, als zufällig eine Stelle in Ystad frei wurde. Wallander hatte bisher nicht allzuviel mit ihm zu tun gehabt. Es hieß, Nyberg sei ein fähiger Spezialist für Tatortuntersuchungen. Daß er mürrisch und kontaktscheu war, hatte Wallander schon bemerkt.

»Ich glaube, du solltest dir ein paar Sachen ansehen«, sagte Nyberg.

Sie gingen zu einem kleinen Regenschutz, der zwischen vier Pfählen aufgespannt war.

Auf einer Plastikplane lagen einige verformte Metallteile.

»Eine Bombe?« fragte Wallander.

»Nein«, antwortete Nyberg. »Von der haben wir nicht einmal eine Spur gefunden. Aber das hier ist mindestens ebenso interessant. Was du hier siehst, sind die Überreste einer großen Funkanlage.«

Wallander starrte ihn verständnislos an.

»Ein kombiniertes Sende- und Empfangsgerät«, erklärte Nyberg. »Zu Typ oder Marke kann ich keine Angaben machen. Aber es war definitiv keine Anlage für Amateurfunker. Es ist schon ein wenig seltsam, daß sich so etwas in einem abgelegenen Haus findet. Das außerdem in die Luft gesprengt wurde.«

Wallander nickte.

»Du hast recht«, sagte er. »Darüber möchte ich gern mehr wissen.«

Nyberg nahm ein anderes Metallteil von der Plane.

»Das hier ist nicht minder interessant«, behauptete er. »Erkennst du, was es ist?«

Wallander schien, es sehe aus wie ein Pistolenkolben.

»Eine Waffe«, sagte er.

Nyberg nickte.

»Eine Pistole«, bestätigte er. »Wahrscheinlich enthielt sie ein geladenes Magazin, als das Haus in die Luft flog. Es zerriß die Pistole, als das Magazin explodierte, durch die Druckwelle oder das Feuer. Ich habe außerdem den Verdacht, daß das hier ein ganz ungewöhnliches Modell war. Der Kolben ist ausgezogen, wie du sehen kannst. Das war definitiv keine Luger oder Beretta.«

»Was dann?« fragte Wallander.

»Zu früh, um schon eine Antwort geben zu können«, meinte Nyberg. »Aber du bekommst Bescheid, sobald wir etwas wissen.«

Nyberg stopfte seine Pfeife und zündete sie an.

»Was denkst du über das Ganze hier?« fragte er.

Wallander schüttelte den Kopf.

»Ich habe mich selten so unsicher gefühlt«, antwortete er aufrichtig. »Ich finde keine Zusammenhänge, ich weiß nur, daß ich nach einer verschwundenen Frau suche und dabei die ganze Zeit auf die seltsamsten Sachen stoße. Ein abgehackter Finger, Teile eines leistungsfähigen Funkgerätes, seltene Waffen. Vielleicht sollte ich gerade vom Ungewöhnlichen ausgehen? Ganz im Gegensatz zu meinen Erfahrungen als Polizist?«

»Geduld«, riet Nyberg. »Irgendwann wird der Zusammenhang erkennbar werden.«

Nyberg widmete sich wieder seiner mühsamen Puzzlearbeit. Wallander streifte noch eine Weile auf der Brandstelle umher und versuchte noch einmal, für sich selbst eine Zusammenfassung zu formulieren. Schließlich gab er auf.

Er setzte sich ins Auto und rief im Polizeigebäude an.

»Gibt es viele Hinweise?« erkundigte er sich bei Ebba.

»Es kommen ununterbrochen Anrufe«, antwortete sie.

»Gerade kam Svedberg vorbei und sagte, daß einige Informationen glaubwürdig und interessant seien. Mehr weiß ich nicht.«

Wallander gab ihr die Telefonnummer der Methodistenkirche und beschloß, nach seinem Gespräch mit dem Pastor Louise Akerbloms Schreibtisch im Immobilienbüro gründlich zu durchsuchen. Er hatte ein schlechtes Gewissen, weil er es bisher bei einem ersten oberflächlichen Durchstöbern hatte bewenden lassen.

Er fuhr zurück nach Ystad. Weil er bis zu seinem Treffen mit Pastor Tureson noch Zeit hatte, parkte er am Markt und betrat ein Rundfunkgeschäft. Ohne lange nachzudenken, unterschrieb er einen Ratenkaufvertrag für eine neue Stereoanlage. Dann fuhr er nach Hause in die Mariagatan und stellte sie auf. Eine CD hatte er gekauft, Puccinis ›Turandot‹. Er legte sie ein, lümmelte sich aufs Sofa und versuchte, an Baiba Liepa zu denken. Aber Louise Akerbloms Gesicht drängte sich ständig dazwischen.

Mit einem Ruck wachte er auf und sah auf die Uhr. Er konnte einen Fluch nicht unterdrücken, als er erkannte, daß er bereits vor zehn Minuten in der Methodistenkirche hätte sein müssen.

Pastor Tureson erwartete ihn im Hinterzimmer der Kirche. Es war eine Mischung aus Lagerraum und Büro. An den Wänden hingen Wandbehänge mit verschiedenen Bibelzitaten. In einer Fensternische stand eine Kaffeemaschine.

»Tut mir leid, daß ich mich verspätet habe«, entschuldigte sich Wallander.

»Ich verstehe sehr gut, daß die Polizei viel zu tun hat«, erwiderte Pastor Tureson.

Wallander setzte sich auf einen Stuhl und zog seinen Notizblock hervor. Tureson fragte, ob er Kaffee haben wolle, aber er lehnte dankend ab.

»Ich versuche, mir eine Vorstellung davon zu machen, wer Louise Akerblom eigentlich ist«, begann er. »Alles, was ich bisher in Erfahrung bringen konnte, scheint mir in eine Richtung zu weisen. Nämlich, daß Louise Akerblom ein durch und durch harmonischer Mensch ist, der niemals freiwillig Ehemann und Kinder verlassen würde.«

»So kennen wir sie alle«, bestätigte Tureson.

»Gleichzeitig macht mich das mißtrauisch«, fuhr Wallander fort.

»Mißtrauisch?«

Tureson schien verwundert.

»Ich glaube ganz einfach nicht, daß es so fehlerfreie und harmonische Menschen gibt«, erklärte Wallander. »Alle haben ihre dunklen Flecken. Die Frage ist nur, welche hat Louise Akerblom. Ich setze voraus, daß sie nicht freiwillig verschwunden ist, weil sie ihr eigenes Glück nicht mehr ausgehalten hat.«

»Der Kommissar würde dieselbe Antwort von allen Mitgliedern unserer Gemeinde erhalten«, sagte Tureson.

Wallander gelang es später nie herauszufinden, was eigentlich geschehen war. Aber irgend etwas an Pastor Turesons Antwort schärfte plötzlich seine Aufmerksamkeit. Es war, als ob der Geistliche das Bild Louise Akerbloms verteidigte, obwohl es doch durch nichts in Frage gestellt war als durch Wallanders allgemeine Äußerungen. Oder verteidigte er etwas anderes?

Wallander reagierte schnell und stellte eine Frage, die früher weniger wichtig erschienen war.

»Erzählen Sie von der Gemeinde«, bat er. »Warum wird man Mitglied der Methodistenkirche?«

»Unser Gottesglaube und unsere Bibeldeutungen sind die richtigen«, antwortete Pastor Tureson.

»Ist es so?« bohrte Wallander.

»Nach meiner Auffassung und der meiner Gemeinde ist es so«, beharrte Pastor Tureson. »Aber das wird natürlich von anderen Glaubensgemeinschaften angezweifelt. Das ist nicht weiter verwunderlich.«

»Gibt es jemanden in der Gemeinde, der Louise Akerblom nicht leiden kann?« fragte Wallander und hatte sofort das Gefühl, daß der Mann ihm gegenüber zu lange mit seiner Antwort zögerte.

»Das kann ich mir nicht vorstellen«, antwortete Pastor Tureson. Da ist es wieder, dachte Wallander. Etwas Ausweichendes, Gleitendes in seiner Antwort.

»Wie kommt es, daß ich Ihnen nicht glaube?« fragte er.

»Sie sollten mir glauben«, erwiderte Tureson. »Ich kenne meine Gemeinde.«

Wallander fühlte sich plötzlich sehr müde. Er sah ein, daß er seine Fragen auf andere Art stellen mußte, wenn er den Pastor aus der Reserve locken wollte. Also Frontalangriff.

»Ich weiß, daß Louise Akerblom Feinde in der Gemeinde hat«, provozierte er. »Woher ich es weiß, spielt keine Rolle. Aber ich würde gern Ihre Meinung hören.«

Tureson sah ihn lange an, bevor er antwortete.

»Keine Feinde«, sagte er. »Aber es ist richtig, daß es ein Mitglied der Gemeinde gibt, das ein unglückliches Verhältnis zu ihr hat.«

Er stand auf und trat an ein Fenster.

»Ich schwankte die ganze Zeit«, gestand Pastor Tureson. »Gestern abend war ich nahe daran, Sie anzurufen. Aber ich tat es nicht. Wir hoffen ja alle, daß Louise Akerblom zurückkommt. Daß alles eine natürliche Erklärung findet. Aber gleichzeitig wuchs meine Unruhe. Auch das muß ich zugeben.«

Er setzte sich wieder.

»Ich habe ja ebenso eine Verantwortung für all die anderen Gemeindemitglieder«, sagte er. »Ich möchte nicht dafür verantwortlich sein, jemanden in ein schlechtes Licht gerückt zu haben. Etwas behauptet zu haben, was sich später als völlig falsch erweist.«

»Dieses Gespräch hier ist kein offizielles Verhör«, beruhigte ihn Wallander. »Was Sie erzählen, bleibt bei mir. Ich schreibe kein Protokoll.«

»Ich weiß nicht, wie ich es sagen soll«, zögerte Pastor Tureson.

»Sagen Sie, wie es ist«, ermutigte Wallander. »So ist es am einfachsten.«

»Vor zwei Jahren kam ein neues Gemeindemitglied zu uns«, begann Pastor Tureson. »Er war Maschinist auf einer der Polenfähren, und er begann, unsere Versammlungen zu besuchen. Er war geschieden, fünfunddreißig Jahre alt, freundlich und bescheiden. Sehr bald wurde er von der Gemeinde geachtet und geschätzt. Aber ungefähr ein Jahr später bat Louise Akerblom mich um ein Gespräch. Sie war sehr besorgt, ihr Mann Robert könne davon etwas erfahren. Wir saßen hier in diesem Raum, und sie erzählte mir, daß unser neues Gemeindemitglied angefangen hatte, sie mit

Liebeserklärungen zu verfolgen. Er schickte Briefe, verfolgte sie, rief an. Sie versuchte, ihn so freundlich wie möglich zurückzuweisen. Aber er machte weiter, und die Situation wurde schließlich unerträglich. Louise bat mich, ich solle mit ihm sprechen. Ich tat es. Es war plötzlich, als würde er ein ganz anderer Mensch. Er hatte einen furchtbaren Wutanfall, behauptete, Louise hätte ihn verraten und daß ich es sei, der einen schlechten Einfluß auf sie ausübe. Eigentlich würde sie ihn lieben und wolle ihren Mann verlassen. Das war völlig absurd. Er kam nicht mehr zu unseren Versammlungen, kündigte seinen Job auf der Fähre, und wir glaubten, er sei im Guten gegangen. Zur Gemeinde sagte ich nur, er sei umgezogen und zu schüchtern gewesen, sich zu verabschieden. Für Louise war es natürlich eine große Freude. Aber ungefähr vor drei Monaten begann es von neuem. Eines Abends entdeckte Louise, daß er vor ihrem Haus auf der Straße stand. Das war natürlich ein mächtiger Schock für sie. Wieder begann er, sie mit Liebeserklärungen zu verfolgen. Ich muß gestehen, Kommissar Wallander, daß wir ernsthaft erwogen, Kontakt zur Polizei aufzunehmen. Heute ärgere ich mich natürlich, daß wir es nicht getan haben. Das kann natürlich ein Zufall sein. Aber mit jeder Stunde, die vergeht, werde ich unruhiger.«

Endlich, dachte Wallander. Jetzt habe ich etwas, woran ich mich halten kann. Auch wenn ich in bezug auf schwarze Finger, gesprengte Funkstationen und seltene Pistolen im dunkeln tappe. Jetzt habe ich auf alle Fälle etwas.

»Wie heißt der Mann?« forschte er.

»Stig Gustafson.«

»Haben Sie eine Adresse?«

»Nein. Aber seine Personennummer. Er hat einmal die Rohrleitungen der Kirche repariert und erhielt die Arbeit bezahlt.«

Tureson ging zu einem Schreibtisch und blätterte in einem Ordner.

»570503–0470«, sagte er.

Wallander machte sich eine Notiz.

»Sie taten ganz recht daran, mir von der Sache zu erzählen«, sagte er. »Früher oder später wäre ich sowieso darauf gestoßen. So sparen wir Zeit.«

»Sie ist tot, oder?« sagte Tureson plötzlich.

»Das weiß ich nicht«, antwortete Wallander. »Ehrlich gesagt, auf diese Frage weiß ich keine Antwort.«

Wallander gab dem Pastor die Hand und verließ die Kirche. Es war Viertel nach zwölf.

Jetzt, dachte er, jetzt habe ich endlich eine Spur.

Er eilte zu seinem Wagen und fuhr auf dem schnellsten Wege zum Polizeigebäude. Sobald er in seinem Büro war, rief er seine Kollegen zu einer Besprechung zusammen. Als er gerade hinter dem Schreibtisch Platz genommen hatte, klingelte das Telefon. Es war Nyberg, der sich immer noch an der Brandstelle aufhielt.

»Neue Funde?« fragte Wallander.

»Nein«, antwortete Nyberg. »Aber ich weiß inzwischen, was für eine Pistole das war, zu der wir den Kolben gefunden haben.«

»Schieß los«, forderte Wallander ihn auf und griff nach seinem Notizblock.

»Ich hatte richtig vermutet, daß es sich um eine ungewöhnliche Waffe handelt«, fuhr Nyberg fort. »Ich glaube kaum, daß es allzu viele Exemplare davon hier im Lande gibt.«

»Um so besser«, sagte Wallander. »Das vereinfacht die Suche.«

»Es handelt sich um eine 9 mm Astra Constable«, verriet Nyberg. »Ich habe sie einmal auf einer Waffenausstellung in Frankfurt gesehen. Und ich habe ein ganz gutes Gedächtnis, wenn es um Waffen geht.«

»Wo wird sie hergestellt?« fragte Wallander.

»Das ist ja das Seltsame«, sagte Nyberg. »Soweit ich weiß, wird sie nur in Lizenz in einem einzigen Land produziert.«

»In welchem?«

»In Südafrika.«

Wallander legte den Stift beiseite.

»Südafrika?«

»Ja.«

»Wie kommt das?«

»Weshalb eine Waffe in einem Land populär wird, nicht jedoch in einem anderen, das kann ich nicht beantworten. Es ist eben so.«

»Verdammt. Südafrika?«

»Das läßt Schlüsse zu auf den Finger, den wir gefunden haben.«

»Was macht eine südafrikanische Pistole hier im Land?«

»Das herauszufinden ist dein Job«, sagte Nyberg.

»Gut«, meinte Wallander. »Gut, daß du gleich angerufen hast. Wir müssen dann noch einmal ausführlicher über die Sache reden.«

»Ich dachte nur, damit du Bescheid weißt«, sagte Nyberg und beendete das Gespräch.

Wallander stand auf und ging zum Fenster hinüber.

Nach einigen Minuten hatte er sich entschieden.

Vor allem würden sie sich darauf konzentrieren, Louise Akerblom zu finden und Stig Gustafson zu kontrollieren. Alles andere mußte erst einmal warten.

So sieht es aus, dachte Wallander. So sieht es aus, 117 Stunden nach Louise Akerbloms Verschwinden.

Er nahm den Telefonhörer ab.

Die Müdigkeit war plötzlich wie weggeblasen.

6

Peter Hanson war Dieb.

Er war kein besonders erfolgreicher Verbrecher. Aber es gelang ihm meistens, die Aufträge auszuführen, die ihm sein Besteller und Arbeitgeber, der Hehler Morell in Malmö, erteilte.

Gerade an diesem Tag, dem Vormittag der Walpurgisnacht, war Peter Hanson jedoch regelrecht wütend auf Morell. Er war davon ausgegangen, daß er wie alle anderen ein paar freie Tage haben würde, und hatte sogar einen kleinen Ausflug nach Kopenhagen eingeplant. Aber dann hatte Morell ihn am vorangegangenen Abend angerufen und mitgeteilt, daß er einen eiligen Auftrag zu erledigen habe.

»Du mußt vier Wasserpumpen besorgen«, hatte Morell gesagt. »Vom alten Typ. Wie sie draußen auf dem Lande auf jedem Hof stehen.«

»Das kann ja wohl bis nach den freien Tagen warten«, hatte

Peter Hanson eingewendet. Er war schon im Bett gewesen, als der Anruf kam, und er mochte es gar nicht, wenn er geweckt wurde.

»Das kann nicht warten«, hatte Morell erwidert. »Es geht um eine Person, die in Spanien wohnt und übermorgen mit dem Wagen dort runterfährt. Er will die Pumpen mitnehmen und an andere Schweden verkaufen, die da unten wohnen. Die sind völlig sentimental und bezahlen gut dafür, alte schwedische Wasserpumpen vor ihren Haciendas stehen zu haben.«

»Wie soll ich denn vier Wasserpumpen auftreiben?« hatte Peter Hanson gemault. »Du hast wohl vergessen, daß freie Tage bevorstehen? Morgen fahren alle hinaus in ihre Sommerhäuschen.«

»Das kriegst du schon hin«, hatte Morell geantwortet. »Wenn du dich früh genug auf den Weg machst.«

Dann war er dazu übergegangen zu drohen.

»Sonst bin ich gezwungen, in meinen Papieren nachzusehen, was mir dein Bruder noch schuldet.«

Peter Hanson hatte den Hörer auf die Gabel geschmettert. Er wußte, daß Morell dies als eine positive Antwort werten würde. Weil er geweckt worden war und längere Zeit nicht mehr einschlafen konnte, zog er sich an und fuhr von Rosengard, wo er wohnte, in die Stadt hinunter. Er ging in eine Kneipe, um Bier zu trinken.

Peter Hanson hatte einen Bruder namens Jan-Olof. Er war Peter Hansons großes Unglück. Jan-Olof spielte Reichstoto in Jägersro und zwischendurch auch auf anderen Trabrennbahnen des Landes. Er spielte viel, und er spielte schlecht. Er verlor mehr, als er verkraften konnte, und landete so in Morells Fängen. Da er keine Sicherheiten bieten konnte, mußte Peter Hanson als lebende Garantie einspringen.

Morell war vor allem Hehler. Aber in den letzten Jahren hatte er eingesehen, daß er, wie andere Unternehmer auch, mit der Zeit gehen mußte. Entweder würde er seine Tätigkeit weiter profilieren und sich spezialisieren. Oder er konnte seine Basis verbreitern. Er hatte die zweite Möglichkeit gewählt.

Auch wenn er ein weites Netz von Bestellern hatte, die sehr genau wußten, was sie wollten, hatte er sich doch entschlossen, in das Geschäft mit Darlehen einzusteigen. Auf diese Weise, so rechnete er sich aus, würde er seinen Umsatz kräftig steigern können.

Morell war gut fünfzig Jahre alt. Nach einer zwanzigjährigen Tätigkeit in der Betrugssparte hatte er das Metier gewechselt und seit Ende der siebziger Jahre ein Hehlerimperium in Südschweden aufgebaut. Auf seinen unsichtbaren Lohnlisten standen über dreißig Diebe und Chauffeure, und jede Woche gingen Transporter voll mit gestohlener Ware in sein Lager im Freihafen von Malmö, von wo aus sie an Empfänger im Ausland weitergeleitet wurden. Aus Småland kamen Stereoanlagen, Fernsehapparate und Mobiltelefone. Aus Halland rollten Karawanen gestohlener Autos in Richtung Süden, zu wartenden Käufern in Polen und, inzwischen, auch in der ehemaligen DDR. Er sah, wie sich mit den baltischen Staaten ein neuer bedeutender Markt öffnete, und er hatte auch schon einige Luxuslimousinen nach Tschechien geliefert. Peter Hanson war eines der kleinsten Rädchen im Getriebe seiner Organisation. Morell war, was seine Fähigkeiten betraf, immer noch im Zweifel und setzte ihn meist bei Einzelbestellungen ein. Vier Wasserpumpen waren ein idealer Auftrag für ihn.

Deshalb also saß Peter Hanson am Vormittag der Walpurgisnacht fluchend in seinem Wagen. Morell hatte ihm den Feiertag verdorben. Außerdem machte er sich des Auftrages wegen Gedanken. Es waren zu viele Leute unterwegs, als daß er damit rechnen konnte, ungestört zu arbeiten.

Peter Hanson war in Hörby geboren und kannte Schonen. Es gab keine Nebenstraße in dieser Gegend, die er nicht schon gefahren wäre, und er verfügte über ein gutes Gedächtnis. Er arbeitete nun vier Jahre für Morell, seit er neunzehn war. Er dachte manchmal an all die Sachen, die er schon in seinen rostigen Lastwagen geladen hatte. Einmal hatte er zwei Stierkälber gestohlen. Zu Weihnachten kam es oft vor, daß Schweine bestellt wurden. Schon oft hatte er Grabsteine geschleppt und sich gefragt, wer der offenbar kranke Besteller war. Er hatte Haustüren davongetragen, während die Hauseigentümer schliefen, und zusammen mit einem Kranführer eine Kirchturmspitze herabgeholt. Wasserpumpen waren nichts Ungewöhnliches. Aber der Tag war schlecht gewählt.

Er hatte beschlossen, in der Gegend östlich vom Flugplatz Sturup anzufangen. Österlen konnte er sich aus dem Kopf schlagen, dort würde heute jedes Wochenendhaus bevölkert sein.

Wenn er Glück haben wollte, dann im Gebiet zwischen Sturup, Hörby und Ystad. Dort gab es einige abgelegene Höfe, wo er vielleicht in Ruhe arbeiten konnte.

Gleich hinter Krageholm, an einer kleinen Straße, die sich durch einen Wald schlängelte und in Sövde endete, fand er seine erste Pumpe. Es war ein halbverfallener Hof, der vor Blicken gut geschützt lag. Die Pumpe war rostig, aber ganz. Er begann, sie mit einem Brecheisen zu lösen. Doch nicht die Befestigungen der Pumpe gaben nach, sondern das ganze verrottete Fundament. Er legte die Brechstange zur Seite und versuchte, die Pumpe von den morschen Brettern der Brunnenabdeckung loszubrechen. Vielleicht war es doch nicht ganz unmöglich, Morell vier Pumpen zu verschaffen. Noch drei Höfe, und er konnte am frühen Nachmittag wieder in Malmö sein. Es war ja erst zehn Minuten nach acht. Vielleicht würde er am Abend doch noch nach Kopenhagen fahren.

Dann brach er die rostige Pumpe los.

Gleichzeitig brach das Bretterfundament zusammen.

Er warf einen Blick in den Brunnen.

Dort unten im Dunkeln lag etwas. Etwas Hellgelbes.

Dann sah er mit Entsetzen, daß es ein Menschenkopf mit blondem Haar war.

Im Brunnen lag eine Frau.

Ein zusammengepreßter, verrenkter Körper.

Er ließ die Pumpe los und rannte davon. Mit heulendem Motor raste er die schmale Straße entlang. Nach einigen Kilometern, kurz vor Sövde, hielt er an, öffnete die Tür des Wagens und erbrach sich.

Dann versuchte er nachzudenken. Er wußte, daß es keine Einbildung gewesen war. Dort im Brunnen hatte eine Frau gelegen.

Eine Frau, die in einem Brunnen liegt, ist bestimmt ermordet worden, dachte er. Da wurde ihm klar, daß er auf der Pumpe seine Fingerabdrücke hinterlassen hatte.

Und seine Fingerabdrücke waren im Archiv registriert.

Morell, dachte er verwirrt. Das muß Morell in Ordnung bringen.

Er fuhr durch Sövde, viel zu schnell, und bog dann in Richtung Süden, nach Ystad, ab. Er würde nach Malmö zurückfahren und Morell die Angelegenheit überlassen. Der Mann, der nach Spanien fahren wollte, mußte ohne seine Pumpen auskommen.

Ungefähr an der Abfahrt zur Müllkippe von Ystad war die Reise zu Ende. Als er sich mit zitternden Händen eine Zigarette anzünden wollte, kam er ins Schleudern. Es gelang ihm nur teilweise, das Auto wieder in seine Gewalt zu bringen. Der Wagen trudelte in einen Zaun, demolierte eine Reihe von Briefkästen und kam dann zum Stehen. Peter Hanson hatte den Sicherheitsgurt angelegt und wurde deshalb nicht durch die Frontscheibe geschleudert. Der Aufprall machte ihn dennoch benommen, so daß er unter Schock hinter dem Lenkrad sitzen blieb. Ein Mann, der in seinem Garten den Rasen mähte, hatte beobachtet, was passiert war. Er rannte erst über die Straße, um sich zu vergewissern, daß niemand schwer verletzt worden war. Dann eilte er zu seinem Haus zurück, rief die Polizei an und stellte sich dann neben den Wagen, um zu verhindern, daß der Mann am Steuer fliehen konnte. Der muß völlig besoffen sein, dachte er. Wie kann man sonst auf einer geraden Strecke die Gewalt über sein Fahrzeug verlieren?

Nach einer Viertelstunde kam ein Streifenwagen aus Ystad. Peters und Noren, zwei der erfahrensten Polizisten aus dem Bezirk, hatten den Anruf entgegengenommen. Als sie sicher waren, daß keiner zu Schaden gekommen war, begann Peters, den Verkehr an der Unglücksstelle vorbeizuleiten, während Noren sich mit Peter Hanson auf den Rücksitz des Streifenwagens setzte, um herauszufinden, was eigentlich geschehen war. Noren ließ ihn ins Röhrchen blasen, aber es zeigte nichts an. Der Mann wirkte total verwirrt und überhaupt nicht daran interessiert zu erklären, wie es zu dem Unfall gekommen war. Noren fing an zu glauben, daß er einen Geisteskranken vor sich hatte. Er erzählte unzusammenhängend wirres Zeug über Wasserpumpen, einen Hehler in Malmö und einen einsamen Hof mit Brunnen.

»Da liegt eine Frau im Brunnen«, behauptete er.

»Aha«, sagte Noren. »Eine Frau in einem Brunnen?«

»Sie war tot«, murmelte Peter Hanson.

Plötzlich fühlte Noren, wie Unbehagen ihn beschlich. Was versuchte der Mann ihm zu sagen? Daß er im Brunnen eines einsamen Hauses eine tote Frau gefunden hatte?

Noren wies den Mann an, im Auto sitzen zu bleiben. Dann eilte er zu Peters, der am Straßenrand stand und Autofahrer vorbeiwinkte, die neugierig bremsten und stehenbleiben wollten.

»Er behauptet, eine tote Frau in einem Brunnen gefunden zu haben«, teilte Noren mit. »Mit blonden Haaren.«

Peters ließ die Arme sinken.

»Louise Akerblom?«

»Ich weiß nicht. Ich weiß ja nicht einmal, ob es stimmt.«

»Ruf Wallander an«, sagte Peters. »Sofort.«

Unter den Kriminalpolizisten im Polizeigebäude von Ystad herrschte an diesem Vormittag der Walpurgisnacht eine abwartende Stimmung. Sie hatten sich um acht im Versammlungsraum getroffen, und Björk hatte die Besprechung sehr kurz gehalten. An diesem Tag konnte er sich nicht nur um eine verschwundene Frau kümmern. Dieser Abend war traditionell einer der unruhigsten im ganzen Jahr, und es mußte noch jede Menge vorbereitet werden, bevor die Nacht kam.

Die Besprechung drehte sich ganz und gar um Stig Gustafson. Am Donnerstag nachmittag und abend hatte Wallander seine Truppen ausgeschickt, nach dem früheren Maschinisten der Polenfähre zu suchen. Als er über sein Gespräch mit Pastor Tureson berichtet hatte, waren alle der Meinung gewesen, daß sie kurz vor einem Durchbruch standen. Sie hatten auch eingesehen, daß der abgehackte Finger und das gesprengte Haus warten mußten. Martinson war sogar der Meinung gewesen, daß es sich vielleicht trotz allem um einen Zufall handelte. Daß es einfach keinen Zusammenhang gab.

»Das ist ja schon früher vorgekommen«, hatte er gesagt. »Daß wir schwarzgebrannten Schnaps beschlagnahmen wollen. Und beim Nachbarn ein Diebeslager finden, als wir nach dem Weg fragen.«

An diesem Freitag morgen war es ihnen noch nicht gelungen herauszufinden, wo Stig Gustafson wohnte. »Wir müssen das heute in Erfahrung bringen«, sagte Wallander. »Wir finden ihn vielleicht nicht. Aber wenn wir die Adresse haben, wissen wir auf alle Fälle, ob er eventuell ganz eilig verschwunden ist.«

Im selben Augenblick klingelte das Telefon. Björk nahm ab, lauschte kurz und gab den Hörer dann an Wallander weiter.

»Noren ist dran«, sagte er. »Er befindet sich an einer Unfallstelle irgendwo außerhalb der Stadt.«

»Das kann doch ein anderer übernehmen«, maulte Wallander irritiert.

Aber dann nahm er doch den Hörer und hörte zu, was Noren zu sagen hatte. Martinson und Svedberg, die Wallanders Reaktionen sehr wohl kannten und hellhörig für seine wechselnden Stimmungen waren, erkannten sofort, daß das Gespräch wichtig war.

Wallander legte den Telefonhörer langsam nieder und sah seine Kollegen an.

»Noren steht draußen an der Abfahrt zur Müllkippe«, teilte er mit. »Ein kleiner Verkehrsunfall. Da sitzt aber ein Mann, der behauptet, er habe eine Frau gefunden, die man in einen Brunnen gestopft hat.«

Sie warteten gespannt darauf, daß Wallander weitersprach.

»Wenn ich richtig verstanden habe«, fuhr er fort, »liegt dieser Brunnen weniger als fünf Kilometer von dem Haus entfernt, das Louise Akerblom besichtigen sollte. Und noch näher an dem Tümpel, wo wir ihr Auto gefunden haben.«

Einen Augenblick lang herrschte Schweigen. Dann sprangen sie alle auf einmal auf.

»Willst du sofort die ganze Mannschaft?« fragte Björk.

»Nein«, antwortete Wallander. »Erst brauchen wir die Bestätigung. Noren hat uns gewarnt, allzu optimistisch zu sein. Er meinte, der Mann sei verwirrt.«

»Das wäre ich wohl auch«, sagte Svedberg. »Wenn ich eine tote Frau in einem Brunnen gefunden hätte. Und dann noch der Unfall.«

»Genau das denke ich auch«, bestätigte Wallander.

Sie verließen Ystad in Einsatzfahrzeugen. Wallander hatte Svedberg mit im Wagen; Martinson fuhr allein. An der nördlichen Ausfahrt stellte Wallander die Sirenen an. Svedberg sah ihn erstaunt an. »Es ist doch kaum Verkehr«, sagte er.

»Trotzdem«, beharrte Wallander.

Sie hielten an der Abfahrt zur Müllkippe, ließen den bleichen Peter Hanson hinten einsteigen und fuhren nach seinen Anweisungen weiter.

»Das war ich nicht«, sagte er wieder und wieder.

»Was warst du nicht?« forschte Wallander.

»Ich habe sie nicht getötet«, erklärte er.

»Was hast du denn dort gemacht?« fragte Wallander weiter.

»Ich sollte nur die Pumpe stehlen.«

Wallander und Svedberg sahen sich an.

»Morell hat gestern abend spät noch angerufen und vier Wasserpumpen bestellt«, murmelte Peter Hanson. »Aber ich habe sie nicht getötet.«

Wallander begriff gar nichts. Aber Svedberg schien plötzlich zu verstehen.

»Ich glaube, ich habe kapiert«, sagte er. »Es gibt einen Hehler in Malmö, der Morell heißt. Wir sagen unbekannt, weil ihn die Kollegen dort niemals zu fassen kriegen.«

»Wasserpumpen?« fragte Wallander mißtrauisch.

»Antiquitäten«, erklärte Svedberg.

Sie bogen in den abgelegenen Hof ein und stiegen aus dem Auto. Wallander dachte flüchtig daran, daß es wohl eine schöne Walpurgisnacht werden würde. Der Himmel war wolkenlos, kein Lüftchen wehte, und obwohl es erst neun Uhr war, zeigte das Thermometer sicher sechzehn, siebzehn Grad.

Er betrachtete den Brunnen und die abgerissene Pumpe, die davor auf der Erde lag. Dann atmete er tief durch, trat näher heran und schaute hinunter. Martinson und Svedberg warteten zusammen mit Peter Hanson im Hintergrund.

Wallander sah sofort, daß es Louise Akerblom war.

Sogar im Tode trug sie ein starres Lächeln im Gesicht.

Dann wurde ihm plötzlich schlecht. Er wandte sich schnell ab und hockte sich nieder.

Martinson und Svedberg gingen zum Brunnen. Beide zuckten heftig zurück.

»Pfui Teufel«, sagte Martinson.

Wallander schluckte und zwang sich, tief zu atmen. Er dachte an Louise Akerbloms Töchter. Und an Robert Akerblom. Er fragte sich, ob sie wohl weiter an einen guten und allmächtigen Gott würden glauben können, wenn sie erfuhren, daß ihre Mutter und Ehefrau zusammengekrümmt in einem Brunnen lag.

Er erhob sich und ging zum Brunnen zurück.

»Sie ist es, kein Zweifel.«

Martinson rannte zu seinem Wagen, telefonierte mit Björk und forderte die Spurensicherung an. Um Louise Akerbloms Körper aus dem Brunnen zu bergen, würden sie außerdem die Feuerwehr benötigen. Wallander setzte sich mit Peter Hanson auf die verfallene Veranda und hörte sich seine Geschichte an. Dann und wann stellte er eine Frage und nickte, wenn Peter Hanson geantwortet hatte. Er wußte bereits, daß das, was er sagte, die Wahrheit war. Eigentlich sollte die Polizei ihm dankbar sein, daß er losgezogen war, um Pumpen zu stehlen. Sonst hätte es wahrscheinlich sehr lange dauern können, bis Louise Akerblom gefunden worden wäre.

»Nimm seine Personalien auf«, sagte Wallander zu Svedberg, als das Gespräch mit Peter Hanson beendet war. »Laß ihn dann laufen. Aber kümmere dich darum, daß dieser Morell seine Geschichte bestätigt.«

Svedberg nickte.

»Welcher Staatsanwalt hat Dienst?« erkundigte sich Wallander.

»Ich glaube, Björk erwähnte Per Akeson«, antwortete Svedberg.

»Nimm Kontakt zu ihm auf«, sagte Wallander. »Informiere ihn, daß wir sie gefunden haben. Und daß es um Mord geht. Ich werde ihm später am Nachmittag einen Bericht geben.«

»Was machen wir mit Stig Gustafson?« fragte Svedberg.

»Den mußt du erst einmal allein übernehmen«, antwortete Wallander. »Ich will Martinson hier haben, wenn wir sie hinaufholen und die erste Untersuchung durchführen.«

»Ich bin froh, daß ich das nicht mit ansehen muß«, gestand Svedberg.

Er verschwand in einem der Autos.

Wallander atmete noch ein paarmal tief durch, bevor er wieder zum Brunnen ging.

Er wollte nicht allein sein, wenn er Robert Akerblom mitteilte, wo sie seine Frau gefunden hatten.

Es dauerte zwei Stunden, Louise Akerbloms toten Körper ans Tageslicht zu befördern. Verantwortlich waren dieselben jungen Feuerwehrleute, die zwei Tage zuvor den Tümpel abgesucht hatten, wo ihr Auto gefunden worden war. Sie hievten sie mit einem Rettungsseil hoch und legten sie in ein Zelt, das neben dem Brunnen aufgestellt worden war. Bereits beim Hinaufziehen des Körpers hatte Wallander erkannt, wie sie gestorben war. Ihr war in die Stirn geschossen worden. Wieder wurde ihm schemenhaft bewußt, daß an diesem Fall nichts natürlich war. Stig Gustafson hatte er immer noch nicht getroffen, wenn der es denn war, der Louise Akerblom getötet hatte.

Aber hätte er ihr direkt von vorn in den Kopf geschossen? Etwas stimmte hier nicht.

Er fragte Martinson nach seiner ersten Reaktion.

»Ein Schuß direkt in die Stirn«, sagte Martinson. »Das läßt mich nicht gerade an Kontrollverlust durch Erregung und unglückliche Liebe denken. Das sieht eher nach kaltblütiger Hinrichtung aus.«

»Genau das denke ich auch«, bestätigte Wallander.

Die Feuerwehrleute pumpten das Wasser aus dem Brunnen. Dann stiegen sie hinunter, und als sie wieder auftauchten, hatten sie Louise Akerbloms Handtasche, die Schreibmappe sowie einen Schuh bei sich. Der andere steckte noch auf ihrem Fuß. Das Wasser hatten sie in einem schnell aufgebauten Plastikbecken gesammelt. Martinson entdeckte nichts Interessantes mehr, als sie das Wasser filterten.

Die Feuerwehrleute stiegen noch einmal auf den Grund des Brunnens hinunter. Sie leuchteten ihn mit starken Lampen ab, fanden aber lediglich das Skelett einer Katze.

Der Arzt war bleich, als er aus dem Zelt kam.

»Das ist ja schrecklich«, sagte er zu Wallander.

»Ja«, bestätigte Wallander. »Wir wissen das Wichtigste, daß sie erschossen worden ist. Von den Pathologen in Malmö will ich vor allem zwei Auskünfte: zum einen alles über die Kugel, zum anderen einen Bericht, ob sie weitere Verletzungen hat, die auf Mißhandlungen hindeuten oder darauf, daß sie gefangengehalten wurde. Alles, was du finden kannst. Und natürlich will ich wissen, ob sie einem Sexualverbrechen zum Opfer gefallen ist.«

»Die Kugel sitzt noch im Kopf«, sagte der Arzt. »Ich kann kein Austrittsloch entdecken.«

»Noch eine Sache«, fügte Wallander hinzu. »Ich möchte, daß man ihre Handgelenke und Fußknöchel untersucht und nach Spuren von Handschellen sucht.«

»Handschellen?«

»Genau«, wiederholte Wallander. »Handschellen.«

Björk hatte sich, während der Körper geborgen wurde, im Hintergrund gehalten. Als die Leiche auf eine Bahre gelegt und durch eine Ambulanz ins Krankenhaus gefahren wurde, nahm er Wallander beiseite.

»Wir müssen ihren Mann verständigen«, sagte er.

Wir und wir, dachte Wallander. Du meinst, ich soll es tun.

»Ich werde Pastor Tureson mitnehmen«, entschied er.

»Du mußt versuchen herauszubekommen, wie lange er braucht, um alle nahen Verwandten zu benachrichtigen«, fügte Björk hinzu. »Ich befürchte, wir werden es nicht besonders lange geheimhalten können. Außerdem begreife ich nicht, wie ihr diesen Dieb so ohne weiteres laufenlassen konntet. Er kann zu einer Abendzeitung gehen und einen Batzen Geld einstreichen, wenn er erzählt, was er hier gesehen hat.«

Björks schulmeisternder Tonfall irritierte Wallander. Gleichzeitig mußte er zugeben, daß die Sorge nicht unbegründet war.

»Ja«, gab er zu. »Das war dumm. Meine Schuld.«

»Ich dachte, es war Svedberg, der ihn freiließ«, wunderte sich Björk.

»Es war Svedberg«, erwiderte Wallander. »Aber die Verantwortung liegt auf alle Fälle bei mir.«

»Du brauchst nicht gleich böse zu werden, wenn ich das zur Sprache bringe«, sagte Björk.

Wallander zuckte die Schultern.

»Ich bin böse auf den, der Louise Akerblom das angetan hat«, antwortete er. »Und ihren Töchtern. Und ihrem Mann.«

Der Hof war abgesperrt, die Untersuchung wurde fortgesetzt. Wallander setzte sich ins Auto und rief Pastor Tureson an. Er antwortete fast unmittelbar. Wallander informierte ihn. Pastor Tureson schwieg lange, bevor er antwortete. Er versprach, vor der Kirche auf Wallander zu warten.

»Wird er zusammenbrechen?« fragte Wallander.

»Er hat seinen Trost in Gott«, antwortete Pastor Tureson.

Wir werden sehen, dachte Wallander. Wir werden sehen, ob das ausreicht.

Aber er sagte nichts.

Pastor Tureson stand mit gebeugtem Kopf an der Straße.

Auf dem Weg in die Stadt war es Wallander schwergefallen, seine Gedanken zu sammeln. Nichts fiel ihm so schwer, wie Angehörige zu benachrichtigen, wenn jemand in der Familie plötzlich umgekommen war. Eigentlich machte es keinen Unterschied, ob der Tod durch einen Unglücksfall, Selbstmord oder eine Gewalttat eingetreten war. Seine Worte waren unbarmherzig, so vorsichtig und rücksichtsvoll sie auch vorgebracht wurden. Er war der tragische Botschafter, hatte er gedacht. Er erinnerte sich, was Rydberg, sein Freund und Kollege, gesagt hatte, einige Monate, bevor er starb. ›Es wird nie eine geeignete Art und Weise für Polizisten geben, die Botschaft von einem plötzlichen Tod zu überbringen. Deshalb werden wir weitermachen und es nie jemand anderem überlassen. Wir sind vermutlich geduldiger als andere, haben mehr von dem gesehen, was lieber niemand sehen müssen sollte.‹

Auf dem Weg in die Stadt hatte er auch darüber nachgedacht, daß das ständige Gefühl, etwas an der ganzen derzeitigen Ermittlung würde schieflaufen, bald eine Begründung finden mußte. Er würde Martinson und Svedberg fragen, ob sie seine Unruhe teilten. Gab es einen Zusammenhang zwischen dem abgehackten schwarzen Finger und Louise Akerbloms Verschwinden und Tod? Oder war es nur ein Spiel unberechenbarer Zufälle?

Er dachte daran, daß es auch noch eine dritte Möglichkeit gab. Daß jemand bewußt Verwirrung stiftete.

Aber warum plötzlich dieser Todesfall, überlegte er. Das einzige Motiv, das wir bisher finden konnten, war unglückliche Liebe. Aber der Schritt, einen Mord zu begehen, ist sehr weit. Und dann noch so kaltblütig zu handeln, Wagen und Körper an ganz verschiedenen Stellen zu verstecken.

Wir haben vielleicht noch keinen einzigen Stein gefunden, den zu wenden sich lohnen würde. Was tun wir, wenn sich Stig Gustafson als uninteressant erweist?

Er dachte an die Handschellen. An Louise Akerbloms stetes Lächeln. An die glückliche Familie, die es nicht mehr gab.

War das Abbild zerstört oder die Realität?

Pastor Tureson stieg ins Auto. Er hatte Tränen in den Augen. Auch Wallander bekam sofort einen Kloß im Hals.

»Sie ist also tot«, sagte Wallander. »Wir haben sie auf einem abgelegenen Hof in der Nähe von Ystad gefunden. Mehr kann ich noch nicht sagen.«

»Wie ist sie gestorben?«

Wallander überlegte kurz, bevor er antwortete.

»Sie wurde erschossen.«

»Ich habe noch eine Frage«, sagte Pastor Tureson. »Abgesehen von der, wer so eine Wahnsinnstat begehen konnte. Mußte sie sehr leiden, bevor sie starb?«

»Das weiß ich noch nicht«, gestand Wallander. »Aber selbst wenn ich es anders wüßte, ihrem Mann würde ich sagen, daß der Tod sehr schnell und damit ohne Schmerzen eingetreten ist.«

Sie hielten vor der Villa. Auf dem Weg zur Methodistenkirche war Wallander am Polizeigebäude vorbeigefahren und hatte seinen eigenen Wagen geholt. Er wollte jedes Aufsehen vermeiden.

Robert Akerblom öffnete fast unmittelbar die Tür, als sie klingelten. Er hat uns gesehen, dachte Wallander. Immer, wenn auf der Straße ein Auto gebremst hat, ist er zum nächsten Fenster gerannt.

Robert Akerblom führte sie ins Wohnzimmer. Wallander lauschte. Die beiden Mädchen schienen nicht zu Hause zu sein.

»Ich muß dir leider mitteilen, daß deine Frau tot ist«, begann Wallander. »Wir haben sie auf einem verlassenen Grundstück unweit von Ystad gefunden. Sie ist ermordet worden.«

Robert Akerblom sah ihn an, ohne eine Miene zu verziehen. Es war, als warte er auf eine Fortsetzung.

»Es tut mir leid«, fuhr er fort. »Aber ich kann nichts anderes tun als sagen, wie es ist. Ich muß dich leider auch bitten, sie zu identifizieren. Aber das kann warten. Es muß nicht heute sein. Es wäre auch in Ordnung, wenn Pastor Tureson es übernehmen würde.«

Robert Akerblom starrte ihn immer noch an.

»Sind die Töchter zu Hause?« fragte Wallander vorsichtig. »Das wird ja furchtbar für sie werden.«

Er sah den Pastor flehend an.

»Wir werden aushelfen«, versprach Tureson.

»Danke dafür, daß ich Bescheid weiß«, sagte Robert Akerblom plötzlich. »Diese ganze Unsicherheit war so schwer zu ertragen.«

»Es tut mir wirklich sehr leid«, bekräftigte Wallander. »Wir alle, die wir an dem Fall arbeiten, hatten gehofft, daß es eine natürliche Lösung geben würde.«

»Wer?« fragte Robert Akerblom.

»Wissen wir nicht«, antwortete Wallander. »Aber wir werden nicht aufgeben, bevor wir es wissen.«

»Ihr werdet es niemals schaffen«, sagte Robert Akerblom.

Wallander sah ihn fragend an.

»Warum glaubst du das?«

»Niemand kann die Absicht gehabt haben, Louise zu töten«, erklärte Robert Akerblom. »Wie könnt ihr da einen Schuldigen finden?«

Wallander wußte nicht, was er darauf entgegnen sollte. Robert Akerblom hatte ausgesprochen, was ihr größtes Problem war.

Einige Minuten später erhob er sich. Pastor Tureson folgte ihm in den Flur.

»Jetzt sind ein paar Stunden Zeit, die nächsten Angehörigen zu benachrichtigen«, sagte Wallander leise. »Ich bin telefonisch zu erreichen. Wir können es nicht wer weiß wie lange geheimhalten.«

»Ich verstehe«, sagte Pastor Tureson.

Dann senkte er die Stimme.

»Stig Gustafson?« fragte er.

»Wir suchen noch nach ihm«, antwortete Wallander. »Wir wissen nicht, ob er der richtige ist.«

»Gibt es noch weitere Spuren?«

»Vielleicht«, wich Wallander aus. »Aber ich kann die Frage leider nicht beantworten.«

»Aus ermittlungstechnischen Gründen?«

»Genau.«

Wallander merkte, daß der Pastor noch eine Frage hatte. »Ja, bitte. Nur zu!«

Pastor Tureson dämpfte die Stimme so sehr, daß Wallander Mühe hatte, ihn zu verstehen.

»Ist es ein Sexualverbrechen?« flüsterte er.

»Das wissen wir noch nicht«, antwortete Wallander. »Aber es ist natürlich nicht ausgeschlossen.«

Eine eigenartige Mischung aus Hunger und Unbehagen machte Wallander zu schaffen, als er die Akerblomsche Villa verließ. An einer Imbißbude auf dem Österleden hielt er an und würgte einen Hamburger hinunter. Er konnte sich nicht erinnern, wann er zuletzt gegessen hatte. Dann beeilte er sich, zum Polizeigebäude zu kommen. Dort wurde er von Svedberg erwartet, der mitteilen konnte, daß Björk in aller Eile eine Pressekonferenz hatte improvisieren müssen. Weil er Wallander während des Überbringens der Todesnachricht nicht stören wollte, mußte Martinson einspringen.

»Kannst du dir denken, wie es herausgekommen ist?« fragte Svedberg.

»Ja«, antwortete Wallander. »Peter Hanson?«

»Falsch. Einmal darfst du noch raten!«

»Einer von uns?«

»Diesmal nicht. Sondern Morell. Der Hehler in Malmö. Er sah seine Chance, für seinen Tip bei einer Abendzeitung ein bißchen

Geld abzuzocken. Ein richtiger Schweinehund, ganz offensichtlich. Aber jetzt können die in Malmö ihn wenigstens endlich festsetzen. Jemanden zu beauftragen, vier Wasserpumpen zu stehlen, ist strafbar.«

»Er kriegt nur Bewährung«, meinte Wallander.

Sie gingen in den Speiseraum und holten sich jeder seine Tasse Kaffee.

»Wie hat Robert Akerblom es aufgenommen?« erkundigte sich Svedberg.

»Ich weiß nicht«, sagte Wallander. »Es muß ihm wohl so vorgekommen sein, als verlöre er die Hälfte seines eigenen Lebens. Das kann sich wohl keiner vorstellen, der nicht selbst schon etwas Ähnliches durchmachen mußte. Ich kann es nicht. Ich weiß nur eines: Sobald diese Pressekonferenz vorüber ist, müssen wir uns alle zusammensetzen. Bis dahin setze ich mich in mein Zimmer und versuche mich an einer Zusammenfassung.«

»Ich dachte mir, ich könnte eine Übersicht erarbeiten, was für Hinweise bisher bei uns eingegangen sind«, erklärte Svedberg. »Es ist ja möglich, daß Louise Akerblom am Freitag mit einem Mann gesehen wurde, der mit Stig Gustafson identisch sein könnte.«

»Tu das«, sagte Wallander. »Und gib uns alles, was du hast über den Mann.«

Die Pressekonferenz zog sich in die Länge. Nach anderthalb Stunden war sie endlich zu Ende. Inzwischen hatte Wallander versucht, seine Zusammenfassung in Stichpunkten niederzulegen und einen Plan für die nächste Phase der Ermittlungen zu entwerfen.

Björk und Martinson waren völlig erschöpft, als sie den Versammlungsraum betraten.

»Jetzt versteh ich, wie du dich immer fühlst«, sagte Martinson und sank auf einen Stuhl. »Das einzige, was sie nicht gefragt haben, war, welche Farbe ihre Unterwäsche hatte.«

Wallander reagierte unmittelbar.

»Das war unnötig«, sagte er.

Martinson hob entschuldigend die Hände.

»Ich werde versuchen zusammenzufassen«, begann Wallander.

»Den Anfang der Geschichte kennen wir, den überspringe ich. Nun haben wir also Louise Akerblom gefunden. Sie ist ermordet worden, durch die Stirn geschossen. Ich gehe außerdem davon aus, daß sie aus nächster Nähe erschossen wurde. Aber das werden wir später mit Sicherheit erfahren. Wir wissen nicht, ob sie das Opfer eines Sexualverbrechens wurde. Wir wissen auch nicht, ob sie mißhandelt oder gefangengehalten wurde. Außerdem nicht, wo sie getötet wurde und wann. Aber wir können davon ausgehen, daß sie bereits tot war, als sie in den Brunnen geworfen wurde. Wir haben außerdem ihr Auto gefunden. Es ist wichtig, daß wir so schnell wie möglich einen vorläufigen Bericht aus dem Krankenhaus bekommen. Mindestens, ob es ein Sexualverbrechen war. Dann können wir anfangen, uns einschlägig bekannte Personen vorzunehmen.«

Wallander trank einen Schluck Kaffee, bevor er weitersprach.

»Was das Motiv und den Täter angeht, haben wir bisher nur eine einzige Spur. Der Maschinist Stig Gustafson hat sie mit hoffnungslosen Liebeserklärungen verfolgt und beunruhigt. Wir wissen noch nicht, wo er sich aufhält. Du bist da besser informiert, Svedberg. Du kannst uns auch einen Überblick geben, welche Hinweise eingegangen sind. Was die ganze Ermittlung weiter erschwert, sind der abgehackte schwarze Finger und das explodierte Haus. Leichter wird es auch dadurch nicht, daß Nyberg Reste eines leistungsstarken Funkgerätes in der Brandruine gefunden hat, samt Kolben einer Pistole, die zumeist in Südafrika verwendet wird, wenn ich ihn recht verstanden habe. An und für sich könnte man ja einen Zusammenhang zwischen dem Finger und der Waffe vermuten. Aber deshalb wird noch lange nichts klarer. Nicht einmal, ob es einen Zusammenhang zwischen den beiden Geschehnissen gibt.«

Wallander war mit seinen Ausführungen am Ende und sah zu Svedberg, der in seinen Unterlagen blätterte.

»Wenn ich mit den Hinweisen beginne, so möchte ich zuerst einmal sagen, daß ich irgendwann ein Buch zusammenstellen werde, das ›Leute, die der Polizei helfen wollen‹ heißen könnte. Damit werde ich viel Geld verdienen. Wie immer haben uns Flüche, Lügen, gute Wünsche, Geständnisse, Träume, Halluzinatio-

nen sowie der eine oder andere vernünftige Tip erreicht. Soweit
ich es überblicken kann, ist aber leider nur ein einziger Hinweis
von unmittelbarem Interesse. Der Verwalter von Rydsgards Hof
behauptet bestimmt, daß er Louise Akerblom am Freitag nachmittag vorbeifahren sah. Auch zeitlich würde das gut hinkommen.
Das bedeutet, daß wir wissen, welchen Weg sie nahm. Aber anson-
sten haben wir unerwartet wenige sachdienliche Hinweise
bekommen. Nun wissen wir ja, daß die besten Tips meist erst nach
einigen Tagen eintreffen. Eben von Leuten mit Urteilsvermögen,
die zögern, ehe sie sich melden. Im Falle Stig Gustafson ist es uns
nicht gelungen, seinen Aufenthaltsort zu ermitteln. Aber er soll
eine unverheiratete Verwandte in Malmö haben. Leider wissen
wir ihren Vornamen nicht. Und im Telefonbuch stehen die Gustafsons reihenweise. Wir teilen also die Namen unter uns auf und
machen weiter. Das war's, was ich sagen wollte.«

Wallander schwieg einen Augenblick. Björk schaute ihn auffor-
dernd an.

»Wir sollten uns konzentrieren«, sagte Wallander schließlich.
»Wir müssen Stig Gustafson finden, das ist die Hauptsache. Wenn
es keinen anderen Weg gibt als über die Verwandte in Malmö,
dann müssen wir so vorgehen. Jeder hier im Hause, der einen Telefonhörer halten kann, wird einbezogen. Ich werde selbst mitmachen, wenn ich im Krankenhaus angerufen habe.«

Dann wandte er sich an Björk.

»Wir nutzen auch den ganzen Abend. Es ist notwendig.«

Björk nickte zustimmend. »Macht das«, sagte er. »Ich werde
hier zu finden sein, wenn etwas Entscheidendes geschieht.«

Svedberg begann, die Suche nach der Verwandten des Maschinisten Stig Gustafson in Malmö zu organisieren. Wallander ging
in sein Zimmer. Bevor er im Krankenhaus anrief, wählte er die
Nummer seines Vaters. Es dauerte lange, bis sich jemand meldete.
Wallander vermutete, sein Vater habe draußen im Atelier gestanden und gemalt. Er hörte sofort, daß der Alte schlechte Laune
hatte.

»Hej, ich bin's.«

»Wer?« fragte der Vater.

»Das weißt du sehr wohl, wer«, sagte Wallander.

»Ich habe vergessen, wie deine Stimme klingt«, behauptete der Vater.

Wallander zwang sich, der Lust zu widerstehen, den Hörer auf die Gabel zu werfen.

»Ich arbeite«, sagte er. »Ich habe gerade eine tote Frau in einem Brunnen gefunden. Eine Frau, die ermordet wurde. Ich schaff es heute nicht, dich besuchen zu kommen. Ich hoffe, du hast Verständnis dafür.«

Zu seiner großen Verwunderung klang der Vater plötzlich freundlich.

»Dafür habe ich Verständnis. Das klingt ja gar nicht gut.«

»So ist es auch«, bestätigte Wallander. »Aber ich wollte dir jedenfalls einen schönen Abend wünschen. Ich versuche, morgen rauszukommen.«

»Nur, wenn du Zeit hast«, sagte der Vater. »Jetzt muß ich aber Schluß machen.«

»Warum denn?«

»Ich erwarte Besuch.«

Wallander hörte, wie das Gespräch abgebrochen wurde. Den Telefonhörer in der Hand, blieb er sitzen.

Besuch, dachte er. Gertrud Anderson besucht ihn also auch, wenn sie nicht arbeitet?

Er schüttelte lange den Kopf.

Ich muß bald Zeit für ihn finden, dachte er. Das wäre die reine Katastrophe, wenn er heiraten würde.

Er stand auf und ging zu Svedberg. Nachdem er eine Liste mit Namen und Telefonnummern erhalten hatte, kehrte er in sein Zimmer zurück und wählte die erste Nummer. Gleichzeitig fiel ihm ein, daß er den diensthabenden Staatsanwalt am Nachmittag erreichen mußte.

Um vier Uhr hatten sie Stig Gustafsons Verwandte immer noch nicht gefunden.

Halb fünf erwischte Wallander Per Akeson in dessen Wohnung. Er berichtete, was passiert war, und teilte mit, daß sie sich jetzt darauf konzentrierten, Stig Gustafson zu finden. Der Staatsanwalt hatte nichts einzuwenden. Er bat Wallander, sich am Abend noch einmal zu melden, wenn es etwas Neues gab.

Viertel nach fünf holte sich Wallander bei Svedberg seine dritte Liste. Immer noch kein Erfolg. Wallander stöhnte darüber, daß es ausgerechnet der Abend der Walpurgisnacht sein mußte. Viele Leute waren gar nicht zu Hause. Sie waren des freien Tages wegen verreist.

Unter den ersten beiden Nummern antwortete niemand. Die dritte gehörte einer älteren Dame, die nachdrücklich verneinte, einen Stig in der Verwandtschaft zu haben.

Wallander öffnete das Fenster und spürte, daß er bald Kopfschmerzen bekommen würde. Dann wandte er sich wieder dem Telefon zu und wählte die vierte Nummer. Er ließ es mehrmals klingeln und wollte gerade auflegen, als jemand abnahm. Er hörte eine jüngere Frau sprechen, stellte sich vor und erklärte, was er von ihr wollte.

»Ja sicher«, sagte die Frau, die Monica hieß. »Ich habe einen Halbbruder namens Stig. Er ist Schiffsmaschinist. Hat er etwas angestellt?«

Wallander fühlte alle Müdigkeit und Verdrossenheit verschwinden.

»Nein«, sagte er. »Aber wir müssen schnellstens Kontakt zu ihm aufnehmen. Weißt du vielleicht, wo er wohnt?«

»Klar weiß ich, wo er wohnt. In Lomma. Aber er ist nicht zu Hause.«

»Wo ist er denn?«

»Auf La Palma. Morgen kommt er aber zurück. Die Maschine landet früh um zehn in Kopenhagen. Ich glaube, das Reisebüro heißt Spies.«

»Prima«, sagte Wallander. »Wenn du mir seine Adresse und Telefonnummer geben könntest, wäre ich dir sehr dankbar.«

Der Wunsch wurde ihm erfüllt, er entschuldigte sich für die Störung und beendete das Gespräch. Dann sprintete er zu Svedberg. Auf dem Wege holte er schnell noch Martinson ab. Niemand wußte, wo Björk sich aufhielt.

»Wir fahren selbst nach Malmö«, entschied Wallander. »Die Kollegen in der Stadt können uns helfen. Bewachung mit Paßkontrolle an allen ankommenden Fähren. Das muß Björk organisieren.«

»Hat sie gesagt, wie lange er weg war?« fragte Martinson. »Wenn er eine Wochenreise hatte, heißt das, daß er seit vergangenem Donnerstag unterwegs ist.«

Sie sahen sich an. Es war klar, was Martinsons Hinweis bedeutete.

»Ich meine, ihr solltet jetzt nach Hause gehen«, sagte Wallander. »Morgen müssen wenigstens ein paar von uns ausgeruht sein. Wir treffen uns morgen früh hier, um acht. Dann fahren wir nach Malmö.«

Martinson und Svedberg fuhren heim. Wallander sprach mit Björk, der versicherte, seinen Kollegen in Malmö anzurufen und sich um die von Wallander gewünschten Maßnahmen zu kümmern.

Viertel nach sechs rief Wallander im Krankenhaus an. Der Arzt konnte nur vage Antworten geben.

»Der Körper weist keine sichtbaren Verletzungen auf. Keine blauen Flecken, keine Frakturen. Oberflächlich gesehen scheint es auch kein Sexualverbrechen gewesen zu sein. Aber da will ich mich noch nicht festlegen. Ich finde keine Spuren an den Hand- oder Fußgelenken.«

»Das ist gut«, sagte Wallander. »Vielen Dank erst mal. Ich laß morgen wieder von mir hören.«

Dann verließ er das Polizeigebäude.

Er fuhr nach Kaseberga hinaus, setzte sich eine Weile auf die Höhe und schaute über das Meer.

Kurz nach neun war er zu Hause.

7

Im Morgengrauen, kurz bevor er erwachte, hatte Kurt Wallander einen Traum.

Er hatte entdeckt, daß seine eine Hand schwarz war.

Aber es war kein schwarzer Handschuh. Es war die Haut. Sie war dunkler geworden, so daß die Hand der eines Afrikaners glich.

Im Traum war Wallander zwischen Reaktionen des Entsetzens und der Zufriedenheit geschwankt. Rydberg, sein früherer Kollege, der nun fast zwei Jahre tot war, hatte die Hand mißbilligend betrachtet. Er hatte Wallander gefragt, warum nur die eine schwarz war.

»Etwas muß noch morgen geschehen«, hatte Wallander im Traum geantwortet.

Als er erwachte und sich an den Traum erinnerte, war er im Bett liegengeblieben und hatte über die Antwort nachgedacht, die er Rydberg gegeben hatte. Was hatte er eigentlich gemeint?

Dann war er aufgestanden und hatte durch das Fenster gesehen, daß der 1. Mai dieses Jahr in Skane ein wolkenloser und sonniger, aber auch sehr windiger Tag werden würde. Es war sechs Uhr.

Obwohl er nur zwei Stunden geschlafen hatte, fühlte er sich nicht müde. An diesem Morgen sollten sie erfahren, ob Stig Gustafson für den Freitag nachmittag der vergangenen Woche, an dem Louise Akerblom höchstwahrscheinlich ermordet wurde, ein Alibi hatte.

Wenn wir das Verbrechen bereits heute aufklären, ist es erstaunlich einfach gegangen, dachte er. Zuerst hatten wir tagelang keine Spur. Dann ging alles sehr schnell. Eine Ermittlung folgt selten dem Rhythmus des Alltags. Sie hat ihr eigenes Leben, ihre eigene Bewegung. Die Zeit kann dabei durcheinandergeraten, stillstehen oder davonrasen. Das kann man vorher nie wissen.

Sie trafen sich Punkt acht Uhr im Versammlungsraum, und Wallander nahm das Wort.

»Es gibt keine Veranlassung für uns, die dänische Polizei einzuschalten«, begann er. »Wenn wir uns auf seine Halbschwester verlassen können, wird Stig Gustafson mit einem Scanairflug in Kopenhagen um zehn landen. Svedberg, das kannst du kontrollieren. Er hat dann drei Möglichkeiten, nach Malmö zu gelangen. Über Limhamn, mit den Flugbooten oder mit dem SAS-Luftkissenfahrzeug. Wir werden alle Wege überwachen.«

»Ein alter Schiffsmaschinist nimmt wohl die große Fähre«, sagte Martinson.

»Vielleicht hat er gerade genug davon«, gab Wallander zu bedenken. »Wir werden an jedem Posten zu zweit sein. Er muß unbedingt gefaßt und über den Anlaß informiert werden. Ein gewisses Maß an Vorsicht kann angebracht sein. Dann wird er hierher überstellt. Ich dachte, daß ich der erste sein sollte, der mit ihm redet.«

»Zwei Personen, das scheint mir zuwenig«, sagte Björk. »Können wir nicht wenigstens einen Streifenwagen im Hintergrund haben?«

Wallander stimmte zu.

»Ich habe mit den Kollegen in Malmö gesprochen«, fuhr Björk fort. »Wir bekommen alle Hilfe, die gebraucht wird. Ihr müßt selbst bestimmen, auf welche Weise euch die Paßkontrolle ein Signal geben soll, wenn er auftaucht.«

Wallander schaute auf die Uhr.

»Wenn es keine weiteren Bemerkungen mehr gibt, dann brechen wir jetzt auf, damit wir rechtzeitig in Malmö sind.«

»Der Flug kann vielleicht ein wenig Verspätung haben«, sagte Svedberg. »Wartet, bis ich mich informiert habe.« Wenig später konnte er mitteilen, daß das Flugzeug von La Palma bereits zwanzig Minuten nach neun in Kastrup erwartet wurde.

»Es ist bereits in der Luft. Und sie haben Rückenwind.«

Sie fuhren nach Malmö, sprachen mit ihren Kollegen und verteilten die Posten. Wallander übernahm zusammen mit einem Polizeiaspiranten namens Engman den Terminal für Luftkissenfahrzeuge. Engman war als Ersatzmann für Näslund geschickt worden, einen Polizisten, mit dem Wallander viele Jahre lang zusammengearbeitet hatte. Näslund war Gotländer und hatte nur auf eine Möglichkeit gewartet, in seine Heimat zurückkehren zu können. Als in Visby eine Stelle frei wurde, hatte er nicht gezögert. Wallander vermißte ihn manchmal, vor allem seine ständig gute Laune. Martinson und ein Kollege waren für Limhamn verantwortlich, während Svedberg an den Flugbooten stand. Sie hielten über Walkie-talkies Kontakt miteinander. Halb zehn war alles organisiert. Wallander gelang es, von den Kollegen vom Terminal Kaffee für sich selbst und den Polizeiaspiranten zu ergattern.

»Das ist der erste Mörder, bei dessen Ergreifung ich dabei bin«, verkündete Engman.

»Wir wissen nicht, ob er es war«, berichtigte ihn Wallander. »In diesem Land hier ist man unschuldig, bis man überführt ist. Vergiß das nicht.«

Mit Unbehagen registrierte er seinen schulmeisterlichen Tonfall. Er dachte, daß er ihn durch eine freundliche Bemerkung wettmachen sollte. Aber ihm fiel nichts ein.

Halb elf kam es bei den Flugbooten zu einer unspektakulären Aktion. Svedberg und seine Kollegen nahmen Stig Gustafson fest, einen kleinen, hageren, dünnhaarigen Mann, braungebrannt nach seinem Urlaub.

Svedberg teilte ihm mit, daß er des Mordes verdächtig sei und in Ystad verhört werden würde, und legte ihm Handfesseln an.

»Ich verstehe nicht«, sagte Stig Gustafson. »Warum bekomme ich Handschellen angelegt? Warum soll ich nach Ystad gebracht werden? Wen soll ich getötet haben?«

Svedberg notierte, daß der Mann ehrlich verwundert schien. Ganz kurz kam ihm der Gedanke, daß Stig Gustafson vielleicht unschuldig war.

Zehn Minuten vor zwölf nahm Wallander in einem Vernehmungszimmer im Polizeigebäude von Ystad Stig Gustafson gegenüber Platz. Vorher hatte er bereits den Staatsanwalt Per Akeson über die Ergreifung Gustafsons informiert.

Er begann damit, Stig Gustafson zu fragen, ob er wohl Kaffee haben wolle.

»Nein«, lautete die Antwort. »Ich will nach Hause. Und ich will wissen, weshalb ich hier bin.«

»Ich möchte mich mit dir unterhalten«, sagte Wallander. »Und deine Antworten werden entscheiden, ob du nach Hause fahren kannst oder nicht.«

Er begann ganz von vorn. Notierte sich Stig Gustafsons persönliche Angaben, daß er mit dem zweiten Vornamen Emil hieß und in Landskrona geboren war. Der Mann war offensichtlich nervös, und Wallander sah, daß er am Haaransatz zu schwitzen begann. Aber das mußte nichts bedeuten. Manche Leute hatten Angst vor der Polizei, andere vor Schlangen.

Dann leitete er das eigentliche Verhör ein. Wallander kam sofort zur Sache, gespannt auf die Reaktion seines Gegenübers.

»Du bist hier, um Fragen im Zusammenhang mit einem brutalen Mord zu beantworten. Dem Mord an Louise Akerblom.«

Wallander merkte, wie der Mann erstarrte. Hat er nicht damit gerechnet, daß der Körper so schnell gefunden werden würde? dachte Wallander. Oder ist er wirklich überrascht?

»Louise Akerblom verschwand am vergangenen Freitag«, fuhr er fort. »Ihr Körper wurde vor einigen Tagen entdeckt. Wahrscheinlich wurde sie bereits in der zweiten Tageshälfte des Freitags ermordet. Was hast du dazu zu sagen?«

»Geht es um die Louise Akerblom, die ich kenne?« fragte Stig Gustafson.

Wallander merkte, daß der Mann jetzt Angst hatte.

»Ja. Du hast sie bei den Methodisten kennengelernt.«

»Ist sie ermordet worden?«

»Ja.«

»Das ist ja schrecklich!«

Wallander hatte im selben Augenblick das Gefühl, daß hier etwas falsch war, verdammt falsch. Stig Gustafsons Aufregung schien durch und durch echt zu sein. An und für sich wußte Wallander aus Erfahrung, daß es für die schlimmsten Verbrechen Täter gab, die vollkommen glaubwürdig ihre Unschuld beteuern konnten.

Dennoch bohrten Zweifel in ihm.

War er einer Spur gefolgt, die von Anfang an kalt war?

»Ich will wissen, was du am vergangenen Freitag gemacht hast«, forderte Wallander. »Fang mit dem Nachmittag an.«

Die Antwort überraschte ihn.

»Ich war bei der Polizei«, sagte Stig Gustafson.

»Bei der Polizei?«

»Ja, bei der Polizei. In Malmö. Ich wollte doch am nächsten Tag nach La Palma fliegen. Und ich hatte gemerkt, daß mein Paß abgelaufen war. Ich war bei der Polizei in Malmö, um mir einen neuen Paß ausstellen zu lassen. Als ich hinkam, war die Expedition bereits geschlossen. Aber die waren freundlich und halfen mir trotzdem. Punkt vier Uhr erhielt ich meinen Paß.«

Im Innersten stand für Wallander in diesem Augenblick fest, daß Stig Gustafson aus dem Spiel war. Aber es war, als wollte er sich nicht einfach so ergeben. Sie mußten diesen Mordfall so schnell wie möglich lösen. Außerdem wäre es ein direkter Fehler im Dienst gewesen, sich im Verhör von seinen Gefühlen steuern zu lassen.

»Ich hatte am Bahnhof geparkt«, fuhr Stig Gustafson fort.

»Kann jemand bezeugen, daß du am Freitag gleich nach vier in die Kneipe gegangen bist?«

Stig Gustafson dachte nach.

»Ich weiß nicht«, antwortete er schließlich. »Ich habe allein dagesessen. Vielleicht erinnert sich jemand von der Bedienung an mich? Aber ich gehe sehr selten in die Kneipe. Ich bin nicht gerade ein bekanntes Gesicht, sozusagen.«

»Wie lange warst du da?«

»Eine Stunde vielleicht. Länger nicht.«

»Ungefähr bis halb sechs? Stimmt das?«

»Ich glaube, ja. Ich wollte ja noch zum Systemladen und Schnaps kaufen, bevor er zumachte.«

»Welche Filiale?«

»Die hinterm ›NK‹-Kaufhaus. Ich weiß nicht, wie die Straße heißt.«

»Und dahin bist du gegangen?«

»Ich habe nur ein paar Bier gekauft.«

»Kann das jemand bezeugen?«

Stig Gustafson schüttelte den Kopf.

»Der Verkäufer hatte einen roten Bart«, erinnerte er sich. »Aber vielleicht habe ich den Kassenzettel noch. Es steht ja ein Datum darauf, oder nicht?«

»Erzähl weiter«, sagte Wallander und nickte.

»Dann holte ich den Wagen«, erinnerte sich Stig Gustafson. »Ich wollte draußen bei Jägersro, im ›B&W‹-Supermarkt, eine Reisetasche kaufen.«

»Gibt es dort jemanden, der dich wiedererkennen könnte?«

»Ich kaufte ja gar keine Tasche«, korrigierte Stig Gustafson. »Sie waren zu teuer. Ich beschloß, noch eine Weile meine alte zu benutzen. Es war eine Enttäuschung.«

»Was tatest du dann?«

»Ich aß da draußen bei ›McDonald's‹ einen Hamburger. Aber dort servieren ja nur Halbwüchsige. Die können sich doch bestimmt an nichts erinnern, oder?«

»Junge Menschen haben oft ein gutes Gedächtnis«, sagte Wallander und dachte an eine Bankangestellte, die ihm vor einigen Jahren in dieser Hinsicht eine große Freude bereitet hatte.

»Ich erinnere mich übrigens an eine andere Sache«, äußerte Stig Gustafson plötzlich. »Die passierte, als ich in der Kneipe war.«

»Was?«

»Ich ging runter zur Toilette. Dort unterhielt ich mich eine Weile mit einem Typen. Er beklagte sich, daß es keine Papierhandtücher zum Händeabtrocknen gab. Er war ein bißchen betrunken. Aber nicht sehr. Er sagte, er heiße Forsgard und habe ein Blumengeschäft in Höör.«

Wallander schrieb mit.

»Wir werden dem nachgehen«, sagte er. »Kehren wir erst mal zu ›McDonald's‹ in der Nähe von Jägersro zurück. Inzwischen muß es halb sieben gewesen sein.«

»Das könnte stimmen.«

»Was hast du dann gemacht?«

»Ich fuhr zu Nisse, und wir spielten Karten.«

»Wer ist Nisse?«

»Ein alter Zimmermann, mit dem ich viele Jahre auf See war. Er heißt Nisse Strömgren. Wohnt in der Föreningsgatan. Wir spielen ab und zu Karten. Ein Spiel, das wir im Fernen Osten gelernt haben. Es ist sehr kompliziert. Aber unterhaltsam, wenn man es kann.«

»Wie lange bist du dort gewesen?«

»Es war bestimmt fast Mitternacht, als ich nach Hause fuhr. Es war reichlich spät, da ich ja zeitig aufstehen mußte. Der Bus fuhr schon um sechs vom Bahnhof ab. Der Bus nach Kastrup, meine ich.«

Wallander nickte. Stig Gustafson hat ein Alibi, dachte er. Wenn es stimmt, was er gesagt hat. Und wenn Louise Akerblom wirklich am Freitag getötet wurde.

Es gab zu diesem Zeitpunkt keine ausreichenden Gründe, Stig

Gustafson festzuhalten. Der Staatsanwalt würde einem derartigen Antrag niemals stattgeben.

Er ist es nicht, dachte Wallander. Wenn ich ihn wegen der Verfolgung Louise Akerbloms in die Zange nehme, kommen wir auch nicht weiter.

Er erhob sich.

»Warte hier«, sagte er und verließ den Raum.

Sie trafen sich im Versammlungsraum und lauschten niedergeschlagen dem Bericht Wallanders.

»Wir müssen das, was er gesagt hat, überprüfen. Aber ich glaube, ehrlich gesagt, nicht mehr daran, daß er der richtige ist. Das war ein Blindgänger.«

»Ich meine, du gehst zu übereilt vor«, wandte Björk ein. »Wir wissen doch quasi nicht einmal, ob sie wirklich am Freitagnachmittag starb. Stig Gustafson könnte von Lomma nach Krageholm gefahren sein, nachdem er den Kartenspieler verlassen hatte.«

»Das klingt sehr unwahrscheinlich«, sagte Wallander. »Was sollte Louise Akerblom so spät noch da draußen gehalten haben? Vergiß nicht, daß sie auf dem Anrufbeantworter eine Nachricht hinterlassen hatte, sie sei um fünf zu Hause. Das müssen wir ernst nehmen. Irgend etwas ist vor fünf geschehen.«

Alle schwiegen.

Wallander ließ den Blick von einem zum anderen gehen.

»Ich muß mit dem Staatsanwalt sprechen«, sagte er. »Wenn niemand Einwände hat, werde ich Stig Gustafson laufenlassen.«

Keiner äußerte sich dazu.

Kurt Wallander ging in den anderen Flügel des Polizeigebäudes hinüber, wo die Anklagebehörde ihre Büros hatte. Er wurde zu Per Akeson hereingebeten und gab ihm einen kurzen Bericht des Verhörs. Jedesmal, wenn Wallander Akeson besuchte, fiel ihm die erstaunliche Unordnung auf, die in dessen Büro herrschte. Papiere lagen stapelweise auf Tisch und Stühlen, der Papierkorb quoll über. Aber Per Akeson war ein fähiger Staatsanwalt. Niemand hätte außerdem je behaupten können, daß ihm ein einziges Schriftstück von Wert weggekommen wäre.

»Ihn können wir nicht festhalten«, sagte er, als Wallander geendet hatte. »Ich nehme an, daß es nicht lange dauert, bis ihr sein Alibi bestätigt bekommt?«

»Ja«, sagte Wallander. »Ich glaube, ehrlich gesagt, nicht, daß er es war.«

»Welche Spuren verfolgt ihr noch?« erkundigte sich Akeson.

»Das ist sehr vage«, gestand Wallander. »Wir haben uns gefragt, ob er vielleicht jemanden angeheuert hat, um sie zu ermorden. Wir werden das jetzt am Nachmittag ordentlich durchsprechen, bevor wir weitergehen. Aber andere Personenspuren, denen wir nachgehen könnten, haben wir nicht. Wir müssen weiter in der Breite arbeiten. Ich lass' von mir hören.«

Per Akeson nickte und schaute Wallander aus halbgeschlossenen Augen an.

»Wieviel schläfst du eigentlich?« fragte er. »Beziehungsweise: wie wenig? Hast du dich mal im Spiegel gesehen? Du siehst schrecklich aus!«

»So fühle ich mich auch«, gestand Wallander und erhob sich.

Er ging den Flur entlang zurück, öffnete die Tür zum Vernehmungszimmer und trat ein.

»Wir werden dich nach Lomma bringen lassen«, verkündete er. »Aber wir werden uns sicher wieder melden.«

»Bin ich frei?« fragte Stig Gustafson.

»Du bist immer frei gewesen«, erwiderte Wallander. »Verhört zu werden heißt noch lange nicht, daß man ein Gefangener ist.«

»Ich habe sie nicht getötet«, erklärte Stig Gustafson. »Ich verstehe nicht, wie ihr das glauben konntet.«

»Nicht?« fragte Wallander. »Obwohl du ihr hin und wieder nachgeschlichen bist?«

Wallander sah, wie ein Schatten von Unruhe über Stig Gustafsons Gesicht glitt.

Jetzt weiß er wenigstens, daß wir wissen, dachte Wallander.

Er begleitete Stig Gustafson zur Rezeption und sorgte für seinen Heimtransport.

Den sehe ich nie wieder, dachte er. Den können wir abschreiben. Nach dem Essen trafen sie sich wieder im Versammlungsraum. Wallander hatte die Pause genutzt, um zu Hause in der Küche ein paar belegte Brote zu essen.

»Wo sind all die gewöhnlichen Diebe?« seufzte Martinson, als alle Platz genommen hatten. »Das hier scheint ja eine reine Räubergeschichte zu sein. Alles, was wir haben, ist eine tote, freireligiöse Frau, die man in einen Brunnen geworfen hat. Und ein abgehackter schwarzer Finger.«

»Ganz meine Meinung«, gab Wallander ihm recht. Aber so gern wir auch wollen, wir dürfen diesen Finger nicht übersehen.«

»Da sind zu viele lose Enden, die sich nicht verknüpfen lassen«, meinte Svedberg irritiert und kratzte sich die Glatze. »Wir müssen zusammentragen, was wir haben. Und zwar gleich. Sonst kommen wir nie weiter.«

Wallander ahnte in Svedbergs Worten eine versteckte Kritik an seiner Art, die Ermittlungen zu leiten. Aber auch jetzt konnte er nicht glauben, daß sie ganz ungerechtfertigt war. Es bestand immer die Gefahr, sich zu schnell auf eine einzige Spur zu konzentrieren. Svedbergs Bildersprache widerspiegelte nur allzu gut die Verwirrung, die er fühlte.

»Du hast recht«, sagte Wallander. »Laßt uns also sehen, was wir haben. Louise Akerblom wurde ermordet. Wir wissen nicht genau, wo und von wem. Aber wir wissen ungefähr, wann. In der Nähe des Fundortes explodiert ein leerstehendes Haus. In der Brandruine findet Nyberg Teile einer modernen Funkanlage und einen verkohlten Pistolenkolben. Dieser Waffentyp wird als Lizenz in Südafrika hergestellt. Außerdem finden wir im Hof einen abgehackten schwarzen Finger. Außerdem hat jemand versucht, Louise Akerbloms Auto in einem Tümpel zu versenken. Reine Glückssache, daß wir den Wagen so schnell gefunden haben. Das gilt auch für ihren Körper. Weiterhin wissen wir, daß ihr direkt in die Stirn geschossen wurde und daß das Ganze wie eine Hinrichtung wirkt. Ich habe gerade noch einmal im Krankenhaus angerufen. Nichts deutet darauf hin, daß sie einem Sexualverbrechen zum Opfer gefallen ist. Sie ist ganz einfach erschossen worden.«

»Das alles muß in eine Reihe gebracht werden«, sagte Martinson. »Wir müssen mehr Material haben. Über den Finger, das Funkgerät, die Pistole. Dieser Nachlaßverwalter in Värnamo muß sofort kontaktiert werden. Jemand muß doch in dem Haus gewesen sein.«

»Wir teilen das zwischen uns auf, bevor wir wieder an die Arbeit gehen«, entschied Wallander. »Ich selbst habe eigentlich nur zwei Gedanken, die ich darlegen möchte.«

»Fangen wir damit an«, entschied Björk.

»Wer könnte Louise Akerblom erschossen haben?« begann Wallander. »Ein Sexualverbrecher, das wäre denkbar gewesen. Sie ist jedoch laut vorläufiger Aussage des Arztes nicht vergewaltigt worden. Es gibt keine Spuren einer Mißhandlung, sie wurde auch nicht gefesselt. Sie hat keine Feinde. Was ich mir also denken kann, ist, daß das Ganze eine Verwechslung war. Sie wurde anstelle einer anderen Person getötet. Eine andere Möglichkeit ist, daß sie etwas gesehen oder gehört hat, was sie nicht sollte.«

»Dazu würde das Haus passen«, unterbrach Martinson. »Es lag in der Nähe der Immobilie, die sie besichtigen sollte. Und irgend etwas ging zweifellos in diesem Haus vor. Sie kann etwas gesehen haben und wurde erschossen. Peters und Noren haben das Haus besucht, das sie eigentlich besichtigen wollte, das der Witwe Wallin. Sie meinten beide, daß es sehr gut möglich sei, sich bei den Wegen zu irren.«

Wallander nickte.

»Weiter«, forderte er auf.

»Viel mehr ist nicht«, sagte Martinson. »Aus irgendeinem Grunde wurde ein Finger abgehackt. Falls es nicht im Zusammenhang mit der Sprengung passiert ist. Was eigentlich bei dem Schaden nicht sein kann. Bei einer solchen Explosion wird ein Mensch zu Pulver. Der Finger war ganz, abgesehen davon, daß er abgetrennt war.«

»Ich weiß nicht viel über Südafrika«, gestand Svedberg. »Nur, daß es ein rassistisches Land ist, in dem Gewalt herrscht. Schweden unterhält keine diplomatischen Beziehungen zu Südafrika. Außerdem spielen wir kein Tennis mit ihnen und machen keine Geschäfte. Jedenfalls nicht offiziell. Was ich in meinem Leben nicht begreifen kann ist, warum Verbindungen von Südafrika ausgerechnet nach Schweden existieren sollten. Sonstwohin ja, aber doch nicht hierher.«

»Vielleicht gerade deshalb«, murmelte Martinson.

Wallander nahm Martinsons Kommentar sofort auf.

»Was meinst du?« forschte er.

»Nichts«, sagte Martinson. »Ich glaube nur, wir müssen in ganz anderen Bahnen denken, wenn wir Ordnung in diese Ermittlung bringen wollen.«

»Genau meine Ansicht«, mischte sich Björk ein. »Morgen möchte ich einen schriftlichen Kommentar zu der ganzen Angelegenheit, von jedem einzeln. Vielleicht bringen uns ein paar Überlegungen in aller Ruhe weiter.«

Sie verteilten die Arbeit unter sich. Wallander übernahm den Anwalt in Värnamo, da Björk sich darum kümmern wollte, einen vorläufigen Bericht über die Untersuchung des Fingers zu bekommen.

Wallander wählte die Nummer des Anwaltsbüros und bat darum, mit Herrn Holmgren in einer dringenden Angelegenheit sprechen zu dürfen. Es irritierte Wallander, daß es ziemlich lange dauerte, bis Holmgren das Gespräch übernahm.

»Es geht um eine Immobilie, die Sie in Schonen verwalten«, sagte Wallander. »Das Haus, das abgebrannt ist.«

»Ganz unerklärlich, die Sache«, meinte der Anwalt. »Aber ich habe es kontrolliert, die Versicherungen der Erben stehen für den Schaden ein. Hat die Polizei schon Erkenntnisse, wie es dazu kommen konnte?«

»Nein«, antwortete Wallander. »Aber wir arbeiten daran. Deshalb habe ich ein paar Fragen, die ich jetzt gern am Telefon stellen möchte.«

»Ich hoffe, es dauert nicht zu lange«, sagte Holmgren. »Ich bin sehr beschäftigt.«

»Wenn wir das nicht am Telefon erledigen können, wird die Polizei von Värnamo Sie auf die Wache holen«, konterte Wallander und kümmerte sich nicht darum, ob er brüsk klang.

Es dauerte einen Augenblick, bis der Anwalt antwortete.

»Stellen Sie Ihre Fragen, ich höre.«

»Wir warten immer noch auf ein Fax mit Namen und Adressen der Erben.«

»Ich werde zusehen, daß das erledigt wird.«

»Dann würde ich gern wissen, wer die direkte Verantwortung für die Immobilie trug.«

»Die habe ich. Ich verstehe die Frage vielleicht nicht richtig?«

»Ein Haus muß doch ab und zu kontrolliert werden. Ob das Dach noch dicht ist und sich keine Mäuse eingeschlichen haben. Kümmern Sie sich auch darum?«

»Einer der Erben wohnt in Vollsjö. Er sieht nach dem Haus. Sein Name ist Alfred Hanson.«

Wallander erhielt Adresse und Telefonnummer.

»Das Haus hat also ein Jahr lang leergestanden?«

»Mehr als ein Jahr. Es herrschte eine gewisse Uneinigkeit, ob das Haus verkauft werden sollte oder nicht.«

»Mit anderen Worten: Niemand hat in dem Haus gewohnt?«

»Natürlich nicht.«

»Sind Sie sicher?«

»Ich verstehe nicht, worauf Sie hinauswollen? Das Haus war versperrt. Alfred Hanson hat mich regelmäßig angerufen und mir mitgeteilt, daß alles in Ordnung sei.«

»Wann hat er zuletzt angerufen?«

»Wie soll ich mich denn daran erinnern?«

»Ich weiß nicht. Aber ich hätte gern eine Antwort auf meine Frage.«

»Irgendwann um Neujahr herum, glaube ich. Aber ich könnte es nicht beschwören. Weshalb ist es denn wichtig?«

»Bis auf weiteres ist alles wichtig. Ich danke für die Informationen.«

Wallander beendete das Gespräch, schlug das Telefonbuch auf und überprüfte Alfred Hansons Adresse. Dann erhob er sich, griff seine Jacke und verließ das Zimmer. »Ich fahre nach Vollsjö«, teilte er Martinson durch die offenstehende Tür mit. »Irgendwas stimmt nicht mit dem Haus, das explodiert ist.«

»Nichts stimmt hier«, gab Martinson zurück. »Ich habe übrigens gerade mit Nyberg gesprochen. Er behauptet, bei dem verbrannten Funkgerät könne es sich um ein russisches Fabrikat handeln.«

»Russisch?«

»So sagte er. Was weiß ich denn.«

»Noch ein Land. Schweden, Südafrika und Rußland. Wo soll das enden?«

Eine gute halbe Stunde später bog er auf den Hof ein, wo Alfred Hanson wohnen sollte. Es war ein relativ modernes Haus, das sich stark von der ursprünglichen Bebauung unterschied. In einem Zwinger bellten wie irrsinnig ein paar Schäferhunde, als Wallander aus dem Auto stieg. Es war inzwischen halb fünf, und er spürte, daß er hungrig war.

Ein Mann in den Vierzigern öffnete die Haustür und stieg in Pantoffeln die Treppe herab. Er war ungekämmt, und als Wallander näher kam, merkte er, daß der andere nach Schnaps roch.

»Alfred Hanson?« fragte er.

Der Mann nickte.

»Ich komme von der Polizei in Ystad.«

»Zum Teufel«, sagte der Mann, ehe Wallander seinen Namen nennen konnte.

»Wie bitte?«

»Wer hat mich angezeigt? War es der verdammte Bengtson?«

Wallander überlegte kurz, bevor er antwortete.

»Dazu kann ich nichts sagen. Die Polizei schützt ihre Informanten.«

»Es muß Bengtson gewesen sein«, sagte der Mann. »Bin ich verhaftet?«

»Wir können ja erst mal über die Sache reden.«

Der Mann führte Wallander in die Küche. Wallander hatte sofort den unverkennbaren Geruch von Schwarzgebranntem in der Nase. Jetzt war ihm der Zusammenhang klar. Alfred Hanson brannte heimlich Schnaps und glaubte, Wallander wäre gekommen, um ihn festzunehmen.

Der Mann war auf einen Küchenstuhl gesunken und kratzte sich am Kopf.

»Immer hat man Pech«, seufzte er.

»Über die Schwarzbrennerei reden wir später«, sagte Wallander. »Ich bin noch in einer anderen Sache hier.«

»Was denn?«

»Das Haus, das abgebrannt ist.«

»Darüber weiß ich nichts«, behauptete der Mann.

Wallander merkte sofort, daß er unruhig wurde.

»Worüber weißt du nichts?«

Der Mann zündete sich mit zitternden Fingern eine zerknitterte Zigarette an.

»Eigentlich bin ich Lackierer«, sagte er. »Aber ich halte es nicht mehr aus, jeden Morgen um sieben arbeiten zu gehen. So habe ich mir gedacht, ich vermiete die Bude, wenn jemand interessiert ist. Ich will das Haus ja sowieso verkauft haben. Aber die Familie macht Schwierigkeiten.«

»Wer war interessiert?«

»Jemand aus Stockholm. Er war in der Gegend herumgefahren und hatte gesucht. Dann hatte er das Haus gesehen und die Lage für gut befunden. Ich frage mich immer noch, wie er mich gefunden hat.«

»Wie hieß er?«

»Er sagte, er heiße Nordström. Aber da habe ich mir so meinen Teil gedacht.«

»Wieso?«

»Er sprach gut Schwedisch. Aber doch ein wenig gebrochen. Seit wann heißen Ausländer Nordström?«

»Und er wollte also das Haus mieten?«

»Ja. Und er bezahlte gut. Ich sollte zehntausend Kronen im Monat bekommen. Da kann man kaum nein sagen. Und keinem entsteht ein Schaden, dachte ich. Ich bekomme nicht viel dafür, daß ich mich um das Haus kümmere. Die anderen Erben und Holmgren in Värnamo müssen ja nichts erfahren.«

»Für wie lange wollte er das Haus mieten?«

»Er kam Anfang April. Er wollte es bis Ende Mai haben.«

»Sagte er, wozu er es brauchte?«

»Für Leute, die in Ruhe malen wollten.«

»Malen?«

Wallander dachte an seinen Vater.

»Künstler, also. Und er legte das Geld hier auf den Tisch. Klar, daß ich einverstanden war.«

»Wann trafen Sie ihn wieder?«

»Nie.«

»Nie?«

»Das war gewissermaßen eine unausgesprochene Bedingung.

Daß ich mich von hier fernhalten würde. Und das tat ich ja auch. Er bekam die Schlüssel, und damit war alles klar.«

»Haben Sie die Schlüssel zurückbekommen?«

»Nein. Er sagte, er würde sie mit der Post schicken.«

»Und Sie haben keine Adresse?«

»Nein.«

»Können Sie ihn beschreiben?«

»Er war furchtbar dick.«

»Und weiter?«

»Wie soll man einen dicken Mann beschreiben? Er hatte schütteres Haar, war rot und aufgedunsen und dick. Wie eine Tonne.«

Wallander nickte.

»Haben Sie von dem Geld noch etwas übrig?« fragte er und dachte dabei an Fingerabdrücke.

»Nichts. Deshalb habe ich ja wieder mit dem Brennen angefangen.«

»Wenn Sie ab heute damit aufhören, werde ich Sie nicht mit nach Ystad nehmen«, sagte Wallander.

Alfred Hanson glaubte seinen Ohren nicht trauen zu können.

»Ich meine, was ich sage«, bekräftigte Wallander. »Aber ich werde kontrollieren kommen, ob Sie wirklich aufhören. Und vernichten Sie alle Vorräte.«

Der Mann saß sprachlos am Küchentisch, als Wallander ging.

Dienstvergehen, dachte er. Aber jetzt habe ich wirklich keine Zeit für Schwarzbrenner.

Er fuhr nach Ystad zurück. Ohne zu wissen warum, fuhr er auf einen Parkplatz am Krageholmsee. Er stieg aus dem Auto und ging zum Ufer hinunter.

Etwas an diesem Fall, an Louise Akerbloms Tod, erschreckte ihn. Als ob das Ganze eigentlich gerade erst begonnen hätte.

Ich habe Angst, dachte er. Es ist, als zeige der schwarze Finger direkt auf mich. Ich stecke in einer Sache, die ich nicht begreifen kann.

Er setzte sich auf einen Stein, obwohl der feucht war. Plötzlich wurden Müdigkeit und Verdruß überwältigend.

Er schaute über den See und dachte, daß es eine grundlegende Übereinstimmung zwischen dem Fall, in dem er steckte, und seinem inneren Gefühl gab. Genausowenig, wie er die Kontrolle über sich selbst zu haben meinte, genausowenig schien er mit den laufenden Ermittlungen fertig zu werden. Mit einem Seufzer, der ihm selbst etwas pathetisch vorkam, dachte er, daß sein Leben ebenso schieflief wie die Suche nach Louise Akerbloms Mörder.

Wie komme ich weiter? sprach er laut vor sich hin. Ich will es nicht mit rücksichtslosen, lebensverachtenden Mördern zu tun haben. Ich will mich nicht mit einer Gewalt befassen, die mir unbegreiflich sein wird, solange ich lebe. Vielleicht wird die nächste Generation Polizisten in diesem Land andere Erfahrungen haben und dadurch eine andere Sicht auf ihre Arbeit gewinnen. Aber für mich ist es zu spät. Ich werde immer der sein, der ich bin. Ein recht tauglicher Polizist in einem mittelgroßen schwedischen Polizeidistrikt.

Er stand auf und beobachtete eine Elster, die von einem Baumwipfel flatterte.

Alle Fragen bleiben unbeantwortet, dachte er. Ich verbringe mein Leben damit, Täter zu ermitteln und festzunehmen, die sich verschiedener Verbrechen schuldig gemacht haben. Manchmal gelingt es mir, oft nicht. Aber wenn ich selbst eines Tages fortgehe, werde ich in der größten Suche von allen erfolglos geblieben sein. Das Leben bleibt ein eigentümliches Rätsel.

Ich will meine Tochter treffen, dachte er. Ich vermisse sie manchmal so, daß es weh tut. Ich muß einen schwarzen Mann ohne Finger fangen, vor allem, wenn er Louise Akerblom getötet hat. Ich habe eine Frage an ihn, auf die ich eine Antwort haben will: Warum hast du sie getötet?

Ich muß Stig Gustafson folgen, darf ihn nicht vorzeitig aus dem Blickfeld verlieren, obwohl ich schon jetzt davon überzeugt bin, daß er unschuldig ist.

Er ging zum Auto zurück.

Die Angst und die Verdrossenheit wollten nicht verschwinden. Der Finger zeigte immer noch auf ihn.

8

Der im Schatten des Autowracks hockende Mann war kaum zu sehen. Er bewegte sich nicht, und sein schwarzes Gesicht war vor dem Hintergrund der dunklen Lackierung nicht zu sehen.

Er hatte den Platz, wo er abgeholt werden sollte, gut gewählt. Er hatte seit dem frühen Nachmittag gewartet, und jetzt verschwand die Sonne langsam hinter der staubigen Silhouette des Vorstadtghettos Soweto. Die rote, trockene Erde glühte in der untergehenden Sonne. Es war der 8. April 1992.

Er war weit gereist, um rechtzeitig am Treffpunkt zu sein. Der weiße Mann, der bei ihm gewesen war, hatte gesagt, daß er pünktlich sein müsse. Aus Sicherheitsgründen wollten sie ihm den exakten Zeitpunkt, wann er abgeholt werden würde, nicht nennen. Kurz nach Sonnenuntergang, das war alles, was er wissen durfte. Es waren erst ganze sechsundzwanzig Stunden vergangen, seit der weiße Mann, der sich Stewart genannt hatte, vor seiner Hütte in Ntibane aufgetaucht war. Als er das Klopfen an der Tür gehört hatte, war ihm zuerst der Gedanke gekommen, daß die Polizei in Umtata etwas von ihm wollen könnte. Es verging selten ein Monat, in dem sie ihn nicht besuchen kamen. Sobald es einen Bankraub oder Mord gab, stand einer der Kriminalbeamten vor seiner Tür. Manchmal nahmen sie ihn zum Verhör mit in die Stadt. Aber meistens akzeptierten sie, daß er ein Alibi hatte, wenn dieses in der letzten Zeit auch meist nur bedeutete, daß er besoffen in irgendeiner Bar der Gegend versackt war.

Als er aus seiner Wellblechhütte getreten war, hatte er den Mann, der im scharfen Sonnenlicht stand und behauptete, Stewart zu heißen, nicht wiedererkannt.

Victor Mabasha hatte sofort gemerkt, daß der Mann log. Er konnte sonstwie geheißen haben, aber nicht Stewart. Obwohl er sich des Englischen bedient hatte, war Victor nicht entgangen, daß der Mann burischer Herkunft war. Und Buren hießen nicht Stewart.

Es war ein Nachmittag gewesen. Victor Mabasha hatte geschlafen, als es an die Tür klopfte. Er war ohne Eile aufgestanden, hatte sich die Hose übergezogen und die Tür geöffnet. Er hatte sich langsam daran gewöhnt, daß keiner mehr mit wichtigen Angelegenheiten zu ihm kam. Oft tauchten Leute auf, denen er Geld schuldete. Oder jemand, der so dumm war zu denken, daß er von ihm etwas leihen konnte. Oder es war eben die Polizei. Aber die klopfte nicht an. Die trommelten gegen die Tür. Wenn sie sie nicht aufbrachen.

Der Mann, der Stewart genannt werden wollte, war in den Fünfzigern gewesen. Er trug einen schlechtsitzenden Anzug und war verschwitzt. Unter einem Affenbrotbaum auf der anderen Straßenseite hatte er seinen Wagen geparkt. Victor waren die Nummernschilder aufgefallen, sie stammten aus Transvaal. Sogleich hatte er sich gewundert, warum jemand so weit, bis in die Transkeiprovinz, gefahren war, um mit ihm zu reden.

Der Mann hatte nicht darum gebeten, eintreten zu dürfen. Er hatte nur die Hand ausgestreckt und ein Kuvert hingehalten und gesagt, daß jemand ihn, Victor Mabasha, am darauffolgenden Tag in einer wichtigen Angelegenheit in der Nähe von Soweto treffen wolle.

»Alles, was du wissen mußt, steht in dem Brief hier«, hatte er gesagt.

Einige halbnackte Kinder spielten genau vor der Hütte mit einer verbeulten Radkappe. Victor rief ihnen zu, sie sollten verschwinden. Sofort waren sie weg.

»Wer?« hatte Victor gefragt.

Er mißtraute allen weißen Männern. Am meisten mißtraute er weißen Männern, die ungeschickt logen und außerdem glaubten, er würde sich mit einem Kuvert zufriedengeben.

»Das kann ich nicht sagen«, antwortete Stewart.

»Immer wieder will mich jemand treffen«, sagte Victor. »Die Frage ist nur, ob ich ihn treffen will.«

»Steht alles in dem Kuvert«, wiederholte Stewart.

Victor streckte die Hand aus und nahm das braune Kuvert entgegen. Er fühlte das Bündel Geldscheine sofort. Es war beruhigend und beunruhigend gleichermaßen. Er brauchte Geld. Aber er wußte nicht, wofür er es bekam. Das machte ihn unsicher. Er wollte nicht in etwas hineingezogen werden, von dem er allzu wenig wußte.

Stewart wischte sich das Gesicht und den kahlen Scheitel mit einem schweißgetränkten Taschentuch. »Da ist eine Karte. Der Treffpunkt ist eingezeichnet. In der Nähe von Soweto. Du kennst die Gegend noch?«

»Alles verändert sich«, erwiderte Victor. »Ich weiß, wie es vor acht Jahren in Soweto ausgesehen hat. Aber ich habe keine Ahnung, was da heute los ist.«

»Es ist nicht drinnen in Soweto. Der Treffpunkt ist eine Abfahrt an der Autobahn nach Johannesburg. Da hat sich nichts verändert. Du mußt morgen früh zeitig losfahren, wenn du pünktlich sein willst.«

»Wer will mich treffen?« fragte Victor noch einmal.

»Er zieht es vor, seinen Namen nicht zu nennen«, sagte Stewart. »Du triffst ihn morgen.«

Victor schüttelte langsam den Kopf und reichte das Kuvert zurück.

»Ich will einen Namen«, sagte er noch einmal. »Wenn ich keinen Namen bekomme, werde ich zu der Zeit nicht am Treffpunkt sein. Ich werde niemals dort sein.«

Der Mann, der sich Stewart nannte, zögerte. Victor betrachtete ihn mit unruhigen Augen. Nach einer langen Pause schien Stewart begriffen zu haben, daß Victor es ernst meinte. Er sah sich um. Die spielenden Kinder waren verschwunden. Bis zu Victors nächsten Nachbarn waren es ungefähr fünfzig Meter. Sie wohnten wie er in einer elenden Wellblechhütte. Im wirbelnden Staub vor der Tür mahlte eine Frau Korn. Ein paar Ziegen suchten auf der vertrockneten roten Erde nach Grashalmen.

»Jan Kleyn«, sagte er mit leiser Stimme. »Jan Kleyn will dich treffen. Vergiß, daß ich dir das gesagt habe. Aber du mußt pünktlich sein.«

Dann drehte er sich um und ging zu seinem Wagen zurück. Victor sah ihn in einer Staubwolke verschwinden. Er fuhr viel zu schnell. Victor dachte, daß das der typische weiße Mann war, der sich unsicher und hilflos fühlte, wenn er die Wohngebiete der Schwarzen besuchte. Für Stewart war es, als betrete er feindliches Territorium. Und so war es ja auch.

Er lächelte bei dem Gedanken.

Weiße Menschen waren ängstliche Menschen.

Dann wunderte er sich, wie Jan Kleyn sich herablassen konnte, einen solchen Boten zu beschäftigen.

Oder war es eine weitere Lüge Stewarts? Hatte Jan Kleyn ihn überhaupt nicht geschickt? Vielleicht war es jemand anders gewesen?

Die Kinder, die mit der Radkappe spielten, waren wieder zurück. Er ging in die Hütte, knipste die Halogenlampe an, setzte sich auf das zerwühlte Bett und riß langsam das Kuvert auf.

Aus alter Gewohnheit öffnete er es auf der Unterseite. Die Zünder von Briefbomben waren fast immer an der Oberseite der Umschläge befestigt. Wenige Menschen rechneten damit, eine Bombe mit der Post zu bekommen, und dachten daran.

Das Kuvert enthielt eine Karte, sorgfältig von Hand gezeichnet, mit einer schwarzen Tuschfeder. Ein rotes Kreuz markierte den Treffpunkt. Er konnte die Stelle vor sich sehen. Sie war nicht zu verfehlen. Außer der Karte fand sich ein Bündel Scheine in dem Umschlag, alles rote 50-Rand-Noten. Ohne zu zählen wußte Victor, daß es fünftausend waren.

Das war alles. Es gab keinen Hinweis darauf, warum Jan Kleyn ihn treffen wollte.

Victor legte das Kuvert auf den Boden und streckte sich auf dem Bett aus. Er merkte, daß das Laken schimmelig roch. Eine unsichtbare Mücke surrte über seinem Gesicht. Er drehte den Kopf und starrte in die Halogenlampe.

Jan Kleyn, dachte er. Jan Kleyn will mich treffen. Es ist jetzt zwei Jahre her. Damals sagte er, daß wir niemals mehr miteinander zu tun haben würden. Aber nun will er mich doch wieder treffen. Warum?

Er setzte sich im Bett auf und schaute auf seine Armbanduhr. Wenn er am nächsten Tag in Soweto sein wollte, mußte er noch heute abend mit dem Bus abreisen. Stewart hatte sich geirrt. Er konnte nicht bis morgen früh warten. Es waren fast neunzig Meilen bis Johannesburg.

Er mußte sich nicht mehr entscheiden. Das hatte er getan, indem er das Geld entgegennahm. Jetzt mußte er fahren. Er hatte keine Lust, Jan Kleyn fünftausend Rand zu schulden. Das hieße, ein Kopfgeld auf sich selbst auszusetzen. Soweit er wußte, war noch niemand Jan Kleyn etwas schuldig geblieben.

Er zog unter dem Bett einen Koffer hervor. Weil er nicht wußte, wie lange er fortbleiben würde und was Jan Kleyn von ihm wollte, packte er einige Hemden, Unterhosen und ein Paar feste Schuhe ein. Würde der Auftrag, den er bekam, längere Zeit in Anspruch nehmen, konnte er die Sachen, die er brauchte, kaufen. Dann lockerte er vorsichtig die Rückseite des Kopfteils vom Bett. Dort lagen, eingefettet und in Plastik eingeschlagen, seine beiden Messer. Er wischte das Fett mit einem Lappen ab und zog sein Hemd aus. Von einem Haken unter dem Dach nahm er einen speziellen Messergürtel. Er legte ihn sich um und konstatierte zufrieden, daß er dasselbe Loch benutzen konnte. Obwohl er in den letzten Monaten, solange das Geld reichte, seine Zeit damit verbracht hatte, Bier zu trinken, war er nicht dicker geworden. Er war immer noch gut in Form, obwohl er bald einunddreißig wurde.

Nachdem er die Schneiden mit dem Daumen geprüft hatte, verstaute er die beiden Messer in den entsprechenden Gürteltaschen. Es hätte nur eines leichten Drucks bedurft, und die Haut wäre bis aufs Blut geritzt gewesen. Dann zog er aus einem anderen Versteck im Bettrahmen seine Pistole hervor, ebenfalls in Kokosfett und Plastik verpackt. Er setzte sich aufs Bett und reinigte die Waffe sorgfältig. Es war eine 9-mm-Parabellum. Er lud das Magazin mit einer Spezialmunition, die es nur bei einem illegalen Waffenhändler in Ravenmore zu kaufen gab. Zwei Extramagazine wickelte er in eines der Hemden im Koffer. Dann legte er sich das Schulterhalfter um und verstaute die Pistole. Jetzt war er reisefertig und konnte Jan Kleyn treffen.

Kurz darauf verließ er seine Hütte. Er verschloß sie mit dem rostigen Vorhängeschloß und lief zu der Bushaltestelle, die einige Kilometer entfernt an der Straße nach Umtata lag.

Er blinzelte in die rote Sonne, die schnell über Soweto verschwand, und er erinnerte sich an die Zeit vor acht Jahren, als er zuletzt hiergewesen war. Von einem ortsansässigen Ladenbesitzer hatte er 500 Rand bekommen, um einen konkurrierenden Geschäftsinhaber zu erschießen. Wie immer war er so vorsichtig wie möglich vorgegangen und hatte alles sorgfältig geplant. Aber irgend etwas war von Anfang an schiefgelaufen. Eine Polizeistreife war ausgerechnet an der Stelle vorbeigekommen, und er hatte Hals über Kopf aus Soweto fliehen müssen. Seitdem war er nicht wieder hiergewesen.

Die Abenddämmerung war kurz in Afrika. Plötzlich war er von der Dunkelheit umgeben. Aus der Entfernung hörte er das Brausen des Verkehrs auf der Autobahn zwischen Kapstadt und Port Elizabeth. In der Ferne heulte eine Polizeisirene, und er dachte, daß Jan Kleyn einen ganz besonderen Auftrag haben mußte, wenn er ausgerechnet ihn ansprach. Es gab viele, die bereit waren, für tausend Rand jeden zu erschießen. Jan Kleyn jedoch hatte ihm fünftausend Rand Vorschuß gegeben, und das wohl nicht nur, weil er als der beste und kaltblütigste Berufskiller in ganz Südafrika galt.

Der Gedanke wurde unterbrochen, als sich das Geräusch eines Motors aus dem allgemeinen Rauschen des Verkehrs abzuheben begann. Kurz darauf entdeckte er Scheinwerferlicht, das sich näherte. Er zog sich tiefer in den Schatten zurück und nahm die Pistole in die Hand. Mit schnellen Griffen entsicherte er sie.

Der Wagen hielt am Ende der Ausfahrt. Die Scheinwerfer beleuchteten Gestrüpp und aufgetürmte Autowracks. Victor Mabasha lauerte im Dunkeln. Er stand unter Hochspannung.

Ein Mann stieg aus dem Wagen. Victor erkannte sofort, daß es nicht Jan Kleyn war. Ihn selbst hätte er auch kaum erwartet. Jan Kleyn schickte für gewöhnlich andere, um die abzuholen, die er treffen wollte.

Victor schlich vorsichtig um das Autowrack herum, um sich dem Mann von hinten nähern zu können. Das Auto stand genau so, wie er es vorausgesehen hatte, und er hatte sich den Schleichweg eingeprägt, um sich lautlos zurückziehen zu können.

Er blieb dicht hinter dem Mann stehen und preßte den Pistolenlauf an seine Schläfe. Der Mann zuckte zusammen.

»Wo ist Jan Kleyn?« fragte Victor Mabasha.

Der Mann drehte vorsichtig den Kopf.

»Ich soll dich zu ihm fahren«, teilte er mit. Victor Mabasha merkte, daß der Mann Angst hatte.

»Wo ist er?« wiederholte er seine Frage.

»Auf einer Farm in der Nähe von Pretoria. In Hammanskraal.«

Victor Mabasha sah ein, daß es keine Falle war. Er hatte Jan Kleyn schon einmal in Hammanskraal getroffen. Er schob die Pistole in das Halfter zurück.

»Dann ist es am besten, wir fahren los«, sagte er. »Bis Hammanskraal sind es zehn Meilen.«

Er nahm auf dem Rücksitz Platz. Der Mann hinter dem Lenkrad schwieg. Bald sah er die Lichter der Großstadt, als sie Johannesburg auf der nördlichen Autobahn passierten.

Jedesmal, wenn er sich in der Nähe von Johannesburg befand, merkte er, wie der wahnsinnige Haß, den er immer für die Stadt gehegt hatte, von neuem ausbrach. Es war, als verfolge ihn ein wildes Tier und erinnere ihn an alles, was er lieber vergessen wollte.

Victor Mabasha war in Johannesburg aufgewachsen. Sein Vater war Grubenarbeiter gewesen und hatte sich zu Hause selten sehen lassen. Viele Jahre lang hatte er in den Diamantengruben von Kimberley gearbeitet, später in Verwoerdburg, nordöstlich von Johannesburg. Als er zweiundvierzig war, waren seine Lungen am Ende. Victor Mabasha konnte sich immer noch daran erinnern, wie sein Vater in den letzten Lebensjahren verzweifelt nach Luft geschnappt hatte, wie die Angst aus seinen Augen leuchtete. Während all dieser Jahre hatte seine Mutter versucht, das Heim und die neun Kinder zusammenzuhalten. Sie hatten in einer Slumgegend gewohnt, und Victor erinnerte sich an seine Jugend als eine lange und scheinbar endlose Erniedrigung. Früh hatte er gegen all das revoltiert, aber sein Protest war mißverständlich und verwirrt gewesen. Er war in einem Kreis junger Diebe gelandet, er war schnell gefahren und in der Gefängniszelle von weißen Polizisten zusammengeschlagen worden. Seine Bitterkeit war dadurch nur noch verstärkt worden, und er hatte sich erneut der Straße und den Verbrechen zugewandt. Im Unterschied zu seinen Kameraden war er seinen eigenen Weg gegangen, als es galt, die Erniedrigung zu überleben. Anstatt sich der Emanzipationsbewegung der Schwarzen anzuschließen, die langsam wuchs, hatte er sich entschieden, in die entgegengesetzte Richtung zu gehen. Obwohl es die weiße Unterdrückung war, die sein Leben zerstörte, dachte er, daß die einzige Möglichkeit davonzukommen die wäre, sich mit den Weißen gutzustellen. Er fing an, im Auftrag weißer Hehler Diebstähle auszuführen. Dafür stand er unter ihrem Schutz. Als er dann, gerade zwanzig Jahre alt, die Anweisung erhielt, für 1200 Rand einen schwarzen Politiker umzubringen, der einen weißen Geschäftsinhaber beleidigt hatte, gab es für ihn kein Zögern. Es sollte der endgültige Beweis sein, daß er auf seiten der Weißen stand. Und seine Rache würde immer darin bestehen, daß sie nicht begriffen, wie tief er sie verachtete. Sie glaubten, er sei ein einfältiger Kaffer, der wußte, wie ein Schwarzer in Südafrika aufzutreten hatte. Aber in seinem Innersten haßte er die Weißen. Deshalb diente er ihnen.

Manchmal las er in der Zeitung, daß einer seiner früheren Kameraden gehenkt oder zu einer langjährigen Gefängnisstrafe verurteilt worden war. Er trauerte um solche Schicksale, aber die Überzeugung, auf dem richtigen Weg zu sein, zu überleben und vielleicht schließlich eine Existenz außerhalb der Slumgebiete aufbauen zu können, verließ ihn nie.

Als er zweiundzwanzig war, hatte er Jan Kleyn erstmals getroffen. Obwohl sie gleichaltrig waren, behandelte ihn Kleyn mit überlegener Verachtung.

Jan Kleyn war Fanatiker. Victor Mabasha wußte, daß er die Schwarzen haßte und meinte, sie wären wie Tiere, die ständig von den Weißen gezüchtigt werden müßten. Er hatte sich beizeiten dem faschistischen Burischen Widerstand angeschlossen und in wenigen Jahren eine führende Position erreicht. Aber er war kein Politiker, er arbeitete im Verborgenen, aus dem südafrikanischen Nachrichtendienst heraus. Sein besonderer Vorzug war seine Rücksichtslosigkeit. Für ihn bestand kein Unterschied darin, einen Schwarzen niederzuschießen oder eine Ratte zu töten.

Victor Mabasha haßte und bewunderte Jan Kleyn gleichermaßen. Die absolute Überzeugtheit, daß die Buren ein auserwähltes Volk seien, und seine bis zur Todesverachtung gesteigerte Rücksichtslosigkeit imponierten ihm. Es war, als ob er ständig alle seine Gedanken und Gefühle kontrollieren konnte. Vergeblich hatte er versucht, bei Jan Kleyn einen schwachen Punkt zu finden. Aber es gab keinen.

Zweimal hatte er bereits Morde verübt, die von Jan Kleyn bestellt worden waren. Er war umsichtig vorgegangen. Jan Kleyn war zufrieden gewesen. Aber obwohl sie sich in dieser Zeit regelmäßig getroffen hatten, hatte ihm Jan Kleyn noch nie die Hand gegeben.

Die Lichter von Johannesburg blieben langsam hinter ihnen zurück. Der Verkehr auf der Autobahn nach Pretoria wurde spärlicher. Victor Mabasha lehnte sich im Sitz zurück und schloß die Augen. Bald würde er erfahren, warum Jan Kleyn seine Meinung, sie sollten sich nie wiedersehen, geändert hatte. Gegen seinen Willen spürte er eine Spannung im Körper. Wenn Jan Kleyn ihn rief, mußte es sehr wichtig sein.

Das Haus stand auf einem Hügel, ungefähr eine Meile vor Hammanskraal. Es war von einem hohen Zaun umgeben, und freilaufende Schäferhunde gaben darauf acht, daß kein Unbefugter eindringen konnte.

In einem Raum voller Jagdtrophäen saßen an diesem Abend zwei Männer und warteten auf Victor Mabasha. Die Gardinen waren zugezogen, die Bediensteten hatte man nach Hause geschickt. Die beiden Männer saßen sich an einem Tisch gegenüber, der mit grünem Filz bespannt war. Sie tranken Whisky und unterhielten sich leise, als gäbe es trotzdem noch jemanden im Hause, der sie hören könnte.

Einer der Männer war Jan Kleyn. Er war bis zum Äußersten abgemagert, als hätte er gerade eine schwere Krankheit hinter sich. Das Gesicht war scharf geschnitten und ließ ihn einem wachsamen Vogel gleichen. Er hatte graue Augen, dünnes blondes Haar und trug einen dunklen Anzug, weißes Hemd und eine Krawatte. Seine Stimme war heiser, seine Ausdrucksweise zurückhaltend, fast langsam.

Der andere Mann war sein ganzes Gegenteil. Franz Malan war groß und außerdem fett. Der Bauch hing ihm über den Hosenbund, er war rot im Gesicht und schwitzte stark. Es war ein äußerst ungleiches Paar, das an diesem Abend im April 1992 auf Victor Mabasha wartete.

Jan Kleyn schaute auf seine Armbanduhr.

»In einer halben Stunde ist er hier.«

»Ich hoffe, du hast recht«, entgegnete Franz Malan.

Jan Kleyn zuckte zusammen, als habe jemand plötzlich eine Waffe auf ihn gerichtet.

»Habe ich einen Fehler gemacht?« fragte er. Er sprach immer noch mit leiser Stimme. Aber ein drohender Unterton war nicht zu überhören.

Franz Malan sah ihn nachdenklich an.

»Noch nicht«, antwortete er. »Es war nur ein Gedanke.«

»Du denkst die falschen Gedanken«, sagte Jan Kleyn. »Du vergeudest deine Zeit damit, dich unnötigerweise zu beunruhigen. Alles wird wie geplant ablaufen.«

»Ich hoffe es. Meine Vorgesetzten würden ein Kopfgeld auf mich aussetzen, wenn etwas schiefginge.«

Jan Kleyn lächelte ihn an.

»Ich würde Selbstmord begehen«, sagte er. »Und ich mache mir nichts daraus, zu sterben. Wenn das, was wir in den letzten Jahren verloren haben, wieder erobert ist, werde ich mich zurückziehen. Aber nicht früher.«

Jan Kleyn war das Resultat einer erstaunlichen Karriere. Sein kompromißloser Haß auf alle, die mit der Apartheidpolitik Schluß machen wollten, war wohlbekannt oder unbekannt, abhängig vom jeweiligen Blickwinkel. Viele taten ihn als den größten Narren im Burischen Widerstand ab. Aber die ihn kannten, wußten, daß er ein kalt berechnender Mensch war, dessen Rücksichtslosigkeit ihn jedoch nie übereilte Handlungen begehen ließ. Er pflegte sich selbst als einen politischen Chirurgen zu beschreiben, mit der Aufgabe, Tumore wegzuoperieren, die ständig den gesunden südafrikanischen Burenkörper bedrohten. Wenige Menschen wußten, daß er einer der am effektivsten arbeitenden Angestellten des Nachrichtendienstes war.

Franz Malan war über zehn Jahre für das südafrikanische Militär, das eine eigene geheime Sicherheitsabteilung unterhielt, tätig gewesen. Zuvor war er als Offizier im Feld gewesen und hatte Geheimoperationen in Südrhodesien und Moçambique geleitet. Mit vierundvierzig Jahren war seine militärische Karriere aufgrund einer Herzattacke vorüber gewesen. Wegen seiner Ansichten und Fähigkeiten war er aber unmittelbar zur Sicherheitsabteilung versetzt worden. Seine Aufgaben waren vielfältig, sie reichten vom Anbringen von Autobomben an den Fahrzeugen von Apartheidgegnern bis zur Organisation von Terroraktionen gegen Versammlungen des ANC und dessen Repräsentanten. Auch er war Mitglied des Burischen Widerstands. Er spielte jedoch, wie Jan Kleyn, eine Rolle hinter den Kulissen. Gemeinsam hatten sie den Plan ausgeheckt, dessen Verwirklichung an diesem Abend mit der Ankunft von Victor Mabasha beginnen sollte. Tage- und nächtelang hatten sie diskutiert, was getan werden mußte. Schließlich waren sie sich einig geworden. Sie hatten ihren Plan dem geheimen Gremium vorgelegt, das immer nur als »Das Komitee« bezeichnet wurde.

Dieses Komitee war es auch gewesen, das ihnen ursprünglich den Auftrag gegeben hatte.

Das Ganze hatte begonnen, als Nelson Mandela nach fast dreißigjährigem Gefängnisaufenthalt auf Robben Island freigelassen wurde. Für Jan Kleyn, Franz Malan und alle anderen rechtgläubigen Buren war das eine Kriegserklärung gewesen. Präsident de Klerk hatte sein eigenes Volk verraten, die Weißen in Südafrika. Das Apartheidsystem würde abgeschafft werden, wenn nichts Entscheidendes geschah. Eine Anzahl Buren in höheren Positionen, unter ihnen Jan Kleyn und Franz Malan, hatte erkannt, daß freie Wahlen unweigerlich zu einer schwarzen Mehrheitsregierung führen würden. Und das war für sie gleichbedeutend mit einer Katastrophe, einem Urteilsspruch gegen das Recht des auserwählten Volkes, Südafrika nach Gutdünken zu regieren. Sie hatten viele alternative Aktionen diskutiert, bis schließlich die Entscheidung gefallen war.

Das war vor vier Monaten gewesen. Sie hatten sich im selben Haus getroffen, das der südafrikanischen Armee gehörte und für Konferenzen und diskrete Treffen genutzt wurde. Offiziell unterhielten weder der Nachrichtendienst noch das Militär Kontakte zu geheimen Organisationen. Ihre Loyalität galt formell der derzeitigen Regierung und der Verfassung. Aber in Wirklichkeit war es anders. Wie in der großen Zeit der Bruderschaft hatten Jan Kleyn und Franz Malan Verbindungen überall in der südafrikanischen Gesellschaft. Die Operation, die sie nun für das geheime Komitee fertig geplant hatten und die in Gang gesetzt werden konnte, basierte auf einer Allianz aus Mitgliedern des Oberkommandos der südafrikanischen Armee, der gegen den ANC opponierenden Inkathabewegung und angesehenen Unternehmern und Bankiers.

Sie hatten im selben Raum wie jetzt gesessen, an dem Tisch mit der grünen Filzbespannung, als es plötzlich aus Jan Kleyn herausgebrochen war:

»Wer ist derzeit die wichtigste Person in Südafrika?«

Franz Malan mußte nicht lange überlegen, bis er begriff, wen Jan Kleyn meinte.

»Machen wir ein gedankliches Experiment«, fuhr Jan Kleyn fort. »Stell dir vor, er wäre tot. Nicht aus natürlichen Ursachen. Das würde ihn nur in einen Heiligen verwandeln. Nein, stell dir vor, er wäre ermordet worden.«

»Das würde in den schwarzen Vorstädten einen Aufruhr in bisher unvorstellbaren Ausmaßen geben. Generalstreik, Chaos. Wir würden international in eine noch stärkere Isolation geraten.«

»Denk weiter. Sagen wir, es ließe sich beweisen, daß er von einem Schwarzen ermordet wurde.«

»Das würde die Verwirrung noch steigern. Inkatha und ANC würden einen offenen und rücksichtslosen Krieg gegeneinander führen. Wir könnten uns mit verschränkten Armen genüßlich zurücklehnen und beobachten, wie sie sich mit Hacken und Äxten und Speeren vernichten.«

»Richtig. Aber denk noch einen Schritt weiter. Wenn nun der Mörder selbst aus dem ANC stammte.«

»Das würde auch den ANC ins Chaos stürzen. Die Kronprinzen würden einander die Kehlen durchschneiden.«

Jan Kleyn nickte eifrig.

»Richtig. Denk weiter!«

Franz Malan überlegte einen Augenblick.

»Zum Schluß würden sich die Schwarzen gegen die Weißen

wenden. Und weil die schwarze politische Bewegung sich dann am Rande des totalen Zusammenbruchs und der Anarchie befinden würde, wären wir gezwungen, die Polizei und die Armee eingreifen zu lassen. Ein kurzer Bürgerkrieg wäre die Folge. Bei guter Planung würde es uns gelingen, alle zu eliminieren, die unter den Schwarzen von Bedeutung sind. Die Welt wäre, ob sie will oder nicht, gezwungen zu akzeptieren, daß die Schwarzen ja den Krieg begonnen hätten.«

Jan Kleyn nickte.

Franz Malan sah sein Gegenüber forschend an.

»Meinst du es ernst?« fragte er langsam.

»Ernst?«

»Daß wir ihn umlegen sollten?«

»Natürlich meine ich es ernst. Der Mann muß vor dem nächsten Sommer liquidiert werden. Ich stelle mir das als Operation Spriengboek vor.«

»Warum das?«

»Alles muß einen Namen haben. Hast du noch nie eine Antilope geschossen? Wenn du richtig triffst, macht das Tier noch einen Sprung, bevor es stirbt. Und diesen Sprung will ich unseren größten Feind tun lassen.«

Sie hatten bis zum Morgengrauen beieinandergesessen. Franz Malan konnte nur bewundern, wie gründlich sich Jan Kleyn vorbereitet hatte. Der Plan war verwegen, barg aber keine unnötigen Risiken. Als sie sich bei Tagesanbruch auf der Veranda die Beine vertraten, war Franz Malan nur noch ein einziger Einwand geblieben.

»Dein Plan ist ausgezeichnet. Ich sehe eigentlich nur eine Gefahr dabei. Du baust darauf, daß Victor Mabasha nachgeben wird. Du vergißt aber, daß er zum Zulustamm gehört. Die erinnern manchmal an uns Buren. Ihre Loyalität gilt ihnen selbst und den Vorvätern, die sie anbeten. Das bedeutet, daß du große Verantwortung und Vertrauen in die Hände eines schwarzen Mannes legst. Du weißt, daß ihre Loyalität niemals die unsere sein kann. Vermutlich hast du recht. Er wird reich werden, reicher, als er es sich je erträumen konnte. Aber trotzdem. Der Plan baut darauf, daß du dich auf einen Schwarzen verläßt.«

»Meine Antwort kannst du sofort bekommen«, sagte Jan Kleyn. »Ich verlasse mich auf keinen Menschen. Jedenfalls nicht voll und ganz. Ich verlasse mich auf dich. Aber ich weiß, daß jeder irgendwo einen schwachen Punkt hat. Ich ersetze diesen Mangel an Vertrauen durch Vorsicht und Rückversicherungen. Das gilt natürlich auch für Victor Mabasha.«

»Du verläßt dich nur auf dich selbst.«

»Ja. Bei mir wirst du den besagten schwachen Punkt niemals finden. Natürlich wird Victor Mabasha unter ständiger Bewachung stehen. Und das werde ich ihn wissen lassen. Er wird auch ein spezielles Training bei einem der weltbesten Experten für Attentate durchlaufen. Versagt er, so weiß er, daß er einen so langsamen und grausamen Tod erleiden muß, daß er seine eigene Geburt verfluchen würde. Victor Mabasha weiß, was Folter ist. Er wird begreifen, was wir von ihm wollen.«

Einige Stunden später trennten sie sich und fuhren jeder in seine Richtung.

Vier Monate später war der Plan einer Anzahl von Verschwörern bekannt. Jeder von ihnen hatte einen Eid abgelegt zu schweigen.

Der Auftrag war dabei, verwirklicht zu werden.

Als das Auto vor dem Haus auf dem Hügel bremste, hatte Franz Malan die Hunde an die Kette gelegt. Victor Mabasha, der Schäferhunde verabscheute, war im Wagen sitzen geblieben, bis er sicher sein konnte, daß er nicht angefallen werden würde. Jan Kleyn stand auf der Veranda und empfing ihn. Victor Mabasha konnte der Versuchung nicht widerstehen, die Hand auszustrecken. Aber Jan Kleyn übersah sie und fragte statt dessen, wie denn die Reise gewesen sei.

»Wenn man eine ganze Nacht in einem Bus sitzt, kommen einem viele Fragen«, antwortete Victor Mabasha.

»Ausgezeichnet«, sagte Jan Kleyn. »Du wirst alle Antworten bekommen, die du brauchst.«

»Wer entscheidet das? Was ich brauche oder nicht brauche?«

Bevor Jan Kleyn antworten konnte, trat Franz Malan aus dem Schatten. Auch er gab Victor Mabasha nicht die Hand.

»Laßt uns hineingehen«, schlug Jan Kleyn vor. »Wir haben viel zu besprechen, und die Zeit ist knapp.«

»Ich heiße Franz«, sagte Malan. »Nimm die Hände über den Kopf.«

Victor protestierte nicht. Es gehörte zu den ungeschriebenen Regeln, daß Waffen während einer Verhandlung draußen blieben. Franz Malan nahm seine Pistole und betrachtete dann die Messer.

»Ein afrikanischer Waffenschmied hat sie gemacht«, erklärte Victor Mabasha. »Sie sind sowohl für den Nahkampf als auch zum Werfen hervorragend geeignet.«

Sie gingen hinein und setzten sich an den grünen Tisch. Der Chauffeur kochte in der Küche Kaffee.

Victor Mabasha wartete. Er hoffte, daß die beiden Männer nicht merkten, wie gespannt er war.

»Eine Million Rand«, begann Jan Kleyn. »Laß uns diesmal mit dem Schluß anfangen. Ich will, daß dir die ganze Zeit über bewußt ist, was wir dir für den Dienst, den du uns erweisen sollst, anbieten.«

»Eine Million, das kann viel oder wenig sein. Das kommt auf die Umstände an. Und wer ist ›wir‹?«

»Fragen bitte später«, sagte Jan Kleyn. »Du kennst mich, du weißt, daß du dich auf mich verlassen kannst. Franz, der dir gegenübersitzt, kannst du als meinen verlängerten Arm ansehen. Du kannst ihm vertrauen wie mir selbst.«

Victor Mabasha nickte. Er hatte verstanden. Das Spiel war eröffnet. Jeder sicherte dem anderen Verläßlichkeit zu. Aber keiner verließ sich auf einen anderen als nur sich selbst.

»Wir wollen dich bitten, uns einen kleinen Dienst zu erweisen«, wiederholte Jan Kleyn und ließ es in Victor Mabashas Ohren so klingen, als würde er ihn bitten, ihm ein Glas Wasser zu holen. »Wer ›wir‹ sind, hat in diesem Zusammenhang für dich geringe Bedeutung.«

»Eine Million Rand«, sagte Victor Mabasha. »Laß uns annehmen, das ist viel Geld. Ich gehe davon aus, daß ich jemanden für euch töten soll. Dann ist eine Million zuviel. Wenn wir annehmen, daß es zuwenig ist, wie lautet die Antwort dann?«

»Wie zur Hölle kann eine Million Rand wenig sein?« warf Franz Malan böse ein.

Jan Kleyn hob beschwichtigend die Hand.

»Laßt uns lieber sagen, daß es gut bezahlt ist für eine sehr konzentrierte Arbeit von kurzer Dauer.«

»Ihr wollt, daß ich jemanden töte«, wiederholte Victor Mabasha.

Jan Kleyn sah ihn lange an, bevor er antwortete. Victor Mabasha kam es plötzlich vor, als würde ein kalter Wind durch den Raum wehen.

»Ganz recht«, bestätigte Jan Kleyn langsam. »Wir wollen, daß du jemanden tötest.«

»Wen?«

»Das erfährst du, wenn die Zeit reif ist.«

Victor Mabasha wurde plötzlich unruhig. Es gehörte zu den ungeschriebenen Spielregeln, daß er von Anfang an das Wichtigste erfuhr. Auf wen er seine Waffe richten sollte.

»Dieser Auftrag ist sehr speziell«, fuhr Jan Kleyn fort. »Er erfordert Reisen, eventuell monatelange Vorbereitungen, Proben und extreme Wachsamkeit. Ich will nur verraten, daß es ein Mann ist, den du beseitigen sollst. Ein sehr bedeutender Mann.«

»Ein Südafrikaner?«

Jan Kleyn zögerte einen Augenblick, bevor er antwortete.

»Ja. Ein Südafrikaner.«

Victor Mabasha überlegte schnell, wer gemeint sein konnte. Aber nach wie vor tappte er völlig im dunkeln. Und wer war dieser fette und verschwitzte Mann, der schweigend und in Schatten getaucht an der anderen Seite des Tisches saß? Victor Mabasha hatte den flüchtigen Eindruck, ihn wiederzuerkennen. War er ihm schon einmal begegnet? Und wenn ja, in welchem Zusammenhang? Hatte er sein Bild in einer Zeitung gesehen? Er kramte fieberhaft in seinem Gedächtnis, kam aber zu keinem Ergebnis.

Der Chauffeur verteilte Tassen und stellte eine Kaffeekanne mitten auf den grünen Tisch. Keiner sagte ein Wort, bis er den Raum verlassen und die Tür hinter sich geschlossen hatte.

»Wir wollen, daß du in ungefähr zehn Tagen Südafrika verläßt«, sagte Jan Kleyn. »Du fährst von hier aus direkt nach Ntibane zurück. Allen, die du kennst, sagst du, daß du nach Botswana gehst, um bei einem Onkel zu arbeiten, der in Gaborone eine Eisenhandlung hat. Du wirst einen Brief erhalten, der in Botswana abgestempelt ist, in dem du Arbeit angeboten bekommst. Diesen Brief wirst du vorzeigen, so oft es geht. In sieben Tagen, am 15. April, nimmst du den Bus nach Johannesburg. Auf dem Busbahnhof wird dich jemand ansprechen. Die Nacht wirst du in einer Wohnung verbringen, wo ich dir die letzten Instruktionen geben werde. Am Tag danach fliegst du nach Europa und dann weiter nach St. Petersburg. Laut Paß bist du aus Zimbabwe und hast einen anderen Namen. Du kannst ihn dir selbst auswählen. In St. Petersburg wirst du auf dem Flughafen erwartet. Ihr reist dann mit dem Zug nach Finnland und von dort mit dem Boot weiter nach Schweden. Dort verbringst du einige Wochen, ein Mann wird dir die wichtigsten Instruktionen geben. An einem Tag, der noch nicht exakt feststeht, kehrst du nach Südafrika zurück. Wenn du wohlbehalten wieder hier bist, übernehme ich selbst die Verantwortung für den letzten Abschnitt. Spätestens Ende Juni ist alles klar. Du empfängst dein Geld, wo du auch willst auf der Welt. 100 000 Rand werden als Vorschuß gezahlt, sobald du eingewilligt hast, uns diesen kleinen Dienst zu erweisen.«

Jan Kleyn verstummte und betrachtete ihn mit forschenden Augen. Victor Mabasha fragte sich, ob er wirklich richtig gehört hatte. St. Petersburg? Finnland? Schweden? Erfolglos versuchte er, sich die Europakarte ins Gedächtnis zu rufen.

»Ich habe nur eine einzige Frage«, sagte er nach einer Weile. »Was bedeutet all das hier?«

»Daß wir vorsichtig und sorgfältig sind. Das solltest du würdigen, weil es eine Garantie ist für deine eigene Sicherheit.«

»Für die sorge ich schon selbst. Aber laß uns von vorn anfangen. Wen treffe ich in St. Petersburg?«

»Wie du vielleicht weißt, hat es in der Sowjetunion große Veränderungen gegeben in den letzten Jahren. Veränderungen, über die wir alle sehr erfreut sind. Aber das bedeutet auch, daß eine ganze Anzahl tüchtiger Männer arbeitslos geworden ist. Das gilt natürlich auch für Offiziere der geheimen Polizei, des KGB. Es erreichen uns ständig Anfragen dieser Menschen, ob wir nicht an ihren Erfahrungen und Diensten interessiert wären. In vielen Fällen sind sie zu allem bereit, nur um eine Aufenthaltsgenehmigung für unser Land zu bekommen.«

»Mit dem KGB arbeite ich nicht zusammen«, erklärte Victor Mabasha. »Ich arbeite mit niemandem zusammen. Ich erledige, was verlangt wird, aber allein.«

»Ganz recht«, sagte Jan Kleyn. »Du arbeitest allein. Aber unsere Freunde, die du in St. Petersburg triffst, werden dir wertvolle Erfahrungen vermitteln. Sie sind sehr geschickt.«

»Warum Schweden?«

Jan Kleyn nippte am Kaffee.

»Eine gute und verständliche Frage. Zunächst einmal ist es ein Ablenkungsmanöver. Selbst wenn kein Außenstehender in diesem Land hier weiß, was vor sich geht, ist es angebracht, eine Tarnung zu benutzen. Schweden, ein kleines, unbedeutendes, neutrales Land, ist immer sehr aggressiv gegen unser Gesellschaftssystem eingestellt gewesen. Keiner wird sich vorstellen können, daß sich der Wolf im Schafspelz verbirgt. Weiterhin haben unsere Freunde in St. Petersburg gute Kontakte in Schweden. Es ist sehr einfach, in das Land zu gelangen, weil die Grenzkontrollen eher zufällig und ganz harmlos sind. Viele unserer russischen Freunde haben sich bereits in Schweden etabliert, unter falschen Namen und Angaben. Drittens haben wir verläßliche Freunde, die uns geeignete Wohnungen in Schweden besorgen. Aber am wichtigsten ist, daß du dich von Südafrika fernhältst. Es gibt leider zu viele, die sich dafür interessieren, womit sich einer wie ich beschäftigt. Ein Plan kann verraten werden.«

Victor Mabasha schüttelte den Kopf.

»Ich muß wissen, wen ich töten soll.«

»Wenn die Zeit reif ist«, erwiderte Jan Kleyn. »Vorher nicht. Ich möchte dich an ein Gespräch erinnern, das wir vor acht Jahren geführt haben. Damals sagtest du, daß man jeden töten könne, man müsse es nur richtig planen. Keiner hat eine Chance, wenn es hart auf hart kommt. Und jetzt warten wir auf deine Antwort.«

In diesem Augenblick begriff Victor Mabasha, wen er töten sollte.

Der Gedanke ließ ihn schwindeln. Aber es paßte genau zusammen. Jan Kleyns unversöhnlicher Haß auf die Schwarzen, die gegenwärtige Liberalisierung Südafrikas.

Ein bedeutender Mann. Sie wollten, daß er Präsident de Klerk erschoß.

Sein erster Impuls war, nein zu sagen. Das Risiko war allzu groß. Wie sollte es möglich sein, an all den Sicherheitsleuten vorbeizukommen, die den Präsidenten ständig umgaben? Wie konnte man anschließend entkommen? Präsident de Klerk war ein Objekt für einen Attentäter, der bereit war, sein eigenes Leben in einer selbstmörderischen Aktion zu opfern.

Gleichzeitig konnte er nicht leugnen, daß sich seine Meinung in den acht Jahren nicht geändert hatte. Kein Mensch auf der ganzen Welt war vor einem geschickten Attentäter sicher.

Und eine Million Rand. Verführerischer Gedanke. Er konnte nicht nein sagen.

»300 000 Vorschuß. Übermorgen, bei einer Bank in London. Ich will das Recht, den endgültigen Plan ablehnen zu dürfen, wenn er mir zu riskant erscheint. In diesem Falle könnt ihr von mir einen Alternativvorschlag fordern. Unter diesen Voraussetzungen sage ich ja.«

Jan Kleyn lächelte.

»Ausgezeichnet. Ich wußte es.«

»Mein Name im Paß soll Ben Travis lauten.«

»Natürlich. Ein guter Name. Leicht zu merken.«

Aus einer Plastikhülle, die auf einem Tisch gelegen hatte, der hinter seinem Stuhl stand, nahm Jan Kleyn einen Brief, der in Botswana abgestempelt war, und reichte ihn Victor Mabasha. »Am 15. April geht morgens um sechs Uhr ein Bus von Umtata nach Johannesburg. Wir möchten, daß du diesen nimmst.«

Jan Kleyn und der Mann, der sich als Franz vorgestellt hatte, erhoben sich.

»Wir werden dich nach Hause fahren«, sagte Jan Kleyn. »Die Zeit ist knapp, deshalb fährst du am besten noch heute nacht. Du kannst auf dem Rücksitz schlafen.«

Victor Mabasha nickte. Er hatte es eilig, nach Hause zu kommen. Eine Woche war nicht viel für das, was er noch erledigen mußte. Zum Beispiel herausfinden, wer dieser Franz eigentlich war.

Jetzt ging es um seine eigene Sicherheit. Das erforderte seine volle Konzentration.

Sie trennten sich auf der Veranda. Diesmal streckte Victor Mabasha die Hand nicht aus. Er erhielt seine Waffen zurück und nahm auf dem Rücksitz des Wagens Platz.

Präsident de Klerk, dachte er. Keiner kann entkommen. Nicht einmal du.

Jan Kleyn und Franz Malan blieben auf der Veranda stehen und sahen die Rücklichter verschwinden.

»Ich glaube, du hast recht«, sagte Franz Malan. »Ich glaube, er wird es schaffen.«

»Natürlich wird er es schaffen«, erwiderte Jan Kleyn. »Weshalb, meinst du, habe ich den Besten ausgewählt?«

Franz Malan sah nachdenklich zum Sternenhimmel hinauf.

»Glaubst du, er hat begriffen, um wen es geht?«

»Ich nehme an, er tippt auf Präsident de Klerk«, antwortete Jan Kleyn. »Zweifellos.«

Franz Malan löste den Blick von den Sternen und sah Jan Kleyn an.

»Das war Absicht von dir, oder? Ihn raten zu lassen?«

»Natürlich«, sagte Jan Kleyn. »Ich tue nichts ohne Absicht. Und jetzt glaube ich, ist es das beste, wenn wir uns trennen. Ich habe morgen ein wichtiges Treffen in Bloemfontein.«

Am 17. April flog Victor Mabasha unter dem Namen Ben Travis nach London. Nun wußte er, wer Franz Malan war. Auch das hatte ihn überzeugt, daß Präsident de Klerk sein Opfer werden sollte. In seiner Tasche trug er einige Bücher über de Klerk. Er wußte, daß er ihn so gut wie möglich kennenlernen mußte.

Am Tag darauf ging es weiter nach St. Petersburg. Dort wurde er von einem Mann erwartet, der Konovalenko hieß.

Zwei Tage später legte eine Fähre am Stockholmer Kai an. Nach einer langen Autofahrt in Richtung Süden erreichten sie spätabends einen abgelegenen Hof. Der Mann, der den Wagen fuhr, sprach ein exzellentes Englisch, wenn auch mit einem leichten russischen Akzent.

Am Montag, dem 20. April, wachte Victor Mabasha im Mor-

gengrauen auf. Er ging auf den Hof hinaus und pinkelte. Ein reg-
loser Nebel lag über dem Feld. Er sog die kühle Luft ein.

Schweden, dachte er. Du begrüßt Ben Travis mit Nebel, Kälte
und Schweigen.

9

Außenminister Botha war es, der die Schlange entdeckte.

Es war schon fast Mitternacht, und die meisten Mitglieder der
Regierung Südafrikas hatten eine gute Nacht gewünscht und
sich in ihre Bungalows zurückgezogen. Am Lagerfeuer hielten
sich nur noch Präsident de Klerk, Außenminister Botha, Innenminister Vlok und sein Sekretär sowie einige ausgewählte
Sicherheitsleute des Präsidenten und des Kabinetts auf. Es handelte sich ausschließlich um Offiziere, die ihren Treue- und
Schweigeeid Präsident de Klerk persönlich geleistet hatten. Weiter entfernt, vom Feuer aus kaum sichtbar, warteten schwarze
Diener im Schatten.

Es war eine grüne Mamba. Sie war kaum zu sehen, denn sie lag
reglos am flackernden Rand des vom Feuer ausgehenden Licht-
kreises. Außenminister Botha wäre wahrscheinlich nie auf sie aufmerksam geworden, hätte er sich nicht gebückt, um sich am Fußknöchel zu kratzen. Er zuckte zusammen, als er die Schlange
entdeckte, und blieb dann reglos sitzen. Von Kindheit an wußte er,
daß eine Schlange nur Ziele sehen und angreifen kann, die sich in
Bewegung befinden.

»Eine Giftschlange liegt vor meinen Füßen, zwei Meter entfernt«, informierte er mit leiser Stimme.

Präsident de Klerk war in Gedanken versunken. Er hatte seinen
Liegestuhl so eingestellt, daß er sich halb liegend ausstrecken
konnte. Wie immer saß er ein Stück von seinen Kollegen entfernt.
Er hatte sich einmal überlegt, daß dies wohl so war, weil ihm seine
Minister dadurch, daß sie ihre Stühle am Feuer nicht in seiner
unmittelbaren Nähe aufstellten, ihren Respekt bezeugen wollten.

Es war ihm sehr recht. Präsident de Klerk war ein Mann, der oft das zwingende Bedürfnis verspürte, einsam zu sein.

Langsam kam ihm die Bedeutung der Worte des Außenministers zu Bewußtsein. Er wendete den Kopf und sah in das von tanzenden Flammen beschienene Gesicht.

»Hast du etwas gesagt?«

»Vor meinen Füßen liegt eine grüne Giftschlange«, wiederholte Pik Botha. »Ich glaube, ich habe noch nie so eine große Mamba gesehen.«

Präsident de Klerk setzte sich vorsichtig auf. Er verabscheute Schlangen. Überhaupt hatte er eine panische Angst vor kriechenden und schlängelnden Tieren. Die Angestellten im Sitz des Präsidenten wußten, daß sie täglich jeden Winkel nach Spinnen, Käfern und Insekten absuchen mußten. Dasselbe galt für die Büros und Autos des Präsidenten sowie die Tagungsräume des Kabinetts.

Er reckte vorsichtig den Kopf und entdeckte die Schlange. Sofort hatte er das Gefühl, daß ihm schlecht wurde.

»Schlag sie tot«, sagte er.

Der Innenminister war in seinem Stuhl eingeschlummert, sein Staatssekretär hörte Musik über Kopfhörer. Einer der Leibwächter zog vorsichtig ein Messer aus dem Gürtel und hieb mit großer Präzision nach der Schlange. Der Kopf der Mamba wurde glatt abgetrennt. Der Leibwächter packte den Schlangenkörper, der immer noch zuckte. Dann warf er ihn ins Feuer. De Klerk erschrak, als er sah, daß das noch auf dem Boden liegende Haupt der Schlange ebenfalls noch zu leben schien, denn es öffnete sich plötzlich und ließ die Giftzähne sehen. Seine Übelkeit wuchs, und er fühlte eine plötzliche Schwäche, als drohe ihm eine Ohnmacht. Schnell lehnte er sich im Stuhl zurück und schloß die Augen.

Eine tote Schlange, dachte er. Aber der Körper zuckt noch, und wer nicht Bescheid weiß, könnte meinen, daß sie noch lebte. Genau so ist es hier, in meinem Land, in Südafrika. Viel von dem Alten, das wir tot und begraben glaubten, lebt weiter. Wir kämpfen nicht nur mit dem und gegen das Lebendige, sondern auch gegen eine zähe Vergangenheit.

Ungefähr jeden vierten Monat nahm Präsident de Klerk seine Minister und einige ausgewählte Sekretäre mit hinaus in ein Camp in Ons Hoop, südlich der Grenze zu Botswana. Sie blieben für gewöhnlich ein paar Tage, und die Reisen erfolgten in aller Öffentlichkeit. Offiziell waren der Präsident und sein Kabinett versammelt, um in aller Abgeschiedenheit wichtige Angelegenheiten wechselnder Art zu beraten. De Klerk hatte diese Routine von Anfang an eingeführt, seit er sein Amt als Staatschef der Republik angetreten hatte. Nun war er fast vier Jahre Präsident, und er wußte, daß ein Teil der wichtigsten Beschlüsse der Regierung am Lagerfeuer von Ons Hoop gefällt worden war. Das Camp war mit Staatsgeldern gebaut worden, und de Klerk hatte keine Schwierigkeit, dessen Existenz zu rechtfertigen. Es war, als konnten er und seine Mitarbeiter freier und vielleicht auch kühner denken, wenn sie unter nächtlichem Himmel am Feuer saßen und den Geruch des ursprünglichen Afrika atmeten. De Klerk hatte manchmal gedacht, daß sich hier ihr Burenblut bemerkbar machte. Freie Männer, stets mit der Natur verbunden, die sich nie an eine neue Zeit hatten gewöhnen können, an vollklimatisierte Arbeitsräume und Autos, die mit schußsicheren Windschutzscheiben ausgerüstet waren. Hier in Ons Hoop konnten sie die Berge am Horizont genießen, die unendliche Ebene, und nicht zuletzt ein gutzubereitetes *Braai*. Sie konnten diskutieren, ohne sich in Zeitdruck fühlen zu müssen, und de Klerk wußte, daß es sich gelohnt hatte.

Pik Botha beobachtete die Schlange, die vom Feuer verzehrt wurde. Dann wendete er den Kopf und sah, daß de Klerk mit geschlossenen Augen dasaß. Er wußte, was das zu bedeuten hatte. Der Präsident wollte allein sein. Er rüttelte den schlafenden Innenminister vorsichtig an der Schulter. Vlok wachte mit einem Ruck auf. Als sie aufstanden, stellte der Staatssekretär schnell seinen Walkman ab und sammelte einige Papiere auf, die unter dem Stuhl lagen.

Als sich die anderen zurückgezogen hatten, blieb Pik Botha noch einen Augenblick stehen, begleitet nur von einem Diener, der eine Lampe trug. Manchmal wollte der Präsident noch ein paar Worte im Vertrauen mit seinem Außenminister wechseln.

»Ich glaube, ich ziehe mich zurück«, sagte Pik Botha.

De Klerk schlug die Augen auf und sah ihn an. Gerade an diesem Abend hatte er nichts mit Botha zu besprechen.

»Tu das. Wir brauchen den Schlaf, den wir bekommen können.«

Pik Botha nickte, wünschte eine gute Nacht und verließ den Präsidenten.

Für gewöhnlich blieb de Klerk anschließend noch eine Weile sitzen, um in Gedanken die Diskussionen des Tages und des Abends noch einmal durchzugehen. Sie waren nach Ons Hoop gefahren, um übergreifende politische Strategien zu diskutieren, keine routinemäßigen Regierungsangelegenheiten. Am Lagerfeuer sprachen sie über Südafrikas Zukunft, über nichts anderes. Hier entwickelten sie die Pläne, das Land umzuwandeln, ohne allzuviel von dem Einfluß der Weißen preiszugeben.

Diesmal aber, an diesem Abend des 27. April 1992, wartete de Klerk auf einen Mann, den er allein treffen wollte. Nicht einmal sein Außenminister, sein engster Vertrauter in der Regierung, wußte davon. Er nickte einem der Leibwächter zu, der unmittelbar verschwand. Ein paar Minuten später kehrte er zurück. In seiner Gesellschaft war ein Mann in den Vierzigern, der in einen einfachen Khakianzug gekleidet war. Er begrüßte de Klerk und ließ sich in einem Liegestuhl in der Nähe des Präsidenten nieder. Gleichzeitig bedeutete de Klerk den Leibwächtern, sie möchten sich zurückziehen. Er wollte sie in der Nähe haben, jedoch außer Hörweite.

Im Leben des Präsidenten de Klerk gab es vier Menschen, denen er vertraute. Da war zuerst seine Frau. Dann sein Außenminister Botha. Und dann gab es noch zwei Personen. Die eine saß jetzt neben ihm. Der Mann hieß Pieter van Heerden und arbeitete beim Nachrichtendienst Südafrikas. Aber noch wichtiger als sein Einsatz für die Sicherheit der Republik war die Rolle van Heerdens als spezieller Informant de Klerks betreffs des Zustandes der Nation. Durch Pieter van Heerden erhielt de Klerk regelmäßige Berichte darüber, welche Gedanken im militärischen Oberkommando, im Polizeikorps, den anderen politischen Parteien und nicht zuletzt innerhalb der eigenen Organisationen der Sicherheitspolizei vorherrschten. Wenn ein Militärputsch geplant werden würde oder sich eine Verschwörung anbahnte, van Heerden wäre stets informiert und damit auch der Präsident. Van Heerden gab de Klerk die Orientierung, welche Kräfte gegen ihn arbeiteten. Van Heerden spielte nach außen hin und in seiner Arbeit bei der Sicherheitspolizei die Rolle eines Mannes, der Präsident de Klerk gegenüber sehr kritisch eingestellt war. Er tat das geschickt, immer wohlausgewogen, nie übertrieben. Niemand würde ihn verdächtigen können, der persönliche Informant des Präsidenten zu sein.

Es war de Klerk bewußt, daß er mit van Heerdens Hilfe das Vertrauen vor seinem eigenen Kabinett einschränkte. Aber er sah keine andere Möglichkeit, sich die Informationen zu beschaffen, die er als notwendig ansah, um die große Veränderung bewirken zu können, die in Südafrika kommen mußte, wenn eine nationale Katastrophe verhindert werden sollte. Dies stand im Zusammenhang mit der vierten Person, der de Klerk vorbehaltlos vertraute.

Nelson Mandela.

Der Führer des ANC, der Mann, der siebenundzwanzig Jahre auf Robben Island vor Kapstadt gefangen gewesen war, einst Anfang der 60er Jahre lebenslänglich eingesperrt wegen angeblicher, niemals bewiesener Sabotageaktionen.

Präsident de Klerk hatte sehr wenige Illusionen. Er wußte, daß die einzigen, die einen Bürgerkrieg mit einem grenzenlosen Blutbad gemeinsam verhindern konnten, er selbst und Nelson Mandela waren. Oft war er nachts schlaflos im Präsidentenpalast umhergewandert, hatte über die Lichter der Stadt Pretoria geblickt und daran gedacht, daß die Zukunft der Republik Südafrika durch den politischen Kompromiß bestimmt werden würde, den er und Nelson Mandela hoffentlich zustande brachten.

Mit Nelson Mandela konnte er ganz offen sprechen. Er wußte, daß das auch umgekehrt galt. Als Menschen waren sie in Charakter und Temperament sehr verschieden. Nelson Mandela war eine suchende, philosophisch veranlagte Persönlichkeit, die auf diesem Wege zu der ihr ebenso eigenen Entschlossenheit und praktischen Handlungskraft gelangte. Diese philosophische Dimension fehlte Präsident de Klerk. Er jagte direkt nach einer praktischen Lösung, wenn ein Problem auftauchte. Für ihn bestand die Zukunft der Republik aus wechselnden politischen Realitäten und dem ständigen Entscheiden, was machbar sein würde und was nicht. Zwischen diesen beiden Menschen aber, mit so unterschiedlichen Voraussetzungen und Erfahrungen, existierte ein Vertrauen, das nur ein offensichtlicher Betrug hätte zerstören können. Das bedeutete, daß sie auch gegensätzliche Auffassungen niemals voreinander zu verstecken brauchten, daß sie niemals in unnötige Rhetorik verfallen mußten, wenn sie unter vier Augen miteinander sprachen. Aber das bedeutete gleichzeitig, daß sie an zwei verschiedenen Fronten kämpften. Die weiße Bevölkerung war zersplittert, und de Klerk wußte, daß alles zusammenbrechen würde, wenn es ihm nicht gelang, mit Kompromissen, die von einer Mehrheit der Weißen akzeptiert werden konnten, Schritt für Schritt voranzukommen. Die ultrakonservativen Kräfte würde er sowieso nie auf seine Seite bringen, ebensowenig die rassistischen Angehörigen der Offizierskorps in Armee und Polizei. Aber er mußte darauf achten, daß sie nicht zu stark wurden.

Präsident de Klerk wußte, daß Nelson Mandela ähnliche Probleme hatte. Auch die Schwarzen waren in sich gespalten. Nicht zuletzt zwischen der zuludominierten Inkatha-Bewegung und dem ANC. Deshalb verstanden sie einander, mußten aber gleichzeitig die herrschende Uneinigkeit nicht leugnen.

Van Heerden war eine Garantie dafür, daß de Klerk die Informationen erhielt, die er benötigte. Er wußte, daß man seine Freunde in der Nähe halten sollte. Aber den Feind und die Gedanken des Feindes noch näher.

Für gewöhnlich trafen sie sich einmal in der Woche in de Klerks Büro, oft spät am Samstagnachmittag. Diesmal jedoch hatte van Heerden um eine eilige Zusammenkunft gebeten. De Klerk war es erst gar nicht recht gewesen, ihn das Camp besuchen zu lassen. Es würde schwer werden, mit ihm zusammenzutreffen, ohne daß die anderen Regierungsmitglieder davon erfuhren. Aber van Heerden war ungewohnt hartnäckig gewesen. Das Treffen könne nicht verschoben werden, bis de Klerk wieder in Pretoria sei. Da hatte de Klerk nachgegeben, denn er wußte, daß van Heerden ein durch und durch kaltblütiger und beherrschter Mensch war, der niemals übereilt reagierte. Es mußte also eine sehr wichtige Nachricht sein, die er dem Präsidenten der Republik überbringen wollte.

»Wir sind jetzt allein«, sagte de Klerk. »Pik hat vor einer Weile eine Giftschlange entdeckt, genau vor seinen Füßen. Ich habe schon darüber nachgedacht, ob vielleicht ein Sender an ihr befestigt war.«

Van Heerden lächelte.

»So weit sind wir noch nicht, daß wir Giftschlangen als Informanten einsetzen. Vielleicht wird es einmal notwendig? Wer weiß?«

De Klerk sah ihn forschend an. Was war so wichtig, daß es nicht hatte warten können?

Van Heerden leckte sich die Lippen, bevor er begann.

»Eine Konspiration, um Sie zu töten, ist gerade in einer intensiven Planungsphase. Es gibt keinen Zweifel daran, daß bereits diese Tatsache eine ernsthafte Bedrohung darstellt. Gegen Ihre Person, die gesamte Regierungspolitik und in der Konsequenz gegen die ganze Nation.« Van Heerden machte nach diesen einleitenden Worten eine Pause. Er war es gewöhnt, daß de Klerk oft Fragen hatte. Aber diesmal schwieg der Präsident. Er sah van Heerden nur mit aufmerksamen Augen an.

»Mir fehlen noch Informationen über viele Details der Verschwörung«, fuhr van Heerden fort. »Aber die Hauptzüge sind mir bekannt, und sie sind ernst genug. Die Konspiration hat Zweige im Oberkommando des Heeres, in den ultrakonservativen Kreisen, vor allem im Burischen Widerstand. Aber wir dürfen nicht vergessen, daß viele konservative Menschen, die allermeisten, nicht politisch organisiert sind. Darüber hinaus gibt es Hinweise, daß ausländische Attentatsexperten, vor allem vom KGB, beteiligt sind.«

»Den KGB gibt es nicht mehr«, unterbrach de Klerk. »Zumindest nicht in der Form, wie wir ihn kannten.«

»Es gibt arbeitslose KGB-Offiziere«, sagte van Heerden. »Wie ich Ihnen bereits früher mitgeteilt habe, erreichen uns viele Angebote früherer Offiziere des sowjetischen Nachrichtendienstes, die uns in Zukunft Dienste erweisen wollen.«

De Klerk nickte, er erinnerte sich.

»Eine Verschwörung hat immer ein Zentrum«, sagte er nach einer Weile. »Jemanden oder mehrere Personen, oft sehr wenige, die im verborgenen an den Drähten ziehen. Wer sind diese?«

»Ich weiß es nicht«, gestand van Heerden. »Und das beunruhigt mich. Vom militärischen Sicherheitsdienst ist ein Mann namens Franz Malan mit großer Wahrscheinlichkeit dabei. Er war unvorsichtig genug, einen Teil des Materials über die Verschwörung auf einer Datenbank zu sammeln, ohne sie zu blockieren. Das war der erste Hinweis darauf, daß etwas im Gange war. Ich entdeckte die Datei, als ich einen meiner Vertrauten bat, eine Routinekontrolle vorzunehmen.«

Wenn die Leute das wüßten, dachte de Klerk. So weit ist es gekommen, daß die Offiziere des Sicherheitsdienstes sich gegenseitig kontrollieren, heimlich Daten abfragen, einander der ständigen politischen Untreue verdächtigen.

»Warum nur ich? Warum nicht auch Mandela?«

»Es ist noch zu früh, darauf zu antworten. Aber es ist natürlich nicht schwer, sich vorzustellen, was ein geglücktes Attentat auf Sie in der heutigen Zeit bedeuten könnte.«

De Klerk winkte ab. Van Heerden mußte nichts erklären, de Klerk konnte sich die Katastrophe lebhaft vorstellen.

»Noch ein Umstand beunruhigt mich«, sagte van Heerden. »Wir halten ja ständig eine Anzahl bekannter Killer, sowohl schwarze als auch weiße, unter Aufsicht. Männer, die gegen entsprechende Bezahlung jeden töten. Ich glaube behaupten zu können, daß unsere vorbeugenden Maßnahmen gegen eventuelle Anschläge auf Politiker ziemlich gut greifen. Gestern erhielt ich einen Bericht der Sicherheitspolizei in Umtata, wonach ein gewisser Victor Mabasha vor einigen Tagen auf einen kurzen Besuch in Johannesburg war. Als er nach Ntibane zurückkehrte, hatte er viel Geld bei sich.«

De Klerk zog eine Grimasse.

»Das kann Zufall sein.«

»Ich bin mir da nicht so sicher. Wenn ich geplant hätte, den Präsidenten des Landes zu töten, würde ich wohl Victor Mabasha wählen.«

De Klerk hob die Augenbrauen.

»Auch, wenn das Attentat Nelson Mandela gelten sollte?«

»Auch dann.«

»Ein schwarzer Berufskiller.«

»Er ist sehr geschickt.«

De Klerk erhob sich aus seinem Liegestuhl und schürte das Feuer, das auszugehen drohte. Gerade jetzt war ihm nicht danach zu hören, was einen geschickten Berufsmörder auszeichnen mochte. Er legte ein paar Scheite nach und streckte den Rücken. Seine Glatze schimmerte im Schein des wieder aufflammenden Feuers. Er sah zum Nachthimmel hinauf und betrachtete das Kreuz des Südens. Er war sehr müde. Aber er versuchte dennoch zu begreifen, was van Heerden gerade gesagt hatte. Er wußte, daß eine Verschwörung mehr als denkbar war. Oft hatte er sich vorgestellt, daß ein Attentäter, ausgesandt von verrückten weißen Buren, die ihn ständig beschuldigten, er betreibe den Ausverkauf des Landes an die Schwarzen, ihn töten würde. Er hatte natürlich auch darüber nachgedacht, was geschehen würde, wenn Mandela starb, egal ob eines natürlichen oder eines unnatürlichen Todes. Nelson Mandela war alt. Selbst wenn er physisch stark war – er hatte fast dreißig Jahre im Gefängnis zugebracht.

De Klerk ging zu seinem Stuhl zurück.

»Du mußt dich natürlich darauf konzentrieren, diese Verschwörung aufzudecken. Wende jedes Mittel an. Geld spielt ebenfalls keine Rolle. Du kannst zu jeder Tages- und Nachtzeit Kontakt zu mir aufnehmen, wenn etwas Wichtiges passiert. Bis auf weiteres sind es zwei Maßnahmen, die ergriffen oder erwogen werden müssen. Die eine ist natürlich klar. Meine Bewachung muß so diskret wie möglich verstärkt werden. Bei der anderen bin ich mehr im Zweifel.«

Van Heerden ahnte, woran der Präsident dachte. Er wartete auf die Fortsetzung.

»Soll ich ihn informieren oder nicht? Wie wird er reagieren? Oder soll ich warten, bis wir mehr wissen?«

Van Heerden wußte, daß diese Fragen nicht an ihn gerichtet waren. De Klerk würde sie für sich selbst beantworten.

»Ich muß noch darüber nachdenken. Du bekommst in Kürze Bescheid. Wolltest du noch etwas?«

»Nein«, sagte van Heerden und stand auf.

»Das ist eine herrliche Nacht«, sinnierte de Klerk. »Wir leben im schönsten Land dieser Erde. Aber im Schatten lauern Monster. Manchmal würde ich gern in die Zukunft sehen können. Ich würde es gern können. Aber ich weiß ehrlich gesagt nicht, ob ich es auch wagen würde.«

Sie verabschiedeten sich. Van Heerden verschwand im Schatten.

De Klerk starrte ins Feuer. Er war eigentlich zu müde, um einen Beschluß zu fassen. Sollte er Mandela über die Verschwörung informieren, oder sollte er warten?

Er blieb am Feuer sitzen und sah zu, wie es langsam verlosch.

Schließlich hatte er sich entschieden.

Noch würde er seinem Freund nichts sagen.

10

Victor Mabasha hatte vergebens versucht sich einzubilden, das Geschehene sei nur ein böser Traum gewesen, die Frau vor dem Haus habe es nie gegeben und Konovalenko, der Mann, den zu hassen er gezwungen war, hätte sie niemals getötet. Es war nur ein Traum, mit dem ein Geist, ein *Songoma*, seine Gedanken vergiftet hatte, um ihn unsicher, vielleicht sogar unfähig zu machen, seinen Auftrag auszuführen. Es war der Fluch, der über ihm als schwarzem Südafrikaner lastete, das wußte er. Nicht zu wissen, wer er war oder sein durfte. Ein Mensch, der in einem Augenblick die Gewalt rücksichtslos bejahte und im nächsten Moment nicht verstand, wie jemand einen Mitmenschen töten konnte. Es war ihm klargeworden, daß die Geister ihre singenden Hunde nach ihm ausgeschickt hatten. Sie wachten über ihn, sie hielten ihn zurück, sie waren seine äußersten Wachtposten, so unendlich wachsamer als Jan Kleyn überhaupt sein konnte …

Von Anfang an war alles schiefgegangen. Instinktiv mißtraute er dem Mann, der ihn auf dem Flugplatz in der Nähe von St. Petersburg erwartet hatte. Er mochte ihn nicht. Der Mann war irgendwie ausweichend. Victor Mabasha verabscheute Menschen, die schwer zu greifen waren. Er wußte aus Erfahrung, daß sie ihm oft ernste Probleme bereiteten.

Außerdem merkte er, daß der Mann, der Anatoli Konovalenko hieß, Rassist war. Mehrmals war Victor nahe daran gewesen, ihn an der Gurgel zu packen und ihm mitzuteilen, daß er sah, daß er wußte, was Konovalenko dachte, nämlich daß er nur ein Kaffer sei, einer der Unterlegenen.

Aber er hatte es nicht getan. Er hatte sich diszipliniert. Er hatte einen Auftrag, und der war wichtiger als alles andere. Eigentlich war er erstaunt gewesen über seine heftigen Reaktionen. Sein ganzes Leben lang war seine Umwelt rassistisch geprägt gewesen. Er hatte auf seine Weise gelernt, damit umzugehen. Weshalb reagierte er da auf Konovalenko? War es, weil er nicht von einem weißen Mann als unterlegen angesehen werden wollte, der nicht aus Südafrika stammte? Er entschied innerlich, daß dies die richtige Antwort sein mußte.

Die Reise von Johannesburg nach London und dann weiter nach St. Petersburg war problemlos verlaufen. Während des Nachtfluges nach London hatte er wach gesessen und in die Dunkelheit hinausgestarrt. Dann und wann hatte er sich eingebildet, weit unter sich Flammen sehen zu können. Aber er hatte begriffen, daß das Phantasien waren. Es war nicht das erste Mal, daß er Südafrika verließ. Einmal hatte er einen Repräsentanten des ANC in Lusaka liquidiert, ein andermal an einem Attentat im damaligen Südrhodesien teilgenommen, das gegen den Revolutionsführer Joshua Nkomo gerichtet war. Das war das einzige Mal gewesen, wo er versagt hatte. Damals hatte er sich geschworen, in Zukunft nur noch auf eigene Faust zu handeln.

Yebo, yebo. Niemals mehr würde er sich unterordnen. Sobald er aus diesem verfrorenen skandinavischen Land nach Südafrika zurückkehren konnte, würde Anatoli Konovalenko nur noch ein unbedeutendes Detail in dem bösen Traum sein, mit dem ihn *Songoma* vergiftet hatte. Konovalenko war eine undeutliche Rauchsäule, die aus seinem Körper entweichen würde. Der heilige Geist, der sich im Jaulen der singenden Hunde verbarg, würde ihn davonjagen. Seine vergiftete Erinnerung würde sich niemals wieder mit dem arroganten Russen befassen müssen, der so graue, abgenutzte Zähne hatte.

Konovalenko war klein und untersetzt. Er reichte Victor kaum bis zu den Schultern. Aber sein Kopf war in Ordnung, das war Victor sofort klargeworden. Natürlich war das nicht verwunderlich. Jan Kleyn würde sich nie mit etwas anderem als dem Besten zufriedengeben, was auf dem Markt zu finden war.

Dagegen hätte sich Victor niemals eine Vorstellung von der Brutalität dieses Mannes machen können. Er hatte eingesehen, daß ein ehemaliger hoher KGB-Offizier mit dem Spezialgebiet Liquidation von eingeschleusten Agenten des Gegners und Überläufern aus den eigenen Reihen kaum irgendwelche Gewissensbisse haben konnte, wenn es darum ging, zu töten. Aber für Victor war unnötige Grausamkeit ein Kennzeichen von Amateuren. Eine Liquidation sollte *mningichecha*, schnell und ohne unnötige Leiden des Opfers, vonstatten gehen.

Sie hatten St. Petersburg am Tag nach der Ankunft Victors wieder verlassen. Auf der Fähre nach Schweden hatte er so gefroren, daß er die ganze Zeit in seiner Kabine geblieben war, in Decken gehüllt. Rechtzeitig vor der Ankunft in Stockholm hatte ihm Konovalenko seinen neuen Paß und Instruktionen übergeben. Zu seiner großen Verwunderung hatte er entdeckt, daß er nun Shalid hieß und schwedischer Staatsbürger war.

»Vorher warst du ein staatenloser Flüchtling aus Eritrea«, hatte Konovalenko erklärt. »Nach Schweden bist du bereits Ende der sechziger Jahre gekommen, die Staatsbürgerschaft wurde dir 1978 bewilligt.«

»Müßte ich nach mehr als zwanzig Jahren nicht wenigstens ein paar Worte Schwedisch sprechen?«

»Es reicht, wenn du *tack* sagen kannst, das heißt ›danke‹«, antwortete Konovalenko. »Keiner wird dir Fragen stellen.« Konovalenko hatte recht behalten.

Zu Victors großem Erstaunen hatte eine junge Beamtin lediglich einen flüchtigen Blick in seinen Paß geworfen und ihn dann zurückgegeben. Konnte es wirklich so einfach sein, in ein Land ein- und wieder auszureisen? Er begann zu verstehen, daß es trotz allem vielleicht ein Motiv gab, die Vorbereitungsphase seines Auftrags in ein Land zu verlegen, das so weit von Südafrika entfernt war.

Auch wenn er dem Mann, der sein Instrukteur sein würde, mißtraute und ihn direkt verabscheute, konnte er nicht umhin, die unsichtbare Organisation zu bewundern, die alles um ihn herum zu kontrollieren schien. Im Hafen von Stockholm hatte ein Auto sie erwartet. Die Schlüssel fanden sie auf dem linken Hinterrad. Weil Konovalenko unsicher war, was die Ausfahrt von Stockholm anging, hatte sie ein anderer Wagen durch den Verkehr zur Autobahn in Richtung Süden gelotst und war dann verschwunden. Victor hatte gedacht, daß die Welt von geheimen Organisationen und Menschen wie seinem *Songoma* gesteuert wurde. Geformt und verändert wurde sie im Untergrund. Menschen wie Jan Kleyn waren nur Boten. Victor war sich nicht sicher, an welcher Stelle dieser unsichtbaren Organisation er sich selbst befand. Er wußte nicht einmal, ob er das überhaupt wissen wollte.

Sie fuhren durch das Land, das Schweden hieß. Dann und wann schimmerten Schneeflecken durch die Nadelbäume. Konovalenko fuhr nicht besonders schnell und sprach dabei kaum. Das war Victor sehr recht, denn er war müde nach der langen Reise. Ab und zu schlief er auf dem Rücksitz ein, und sofort sprach sein Geist zu ihm. Der singende Hund heulte im Dunkel des Traums, und als er die Augen aufschlug, wußte er nicht, wo er war. Es regnete ununterbrochen. Victor fiel auf, wie sauber und ordentlich alles zu sein schien. Als sie anhielten, um zu essen, hatte er das Gefühl, daß nichts in diesem Land kaputtgehen konnte.

Aber etwas fehlte. Victor versuchte herauszufinden, was es war, aber ohne Erfolg. Er merkte, daß die Landschaft ihn schwermütig machte.

Die Autofahrt dauerte den ganzen Tag.

»Wohin geht es denn?« fragte Victor, als sie bereits über drei Stunden unterwegs waren. Es dauerte einige Minuten, bis Konovalenko antwortete.

»Nach Süden. Du wirst schon sehen, wenn wir da sind.«

Da war *Songomas* böser Traum noch fern. Die Frau hatte noch nicht auf dem Hof gestanden, ihre Stirn war noch nicht durch den Schuß aus Konovalenkos Pistole zerschmettert worden. Victor Mabasha dachte noch an nichts anderes, als das zu tun, wofür ihn Jan Kleyn bezahlte. Zu dem Auftrag gehörte, auf das zu hören, was Konovalenko ihm sagen würde, ihm vielleicht sogar beibringen konnte. Die Geister, dachte sich Victor, sowohl die guten als auch die bösen, waren in Südafrika geblieben, in den Berghöhlen vor Ntibane. Die Geister verließen niemals das Land, sie überschritten keine Grenzen.

Kurz vor acht Uhr abends erreichten sie das abgelegene Gehöft. Schon in St. Petersburg hatte Victor erstaunt bemerkt, daß die Abenddämmerung und die Nacht nicht wie in Afrika waren. Es war hell, wenn es eigentlich dunkel sein mußte, und die Dämmerung fiel nicht wie die schwere Faust der Nacht auf die Erde nieder, sondern wie ein Blatt, das langsam zu Boden gleitet.

Sie trugen einige Taschen ins Haus und richteten sich ihre Schlafräume her. Victor merkte, daß gut vorgeheizt war. Auch das muß man der Perfektion der geheimen Organisation zuschreiben, dachte er. Ein schwarzer Mann in diesem Polarreich muß ja frieren. Und wem kalt ist, wer Hunger hat oder Durst, der kann nichts leisten, kann nichts lernen.

Die Decke des Zimmers war niedrig. Victor konnte unter den freiliegenden Balken gerade noch stehen. Er lief im Hause umher und spürte den fremden Geruch von Möbeln, Teppichen und Reinigungsmitteln. Was er am meisten vermißte, war der Duft eines offenen Feuers.

Afrika war weit weg. Vielleicht war das auch beabsichtigt. Hier sollte ein Plan ausprobiert, verbessert, perfektioniert werden. Nichts durfte stören, nichts an das erinnern, was danach wartete.

Konovalenko holte Fertiggerichte aus einer großen Gefrierbox. Victor beschloß, später nachzusehen, wieviel Portionen sich darin befanden, um auszurechnen, wie lange sie in diesem Haus bleiben würden.

Aus seinem eigenen Gepäck zog Konovalenko eine Flasche russischen Wodka. Er bot Victor davon an, als sie sich zum Essen an den Tisch setzten, doch der lehnte ab. Victor trank vorsichtig, wenn er eine Arbeit vorbereitete, ein, vielleicht zwei Bier pro Tag. Konovalenko aber schluckte eine ganze Menge und war schon an diesem ersten Abend betrunken. Victor sah sich dadurch im Vorteil. In einer kritischen Situation würde er Konovalenkos offensichtliche Schwäche für Schnaps ausnutzen können.

Der Wodka machte Konovalenko gesprächig. Er begann, vom verlorenen Paradies zu erzählen, vom KGB in den 60er und 70er Jahren, als sie die sowjetische Gesellschaft uneingeschränkt beherrschten und kein Politiker sicher sein konnte, daß der KGB nicht seine geheimsten Geheimnisse kannte und registrierte. Victor dachte, daß der KGB vielleicht *Songoma* ersetzt hatte in diesem russischen Reich, wo niemand an die heiligen Geister glauben durfte, außer in größter Heimlichkeit. Eine Gesellschaft, die versucht, die Götter in die Flucht zu schlagen, ist dem Untergang geweiht, dachte er. Das weiß *Nkosis* in meinem Heimatland, und deshalb sind unsere Götter nicht von der Apartheid betroffen. Sie dürfen frei leben, unterlagen niemals den Paßgesetzen, konnten sich stets ohne Erniedrigung bewegen. Wären unsere Geister auf abgelegene Gefängnisinseln verschleppt und unsere singenden Hunde in die Kalahariwüste gejagt worden, kein weißer Mann, keine Frau und kein Kind hätten in Südafrika überlebt. Dann wären sie alle, ob Buren oder Engländer, seit langem fort, erbärmliche Knochenreste, begraben in der roten Erde. In den alten Zeiten, als seine Vorfahren noch offen gegen die weißen Eindringlinge kämpften, pflegten die Zulukrieger ihren gefallenen Feinden die Unterkiefer abzuhacken. Ein *Impi*, der von einer gewonnenen Schlacht heimkehrte, trug die Kieferknochen als Siegestrophäen, die das Tor zum Tempel des Häuptlings zieren würden. Jetzt waren es die Götter, die den Kampf gegen die Weißen bestritten, und die ließen sich niemals besiegen.

In der ersten Nacht in dem fremden Haus schlief Victor Mabasha traumlos. Er überwand die letzten Folgen der langen Reise, und als er im Morgengrauen erwachte, fühlte er sich fit und ausgeruht. Von irgendwoher hörte er Konovalenkos Schnarchen. Er stand vorsichtig auf, zog sich an und unternahm dann eine gründliche Untersuchung des Hauses. Wonach er suchte, wußte er nicht.

Aber irgendwo war Jan Kleyn immer anwesend, irgendwo saß sein wachendes Auge.

Auf dem Dachboden, der seltsamerweise schwach nach einem Getreide duftete, das an *Sorghum* erinnerte, entdeckte er eine moderne Funkanlage. Victor Mabasha war kein Experte für elektronische Geräte, aber er zweifelte nicht daran, daß es mit diesem Apparat möglich war, nach Südafrika zu senden und Mitteilungen von dort zu empfangen. Er suchte weiter und fand schließlich, was er suchte: eine verschlossene Tür ganz am Ende des Hauses. Dahinter verbarg sich der Grund seiner langen Reise.

Er trat aus dem Haus und stellte sich auf den Hof, um zu pissen. So gelb war sein Urin wohl noch nie zuvor gewesen. Es muß am Essen liegen, dachte er. An diesen fremden, ungewürzten Speisen. An der langen Reise. Und an den Geistern, die in meinen Träumen miteinander kämpfen. Ich trage Afrika in mir, wo ich mich auch befinde.

Nebelschwaden lagen bewegungslos über der Landschaft. Er ging um das Haus herum, sah einen verfallenen Garten mit vielen verschiedenen Obstbäumen, von denen ihm nur einige bekannt waren. Alles war sehr still, und er dachte, daß es solche Momente wohl überall auf der Welt gab, sogar an einem Julimorgen irgendwo in Natal.

Er fror und lief ins Haus zurück. Konovalenko war aufgewacht. Er kochte Kaffee in der Küche, bekleidet mit einem dunkelroten Trainingsanzug. Als er Victor den Rücken zuwandte, sah dieser, daß KGB daraufstand.

Nach dem Frühstück begann die Arbeit. Konovalenko öffnete die Tür zu dem verschlossenen Raum. Dieser war leer, bis auf einen Tisch und eine Deckenlampe, die das Zimmer grell beschien. Mitten auf dem Tisch lagen ein Gewehr und eine Pistole. Victor sah sofort, daß es sich um ihm unbekannte Fabrikate handelte. Sein erster Eindruck war, daß vor allem das Gewehr plump aussah.

»Unser ganzer Stolz«, erklärte Konovalenko. »Vielleicht nicht schön, aber sehr effektiv. Ausgangspunkt war ein Remington 375 HH. Die Techniker des KGB haben es zur Vollendung weiterentwickelt. Jetzt kannst du damit alles abknallen, was du willst, bis zu einer Entfernung von achthundert Metern. Über solche Laserzielgeräte verfügen sonst nur die exklusivsten amerikanischen Waffen. Leider hatten wir nie die Möglichkeit, dieses Meisterwerk einmal praktisch zu erproben. Mit anderen Worten: Du wirst es einweihen.«

Victor Mabasha trat an den Tisch und betrachtete das Gewehr.

»Streichle es. Von jetzt ab seid ihr ein unzertrennliches Paar.«

Victor Mabasha staunte, wie leicht die Waffe war. Aber gleichzeitig bemerkte er, als er sie an die Schulter nahm, den stabilen Balancepunkt.

»Was für Munition?«

»Superplastic«, erläuterte Konovalenko. »Eine Spezialvariante des klassischen Spitzerprototyps. Die Kugel soll schnell und weit fliegen. Das spitze Modell überwindet den Luftwiderstand besser.«

Victor Mabasha legte das Gewehr auf den Tisch zurück und griff nach der Pistole. Es war eine 9mm-Glock Compact. Er hatte früher nur in verschiedenen Zeitschriften über diese Waffe gelesen, jedoch nie eine in der Hand gehalten.

»Hier, glaube ich, reicht Standardmunition«, sagte Konovalenko. »Es gibt keinen Grund, es unnötig zu komplizieren.«

»Ich muß mich auf das Gewehr einschießen. Das wird eine Weile dauern, wenn es um eine Distanz von fast einem Kilometer geht. Aber wo findet man einen achthundert Meter langen Schießstand zum Trainieren, auf dem man nicht gestört wird?«

»Hier. Unser Haus wurde mit Bedacht ausgewählt.«

»Wer hat es ausgesucht?«

»Die, die damit beauftragt waren.«

Aus der Antwort konnte Victor heraushören, daß unverhoffte Fragen Konovalenko irritierten.

»Es gibt hier keine Nachbarn«, fuhr der KGB-Mann fort. »Außerdem bläst der Wind ständig. Niemand wird etwas hören. Jetzt gehen wir aber erst mal ins Wohnzimmer zurück und setzen uns. Bevor wir mit unserer Arbeit beginnen, will ich mit dir einige Dinge durchgehen und klarmachen.«

Sie setzten sich einander gegenüber auf zwei alte, zerschlissene Lederstühle.

»Die Voraussetzungen sind sehr einfach«, begann Konovalenko. »Eigentlich sind es drei. Zum ersten, und das ist das wichtigste, wirst du jemanden liquidieren, und das wird die schwierigste Aufgabe sein, die du je übernommen hast. Schwer nicht nur wegen der technischen Komplikation durch die große Entfernung, sondern vor allem, weil du einfach nicht versagen darfst. Es wird nur eine Gelegenheit geben. Zum zweiten: Der endgültige Plan wird sehr kurzfristig beschlossen werden. Du wirst in der Schlußphase nicht viel Zeit für organisatorische Details haben, für Bedenken oder gar Zweifel. Daß du ausgewählt wurdest, hat nicht nur damit etwas zu tun, daß du als geschickt und kaltblütig giltst. Du arbeitest auch am besten allein. In diesem Falle wirst du einsamer als je zuvor sein. Keiner kann dir helfen, keiner wird dich kennen, keiner wird dich unterstützen. Zum dritten hat dieser Fall eine psychologische Dimension, die nicht unterschätzt werden darf. Du wirst bis zum letzten Augenblick nicht erfahren, wer das Opfer ist. Du darfst deine Kaltblütigkeit nicht verlieren. Dir ist bereits jetzt klar, daß die Person, die liquidiert werden soll, große Bedeutung hat. Das heißt, du wirst viel Zeit darauf verschwenden, nachzugrübeln, wer es denn wohl sein könnte. Erfahren wirst du es jedoch erst, wenn du den Finger schon fast am Abzug hast.«

Victor Mabasha irritierte Konovalenkos schulmeisterlicher Ton. Einen Augenblick lang hatte er Lust, ihm zu sagen, daß er bereits wußte, wem das Attentat galt. Aber er hielt den Mund.

»Ich kann dir ja verraten, daß wir dich im Archiv des KGB hatten«, prahlte Konovalenko grinsend. »Wenn ich mich recht erinnere, wurdest du als ein *sehr brauchbarer einsamer Wolf* bezeichnet. Leider läßt sich das nicht mehr kontrollieren, da die Archive zerstört oder im Chaos aufgelöst sind.«

Konovalenko verstummte und schien in düstere Erinnerungen an den stolzen Nachrichtendienst zu versinken, den es nicht mehr gab. Aber das Schweigen währte nur einen kurzen Moment.

»Wir haben nicht viel Zeit. Das muß kein negativer Faktor sein. Dadurch wirst du nämlich zu äußerster Konzentration gezwungen. Die Tage werden aus praktischen Schießübungen mit dem Gewehr, psychologischem Durchspielen und dem Ausarbeiten von Reaktionen auf mögliche Situationen bestehen. Außerdem habe ich gemerkt, daß du kein besonders guter Autofahrer bist.

Deshalb werde ich dich jeden Tag ein paar Stunden mit dem Wagen hinausschicken.«

»Hier in diesem Land herrscht Rechtsverkehr. In Südafrika fahren wir auf der linken Seite.«

»Genau. Das wird ebenfalls deine Aufmerksamkeit schärfen. Hast du Fragen?«

»Ich habe jede Menge Fragen. Aber mir ist klar, daß ich nur auf wenige eine Antwort erhalten würde.«

»Ganz recht.«

»Wie ist Jan Kleyn auf dich gekommen?« erkundigte sich Victor Mabasha. »Ich hasse Kommunisten. Und du, als KGB-Mann, warst Kommunist. Vielleicht bist du es immer noch, was weiß ich?«

»Man beißt nicht in die Hand, die einen füttert. Zu einer geheimen Sicherheitsorganisation zu gehören, ist eine Frage der Loyalität den Händen gegenüber, die es schaffen, an den Armen derjenigen zu sitzen, die die Macht haben. Gewiß konnte man seinerzeit auch ideologisch treue Kommunisten im KGB finden. Aber der größte Teil waren Profis, die den Auftrag ausführten, der ihnen erteilt worden war.«

»Das erklärt nicht deinen Kontakt zu Jan Kleyn.«

»Wenn man plötzlich arbeitslos wird, sucht man sich einen neuen Job. Wenn man es nicht vorzieht, sich zu erschießen. Südafrika ist mir und vielen meiner Kollegen immer als ein gutorganisiertes und diszipliniertes Land aufgefallen. Ich sehe einmal von den Zuständen ab, die gerade jetzt herrschen. Ich bot ganz einfach meine Dienste an, über die Kanäle, die es zwischen unseren jeweiligen Geheimdiensten sowieso schon gab. Offensichtlich hatte ich Qualifikationen, die Jan Kleyn interessierten. Wir machten ein Geschäft. Ich übernahm es, mich einige Tage um dich zu kümmern, zu einem vereinbarten Preis.«

»Wieviel?«

»Kein Geld. Dafür die Chance, nach Südafrika zu emigrieren, und gewisse Garantien, was zukünftige Arbeitsmöglichkeiten angeht.«

Import von Mördern, dachte Victor Mabasha. Aber das ist natürlich clever, sieht man es aus Jan Kleyns Perspektive. Ich würde es vielleicht genauso machen.

»Willst du noch etwas wissen?« fragte Konovalenko.

»Jetzt nicht. Am besten, ich komme später noch einmal darauf zurück.«

Konovalenko sprang unerwartet flink auf.

»Der Nebel hat sich gelichtet. Es ist windig. Ich schlage vor, wir beginnen damit, uns mit dem Gewehr vertraut zu machen.«

An die folgenden Tage auf dem einsamen Hof, wo der Wind ständig blies, würde sich Victor Mabasha als an ein hingezogenes Warten auf eine unausweichliche katastrophale Lösung erinnern. Als diese dann jedoch kam, vollzog sie sich nicht in der erwarteten Form. Alles wurde zu einem tumultartigen Chaos, und danach, als er schon auf der Flucht war, schien es, als ob er immer noch nicht verstand, was passiert war.

Die Tage waren äußerlich genau nach dem Plan verlaufen, den Konovalenko skizziert hatte. Victor Mabasha lernte das Gewehr sofort schätzen, das er hier in die Hände bekommen hatte. Er lag und saß und stand und schoß auf einer Koppel hinter dem Haus. Auf einem Sandhügel baute Konovalenko verschiedene Ziele auf. Victor Mabasha feuerte auf Fußbälle, Pappfiguren, eine alte Reisetasche, einen Radioapparat, Töpfe, Kaffeekannen und andere Gegenstände, die er manchmal kaum erkennen konnte. Nach jedem Schuß erhielt er das Resultat über ein Walkie-talkie durchgesagt, und er nahm äußerst geringe, kaum merkliche Korrekturen am Visier vor. Victor Mabasha merkte, daß das Gewehr langsam begann, seine unausgesprochenen Befehle zu befolgen.

Die Tage waren in drei Etappen eingeteilt, die durch Mahlzeiten unterbrochen wurden, welche Konovalenko anrichtete. Victor Mabasha merkte immer wieder, daß Konovalenko über ein enormes Wissen verfügte und es auch gut vermitteln konnte. Jan Kleyn hatte den richtigen Mann ausgesucht.

Das Gefühl der drohenden Katastrophe kam aus einer anderen Richtung.

Es war Konovalenkos Haltung ihm gegenüber, dem schwarzen Berufskiller. Victor Mabasha versuchte, den verachtungsvollen Tonfall in allem, was Konovalenko sagte, so weit wie möglich zu überhören, aber schließlich wurde es unmöglich. Und wenn sein russischer Meister seine Tage damit beschloß, allzuviel Wodka zu trinken, trat die Verachtung noch offener zutage. Es kam jedoch nie zu direkt rassistischen Äußerungen, die Victor Mabasha die Möglichkeit gegeben hätten, zu reagieren. Aber das verschlimmerte die Sache nur noch. Victor Mabasha fühlte, daß er es nicht mehr lange aushalten würde.

Wenn Konovalenko so weitermachte, wäre er gezwungen, ihn zu töten, obwohl das die Situation unmöglich machte.

Wenn sie in den Ledersesseln saßen und ihre psychologischen Séancen abhielten, merkte Victor Mabasha, daß Konovalenko ihn behandelte, als sei er der elementarsten menschlichen Reaktionen unkundig. Er beschloß, seinen wachsenden Haß auf den kleinen arroganten Mann mit den grauen, abgenutzten Zähnen abzureagieren, indem er genau die Rolle spielte, die er zugewiesen bekam. Er stellte sich dumm und sah, daß Konovalenko es genoß, seine Vorurteile bekräftigt zu bekommen.

In den Nächten heulten die singenden Hunde für ihn. Manchmal wachte er auf, und es schien ihm, als stünde Konovalenko über ihn gebeugt, eine Waffe in der Hand. Aber es war niemals jemand da, und dann lag er wach, bis die Morgendämmerung viel zu zeitig kam.

Die einzige Möglichkeit zum Atemholen waren die täglichen Autofahrten. In der Scheune standen zwei Wagen, der Mercedes war für ihn bestimmt. Das andere Auto benutzte Konovalenko für Ausfahrten, über deren Ziel er niemals etwas verlauten ließ.

Victor Mabasha fuhr auf Nebenstraßen umher, wagte sich bis zu einer Stadt, die Ystad hieß, und wählte dann verschiedene Strandwege. Die Fahrten mit dem Wagen bewirkten, daß er durchhielt. Eines Nachts war er aufgestanden und hatte die Essenportionen in der Kühlbox nachgezählt. Eine Woche noch würden sie auf dem einsamen Hof bleiben.

Ich muß es schaffen, hatte er gedacht. Jan Kleyn erwartet, daß ich mir meine Million Rand auch wirklich verdiene.

Er nahm außerdem an, daß Konovalenko regelmäßigen Kontakt mit Südafrika hatte und daß der Funkkontakt stattfand, während er mit dem Auto unterwegs war. Er war sich auch sicher, daß

Konovalenko nur gute Beurteilungen an Jan Kleyn zu senden hatte.

Aber das Gefühl einer herannahenden Katastrophe verließ ihn nicht. Denn mit jeder Stunde näherte er sich dem entscheidenden Punkt, wo sein ganzes Wesen fordern würde, daß er Konovalenko tötete. Er wußte, daß er gezwungen war, es zu tun, um seine Ahnen nicht zu verletzen und sein Selbstgefühl nicht zu verlieren.

Aber nichts kam so, wie er es erwartet hatte.

Sie saßen in den Ledersesseln, es war etwa vier Uhr am Nachmittag, und Konovalenko sprach über Schwierigkeiten und Möglichkeiten, eine Liquidation von verschiedenen Arten von Hausdächern aus durchzuführen.

Plötzlich war er erstarrt. Im selben Augenblick hatte auch Victor Mabasha das Geräusch gehört. Ein Auto näherte sich und hielt an.

Sie saßen regungslos und lauschten. Die Tür eines Wagens wurde geöffnet und wieder zugeworfen.

Konovalenko, der stets mit einer Pistole umherlief, einer einfachen Luger, die er in der Hosentasche seines Trainingsanzuges trug, sprang auf und entsicherte die Waffe.

»Duck dich, so daß du vom Fenster aus nicht gesehen werden kannst«, flüsterte er.

Victor Mabasha tat, wie ihm befohlen war. Er hockte sich in den toten Winkel neben dem Fenster, hinter den Kamin. Konovalenko öffnete vorsichtig eine Tür, die auf den ungepflegten Garten hinausging, machte sie hinter sich zu und verschwand.

Wie lange er hinter dem Kamin gesessen hatte, wußte er nicht.

Aber er hockte noch da, als der Pistolenschuß peitschte.

Vorsichtig stand er auf. Durch ein Fenster sah er Konovalenko an der Vorderseite des Hauses, wie er sich über irgend etwas beugte, und ging hinaus. Es war eine Frau, die da auf dem Rücken im feuchten Gras lag. Konovalenko hatte ihr in die Stirn geschossen.

»Wer ist das?« fragte Victor Mabasha.

»Woher soll ich das wissen? Aber sie war allein im Auto.«

»Was wollte sie?«

Konovalenko zuckte die Schultern und antwortete, während er mit dem Fuß die Augen der Frau zudrückte. Lehm von seiner Schuhsohle blieb an ihrem Gesicht haften.

»Sie fragte nach dem Weg. Sie hatte sich offenbar verfahren.«

Victor Mabasha konnte nie herausfinden, ob es die Lehmklumpen von Konovalenkos Schuh im Gesicht der Frau waren oder die Tatsache, daß sie getötet worden war, weil sie nach dem Weg gefragt hatte, jedenfalls beschloß er in diesem Augenblick definitiv, Konovalenko zu töten.

Nun hatte er einen weiteren Grund: die unkontrollierte Brutalität des Mannes.

Eine Frau zu töten, die nach dem Weg gefragt hatte, wäre für ihn eine ganz unmögliche Tat. Ebenso könnte er einem toten Menschen niemals die Augen schließen, indem er mit dem Schuh über sein Gesicht fuhr.

»Du bist wahnsinnig«, sagte er.

Konovalenko hob erstaunt die Augenbrauen.

»Was hätte ich denn sonst tun sollen?«

»Du hättest ihr sagen können, daß du nicht weißt, wie sie hätte fahren müssen.«

Konovalenko stopfte die Pistole in die Tasche zurück.

»Du verstehst immer noch nicht«, sagte er. »Wir existieren nicht. In ein paar Tagen verschwinden wir von hier, und dann wird es sein, als seien wir nie hier gewesen.«

»Sie hat nur nach dem Weg gefragt«, wiederholte Victor Mabasha und fühlte, wie er vor Aufregung zu schwitzen begann. »Es muß doch einen Sinn haben, einen Menschen zu töten.«

»Geh ins Haus. Um das hier kümmere ich mich.«

Durch das Fenster konnte er sehen, wie Konovalenko das Auto der Frau rückwärts heransteuerte, ihren Körper im Kofferraum verstaute und dann wegfuhr.

Eine knappe Stunde später war er wieder da. Er kam den Weg entlang gelaufen, ohne den Wagen.

»Wo ist sie?« fragte Victor Mabasha.

»Begraben.«

»Und das Auto?«

»Auch begraben.«

»Das ist ja schnell gegangen.«

Konovalenko hatte Kaffee aufgesetzt. Er drehte sich zu Victor um und grinste.

»Auch eine Lektion. So gut man auch organisiert, immer geschieht das Unerwartete. Aber genau deshalb ist eine detaillierte Planung notwendig. Hat man eine solche, gibt es auch die Möglichkeit, zu improvisieren. Ohne Organisation schafft das Unerwartete nur Chaos und Verwirrung.«

Konovalenko wandte sich wieder der Kaffeekanne zu.

Ich töte ihn, dachte Victor Mabasha. Wenn das alles hier vorbei ist, wenn wir uns trennen, töte ich ihn. Es gibt kein Zurück mehr.

In der Nacht lag er schlaflos. Durch die Wand konnte er Konovalenko schnarchen hören. Jan Kleyn wird es verstehen, dachte er.

Er ist wie ich. Er geht vom Reinen und gut Geplanten aus. Er verabscheut das Brutale, die Gewalt, der ein bestimmtes Ziel fehlt.

Dadurch, daß ich Präsident de Klerk töte, will er Schluß machen mit all dem sinnlosen Morden, das unser unglückliches Land heute prägt.

Ein Monster wie Konovalenko darf niemals in unserem Land Unterschlupf finden. Ein Monster darf niemals die Einreisegenehmigung für das irdische Paradies erhalten.

Drei Tage später erklärte Konovalenko, daß der Kurs beendet sei.

»Ich habe dir beigebracht, was ich kann. Und du beherrschst das Gewehr. Du weißt, wie du denken mußt, wenn du erfährst, wer es ist, der bald in deinem Visier auftauchen wird. Du weißt, wie du vorgehen mußt, wenn du die endgültige Durchführung planst. Es ist Zeit, daß du wieder nach Hause fährst.«

»Eines ist mir noch unklar«, sagte Victor Mabasha. »Wie soll ich das Gewehr nach Südafrika bringen?«

»Wir reisen natürlich nicht zusammen«, antwortete Konovalenko und verbarg nicht seine Verachtung für die aus seiner Sicht idiotische Frage. »Wir werden einen ganz anderen Transportweg benutzen. Welchen, das mußt du nicht wissen.«

»Ich habe noch eine Frage. Die Pistole. Mit der habe ich ja noch nicht ein einziges Mal geschossen.«

»Brauchst du auch nicht. Die ist für dich selbst. Falls du versagst. Das ist eine Waffe, die nie danebenschießt.«

Falsch, dachte Victor Mabasha. Ich werde sie nie auf meinen eigenen Kopf richten.

Diese Waffe werde ich an dir ausprobieren.

An diesem Abend wurde Konovalenko betrunkener als je zuvor. Mit blutunterlaufenen Augen saß er Victor gegenüber am Tisch und starrte ihn an.

Was mag er denken, fragte sich Victor Mabasha. Hat dieser Mann jemals Liebe erlebt? Wenn ich eine Frau wäre, wie würde es wohl sein, mit ihm das Bett zu teilen?

Die Gedanken erregten ihn. Die ganze Zeit sah er die tote Frau auf dem Hof vor sich.

»Du hast viele Fehler«, unterbrach Konovalenko seine Gedanken. »Dein größter Fehler aber ist, daß du sentimental bist.«

»Sentimental?«

Er wußte, was das bedeutete. Aber er war nicht sicher, in welchem Sinne Konovalenko das Wort gebrauchte.

»Es war dir nicht recht, daß ich diese Frau erschossen habe. In den letzten Tagen bist du unkonzentriert gewesen und hast sehr schlecht geschossen. In meinem Schlußbericht an Jan Kleyn werde ich auf deine Schwäche hinweisen. Sie beunruhigt mich.«

»Mich beunruhigt viel mehr, daß man so brutal sein kann wie du«, entgegnete Victor Mabasha.

Plötzlich gab es kein Zurück mehr. Er wußte, daß er jetzt sagen würde, was er von Konovalenko hielt.

»Du bist dümmer, als ich dachte«, provozierte Konovalenko weiter. »Ich nehme an, das liegt in der Natur der schwarzen Rasse.«

Victor Mabasha ließ die Worte in sein Bewußtsein einsickern. Dann stand er langsam auf.

»Ich werde dich töten.«

Konovalenko schüttelte lächelnd den Kopf.

»Nein. Das tust du nicht.«

Jeden Abend hatte Victor Mabasha die Pistole geholt, die auf dem Tisch hinter der Stahltür lag. Nun zog er sie hervor und richtete sie auf Konovalenko.

»Du hättest sie nicht töten sollen. Du hast uns beide, dich und mich, dadurch erniedrigt.«

Er sah, daß Konovalenko plötzlich Angst bekommen hatte. »Du bist verrückt. Du kannst mich nicht töten!«

»Es gibt nichts, was ich besser kann, als das zu tun, was getan werden muß«, entgegnete Victor Mabasha. »Steh auf. Langsam. Zeig deine Hände. Dreh dich um.«

Konovalenko tat, was er sagte.

Victor Mabasha merkte noch, daß etwas schiefging, da warf sich Konovalenko auch schon mit großer Gewandtheit zur Seite. Victor schoß, traf jedoch nur ein Bücherregal.

Woher das Messer kam, wußte er nicht. Aber Konovalenko hatte es in der Hand, als er sich mit einem Schrei auf ihn stürzte. Der Tisch brach unter ihrer vereinten Last zusammen. Victor war stark, aber auch Konovalenko verfügte über gewaltige Kräfte. Der unten liegende Victor sah das Messer, das sich seinem Gesicht langsam näherte. Der Griff lockerte sich erst, als es ihm gelang, Konovalenko in den Rücken zu treten. Die Pistole hatte er verloren. Er schlug mit der Faust nach seinem Gegner, ohne daß dieser eine Reaktion zeigte. Bevor er sich losmachen konnte, spürte er plötzlich ein Stechen in der linken Hand. Der ganze Arm war wie gelähmt. Aber es gelang ihm, Konovalenkos halbgeleerte Wodkaflasche zu packen. Er drehte sich um und schmetterte sie dem Mann an die Stirn. Konovalenko ging zu Boden und blieb regungslos liegen.

Im selben Augenblick entdeckte Victor Mabasha, daß sein linker Zeigefinger abgetrennt war. Er hing noch an der Hand, lediglich von einem dünnen Hautfetzen gehalten.

Er taumelte aus dem Haus. Daß er Konovalenko den Schädel zerschmettert hatte, daran zweifelte er nicht. Er sah, wie das Blut aus dem Stumpf seines Fingers gepumpt wurde. Dann biß er die Zähne zusammen und riß den Hautfetzen ab. Der Finger landete auf dem Kies. Er kehrte in das Haus zurück, wickelte ein Küchentuch um die blutende Hand, warf ein paar Sachen in seine Tasche und suchte dann nach der Pistole. Er schlug die Tür hinter sich zu, startete den Mercedes und fuhr mit durchdrehenden Rädern davon. Auf dem schmalen Weg fuhr er viel zu schnell. Irgendwo begegnete ihm ein anderer Wagen, eine Kollision konnte er gerade noch vermeiden. Dann fuhr er auf eine breitere Hauptstraße und zwang sich, die Geschwindigkeit zu verringern.

Mein Finger, dachte er. Der ist für dich, *Songoma*. Führ mich nun heim. Jan Kleyn wird es verstehen. Er ist ein kluger *Nkosi*. Er weiß, daß er sich auf mich verlassen kann. Ich werde tun, worum er mich bittet. Selbst wenn es nun nicht mit dem Gewehr geschieht, das achthundert Meter weit schießt. Ich werde tun, worum er mich bittet, und er wird mir eine Million Rand geben. Aber jetzt brauche ich deine Hilfe, *Songoma*. Deshalb habe ich dir meinen Finger gegeben.

Konovalenko saß reglos in einem der Ledersessel. Schmerzen bohrten in seinem Kopf. Wäre der Schlag mit der Wodkaflasche direkt von vorn erfolgt und nicht von der Seite, wäre er tot gewesen. Aber er lebte noch. Ab und zu drückte er ein Handtuch mit Eisstücken gegen die Schläfe. Er zwang sich, trotz der Schmerzen klar zu denken. Es war nicht das erste Mal, daß sich Konovalenko in einer Krisensituation befand.

Nach ungefähr einer Stunde hatte er alle Alternativen erwogen und wußte, was er tun würde. Er sah auf die Uhr. Zwei Stunden am Tag hatte er die Möglichkeit, in Südafrika anzurufen und in direkten Kontakt mit Jan Kleyn zu kommen. Bis zur nächsten Anrufszeit waren es noch zwanzig Minuten. Er ging in die Küche und packte frische Eiswürfel in das Handtuch.

Zwanzig Minuten später saß er auf dem Dachboden vor der Funkanlage und rief Südafrika. Es dauerte einige Minuten, bis Jan Kleyn antwortete. Sie nannten keine Namen, wenn sie miteinander sprachen.

Konovalenko berichtete, was passiert war. »Der Bauer ist geöffnet worden, und der Vogel verschwunden. Er hat es nicht geschafft, das Singen zu erlernen.«

Es dauerte eine Weile, bis Jan Kleyn begriff, was geschehen war. Als er jedoch im Bilde war, fiel seine Antwort eindeutig aus. »Der Vogel muß eingefangen werden. Ein anderer Vogel wird als Ersatz geschickt. Nähere Informationen später. Nun muß alles noch einmal von vorn beginnen.«

Als das Gespräch vorüber war, fühlte Konovalenko eine tiefe Zufriedenheit. Jan Kleyn hatte verstanden, daß Konovalenko das getan hatte, was man von ihm erwartete.

Es gab nämlich noch einen vierten Punkt, von dem Victor Mabasha nichts erfahren hatte, und der war ganz einfach.

»Prüfe ihn«, hatte Jan Kleyn gesagt, als sie in Nairobi zusammengetroffen waren und Victor Mabashas Zukunft planten. »Teste sein Durchhaltevermögen, finde seine schwachen Punkte heraus. Wir müssen sicher sein, daß er geeignet ist. Es geht um zu viel, als daß wir uns dem Zufall ausliefern könnten. Wenn er nicht taugt, muß er ersetzt werden.«

Victor Mabasha hat nicht getaugt, dachte Konovalenko. Unter der harten Schale verbarg sich schließlich nur ein verwirrter und sentimentaler Afrikaner.

Jetzt war es Konovalenkos Sache, ihn zu finden und zu töten. Dann würde er sich bald mit Jan Kleyns neuem Kandidaten befassen müssen.

Es war ihm klar, daß das, was er tun mußte, nicht einfach werden würde. Victor Mabasha war verwundet, und er handelte unberechenbar. Aber Konovalenko zweifelte nicht daran, daß er es schaffen würde. Während seiner Zeit beim KGB war er für sein Stehvermögen bekannt gewesen. Er war ein Mann, der niemals aufgab.

Konovalenko legte sich aufs Bett und schlief ein paar Stunden.

Im Morgengrauen packte er seine Tasche und verstaute sie im BMW.

Bevor er die Haustür abschloß, schärfte er die Sprengladung, die das ganze Gebäude in die Luft jagen sollte. Er stellte den Zeitzünder auf drei Stunden ein. Wenn die Explosion erfolgte, würde er schon weit weg sein.

Kurz nach sechs fuhr er davon. Er rechnete damit, am späten Nachmittag in Stockholm zu sein.

An der Zufahrt zur E14 standen zwei Polizeiwagen. Einen Moment lang fürchtete er, Victor Mabasha könnte seine Existenz preisgegeben haben. Aber die Polizisten reagierten nicht, als er vorüberfuhr.

Am Dienstag morgen kurz vor sieben rief Jan Kleyn bei Franz Malan zu Hause an.

»Wir müssen uns treffen«, sagte er kurz und knapp. »Das Komitee muß so schnell wie möglich zusammenkommen.«

»Ist etwas passiert?« fragte Franz Malan.

»Ja. Der erste Vogel taugte nicht. Wir müssen einen neuen auswählen.«

11

Die Wohnung befand sich in einem Hochhaus in Hallunda.

Es war am späten Dienstag abend, als Konovalenko vor dem Haus parkte. Er hatte sich auf dem Weg von Schonen her Zeit gelassen. Auch wenn er es genoß, schnell zu fahren, und der starke BMW dazu regelrecht verführte, war er doch bestrebt gewesen, die vorgeschriebenen Geschwindigkeiten nicht zu überschreiten. Vor Jönköping hatte er grimmig konstatiert, daß verschiedene Autofahrer von der Polizei an den Straßenrand gewunken wurden. Da er von einigen von ihnen überholt worden war, nahm er an, daß sie in einer Radarkontrolle gelandet waren.

Andererseits hatte Konovalenko für das schwedische Polizeikorps nicht besonders viel übrig. Er vermutete, daß das mit seiner Verachtung für die offene, demokratische schwedische Gesellschaft zusammenhing. Konovalenko mißtraute der Demokratie nicht nur, er haßte sie. Sie hatte ihn eines großen Teils seines Lebens beraubt. Auch wenn es lange dauern sollte und vielleicht nie gelingen würde, er hatte Leningrad sofort verlassen, nachdem ihm klargeworden war, daß die alte, geschlossene Sowjetgesellschaft nicht mehr zu retten war. Der Todesstoß war der mißglückte Putschversuch vom Herbst 1991 gewesen, als eine Anzahl führender Militärs und Politbüromitglieder des alten Stamms versucht hatte, das ehemalige hierarchische System zu restaurieren. Als der Mißerfolg jedoch abzusehen war, hatte Konovalenko sofort begonnen, seine Flucht zu planen. In einer Demokratie, egal, wie sie aussah, würde er niemals leben können. Die Uniform, die er trug, seit er als zwanzigjähriger Rekrut beim KGB begonnen hatte, war ihm zu einer zweiten Haut geworden. Und die konnte er sich doch nicht selbst abziehen. Was würde darunter übrigbleiben?

Mit seinen Gedanken stand er nicht allein. In den letzten Jahren, als der KGB harten Reformen ausgesetzt gewesen war, als man die Mauer in Berlin brutal beseitigt hatte, war es zwischen ihm und seinen Kollegen immer wieder zu Diskussionen gekommen, wie die Zukunft wohl aussehen möge. Es gehörte zu den ungeschriebenen Regeln der Nachrichtendienste, sich der Verantwortung zu entziehen, wenn eine totalitäre Gesellschaft zusammenzubrechen begann. Allzu viele Menschen hatten unter dem KGB gelitten, zu viele Angehörige wollten ihre verschwundenen und getöteten Familienmitglieder rächen. Konovalenko hatte keine Lust, vor Gericht gezerrt zu werden, wie es nun mit den ehemaligen Kollegen von der Stasi in dem neuen Deutschland geschah. Er hatte eine Weltkarte an der einen Wand seines Büros aufgehängt und sie stundenlang studiert. Widerwillig hatte er einsehen müssen, daß die Welt des späten zwanzigsten Jahrhunderts nicht richtig zu ihm paßte. Er konnte sich schwer vorstellen, in einer der brutalen, aber äußerst instabilen Diktaturen in Südamerika zu leben. Ebensowenig vertraute er den Diktatoren, die immer noch in einigen afrikanischen Staaten regierten. Dagegen hatte er die Möglichkeit, sich in einem fundamentalistisch gesteuerten arabischen Land eine Zukunft aufzubauen, durchaus erwogen. Die islamische Religion war ihm teils gleichgültig, teils verhaßt. Aber er wußte, daß sich die Herrscher eine Polizei von sowohl offenem als auch geheimem Charakter hielten, die große Befugnisse hatte. Schließlich schrieb er auch diese Alternative ab. Er glaubte nicht, daß er sich an so fremde nationale Kulturen würde gewöhnen können, welches islamische Land er auch wählte. Außerdem wollte er auf seinen Wodka nicht verzichten.

Er hatte sogar darüber nachgedacht, seine Dienste irgendeinem internationalen Sicherheitsunternehmen anzubieten. Aber er fühlte sich zu unsicher; das war für ihn eine unbekannte Welt.

Eigentlich blieb am Ende nur noch ein Land übrig: Südafrika.

Er hatte gelesen, was er sich von der schwerzugänglichen Literatur über dieses Land hatte beschaffen können. Mit Hilfe der Autorität, über die KGB-Offiziere immer noch verfügten, hatte er eine Anzahl literarischer und politischer Giftschränke aufgespürt und geöffnet. Seine Lektüre bestärkte ihn in der Auffassung, daß Südafrika ein geeigneter Fleck Erde sei, auf dem man seine Zukunft organisieren konnte. Die Rassentrennung gefiel ihm, und er erkannte, daß sowohl die offene als auch die geheime Polizeiorganisation gut ausgebaut war und großen Einfluß hatte.

Er mochte farbige Menschen nicht, schwarze am wenigsten. Für ihn waren sie minderwertig, unberechenbar, meistens kriminell. Inwieweit das Vorurteile waren oder nicht, war ihm egal. Er hatte eben entschieden, daß es so war. Aber er genoß den Gedanken an Hausangestellte, Servierer und Gärtner.

Anatoli Konovalenko war verheiratet. Sein neues Leben aber plante er ohne seine Frau Mira. Er war ihrer seit Jahren überdrüssig. Ihr ging es wahrscheinlich ebenso, was ihn anging. Er hatte sie nie danach gefragt. Übrig blieb eine Gewohnheit, leer, gefühllos. Er hatte sich einen Ausgleich gesucht, indem er regelmäßig Beziehungen zu Frauen unterhielt, mit denen er beruflich in Kontakt kam.

Ihre beiden Töchter lebten inzwischen ihre eigenen Leben. Um sie brauchte er sich nicht mehr zu kümmern.

Er wollte aus dem in sich zusammenfallenden Imperium fliehen, indem er sich unsichtbar machte. Anatoli Konovalenko sollte aufhören zu existieren. Er würde seine Identität wechseln, wenn möglich auch das Aussehen. Seine Frau würde mit der Pension, die sie erhielt, wenn er für tot erklärt wurde, so gut wie möglich auskommen müssen.

Wie die meisten seiner Kollegen hatte Konovalenko im Laufe der Jahre ein System geheimer Schlupflöcher organisiert, durch welche er, wenn notwendig, einer eventuellen Krisensituation entgehen konnte. Er hatte sich einen Vorrat an ausländischen Valuten angelegt, auch verfügte er über eine Anzahl alternativer Identitäten in Form von Pässen und anderen Dokumenten. Außerdem konnte er auf ein weitgespanntes Kontaktnetz von Personen zurückgreifen, die auf strategisch wichtigen Positionen saßen, bei der Aeroflot, den Zollbehörden, im Außenministerium. Die *Nomenklatura* war wie eine geheime Sekte. Die dazugehörten, halfen einander, sicherten sich die Grundlage ihrer Lebensweise. Zumindest hatten sie das geglaubt, bis der unfaßbare Zusammenbruch gekommen war.

Zum Schluß, kurz vor der Flucht, war alles sehr schnell gegangen. Er hatte Kontakt zu Jan Kleyn aufgenommen, der Verbindungsoffizier zwischen dem KGB und dem südafrikanischen Nachrichtendienst war. Sie hatten sich während eines Besuchs Konovalenkos in der Moskauer Vertretung in Nairobi getroffen. Dies war übrigens Konovalenkos erste Reise auf den afrikanischen Kontinent gewesen. Sie hatten sich gut verstanden, und Jan Kleyn äußerte sich sehr eindeutig in dem Sinne, daß Konovalenkos Dienste für sein Land von Wert sein könnten. Er stellte eine Emigration und ein behagliches Leben in Aussicht.

Es sollte doch seine Zeit dauern. Konovalenko brauchte eine Zwischenstation, nachdem er die Sowjetunion verlassen hatte. Er entschied sich für Schweden. Viele Kollegen hatten ihm dieses Land empfohlen. Abgesehen davon, daß es einen hohen Lebensstandard garantierte, war es leicht, über die Grenze zu gelangen, und mindestens genauso leicht, verborgen, anonym zu leben, wenn man es so wünschte. Außerdem gab es eine wachsende russische Kolonie, nicht zuletzt aus Kriminellen, die in Banden organisiert waren und begonnen hatten, in Schweden tätig zu werden. In vielen Fällen waren es die Ratten, die zuallererst ein sinkendes Schiff verließen und nicht zuletzt. Konovalenko wußte, daß diese Leute ihm nützlich sein konnten. Der KGB hatte früher außerordentlich gut mit russischen Verbrechern zusammengearbeitet. Nun konnten sie einander auch im fremden Land helfen.

Er stieg aus dem Auto und dachte, daß es sogar in diesem als so vorbildlich geltenden Land Schandflecken gab. Das triste Wohngebiet erinnerte ihn an Leningrad und Berlin. Es war, als seien die Fassaden bereits vom zukünftigen Verfall gezeichnet. Gleichzeitig sah er ein, daß Vladimir Rykoff und seine Frau Tania recht daran getan hatten, sich hier in Hallunda niederzulassen. In diesen Mietshäusern war eine große Anzahl Nationen versammelt. Hier konnten sie in der Anonymität leben, die sie sich wünschten.

Die ich mir wünsche, korrigierte er seinen Gedanken.

Als er nach Schweden gekommen war, hatte er Rykoff benutzt, um schnell mit seiner neuen Wirklichkeit zu verschmelzen. Rykoff hielt sich bereits seit Anfang der achtziger Jahre in Schweden auf. Er hatte aus Versehen in Kiew einen KGB-Oberst erschossen und war deshalb außer Landes geflohen. Weil er ein dunkler Typ war, der arabisch wirkte, war er als persischer Flüchtling eingereist und bald als solcher anerkannt worden, obwohl er kein Wort Persisch sprach. Als er dann die schwedische Staatsbürgerschaft erhielt, nahm er seinen richtigen Namen Rykoff wieder an. Iraner war er nur, wenn er mit den schwedischen Behörden zu tun hatte. Um sich und seine angeblich iranische Ehefrau zu versorgen, hatte er schon während der Zeit im Sammellager in der Nähe von Flen ein paar einfache Banküberfälle ausgeführt. Dadurch verfügte er über ein anständiges Startkapital. Er hatte auch gemerkt, daß er Geld damit verdienen konnte, einen Empfangsservice für andere russische Bürger aufzubauen, die in einem wachsenden Strom, mehr oder weniger legal, nach Schweden einreisten. Sein etwas ungewöhnliches Reisebüro wurde schnell bekannt, und bald konnte er den Ansturm kaum noch bewältigen. Auf seiner Lohnliste standen verschiedene Repräsentanten schwedischer Ämter, manchmal sogar Angestellte der Einwanderungsbehörde, und all das trug dazu bei, daß man dem Reisebüro Effektivität und gute Planung nachsagte. Manchmal irritierte es ihn, daß schwedische Beamte so schwer zu bestechen waren. Aber meistens gelang es ihm am Ende doch noch, wenn er behutsam vorging. Rykoff hatte auch die geschätzte Sitte eingeführt, alle Neuankömmlinge auf eine richtige russische Mahlzeit in die Wohnung in Hallunda einzuladen.

Konovalenko hatte bald nach seiner Ankunft gemerkt, daß Rykoff unter der harten Schale lenkbar und charakterschwach war. Als Konovalenko sich außerdem noch an seine Frau heranzumachen begann und diese sich durchaus nicht unwillig zeigte, hatte er Rykoff bald da, wo er ihn haben wollte. Konovalenko richtete sein Dasein so ein, daß Rykoff die ganze praktische Fußarbeit, sämtliche einförmigen Routineaufträge erledigen mußte.

Als Jan Kleyn Kontakt zu ihm aufgenommen und ihm angeboten hatte, sich um einen afrikanischen Berufskiller zu kümmern, der vor einem wichtigen Liquidationsauftrag in Südafrika stand, war es an Rykoff gewesen, alle praktischen Arrangements zu treffen. Der war es auch gewesen, der das Haus in Schonen gemietet und die Autos und den Proviant beschafft hatte. Er unterhielt Verbindungen zu Dokumentenfälschern und nahm die Waffe entgegen, die Konovalenko aus St. Petersburg hatte schmuggeln können.

Konovalenko wußte, daß Rykoff eine weitere Qualität besaß. Er zögerte nicht zu töten, wenn es notwendig war.

Konovalenko schloß das Auto ab, nahm seine Tasche heraus und fuhr in den fünften Stock hinauf. Er hatte einen Schlüssel, zog es aber vor zu klingeln. Das Signal war einfach, eine Art codierte Version des Auftakts zur Internationale. Tania öffnete. Sie sah ihn erstaunt an, als sie merkte, daß Victor Mabasha nicht dabei war.

»Kommst du schon? Wo ist der Neger?«

»Ist Vladimir zu Hause?« erkundigte sich Konovalenko, ihre Frage ignorierend.

Er reichte ihr die Tasche und betrat die Wohnung. Sie bestand aus vier Räumen und war mit teuren Ledersesseln, Marmortischen und den neuesten Modellen an Musikanlagen und Videorecordern vollgestellt. Alles war sehr geschmacklos, und Konovalenko wohnte nicht gerade gern hier. Aber jetzt war er dazu gezwungen.

Vladimir kam aus dem Schlafzimmer, mit einem teuren Morgenrock bekleidet. Im Unterschied zu der schlanken Tania war Vladimir Rykoff ungeheuer aufgequollen. Konovalenko dachte, daß es war, als hätte er ihm befohlen, fett zu werden. Vladimir hätte gegen einen solchen Befehl wahrscheinlich nicht einmal protestiert.

Tania trug eine einfache Mahlzeit auf und stellte eine Wodkaflasche auf den Tisch. Konovalenko erzählte, was sie seiner Meinung nach wissen mußten. Die Frau jedoch, die er gezwungen war zu töten, erwähnte er nicht.

Das Wichtigste war, daß Victor Mabasha einen unerklärlichen Zusammenbruch gehabt hatte. Nun irrte er irgendwo in Schweden umher und mußte unbedingt liquidiert werden.

»Warum hast du das nicht gleich in Schonen erledigt?« erkundigte sich Vladimir.

»Es gab gewisse Schwierigkeiten.«

Weder Vladimir noch Tania fragten weiter.

Während der Autofahrt hatte Konovalenko gründlich darüber nachgedacht, was geschehen war und nun geschehen mußte. Es war ihm klargeworden, daß Victor Mabasha nur eine einzige Möglichkeit hatte, außer Landes zu kommen.

Er mußte Konovalenko aufsuchen. Denn er hatte Paß und Tickets, er konnte ihm Geld geben.

Victor Mabasha würde mit größter Wahrscheinlichkeit nach Stockholm kommen. Wenn er es nicht bereits getan hatte. Und da würden ihn Konovalenko und Rykoff empfangen.

Konovalenko trank ein paar Gläser Wodka. Aber er achtete darauf, sich nicht zu betrinken. Auch wenn er es jetzt liebend gern getan hätte, erst mußte er eine wichtige Sache erledigen.

Er mußte Jan Kleyn anrufen, unter der Telefonnummer in Pretoria, die er nur im äußersten Notfall wählen durfte.

»Geht ins Schlafzimmer«, sagte er zu Tania und Vladimir. »Schließt die Tür und macht das Radio an. Ich muß ein Telefongespräch führen und will nicht gestört werden.«

Er wußte, daß die beiden lauschen würden, wenn sich die Möglichkeit dazu ergab. Diesmal wollte er ihnen keine Chance geben. Nicht zuletzt, weil er die Absicht hatte, Jan Kleyn davon in Kenntnis zu setzen, daß er gezwungen gewesen war zu töten.

Das würde ihm die perfekte Erklärung dafür geben, daß Victor Mabashas Zusammenbruch eigentlich etwas sehr Positives war. Und es würde klarwerden, daß es ganz allein Konovalenkos Verdienst war, daß die Schwäche des Mannes entdeckt wurde, bevor es zu spät war.

Die Tötung der Frau konnte noch eine andere Funktion erfüllen. Jan Kleyn würde endgültig begreifen, daß Konovalenko ein absolut rücksichtsloser und kaltblütiger Mensch war.

Das war es, hatte Jan Kleyn in Nairobi erklärt, was Südafrika gerade jetzt am meisten brauchte.

Weiße, todesverachtende Menschen.

Konovalenko wählte die Nummer, die er sich sofort eingeprägt hatte, nachdem sie ihm in Afrika genannt worden war. In den vielen Jahren als KGB-Offizier hatte er seine Konzentration und sein Erinnerungsvermögen ständig geschult.

Viermal mußte er die vielen Zahlen wählen, ehe der Satellit über dem Äquator die Signale aufnahm und sie wieder zur Erde zurückschickte.

In Pretoria nahm jemand den Telefonhörer ab.

Konovalenko erkannte die heisere, langsame Stimme sofort.

Anfangs hatte er es schwer, sich an das Echo zu gewöhnen, das durch die Zeitverschiebung von etwa einer Sekunde zu Südafrika entstand. Aber bald kam er damit klar.

Er berichtete noch einmal, was geschehen war. Er sprach die ganze Zeit in codierten Wendungen. Victor Mabasha war der »Unternehmer«. Er hatte sich während der Autofahrt nach Stockholm gut vorbereitet, und Jan Kleyn unterbrach ihn kein einziges Mal mit Fragen oder Forderungen, etwas näher zu erläutern. Als Konovalenko fertig war, blieb es still im Hörer.

Er wartete.

»Wir werden einen neuen Unternehmer schicken«, sagte Jan Kleyn schließlich. »Der andere muß selbstverständlich sofort verabschiedet werden. Wir lassen von uns hören, wenn wir mehr darüber wissen, wer der Ersatzmann sein wird.«

Das Gespräch war vorüber.

Konovalenko legte den Hörer auf und wußte, daß das Gespräch genau so gelaufen war, wie er es erhofft hatte. Jan Kleyn hatte die Geschehnisse so interpretiert, als habe Konovalenko einen katastrophalen Ausfall des geplanten Attentats verhindert.

Er konnte der Versuchung nicht widerstehen, zur Schlafzimmertür zu schleichen und zu lauschen. Es war ruhig da drinnen, abgesehen vom eingeschalteten Radio.

Er setzte sich an den Tisch und goß sich ein halbes Wasserglas voll Wodka. Jetzt konnte er es sich erlauben, betrunken zu werden. Weil er gern allein sein wollte, ließ er die Schlafzimmertür geschlossen.

Wenn es soweit war, würde er Tania mit in den Raum nehmen, in dem er selbst während seiner Besuche schlief.

Am Tag darauf, früh am Morgen, stand er vorsichtig auf, um Tania nicht zu wecken. Rykoff war bereits wach, saß in der Küche und trank Kaffee. Konovalenko goß sich auch eine Tasse ein und nahm ihm gegenüber Platz.

»Victor Mabasha muß sterben«, sagte er. »Früher oder später kommt er nach Stockholm. Ich habe ganz stark das Gefühl, daß er schon hier ist. Bevor er verschwand, habe ich ihm einen Finger abgeschnitten. Er trägt also einen Verband oder einen Handschuh an der linken Hand. Mit größter Sicherheit wird er die Lokale in der Stadt besuchen, wo die Schwarzen sich treffen. Eine andere Möglichkeit hat er nicht, mich aufzuspüren. Deshalb sollst du heute verbreiten, daß es in bezug auf Victor Mabasha ein Angebot gibt. Wer ihn beseitigt, erhält hunderttausend Kronen. Du wirst alle deine Bekannten besuchen, alle russischen Verbrecher, die du kennst. Erwähne aber nicht meinen Namen. Laß nur durchblicken, daß der Auftraggeber solide ist.«

»Das ist viel Geld.«

»Mein Problem. Mach, was ich gesagt habe. Übrigens hindert dich keiner daran, das Geld selbst zu verdienen. Allerdings könnte ich es natürlich auch übernehmen.«

Konovalenko hätte nichts dagegen gehabt, seine Pistole an Victor Mabashas Kopf zu halten und abzudrücken. Aber er wußte, daß es vermessen war, ein solches Glück zu erwarten.

»Heute abend ziehen wir beide selbst los. Bis dahin müssen alle, die dafür in Frage kommen, über das Angebot informiert sein. Mit anderen Worten, du hast jede Menge zu tun.«

Vladimir nickte und erhob sich. Konovalenko wußte, daß er trotz seiner Körperfülle äußerst effektiv war, wenn es darauf ankam.

Eine halbe Stunde später verließ Vladimir die Wohnung. Konovalenko stand am Fenster und beobachtete ihn, wie er da unten am Straßenrand in einen Volvo stieg. Es schien schon wieder ein neues Modell zu sein.

Er frißt sich zu Tode, dachte Konovalenko. Sein Glück besteht darin, neue Autos zu kaufen. Er wird sterben, ohne die große Freude gespürt zu haben, die eigenen Grenzen zu überschreiten.

Der Unterschied zwischen ihm und einer wiederkäuenden Kuh kann nur äußerst gering sein.

Aber auch Konovalenko selbst hatte an diesem Tag Wichtiges zu erledigen.

Er mußte hunderttausend Kronen beschaffen. Daß er dazu eine Bank überfallen würde, war klar. Die Frage war eigentlich nur noch, welche.

Er ging ins Schlafzimmer zurück und spielte einen Augenblick lang mit dem Gedanken, wieder unter die Decke zu kriechen und Tania zu wecken. Aber er widerstand der Versuchung und zog sich schnell und leise an.

Kurz vor neun verließ auch er die Wohnung in Hallunda.

Es war kühl und regnerisch.

Er hätte gern gewußt, wo sich Victor Mabasha in diesem Moment aufhielt.

Genau Viertel nach zwei Uhr, am Mittwoch, dem 29. April, raubte Anatoli Konovalenko die Filiale der Handelsbank in Akalla aus. Es dauerte zwei Minuten. Er rannte aus dem Gebäude, lief um die Ecke und riß die Autotür auf. Der Motor lief bereits, so daß er schnell wegkam.

Er rechnete damit, daß er mindestens doppelt soviel erbeutet hatte, wie er benötigte. Wenn ihm nichts anderes einfiel, würde er sich und Tania ein Luxusessen im Restaurant gönnen, wenn Victor Mabasha beseitigt war.

Kurz vor dem Ulvsundavägen mußte er scharf rechts abbiegen. Plötzlich bremste er, daß die Räder blockierten. Vor ihm standen zwei Polizeiwagen und versperrten die Straße. In wenigen Sekunden wirbelten viele Gedanken durch seinen Kopf. Wie hatte es die Polizei in der kurzen Zeit geschafft, eine Straßensperre zu errichten? Es war doch erst höchstens zehn Minuten her, seit er die Bank verlassen hatte und der Alarm ausgelöst worden war. Und wie konnten sie wissen, daß er gerade diesen Fluchtweg wählen würde?

Dann handelte er.

Er legte den Rückwärtsgang ein und vernahm, wie die Reifen auf dem Asphalt kreischten. Als er zurückstieß, um zu wenden, riß er einen Papierkorb um und streifte mit dem hinteren Kotflügel einen Baum. Jetzt verschwendete er keinen Gedanken mehr daran, langsam zu fahren. Jetzt ging es darum, zu entkommen.

Hinter sich hörte er die Sirenen. Er fluchte und wunderte sich noch einmal, wie das wohl möglich war. Gleichzeitig ärgerte er sich darüber, daß er die Gegend nördlich von Sundbyberg nicht finden konnte. Die Fluchtwege, zwischen denen er zu wählen hatte, hätten ihn allesamt auf eine Hauptstraße in Richtung Innenstadt geführt. Aber nun wußte er überhaupt nicht, wo er war, und konnte also auch sein Entkommen nicht planen.

Es dauerte auch nicht lange, bis er sich in ein Industriegebiet verirrt und erkannt hatte, daß er sich in einer Sackgasse befand. Die Polizei war nach wie vor hinter ihm her, auch wenn er seinen Vorsprung dadurch hatte vergrößern können, daß er zweimal bei Rot Kreuzungen überquert hatte. Er schwang sich aus dem Wagen, in der einen Hand die Plastiktüte mit der Beute, in der anderen die Pistole. Als das erste Polizeiauto bremste, hob er die Waffe und schoß auf die Windschutzscheibe. Ob er jemanden getroffen hatte, wußte er nicht. Aber jetzt würde er den Vorsprung erreichen, den er brauchte. Die Polizisten würden ihn nicht eher verfolgen, bis sie Verstärkung gerufen hatten.

Schnell kletterte er über einen Zaun auf ein Gelände, das sowohl Schrottplatz als auch Baustelle sein konnte. Aber er hatte Glück. Nicht weit entfernt stand ein Wagen mit einem jungen Paar darin. Die beiden waren von der anderen Seite her auf das Grundstück gefahren, um ungestört zu sein. Konovalenko zögerte nicht. Er schlich sich an das Auto heran und preßte die Pistole durch das heruntergekurbelte Fenster an die Schläfe des Mannes.

»Seid ruhig und macht, was ich sage«, preßte er in gebrochenem Schwedisch heraus. »Aussteigen und Schlüssel her!«

Das Paar schien nicht zu begreifen. Konovalenko konnte nicht warten. Er riß die Autotür auf, zerrte den Fahrer vom Sitz, schob sich hinter das Lenkrad und sah zu dem Mädchen auf dem Beifahrersitz hinüber.

»Jetzt fahre ich. Und du hast genau eine Sekunde Zeit zu entscheiden, ob du mitwillst oder nicht.«

Sie schrie auf und warf sich aus dem Wagen. Konovalenko

fuhr los. Jetzt hatte er es nicht mehr eilig. Aus unterschiedlichen Richtungen näherten sich Sirenen, aber die Verfolger konnten ja nicht wissen, daß er bereits ein neues Fluchtfahrzeug gefunden hatte.

Ob ich wohl jemanden getötet habe? fragte er sich. Ich werde es erfahren, wenn ich heute abend den Fernseher einschalte.

An der U-Bahn-Station in Dubvo ließ er das Auto stehen und fuhr nach Hallunda zurück. Weder Tania noch Vladimir waren zu Hause, als er an der Tür klingelte. Er schloß mit seinem eigenen Schlüssel auf, legte die Plastiktüte mit dem Geld auf den Tisch und holte die Wodkaflasche. Nach ein paar kräftigen Schlucken wich die Spannung aus dem Körper, und er konnte feststellen, daß eigentlich alles gut gelaufen war. Sollte er einen der Polizisten zum Krüppel geschossen oder umgebracht haben, würde dies selbstverständlich für Unruhe in der Stadt sorgen. Aber es war nicht zu befürchten, daß die Liquidation Victor Mabashas dadurch verhindert oder verzögert werden würde.

Er zählte das Geld und kam auf einhundertzweiundsechzigtausend Kronen.

Um sechs schaltete er den Fernseher ein, um die erste Nachrichtensendung zu verfolgen. Lediglich Tania war inzwischen nach Hause gekommen. Sie bereitete in der Küche das Abendbrot vor.

Die Sendung begann mit der Nachricht, die Konovalenko erwartet hatte. Zu seinem Erstaunen erfuhr er, daß der Pistolenschuß, den er eigentlich nur abgegeben hatte, um die Frontscheibe des Polizeiautos platzen zu lassen, unter anderen Umständen als ein Meisterschuß angesehen worden wäre. Die Kugel hatte den einen Polizisten in dem Streifenwagen genau zwischen die Augen getroffen. Er war sofort tot gewesen.

Dann wurde ein Bild des Polizisten gezeigt, den Konovalenko getötet hatte. Er hieß Klas Tengblad, war sechsundzwanzig Jahre alt gewesen, verheiratet und Vater zweier Kinder.

Die Polizei hatte keine weiteren Angaben zum Täter, als daß er allein und mit dem Mann identisch war, der ein paar Minuten früher die Filiale der Handelsbank in Akalla ausgeraubt hatte.

Konovalenko zog eine Grimasse und stand auf, um den Fernseher abzuschalten. Im selben Moment entdeckte er, daß Tania in der Tür stand und ihn beobachtete.

»Ein guter Polizist ist ein toter Polizist«, sagte er und drückte auf den Knopf der Fernbedienung. »Was gibt es denn zu essen? Ich habe Hunger.«

Vladimir kam nach Hause und setzte sich an den Tisch, als Tania und Konovalenko gerade mit dem Abendbrot fertig waren.

»Ein Bankraub. Und ein getöteter Polizist. Ein Einzeltäter, der gebrochen Schwedisch spricht. Heute abend mangelt es nicht gerade an Polizisten in der Stadt.«

»So was kommt vor«, sagte Konovalenko. »Geht das klar mit dem Angebot?«

»Es gibt keinen in der Unterwelt, der nicht vor Mitternacht erfahren wird, daß hunderttausend Kronen zu verdienen sind«, versicherte Rykoff.

Tania reichte ihm einen Teller mit Essen.

»War es wirklich notwendig, gerade heute einen Polizisten zu erschießen?« fragte Vladimir vorwurfsvoll.

»Wieso glaubst du, daß ich es war, der geschossen hat?«

Vladimir zuckte die Schultern.

»Ein Meisterschuß. Ein Bankraub, um das Kopfgeld für Victor Mabasha zu beschaffen. Ausländischer Täter. Das klingt doch ganz nach dir.«

»Du irrst dich, wenn du denkst, daß es ein Volltreffer war. Es war nur Glück. Oder Unglück. Wie man es betrachtet. Aber aus Sicherheitsgründen glaube ich, daß es besser ist, wenn du heute abend allein in die Stadt fährst. Du kannst auch Tania mitnehmen.«

»Es gibt auf Söder ein paar Lokale, wo sich Afrikaner aufhalten«, sagte Vladimir. »Dort sollte ich, glaube ich, anfangen.«

Punkt halb neun fuhren Tania und Vladimir in die Stadt. Konovalenko nahm ein Bad und setzte sich dann vor den Fernseher. Die verschiedenen Nachrichtensendungen brachten lange Berichte über den toten Polizisten. Aber es gab keine sicheren Spuren, die man verfolgen konnte. Natürlich nicht, dachte Konovalenko. Ich hinterlasse keine Spuren.

Er war in seinem Sessel eingeschlafen, als das Telefon plötzlich klingelte. Erst einmal, dann siebenmal. Als es zum dritten Mal läutete, nahm Konovalenko den Hörer ab. Jetzt wußte er, daß es Vladimir war, der das vereinbarte Signal verwendete.

Im Hintergrund hörte er deutlich Geräusche, die darauf hindeuteten, daß sich sein Gesprächspartner in einer Diskothek aufhielt.

»Hörst du mich?« rief Vladimir.

»Ja.«

»Ich kann mich kaum selbst verstehen. Aber ich habe Neuigkeiten.«

»Hat jemand Victor Mabasha in Stockholm gesehen?« Konovalenko wußte, daß es darum ging.

»Noch besser. Er ist hier, jetzt gerade.«

Konovalenko atmete tief durch.

»Hat er dich gesehen?«

»Nein. Aber er ist auf der Hut.«

»Ist er in Begleitung?«

»Er ist allein.«

Konovalenko dachte nach. Es war zwanzig Minuten nach elf. Wie sollte er sich entscheiden?

Nach einem kurzen Augenblick stand sein Entschluß fest.

»Gib mir die Adresse. Ich komme. Erwarte mich vor dem Lokal. Präge dir aber die Örtlichkeit vorher genau ein. Vor allem, wo die Notausgänge liegen.«

»Geht in Ordnung«, antwortete Vladimir. Dann wurde das Gespräch beendet.

Konovalenko kontrollierte seine Pistole und steckte ein Extramagazin in die Tasche. Dann ging er in sein Zimmer und schloß eine Blechkiste auf, die an der Wand stand. Ihr entnahm er zwei Tränengasgranaten und zwei Gasmasken, die er in die Plastiktüte stopfte, in der er vorher die Beute aus dem Bankraub transportiert hatte.

Zum Schluß kämmte er sich sorgfältig vor dem Badezimmerspiegel. Das gehörte zu seinem Ritual, wenn er sich auf eine wichtige Aufgabe vorbereitete.

Viertel vor zwölf verließ er die Wohnung in Hallunda und

nahm ein Taxi in die Stadt. Er ließ sich bis zum Östermalmstorg fahren. Dort stieg er aus, bezahlte und winkte einen neuen Wagen heran. Nun ging es nach Söder.

Die Diskothek hatte die Hausnummer 45. Konovalenko sagte dem Chauffeur, er solle zur Nummer 60 fahren. Dort stieg er aus und lief zurück.

Plötzlich trat Vladimir aus dem Schatten.

»Er ist noch da. Tania ist nach Hause gefahren.«

Konovalenko nickte langsam.

»Dann schnappen wir ihn uns.«

Dann bat ihn Konovalenko, die Diskothek zu beschreiben.

»Wo befindet er sich?« fragte Konovalenko, als er den Raum klar vor sich sah.

»An der Bar.«

Konovalenko nickte.

Ein paar Minuten später hatten sie die Gasmasken aufgesetzt und die Waffen entsichert.

Vladimir riß die Eingangstür auf und schob die beiden verdutzten Wächter beiseite.

Dann warf Konovalenko die Tränengasgranaten hinein.

12

Gib mir die Nacht, *Songoma*. Wie soll ich dieses nächtliche Licht aushalten, das mich kein Versteck finden läßt? Warum hast du mich in dieses sonderbare Land geschickt, wo der Mensch seiner Dunkelheit beraubt wird? Ich gebe dir meinen abgeschnittenen Finger, *Songoma*. Ich opfere einen Teil meines Körpers, damit du mir die Dunkelheit zurückgibst. Aber du hast mich verlassen. Du hast mich in die Einsamkeit gestoßen. Ich bin so einsam wie die Antilope, die dem jagenden Leoparden nicht mehr entgehen kann.

Victor Mabasha hatte seine Flucht wie eine Reise in einem traumgleichen, schwerelosen Zustand erlebt. Es war, als gleite seine Seele neben ihm her, unsichtbar, irgendwo in der Nähe. Er meinte seinen eigenen Atem im Nacken zu spüren. In dem Mercedes, dessen Lederbezüge ihn entfernt an den Duft von Antilopenhäuten erinnerten, war nur sein Körper verblieben, vor allem die Hand, die weh tat. Der Finger war weg und trotzdem da, wie ein heimatloser Schmerz in einem fremden Land.

Vom Beginn seiner Flucht an hatte er versucht, seine Gedanken unter Kontrolle zu halten und vernünftig zu handeln. Ich bin ein *Zulu*, hatte er immer wieder leise vor sich hin gesprochen, wie eine Beschwörung. Ich gehöre dem unbesiegten Kriegervolk an, ich bin einer der Söhne des Himmels. Meine Vorfahren standen immer in der ersten Reihe, wenn unsere *Impis* zum Angriff übergingen. Wir besiegten die Weißen, lange bevor sie die Buschmänner in die unendlichen Wüsten hinausjagten, wo sie bald untergingen. Wir besiegten sie, bevor sie sagten, daß unser Land ihnen gehöre. Wir besiegten sie am Fuße des *Isandlwa-na* und schnitten ihnen ihre Unterkiefer ab, die dann die Kraale der Könige zierten. Ich bin ein *Zulu*, einer meiner Finger ist abgeschnitten. Aber ich ertrage den Schmerz, und ich habe noch neun Finger, so viele, wie der Schakal Leben hat.

Als er es nicht mehr ausgehalten hatte, war er auf gut Glück in einen schmalen Waldweg abgebogen, der zu einem See führte. Das Wasser war so schwarz gewesen, daß er zunächst geglaubt hatte, es sei Öl. Dort hatte er sich am Ufer auf einen Stein gesetzt, das blutige Handtuch abgenommen und sich gezwungen, die Hand in Augenschein zu nehmen. Sie fühlte sich fremd an und blutete nach wie vor; der Schmerz saß eher in seinem Bewußtsein als in der Wunde, die die Klinge hinterlassen hatte.

Wie kam es, daß Konovalenko schneller gewesen war als er? Das sekundenlange Zögern hatte ihn besiegt. Er sah auch ein, daß seine Flucht gedankenlos gewesen war. Wie ein verwirrtes Kind hatte er sich benommen. Er hatte unwürdig gehandelt, gegen sich selbst und Jan Kleyn. Er hätte bleiben und Konovalenkos Gepäck durchsuchen müssen, nach Flugtickets und Geld. Aber er hatte lediglich ein paar Sachen und die Pistole mitgenommen. An den Weg, den er gefahren war, konnte er sich auch nicht erinnern. Es gab keine Möglichkeit für ihn, umzukehren. Er würde nie zurückfinden.

Die Schwäche, dachte er. Niemals ist es mir gelungen, sie zu besiegen, obwohl ich all meine Bindungen aufgegeben und mich von allem freigemacht habe, wozu ich erzogen wurde, als ich aufwuchs. Ich habe sie von *Songoma* als Strafe erhalten. Sie hat den Geistern gelauscht und die Hunde mein Lied singen lassen, das von der Schwäche handelt, die ich niemals werde besiegen können.

Die Sonne, die in diesem eigentümlichen Land niemals zu ruhen schien, war bereits wieder über den Horizont gestiegen. Ein Raubvogel löste sich aus einem Baumwipfel und strich über den spiegelblanken See.

Zuallererst mußte er schlafen. Ein paar Stunden, nicht mehr. Er wußte, daß er nicht viel Schlaf brauchte. Dann würde ihm sein Gehirn wieder helfen können.

In einer Zeit, die ihm so fern schien wie die Urzeit seiner Vorfahren, hatte ihm sein Vater, *Okumana*, der Mann, der besser als jeder andere Speerspitzen schmieden konnte, erklärt, daß es immer einen Ausweg gab, solange man am Leben war. Der Tod war die letzte Zuflucht. Sie kam aber erst in Frage, wenn es keine andere Möglichkeit mehr gab, einer scheinbar unüberwindlichen Bedrohung zu entgehen. Es gab immer Auswege, die man zunächst nicht erkennen konnte, und deshalb hatte ja der Mensch im Gegensatz zu den Tieren ein Gehirn. Um nach innen blicken zu können, nicht nach außen. Nach innen, zu den geheimen Plätzen, wo die Geister der Vorfahren darauf warteten, Wegweiser der Menschen im Leben werden zu dürfen.

Wer bin ich? dachte er. Ein Mensch, der seine Identität verliert, ist kein Mensch mehr. Sondern ein Tier. Das ist es, was mit mir geschehen ist. Ich begann, Menschen zu töten, weil ich selbst tot war. Als ich Kind war und die Schilder sah, die verdammten Wegweiser, wo sich Schwarze aufhalten durften und welche Plätze ausschließlich den Weißen vorbehalten waren, begann ich schon an Leben zu verlieren. Ein Kind muß wachsen, größer werden, aber in meinem Land sollten die schwarzen Kinder lernen, kleiner und kleiner zu werden. Ich sah meine Eltern in ihrer eigenen Unsichtbarkeit, ihrer eigenen aufgestauten Bitterkeit ertrinken. Ich war ein gehorsames Kind und lernte, ein Niemand unter anderen zu sein. Der Unterschied war mein eigentlicher Vater. Ich lernte, was niemand sollte lernen müssen. Mit Falschheit, Verachtung zu leben; eine Lüge, die zu der einzigen Wahrheit in meinem Land erhoben wurde. Eine Lüge, die von Polizisten und Paßgesetzen bewacht wurde, vor allem aber durch eine Flut weißen Wassers, einen Strom von Worten über den natürlichen Unterschied zwischen Schwarz und Weiß, die Überlegenheit der weißen Zivilisation. Mich hat diese Überlegenheit zu einem Mörder gemacht, *Songoma*. Und ich kann mir denken, daß das die äußerste Konsequenz von all dem ist, was ich gelernt habe durch das Kleinerwerden als Kind. Denn was ist dieser Unterschied, diese verfälschende weiße Überlegenheit, anderes gewesen als eine systematische Ausplünderung unserer Seelen? Wenn unsere Verzweiflung in rasender Zerstörung explodiert ist, haben die Weißen nicht die Verzweiflung gesehen und den Haß, der so unendlich viel größer ist. Das, was wir in uns getragen haben. In meinem Inneren sehe ich meine Gedanken und Gefühle gespalten wie durch ein Schwert. Einen meiner Finger kann ich entbehren. Aber wie werde ich leben können, ohne zu wissen, wer ich bin?

Er zuckte zusammen und merkte, daß er beinahe eingeschlafen wäre. Im Grenzland zum Schlaf, halb träumend, hatten Gedanken, die lange weg gewesen waren, zu ihm zurückgefunden.

Er blieb lange auf dem Stein am See sitzen.

Die Erinnerungen kamen zu ihm. Er mußte sie nicht rufen.

Sommer 1967. Er war gerade sechs Jahre alt geworden, als er entdeckte, daß er ein Talent hatte, das ihn von den anderen Kindern unterschied, mit denen er im Staub des Slums vor Johannesburg spielte, wo sie wohnten. Sie hatten einen Ball aus Papier und Strippen gebastelt, und plötzlich merkte er, daß er ein Ballgefühl hatte wie keiner seiner Kameraden. Er konnte mit dem Ball, der ihm wie ein gehorsamer Hund folgte, nach Belieben umgehen. Aus dieser Entdeckung wurde sein erster großer Traum geboren, den der heilige Unterschied unbarmherzig zerstören sollte. Er würde der berühmteste Rugbyspieler in Südafrika werden.

Es war wie ein unfaßbares Glück. Er dachte, daß die Geister seiner Ahnen es gut mit ihm meinten. Aus einem Wasserhahn füllte er eine Flasche und opferte der roten Erde.

In jenem Sommer blieb eines Tages ein weißer Schnapshändler mit seinem Auto im Straßenstaub stehen, wo Victor mit seinen Kameraden mit dem Papierball spielte. Der Mann hinter dem Lenkrad beobachtete lange den schwarzen Jungen mit der phänomenalen Ballbegabung.

Einmal landete der Ball zufällig vor dem Wagen. Victor kam vorsichtig näher, bückte sich und hob den Ball auf.

»Wenn du doch nur weiß wärst«, sagte der Mann. »Ich habe noch nie jemanden mit einer solchen Ballbeherrschung gesehen wie dich. Schade, daß du schwarz bist.«

Mit dem Blick folgte er einem Flugzeug, das einen weißen Strich über den Himmel zog.

Ich erinnere mich nicht an den Schmerz, dachte er. Aber es muß ihn bereits damals gegeben haben. Oder hatten sie dem Sechsjährigen bereits so fest eingehämmert, das Unrecht sei der natürliche Zustand des Lebens, daß er gar nicht mehr reagierte? Zehn Jahre später jedoch, als er sechzehn war, war alles anders geworden.

Juni 1976. Soweto. Vor der Orlando West Junior Secondary School hatten sich über fünftausend Schüler versammelt. Er selbst hatte nicht dazugehört. Er lebte auf den Straßen, lebte das Leben eines kleinen, immer geschickteren, immer rücksichtsloseren Diebes. Nach wie vor bestahl er ausschließlich Schwarze. Aber er schielte bereits nach den weißen Stadtteilen, wo größere Raubzüge möglich waren. Er wurde vom Strom der Jugendlichen mitgerissen, er teilte ihre Empörung darüber, daß die Ausbildung jetzt in der verhaßten Burensprache erfolgen sollte. Er konnte sich immer noch an das junge Mädchen erinnern, das die Faust ballte und dem nicht anwesenden Präsidenten zurief: Vorster! Sprich *zulu*, dann werden wir afrikaans reden! In ihm hatte das Chaos geherrscht. Die äußere Dramatik, die Polizei, die zum Angriff vorging und völlig enthemmt mit ihren *Sjamboks* zuschlug, ergriff ihn erst, als er selbst Prügel bezog. Er war bei den Steinewerfern dabeigewesen, und sein Ballgefühl hatte ihn nicht verlassen. Er traf mit fast allem, was er warf, er sah einen Polizisten, der die Hände auf die Wange preßte und dem das Blut zwischen den Fingern hindurchlief, und er erinnerte sich an den Mann im Auto und seine Worte, als er im roten Staub gestanden hatte, um seinen Papierball zu holen. Dann war er ergriffen worden, und die Peitschenhiebe hatten so tief in seine Haut eingeschnitten, daß er den Schmerz sogar innerlich gespürt hatte. Er erinnerte sich vor allem an einen Polizisten, einen kräftigen, rotgesichtigen Mann, der nach Schnaps stank. In dessen Augen hatte er plötzlich Angst entdeckt. In diesem Augenblick war ihm klargeworden, daß er der Stärkere war, und die Angst des weißen Mannes rief in ihm seither nur bodenlose Verachtung hervor.

Eine Bewegung an der anderen Seite des Sees ließ ihn aus seinen Gedanken erwachen. Es war ein Ruderboot, das konnte er erkennen, das langsam in seiner Richtung näher kam. Ein Mann zog die Riemen langsam durch. Trotz der großen Entfernung konnte er das Knirschen der Dollen hören. Er erhob sich von dem Stein, schwankte von einem plötzlichen Schwindelanfall und erkannte, daß er seiner Hand wegen einen Arzt aufsuchen mußte. Er hatte schon immer dünnes Blut gehabt, Wunden verheilten bei ihm nur sehr schlecht. Außerdem mußte er etwas Trinkbares auftreiben. Er setzte sich ins Auto, ließ den Motor an und sah, daß das Benzin höchstens noch eine Stunde reichen würde.

Als er die Hauptstraße erreichte, fuhr er in derselben Richtung weiter wie zuvor.

Nach vierundvierzig Minuten erreichte er eine kleine Stadt, die Älmhult hieß. Er versuchte sich vorzustellen, wie der Name wohl ausgesprochen wurde. An einer Tankstelle hielt er an. Konovalenko hatte ihm vor einiger Zeit Geld für Benzin gegeben. Davon waren ihm noch zwei Hunderterscheine verblieben, und er wußte, wie er den Geldscheinautomaten zu bedienen hatte. Die verletzte Hand behinderte ihn allerdings, und er merkte, daß er Aufmerksamkeit erregte.

Ein älterer Mann erbot sich, ihm zu helfen. Victor Mabasha verstand nicht, was er sagte, nickte aber und versuchte zu lächeln. Er ließ für den einen Hunderter Benzin einlaufen und entdeckte, daß der Betrag lediglich für knapp zehn Liter reichte. Er brauchte jedoch noch etwas zu essen und vor allem gegen den Durst. Nachdem er dem Mann einen Dank gemurmelt und den Wagen ein Stück von den Zapfsäulen entfernt geparkt hatte, ging er in den Laden, der zur Tankstelle gehörte. Er kaufte Brot und zwei große Flaschen Coca-Cola. Als er bezahlt hatte, blieben ihm noch vierzig Kronen. Auf einer Landkarte, die neben verschiedenen Reklameschildern an der Wand hinter der Kasse befestigt war, versuchte er vergebens, Älmhult zu finden.

Er ging hinaus zum Wagen und riß mit den Zähnen einen großen Bissen aus dem Brot. Um seinen Durst zu löschen, brauchte er eine ganze Flasche Coca-Cola.

Er überlegte, was er tun sollte. Wie konnte er einen Arzt oder ein Krankenhaus finden? Aber er hatte kein Geld. Das Krankenhauspersonal würde ihn abweisen und die Behandlung verweigern.

Er wußte, was das bedeutete. Er mußte einen Raub begehen. Die Pistole im Handschuhfach war sein einziger Ausweg.

Er ließ die kleine Stadt hinter sich und fuhr weiter durch die scheinbar endlosen Wälder.

Hoffentlich muß ich niemanden töten, dachte er. Ich will niemanden töten, bevor ich nicht meinen Auftrag ausgeführt habe, de Klerk zu beseitigen.

Als ich zum ersten Mal einen Menschen tötete, *Songoma*, war ich nicht allein. Ich kann es nicht vergessen, obwohl es mir schwerfällt, mich an andere Menschen zu erinnern, die ich danach getötet habe. Es war dieser Vormittag des 1. Januar 1981, auf dem Friedhof in Duduza. Ich erinnere mich an die zersprungenen Grabsteine, *Songoma*, ich weiß noch, daß ich dachte, ich würde über das Dach zur Wohnung der Toten laufen. Ein alter Verwandter sollte an diesem Morgen begraben werden, ich glaube, es war der Cousin meines Vaters. Auch anderswo auf dem Friedhof fanden Leichenbegängnisse statt. Plötzlich kam irgendwo Lärm auf, ein Trauerzug war dabei, sich aufzulösen. Ich sah ein Mädchen zwischen den Grabsteinen hindurchrennen, sie lief wie eine gejagte Hündin, und sie wurde gejagt! Jemand schrie, sie sei eine weiße Verräterin, eine Schwarze, die mit der Polizei zusammenarbeitete. Sie wurde eingefangen, sie schrie, ihre Not überstieg alles, was ich bis dahin erlebt hatte. Aber sie wurde niedergezerrt, niedergeschlagen, und sie lag zwischen den Gräbern und lebte noch. Da begannen wir, trockene Zweige und Grasbüschel zusammenzutragen, die wir neben den Grabsteinen ausrissen. Ich sage wir, weil ich plötzlich beteiligt war an dem, was geschah. Eine schwarze Frau, die der Polizei Informationen weitergab, warum sollte sie leben? Sie bat um ihr Leben, aber ihr Körper war schnell mit trockenen Zweigen und Gras bedeckt, und wir verbrannten sie bei lebendigem Leibe. Sie versuchte vergeblich, den Flammen zu entkommen, aber wir hielten sie fest, bis ihr Gesicht verkohlt war. Sie war der erste Mensch, den ich getötet habe, *Songoma*, und ich habe sie nie vergessen, denn als ich sie tötete, tötete ich auch mich selbst. Der Rassenunterschied hatte triumphiert. Es gab keine Umkehr mehr.

Die Hand hatte wieder angefangen, weh zu tun. Victor Mabasha versuchte, sie möglichst ruhig zu halten, um den Schmerz zu mindern. Die Sonne stand immer noch hoch, und er machte sich nicht einmal die Mühe, auf die Uhr zu schauen.

Er hatte noch viel Zeit, in Gesellschaft seiner Gedanken im Auto zu sitzen.

Ich weiß nicht einmal, wo ich bin, dachte er. Ich weiß, daß ich mich in einem Land aufhalte, das Schweden heißt. Mehr nicht. Vielleicht sieht so die Welt eigentlich aus? Es gibt kein Hier und kein Da. Nur ein Jetzt.

Allmählich senkte sich die eigentümliche, kaum merkbare Dämmerung über das Land.

Er schob ein Magazin in die Pistole und stopfte sie hinter den Gurt.

Er vermißte seine Messer. Aber er war gleichzeitig fest entschlossen, niemanden zu töten, wenn es zu umgehen war.

Er sah auf den Tankanzeiger. Schon sehr bald würde er gezwungen sein zu tanken. Das Problem des Geldes mußte sofort gelöst werden. Immer noch hoffte er, daß er niemanden zu töten brauchte.

Ein paar Kilometer weiter entdeckte er ein kleines Geschäft, das noch geöffnet hatte. Er hielt an, schaltete den Motor ab und wartete, bis keine Kunden mehr im Laden waren. Er entsicherte die Pistole, stieg aus und lief schnell hinein. An der Kasse stand ein älterer Mann. Victor zeigte mit der Pistole auf den Kassenapparat. Der Mann versuchte, etwas zu sagen, aber Victor gab einen Schuß in die Decke ab und wies dann erneut auf die Kasse. Mit zitternden Händen öffnete der Mann das Geldfach. Victor beugte sich vor, wechselte die Pistole in die verwundete Hand und raffte alles vorhandene Geld an sich. Dann verließ er schnell den Laden.

Er sah nicht, daß der Mann hinter dem Tisch zu Boden stürzte und mit dem Kopf auf den Zementboden aufschlug. Später würde es deshalb heißen, ein Räuber habe ihn niedergeschlagen.

Der Mann hinter dem Verkaufstisch war jedoch bereits tot. Das Herz hatte den plötzlichen Schock nicht ausgehalten.

Als Victor aus dem Laden eilte, blieb sein Verband an der Tür hängen. Er hatte keine Zeit, sich loszumachen, zwang sich, den Schmerz auszuhalten, und riß die Hand frei.

Im selben Augenblick entdeckte er ein Mädchen, das vor dem Geschäft stand und ihn ansah. Sie war vielleicht dreizehn Jahre alt, und ihre Augen waren sehr groß. Sie betrachtete seine blutige Hand.

Ich muß sie töten, dachte er. Ich kann mit Zeugen nicht leben.

Er hob die Pistole und zielte auf sie. Aber er vermochte es nicht. Er ließ die Hand fallen, rannte zum Wagen und fuhr davon.

Nun hatte er bald die Polizei auf den Fersen. Sie würden nach einem schwarzen Mann mit einer verstümmelten Hand fahnden. Das Mädchen, das er nicht getötet hatte, würde zu reden beginnen. Er gab sich noch höchstens vier Stunden, dann mußte er ein anderes Auto finden. Er hielt an einer Selbstbedienungstankstelle und füllte den Tank. Er hatte unterwegs gesehen, daß auf einem Schild am Straßenrand Stockholm stand. Diesmal hatte er versucht, sich den Weg einzuprägen, den er gefahren war.

Er fühlte sich plötzlich sehr müde. Irgendwann würde er anhalten müssen, um zu schlafen.

Er hoffte, daß er irgendwo noch einen See mit tiefschwarz schimmerndem, ruhigem Wasser finden würde.

Er fand ihn in der großen Ebene südlich von Linköping. Da hatte er bereits das Auto gewechselt. In der Nähe von Husquarna, an einem Motel, war es ihm gelungen, Tür und Zündschloß eines anderen Mercedes zu knacken. Er hatte seine Fahrt fortgesetzt, bis er nicht mehr konnte. Vor Linköping war er auf eine Nebenstraße übergewechselt und dann weiter abgebogen, auf immer schmalere Straßen, und schließlich lag der See vor ihm. Da war es kurz nach Mitternacht gewesen. Er hatte sich auf dem Rücksitz zusammengerollt und war eingeschlafen.

Ich weiß, daß ich träume, *Songoma*. Aber dennoch bist du es und nicht ich, der redet. Und du erzählst von dem großen Chaka, dem großen Krieger, der die Macht des Zuluvolkes begründete, die überall grenzenlosen Schrecken verbreitete. Menschen fielen tot zur Erde, wenn er zürnte. Er ließ ganze Regimenter hinrichten, wenn sie während des unendlichen, niemals abgeschlossenen Krieges nicht den entsprechenden Mut zeigten. Er ist mein Ahne, und ich hörte an Abenden über ihn erzählen, an den Lagerfeuern, als ich ein kleines Kind war. Ich verstehe nun, daß mein Vater an ihn dachte, um die weiße Welt, in der er gezwungen war zu leben, vergessen zu können. Um die Gruben aushalten zu können, die Angst vorm Verschüttetwerden, vor den Gasen, die seine Lungen zerfraßen. Aber du erzählst etwas anderes über Chaka, *Songoma*. Du erzählst, daß Chaka, der Sohn Senzangakhonas, wie verwandelt wurde, als Noliwa, die Frau, die er liebte, gestorben war. Eine große Dunkelheit erfüllte sein Herz, er konnte die Liebe zu den Menschen und zur Erde nicht mehr fühlen, nur noch einen Haß, der ihn wie ein Parasit auffraß, von innen. Langsam verschwanden all seine menschlichen Züge, und schließlich blieb nur noch ein Tier übrig, das nur dann Freude spüren konnte, wenn es tötete und Blut und Leiden sah. Aber warum hast du mir das erzählt, *Songoma*? Bin ich schon so wie er? Ein von dem Unterschied geschaffenes, blutrünstiges Tier? Ich will dir nicht glauben, *Songoma*. Ich töte, aber nicht wahllos. Ich liebe es, Frauen tanzen zu sehen, ihre dunklen Körper gegen das flammende Feuer. Ich will meine eigenen Töchter tanzen sehen, *Songoma*. Tanzen, ohne Ende, bis meine Augen zufallen und ich in die Unterwelt zurückkehre, wo ich dich treffen werde und du mir das letzte Geheimnis enthüllst ...

Er erwachte mit einem Ruck, es war kurz vor fünf Uhr morgens.

Vor dem Auto hörte er einen Vogel singen, wie er es noch nie zuvor erlebt hatte.

Dann fuhr er weiter nach Norden.

Etwa um elf Uhr am Vormittag erreichte er Stockholm.

Es war Mittwoch, der 29. April, der Tag vor dem Walpurgisfest.

13

Es waren drei Männer gewesen, alle drei maskiert, und sie waren erschienen, als gerade das Dessert serviert worden war. Innerhalb von zwei Minuten gaben sie aus ihren automatischen Waffen über dreihundert Schüsse ab. Anschließend verschwanden sie in einem wartenden Auto.

Danach war es sehr still. Aber nur für einen kurzen Augenblick. Dann begann das Geschrei der Verletzten und Schockierten.

Der Klub der Weinprüfer in Durban hatte sein Jahrestreffen abgehalten. Das Festkomitee hatte den Sicherheitsaspekt sehr wohl bedacht, als es sich dafür entschied, das Abendessen nach der Konferenz in das Restaurant des Golfklubs in Pinetown zu verlegen, einige Meilen von Durban entfernt. Pinetown war eine Stadt, die bisher noch nichts von der Gewalt gespürt hatte, die in der Natalprovinz immer alltäglicher und umfassender wurde. Außerdem hatte der Chef des Restaurants versprochen, an diesem Abend die Bewachung zu verstärken.

Aber die Posten wurden niedergeschlagen, bevor sie Alarm

geben konnten. Der Zaun rund um das Restaurant war mit Drahtscheren zerschnitten worden. Die Attentäter hatten außerdem einen Schäferhund erdrosselt.

In dem Restaurant hatten sich insgesamt fünfundfünfzig Personen aufgehalten, als die drei Männer mit Waffen in der Hand hereinstürmten. Sämtliche Mitglieder im Klub der Weinprüfer waren Weiße. Die Bedienung bestand aus fünf Schwarzen, vier Männern und einer Frau. Die schwarzen Köche und die kalte Mamsell flohen zusammen mit dem portugiesischen Küchenchef durch die Hintertür, als die Schießerei begann.

Als das Ganze vorüber war, lagen neun Personen tot zwischen umgerissenen Tischen und Stühlen, zerbrochenem Porzellan und heruntergefallenen Dekorationen. Siebzehn waren mehr oder weniger schwer verletzt, die übrigen standen unter Schock, darunter eine ältere Dame, die später an einer Herzattacke sterben sollte.

Das Dessert bestand aus einem Fruchtsalat. Über zweihundert Rotweinflaschen waren zerschossen worden. Der Polizei, die nach dem Massaker an den Tatort kam, fiel es schwer zu unterscheiden, was Blut war und was Rotwein.

Kriminalkommissar Samuel de Beer von der Mordkommission aus Durban war einer der ersten im Restaurant. In seiner Begleitung befand sich der schwarze Kommissar Harry Sibande. Obwohl de Beer ein Polizist war, der seine rassistische Einstellung nicht verbarg, hatte Harry Sibande es gelernt, seine Verachtung Schwarzen gegenüber zu übersehen. Das beruhte nicht zuletzt auf der seit langem gewonnenen Erkenntnis Sibandes, daß er selbst ein bedeutend besserer Polizist war, als es de Beer je würde werden können.

Sie hatten das Chaos besichtigt und gesehen, wie die Toten und Verwundeten zu den Ambulanzen getragen wurden, die zwischen Pinetown und den verschiedenen Krankenhäusern Durbans pendelten.

Die zur Verfügung stehenden Zeugen standen unter schwerem Schock und hatten wenig auszusagen. Es seien drei Männer gewesen, alle maskiert. Ihre Hände aber seien schwarz gewesen.

De Beer erkannte, daß es sich hier um eines der bisher schwerwiegendsten Attentate einer der schwarzen Armeefraktionen in diesem Jahr handelte. An diesem Abend des 30. April 1992 schien der offene Bürgerkrieg zwischen Schwarzen und Weißen in Natal noch einen Schritt näher gerückt zu sein.

De Beer rief am selben Abend den Nachrichtendienst in Pretoria an. Sie versprachen, am folgenden Morgen beizeiten Hilfe zu schicken. Sogar die Spezialabteilung des Militärs für politische Attentate und Terroraktionen würde ihm einen erfahrenen Ermittler zur Verfügung stellen.

Präsident de Klerk wurde kurz vor Mitternacht informiert. Es war Außenminister Pik Botha, der über eine Besondere Leitung in der Residenz anrief. Der Außenminister hatte gemerkt, daß de Klerk wegen der Störung irritiert gewesen war.

»Wir haben es täglich mit Morden an unschuldigen Menschen zu tun«, hatte er gesagt. »Was ist das Besondere an diesem Fall?«

»Seine Dimension. Zu viele Opfer, zu unverfroren, zu grausam. Wenn du morgen früh nicht mit einem sehr kraftvollen Statement auftrittst, wird es zu einer gewaltsamen Reaktion in der Partei kommen. Ich bin überzeugt davon, daß die Führung des ANC, vermutlich Mandela selbst, das Geschehene verurteilen wird. Schwarze Kirchenführer werden dasselbe tun. Es würde einfach nicht gut aussehen, wenn du nichts zu sagen hättest.«

Außenminister Botha war einer der wenigen, denen Präsident de Klerk vorbehaltlos Gehör schenkte. Wie so oft, befolgte der Präsident den Rat seines Außenministers.

»Ich werde tun, was du vorgeschlagen hast. Schreib mir für morgen etwas auf und sieh zu, daß ich den Text bis sieben Uhr habe.«

Spät am selben Abend kam es zu einem weiteren Telefongespräch zwischen Pretoria und Johannesburg, das mit dem Überfall in Pinetown zu tun hatte. Der Oberst des speziellen und äußerst geheimen Sicherheitsdienstes des Militärs, Franz Malan, wurde von seinem Kollegen beim Nachrichtendienst, Jan Kleyn, angerufen. Beide waren bereits darüber informiert worden, was ein paar Stunden zuvor in dem Restaurant in Pinetown geschehen war. Beide hatten mit Bestürzung und Abscheu reagiert. Sie hatten ihre

Rollen gespielt, wie sie es gewohnt waren. Beide, Jan Kleyn wie auch Franz Malan, waren im Hintergrund beteiligt gewesen, als das Massaker in Pinetown geplant wurde. Es war ein Glied in der Strategie, die Unsicherheit im Lande zu erhöhen. In der Perspektive, als ein Abschluß der Kette von immer weiteren und dreisteren Attentaten und Morden, stand die Liquidation, für die Victor Mabasha verantwortlich sein sollte.

Jan Kleyn rief Franz Malan jedoch in einer ganz anderen Angelegenheit an. Er hatte an diesem Tage entdeckt, daß jemand sich an seinen äußerst privaten und geheimen Datenbanken am Arbeitsplatz zu schaffen gemacht hatte. Nach ein paar Stunden des Nachdenkens war er mit Hilfe der Ausschlußmethode darauf gekommen, wer ihn überwachte. Es war ihm auch klargeworden, daß hier eine Gefahr für die entscheidende Operation vorlag, die sie gerade planten.

Sie nannten sich nie beim Namen, wenn sie miteinander telefonierten. Sie erkannten sich an der Stimme. Wenn die Telefonverbindung zu schlecht war, wendeten sie einen Code an, indem sie Grußfloskeln austauschten, um einander zu identifizieren.

»Wir müssen uns treffen«, sagte Jan Kleyn. »Du weißt, wohin ich morgen fahre?«

»Ja«, antwortete Franz Malan.

»Dann tu dasselbe.«

Franz Malan hatte erfahren, daß ein Offizier namens Breytenbach seitens seines Sicherheitsdienstes an der Untersuchung des Massakers teilnehmen sollte. Aber er wußte auch, daß ein Telefongespräch mit Breytenbach ausreichen würde, um selbst an dessen Stelle zu reisen. Franz Malan hatte ein Mandat, ohne Abstimmung mit seinen Vorgesetzten ihm notwendig erscheinende Umdisponierungen in einzelnen Fällen vorzunehmen.

»Ich komme«, antwortete er.

Dann beendeten sie das Gespräch. Franz Malan rief Breytenbach an und teilte ihm mit, daß er selbst am nächsten Tag nach Durban fliegen würde. Dann dachte er darüber nach, was Jan Kleyn so bekümmern konnte. Er ahnte, daß es mit der großen Operation zu tun haben mußte. Hoffentlich geht es nicht schief, dachte er.

Am ersten Mai um vier Uhr morgens ließ Jan Kleyn Pretoria hinter sich. Er passierte Johannesburg und fuhr auf der Autobahn N 3 zügig in Richtung Durban. Um acht rechnete er dazusein.

Jan Kleyn fuhr gern Auto. Wenn er gewollt hätte, wäre ihm ein Helikopter zur Verfügung gestellt worden. Aber dann wäre die Reise zu schnell gegangen. Die Einsamkeit im Auto, die vorbeirauschende Landschaft gaben ihm Zeit zum Grübeln.

Er gab noch mehr Gas und dachte daran, daß die Probleme in Schweden bald gelöst sein würden. Ein paar Tage lang war er unsicher gewesen, ob Konovalenko wirklich so geschickt und kaltblütig war, wie er vorausgesetzt hatte. War es ein Fehler gewesen, ihn zu engagieren? Nach langem Überlegen war er zu der Auffassung gelangt, daß dies nicht der Fall war. Konovalenko würde das Notwendige tun und Victor Mabasha so schnell wie möglich beseitigen. Wenn es nicht bereits geschehen war. Ein Mann namens Sikosi Tsiki, der zweite auf seiner ursprünglichen Liste, würde Victor Mabashas Platz einnehmen und dieselbe Vorbereitung durchlaufen.

Das einzige, was Jan Kleyn nach wie vor eigentümlich vorkam, war das Geschehen, das offensichtlich Victor Mabashas Zusammenbruch ausgelöst hatte. Wie konnte ein Mann wie er so impulsiv auf den Tod einer unbedeutenden schwedischen Frau reagieren? Hatte es in ihm trotz allem einen schwachen Punkt der Sentimentalität gegeben? Dann war es Glück, daß er rechtzeitig entdeckt worden war. Was wäre sonst wohl passiert, wenn Victor Mabasha plötzlich sein Opfer im Visier gesehen hätte? Er verdrängte die Gedanken an Victor Mabasha und kehrte statt dessen zu den Überlegungen zurück, die um die Tatsache kreisten, daß er ohne sein Wissen überwacht worden war. Seine Datenbanken hatten keine Details enthalten, keine Namen, Orte, nichts. Aber es war ihm klar, daß ein fähiger Geheimdienstoffizier dennoch gewisse Schlüsse ziehen konnte. Nicht zuletzt den, daß ein ungewöhnliches und entscheidendes politisches Attentat geplant wurde.

Jan Kleyn dachte, daß er praktisch unwahrscheinliches Glück gehabt hatte. Er hatte den Zugriff auf die Datenbänke rechtzeitig entdeckt und konnte noch darauf reagieren.

Oberst Franz Malan kletterte in den Helikopter, der auf dem speziellen Armeeflugplatz in der Nähe von Johannesburg wartete. Es war Viertel nach sieben, und er rechnete damit, um acht in Durban zu sein. Er nickte dem Piloten zu, legte den Sicherheitsgurt an und blickte zur Erde unter sich, als sie abhoben. Er war müde. Der Gedanke daran, was Jan Kleyn wohl solche Sorgen bereitete, hatte ihn bis ins Morgengrauen nicht schlafen lassen.

Nachdenklich betrachtete er die afrikanische Vorstadt, die sie überflogen. Er sah den Verfall, die Slums, den Rauch der Feuer.

Wie sollten die uns besiegen können? dachte er. Wir müssen nur nachdrücklich zeigen, daß wir es ernst meinen. Es wird viel Blut kosten, auch das von Weißen, wie gestern abend in Pinetown. Aber eine Fortsetzung der weißen Herrschaft in Südafrika ist nicht gratis zu haben. Sie erfordert Opfer.

Er lehnte sich zurück, schloß die Augen und versuchte zu schlafen.

Bald würde er erfahren, welche Sorgen Jan Kleyn hatte.

Sie erreichten das abgesperrte Restaurant in Pinetown mit einem Zeitabstand von zehn Minuten. Eine reichliche Stunde verbrachten sie in dem blutbeschmierten Raum, zusammen mit den Beamten der lokalen Mordkommission unter Leitung von Kommissar de Beer. Jan Kleyn und Franz Malan konnten feststellen, daß die Attentäter ihre Sache gut erledigt hatten. Die Zahl der Toten war etwas höher als neun kalkuliert gewesen, aber das war eine Nebensächlichkeit. Das Massaker an den unschuldigen Weinverkostern hatte den erwarteten Effekt. Ausbrüche wahnsinniger Wut und Rufe nach Rache seitens der Weißen waren bereits laut geworden. Im Autoradio hatte Jan Kleyn gehört, wie Nelson Mandela und Präsident de Klerk jeder für sich die Tat verurteilten. De Klerk hatte den Terroristen außerdem mit gewaltsamer Vergeltung gedroht.

»Gibt es irgendwelche Hinweise darauf, wer diese Wahnsinnstat hier ausgeführt hat?« erkundigte sich Jan Kleyn.

»Noch nicht«, antwortete Samuel de Beer. »Es gibt nicht einmal jemanden, der das Fluchtauto gesehen hat.«

»Am besten wäre, wenn die Regierung sofort eine Belohnung

aussetzte«, sagte Franz Malan. »Ich werde den Verteidigungsminister persönlich bitten, sich beim nächsten Kabinettstreffen dafür einzusetzen.«

Im selben Augenblick drang Lärm von der abgesperrten Straße herein, wo sich viele Weiße versammelt hatten. Viele trugen demonstrativ Waffen, und Schwarze, die den Auflauf sahen, nahmen lieber einen anderen Weg. Die Tür zum Restaurant flog auf, und herein stürmte eine weiße Frau von etwa Mitte Dreißig. Sie war erregt, an der Grenze zur Hysterie. Als sie Kommissar Sibande erblickte, den zu dieser Zeit einzigen Schwarzen im Lokal, zog sie plötzlich eine Pistole hervor und feuerte in seine Richtung. Harry Sibande gelang es, sich auf den Boden zu werfen und hinter einem umgestürzten Tisch Deckung zu nehmen. Aber die Frau ging direkt auf den Tisch zu und gab aus der Pistole, die sie verkrampft mit beiden Händen hielt, weitere Schüsse ab. Die ganze Zeit über brüllte sie auf afrikaans, sie würde ihren Bruder rächen, der am Abend zuvor getötet worden war. Sie würde erst aufhören, wenn auch der letzte Kaffer ausgerottet sei.

Samuel de Beer warf sich auf sie und entwaffnete sie. Dann führte er sie hinaus zu einem wartenden Polizeiauto. Harry Sibande erhob sich. Er zitterte. Eine der Kugeln hatte die Tischplatte durchschlagen und ihm einen Ärmel der Jacke aufgeschlitzt.

Jan Kleyn und Franz Malan hatten das Geschehen aufmerksam beobachtet. Alles war sehr schnell gegangen. Aber beide hatten dasselbe gedacht. Genau diese Reaktion, wie sie von der weißen Frau gekommen war, hatten sie mit dem Massaker vom Abend zuvor beabsichtigt. Nur im größeren Maßstab. Der Haß sollte das Land überschwemmen wie eine gewaltige Sturmflut.

De Beer kam zurück und wischte sich Schweiß und Blut aus dem Gesicht.

»Man muß sie verstehen«, sagte er.

Harry Sibande schwieg.

Jan Kleyn und Franz Malan versprachen jede Hilfe, um die de Beer bitten würde. Sie beendeten das Gespräch, indem sie einander versicherten, daß die Terroristentat schnell aufgeklärt werden müßte und auch würde. Dann verließen sie Pinetown gemeinsam in Jan Kleyns Wagen. Sie fuhren auf der Autobahn N 2 in Richtung Norden und bogen an einem Schild mit der Aufschrift Umhlanga Rocks zum Meer hin ab. Jan Kleyn hielt vor einem kleinen Fischrestaurant, das direkt am Strand lag. Hier würden sie ungestört sein. Sie bestellten Krebse und tranken Mineralwasser. Übers Meer her wehte ein milder Wind. Franz Malan zog das Jackett aus.

»Nach dem, was ich in Erfahrung bringen konnte, ist Kommissar de Beer ein selten unfähiger Verbrechensbekämpfer«, sagte er. »Sein Kafferkollege soll bedeutend mehr Grips im Kopf haben. Und außerdem ziemlich hartnäckig sein.«

»Ich habe dieselben Informationen«, bestätigte Jan Kleyn. »Die Untersuchung wird sich sinnlos im Kreise drehen, bis sich außer den Angehörigen niemand mehr an den Fall erinnert.«

Er legte das Messer hin und tupfte sich den Mund mit einer Serviette.

»Der Tod ist nie angenehm«, fuhr er fort. »Keiner stiftet ein Blutbad an, wenn es nicht unbedingt notwendig ist. Andererseits gibt es keine Sieger ohne Verlierer. Auch keinen Sieg ohne Opfer. Ich nehme an, daß ich im Grunde ein sehr primitiver Darwinist bin. Der Stärkere überlebt, der Überlebende hat folglich das Recht auf seiner Seite. Wenn es in einem Haus brennt, fragt keiner, wo das Feuer ausgebrochen ist, bevor man mit dem Löschen beginnt.«

»Was geschieht mit den drei Männern?« fragte Franz Malan. »Ich kann mich nicht erinnern, einen diesbezüglichen Beschluß gesehen zu haben?«

»Laß uns einen Spaziergang machen, wenn wir fertig gegessen haben«, schlug Jan Kleyn lächelnd vor.

Franz Malan begriff, daß das bis auf weiteres die Antwort auf seine Frage war. Er kannte Jan Kleyn gut genug, um zu wissen, daß weitere Versuche zwecklos waren. Er würde alles rechtzeitig erfahren.

Beim Kaffee begann Jan Kleyn zu erzählen, warum er Franz Malan unbedingt hatte treffen wollen.

»Wie du weißt, leben wir, die wir im geheimen, in verschiedenen Nachrichtendiensten, arbeiten, mit einer Anzahl ungeschriebener Regeln und Prämissen. Eine davon ist, daß wir alle einander überwachen. Das Vertrauen für unsere Kollegen ist immer begrenzt. Alle schaffen wir uns unsere eigenen Instrumente, um unsere persönliche Sicherheit zu kontrollieren. Nicht zuletzt, um darauf zu achten, daß keiner allzuweit auf unser eigenes Gebiet vordringt. Wir legen um uns herum Tretminen aus, weil alle anderen es genauso tun. So entsteht eine Balance, und wir können unsere Arbeit gemeinsam machen. Leider habe ich entdeckt, daß sich jemand allzu sehr für meine Datenbanken interessiert. Jemand hat den Auftrag, mich zu überwachen. Und dieser Auftrag muß von sehr weit oben kommen.«

Franz Malan erbleichte.

»Ist der Plan aufgeflogen?«

Jan Kleyn sah ihn mit kalten Augen an.

»So unvorsichtig bin ich natürlich nicht. Nichts, was ich auf meinem Computer habe, kann irgendwelche Aufschlüsse über die Aktion geben, die wir geplant haben und jetzt durchführen. Keine Namen, nichts. Aber es ist nicht auszuschließen, daß eine clevere Person Schlüsse zieht, die in die richtige Richtung weisen können. Das macht die Sache ernst.«

»Es wird schwer werden, herauszubekommen, wer dahintersteckt.«

»Überhaupt nicht. Das weiß ich schon.«

Franz Malan sah ihn überrascht an.

»Ich bin einfach Schritt für Schritt zurückgegangen. Das ist oft eine außerordentlich brauchbare Methode, um zu einem Resultat zu gelangen. Ich stellte mir die Frage, woher der Auftrag eigentlich kommen könnte. Es dauerte nicht lange, da war mir klar, daß nur zwei Personen ein Interesse daran haben können zu wissen, womit ich mich beschäftige. Zwei Personen, und zwar ganz oben. Der Präsident und der Außenminister.« Franz Malan öffnete den Mund zu einer Entgegnung.

»Laß mich ausreden«, sagte Jan Kleyn. »Wenn du darüber nachdenkst, wirst du ganz klar zum selben Ergebnis kommen. In diesem Land hat man mit Recht Angst vor Verschwörungen. De Klerk hat allen Grund, sich vor den Ideen zu fürchten, die gewisse Teile des höchsten militärischen Kommandos hegen. Er weiß auch, daß er bei denen, die die nachrichtendienstliche Tätigkeit im Lande steuern, nicht mit einer selbstverständlichen Loyalität rechnen kann. In Südafrika herrscht heute eine sehr große Unsicherheit. Man kann nicht alles berechnen oder voraussetzen. Das heißt, der Informationsbedarf ist grenzenlos. Der Präsident hat nur eine Person im Kabinett, der er vollständig vertraut, und das ist Außenminister Botha. Als ich mit meinen Gedanken so weit war, mußte ich nur noch alle Kandidaten durchgehen, die als heimliche Männer des Präsidenten in Frage kamen. Aus Gründen, auf die ich jetzt nicht näher eingehen will, blieb bald nur noch einer übrig. Pieter van Heerden.«

Franz Malan wußte, wer das war. Er hatte ihn bei vielen Gelegenheiten getroffen.

»Pieter van Heerden«, sagte Jan Kleyn. »Er ist der Mann des Präsidenten gewesen. Er hat zu seinen Füßen gesessen und unsere geheimsten Gedanken enthüllt.«

»Ich schätze van Heerden als sehr intelligent ein.«

Jan Kleyn nickte.

»Vollkommen richtig. Er ist ein sehr gefährlicher Mann. Ein Feind, der respektiert werden muß. Pech für ihn, daß er ein klein wenig kränklich ist.«

Franz Malan zog die Augenbrauen hoch.

»Kränklich?«

»Gewisse Schwierigkeiten beseitigen sich von selbst«, sagte Jan Kleyn. »Ich habe herausbekommen, daß er sich nächste Woche in ein Privatkrankenhaus in Johannesburg begeben wird, wegen einer kleineren Operation. Er hat Probleme mit der Prostata.«

Jan Kleyn trank einen Schluck Kaffee.

»Dieses Krankenhaus wird er nicht mehr lebendig verlassen. Ich werde persönlich dafür sorgen. Schließlich hat er trotz allem mich angegriffen. Es waren meine Dateien, in die er eingedrungen ist.«

Sie saßen schweigend, während ein schwarzer Servierer abräumte.

»Ich habe das Problem selbst gelöst«, sagte Jan Kleyn, als sie wieder allein waren. »Aber ich wollte dich informieren, aus einem einzigen Grund. Du mußt selbst sehr vorsichtig sein. Mit aller Wahrscheinlichkeit hast auch du jemanden, der dir über die Schulter schaut.«

»Gut, daß du mit mir darüber gesprochen hast. Ich werde meine Sicherheitsvorkehrungen noch einmal überprüfen.«

Der Servierer kam mit der Rechnung, und Jan Kleyn bezahlte.

»Laß uns noch einen kleinen Spaziergang machen«, schlug Jan Kleyn vor. »Du hattest eine Frage, auf die du bald eine Antwort bekommen sollst.«

Sie folgten einem Weg, der an der Steilküste entlang zu einigen hohen Klippen führte, die dem Strand seinen Namen gegeben hatten.

»Sikosi Tsiki reist am Mittwoch nach Schweden«, sagte Jan Kleyn.

»Du meinst, er ist der beste?«

»Er stand als Nummer zwei auf unserer Liste. Ich habe volles Vertrauen in ihn.«

»Und Victor Mabasha?«

»Wahrscheinlich ist er bereits tot. Ich gehe davon aus, daß Konovalenko sich heute abend meldet, oder spätestens morgen.«

»Uns hat ein Gerücht aus Kapstadt erreicht, wonach es dort am 12. Juni zu einem großen Treffen kommen soll«, sagte Franz Malan. »Ich bin dabei zu prüfen, ob das eine geeignete Gelegenheit sein könnte.«

Jan Kleyn blieb stehen.

»Ja. Der Zeitpunkt würde hervorragend passen.«

»Ich halte dich auf dem laufenden.«

Jan Kleyn blieb am Rande des Felsens stehen, der steil ins Wasser abfiel.

Franz Malan schaute hinunter.

Tief unten lag ein Autowrack.

»Offenbar hat noch niemand den Wagen entdeckt«, bemerkte Jan Kleyn. »Wenn es einmal soweit ist, wird man drei tote Männer darin finden. Schwarze, so um die fünfundzwanzig Jahre alt. Jemand hat sie erschossen und den Wagen dann hinuntergestürzt.«

Jan Kleyn wies auf einen Parkplatz genau hinter ihnen.

»Die Abmachung lautete, daß sie hier ihr Geld bekommen sollten. Aber sie haben es eben nie erhalten.«

Sie drehten um und gingen zurück.

Franz Malan ersparte sich die Frage, von wem die drei umgebracht worden waren, die das Massaker im Restaurant ausgeführt hatten. Gewisse Dinge wollte er ganz einfach nicht wissen.

Kurz nach ein Uhr am Nachmittag setzte Jan Kleyn Franz Malan an einer Kaserne unweit von Durban ab. Sie gaben sich die Hand und verabschiedeten sich schnell.

Jan Kleyn fuhr nicht auf der Autobahn zurück nach Pretoria. Er bevorzugte weniger befahrene Straßen durch Natal. Er hatte es nicht eilig und spürte das Bedürfnis, noch einmal zusammenfassend über die Geschehnisse nachzudenken. Viel stand auf dem Spiel, für ihn selbst, seine Mitverschworenen und nicht zuletzt für alle Weißen, die in Südafrika lebten.

Er dachte auch daran, daß er jetzt durch die Heimat Nelson Mandelas fuhr. Hier war er geboren, hier war er aufgewachsen. Vermutlich würde man ihn hierher überführen, wenn sein Leben vorüber war.

Jan Kleyn erschrak manchmal vor seiner eigenen Gefühlskälte. Er wußte, daß man Leute wie ihn als Fanatiker bezeichnete. Aber er konnte sich nicht vorstellen, ein anderes Leben leben zu wollen.

Es gab eigentlich nur zwei Dinge, die ihn beunruhigten. Zum einen waren es die Alpträume, die er nachts manchmal hatte. Da sah er sich in einer Welt gefangen, die ausschließlich von Schwarzen bevölkert wurde. Er konnte nicht mehr sprechen. Aus seinem Mund quollen Worte, die sich in Tierlaute verwandelt hatten. Er klang wie eine heulende Hyäne.

Zum zweiten war es die Ungewißheit, wieviel Zeit ihm noch blieb.

Es war nicht so, daß er ewig leben wollte. Aber er wollte unbedingt erleben, wie die Weißen ihre bedrohte Herrschaft in Südafrika wieder sicher machten.

Dann konnte er sterben. Aber nicht früher.

Er hielt an und aß in einem kleinen Restaurant in Witbank.

Zuvor war er noch einmal den Plan und alle Bedingungen und Gefahren durchgegangen. Er fühlte sich beruhigt. Alles würde gehen, wie er es sich gedacht hatte. Vielleicht war Franz Malans Hinweis auf den 12. Juni in Kapstadt eine gute Gelegenheit.

Kurz vor neun Uhr abends bog er in die Einfahrt zu seinem großen Haus am Rande Pretorias ein. Sein schwarzer Nachtwächter schloß ihm das Tor auf.

Bevor er einschlief, dachte er noch einmal an Victor Mabasha. Es fiel ihm bereits schwer, sich an dessen Gesicht zu erinnern.

14

Pieter van Heerden fühlte sich nicht gut.

Das Gefühl von Unlust, von schleichender Angst, war keine neue Erfahrung für ihn. Augenblicke der Spannung und Gefahr gehörten natürlich zu seiner Arbeit beim Nachrichtendienst. Aber es war, als könne er sich hier im Krankenhausbett der Brenthurst Clinic, wo er auf seine Operation wartete, schlechter gegen seine Unruhe wehren.

Brenthurst Clinic war ein privates Krankenhaus in Johannesburgs nördlichem Stadtteil Hillbrow. Er hätte sich ebenso eine bedeutend teurere Alternative aussuchen können. Aber Brenthurst war ihm recht. Die Klinik war für ihr hohes medizinisches Niveau bekannt, das Ärztekollektiv erwiesenermaßen tüchtig, die Pflege tadellos. Luxuriöse Patientenzimmer gab es jedoch nicht. Im Gegenteil, das ganze Haus wirkte eher ziemlich verschlissen. Van Heerden hatte genug Geld, ohne ausgesprochen reich zu sein. Aber er prahlte nicht gern damit. Im Urlaub und auf Reisen vermied er es, in Luxushotels zu wohnen, wo er sich nur der speziellen Art von Leere ausgesetzt fühlte, mit der sich weiße Südafrikaner zu umgeben schienen. Deshalb wollte er sich auch nicht in einem Krankenhaus operieren lassen, das die wohlhabendsten weißen Menschen im Lande bediente.

Van Heerden lag in einem Zimmer auf der zweiten Etage. Draußen vom Gang her konnte er jemanden lachen hören. Kurz darauf wurde ein klirrender Teewagen vorbeigeschoben. Er sah aus dem Fenster. Auf einem Hausdach saß eine einsame Taube. Der Himmel dahinter zeigte den dunkelblauen Farbton, den er so sehr mochte. Die afrikanische kurze Abenddämmerung würde bald vorüber sein. Mit der schnell zunehmenden Dunkelheit kehrte seine Unruhe zurück.

Es war Montag, der 4. Mai. Am folgenden Tag um acht Uhr morgens würden Doktor Plitt und Doktor Berkowitsch den unkomplizierten chirurgischen Eingriff vornehmen, der hoffentlich sein Problem beim Wasserlassen beseitigte. Er hatte keine Angst vor der Operation. Die Ärzte, die ihn am Tage besucht hatten, konnten ihn überzeugen, daß der Eingriff ungefährlich war. Es gab keinen Anlaß, ihnen zu mißtrauen. In einigen Tagen würde er das Krankenhaus verlassen können, und nach etwa einer weiteren Woche hätte er die ganze Angelegenheit vergessen.

Etwas anderes bereitete ihm Sorgen. Zum Teil hatte es mit seiner Krankheit zu tun. Er war sechsunddreißig Jahre alt, wurde aber von einer körperlichen Schwäche geplagt, die fast ausschließlich Männer über Sechzig befiel. Er hatte sich die Frage gestellt, ob er bereits ausgebrannt war, so dramatisch vorzeitig gealtert. Für den Nachrichtendienst zu arbeiten, war natürlich mit Strapazen verbunden, das wußte er seit langem. Daß er außerdem der spezielle und geheime Verbindungsmann zum Präsidenten war, erhöhte den Druck, mit dem er ständig leben mußte. Aber er hielt sich physisch gut in Form. Er rauchte nicht und trank sehr selten Alkohol.

Was ihn beunruhigte und sicher auch indirekt zu seiner Erkrankung beigetragen hatte, war die zunehmende Ohnmacht über die Zustände im Land.

Pieter van Heerden war Bure. Er war in Kimberley aufgewachsen, von Kindheit an von den Traditionen der Buren umgeben. Alle Verwandten waren Buren gewesen, ebenso seine Klassenkameraden und Lehrer. Sein Vater hatte für de Beer gearbeitet, das burische Unternehmen, das die Diamantenproduktion Südafrikas und der ganzen Welt beherrschte. Seine Mutter hatte, ihrem Manne untertan, die traditionelle Rolle der Burenfrau gespielt und sich ganz der Aufgabe gewidmet, die Kinder großzuziehen und ihnen eine grundlegende religiöse Vorstellung von der Ordnung der Dinge zu vermitteln. Sie hatte all ihre Zeit und Kraft für Pieter und seine vier Geschwister geopfert. Bis er zwanzig war und gerade zwei Jahre an der Stellenboschuniversität von Kapstadt, hatte er das Leben, das er lebte, nie in Frage gestellt. Daß es ihm überhaupt gelungen war, seinen Vater zu überzeugen, daß er auf diese erwiesenermaßen radikale Universität gehen durfte, war sein erster großer Triumph in bezug auf Selbständigkeit im Leben gewesen. Da er bei sich selbst keine besonderen Talente entdeckt hatte und auch keine aufsehenerregenden Zukunftsträume hegte, schwebte ihm eine Karriere als Beamter vor. In die Fußstapfen seines Vaters zu treten und sein Leben dem Bergbau und der Diamantproduktion zu widmen, lockte ihn nicht. Er studierte Jura und merkte, daß es das Richtige für ihn war, auch wenn er sich in keiner Weise auszeichnete.

Die Veränderung kam, als er von einem Kommilitonen dazu überredet wurde, ein Wohngebiet der Schwarzen einige Meilen außerhalb von Kapstadt zu besuchen. Wie um zu beweisen, daß sich die Zeiten trotz allem geändert hatten, unternahmen einige Studenten aus Neugier Besuche in schwarzen Stadtteilen. Der Radikalismus der liberalen Studenten an der Stellenboschuniversität hatte sich bis dahin nur verbal geäußert. Nun kam es zu einer Veränderung, und die war dramatisch. Zum ersten Mal zwangen sie sich, mit eigenen Augen zu sehen.

Für van Heerden war das Ganze ein schockartiges Erlebnis gewesen.

Er hatte eingesehen, unter welchen elenden und demütigenden Bedingungen die Schwarzen lebten. Der Kontrast zwischen den parkähnlichen Villengegenden der Weißen und den schwarzen Slums war so scharf gewesen, daß er einfach nicht verstehen konnte, wie so etwas in ein und demselben Land möglich sein konnte. Der Besuch in der schwarzen Vorstadt hatte in ihm eine tiefgehende gefühlsmäßige Verwirrung ausgelöst. Er war nachdenklich geworden und hatte sich von seinen Kameraden zurückgezogen. Viel später hatte er gedacht, daß es gewesen war, als habe er eine geschickt gemachte Fälschung aufgedeckt. Aber es handelte sich nicht um ein Gemälde an der Wand mit einer falschen Signatur. Es ging um das ganze Leben, das er bis dahin geführt hatte und jetzt eine Lüge war. Sogar seine Erinnerungen erschienen ihm verzerrt und unwahr. Als er aufwuchs, hatte ihn eine schwarze

Nanny betreut. Es gehörte zu seinen frühesten und bleibenden Kindheitserinnerungen, daß er von ihren starken Armen emporgehoben und an die Brust gedrückt worden war. Nun dachte er, daß sie ihn gehaßt haben mußte. Das bedeutete, daß nicht nur die Weißen in einer Lügenwelt lebten. Auch für die Schwarzen galt, daß sie um des Überlebens willen gezwungen wurden, ihren Haß auf das grenzenlose Unrecht zu verbergen, dem sie ständig ausgesetzt waren. Und außerdem noch in einem Land, das ihnen einmal gehört hatte, ihnen aber gestohlen worden war. Das ganze Fundament, auf dem er glaubte, gestanden zu haben, mit von Gott, der Natur und der Tradition gegebenem Recht, hatte sich als ein Morast erwiesen. Sein Weltbild, das nie in Frage gestellte, war auf ein schandbares Unrecht aufgebaut. Das hatte er in dem schwarzen Stadtteil Langa entdeckt, der so weit vom rein weißen Kapstadt entfernt war, wie es die Konstrukteure des Rassenunterschieds für angemessen hielten.

Das Erlebnis berührte ihn tiefer als die meisten seiner Kameraden. Als er versuchte zu diskutieren, merkte er, daß das, was bei ihm zu einem bösartigen traumatischen Erlebnis geworden war, bei seinen Freunden eher sentimentale Regungen hervorgerufen hatte. Während er meinte, eine apokalyptische Katastrophe kommen zu sehen, sprachen seine Kameraden davon, Kleidersammlungen zu organisieren.

Er legte das Examen ab, ohne sein Erlebnis verarbeitet zu haben. Als er bei einer Gelegenheit während eines Studienaufenthaltes Kimberley besuchte, bekam sein Vater einen Wutausbruch wegen des Berichts des Sohnes über den Besuch in dem schwarzen Stadtteil. Er merkte, daß seine Gedanken wie er selbst waren, immer heimatloser.

Nach seinem Examen erhielt er ein Angebot, im Justizministerium in Pretoria zu arbeiten. Er akzeptierte sofort. Nach etwa einem Jahr hatte sich seine Tauglichkeit erwiesen, und eines Tages wurde er gefragt, ob er sich vorstellen könne, zum Nachrichtendienst überzuwechseln. Zu diesem Zeitpunkt hatte er sich bereits daran gewöhnt, mit seinem Trauma zu leben, da er keine Möglichkeit sah, es loszuwerden. Sein Gespaltetsein war zum Synonym für seine Persönlichkeit geworden. Er konnte die Rolle des rechtgläubigen und überzeugten Buren spielen, der sprach und tat, was von ihm erwartet wurde. Aber in ihm wuchs das Gefühl einer nahenden Katastrophe. Eines Tages würde die Illusion zerplatzen und die Schwarzen schonungslose Rache fordern. Er hatte niemanden, mit dem er reden konnte, und er lebte ein einsames, immer isolierteres Leben.

Er merkte sehr bald, daß die Arbeit im Nachrichtendienst viele Vorteile bot. Nicht zuletzt erhielt er einen Einblick in die politischen Prozesse, von denen die Allgemeinheit nur vage oder unvollständig Kenntnis hatte.

Als Frederik de Klerk Präsident wurde und öffentlich erklärte, daß Nelson Mandela freigelassen werde und der ANC nicht länger verboten sein würde, hatte er gedacht, daß es vielleicht doch noch eine Möglichkeit gab, die Katastrophe zu vermeiden. Die Schande über das, was früher war, würde nie vergehen. Aber vielleicht hatte Südafrika trotz allem eine Zukunft?

Pieter van Heerden vergötterte Präsident de Klerk von Anfang an. Er konnte die verstehen, die ihn als einen Verräter ansahen. Aber er teilte ihre Ansicht nicht. Für ihn war de Klerk ein Messias. Als er außerdem noch auserwählt wurde, der Kontaktmann zum Präsidenten zu sein, hatte er sich stolz gefühlt. Zwischen ihm und de Klerk war sehr bald ein Vertrauensverhältnis entstanden. Zum ersten Mal in seinem Leben hatte van Heerden das Gefühl, etwas von Bedeutung zu tun. Dadurch, daß er dem Präsidenten Informationen gab, die manchmal nicht für seine Ohren bestimmt waren, trug van Heerden dazu bei, die Kräfte zu stärken, die ein anderes Südafrika schaffen wollten, ohne Rassenunterdrückung.

Daran dachte er, als er in seinem Bett in der Brenthurst Clinic lag. Erst wenn Südafrika umgestaltet, wenn Nelson Mandela der erste schwarze Präsident war, würde die Unruhe, die er ständig mit sich herumtrug, vorübergehen.

Die Tür ging auf, und eine schwarze Krankenschwester kam herein. Sie hieß Marta.

»Doktor Plitt hat gerade angerufen«, teilte sie mit. »Er kommt in ungefähr einer halben Stunde her, um eine Rückenmarkprobe zu nehmen.«

Van Heerden sah sie verwundert an.

»Rückenmarkprobe? Jetzt?«

»Ich finde es ja auch seltsam. Aber er war sehr bestimmt. Ich soll Ihnen sagen, Sie möchten sich schon jetzt auf die linke Seite legen. Es ist vielleicht am besten zu gehorchen. Die Operation ist ja bereits morgen früh. Doktor Plitt weiß sicher, was er tut.«

Van Heerden nickte. Er hatte volles Vertrauen in den jungen Arzt. Aber er konnte sich nicht helfen, der Zeitpunkt schien ihm für die Entnahme einer Rückenmarkprobe doch recht seltsam gewählt.

Marta half ihm, sich zurechtzulegen.

»Doktor Plitt sagte, Sie müßten ganz still liegen. Sie dürfen sich nicht bewegen.«

»Ich bin ein folgsamer Patient. Ich tue, was die Ärzte befehlen. Ich mach' ja auch, was du sagst, oder?«

»Stimmt, mit Ihnen habe ich keine Probleme. Wir sehen uns morgen, wenn Sie nach der Operation erwacht sind. Für heute abend mache ich Schluß.«

Sie verließ das Zimmer, und van Heerden dachte, daß sie nun eine Busreise von mehr als einer Stunde vor sich hatte. Er wußte nicht, wo sie wohnte, nahm aber an, in Soweto.

Er war fast eingeschlafen, als er hörte, wie die Tür geöffnet wurde. Es war dunkel im Zimmer, nur die Nachttischlampe leuchtete. Im Fensterglas gespiegelt, konnte er den Arzt eintreten sehen.

»Guten Abend«, sagte van Heerden, ohne sich zu rühren.

»Guten Abend, Pieter van Heerden«, hörte er eine Stimme antworten.

Es war nicht Doktor Plitts Stimme. Aber er erkannte sie wieder. Es dauerte ein paar Sekunden, bis er begriff, wer da hinter seinem Rücken stand. Und als er begriffen hatte, drehte er sich schnell um.

Jan Kleyn wußte, daß die Ärzte der Brenthurst Clinic sehr selten weiße Kittel während ihrer Patientenbesuche trugen. Er wußte überhaupt alles, was er über die Routine im Krankenhaus wissen mußte. Die Rolle des Arztes zu spielen, war sehr einfach zu arrangieren gewesen. Es passierte oft, daß Ärzte die Wache für andere übernahmen. Sie mußten nicht einmal im selben Krankenhaus arbeiten. Es war außerdem nicht ungewöhnlich, daß Ärzte ihre Patienten zu ausgefallenen Zeiten aufsuchten, besonders vor oder nach einer Operation. Als er dann noch herausgefunden hatte, zu welchem Zeitpunkt die Schicht der Krankenschwestern wechselte, war sein Plan klar gewesen. Er hatte seinen Wagen an der Vorderseite des Krankenhauses geparkt, die Rezeption passiert und den Wächtern mit der Legitimationskarte eines Transportunternehmens, das oft für Krankenhäuser und Laboratorien arbeitete, vor der Nase herumgewedelt.

»Ich soll eine eilige Blutprobe holen. Ein Patient in Abteilung 2.«

»Findest du hin?« fragte der Wächter.

»Ich war schon einmal hier«, antwortete Jan Kleyn und rief per Knopfdruck den Fahrstuhl.

Das war nicht gelogen. Am Tag zuvor hatte er das Krankenhaus mit einer Tüte voll Obst betreten. Er hatte behauptet, einen Patienten in Abteilung 2 besuchen zu wollen. Also wußte er sehr wohl, wie er hinfinden würde.

Der Gang war leer gewesen, als er sich dem Zimmer näherte, wo, wie er wußte, van Heerden lag. Weit hinten am Ende des Flurs hatte eine Nachtschwester gesessen, über ein Krankenhausjournal gebeugt. Er bewegte sich leise und stieß vorsichtig die Tür auf.

Als sich van Heerden erschrocken umdrehte, hatte Jan Kleyn die schallgedämpfte Pistole bereits in der rechten Hand.

In der linken hielt er das Fell eines Schakals.

Kleyn erlaubte es sich von Zeit zu Zeit, sein Dasein mit makabren Einfällen zu würzen. In diesem Fall konnte das Fell eines Schakals außerdem als ablenkende Spur fungieren, um die Kriminalpolizisten zu verwirren, die den Fall später untersuchen würden. Ein Offizier des Nachrichtendienstes, der in einem Krankenhaus ermordet wurde, mußte für hektische Betriebsamkeit bei der Mordkommission von Johannesburg sorgen. Man würde anfangen, nach Zusammenhängen zwischen dem Mord und der Arbeit Pieter van Heerdens zu suchen. Nicht zuletzt seine Kontakte zu Präsident de Klerk würden die Forderung nach Aufklärung des Mordes verschärfen. Jan Kleyn war deshalb darauf aus, die Polizei auf eine Fährte zu bringen, die sie mit Sicherheit in die falsche Richtung führen würde. Es kam vor, daß schwarze Kriminelle rituelle Komponenten ins Spiel brachten, wenn sie ihre Verbrechen begingen. Das galt vor allem für Raubmorde. Man begnügte sich nicht damit, Blut an die Wände zu schmieren. Oft hinterließen die Täter ein Symbol beim Opfer. Einen abgebrochenen Zweig, zu einem bestimmten Muster geordnete Steine. Oder das Fell eines Tieres.

Kleyn hatte sofort an einen Schakal denken müssen. In seinen Augen war das genau die Rolle, die van Heerden gespielt hatte. Er war derjenige gewesen, der die Kenntnisse und Informationen anderer ausgenutzt und weitergegeben hatte. Das hätte er nicht tun sollen.

Er betrachtete van Heerdens erschreckten Gesichtsausdruck.

»Die Operation ist abgeblasen«, sagte Jan Kleyn mit seiner heiseren Stimme.

Dann warf er das Fell des Schakals über van Heerdens Gesicht und gab drei Schüsse auf seinen Kopf ab. Das Kopfkissen begann sich zu verfärben. Kleyn steckte die Pistole in die Tasche und zog die Schublade des Nachttisches auf. Er nahm van Heerdens Brieftasche heraus und verließ das Zimmer. Genauso unbemerkt, wie er gekommen war, konnte er auch verschwinden. Die Wächter würden später keine eigentliche Personenbeschreibung des Mannes geben können, der van Heerden ermordet und beraubt hatte.

Auch die Polizei bezeichnete die Tat als Raubmord, und diese Version wurde dann verbreitet. Aber Präsident de Klerk ließ sich nicht überzeugen. Für ihn war van Heerdens Tod dessen letzte Botschaft. Es gab keine Zweifel mehr. Die Konspiration war echt.

Die hinter der Verschwörung standen, meinten es ernst.

15

Am Montag, dem 4. Mai, war Kurt Wallander bereit, die Verantwortung für die Ermittlungen im Mordfall Louise Akerblom
einem seiner Kollegen zu übergeben. Das hatte jedoch nichts
damit zu tun, daß er sich als Polizist schuldig fühlte, weil er keine
Ergebnisse aufzuweisen hatte. Es ging um etwas anderes. Um ein
Gefühl, das stärker und stärker geworden war. Er hatte ganz einfach den Eindruck, daß er es nicht mehr schaffte.

Am Samstag und Sonntag waren sie, was die Befragungen
anging, keinen Schritt weitergekommen. Die Leute waren verreist und nicht anzutreffen. Auch von der Zentrale für Kriminaltechnik waren bis auf weiteres keine Informationen zu bekommen. Es gab nur einen sehr bestimmten Ausnahmefall. Die Jagd
auf einen unbekannten Mann, der in Stockholm einen jungen
Polizisten getötet hatte, wurde mit unverminderter Intensität
fortgesetzt.

Um den Fall Louise Akerblom war es still geworden. Björk war
Freitag nacht von einer plötzlichen und schweren Gallenkolik
attackiert worden und lag seitdem im Krankenhaus. Wallander
besuchte ihn am frühen Samstag morgen, um sich Anweisungen
zu holen.

Nach dem Besuch im Krankenhaus setzten sich Wallander,
Martinson und Svedberg im Versammlungsraum des Polizeigebäudes zusammen. »Heute und morgen hat Schweden geschlossen«, sagte Wallander. »Irgendwelche Resultate der verschiedenen technischen Untersuchungen, auf die wir warten, erhalten
wir nicht vor Montag. Deshalb können wir die nächsten zwei
Tage dazu nutzen, das Material durchzugehen, das wir bereits
haben. Außerdem glaube ich, daß es klug wäre, wenn du, Martinson, dich mal wieder daheim bei deiner Familie sehen ließest.
Ich vermute, die nächste Woche wird ziemlich anstrengend.

Aber jetzt wollen wir uns noch eine Weile konzentrieren. Ich möchte, daß wir diesen Fall noch einmal durchgehen, von Anfang an. Ich will auch, daß ihr auf eine Frage antwortet, jeder für sich.«

Er machte eine kleine Pause, bevor er fortfuhr.

»Ich weiß, daß das hier nicht richtig polizeimäßig ist. Aber ich habe während dieser ganzen Ermittlung das Gefühl gehabt, daß irgend etwas seltsam ist. Ich kann es nicht deutlicher ausdrücken. Ich will nun wissen, ob einer von euch dasselbe Gefühl hat. Als ob wir vor einem Verbrechen stünden, das keinem der Muster folgt, mit denen wir es für gewöhnlich zu tun haben.«

Wallander hatte Verwunderung erwartet, vielleicht Mißtrauen. Aber Martinson und Svedberg teilten sein Gefühl.

»Ich habe so etwas noch nie erlebt«, sagte Martinson. »Ich verfüge natürlich nicht über so lange Erfahrungen wie du, Kurt. Aber ich muß zugeben, daß ich mich vor diesem Durcheinander hilflos fühle. Erst versuchen wir, einen Täter zu fassen, der für einen abscheulichen Frauenmord verantwortlich ist. Je tiefer wir graben, desto unbegreiflicher wird, warum sie getötet worden ist. Schließlich sitzen wir wieder da, mit dem Gefühl, daß ihr Tod ein Geschehnis am Rande von etwas ganz anderem ist, etwas Größerem. Ich habe die ganze letzte Woche über schlecht geschlafen. Und das passiert mir sonst nie.«

Wallander nickte und sah zu Svedberg.

»Was soll ich sagen«, begann er und kratzte sich die Glatze. »Martinson hat es ja schon gesagt, besser als ich es kann. Gestern abend, als ich nach Hause kam, habe ich eine Liste aufgestellt: tote Frau, Brunnen, schwarzer Finger, gesprengtes Haus, Funkanlage, Pistole, Südafrika. Dann saß ich da und glotzte über eine Stunde auf diese Liste, als sei sie ein Bilderrätsel. Es ist, als ob wir nicht einsehen, daß Verbindung und Zusammenhang nichts miteinander zu tun haben in dieser Ermittlung. Ich glaube, ich habe noch nie das Gefühl gehabt, in einem so vollständigen Dunkel herumzustolpern wie jetzt.«

»Das war es, was ich wissen wollte«, sagte Wallander. »Ich glaube nämlich nicht, daß es unwichtig ist, daß wir bei diesem Fall hier dasselbe Gefühl haben. Laßt uns trotz allem sehen, ob wir nicht ein wenig Licht in das Dunkel bringen können, von dem Svedberg sprach.«

Sie gingen die Ermittlung von Anfang an durch, es dauerte fast drei Stunden. Danach waren sie sich einig, daß sie trotz allem bisher keine größeren Fehler in der Arbeit gemacht hatten. Aber irgendwelche neuen Spuren konnten sie auch nicht entdecken.

»Das Ganze ist, vorsichtig ausgedrückt, sehr unklar«, faßte Wallander zusammen. »Die einzige richtige Spur, die wir haben, ist ein schwarzer Finger. Wir können außerdem mit ziemlicher Sicherheit davon ausgehen, daß der Mann, der seinen Finger verloren hat, nicht allein war, falls er der Täter sein sollte. Alfred Hanson hat das Haus nicht an einen Afrikaner vermietet. Das wissen wir mit Bestimmtheit. Aber wir wissen nicht, wer der Mann war, der sich Nordström nannte und ihm zehntausend Kronen auf den Tisch gelegt hat. Genausowenig wissen wir, wozu das Haus benutzt wurde. Hinsichtlich der Beziehungen dieser Menschen zu Louise Akerblom oder zu dem gesprengten Haus, der Funkanlage und der Pistole haben wir lediglich unbestätigte und vage Theorien. Das allergefährlichste sind Ermittlungen, die Vermutungen provozieren und nicht logisches Denken. Die Theorie, die trotz allem gerade jetzt am glaubwürdigsten erscheint, ist die, daß Louise Akerblom etwas gesehen hat, was sie nicht sehen sollte. Aber was sind das für Menschen, die regelrechte Hinrichtungen vornehmen? Das ist es, was wir herausfinden müssen.«

Sie saßen schweigend um den Tisch herum und dachten über seine Worte nach. Eine Putzfrau öffnete die Tür und schaute herein.

»Nicht jetzt«, sagte Wallander.

Sie machte die Tür wieder zu.

»Ich werde mich heute mit den Hinweisen beschäftigen, die eingegangen sind«, erklärte Svedberg. »Wenn ich Hilfe brauche, melde ich mich. Etwas anderes werde ich kaum schaffen.«

»Es ist vielleicht gut, wenn wir uns in bezug auf Stig Gustafson Klarheit verschaffen«, sagte Martinson. »Ich könnte sein Alibi überprüfen, soweit es an einem solchen Tag möglich ist. Wenn nötig, fahre ich nach Malmö. Aber zuerst versuche ich diesen Blumenhändler Forsgard zu erwischen, den Gustafson auf dem Pissoir getroffen haben will.«

»Das hier ist ein Mordfall«, erinnerte Wallander. »Macht die Leute ausfindig und kümmert euch nicht darum, daß sie auf ihren Sommergrundstücken ihre Ruhe haben wollen.«

Sie beschlossen, sich um fünf wieder zu treffen, um sich abzustimmen. Wallander holte Kaffee, ging in sein Zimmer und rief Nyberg zu Hause an.

»Du bekommst meinen Bericht am Montag«, sagte Nyberg. »Aber du weißt das Wichtigste bereits.«

»Nein. Ich weiß immer noch nicht, warum das Haus abgebrannt ist. Ich kenne die Brandursache nicht.«

»Darüber solltest du doch wohl besser mit dem Leiter der Brandbekämpfung sprechen, oder? Er hat vielleicht eine plausible Erklärung. Wir sind noch nicht soweit.«

»Ich dachte, wir arbeiten zusammen, Feuerwehr und Polizei?« erkundigte sich Wallander irritiert. »Aber vielleicht gibt es neue Bestimmungen, die ich noch nicht kenne?«

»Wir haben keine eindeutige Erklärung.«

»Und was glaubst du? Was vermutet die Feuerwehr? Was denkt Peter Edler?«

»Es muß eine so starke Detonation gewesen sein, daß vom Sprengsatz nichts übriggeblieben ist. Wir haben darüber gesprochen, daß es vielleicht eine Serie von Explosionen gewesen sein könnte.«

»Nein«, sagte Wallander. »Es war nur eine Detonation.«

»So meinte ich es auch nicht«, erklärte Nyberg geduldig. »Man kann zehn Explosionen in der Sekunde arrangieren, wenn man geschickt genug ist. Es handelt sich um eine Kette, wo jede Sprengung eine Zehntelsekunde Verzögerung hat. Aber der Effekt wird dadurch ungemein erhöht. Das hat mit dem veränderten Luftdruck zu tun.«

Wallander dachte schnell nach.

»Also waren es keine ›Amateure‹.«

»Definitiv nicht.«

»Kann es eine andere Erklärung für den Brand geben?«

»Kaum.«

Wallander warf einen Blick in seine Papiere, bevor er weiter-fragte.

»Was kannst du mir noch über die Funkanlage erzählen? Das Gerücht sagt, es handele sich um ein russisches Fabrikat.«

»Das ist kein Gerücht. Das habe ich bestätigen können. Ich habe da Unterstützung vom Militär erhalten.«

»Was ziehst du daraus für Schlußfolgerungen?«

»Überhaupt keine. Das Militär ist sehr daran interessiert, her-auszubekommen, wie die Anlage hier ins Land gebracht werden konnte. Das ist ein Mysterium.«

Wallander ging zum nächsten Punkt über.

»Der Pistolengriff?«

»Nichts Neues.«

»Etwas anderes?«

»Eigentlich nicht. Der Bericht wird keine überraschenden Ent-deckungen enthalten.«

Wallander beendete das Gespräch. Dann tat er etwas, wozu er sich während der Beratung am Morgen entschieden hatte. Er wählte die Nummer der Polizeizentrale auf Kungsholmen und bat darum, mit Kommissar Loven sprechen zu dürfen. Wallander hatte ihn im vergangenen Jahr getroffen, während der Arbeit an dem Fall mit den zwei Leichen im Schlauchboot, die bei Mossby Strand an Land getrieben worden waren. Trotz der nur ein paar Tage dauernden Zusammenarbeit hatte Wallander gemerkt, daß Loven ein fähiger Polizist war.

»Kommissar Loven ist gerade nicht erreichbar«, teilte die Tele-fonzentrale auf Kungsholmen mit.

»Hier ist Kommissar Wallander in Ystad. Ich habe ein dringen-des Anliegen. Es geht um den Polizisten, der vor einigen Tagen in Stockholm getötet wurde.«

»Ich werde Kommissar Loven suchen gehen«, versprach der Diensthabende am Telefon.

»Es ist dringend«, wiederholte Wallander.

Es dauerte genau zwölf Minuten, dann war Loven am Apparat.

»Wallander, du bist es. Ich habe an dich gedacht, als ich von dem Mord an dieser Frau las. Wie geht es voran?«

»Langsam. Und bei euch?«

»Wir kriegen ihn«, sagte Loven. »Früher oder später kriegen wir die, die auf uns schießen. Du hast mir bestimmt etwas in dieser Angelegenheit mitzuteilen?«

»Vielleicht. Es ist so, daß der Frau hier unten in die Stirn geschossen wurde. Genau wie Tengblad. Ich dachte, es wäre gut, wenn man die Kugeln so bald wie möglich einem Vergleich unterziehen würde.«

»Ja. Allerdings hat der Mann hier auf die Frontscheibe geschossen. Es muß schwer für ihn gewesen sein, einen Kopf dahinter zu erkennen. Dazu gehört schon ein geschickter Schütze, mitten in die Stirn eines Mannes zu treffen, der in einem fahrenden Auto sitzt. Aber du hast natürlich recht. Das Ganze muß untersucht werden.«

»Habt ihr eine Personenbeschreibung?«

Die Antwort kam schnell.

»Er hat einem jungen Paar nach dem Mord das Auto gestohlen. Leider waren sie so erschrocken, daß sie sehr unterschiedliche Angaben gemacht haben, wie der Mann aussah.«

»Sie haben ihn nicht zufällig reden gehört?«

»Das war das einzige, worin sie sich einig waren. Daß er mit einem ausländischen Akzent sprach.«

Wallander spürte, wie die Spannung in ihm wuchs. Er berichtete Loven von seinem Gespräch mit Alfred Hanson und über den Mann, der zehntausend Kronen bezahlt hatte, um einen verlassenen Hof zu mieten.

»Das müssen wir im Auge behalten«, sagte Loven, als Wallander fertig war. »Auch wenn es merkwürdig klingt.«

»Das Ganze ist sehr merkwürdig. Ich könnte am Montag nach Stockholm kommen. Ich habe den Verdacht, daß mein Afrikaner dort ist.«

»Vielleicht war er in das Tränengasattentat auf eine Diskothek in Söder verwickelt.«

Wallander erinnerte sich schwach an einen Artikel in der gestrigen Ausgabe von Ystads ›Allehanda‹.

»Was für ein Attentat?«

»Jemand warf Tränengasgranaten in einen Klub, der in Söder liegt. Dort verkehren viele Afrikaner. Wir haben bisher nie Probleme damit gehabt. Und nun das. Außerdem hat jemand Schüsse im Lokal abgegeben.«

»Schnapp dir die Kugeln, unbedingt. Die müssen wir ebenfalls untersuchen.«

»Du glaubst wohl, daß es in diesem Land nur eine Waffe gibt?«

»Nein. Aber ich suche nach Zusammenhängen. Unerwarteten Verbindungen.«

»Ich werde Dampf machen in dieser Richtung«, versprach Loven. »Danke für deinen Anruf. Ich werde dem Leiter der Fahndung mitteilen, daß du am Montag kommst.«

Sie trafen sich wie vereinbart um fünf, und es wurde eine sehr kurze Versammlung. Martinson war es gelungen, einen so großen Teil der Angaben Stig Gustafsons zu bestätigen, daß dieser nun definitiv auf dem Weg war, aus den Ermittlungen herauszufallen. Aber Wallander fühlte noch Zweifel, ohne sagen zu können, weshalb.

»Wir lassen ihn noch nicht ganz in Ruhe. Wir gehen das Material über ihn noch einmal durch.«

Martinson sah ihn verwundert an.

»Was glaubst du eigentlich herausfinden zu können?«

Wallander zuckte die Schultern.

»Ich weiß nicht. Ich befürchte nur, daß wir ihn zu zeitig laufenlassen.«

Martinson wollte schon protestieren, hielt sich aber zurück. Er hatte großen Respekt vor Wallanders Meinung und Intuition.

Svedberg hatte sich durch den Berg von Hinweisen gegraben, der bisher bei der Polizei eingegangen war. Es war nichts darunter gewesen, was unmittelbar ein neues Licht auf Louise Akerbloms Tod oder das in die Luft gesprengte Haus geworfen hätte.

»Man sollte meinen, jemand müßte doch einen Afrikaner gesehen haben, dem ein Finger fehlt«, sinnierte Wallander.

»Vielleicht gibt es ihn gar nicht«, vermutete Martinson.

»Wir haben den Finger. Der stammt nicht von einem Geist.«

Dann berichtete Wallander, was er selbst herausgefunden hatte. Es herrschte Einigkeit darüber, daß er nach Stockholm reisen mußte. So unglaublich es schien, aber es konnte einen Zusammenhang zwischen den Morden an Louise Akerblom und Tengblad geben.

Sie beendeten die Sitzung damit, die Personen durchzugehen, die das nun gesprengte Haus geerbt hatten.

»Das hier kann warten«, sagte Wallander danach. »Hier wird es kaum etwas geben, das uns weiterbringt.«

Dann schickte er Svedberg und Martinson nach Hause. Er selbst blieb noch eine Weile in seinem Büro und rief Per Akeson, den Staatsanwalt, zu Hause an. Er gab ihm einen kurzen Lagebericht.

»Es ist nicht gut, wenn wir diesen Mordfall nicht schnell aufklären können«, sagte Akeson.

Wallander kam nicht umhin, ihm zuzustimmen. Sie beschlossen, sich am frühen Montag morgen zu treffen, um die bisherige Ermittlungsarbeit gründlich unter die Lupe zu nehmen. Wallander merkte, daß Akeson Angst hatte, später wegen eventueller Versäumnisse kritisiert zu werden. Er beendete das Gespräch, knipste die Schreibtischlampe aus und verließ das Polizeigebäude. Dann fuhr er den langgezogenen Hügel hinunter und bog auf den Parkplatz des Krankenhauses ein.

Björk ging es schon besser, und er rechnete damit, am Montag entlassen zu werden. Wallander berichtete ihm, und Björk schien es ebenfalls angebracht, daß Wallander nach Stockholm reiste.

»Das hier war eigentlich immer eine ruhige Gegend«, sagte er, als Wallander aufstand, um zu gehen. »Hier passierte selten etwas Aufsehenerregendes. Nun scheint alles anders geworden zu sein.«

»Nicht nur hier«, wandte Wallander ein. »Du sprichst von einer anderen Zeit.«

»Ich fange an, alt zu werden«, seufzte Björk.

»Da bist du nicht der einzige.«

Die Worte blieben ihm im Ohr, als er das Krankenhaus verließ. Es war bald halb sieben, und er merkte, daß er hungrig war. Der Gedanke, sich zu Hause hinstellen und Essen bereiten zu müssen, machte ihn jedoch nicht gerade froh. Er beschloß schnell, lieber auswärts zu essen. Er fuhr heim, duschte und zog sich um. Dann versuchte er, seine Tochter Linda in Stockholm anzurufen. Er ließ es lange klingeln. Schließlich gab er auf. Er ging in den Keller hinunter und schrieb sich für die Waschküche ein. Dann spazierte er ins Zentrum. Es war nicht mehr so windig, aber immer noch kühl.

Alt werden, dachte er. Ich bin erst 44 und fange schon an, mich verbraucht zu fühlen.

Die Gedanken weckten in ihm eine plötzliche Wut. Er selbst und niemand anders entschied doch, ob er sich vorzeitig alt fühlte. Daran konnte er weder seinem Job noch der nun fünf Jahre zurückliegenden Scheidung die Schuld geben. Die Frage war nur, wie er seine Situation würde verändern können.

Er erreichte den Marktplatz und überlegte, wo er essen gehen sollte. In einem Anfall von Verschwendungssucht entschied er sich für das »Continental«.

Er lief die Hamngatan hinunter, blieb einen Augenblick vor dem Schaufenster des Lampenladens stehen und schlenderte dann weiter in Richtung Hotel. Er nickte dem Mädchen an der Rezeption zu, die eine Klassenkameradin seiner Tochter gewesen war.

Das Restaurant war fast leer. Einen Augenblick lang ärgerte er sich. Allein in einem leeren Speisesaal zu sitzen, schien ihm allzu öde. Aber dann setzte er sich erst mal hin. Er hatte eine Entscheidung getroffen und schaffte es nicht, sie rückgängig zu machen.

Morgen fange ich an, mein Leben zu ändern, dachte er und verzog das Gesicht. Immer verschob er Wichtiges auf die Zukunft, wenn es um das eigene Leben ging. In seinem Job vertrat er dagegen nachdrücklich das entgegengesetzte Prinzip. Das Wichtige kam da zuerst. Als Mensch war er also wie in zwei Hälften gespalten.

Er saß in der Barabteilung des Restaurants. Ein junger Servierer kam an den Tisch und fragte, was er zu trinken wünsche. Wallander hatte das Gefühl, den Mann zu kennen, ohne ihn jedoch direkt plazieren zu können.

»Whisky«, bestellte er. »Ohne Eis. Aber dazu bitte ein Glas Wasser.«

Als er den Drink bekam, kippte er ihn sofort hinunter und bestellte unmittelbar einen neuen. Ihm war selten danach, sich zu betrinken. Aber an diesem Abend wollte er sich gehenlassen.

Als er seinen dritten Whisky bekam, fiel ihm ein, woher er den Servierer kannte. Vor ein paar Jahren hatte Wallander ihn im

Zusammenhang mit einigen Einbrüchen und Autodiebstählen verhört. Er war dann später festgenommen und verurteilt worden.

Für den ist es also gutgegangen, dachte er. Und ich werde ihn nicht an seine Vergangenheit erinnern. Vielleicht sollte man sogar behaupten, daß es ihm besser ergangen ist als mir? Wenn man die Voraussetzungen betrachtet?

Er spürte die Wirkung des Alkohols fast unmittelbar.

Eine Weile später wechselte Wallander in die Speiseabteilung über und bestellte Vorspeise, Hauptgericht und Dessert.

Zum Essen trank er eine Flasche Wein, zum Kaffee zwei Glas Kognak.

Als er das Restaurant verließ, war es halb elf. Er war ordentlich angetrunken, und es kam ihm nicht in den Sinn, nach Hause zu gehen und sich schlafen zu legen.

Er lief zur Taxistation auf dem Busplatz und ließ sich in das einzige Tanzlokal der Stadt fahren. Dort waren unerwartet viele Leute, und er hatte gewisse Schwierigkeiten, sich an einem der Bartische Platz zu verschaffen. Dann trank er Whisky und tanzte. Er war kein schlechter Tänzer und betrat den Tanzboden immer mit einer gewissen Sicherheit. Die einheimische Schlagermusik machte ihn sentimental. Er verliebte sich augenblicklich in alle Frauen, mit denen er tanzte. Mit allen stellte er sich eine Fortsetzung zu Hause in seiner Wohnung vor. Aber die Illusion verging, als ihm plötzlich schlecht wurde und er es gerade noch schaffte, das Lokal zu verlassen, bevor er sich erbrechen mußte. Er ging nicht wieder hinein, sondern schwankte in die Stadt zurück. Als er in seine Wohnung kam, riß er sich alle Kleider vom Leibe und stellte sich nackt vor den Korridorspiegel.

»Kurt Wallander«, sagte er laut. »Hier hast du dein Leben.«

Dann beschloß er, Baiba Liepa in Riga anzurufen. Es war nach zwei, und er wußte, daß er es lieber nicht tun sollte. Aber er ließ das Telefon klingeln, und schließlich nahm sie ab.

Plötzlich wußte er nicht, was er sagen sollte. Er fand auch nicht die englischen Worte, die er brauchte. Ganz offensichtlich hatte er sie geweckt, und sie war erschrocken, mitten in der Nacht einen Telefonanruf zu erhalten.

Dann sagte er, daß er sie liebte. Sie begriff erst nicht, was er meinte. Aber als sie verstand, merkte sie auch, daß er betrunken war, und Wallander selbst spürte, daß der Anruf ein furchtbarer Fehler war. Er entschuldigte sich und legte auf. Dann ging er direkt in die Küche und nahm eine halbe Flasche Wodka aus dem Kühlschrank. Obwohl ihm immer noch übel war, zwang er sich, den Schnaps auszutrinken.

Im Morgengrauen erwachte er auf dem Sofa im Wohnzimmer. Sein Kater war enorm. Was ihm jedoch die meisten Kopfschmerzen bereitete, war das Telefongespräch mit Baiba Liepa.

Er stöhnte bei der Erinnerung daran, schwankte in das Schlafzimmer und kroch ins Bett. Dann zwang er sich, mit dem Denken aufzuhören. Erst am späten Nachmittag stand er auf und kochte Kaffee. Er setzte sich vor den Fernseher und schaute sich ein Programm nach dem anderen an. Er versuchte erst gar nicht, seinen Vater oder seine Tochter anzurufen. Gegen sieben briet er sich ein Fischfilet, etwas anderes hatte er im Kühlschrank nicht gefunden. Dann kehrte er zum Fernsehen zurück. Um jeden Preis versuchte er zu vermeiden, an das nächtliche Gespräch zu denken.

Um elf nahm er eine Schlaftablette und zog sich die Decke über den Kopf.

Morgen ist alles besser, dachte er. Dann werde ich sie anrufen und mich erklären. Oder vielleicht einen Brief schreiben. Oder etwas anderes.

Der Montag, der 4. Mai, verlief jedoch ganz anders, als Wallander es sich vorgestellt hatte.

Es war, als würde alles auf einmal geschehen.

Kurz nach halb acht hatte er gerade sein Zimmer betreten, als das Telefon klingelte. Es war Loven in Stockholm.

»In der Stadt gibt es ein Gerücht«, teilte er mit. »Angeblich ist auf einen Afrikaner ein Kopfgeld ausgesetzt worden. Wichtigstes Kennzeichen: Er trägt einen Verband um die linke Hand.«

Es dauerte einen Augenblick, bis Wallander begriff, wovon Loven sprach.

»Himmel und Hölle«, sagte er.

»Dachte ich mir, daß du so reagierst. Dann wollte ich noch wissen, wann du kommst, damit wir dich abholen können.«

»Das weiß ich noch nicht. Aber sicher nicht vor heute nachmittag. Björk, du erinnerst dich vielleicht an ihn, hat Gallensteine. Ich muß hier erst Ordnung schaffen. Wenn es feststeht, ruf ich natürlich sofort an.«

»Wir warten.«

Wallander hatte gerade aufgelegt, als es wieder klingelte. Gleichzeitig kam Martinson herein und wedelte aufgeregt mit einem Papier. Wallander wies ihm einen Stuhl und nahm den Hörer ab.

Es war der Obduzent in Malmö, Högberg, der die vorläufige rechtsmedizinische Untersuchung von Louise Akerbloms Leichnam abgeschlossen hatte. Wallander hatte schon mit ihm zu tun gehabt und wußte, daß der Mann gründlich arbeitete. Er zog sich einen Notizblock heran und winkte Martinson, er möge ihm einen Stift reichen.

»Absolut keine Vergewaltigung«, sagte Högberg. »Sofern der Täter nicht ein Kondom verwendet hat und das Ganze in diesem Falle eine unbegreiflich friedvolle Geschichte war. Sie zeigt überhaupt keine Spuren, die auf Gewaltanwendung hindeuten. Lediglich Abschürfungen, die bei dem Sturz in den Brunnen entstanden sein können. Auch keine Anzeichen, daß sie an Handgelenken oder Füßen Handschellen getragen hätte. Das einzige, was ihr geschehen ist: Jemand hat sie erschossen.«

»Ich brauche die Kugel so schnell wie möglich.«

»Sie kommt im Laufe des Vormittags. Der vollständige Bericht dauert natürlich etwas länger.«

»Danke für den Einsatz«, sagte Wallander.

Er legte auf und wandte sich Martinson zu.

»Louise Akerblom wurde nicht vergewaltigt«, informierte er. »Ein Sexualverbrechen können wir ausschließen.«

»Nun wissen wir Bescheid«, sagte Martinson. »Außerdem steht fest, daß der schwarze Finger der Zeigefinger der linken Hand eines schwarzen Mannes ist. Vermutlich ist der Mann etwa dreißig Jahre alt. Das steht alles hier auf dem Fax, das soeben aus Stockholm kam. Ich frage mich, wie die das machen, daß sie so exakte Aussagen zustande bringen.«

»Keine Ahnung. Aber je mehr wir wissen, desto besser. Wenn Svedberg im Hause ist, sollten wir uns so schnell wie möglich treffen. Heute nachmittag reise ich nach Stockholm. Außerdem habe ich für zwei eine Pressekonferenz angekündigt. Die überlasse ich euch, Svedberg und dir. Wenn etwas anderes Wichtiges passiert, rufst du mich in Stockholm an.«

»Svedberg wird sich freuen, das zu hören. Bist du sicher, daß du nicht ein wenig später fahren kannst?«

»Ganz sicher«, antwortete Wallander und erhob sich.

»Ich hörte, daß die Kollegen in Malmö Morell verhaftet haben«, sagte Martinson, als sie auf dem Gang standen.

Wallander sah ihn fragend an.

»Wen?«

»Morell. Den Hehler in Malmö. Der mit den Wasserpumpen.«

»Ach so«, sagte Wallander zerstreut. »Ach den.«

Er ging hinaus zur Anmeldung und bat Ebba, ihm für zirka drei Uhr am Nachmittag einen Flug nach Stockholm zu buchen. Er bat sie auch, zu versuchen, ein Zimmer im Hotel Central zu bekommen, das in der Vasagatan in Stockholm lag und recht billig war. Dann kehrte er in sein Zimmer zurück und griff zum Hörer, um seinen Vater anzurufen, ließ es aber dann doch sein. Es war, als wollte er nicht riskieren, schlechte Laune zu bekommen. Für diesen Tag brauchte er volle Konzentration. Dann kam ihm eine Idee. Er würde Martinson bitten, später am Tage in Löderup anzurufen, von Wallander Grüße zu bestellen und zu erklären, daß er kurzfristig gezwungen gewesen war, nach Stockholm zu reisen. Das würde seinem Vater möglicherweise klarmachen, daß Wallander von wichtigen Angelegenheiten sehr in Anspruch genommen war.

Der Gedanke munterte ihn auf. Vielleicht würde er sich auch für kommende Gelegenheiten als brauchbar erweisen.

Fünf Minuten vor vier landete Wallander in Arlanda, wo ein leichter Nieselregen fiel. Er durchquerte die an einen Hangar erinnernde Wartehalle und sah Loven draußen vor den Schwingtüren stehen und warten.

Wallander merkte, daß er Kopfschmerzen hatte. Der Tag war äußerst anstrengend gewesen. Fast zwei Stunden hatte er beim Staatsanwalt verbracht. Per Akeson hatte viele Fragen und kritische Anmerkungen gehabt. Wallander hatte sich gefragt, wie man einem Staatsanwalt erklären sollte, daß auch ein Polizist zwischendurch gezwungen war, sich auf seinen Instinkt zu verlassen, wenn Prioritäten gesetzt werden mußten. Akeson hatte die bis dahin vorliegenden Berichte kritisiert, Wallander jedoch die Ermittlung verteidigt, so daß am Ende des Treffens eine irritierte Stimmung zwischen ihnen aufgekommen war. Bevor er sich von Peters hatte zum Flugplatz fahren lassen, war er nach Hause geeilt und hatte ein paar Sachen in eine Tasche gestopft. Endlich bekam er sogar eine Telefonverbindung zu seiner Tochter. Sie freute sich, daß er kommen würde, das konnte er hören. Sie vereinbarten, daß er am Abend anrufen sollte, egal, wie spät es werden würde.

Erst als Wallander im Flugzeug saß und dieses abhob, hatte er gemerkt, wie hungrig er war. Die Sandwiches der SAS waren die ersten Bissen an diesem Tag.

Während der Autofahrt zum Polizeigebäude auf Kungsholmen wurde Wallander über die Jagd nach Tengblads Mörder informiert. Loven und seine Kollegen hatten offenbar keine richtige Spur, und Wallander begriff, daß ihre Suche von Ruhelosigkeit geprägt wurde. Loven vermittelte ihm auch einen Eindruck davon, was in der Diskothek geschehen war, die man mit Tränengasgranaten angegriffen hatte. Alles deutete darauf hin, daß es sich entweder um schweres Rowdytum oder um einen Racheakt handelte. Auch hier gab es keine sicheren Spuren. Zum Schluß hatte sich Wallander nach dem Kopfgeld erkundigt. Für ihn war das eine ebenso neue wie erschreckende Entwicklung, die sich in den letzten Jahren vollzogen hatte und nur in den drei größten Städten des Landes zu beobachten war. Aber er hegte keine Illusionen. Bald würden sie auch in ihrer Gegend damit leben müssen, daß zwischen einem Auftraggeber und einem Mörder ein Vertrag geschlossen wurde, Menschen umzubringen. Das Ganze war eine geschäftliche Transaktion. Das endgültige Zeichen dafür, daß die Brutalisierung der Gesellschaft unvorstellbare Proportionen erreicht hatte, dachte Wallander.

»Von uns sind Leute unterwegs, die versuchen herauszubekommen, worum es eigentlich geht«, sagte Loven, als sie Norra Kyrkogarden an der Einfahrt nach Stockholm passierten.

»Ich kriege die Fäden nicht zusammen«, seufzte Wallander.

»Wie im vergangenen Jahr, als dieses Schlauchboot an Land trieb. Da paßte auch nichts zusammen.«

»Wir müssen auf unsere Techniker hoffen. Vielleicht holen sie aus den Kugeln etwas heraus.«

Wallander tippte auf seine Jackentasche. Er hatte die Kugel mit, die Louise Akerblom getötet hatte.

Sie fuhren in die Tiefgarage des Polizeigebäudes und nahmen dann den Lift direkt hinauf zu der Kommandozentrale, von wo aus die Jagd nach Tengblads Mörder organisiert wurde.

Als Wallander den Raum betrat, erschrak er über die Anzahl der Polizisten. Über fünfzehn Personen sahen ihn an, und er mußte an den Unterschied zu Ystad denken.

Loven machte ihn bekannt, und Wallander nahm ein Murmeln als Begrüßung entgegen. Ein kleiner Mann in den Fünfzigern, mit schütterem Haar, stellte sich als Stenberg vor. Er war der Leiter der Ermittlungen.

Wallander fühlte sich plötzlich nervös und schlecht vorbereitet. Außerdem fragte er sich, ob sie seinen schonischen Dialekt wohl verstehen würden.

Aber er setzte sich an den Tisch und berichtete über alles, was geschehen war. Er mußte viele Fragen beantworten und merkte, daß er es mit erfahrenen Kriminalisten zu tun hatte, die sich sehr schnell in die Situation hineinfanden, Schwachpunkte der Ermittlung erkannten und die richtigen Auskünfte einholten.

Das Treffen zog sich hin, dauerte über zwei Stunden. Schließlich, als allgemeine Ermüdung sich im Raum auszubreiten begann und Wallander bereits gezwungen war, um Tabletten gegen seine Kopfschmerzen zu bitten, lieferte Stenberg eine Zusammenfassung.

»Wir brauchen schnell das Resultat der Munitionsanalyse«, schloß er. »Wenn es eine Verbindung zwischen den Waffen gibt, die angewendet wurden, ist es uns auf alle Fälle gelungen, das Ganze noch unklarer zu machen.«

Einige der Polizisten verzogen den Mund. Die meisten aber saßen da und starrten vor sich hin.

Es war fast acht Uhr, als Wallander das Polizeigebäude auf

Kungsholmen verließ. Loven fuhr ihn zu dem Hotel in der Vasa-gatan.

»Kommst du zurecht?« fragte er, als Wallander ausstieg.

»Meine Tochter wohnt hier in der Stadt. Wie hieß übrigens diese Diskothek, in die jemand Tränengas geworfen hat?«

»›Aurora‹. Aber ich glaube kaum, daß das ein Lokal nach dei-nem Geschmack ist.«

»Bestimmt nicht«, bestätigte Wallander.

Loven nickte und fuhr los. Wallander holte sich den Zimmer-schlüssel und widerstand der Versuchung, eine Bar in der Nähe des Hotels aufzusuchen. Die Erinnerung an den Samstagabend in Ystad war noch allzu lebendig. Er nahm den Fahrstuhl hinauf zu seinem Zimmer, duschte und wechselte das Hemd. Nachdem er sich eine Stunde auf dem Bett ausgeruht hatte, suchte er sich die Adresse der Diskothek »Aurora« aus dem Telefonbuch. Viertel vor neun verließ er das Hotel. Er hatte gezögert, seine Tochter anzu-rufen, bevor er sich auf den Weg machte. Schließlich hatte er sich entschieden, damit noch zu warten. Der Besuch in der Diskothek würde wahrscheinlich nicht allzu lange dauern. Linda ging außer-dem für gewöhnlich spät ins Bett. Er lief zum Bahnhof hinüber, stieg in ein Taxi und gab eine Adresse in Söder an. Gedankenvoll betrachtete er die Stadt, durch die sie fuhren. Irgendwo hier lebte seine Tochter Linda, irgendwo auch seine Schwester Kristina. Ver-steckt zwischen den Häusern und Menschen gab es vermutlich auch einen Afrikaner, dem der linke Zeigefinger abgehauen wor-den war.

Er fühlte ein plötzliches Unbehagen. Es war, als wartete er dar-auf, daß bald etwas passieren würde. Etwas, vor dem er sich bereits jetzt fürchten mußte.

Louise Akerbloms lächelndes Gesicht kam ihm flüchtig in den Sinn.

Was hatte sie noch begreifen können? Hatte sie verstanden, daß sie sterben würde?

Eine Treppe führte von der Straße hinunter zu einer schwarz-gestrichenen Eisentür. Darüber leuchtete ein roter, verschmutzter Schriftzug. Viele der Neonbuchstaben waren erloschen. Wallander fragte sich, warum er sich eigentlich entschlossen hatte, diesen Ort zu besuchen, wo einer vor ein paar Tagen Tränengasgranaten geworfen hatte. Aber so wie er im dunkeln tappte, mußte er wohl jede Möglichkeit nutzen, einen schwarzen Mann mit einem abgetrennten Finger zu finden. Er stieg die Treppe hinunter, stieß die Tür auf und betrat einen dunklen Raum, wo es ihm anfangs schwerfiel, Details zu unterscheiden. Aus einem Lautsprecher, der an der Decke hing, war leise Musik zu hören. Der Raum war verraucht, und er glaubte zuerst, allein zu sein. Dann entdeckte er Schatten mit glänzenden weißen Augenwinkeln in den Ecken und eine Bartheke, die stärker beleuchtet war als der Rest des Lokals. Als er sich an die Dunkelheit gewöhnt hatte, ging er zur Bar hinüber und bestellte ein Bier. Der Mann, der servierte, hatte einen kahlrasierten Schädel.

»Wir kommen ohne Hilfe klar«, sagte er.

Wallander verstand erst nicht, was er meinte.

»Wir kümmern uns selbst um die Bewachung, die wir brauchen.«

Wallander stellte erstaunt fest, daß der Mann ihn als Polizisten erkannt hatte.

»Wie kannst du sehen, daß ich Polizist bin?« fragte er und ärgerte sich im selben Augenblick.

»Berufsgeheimnis«, konterte der Mann.

Wallander merkte, daß er langsam wütend wurde. Die arrogante Selbstsicherheit seines Gegenübers irritierte ihn.

»Ich habe ein paar Fragen. Da du schon weißt, daß ich Polizist bin, muß ich mich ja nicht mehr legitimieren.«

»Ich antworte nur selten auf Fragen.«

»Diesmal wirst du es tun. Sonst mag dich der Teufel holen.«

Der Mann sah Wallander überrascht an.

»Vielleicht antworte ich.«

»Hierher kommen viele Afrikaner.«

»Sie mögen dieses Lokal.«

»Ich suche einen schwarzen Mann, etwas über dreißig Jahre alt, der ein ganz spezielles Kennzeichen hat.«

»Welches denn?«

»Ein Finger fehlt, an der linken Hand.«

Mit dieser Reaktion hatte Wallander nicht gerechnet. Der glatzköpfige Mann brach in Lachen aus.

»Was ist denn so lustig?«

»Du bist bereits der zweite.«

»Der zweite?«

»Der fragt. Gestern abend war schon einer da, der nach einem Afrikaner mit einer verstümmelten Hand gefragt hat.«

»Was hast du geantwortet?«

»Nein.«

»Nein?«

»Ich habe keinen gesehen, dem ein Finger fehlte.«

»Sicher?«

»Sicher.«

»Wer hat gefragt?«

»Habe ihn nie gesehen«, behauptete der Mann und begann, Gläser abzutrocknen.

Wallander ahnte, daß der Mann log.

»Ich frage noch einmal. Aber zum letzten Mal.«

»Ich habe nichts mehr zu sagen.«

»Wer hat gefragt?«

»Wie ich sagte. Ein Unbekannter.«

»Sprach er schwedisch?«

»So was Ähnliches.«

»Was meinst du damit?«

»Daß er nicht so klang wie du und ich.«

Jetzt kommen wir uns schon näher, dachte Wallander. Jetzt darf ich nicht lockerlassen.

»Wie sah er aus?«

»Ich erinnere mich nicht.«

»Bald ist der Teufel los, wenn ich keine ordentlichen Antworten bekomme.«

»Er sah ganz gewöhnlich aus. Schwarze Jacke. Blond.«

Plötzlich spürte Wallander, daß der Mann Angst hatte.

»Uns hört keiner. Ich kann dir versprechen, daß ich niemandem weitersagen werde, was du mir mitteilst.«

»Er heißt vielleicht Konovalenko. Das Bier bezahle ich, wenn du jetzt gehst.«

»Konovalenko? Bist du sicher?«

»Wie, zum Teufel, kann man auf dieser Welt hier sicher sein?«

Wallander ging, und es gelang ihm sofort, ein Taxi heranzuwinken. Er ließ sich auf den Rücksitz fallen und nannte den Namen des Hotels.

Als er in sein Zimmer kam, griff er nach dem Telefonhörer, um seine Tochter anzurufen. Dann ließ er es aber sein. Er würde am nächsten Tag beizeiten mit ihr telefonieren.

Er blieb lange wach liegen.

Konovalenko, dachte er. Ein Name. Würde er ihn weiterbringen?

Er ging noch einmal alles durch, was passiert war seit dem Morgen, als Robert Akerblom sein Büro betreten hatte.

Erst im Morgengrauen gelang es ihm einzuschlafen.

16

Als Wallander am nächsten Morgen zum Polizeigebäude kam, erfuhr er, daß Loven bereits in einer Beratung der Fahndungsgruppe saß, die Tengblads Mörder jagte. Er holte sich einen Kaffee aus dem Automaten, ging in Lovens Zimmer und rief in Ystad an. Nach einer Weile kam Martinson ans Telefon.

»Was ist los?« fragte Martinson.

»Ich konzentriere mich gerade auf einen Mann, der vielleicht Russe ist und eventuell Konovalenko heißt.«

»Du hast doch wohl um Gottes willen nicht noch einen Balten aufgetrieben?«

»Wir wissen nicht einmal, ob Konovalenko sein richtiger Name und ob er wirklich Russe ist. Er kann ebensogut Schwede sein.«

»Alfred Hanson«, sagte Martinson. »Er sprach doch davon, daß der Mann, der das Haus gemietet hat, gebrochen sprach.«

»Genau daran habe ich auch gedacht. Aber ich bin im Zweifel, ob es Konovalenko war.«

»Warum?«

»Nur ein Gefühl. Diese ganze Ermittlung ist voller Gefühle. Das mag ich überhaupt nicht. Außerdem sagte er, daß der, der das Haus gemietet hat, sehr dick war. Das paßt nicht auf den Mann, der Tengblad erschoß. Wenn es denn derselbe war.«

»Wie paßt der Afrikaner, dem ein Finger fehlt, in dieses Bild?«

Wallander berichtete kurz von seinem Besuch in der Diskothek »Aurora« am Abend zuvor.

»Da ist vielleicht was dran«, meinte Martinson. »Du bleibst also in Stockholm?«

»Ja. Es ist notwendig. Wenigstens noch einen Tag. Ist es in Ystad ruhig?«

»Robert Akerblom hat über Pastor Tureson anfragen lassen, wann er seine Frau begraben darf.«

»Dagegen gibt es wohl eigentlich keine Einwände?«

»Björk wollte, daß ich mit dir darüber spreche.«

»Jetzt hast du es getan. Wie ist das Wetter?«

»Wie es sein soll.«

»Was meinst du damit?«

»Aprilwetter. Es wechselt die ganze Zeit. Aber ich will nicht behaupten, daß es irgendwie warm ist.«

»Kannst du meinen Vater noch einmal anrufen und ihm sagen, daß ich immer noch in Stockholm bin?«

»Beim letzten Mal hat er mich zu sich eingeladen. Aber ich hatte keine Zeit.«

»Machst du es?«

»Sofort.«

Wallander beendete das Gespräch und rief seine Tochter an. Er hörte, daß sie verschlafen klang.

»Du solltest doch gestern anrufen.«

»Ich habe sehr lange gearbeitet.«

»Ich kann dich jetzt am Vormittag treffen«, schlug sie vor.

»Geht leider auch nicht. In den nächsten Stunden werde ich schrecklich viel zu tun haben.«

»Du hast vielleicht gar keine Lust, mich zu treffen?«

»Doch, das weißt du. Ich ruf dich später an.«

Wallander legte schnell auf, als Loven in das Zimmer gestürmt kam. Ihm war klar, daß er seine Tochter verletzt hatte. Warum wollte er eigentlich nicht, daß Loven hören sollte, daß er mit Linda sprach? Er verstand es selbst nicht.

»Wie, zum Teufel, siehst du denn aus?« fragte Loven. »Hast du heute nacht nicht geschlafen?«

»Ich habe vielleicht zu lange geschlafen«, antwortete Wallander ausweichend. »Das kann genauso schlimm sein. Wie läuft es?«

»Kein Durchbruch. Aber es wird.«

»Ich habe eine Frage«, sagte Wallander und beschloß, bis auf weiteres nichts von seinem Besuch in der Diskothek am vergangenen Abend zu erzählen. »Die Kollegen in Ystad haben einen anonymen Hinweis erhalten, daß ein Russe, der vielleicht Konovalenko heißt, in den Polizistenmord verwickelt sein könnte.«

Loven runzelte die Stirn.

»Ist das etwas, was wir ernst nehmen sollten?«

»Vielleicht. Der Informant schien gut Bescheid zu wissen.«

Loven dachte nach, bevor er antwortete.

»Wir haben an sich Schwierigkeiten mit russischen Verbrechern, die anfangen, sich in Schweden niederzulassen. Wir sind uns auch klar darüber, daß sich die Probleme in den kommenden Jahren kaum verringern werden. Deshalb haben wir versucht, zu erfassen, was vor sich geht.«

Er suchte eine Weile unter den Aktenordnern auf einem Bücherregal, bevor er fand, was er suchte.

»Wir haben einen Mann namens Rykoff. Vladimir Rykoff. Er wohnt draußen in Hallunda. Wenn es in dieser Stadt einen Konovalenko gibt, müßte er es wissen.«

»Weshalb?«

»Er gilt als äußerst gut informiert über alles, was in Einwandererkreisen vor sich geht. Wir können ja hinausfahren und ihn besuchen.« Loven reichte Wallander den Ordner.

»Lies das hier. Das erklärt eine ganze Menge.«

»Ich kann selbst zu ihm hinausfahren. Wir müssen das nicht zu zweit tun.«

Loven zuckte die Schultern.

»Ist mir nur recht. Wir haben trotz allem eine ganze Menge anderer Spuren im Fall Tengblad, auch wenn der Durchbruch noch auf sich warten läßt. Die Techniker glauben übrigens, daß deine

Frau da unten in Schonen mit derselben Waffe erschossen wurde. Aber man kann sich natürlich nicht endgültig festlegen. Vermutlich handelt es sich um dieselbe Waffe. Andererseits wissen wir nicht, ob sie von derselben Hand gehalten wurde.«

Es war fast ein Uhr, als Wallander endlich nach Hallunda gefunden hatte. In der Zwischenzeit war er zum Mittagessen in ein Motel eingekehrt, wo er auch Lovens Material über Rykoff studiert hatte. Als er draußen in Hallunda ankam und schließlich vor dem richtigen Haus stand, nahm er sich einen Moment Zeit und betrachtete die Umgebung. Es fiel ihm auf, daß kaum jemand unter den Passanten war, der schwedisch sprach.

Hier draußen liegt die Zukunft, dachte er. Ein Kind, das hier aufwächst und vielleicht Polizist wird, hat dann ganz andere Erfahrungen hinter sich als ich.

Er lief zum Eingang hinüber und suchte nach dem Namen Rykoff. Dann fuhr er im Fahrstuhl hinauf.

Eine Frau öffnete ihm. Wallander merkte sofort, daß sie auf der Hut war, obwohl er ihr noch nicht mitgeteilt hatte, daß er von der Polizei kam. Er zeigte ihr seine Legitimation.

»Rykoff möchte ich sprechen. Ich habe ein paar Fragen an ihn.«

»Worum geht es?«

Wallander hörte, daß sie gebrochen Schwedisch sprach. Vermutlich stammte sie aus einem der Oststaaten.

»Das werde ich ihm sagen.«

»Er ist mein Mann.«

»Ist er zu Hause?«

»Ich werde ihm sagen.«

Die Frau verschwand hinter einer Tür, die vermutlich ins Schlafzimmer führte. Wallander sah sich um. Die Wohnung war teuer möbliert. Dennoch hatte sie etwas Provisorisches. Als ob die Menschen, die hier wohnten, immer bereit wären, aufzubrechen und wegzuziehen.

Die Tür ging auf, und Vladimir Rykoff betrat das Zimmer. Er trug einen Morgenrock, der ebenfalls nicht billig gewesen sein mochte. Wallander vermutete, daß Rykoff im Bett gelegen und geschlafen hatte, denn seine Haare standen wirr zu Berge.

Auch bei Rykoff spürte er instinktiv die Wachsamkeit.

Plötzlich hatte er das Gefühl, endlich einen Schritt weitergekommen zu sein. Er näherte sich an etwas an, das die Ermittlung in Schwung bringen würde, die vor fast zwei Wochen mit Akerbloms Besuch in seinem Büro und dessen Mitteilung über das Verschwinden seiner Ehefrau ihren Anfang genommen hatte. Eine Ermittlung, die immer mehr dazu tendierte, sich in viele verwirrende Spuren aufzulösen, die einander kreuzten, ohne Zusammenhänge zu offenbaren, mit denen sich arbeiten ließe.

Er hatte dasselbe Gefühl bei früheren Fällen gehabt. Das Gefühl, vor einem Durchbruch zu stehen. Oft hatte es ihn nicht getrogen.

»Es tut mir leid, wenn ich störe. Aber ich habe einige Fragen.«

»Worüber denn?«

Rykoff hatte ihm immer noch keinen Platz angeboten. Sein Tonfall war brüsk und abweisend. Wallander entschloß sich, sofort zur Sache zu kommen. Er setzte sich auf einen Stuhl und bedeutete Rykoff und seiner Frau, dasselbe zu tun.

»Meinen Informationen zufolge kamen Sie als iranischer Flüchtling hierher. Sie erhielten die schwedische Staatsbürgerschaft in den 70er Jahren. Der Name Vladimir Rykoff klingt aber nicht sehr iranisch.«

»Das ist meine Sache, wie ich heiße.«

Wallander sah ihn unverwandt an.

»Natürlich. Aber die Staatsbürgerschaft für dieses Land kann unter gewissen Umständen geprüft werden. Wenn sich zeigt, daß die Angaben, die zu ihrer Verleihung führten, falsch waren …«

»Drohen Sie mir?«

»Überhaupt nicht. Was arbeiten Sie?«

»Ich betreibe ein Reisebüro.«

»Wie heißt es?«

»Rykoffs Reiseservice.«

»In welche Länder organisieren Sie Reisen?«

»Das wechselt.«

»Können Sie ein paar Beispiele nennen?«

»Polen.«

»Mehr!«

»Tschechien.«

»Weiter!«

»Herrgott! Worauf wollen Sie hinaus?«

»Ihr Reisebüro ist als Firma beim Gewerbeamt registriert. Laut Steuerbehörde haben Sie jedoch in den letzten zwei Jahren keine Erklärungen abgegeben. Da ich davon ausgehe, daß Sie nicht falsch deklarieren, heißt das wohl, daß Ihr Reisebüro in den letzten Jahren nicht tätig war.«

Rykoff starrte ihn sprachlos an.

»Wir leben von den guten Jahren«, mischte sich seine Frau plötzlich ein. »Es gibt kein Gesetz, was sagt, man muß immer arbeiten.«

»Vollkommen richtig«, sagte Wallander. »Trotzdem tun es die meisten Menschen. Aus welchen Gründen auch immer.«

Die Frau zündete sich eine Zigarette an. Wallander sah, daß sie nervös war. Der Mann sah sie mißbilligend an. Demonstrativ stand sie auf und öffnete ein Fenster. Es klemmte so sehr, daß Wallander schon auf dem Weg war, ihr zu helfen, als es endlich aufging.

»Ich habe einen Anwalt, der sich um alles kümmert, was mit dem Reisebüro zu tun hat«, sagte Rykoff und begann, Zeichen der Erregung zu zeigen. Wallander fragte sich, ob aus Wut oder Angst.

»Lassen Sie uns Klartext reden«, schlug er vor. »Sie haben genauso wenige Wurzeln im Iran wie ich. Sie stammen ursprünglich aus Rußland. Es wird niemals möglich sein, Ihnen die schwedische Staatsbürgerschaft wegzunehmen. Ich bin auch nicht deshalb da. Aber Sie sind Russe, Rykoff. Und Sie wissen, was in russischen Einwandererkreisen vor sich geht. Nicht zuletzt unter denen Ihrer Landsleute, die Ungesetzlichkeiten begehen. Vor einigen Tagen wurde hier in der Stadt ein Polizist erschossen. Das ist das Dümmste, was ein Mensch tun kann. Wir werden wütend, und zwar auf eine ganz spezielle Art. Wenn Sie verstehen, was ich meine.«

Rykoff schien seine Ruhe wiedergefunden zu haben. Aber Wallander registrierte, daß seine Frau immer noch nervös war, obwohl sie versuchte, es zu verbergen. Dann und wann warf sie einen Blick auf die Wand hinter ihm.

Bevor er Platz genommen hatte, war ihm aufgefallen, daß dort eine Uhr hing.

Etwas wird geschehen, dachte er. Und sie wollen nicht, daß ich zu diesem Zeitpunkt hier bin. »Ich suche einen Mann namens Konovalenko«, sagte Wallander ruhig. »Kennen Sie jemanden, der so heißt?«

»Nein«, antwortete Rykoff. »Nicht, daß ich weiß.«

Im selben Augenblick wurden Wallander drei Sachen klar. Erstens, daß Konovalenko existierte. Zweitens, daß Rykoff sehr wohl wußte, wer das war. Und drittens, daß er es überhaupt nicht gut fand, daß die Polizei nach ihm fragte.

Rykoff hatte die Frage verneint. Wallander hatte jedoch einen wie zufälligen Blick auf Rykoffs Frau geworfen. In ihrem Gesicht, im unsteten Flackern der Augen, hatte er die Antwort gefunden.

»Ganz sicher nicht? Ich dachte, Konovalenko sei ein ganz gewöhnlicher Name?«

»Ich kenne keinen, der so heißt.«

Dann wandte sich Rykoff an seine Frau.

»Wir kennen jemanden mit diesem Namen?«

Sie schüttelte den Kopf.

Nun ja, dachte Wallander. Ihr kennt Konovalenko. Durch euch werden wir ihn auch finden.

»Schade, daß Sie ihn nicht kennen«, sagte er.

Rykoff sah ihn erstaunt an.

»War das alles, was Sie wissen wollten?«

»Bis auf weiteres. Aber ich bin sicher, daß wir wieder von uns hören lassen werden. Wir werden nicht aufgeben, bis wir den geschnappt haben, der den Polizisten erschossen hat.«

»Ich weiß nichts über das da«, sagte Rykoff. »Wie alle anderen meine ich natürlich, das ist traurig, wenn ein junger Polizist getötet wird.«

»Natürlich«, murmelte Wallander und erhob sich. »Da ist noch eine Sache. Sie haben vielleicht in der Zeitung gelesen, daß in Südschweden vor einigen Wochen eine Frau ermordet wurde? Oder Sie haben vielleicht etwas darüber im Fernsehen gesehen? Wir glauben, daß auch dabei Konovalenko die Hand im Spiel hatte.«

Diesmal war es Wallander, der erstaunt verharrte.

Er hatte an Rykoff etwas bemerkt, dessen Bedeutung er zunächst nicht verstand.

Dann wurde ihm klar, was es war. Der Mann blieb völlig ausdruckslos.

Auf diese Frage hat er gewartet, dachte Wallander und spürte, wie sich sein Puls beschleunigte. Um seine Reaktion zu verbergen, begann er, im Zimmer herumzuschlendern.

»Haben Sie etwas dagegen, wenn ich mich ein wenig umschaue?« fragte er.

»Bitte«, antwortete Rykoff. »Tania, öffne alle Türen für unseren Besucher.«

Wallander warf einen Blick durch die verschiedenen Türöffnungen. Seine Gedanken aber waren bei Rykoff und dessen Verhalten.

Loven wußte gar nicht, wie recht er hatte, dachte Wallander. Hier, in dieser Wohnung in Hallunda, haben wir endlich eine heiße Spur.

Er staunte darüber, wie ruhig er bleiben konnte. Eigentlich sollte er die Wohnung sofort verlassen, Loven anrufen und Verstärkung anfordern. Rykoff würde langen Verhören unterzogen werden, bis er zugab, daß Konovalenko existierte, und vielleicht sogar auspackte, wo er sich aufhielt.

Als er in einen kleineren Raum schaute, der wohl als Gästezimmer diente, erweckte irgend etwas seine Aufmerksamkeit, ohne daß er sagen konnte, was es war. Nichts stach ihm direkt ins Auge. Es gab ein Bett, einen Schreibtisch, einen Sprossenstuhl und blaue Gardinen vor dem Fenster. Auf einem Wandregal stand einiges an Nippes und Büchern. Wallander versuchte intensiv, herauszufinden, was er wahrnahm, ohne es zu sehen. Er prägte sich die Details des Raumes ein und wandte sich um.

»Nun werde ich gehen.«

»Wir haben keine Schwierigkeiten mit der Polizei«, sagte Rykoff.

»Dann müssen Sie sich auch nicht beunruhigen.«

Wallander fuhr in die Stadt zurück.

Jetzt schlagen wir zu, dachte er. Ich werde Loven und seiner

Fahndungstruppe diese ganze seltsame Geschichte erzählen. Und wir werden Rykoff oder seine Frau zum Reden bringen.

Aber nun schnappen wir sie, dachte er. Nun schnappen wir sie.

Beinahe hätte Konovalenko Tanias Signal übersehen. Als er seinen Wagen vor dem Haus in Hallunda abgestellt hatte, warf er wie gewöhnlich einen Blick die Fassade hinauf. Sie hatten vereinbart, daß Tania ein Fenster offenstehen lassen würde, wenn er aus irgendeinem Grund besser nicht hinaufkommen sollte. Das Fenster war geschlossen gewesen. Als er auf dem Weg zum Fahrstuhl war, fiel ihm ein, daß er die Tüte mit den zwei Wodkaflaschen im Auto vergessen hatte. Er holte sie und schaute dabei noch einmal reflexartig an der Hauswand empor. Da entdeckte er das inzwischen geöffnete Fenster. Er lief schleunigst zum Wagen zurück und setzte sich hinters Lenkrad, um abzuwarten.

Als Wallander aus dem Haus kam, begriff er sofort, daß Tania ihn vor einem Polizisten hatte warnen wollen.

Tania konnte seine Vermutung nachträglich bestätigen. Der Mann hieß Wallander und war Kriminalkommissar. Sie hatte sich ebenso gemerkt, daß er seiner Legitimation zufolge aus Ystad kam.

»Was wollte er?« fragte Konovalenko.

»Er wollte wissen, ob ich jemanden kenne, der Konovalenko heißt«, antwortete Rykoff.

»Gut.«

Beide, Tania und Rykoff, sahen ihn verständnislos an.

»Natürlich ist das gut. Wer kann denn über mich geredet haben, wenn ihr es nicht wart? Es gibt nur einen: Victor Mabasha. Durch diesen Polizisten werden wir ihn kriegen.«

Dann befahl er Tania, Gläser zu holen. Sie tranken Wodka.

Im stillen prostete Konovalenko dem Polizisten aus Ystad zu. Er war plötzlich sehr zufrieden mit sich.

Wallander war nach seinem Besuch in Hallunda direkt ins Hotel zurückgekehrt. Als erstes rief er seine Tochter an.

»Können wir uns treffen?« fragte er.

»Jetzt? Ich dachte, du arbeitest?«

»Ich habe ein paar Stunden Zeit. Wenn du kannst.«

»Wo wollen wir uns treffen? Du wirst dich in Stockholm schlecht zurechtfinden.«

»Wo der Hauptbahnhof ist, weiß ich.«

»Wollen wir uns da treffen? In der großen Halle? In fünfundvierzig Minuten?«

»Ja, paßt mir gut.«

Sie beendeten das Gespräch. Wallander ging hinunter zur Rezeption.

»Für den Rest des Nachmittags bin ich nicht zu erreichen. Das gilt für jeden, der sich meldet, egal, ob persönlich oder am Telefon«, teilte er mit. »Ich bin in einer wichtigen Angelegenheit unterwegs.«

»Bis wann?« fragte der Mann an der Rezeption.

»Bis auf weiteres.«

Als er dann zum Bahnhof hinübergeschlendert war und Linda in der großen Halle auf sich zukommen sah, hätte er sie beinahe nicht wiedererkannt. Sie hatte sich die Haare kurz geschnitten und schwarz gefärbt. Außerdem war sie stark geschminkt. Über einem schwarzen Overall trug sie einen knallroten Regenmantel. An den Füßen hatte sie kurze Stiefel mit hohen Absätzen.

Wallander sah, daß sich mehrere Männer nach ihr umdrehten, und er fühlte sich plötzlich wütend und verlegen zugleich.

Er hatte sich mit seiner Tochter verabredet. Es war jedoch eine junge, selbstbewußte Frau gekommen. Ihre frühere Schüchternheit war offensichtlich verschwunden. Er umarmte sie mit dem Gefühl, daß irgend etwas nicht mit rechten Dingen zuging.

Sie sagte, sie sei hungrig. Es hatte angefangen zu regnen, und sie rannten zu einem Café in der Vasagatan, genau gegenüber dem großen Postgebäude.

Er betrachtete sie, während sie aß, und schüttelte den Kopf, als sie fragte, ob er für sich denn nichts bestellen wolle.

»Mama war vorige Woche hier«, sagte sie plötzlich zwischen zwei Bissen. »Sie wollte mir ihren neuen Kerl vorstellen. Hast du ihn schon mal gesehen?«

»Ich habe über ein halbes Jahr nicht mehr mit ihr gesprochen.«

»Ich glaube, ich kann ihn nicht besonders leiden. Es schien mir, als würde er sich mehr für mich interessieren als für Mama.«

»Ach ja?«

»Er importiert Werkzeug aus Frankreich. Aber am meisten sprach er über Golf. Du weißt doch, daß Mama angefangen hat, Golf zu spielen?«

»Nein«, sagte Wallander erstaunt. »Das wußte ich nicht.«

Sie sah ihn einen Augenblick an, bevor sie fortfuhr.

»Es ist nicht gut, daß du nicht weißt, was sie macht. Trotz allem ist sie die wichtigste Frau bisher in deinem Leben. Sie weiß alles über dich. Sie kennt sogar diese Frau da in Lettland.«

Wallander riß erstaunt die Augen auf. Er hatte mit seiner ehemaligen Frau nie über Baiba Liepa gesprochen.

»Wie kann sie sie denn kennen?«

»Jemand hat es ihr wohl erzählt.«

»Wer?«

»Was spielt das für eine Rolle?«

»Ich frage nur.«

Plötzlich wechselte sie das Gesprächsthema.

»Warum bist du hier in Stockholm? Doch wohl nicht nur, um mich zu treffen?«

Er berichtete, was sich ereignet hatte. Ließ alles Revue passieren, was geschehen war, seit sein Vater ihm mitgeteilt hatte, daß er heiraten würde, und Robert Akerblom in seinem Büro erschienen war und seine Frau als vermißt gemeldet hatte. Sie lauschte aufmerksam, und er hatte zum ersten Mal ein Gefühl, daß seine Tochter nun ein erwachsener Mensch war. Einer, der auf vielen Gebieten sicher schon bedeutend größere Erfahrungen hatte als er selbst.

»Mir fehlt jemand, mit dem ich reden kann«, schloß er. »Wenn doch Rydberg noch am Leben wäre. Erinnerst du dich an ihn?«

»War das der, der immer so sauer wirkte?«

»Das war er nicht. Auch wenn er streng scheinen konnte.«

»Ich erinnere mich an ihn. Ich habe immer gehofft, du würdest nie so werden wie er.«

Nun war er es, der das Thema wechselte.

»Was weißt du über Südafrika?«

»Nicht besonders viel. Daß die Schwarzen fast wie Sklaven behandelt werden. Und daß ich natürlich dagegen bin. An der Volkshochschule hat uns eine schwarze Frau aus Südafrika besucht. Man konnte kaum glauben, daß es wahr war, was sie berichtete.«

»Du weißt auf alle Fälle mehr, als ich weiß. Als ich voriges Jahr in Lettland war, fragte ich mich oft, wie es kommen konnte, daß ich über vierzig Jahre alt wurde, ohne etwas über die Welt zu wissen.«

»Du paßt so schlecht auf. Ich erinnere mich, als ich zwölf, dreizehn Jahre alt war und versuchte, Fragen zu stellen. Weder du noch Mama habt euch darum gekümmert, was vor unserer Gartentür passierte. Es drehte sich alles um das Haus und die Beete und deine Arbeit. Um nichts anderes. Deshalb habt ihr euch doch getrennt.«

»Deshalb?«

»Ihr hattet das Leben in eine Frage nach Tulpenzwiebeln und neuen Wasserhähnen für das Badezimmer verwandelt. Das war es, was ihr diskutiert habt, wenn ihr überhaupt einmal miteinander spracht.«

»Es ist wohl nicht verkehrt, über Blumen zu reden?«

»Die Beete wurden so hoch, daß ihr nicht mehr gesehen habt, was draußen passierte.«

Sie beendete das Gespräch abrupt.

»Wie lange hast du Zeit?« fragte sie.

»Eine Weile noch auf alle Fälle.«

»Also hast du eigentlich überhaupt keine Zeit. Aber wir können uns ja später am Abend noch einmal treffen, wenn du Lust hast.«

Sie gingen auf die Straße hinaus, wo der Regen inzwischen aufgehört hatte.

»Ist es nicht schwierig, auf so hohen Absätzen zu laufen?« erkundigte er sich zaghaft.

»Ja. Aber es geht. Willst du es probieren?«

Wallander merkte, wie froh er war, daß es sie gab. Etwas in ihm wurde leicht. Er sah sie winkend in der U-Bahn verschwinden.

Im selben Augenblick fiel ihm ein, was er in der Wohnung

draußen in Hallunda am Tag zuvor entdeckt und nicht richtig hatte registrieren können.

Nun wußte er, was es gewesen war.

Auf dem kleinen Wandregal hatte ein Aschenbecher gestanden. Einen solchen hatte er vorher schon einmal gesehen. Es konnte ein Zufall sein. Aber das glaubte er nicht.

Er rief sich den Abend ins Gedächtnis, als er in Ystad ins Hotel »Continental« gegangen war, um zu essen. Er hatte in der Bar gesessen. Vor ihm auf dem Tisch hatte ein Aschenbecher aus Glas gestanden. Genau so einer wie in dem kleinen Zimmer in der Wohnung von Vladimir und Tania.

Konovalenko, dachte er.

Irgendwann hat er das »Continental« besucht. Vielleicht hat er am selben Tisch gesessen wie ich. Er konnte der Versuchung nicht widerstehen, einen der schweren Aschenbecher aus Glas mitgehen zu lassen. Eine menschliche Schwäche, eine der gewöhnlichsten. Er hat sich nie vorstellen können, daß ein Kriminalkommissar aus Ystad einmal einen Blick in einen kleinen Raum in Hallunda werfen würde, wo er ab und zu seine Nächte zubrachte.

Wallander ging hinauf in sein Hotelzimmer und dachte, daß er trotz allem kein völlig unfähiger Polizist war. Noch war ihm die Zeit nicht ganz davongelaufen. Vielleicht war er immer noch imstande, den sinnlosen und brutalen Mord an einer Frau aufzuklären, die in der Nähe von Krageholm nur einmal falsch abgebogen war.

Dann faßte er noch einmal zusammen, was er glaubte zu wissen. Louise Akerblom und Klas Tengblad waren mit derselben Waffe erschossen worden. Tengblad außerdem von einem Mann, der gebrochen Schwedisch sprach. Der schwarze Afrikaner, der dabei war, als Louise Akerblom getötet wurde, wurde von einem Mann gejagt, der gebrochen Schwedisch sprach und vermutlich Konovalenko hieß. Rykoff kannte diesen Konovalenko, obwohl er es leugnete. Der Körperfülle nach konnte Rykoff sehr wohl der Mann gewesen sein, der das Haus von Alfred Hanson gemietet hatte. Und in Rykoffs Wohnung gab es einen Aschenbecher, der bewies, daß jemand in Ystad gewesen war. Das war nicht viel, und wenn es die Kugeln nicht gäbe, wäre der Zusammenhang mehr als vage. Aber er hatte auch seine Intuition und wußte, daß es klug war, ihr zu vertrauen. Wenn man Rykoff packte, würde man die Antworten bekommen, die man so eifrig suchte.

Am selben Abend speiste er mit Linda in einem Restaurant gleich beim Hotel. Diesmal fühlte er sich in ihrer Gesellschaft weniger unsicher. Als er kurz vor eins in der Nacht zu Bett ging, wurde ihm klar, daß das der schönste Abend gewesen war, den er seit langem erlebt hatte.

Wallander kam am folgenden Tag kurz vor acht im Polizeigebäude auf Kungsholmen an. Vor einer verblüfften Schar von Polizisten legte er seine Entdeckungen in Hallunda und die daraus gezogenen Schlußfolgerungen dar. Als er sprach, merkte er, daß ihn ein kompaktes Mißtrauen umgab. Aber der Wunsch der Beamten, den Mörder ihres Kollegen zu fassen, war sehr groß, und er spürte, wie sich die Stimmung langsam veränderte. Anschließend gab es niemanden, der an seinen Darlegungen zweifelte.

In den Vormittagsstunden ging dann alles sehr schnell. Das Haus in Hallunda wurde unter diskrete Bewachung genommen, während man die Verhaftung vorbereitete. Ein energischer junger Staatsanwalt entschloß sich ohne zu zögern, die Pläne der Polizei bezüglich der Festnahmen gutzuheißen.

Punkt zwei Uhr sollte es losgehen. Wallander hielt sich still im Hintergrund, während Loven und seine Kollegen den Einsatz im Detail durchgingen. Gegen zehn, als die Vorbereitungen in ihrer chaotischsten Phase waren, ging er in Lovens Zimmer, rief Ystad an und sprach mit Björk. Er berichtete ihm über die für den Nachmittag geplante Aktion und daß sie den Mord an Louise Akerblom eventuell bald gelöst haben würden.

»Ich muß gestehen, daß das Ganze unwahrscheinlich klingt«, sagte Björk.

»Wir leben in einer unwahrscheinlichen Welt.«

»Wie auch immer, du hast gute Arbeit geleistet. Ich werde alle hier im Hause informieren.«

»Aber keine Pressekonferenz«, warnte Wallander. »Und mit Robert Akerblom sollten wir bis auf weiteres auch noch nicht sprechen.«

»Natürlich nicht. Wann, glaubst du, wirst du zurück sein?«

»Sobald wie möglich. Wie ist das Wetter?«

»Bestens. Es riecht nach Frühling. Svedberg niest, als hätte er bereits den Heuschnupfen. Ein sicheres Zeichen, du weißt ja.«

Wallander verspürte ein leises Heimweh, als er den Hörer aufgelegt hatte. Aber die Spannung vor der Verhaftung war noch stärker.

Um elf versammelte Loven alle, die am Nachmittag in Hallunda dabeisein sollten. Berichte von den Kollegen, die das Haus bewachten, wiesen darauf hin, daß sich sowohl Vladimir als auch Tania in der Wohnung aufhielten. Ob noch eine weitere Person anwesend war, ließ sich nicht beantworten.

Wallander hörte sich Lovens Plan genau an. Er merkte, daß sich eine Verhaftung in Stockholm beträchtlich von dem unterschied, was er gewohnt war. Außerdem gab es Operationen dieser Größenordnung in Ystad praktisch nicht. Wallander konnte sich lediglich an eine Aktion im Jahr zuvor erinnern, als sich eine unter Drogen stehende Person in einem Sommerhaus in Sandskogen verschanzt hatte.

Loven hatte vor dem Treffen gefragt, ob Wallander aktiv teilnehmen wolle.

»Ja«, hatte er geantwortet. »Wenn Konovalenko dort ist, so gehört er in gewisser Weise mir. Mindestens zur Hälfte. Außerdem reizt es mich, Rykoffs Miene zu sehen.«

Halb zwölf beendete Loven die Konferenz.

»Wir wissen nicht, was uns erwartet. Vermutlich nur zwei Personen, die sich brav dareinfinden werden, daß wir da sind. Aber es kann auch anders kommen.«

Wallander aß gemeinsam mit Loven zu Mittag.

»Hast du niemals darüber nachgedacht, was du eigentlich machst?« fragte Loven plötzlich.

»Ich denke jeden Tag daran«, antwortete Wallander. »Geht das nicht den meisten Polizisten so?«

»Ich weiß nicht. Ich weiß nur, was ich selbst denke. Und die Gedanken, die mir im Kopf herumgehen, machen mich niedergeschlagen. Hier in Stockholm sind wir drauf und dran, die Kontrolle zu verlieren. Ich weiß nicht, wie es in einem kleineren Bereich wie Ystad ist. Aber als Verbrecher in dieser Stadt zu leben muß ein ganz behagliches Dasein sein. Zumindest, was das Risiko angeht, geschnappt zu werden.«

»Wir haben die Sache noch im Griff. Aber die Unterschiede werden immer geringer. Was hier geschieht, geschieht in Ystad genauso.«

»Hier in Stockholm gibt es viele Polizisten, die sich aufs Land versetzen lassen wollen«, sagte Loven. »Sie glauben, dort wäre es leichter.«

»Es gibt auch viele, die hierher wollen. Die meinen, auf dem Lande oder in den Kleinstädten sei es zu ruhig.«

»Ich bezweifle, daß ich tauschen könnte.«

»Das geht mir auch so. Entweder ich bin Polizist in Ystad, oder ich bin gar nicht Polizist.«

Das Gespräch brach ab. Nach dem Essen verschwand Loven in verschiedenen Angelegenheiten.

Wallander suchte sich einen Ruheraum und streckte sich auf einem Sofa aus. Ihm fiel ein, daß er eigentlich keine Nacht mehr durchgeschlafen hatte, seit Robert Akerblom in sein Büro gekommen war.

Er schlummerte für ein paar Minuten ein und wachte mit einem Ruck auf.

Dann blieb er liegen und dachte an Baiba Liepa.

Die Aktion gegen die Wohnung in Hallunda begann Punkt zwei Uhr. Wallander, Loven und weitere drei Polizisten hielten sich im Treppenhaus auf. Nachdem sie zweimal geklingelt und gewartet hatten, brachen sie die Tür mit einem Brecheisen auf. Im Hintergrund war eine spezielle Einsatzgruppe mit automatischen Waffen postiert. Alle außer Wallander hielten Pistolen in den Händen. Loven hatte ihn gefragt, ob er eine Waffe wolle. Wallander hatte abgelehnt. Eine kugelsichere Weste hatte er dagegen wie die anderen dankbar angelegt.

Sie stürmten in die Wohnung hinein, verteilten sich auf die Räume, und alles war vorüber, ehe es richtig begonnen hatte. Die Wohnung war leer. Zurückgeblieben waren nur die Möbel.

Die Polizisten sahen sich fragend an. Dann holte Loven ein Walkie-talkie hervor und rief den Einsatzleiter vor dem Haus.

»Die Wohnung ist leer«, teilte er mit. »Es wird keine Verhaftungen geben. Alle Kräfte können zurückgezogen werden. Statt dessen will ich Techniker hier haben, damit sie die Wohnung untersuchen.«

»Sie müssen heute nacht abgehauen sein«, sagte Wallander. »Oder ganz früh am Morgen.«

»Wir kriegen sie«, meinte Loven. »In einer halben Stunde haben wir Reichsalarm.«

Er reichte Wallander ein paar Gummihandschuhe. »Falls du die Matratzen ein wenig auslüften möchtest.« Während Loven über sein tragbares Telefon mit der Zentrale auf Kungsholmen sprach, ging Wallander in den kleinen Raum. Er zog die Handschuhe über und hob den Aschenbecher vorsichtig vom Regal. Er hatte sich nicht getäuscht. Es war eine exakte Kopie des Aschenbechers, auf den er einige Abende zuvor gestarrt hatte, als er viel zuviel Whisky trank. Er reichte das Beweisstück einem der Techniker.

»Hier sind sicher Fingerabdrücke drauf«, sagte er. »Vermutlich haben wir sie nicht in unserem Register. Aber vielleicht bei Interpol.«

Er sah zu, wie der Techniker den Aschenbecher in einer Plastiktüte verstaute.

Dann trat er an ein Fenster und schaute abwesend auf die umliegenden Häuser und den grauen Himmel. Er erinnerte sich vage, daß es dasselbe Fenster war, das Tania am vergangenen Tag geöffnet hatte, um den Zigarettenrauch abziehen zu lassen. Ohne richtig zu wissen, ob er nun wegen der mißlungenen Aktion wütend oder niedergeschlagen war, ging er in das große Schlafzimmer hinüber. Er schaute in die Schränke. Die meisten Kleider waren noch da. Dagegen konnte er keine Taschen entdecken. Er setzte sich auf eine Bettkante und zog abwesend eine Schublade des Nachttisches auf. Darin lagen lediglich eine Garnrolle und eine halbe Schachtel Zigaretten. Er sah, daß Tania französische »Gitanes« rauchte.

Dann bückte er sich und schaute unters Bett. Dort lagen nur ein Paar staubige Pantoffeln. Er ging um das Bett herum und öffnete den anderen Nachttisch. Er war leer. Auf dem Möbelstück lagen ein ungeleerter Aschenbecher und ein angebissener Schokoladenkeks.

Wallander sah, daß die Kippen von Filterzigaretten stammten. Er nahm sie näher in Augenschein. Es waren »Camels«.

Plötzlich stutzte er.

Er dachte an den vergangenen Tag zurück. Tania hatte sich eine Zigarette angezündet. Vladimir war sofort verstimmt gewesen, und sie hatte ein Fenster geöffnet, das klemmte.

Es war selten, daß Raucher über andere mit demselben Laster klagten. Vor allem nicht, wenn es sich nur um eine Zigarette handelte und der Raum groß genug war. Rauchte Tania zwei verschiedene Sorten? Kaum glaubhaft. Also rauchte auch Vladimir.

Nachdenklich ging er wieder in das Wohnzimmer hinüber. Er öffnete dasselbe Fenster wie Tania. Es klemmte auch jetzt.

Er probierte, die anderen Fenster und die Glastür des Balkons aufzumachen. Es ging problemlos.

Mit gerunzelter Stirn blieb er stehen. Weshalb hatte sie ausgerechnet das Fenster gewählt, das klemmte? Und warum war das Fenster so schwer zu öffnen?

Plötzlich erkannte er, daß die Antworten wichtig waren. Und daß es nur eine Möglichkeit gab.

Tania hatte genau dieses Fenster geöffnet, weil es wichtig war, daß genau dieses Fenster geöffnet wurde. Und es hatte geklemmt, weil es selten benutzt wurde.

Er stellte sich wieder an das Fenster und erkannte, daß man gerade dieses Fenster sehr deutlich von einem dort unten parkenden Auto aus beobachten konnte. Das andere wurde wie die Glastür vom Balkon verdeckt. Er dachte noch einmal über das Ganze nach.

Dann verstand er. Tania schien nervös. Sie hatte zur Wanduhr geschaut, die hinter seinem Rücken hing. Dann hatte sie ein Fenster geöffnet, das nur benutzt wurde, wenn jemand gewarnt werden sollte, hinaufzukommen.

Konovalenko, dachte er. So nahe war er gewesen.

In der Pause zwischen zwei Telefongesprächen berichtete er Loven, was er herausgefunden hatte.

»Du könntest recht haben«, bestätigte dieser. »Wenn es nun aber ein anderer war?«

»Natürlich. Es kann auch ein anderer gewesen sein.« Sie fuhren nach Kungsholmen zurück, während die Techniker ihre Arbeit fortsetzten. Gerade als sie Lovens Büro betraten, klingelte das Telefon. In einer Blechbude in Hallunda hatten die Techniker Tränengasgranaten vom selben Typ gefunden, wie er im Falle der Diskothek in Söder vergangene Woche angewendet worden war.

»Alles paßt zusammen«, seufzte Loven. »Oder auch nichts. Ich begreife nicht, was er gegen diese Diskothek hatte? Auf alle Fälle haben wir Reichsalarm. Und wir werden auch verstärkt über Zeitungen und Fernsehen gehen.«

»Dann kann ich ja morgen nach Ystad zurückfahren. Wenn ihr Konovalenko gefunden habt, dürfen wir ihn uns wohl mal nach Schonen ausborgen.«

»Es macht einem immer zu schaffen, wenn so eine Aktion schiefgeht«, sagte Loven nachdenklich. »Ich frage mich, wo sie sich verstecken mögen.«

Die Frage blieb im Raume stehen. Wallander kehrte in sein Hotel zurück und beschloß, die »Aurora«-Diskothek am Abend noch einmal zu besuchen. Nun hatte er neue Fragen, die er dem Glatzkopf an der Bar stellen wollte.

Er hatte das Gefühl, einer Entscheidung näherzukommen.

17

Der Mann, der auf einem Stuhl vor dem Arbeitszimmer Präsident de Klerks saß, hatte lange gewartet.

Es war bereits nach Mitternacht, und er saß schon seit acht Uhr abends da. Er war völlig allein in dem schwach beleuchteten Vorzimmer. Ein Bürodiener schaute dann und wann herein und bedauerte, daß er immer noch ausharren mußte. Es war ein älterer Mann, in einem dunklen Anzug. Er war es auch gewesen, der kurz nach elf alle Lichter außer der Stehlampe ausgeschaltet hatte.

Georg Scheepers schien es, daß der Mann auch sehr gut bei einem Bestattungsunternehmen hätte angestellt sein können. Seine Ruhe und Diskretion, seine an Unterwerfung grenzende Servilität erinnerten ihn an den Mann, der ein paar Jahre zuvor das Begräbnis seiner Mutter organisiert hatte.

Ein symbolisches Gleichnis, das möglicherweise sehr stimmig ist, dachte Scheepers. Vielleicht verwaltet Präsident de Klerk die letzten, sterbenden Reste des weißen südafrikanischen Imperiums? Vielleicht ist das hier eher das Wartezimmer eines Mannes, der in seinem Büro sitzt und ein Begräbnis plant, das ein Land in die Zukunft führt?

Während der vier Stunden des Wartens hatte er jede Menge Zeit, um nachzudenken. Ab und zu hatte der Diener lautlos die Tür geöffnet und bedauernd erklärt, der Präsident sei immer noch mit dringenden Angelegenheiten beschäftigt. Um zehn hatte er ihm eine Tasse lauwarmen Tee serviert.

Georg Scheepers überlegte, warum er wohl an diesem Abend, Mittwoch, dem 7. Mai, zu Präsident de Klerk gerufen worden war. Am Tag zuvor, um die Mittagszeit, hatte er einen Anruf vom Sekretär seines Chefs Henrik Wervey erhalten. Georg Scheepers war Assistent des gefürchteten Chefanklägers von Johannesburg, und er war es nicht gewohnt, diesen woanders als im Gerichtssaal oder zu den regelmäßig stattfindenden Freitagskonferenzen zu sehen. Als er durch die Gänge geeilt war, hatte er sich gefragt, was Wervey von ihm wollen könnte. Im Gegensatz zu diesem Abend war er sofort zu dem Staatsanwalt vorgelassen worden. Wervey hatte auf einen Stuhl gewiesen und weiter Schriftstücke unterzeichnet, auf die ein Sekretär wartete. Dann waren sie unter sich gewesen.

Henrik Wervey war ein nicht nur von Verbrechern gefürchteter Mann. Er war fast sechzig Jahre alt, über einsneunzig groß und kräftig gebaut. Es war ein wohlbekanntes Faktum, daß er ab und zu Beispiele seiner großen Stärke gab, indem er verschiedene Kraftproben vorführte. Beim Umbau der Anklägerräume vor einigen Jahren hatte er eigenhändig einen Tresor davongetragen, den dann zwei Mann mit Mühe auf einen Wagen heben konnten. Aber es waren nicht seine Körperkräfte, die ihn so gefürchtet machten.

In den vielen Jahren als Staatsanwalt hatte er stets für die Todesstrafe plädiert, wenn er auch nur die geringste Möglichkeit dazu
sah. In den Fällen, und das waren nicht wenige, wo das Gericht seinem Antrag gefolgt war und einen Täter zum Strang verurteilt
hatte, war Wervey oft auch als Zuschauer bei der Hinrichtung
anwesend. Das hatte ihm den Ruf verschafft, ein brutaler Mann
zu sein. Keiner hätte jedoch behaupten können, daß er rassebe-
dingte Unterschiede machen würde. Ein weißer Verbrecher hatte
genausoviel zu fürchten wie ein schwarzer.

Georg Scheepers hatte sich auf den Stuhl gesetzt und sich im
stillen gefragt, ob er zu irgendeinem Tadel Anlaß gegeben haben
könnte. Wervey war ebenfalls bekannt dafür, seinen Assistenten
mächtig zuzusetzen, wenn er es für richtig hielt.

Aber das Gespräch war ganz anders verlaufen als erwartet.
Wervey hatte den Schreibtisch verlassen und ihm gegenüber Platz
genommen.

»Gestern am späten Abend wurde ein Mann in seinem Krankenhausbett in einer Privatklinik in Hillbrow ermordet«, begann
er. »Er hieß Pieter van Heerden und arbeitete für den Nachrichtendienst. Die Mordkommission ist der Meinung, daß alles auf
einen Raubmord hindeutet. Seine Brieftasche ist verschwunden.
Keiner hat jemanden kommen, niemand hat den Mörder verschwinden sehen. Offensichtlich war der Täter allein, und gewisse
Zeichen deuten darauf hin, daß er sich als Bote eines Laboratori-
ums ausgegeben hat, das für Brenthurst arbeitet. Da keine der
Nachtschwestern etwas gehört hat, muß der Mörder eine Waffe
mit Schalldämpfer verwendet haben. Vieles spricht also dafür, daß
die Theorie der Polizei, es sei ein Raubmord gewesen, richtig ist.
Aber van Heerden arbeitete im Nachrichtendienst, und das muß
sicher auch berücksichtigt werden.«

Wervey hob die Augenbrauen, und Georg Scheepers wußte,
daß er eine Reaktion erwartete.

»Da stimme ich zu«, sagte Scheepers. »Man muß untersuchen,
ob das Ganze ein zufälliger Raubmord war oder nicht.«

»Nun gibt es zusätzlich eine Sache, die das Bild kompliziert«,
fuhr Wervey fort. »Und was ich jetzt sage, ist äußerst vertraulich.
Das muß klar sein.«

»Ich verstehe.«

»Van Heerden war dafür verantwortlich, dem Präsidenten de Klerk außerhalb der offiziellen Kanäle laufend und vertraulich Informationen über die Arbeit des Nachrichtendienstes zu liefern. Er hatte also eine äußerst diffizile Position.«

Wervey verstummte. Scheepers wartete gespannt auf eine Fortsetzung.

»Präsident de Klerk rief mich vor einigen Stunden an. Er wollte, daß ich jemanden unter den Staatsanwälten auswähle, der ihn über die Ermittlungen der Polizei gesondert auf dem laufenden hält. Er schien überzeugt zu sein, daß das Motiv für den Mord mit van Heerdens Arbeit im Nachrichtendienst zu tun hat. Ohne über entsprechende Beweise zu verfügen, wies er die Gedanken, es könne sich um einen gewöhnlichen Raubmord handeln, kategorisch zurück.«

Wervey sah Scheepers an.

»Wir können ja auch nicht wissen, worüber van Heerden den Präsidenten informiert hat«, sagte er nachdenklich. Georg Scheepers nickte. Er verstand.

»Ich habe dich ausgewählt, Präsident de Klerk auf dem laufenden zu halten«, fuhr Wervey fort. »Von jetzt ab schiebst du alle anderen Arbeiten beiseite und konzentrierst dich ganz auf die Ermittlung im Zusammenhang mit van Heerdens Tod. Verstanden?«

Georg Scheepers nickte. Es fiel ihm aber immer noch schwer, die Tragweite dessen zu ermessen, was Wervey gerade gesagt hatte.

»Du wirst regelmäßig zum Präsidenten gerufen werden. Du führst kein Protokoll, lediglich Aufzeichnungen aus dem Gedächtnis sind erlaubt, die du anschließend verbrennst. Du sprichst nur mit dem Präsidenten und mit mir. Wenn jemand aus deiner Abteilung fragt, womit du dich beschäftigst, so lautet die offizielle Version, ich hätte dich beauftragt, den Neueinstellungsbedarf an Staatsanwälten für die nächste Zehnjahresperiode zu ermitteln. Ist das klar?«

»Ja«, antwortete Georg Scheepers.

Wervey erhob sich, nahm eine Kunststoffmappe vom Schreibtisch und reichte sie Scheepers.

»Hier hast du die wenigen Ermittlungsergebnisse, die bisher vorliegen. Van Heerden ist erst seit zwölf Stunden tot. Die Suche nach dem Mörder wird von einem Kommissar namens Borstlap geleitet. Ich schlage vor, daß du zur Brenthurst Clinic hinausfährst und mit ihm sprichst.«

Damit war das Treffen beendet.

»Mach deine Sache ordentlich«, hatte Wervey zum Abschluß gesagt. »Ich habe mich für dich entschieden, weil du dich als ein guter Staatsanwalt gezeigt hast. Ich mag es nicht, wenn man mich enttäuscht.«

Georg Scheepers war in sein Arbeitszimmer zurückgekehrt und hatte versucht zu begreifen, was eigentlich von ihm erwartet wurde. Dann fiel ihm ein, daß er einen neuen Anzug kaufen müßte. Er hatte nichts Geeignetes anzuziehen, wenn er zum Präsidenten gerufen wurde.

Als er in dem dunklen Vorzimmer saß, trug er einen sehr teuren dunkelblauen Anzug. Seine Frau war neugierig gewesen, warum er ihn sich gekauft hatte. Er hatte erklärt, er würde in einem Ausschuß sitzen, der vom Justizminister persönlich geleitet wurde. Sie hatte seine Ausrede ohne weitere Fragen akzeptiert.

Es war zwanzig Minuten vor ein Uhr in der Nacht, als der diskrete Diener die Tür aufmachte und mitteilte, daß der Präsident ihn nun empfangen würde. Georg Scheepers sprang auf und merkte, daß er nervös war. Er folgte dem Bediensteten, der vor einer hohen Doppeltür stehenblieb, anklopfte und ihm öffnete.

An einem Schreibtisch, von einer einzelnen Tischlampe beschienen, saß der Mann mit dem schütteren Haar, den er treffen sollte. Unsicher blieb er in der Nähe der Tür stehen, bis der Mann am Schreibtisch ihn heranwinkte und auf einen Besucherstuhl wies.

Präsident de Klerk sah müde aus. Georg Scheepers fiel auf, daß er große Tränensäcke unter den Augen hatte.

Der Präsident kam schnell zur Sache. In seiner Stimme schwang eine Spur Ungeduld mit, als sei er ständig gezwungen, mit Leuten zu reden, die nichts verstanden.

»Ich bin davon überzeugt, daß Pieter van Heerdens Tod kein

Raubmord war«, begann de Klerk. »Sie haben die Aufgabe, darauf zu achten, daß die Ermittler der Polizei einsehen, daß die Arbeit im Geheimdienst ausschlaggebend für seinen Tod gewesen sein muß. Ich möchte, daß all seine Computeranlagen untersucht werden, alle seine Dokumentenmappen, alles, womit er sich in den letzten Jahren beschäftigt hat. Verstanden?«

»Ja«, antwortete Georg Scheepers.

De Klerk lehnte sich nach vorn, so daß das Licht voll auf sein Gesicht fiel und ihm ein beinahe geisterhaftes Aussehen verlieh.

»Van Heerden informierte mich über den Verdacht, eine Konspiration sei im Gange, die ganz Südafrika ernsthaft bedrohen könnte. Eine Verschwörung, die uns ins Chaos führen würde. Daß er getötet wurde, muß in diesem Zusammenhang gesehen werden. Nichts anderes.«

Georg Scheepers nickte.

»Mehr müssen Sie nicht wissen«, fuhr de Klerk fort und lehnte sich wieder im Stuhl zurück. »Chefankläger Wervey hat Sie ausgewählt, mich zu informieren, weil er Sie für unbedingt zuverlässig und loyal gegenüber der Staatsmacht hält. Aber ich will nur den konspirativen Charakter der Angelegenheit betonen. Es wäre Hochverrat, wenn Sie das, was ich Ihnen gerade gesagt habe, an die Öffentlichkeit brächten. Sie sind ja Anwalt, Ihnen muß ich ja nicht erzählen, wie die Strafe für eine solche Handlung lauten würde.«

»Natürlich nicht«, bestätigte Georg Scheepers und straffte sich unwillkürlich.

»Wenn Sie etwas zu melden haben, berichten Sie es direkt an mich. Sie sprechen mit meinem Sekretariat, die machen dann einen Termin aus. Vielen Dank, daß Sie gekommen sind.«

Die Audienz war vorüber. De Klerk hatte sich wieder über seine Papiere gebeugt.

Georg Scheepers stand auf, verbeugte sich und ging über den weichen Teppich zu der Doppeltür.

Der Bürodiener begleitete ihn die Treppe hinunter. Ein bewaffneter Wächter eskortierte ihn dann zum Parkplatz, wo sein Wagen stand. Als er sich hinter das Lenkrad setzte, waren seine Hände feucht von Schweiß.

Eine Konspiration, dachte er. Eine Verschwörung? Die das

ganze Land bedrohen konnte und es ins Chaos führen würde? Sind wir schon so weit? Können wir dem Chaos noch näher kommen, als wir es bereits sind?

Er ließ die Fragen unbeantwortet und startete den Motor. Dann öffnete er das Handschuhfach, wo er eine Pistole aufbewahrte. Er schob das Magazin ein, entsicherte die Waffe und legte sie neben sich auf den Sitz.

Georg Scheepers fuhr nicht gern nachts Auto. Es war zu unsicher, zu gefährlich. Bewaffnete Räubereien und Überfälle passierten ständig und wurden außerdem immer brutaler.

Dann fuhr er durch die südafrikanische Nacht nach Hause. Pretoria schlief.

Er hatte viel nachzudenken.

18

Wann lernte ich die Angst kennen, *Songoma*? Wann stand ich zum ersten Mal einsam und verlassen der Fratze des Schreckens gegenüber? Wann begriff ich, daß die Furcht in allen Menschen sitzt, unabhängig von Hautfarbe, Alter, Herkunft? Keiner entkommt der Angst, es gibt kein Leben ohne Furcht. Ich kann mich nicht erinnern, *Songoma*. Aber ich weiß jetzt, daß es so ist. Ich bin ein Gefangener dieses Landes, wo die Nächte so unbegreiflich kurz sind, wo mich die Dunkelheit nie ganz umschließen kann. Ich erinnere mich nicht daran, als die Angst zum ersten Mal zu mir kam, *Songoma*. Aber ich werde jetzt daran erinnert, jetzt, da ich eine Öffnung suche, um zu entkommen, weg von hier, heim nach Ntibane.

Die Tage und Nächte hatten sich zu einer konturlosen Einheit verbunden, deren Teile er nicht mehr deutlich trennen konnte. Victor Mabasha wußte nicht, wieviel Zeit vergangen war, seit er den toten Konovalenko zurückgelassen hatte, in dem abgelegenen Haus zwischen den lehmigen Feldern. Den Mann, der plötzlich auferstanden war und in der tränengasverseuchten Diskothek auf ihn geschossen hatte. Das war ein Schock für ihn gewesen. Er war überzeugt gewesen, Konovalenko mit der Flasche getötet zu haben, die er ihm an die Schläfe geschlagen hatte. Trotz der tränenden Augen hatte er Konovalenko hinter den Rauchschwaden erkannt. Victor Mabasha war über eine Hintertreppe aus dem Lokal gelangt, zusammen mit schreienden und drängelnden Menschen, die in Panik vor dem Gas flohen. Einen Augenblick lang glaubte er sich nach Südafrika zurückversetzt, wo Tränengasüberfälle auf schwarze Wohngegenden nichts Ungewöhnliches waren. Aber er war in Stockholm, und Konovalenko, von den Toten auferstanden, verfolgte ihn, um ihn zu töten.

Er hatte die Stadt im Morgengrauen erreicht und war lange durch die Straßen gefahren, ohne zu wissen, was er tun sollte. Er war sehr müde gewesen, so erschöpft, daß er nicht mehr ganz wagte, seinem eigenen Urteil zu trauen. Das hatte ihm angst gemacht. Früher hatte er immer gedacht, daß sein Urteilsvermögen, die Fähigkeit, sich mit klarem Kopf aus schwierigen Situationen zu manövrieren, seine beste Lebensversicherung sei. Er hatte überlegt, ob er sich in ein Hotel wagen sollte. Aber er hatte keinen Paß, überhaupt kein Dokument, das ihm eine Identität gab. Er war ein Niemand unter all diesen Menschen, ein namenloser Mann mit Waffe, das war alles.

Der Schmerz in der Hand kehrte in regelmäßigen Intervallen zurück. Er brauchte bald einen Arzt. Das schwarze Blut hatte den Verband durchtränkt, und Infektionen oder Fieber konnte er sich nicht leisten. Das würde ihn ganz und gar schutzlos machen. Aber der blutige Stumpf, der von seinem Finger noch übriggeblieben war, berührte ihn kaum. Es war, als hätte es den Finger nie gegeben. In seinen Gedanken hatte er ihn in einen Traum verwandelt. Er war ohne einen Zeigefinger an der linken Hand geboren worden.

Er hatte auf einem Friedhof geschlafen, in einem Schlafsack, den er gekauft hatte. Aber trotzdem fror er. In den Träumen wurde er von den singenden Hunden gejagt. Als er wach lag und zu den Sternen hinaufsah, dachte er, daß er vielleicht niemals wieder in sein eigenes Land gelangen würde. Seine Fußsohlen würden vielleicht nie mehr die rote, trockene Erde berühren. Der Gedanke machte ihn plötzlich traurig, so traurig, wie er nie mehr gewesen war, seit sein Vater starb. Er dachte auch daran, daß es in Südafrika, einem Land, das auf eine alles umfassende Lüge gebaut war, selten Platz gab für einfache Unwahrheiten. Er dachte an die Lüge, die das Rückgrat seines eigenen Lebens war.

Die Nächte, die er auf dem Friedhof zubrachte, waren voll der Worte *Songomas*. Und in diesen Nächten, einzig von all den unbekannten toten weißen Menschen umgeben, die er nie getroffen hatte und erst in der Unterwelt kennenlernen würde, unter den Geistern, erinnerte er sich an seine Kindheit. Er sah das Gesicht seines Vaters, sein Lächeln, hörte seine Stimme. Er überlegte, ob die Welt der Geister vielleicht auf dieselbe Art und Weise geteilt war wie Südafrika. Vielleicht bestand auch die Unterwelt aus einem schwarzen und einem weißen Teil? Er stellte sich betrübt vor, daß sogar die Geister seiner Ahnen gezwungen wurden, in verrauchten, schmutzigen Slumvierteln zu hausen. Er versuchte, *Songoma* zum Reden zu bringen. Aber alles, was er zur Antwort bekam, waren die singenden Hunde und deren Geheul, das er nicht zu deuten vermochte.

Im Morgengrauen des zweiten Tages hatte er den Friedhof verlassen, nachdem es ihm gelungen war, den Schlafsack in einem Grabgewölbe zu verstecken. Ein paar Stunden später hatte er ein neues Auto gestohlen. Das Ganze war sehr schnell gegangen, die Gelegenheit hatte sich unverhofft ergeben, und er hatte nicht gezögert. Seine Urteilskraft, sein Reaktionsvermögen war zu ihm zurückgekehrt. Er war die Straße entlanggegangen, als er sah, wie ein Mann aus einem Auto stieg, den Motor laufen ließ und in einem Toreingang verschwand. In der Nähe hielt sich sonst niemand auf. Er hatte die Automarke erkannt, es war ein Ford, ein Typ, den er bereits oft gefahren hatte. Er war hinter das Lenkrad gerutscht, hatte die Aktentasche des Fahrers auf den Fußweg geworfen und dann Gas gegeben. Bald war es ihm gelungen, aus der Stadt zu kommen, und er suchte nach einem See, wo er allein sein und nachdenken konnte.

Er fand keinen See. Aber dafür das Meer. Er dachte jedenfalls, daß es das Meer sein müßte. Er wußte nicht, welches oder wie es hieß. Aber er schmeckte Salzwasser. Nicht so salziges, wie er es von den Stränden Durbans oder Port Elizabeths kannte. Konnte es vielleicht salzhaltige Binnenseen in diesem Land geben? Er kletterte auf ein paar Felsen und ahnte die Unendlichkeit in einer kleinen Lücke im Inselmeer. Die Luft war kühl, und er fröstelte. Aber er blieb stehen, ganz weit draußen auf der äußersten Klippe. Weit bin ich in meinem Leben gekommen, dachte er. Weit, bis hierher. Aber wie sollte es weitergehen?

Wie er es aus seiner Kindheit kannte, hockte er sich nieder und legte ein spiralförmiges Labyrinth aus kleinen Steinen, die aus dem Felsen gebrochen waren. Gleichzeitig versuchte er, sich so tief in sich selbst zurückzuziehen, daß er *Songomas* Stimme hören konnte. Aber er schaffte es nicht. Das Rauschen des Meeres war zu stark und seine eigene Konzentration zu schwach. Die Steine, die er zu einem Labyrinth geordnet hatte, halfen ihm nicht. Das machte ihm angst. Denn ohne sein Vermögen, mit den Geistern zu sprechen, würde er so geschwächt werden, daß er vielleicht sterben mußte. Er würde Krankheiten nicht mehr widerstehen können, seine Gedanken würden ihn verlassen und sein Körper zu einer Schale werden, die bei der geringsten äußeren Berührung zersprang.

Unruhig kehrte er dem Meer den Rücken und ging zum Wagen zurück. Er versuchte, sich auf das zu konzentrieren, was am wichtigsten war. Wie hatte ihn Konovalenko so einfach in der Diskothek aufspüren können, in die er auf Anraten einiger Afrikaner aus Uganda geraten war, die er in einer Hamburgerbar kennengelernt hatte?

Das war die erste Frage.

Die zweite war, wie er aus dem Land fliehen und nach Südafrika zurückkehren konnte.

Er erkannte, daß er gezwungen sein würde, zu tun, was er am wenigsten wollte, nämlich Konovalenko zu finden. Das würde sehr schwer werden. Konovalenko würde sich genauso schwer fangen lassen wie eine einsame Antilope in der endlosen afrikanischen Buschlandschaft. Aber irgendwie mußte er Konovalenko zu sich locken. Der hatte den Paß, ihn konnte er zwingen, ihm zu helfen, das Land zu verlassen. Eine andere Möglichkeit schien es nicht zu geben.

Er hoffte immer noch, niemand anderen als Konovalenko töten zu müssen.

An diesem Abend war er wieder in die Diskothek gegangen. Es waren nicht viele Leute da. Er saß an einem Tisch in einer Ecke und trank Bier. Als er mit seinem leeren Glas zum Bartresen vorging, um mehr zu bestellen, hatte ihn der glatzköpfige Mann angesprochen. Erst hatte er ihn nicht verstanden. Dann begriff er, daß an den vergangenen Tagen zwei verschiedene Personen unabhängig voneinander dagewesen waren und nach ihm gefragt hatten. Der Beschreibung nach war der erste Konovalenko. Aber wer war der andere? Der Mann an der Bar meinte, es sei ein Polizist gewesen. Ein Polizist, der einen Dialekt sprach, der nur im Süden des Landes vorkam.

»Was wollte er?«

Der glatzköpfige Mann nickte in Richtung seines schmutzigen Verbandes.

»Er suchte einen schwarzen Mann, dem ein Finger fehlt.«

Victor Mabasha verzichtete auf das zweite Bier und verließ die Diskothek unverzüglich. Konovalenko konnte zurückkommen. Noch war er nicht bereit, auf ihn zu treffen, obwohl er seine Waffe griffbereit im Gürtel trug.

Als er auf die Straße kam, fiel ihm plötzlich ein, wie es weitergehen konnte. Der Polizist würde ihm helfen, Konovalenko zu finden.

Irgendwo wurde im Fall einer verschwundenen Frau ermittelt. Vielleicht hatten sie ihren Körper schon gefunden, wo ihn Konovalenko versteckt haben mochte. Wenn es ihnen gelungen war herauszufinden, daß er existierte, mußten sie dann nicht auch Konovalenko kennen?

Ich habe eine Spur hinterlassen, dachte er. Einen Finger. Vielleicht hat auch Konovalenko etwas zurückgelassen?

Den Rest des Abends wartete er im Dunkeln vor der Diskothek. Aber weder Konovalenko noch der Polizist ließen sich sehen. Der Glatzkopf hatte ihm den Polizisten beschrieben. Victor Mabasha ging außerdem davon aus, daß ein weißer Mann über Vierzig ein seltener Besucher in einer Diskothek sein würde.

Spät in der Nacht kehrte er zum Friedhof und zu dem Grabgewölbe zurück. Am nächsten Tag stahl er ein neues Auto, und als es Abend wurde, lauerte er wieder im Schatten vor der Diskothek.

Genau um neun hielt ein Taxi vor der Tür. Victor duckte sich, so daß sein Kopf hinter dem Lenkrad des gestohlenen Wagens nicht zu sehen war. Der Mann, der der Beschreibung nach der Polizist sein konnte, stieg aus und verschwand im Kellereingang der Diskothek. Victor steuerte den Wagen so nahe wie möglich an den Eingang heran und stieg aus. In der finstersten Ecke versteckte er sich und wartete. Die Pistole steckte locker in der Jackentasche.

Der Mann, der eine Viertelstunde später auf die Straße trat und sich unschlüssig oder nachdenklich umsah, schien nicht gerade auf der Hut zu sein. Er wirkte völlig ungefährlich, wie ein einsamer, schutzloser nächtlicher Spaziergänger. Victor Mabasha zog seine Pistole hervor, machte ein paar schnelle Schritte und preßte ihm die Mündung unters Kinn.

»Ruhig«, sagte er auf englisch. »Ganz ruhig.«

Der Mann zuckte zusammen. Aber er verstand. Er rührte sich nicht.

»Geh zum Wagen«, stieß Victor Mabasha hervor. »Mach die Tür auf und setz dich auf den Beifahrersitz.«

Der Mann gehorchte. Er hatte offensichtlich Angst.

Schnell beugte sich Victor hinunter und versetzte dem Mann einen Hieb aufs Kinn. Der Schlag war hart genug, um ihn bewußtlos zu machen, aber nicht so hart, daß ihm der Kiefer gebrochen worden wäre. Victor Mabasha wußte seine Kräfte einzuteilen, wenn er die Situation unter Kontrolle hatte. Nur einmal hatte er versagt, an jenem katastrophalen letzten Abend mit Konovalenko.

Er durchsuchte die Sachen des Polizisten. Der trug seltsamerweise keine Waffe bei sich. Victor Mabasha war einmal mehr der Meinung, in einem merkwürdigen Land zu sein, wo die Polizisten unbewaffnet gingen. Dann band er dem Mann die Hände über der Brust zusammen und verschloß ihm den Mund mit Klebeband.

Aus einem Mundwinkel sickerte ein schmales Rinnsal Blut. Verletzungen ließen sich eben nie ganz vermeiden. Wahrscheinlich hatte sich der Mann in die Zunge gebissen.

In den drei Stunden, die ihm am Nachmittag zur Verfügung gestanden hatten, war Victor Mabasha den Plan, den er anwenden wollte, in Gedanken noch einmal durchgegangen. Er kannte den Weg und wollte es nicht riskieren, sich zu verfahren. Als er zum ersten Mal an einer roten Ampel anhalten mußte, nahm er sich die Brieftasche des Mannes vor und stellte fest, daß er Kurt Wallander hieß und vierundvierzig Jahre alt war.

Das Signal wechselte auf Grün, und er fuhr weiter. Immer wieder schaute er wachsam in den Rückspiegel.

Nach der nächsten Kreuzung begann er zu glauben, daß ihnen ein Wagen folgte. Konnte es sein, daß der Polizist nicht allein gewesen war? In diesem Falle würde es bald Probleme geben. Als er auf einen mehrspurigen Straßenabschnitt auffuhr, beschleunigte er die Geschwindigkeit. Plötzlich war er sich nicht mehr sicher, ob es vielleicht nur Einbildung war. Vielleicht gab es trotz allem keine Verfolger?

Der Mann auf dem Beifahrersitz stöhnte und bewegte sich. Victor Mabasha wußte nun, daß er genau so stark zugeschlagen hatte wie geplant.

Er bog auf den Friedhof ab und blieb im Schatten eines grünen Hauses stehen, wo tagsüber Blumen und Kränze verkauft wurden. Nun war das Geschäft verdunkelt und geschlossen. Er schaltete die Scheinwerfer aus und beobachtete aufmerksam den Verkehr an der Abfahrt. Aber kein Fahrzeug bremste.

Er wartete noch weitere zehn Minuten. Aber es geschah nichts, außer daß der Polizist zum Leben erwachte.

»Keinen Ton«, zischte Victor Mabasha und riß ihm den Klebestreifen vom Mund.

Ein Polizist kapiert das, dachte er. Er weiß, wann es ein Mensch ernst meint. Dann fragte er sich, ob man auch in diesem Land dafür gehenkt wurde, wenn man einen Polizisten als Geisel nahm.

Er stieg aus, lauschte und sah sich um. Abgesehen vom fernen Brausen des Verkehrs war alles still. Er ging zur Beifahrerseite hinüber und bedeutete dem Mann auszusteigen. Dann führte er ihn zu einem der eisernen Gartentore, und sie verschwanden schnell im Dunklen zwischen Kieswegen und Grabsteinen.

Victor Mabasha geleitete ihn zu dem Grabgewölbe, dessen Eisentür er ohne weiteres aufgebrochen hatte. In dem feuchten Raum hatte es muffig gerochen. Aber Friedhöfe schreckten ihn nicht. Früher hatte er sich schon oft zwischen den Toten versteckt.

Er hatte eine Gaslampe und einen extra Schlafsack gekauft. Der Polizist weigerte sich zuerst, ihm in das Grab zu folgen, und leistete Widerstand.

»Ich werde dich nicht töten«, sagte Victor Mabasha. »Ich werde dich auch nicht verletzen. Aber du mußt hineingehen.«

Er stieß den Polizisten auf einen der Schlafsäcke hinunter, zündete die Lampe an und ging dann noch einmal hinaus, um zu prüfen, ob der Lichtschein nach draußen drang. Aber alles war finster.

Wieder blieb er stehen und lauschte. Die vielen Jahre ständiger Wachsamkeit hatten sein Gehör trainiert. Auf einem Kiesweg hatte sich etwas gerührt. Kollegen des Polizisten, die ihn absichern sollten. Oder ein Nachttier.

Schließlich entschied er, sich nicht bedroht zu fühlen. Er ging wieder in die Grabkammer und hockte sich vor den Polizisten nieder, der Kurt Wallander hieß.

Dessen Angst hatte sich nun in offenes Entsetzen, vielleicht Schrecken verwandelt.

»Wenn du tust, was ich sage, wird dir nichts geschehen«, erklärte Victor. »Aber du mußt meine Fragen beantworten. Und die Wahrheit sagen. Ich weiß, daß du Polizist bist. Ich sehe, daß du immer wieder auf meine linke Hand schaust, wo ich einen Verband trage. Das bedeutet, daß du meinen Finger gefunden hast, den Konovalenko abgeschnitten hat. Ich will dir gleich sagen, daß er es war, der die Frau getötet hat. Ob du mir glauben willst oder nicht, ist deine Sache. Ich kam in dieses Land, um eine kurze Zeit zu bleiben. Und ich habe mich entschlossen, lediglich einen einzigen Menschen zu töten: Konovalenko. Aber zuerst mußt du mir helfen, indem du mir sagst, wo er ist. Wenn Konovalenko tot ist, werde ich dich sofort freilassen.«

Victor Mabasha wartete auf eine Antwort. Dann erinnerte er sich, daß er etwas vergessen hatte.

»Hast du einen Schatten? Ein Auto, das dir folgt?«

Der Mann schüttelte den Kopf.

»Du bist allein?«

»Ja«, antwortete der Polizist und verzog das Gesicht.

»Ich mußte vermeiden, daß du anfängst, mit mir zu kämpfen. Aber ich glaube, der Schlag war nicht zu hart.«

»Nein«, murmelte der Mann und zog wieder eine Grimasse.

Victor Mabasha saß schweigend. Jetzt hatte er keine Eile. Die Stille sollte den Polizisten ruhiger machen.

Victor Mabasha fühlte Sympathie für seine Angst. Er wußte, wie verlassen der Schreck einen Menschen machen kann.

»Konovalenko«, sagte er leise. »Wo ist er?«

»Ich weiß nicht.«

Victor Mabasha betrachtete ihn und entnahm der Antwort, daß Konovalenko der Polizei bekannt war, man jedoch nicht wußte, wo er sich gegenwärtig aufhielt. Er hatte sich verrechnet. Das würde das Ganze beschwerlicher, zeitaufwendiger machen. Aber im Grunde tat es nichts zur Sache. Gemeinsam würden sie nach Konovalenko suchen können.

Victor Mabasha berichtete langsam über alles, was im Zusammenhang mit der Ermordung der Frau geschehen war. Aber er erwähnte nichts darüber, warum er sich in Schweden befand.

»Also war er es, der das Haus in die Luft gesprengt hat«, sagte Wallander, als er mit seiner Erzählung fertig war.

»Jetzt weißt du, was geschehen ist. Jetzt sollst du mir berichten.«

Der Polizist war plötzlich ruhiger geworden, auch wenn er unangenehm davon berührt schien, sich in einem kalten und feuchten Grab aufhalten zu müssen. Hinter ihnen standen Särge, in steinerne Sarkophage eingeschlossen, übereinander gestapelt.

»Hast du einen Namen?« fragte er.

»Nenn mich Goli«, sagte Victor Mabasha. »Das reicht.«

»Und du kommst aus Südafrika?«

»Vielleicht. Aber das ist nicht wichtig.«

»Für mich ist das wichtig.«

»Für uns ist nur eines wichtig: Wo sich Konovalenko aufhält.«

Die letzten Worte stieß er scharf hervor. Der Polizist verstand. Angst trat wieder in seine Augen.

Im selben Augenblick erstarrte Victor Mabasha. Seine Wachsamkeit war während des Gesprächs mit dem Polizisten nicht erlahmt. Jetzt hatten seine empfindlichen Ohren einen Laut von draußen registriert. Er machte dem Polizisten ein Zeichen, sich nicht zu bewegen. Dann nahm er die Pistole in die Hand und drehte die Flamme der Gaslampe herunter.

Jemand war draußen vor der Grabstätte. Und es war kein Tier. Die Bewegungen waren allzu bewußt vorsichtig.

Er lehnte sich vor und packte den Polizisten an der Kehle.

»Zum letzten Mal«, keuchte er. »Ist dir jemand gefolgt?«

»Nein. Niemand. Ich schwöre es.«

Victor Mabasha ließ ihn los. Konovalenko, dachte er wütend. Ich begreife nicht, wie du es geschafft hast. Aber ich verstehe jetzt, warum Jan Kleyn dich in Südafrika in seinen Dienst nehmen will.

In dem Grabgewölbe konnten sie nicht bleiben. Er schaute auf die Gaslampe. Das war ihre Chance.

»Wenn ich die Tür aufmache, wirfst du die Lampe nach links«, befahl er dem Polizisten und nahm ihm gleichzeitig die Fesseln ab. Dann gab er ihm die Lampe, nachdem er den Lichtschein so weit wie möglich reduziert hatte.

»Renn nach rechts«, flüsterte er. »Duck dich und komm nicht in meine Schußrichtung.«

Er sah, daß der Polizist protestieren wollte. Mit einer Handbewegung brachte er ihn zum Verstummen. Dann entsicherte er die Pistole und machte sich bereit.

»Ich zähle bis drei.«

Er stieß die Eisentür auf, und der Polizist schleuderte die Lampe nach links. Gleichzeitig schoß Victor Mabasha. Der Polizist stolperte hinter ihm her und hätte beinahe das Gleichgewicht verloren. Gleichzeitig hörte er Schüsse aus mindestens zwei verschiedenen Waffen. Er warf sich zur Seite und kroch hinter einen Grabstein in Deckung. Der Polizist hechtete in eine andere Richtung. Die Gaslampe beleuchtete die Grabstelle. In einer Ecke bemerkte Victor Mabasha eine Bewegung und schoß. Die Kugel traf die Eisentür und verschwand als winselnder Querschläger in dem Grabgewölbe. Ein weiterer Schuß ließ die Lampe zersplittern und alles dunkel werden. Jemand floh über einen der Kieswege. Dann war alles wieder ruhig.

Kurt Wallander spürte, daß das Herz in seiner Brust wie ein Kolben pumpte. Er meinte, keine Luft zu bekommen und getroffen zu sein. Aber er konnte kein Blut entdecken, und weh tat ihm auch nur die Zunge, auf die er sich vorher gebissen hatte. Vorsichtig kroch er zu einem hohen Grabstein. Dort blieb er ganz still liegen. Das Herz donnerte in seinem Brustkorb. Victor Mabasha war fort. Als er sicher war, allein zu sein, rannte er davon. Er stolperte die Kieswege entlang, den Lichtern der Hauptstraße und dem Brausen der Autokolonnen entgegen. Er rannte, bis er den Friedhofszaun hinter sich gelassen hatte. An einer Bushaltestelle blieb er stehen, und es gelang ihm, ein Taxi heranzuwinken, das leer von Arlanda gefahren kam.

»Hotel ›Central‹«, stöhnte er.

Der Fahrer betrachtete ihn mißtrauisch.

»Ich weiß nicht, ob ich dich bei mir im Auto haben will«, sagte er. »Du machst mir ja die Polster dreckig.«

»Ich bin Polizist«, röchelte Wallander. »Fahr los!«

Der Fahrer schwenkte von der Bushaltestelle auf die Fahrbahn. Vor dem Hotel bezahlte Wallander das Taxi, und ohne auf Wechselgeld oder Quittung zu warten, holte er den Schlüssel von der Rezeption, wo man ihn wegen seines Aufzugs verwundert anstarrte. Es war nach Mitternacht, als er die Tür hinter sich abschloß und sich aufs Bett fallen ließ.

Als er sich beruhigt hatte, rief er Linda an.

»Warum rufst du so spät an?« fragte sie.

»Ich hatte bis jetzt zu tun. Konnte nicht früher.«

»Warum klingst du so komisch? Ist etwas passiert?«

Wallander hatte einen Kloß im Hals und war nahe daran, in Tränen auszubrechen. Aber es gelang ihm, sich zu beherrschen.

»Es ist nichts.«

»Bist du sicher?«

»Wirklich nichts. Was sollte sein?«

»Das mußt du doch selbst am besten wissen.«

»Erinnerst du dich nicht mehr, als du noch zu Hause wohntest, habe ich doch auch zu den unmöglichsten Zeiten gearbeitet.«

»Stimmt. Das habe ich wohl vergessen.«

Im selben Augenblick entschied er sich.

»Ich komme zu dir nach Bromma. Frag nicht, warum. Ich werde es dir später erklären.«

Er verließ das Hotel und fuhr in einem Taxi nach Bromma, wo sie wohnte.

Dann saßen sie am Küchentisch und tranken Bier zusammen, und er erzählte, was passiert war.

»Es soll ja gut sein, wenn Kinder Einblick in den Beruf ihrer Eltern erhalten«, sagte sie und schüttelte den Kopf. »Hast du keine Angst gehabt?«

»Natürlich hatte ich Angst. Diese Leute haben überhaupt keinen Respekt vor Menschenleben.«

»Warum benachrichtigst du nicht die Polizei?«

»Ich bin selbst Polizist. Und ich muß nachdenken.«

»Und wenn sie inzwischen noch mehr Menschen umbringen?«

Er nickte.

»Du hast recht. Ich fahr' nach Kungsholmen rein. Aber ich hatte das Gefühl, erst mit dir reden zu müssen.«

»Es war gut, daß du gekommen bist.«

Sie begleitete ihn in die Diele.

»Warum hast du gefragt, ob ich zu Hause bin?« erkundigte sie sich plötzlich, als er gerade gehen wollte. »Warum hast du nicht erwähnt, daß du gestern hier warst und mich gesucht hast?«

Wallander verstand nicht, was sie meinte.

»Wovon sprichst du?«

»Ich traf Frau Nilson von nebenan, als ich nach Hause kam. Sie erzählte mir, daß du gestern hier warst und gefragt hast, ob ich zu Hause bin. Du hast doch einen Schlüssel?«

»Ich habe mit keiner Frau Nilson gesprochen.«

»Dann habe ich sie wohl mißverstanden.«

Plötzlich lief es Wallander kalt über den Rücken.

»Noch einmal. Du bist nach Hause gekommen. Du trafst Frau Nilson. Sie sagte, ich hätte nach dir gefragt?«

»Ja, und?«

»Wiederhole genau, was sie gesagt hat.«

»Dein Papa hat nach dir gefragt. Nur das.«

Wallander bekam Angst.

»Ich habe Frau Nilson nie getroffen. Wie kann sie wissen, wie ich aussehe? Wie kann sie wissen, daß ich ich bin?«

Es dauerte eine Weile, bis sie begriff.

»Meinst du, es ist jemand anders gewesen? Aber wer? Warum das? Wer würde sich für dich ausgeben?«

Wallander sah sie ernst an. Dann schaltete er das Deckenlicht aus und trat vorsichtig an eines der Wohnzimmerfenster.

Die Straße unten war leer. Dann ging er in die Diele zurück.

»Ich weiß nicht, wer das war. Aber du fährst morgen mit mir nach Ystad. Ich will nicht, daß du gerade jetzt hier allein bist.«

Sie merkte, wie ernst es ihm war.

»Ja«, sagte sie nur. »Muß ich heute nacht Angst haben?«

»Du brauchst überhaupt keine Angst zu haben. Du solltest nur nicht allein hier wohnen in den nächsten Tagen.«

»Sag nichts mehr«, bat sie. »Jetzt will ich so wenig wie möglich wissen.«

Sie machte ihm eine Matratze zurecht.

Dann lag er im Dunkeln und lauschte ihren Atemzügen. Konovalenko, dachte er.

Als er sicher war, daß sie schlief, stand er auf und ging zum Fenster.

Die Straße war genauso leer wie zuvor.

Wallander hatte die Auskunft angerufen und von einem Apparat erfahren, daß drei Minuten nach sieben ein Zug nach Malmö ging. Sie verließen die Wohnung kurz nach sechs Uhr.

Er hatte in der Nacht unruhig geschlafen, war nur dann und wann eingeschlummert, um dann mit einem Ruck wieder aufzuwachen. Er wollte ein paar Stunden Zugfahrt. Mit dem Flugzeug würden sie zu früh in Ystad sein. Er brauchte Ruhe und Zeit zum Nachdenken.

Vor Mjölby blieben sie wegen Lokschaden fast eine Stunde stehen. Wallander hatte die Verspätung dankbar zur Kenntnis genommen. Ab und zu unterhielten sie sich. Aber ebensooft versank sie in einem Buch und er in seinen Gedanken.

Vierzehn Tage, dachte er und betrachtete einen Traktor, der einen scheinbar endlosen Acker pflügte. Er versuchte, die Furchen zu zählen, die der Pflug hinterließ, aber es gelang ihm nicht.

Vierzehn Tage sind vergangen, seit Louise Akerblom verschwand. Ihr Bild beginnt im Bewußtsein der beiden kleinen Kinder bereits zu verschwinden. Er fragte sich, ob Robert Akerblom weiter an seinem Gott würde festhalten können. Welche Antwort konnte Pastor Tureson geben?

Er sah seine Tochter an, die schlief, die Wange ans Fenster gelehnt. Wie sahen ihre geheimsten Ängste aus? Gab es eine Landschaft, wo sich ihre einsamen Gedanken trafen, ohne daß sie es wußten? Man kennt niemanden, dachte er. Am wenigsten sich selbst.

Hatte Robert Akerblom seine Frau gekannt?

Der pflügende Traktor verschwand in einer Senke. Wallander stellte sich vor, daß sie sich bis an ein bodenloses Meer aus Lehm erstreckte.

Der Zug fuhr plötzlich an. Linda wachte auf und sah ihn an.

»Sind wir da?« fragte sie verschlafen. »Wie lange habe ich geschlafen?«

»Eine Viertelstunde vielleicht«, antwortete er und lächelte. »Wir sind noch nicht einmal in Nässjö.«

»Ich brauche einen Kaffee«, sagte sie gähnend. »Du auch?«

Dann blieben sie bis Hässleholm im Speisewagen sitzen. Zum ersten Mal erzählte er ihr die eigentliche Geschichte seiner beiden Reisen nach Riga im Jahr zuvor. Sie lauschte fasziniert.

»Das klingt, als handele es sich gar nicht um dich«, sagte sie, als er fertig war.

»Dasselbe Gefühl habe ich auch.«

»Du hättest ja umkommen können. Hast du denn nie an mich und Mama gedacht?«

»An dich ja. Aber wohl nie an deine Mutter.«

Als sie Malmö erreichten, brauchten sie nur eine halbe Stunde auf den Anschlußzug nach Ystad zu warten. Kurz vor vier waren sie in seiner Wohnung. Er machte das Gästezimmer für sie zurecht und erinnerte sich, als er ein frisches Laken suchte, daß er den Waschtermin völlig vergessen hatte. Gegen sieben gingen sie in eine der Pizzerien in der Hamngatan und aßen zu Abend. Sie waren beide müde und bereits vor neun wieder zu Hause.

Sie rief ihren Großvater an, Wallander stand daneben und lauschte. Sie versprach, ihn am nächsten Tag zu besuchen.

Er wunderte sich, wie anders sein Vater klingen konnte, wenn er mit ihr sprach.

Ihm fiel ein, daß er Loven anrufen mußte. Aber er ließ es bleiben, denn noch wußte er nicht, wie er erklären sollte, warum er nicht sofort nach den Ereignissen auf dem Friedhof die Polizei benachrichtigt hatte. Er verstand es ja selbst nicht. Es war direkt ein Dienstvergehen. Hatte er begonnen, die Kontrolle über seine Handlungen zu verlieren? Oder hatte die Angst seinen Willen gelähmt?

Als sie eingeschlafen war, blieb er lange stehen und schaute auf die leere Straße hinunter.

In seinen Gedanken wechselten die Bilder von Victor Mabasha und Konovalenko.

Zur selben Zeit, da Wallander in Ystad am Fenster stand, konnte Vladimir Rykoff konstatieren, daß sich die Polizei immer noch für seine Wohnung interessierte. Er hielt sich zwei Stockwerke höher im selben Haus auf. Konovalenko war es gewesen, der eines Tages vorgeschlagen hatte, eine Zufluchtsmöglichkeit zu schaffen, wenn die normale Wohnung aus irgendeinem Grunde nicht angewendet werden konnte oder sollte. Konovalenko hatte auch erklärt, daß das sicherste Versteck nicht immer das ist, was sich am weitesten entfernt befindet. Am besten sei es immer, das Unerwartete zu tun. Also hatte Rykoff auf Tanias Namen eine identische Wohnung zwei Treppen höher gemietet. Das erleichterte auch den Transport der notwendigen Kleider und anderen Gepäcks.

Am Tag zuvor hatte Konovalenko angewiesen, die Wohnung zu räumen. Er hatte Vladimir und Tania ins Kreuzverhör genommen und festgestellt, daß der Polizist aus Ystad offenbar tüchtig war. Man durfte ihn nicht unterschätzen. Sie mußten auch damit rechnen, daß die Polizei das Haus durchsuchen würde. Vor allem fürchtete Konovalenko jedoch, daß Vladimir und Tania strengeren Verhören unterworfen werden könnten. Er war nicht sicher, ob sie immer richtig beurteilten, was sie sagen konnten und was nicht.

Konovalenko hatte auch erwogen, sie besser zu erschießen. Aber er hatte es als unnötig eingeschätzt. Vladimirs Fußarbeit konnte ihm immer noch von Nutzen sein. Außerdem würde die Polizei nur noch aufgeregter werden, als sie es ohnehin schon war.

Sie zogen noch am selben Abend in die andere Wohnung. Konovalenko hatte Vladimir und Tania nachdrücklich angewiesen, sich in den nächsten Tagen nicht draußen sehen zu lassen.

Zu den ersten Regeln, die Konovalenko als junger KGB-Mann gelernt hatte, gehörte die, daß es in der lichtscheuen Welt der Nachrichtendienste gewisse Todsünden gab. Ein Diener des Geheimen zu sein hieß, Mitglied einer Bruderschaft zu sein, deren wichtigste Gesetze in unsichtbarer Schrift festgehalten waren. Die schwerste Sünde war natürlich der doppelte Verrat, seine eigene Organisation zu verraten, es aber gleichzeitig als Dienst für eine fremde Macht zu tun. In der mythischen Hölle der Geheimdienste befanden sich die Maulwürfe dem Zentrum des Infernos am nächsten.

Es gab auch noch andere Todsünden. Eine war, zu spät zu kommen.

Nicht nur zu einem vereinbarten Treffen, der Leerung eines geheimen Briefkastens, einer Entführung oder einer simplen Abreise. Ein genauso schweres Vergehen war es, zu spät zu sich selbst zu kommen, zu eigenen Plänen und Entscheidungen.

Trotzdem war es gerade das, was Konovalenko passierte, am frühen Morgen des 7. Juni, einem Donnerstag. Sein Fehler war, daß er sich zu sehr auf seinen BMW verlassen hatte. Als jungem KGB-Offizier hatten ihm seine Vorgesetzten beigebracht, eine Reisezeit immer für zwei parallele Möglichkeiten zu planen. Wenn ein Fahrzeug ausfiel, wäre immer noch genügend Zeit, auf eine von Anfang an festgelegte Alternative zurückzugreifen. Aber an diesem Freitag morgen, als sein Wagen plötzlich auf der St. Eriksbron stehenblieb und nicht wieder anspringen wollte, hatte Konovalenko nichts in Reserve. Er konnte natürlich die U-Bahn oder ein Taxi nehmen. Da er nicht wußte, ob und in diesem

Fall wann der Polizist oder seine Tochter die Wohnung in Bromma verlassen würden, war es nicht einmal sicher, daß er zu spät kommen würde. Trotzdem lag die Schuld, wenn irgend etwas schiefging, ganz bei ihm und nicht bei dem Auto. In den nächsten zwanzig Minuten versuchte er, den Motor wieder in Gang zu bringen, und diese Aktion glich einem Wiederbelebungsversuch. Der Wagen aber blieb tot.

Schließlich ließ er ihn stehen und winkte einem freien Taxi. Er hatte spätestens um sieben vor dem roten Ziegelhaus sein wollen. Nun war es Viertel vor acht.

Herauszubekommen, daß Wallander eine Tochter hatte, die in Bromma lebte, war nicht schwer gewesen. Er hatte die Polizei in Ystad angerufen und erfahren, daß Wallander in Stockholm im Hotel »Central« wohnte. Er hatte behauptet, selbst Polizist zu sein. Dahin hatte er sich in das Hotel begeben und die Buchung für eine größere Reisegesellschaft in ein paar Monaten diskutiert. In einem unbeobachteten Augenblick hatte er sich einen für Wallander bestimmten Notizzettel geschnappt und sich schnell den Namen Linda und eine Telefonnummer gemerkt. Dann hatte er das Hotel verlassen und die Adresse in Bromma ermittelt. Dort hatte er im Hausflur mit einer Frau gesprochen, und bald waren ihm die Zusammenhänge klargeworden.

An diesem Morgen wartete er bis halb neun auf der Straße. Dann kam eine ältere Frau aus dem Hauseingang. Grüßend trat er auf sie zu, und sie erkannte in ihm den freundlichen Mann wieder, der sie schon einmal angesprochen hatte.

»Sie sind heute früh abgereist«, teilte sie ihm auf seine Frage hin mit.

»Beide?«

»Beide.«

»Werden sie lange fortbleiben?«

»Sie hat versprochen, anzurufen.«

»Sie hat doch bestimmt erwähnt, wohin die Reise gehen sollte?«

»Ins Ausland, in den Urlaub. Wohin genau, habe ich nicht verstanden.«

Konovalenko sah, daß sie sich Mühe gab, sich zu erinnern. Er wartete.

»Frankreich, glaube ich«, sagte sie nach einer Weile. »Aber ich bin nicht ganz sicher.«

Konovalenko dankte ihr für die Hilfe und ging davon. Später würde er Rykoff vorbeischicken, um die Wohnung zu durchsuchen.

Weil er nachdenken mußte und es nicht unmittelbar eilig hatte, schlenderte er in Richtung des Zentrums von Bromma, wo er ein Taxi bekommen würde. Der BMW hatte ausgedient, Rykoff würde ihm an diesem Tag als Zusatzaufgabe einen neuen Wagen beschaffen müssen.

Konovalenko hatte die Möglichkeit, sie könnten ins Ausland gefahren sein, sofort ausgeschlossen. Der Polizist aus Ystad war ein klar denkender und berechnender Mann. Er hatte sicher herausbekommen, daß jemand am Tag zuvor die alte Dame ausgefragt hatte. Eine Person, die wiederkommen und weitere Fragen stellen würde. Deshalb hatte er eine Spur in die falsche Richtung gelegt, nach Frankreich.

Wohin? überlegte Konovalenko. Die Wahrscheinlichkeit spricht dafür, daß er mit seiner Tochter nach Ystad zurückkehrt. Aber er kann auch andere Zufluchtsorte gewählt haben, die ich unmöglich aufspüren kann.

Ein vorläufiger Rückzug, dachte Konovalenko. Ich werde ihm einen Vorsprung geben, den ich ihm später wieder abnehmen kann.

Er zog noch eine Schlußfolgerung. Der Polizist aus Ystad war nervös. Weshalb sonst hatte er seine Tochter mitgenommen?

Konovalenko lächelte kurz bei dem Gedanken, daß sie nach dem gleichen Muster dachten, der unbedeutende Polizist Wallander und er. Er erinnerte sich an ein paar Worte, die ein KGB-Oberst den Rekruten mit auf den Weg gegeben hatte, kurz nach dem Beginn ihres langen Trainings. Gute Ausbildung, eine lange Ahnenreihe und ein richtiges Maß an Intelligenz sind noch lange keine Garantien dafür, ein hervorragender Schachspieler zu werden.

Am wichtigsten war jetzt, Victor Mabasha zu finden, dachte er. Ihn zu töten, das zu Ende zu bringen, was in der Diskothek und auf dem Friedhof schiefgegangen war.

Mit einem leichten Gefühl der Unruhe dachte er an den vergangenen Abend zurück.

Kurz vor Mitternacht hatte er in Südafrika angerufen und mit Jan Kleyn über dessen Sondernummer gesprochen. Er war gut auf das Gespräch vorbereitet gewesen. Es gab keine akzeptablen Entschuldigungen mehr dafür, daß Victor Mabasha immer noch am Leben war. Also hatte er gelogen. Er hatte gesagt, Victor Mabasha sei am Tag zuvor getötet worden, durch eine Handgranate im Benzintank. Als das Benzin den Gummi, der den Zünder hielt, durchgefressen habe, sei der Wagen in die Luft geflogen. Victor Mabasha sei sofort tot gewesen.

Trotzdem, schien es Konovalenko, war Jan Kleyn unzufrieden gewesen. Ein Vertrauenskonflikt zwischen ihm und dem südafrikanischen Nachrichtendienst, den er sich nicht leisten konnte. Seine ganze Zukunft stand auf dem Spiel.

Konovalenko fuhr schneller. Jetzt galt es, keine Zeit mehr zu verlieren. Victor Mabasha mußte in den nächsten vierundzwanzig Stunden aufgespürt und getötet werden.

Die eigentümliche Abenddämmerung senkte sich sanft über das Land. Aber Victor Mabasha bemerkte es kaum.

Dann und wann dachte er an den Mann, den er töten würde. Jan Kleyn würde verstehen. Er würde ihm den Auftrag lassen. Eines Tages würde er den Präsidenten Südafrikas im Visier haben. Er würde nicht zögern, den Auftrag auszuführen, den er einmal akzeptiert hatte.

Er fragte sich, ob dem Präsidenten wohl bewußt war, daß er bald sterben würde. Hatten weiße Menschen ihre eigenen *Songomas*, die in ihren Träumen zu ihnen sprachen?

Er kam zu dem Schluß, daß es so sein mußte. Wie sollte ein Mensch denn leben können ohne Kontakt zu der Geisterwelt, die über das Leben, über die Lebenden und die Toten herrschte? Aber diesmal waren die Geister ihm wohlgesonnen gewesen. Sie hatten ihm gesagt, was er tun mußte.

Wallander erwachte morgens kurz nach sechs. Zum ersten Mal, seit die Suche nach Louise Akerbloms Mörder begonnen hatte, fühlte er sich richtig ausgeschlafen. Durch die halboffene Tür konnte er seine Tochter schnarchen hören. Er stand auf und stellte sich an die Tür, um ihr zuzusehen. Er spürte plötzlich eine intensive Freude und dachte schnell, daß der Sinn des Lebens ganz einfach darin bestand, sich um seine Kinder zu kümmern. In nichts anderem. Er ging ins Bad, duschte lange und beschloß, sich einen Termin beim Polizeiarzt geben zu lassen. Irgendeine Form medizinischer Hilfe mußte es doch geben für einen Polizisten, der ernsthaft gewillt war, sein Körpergewicht zu verringern und seine Kondition zu verbessern.

An jedem Morgen erinnerte er sich daran, wie er im Jahr zuvor in der Nacht aufgewacht war, schweißgebadet, und gedacht hatte, einen Herzinfarkt zu haben. Der Arzt, der ihn untersucht hatte, war der Meinung gewesen, er habe eine Warnung erhalten. Einen Hinweis, daß in seinem Leben etwas völlig falsch lief. Jetzt, nach einem Jahr, konnte er eigentlich nur konstatieren, daß er an seiner Lebensführung nichts geändert hatte. Außerdem war er mindestens noch drei Kilo schwerer geworden.

Er trank Kaffee am Küchentisch. Der Nebel lag dicht über Ystad an diesem Morgen. Aber der Frühling würde sich bald endgültig durchsetzen. Er beschloß, gleich am Montag mit Björk über die Urlaubsplanung zu reden.

Viertel nach sieben verließ er die Wohnung, nachdem er seine Durchwahlnummer notiert und auf dem Küchentisch hinterlassen hatte.

Auf der Straße hüllte ihn der Nebel ein. Er war so dicht, daß er kaum sein Auto erkennen konnte, das ein Stück vom Haus entfernt geparkt stand. Er überlegte, ob er es nicht besser stehenlassen und zum Polizeigebäude spazieren sollte.

Plötzlich ahnte er eine Bewegung auf der anderen Straßenseite. Es war, als ob ein Lampenmast sich gerührt hätte.

Dann entdeckte er, daß dort ein Mensch stand, wie er in den Nebel gehüllt.

In der nächsten Sekunde wurde ihm klar, wer es war. Goli war nach Ystad zurückgekehrt.

19

Jan Kleyn hatte eine Schwäche, die er vor der Öffentlichkeit sorgsam verbarg.

Sie hieß Miranda und war schwarz wie ein Rabe.

Sie war sein Geheimnis, der entscheidende Kontrapunkt in seinem Leben. Für alle, die Jan Kleyn kannten, wäre sie eine Unmöglichkeit gewesen. Seine Kollegen im Nachrichtendienst hätten alle Gerüchte über ihre Existenz in das Reich sinnloser Phantasien verwiesen. Jan Kleyn war eine der seltenen Sonnen, die keine Flecken zu haben schienen.

Aber einen gab es, Miranda.

Sie waren gleichaltrig und wußten jeweils um die Existenz des anderen, seit sie Kinder waren. Aber sie waren nicht zusammen aufgewachsen. Sie hatten in zwei getrennten Welten gelebt. Mirandas Mutter Matilda war Dienstmädchen in Jan Kleyns Elternhaus gewesen, der großen weißen Villa, die auf einem Hügel außerhalb von Bloemfontein lag. Sie selbst hatte ein paar Kilometer entfernt gewohnt, in einer Wellblechhütte unter vielen, dort, wo die Afrikaner zu Hause waren. Jeden Tag zeitig im Morgengrauen war sie den steilen Hang zu der weißen Villa hinaufgestiegen, wo ihr Arbeitstag damit begann, der Familie das Frühstück zu servieren. Der mühsame Aufstieg war wie eine Buße für ihr Verbrechen, das darin bestand, schwarz geboren zu sein. Jan Kleyn hatte, wie seine Geschwister, einen speziellen Diener gehabt, der nur dazu da war, auf die Kinder aufzupassen. Aber er hatte dennoch die Angewohnheit, sich besonders an Matilda zu halten. Eines Tages, als er elf war, hatte er plötzlich begonnen, sich zu fragen, woher sie jeden Morgen kam und wohin sie ging, wenn der Arbeitstag zu Ende war. Es war wie ein unerlaubtes Abenteuer gewesen, ihr insgeheim zu folgen, denn sein Vater hatte ihm verboten, den von einer Mauer umschlossenen Garten allein zu verlassen. So sah er zum ersten Mal die zusammengedrängten Wellblechhütten aus der Nähe, in denen die Schwarzen wohnten. Er wußte natürlich, daß die Schwarzen unter ganz anderen Verhältnissen lebten als er selbst. Ständig hatte er von seinen Eltern zu hören bekommen, daß es eine naturgegebene Notwendigkeit sei, daß Weiße und Schwarze verschieden lebten. Weiße, wie Jan Kleyn, waren Menschen. Die Schwarzen waren noch keine. Irgendwann in ferner Zukunft würden sie eventuell dasselbe Niveau erreichen können wie die Weißen. Ihre Haut würde aufhellen, ihr Verstand wachsen, und alles wäre ein Resultat der geduldigen Aufzucht durch die Weißen. Dennoch hatte er sich vielleicht nicht vorgestellt, daß ihre Häuser so schäbig sein würden, wie er sie vor sich sah.

Aber auch eine andere Tatsache fesselte seine Aufmerksamkeit. Matilda wurde von einem Mädchen in seinem Alter begrüßt, langbeinig und mager. Das mußte Matildas Tochter sein. Vorher hatte er nie darüber nachgedacht, daß Matilda eigene Kinder haben könnte. Nun erkannte er zum ersten Mal, daß Matilda eine Familie hatte, ein Leben außerhalb der Arbeit in seinem Elternhaus. Das war eine Entdeckung, die ihn unangenehm berührte. Er merkte, daß er wütend wurde. Es war, als habe Matilda ihn betrogen. Immer hatte er geglaubt, sie sei nur für ihn dagewesen.

Zwei Jahre darauf starb Matilda. Miranda hatte ihm die genaue Todesursache nie mitgeteilt, nur, daß etwas sie von innen aufgezehrt hatte, bis das Leben aus ihr gewichen war. Matildas Familie war auseinandergebrochen. Mirandas Vater hatte zwei Söhne und eine Tochter mit in seine Heimat genommen, das karge Land an der Grenze zu Lesotho. Miranda sollte bei einer Schwester Matildas aufwachsen. Aber Jan Kleyns Mutter hatte in einem Anfall unerwarteter Fürsorge beschlossen, sich ihrer anzunehmen. Sie sollte beim Gärtner in einem kleinen Haus in einer versteckten Ecke des großen Gartens wohnen und lernen, die Arbeitsaufgaben ihrer Mutter zu übernehmen. Auf diese Weise würde Matilda der weißen Villa erhalten bleiben. Jan Kleyns Mutter war nicht umsonst Burin. Für sie war das Bewahren von Traditionen eine Garantie für den Fortbestand der Familie und der Afrikaandergesellschaft. Es trug zu dem Gefühl der Unveränderlichkeit und Stabilität bei, über Generationen dieselbe Dienerfamilie zu haben.

Jan Kleyn und Miranda wuchsen weiter nahe beieinander auf. Aber der Abstand hatte sich nicht verringert. Auch wenn er sah, daß sie sehr schön war – schwarze Schönheit war etwas, das eigentlich nicht existierte. So etwas gehörte zu den verbotenen Dingen. Er bekam insgeheim mit, wie Gleichaltrige erzählten, daß Buren übers Wochenende in die benachbarte portugiesische Kolonie Moçambique reisten, um mit schwarzen Frauen ins Bett zu gehen. Aber er dachte, daß das nur die Wahrheit bestätigte, die niemals in Frage zu stellen er gelernt hatte. Deshalb fuhr er auch fort, Miranda zu sehen, ohne sie eigentlich entdecken zu wollen, wenn sie ihm das Frühstück auf dem Altan servierte. Aber sie begann, in seinen Träumen aufzutauchen. Die Träume waren intensiv und erregten ihn, wenn er sich am Tag danach an sie erinnerte. In den Träumen war die Wirklichkeit verwandelt. Dort entdeckte er nicht nur Mirandas Schönheit, sondern bejahte sie auch noch. In den Träumen war es ihm gestattet, sie zu lieben, und die Mädchen aus Burenfamilien, mit denen er sonst Umgang hatte, verblaßten neben Matildas Tochter.

Ihre erste eigentliche Begegnung kam zustande, als sie beide neunzehn waren. Es war ein Sonntag im Januar, als alle außer Jan Kleyn zu einem Familienessen in Kimberley fuhren. Er hatte sie nicht begleiten können, da er sich nach einem langwierigen Malariaanfall noch matt und verstimmt fühlte. Er saß auf dem Altan, Miranda war die einzige Dienerin im Hause. Plötzlich stand er auf und ging zu ihr in die Küche. Viel später würde er oft denken, daß er sie seitdem eigentlich nie verlassen hatte. Er war in der Küche geblieben. In diesem Augenblick hatte sie die Herrschaft über ihn übernommen. Ganz würde er sie nie zurückerobern können.

Zwei Jahre später wurde sie schwanger.

Da besuchte er bereits die Randuniversität in Johannesburg. Die Liebe zu Miranda war seine Passion und gleichzeitig sein Schrecken. Er sah ein, daß er ein Verräter an seinem Volk und seiner Tradition war. Oft versuchte er, jeden Kontakt zu ihr abzubrechen, sich von der verbotenen Liebe fernzuhalten. Aber er vermochte es nicht. Sie trafen sich heimlich, jeden Augenblick voller Angst, jemand würde sie entdecken. Als sie ihm erzählte, daß sie schwanger sei, hatte er sie geschlagen. Im nächsten Moment war ihm klargeworden, daß er niemals ohne sie würde sein können, auch wenn er nicht offen mit ihr leben durfte. Sie hatte ihre Stellung in der weißen Villa aufgegeben. Er hatte ihr in Johannesburg eine Zuflucht geschaffen. Mit Hilfe englischer Freunde von der Universität, die Verhältnisse zu schwarzen Frauen mit anderen Augen betrachteten, kaufte Jan Kleyn ein kleines Haus in Bezuidenhout Park im Osten Johannesburgs. Dort ließ er sie wohnen, sie galt als die Bedienstete eines Engländers, der sich meistens auf seinem Anwesen in Südrhodesien aufhielt. Dort konnten sie sich treffen, dort wurde auch ihre Tochter geboren, die sie, ohne daß darüber gesprochen werden mußte, Matilda nannten. Sie hatten weiter Umgang miteinander, mehr Kinder bekamen sie nicht. Jan Kleyn heiratete niemals eine weiße Frau, zum Kummer und manchmal auch zur Erbitterung seiner Eltern. Ein Bure, der keine Familie gründete und viele Kinder bekam, war ein Außenseiter, einer, der die Regeln nicht befolgte, die die Afrikaandertradition erforderte. Jan Kleyn wurde seinen Eltern immer mehr zum Rätsel, und er sah ein, daß er niemals würde erklären können, daß er Miranda, die Tochter der Dienerin Matilda, liebte.

An all das dachte Jan Kleyn, als er an diesem Samstag morgen des 9. Mai im Bett lag. Am Abend würde er das Haus in Bezuidenhout Park besuchen. Das war eine Gewohnheit, die er als heilig ansah. Daran hindern konnte ihn nur etwas, das mit seiner Tätigkeit im Nachrichtendienst zu tun hatte. An diesem Samstag, das war ihm bewußt, würde sich sein Eintreffen in Bezuidenhout Park kräftig verspäten. Ein wichtiges Treffen mit Franz Malan erwartete ihn. Das konnte nicht verschoben werden.

Er war an diesem Morgen wie immer zeitig aufgewacht. Jan Kleyn ging spät zu Bett und stand zeitig auf. Er hatte sich dazu erzogen, mit wenig Schlaf auszukommen. Aber gerade an diesem Tag gönnte er es sich, noch im Bett liegenzubleiben. Aus der Küche hörte er die leisen Geräusche seines Dieners Moses, der das Frühstück bereitete.

Er dachte an den Anruf, den er kurz nach Mitternacht erhalten hatte. Konovalenko hatte ihm endlich den Bescheid gegeben, auf den er gewartet hatte. Victor Mabasha war tot. Das hieß nicht nur, daß ein Problem aufgehört hatte zu existieren. Das bedeutete auch, daß er die Zweifel an Konovalenkos Kompetenz, die er in den letzten Tagen gehegt hatte, fallenlassen konnte.

Um zehn würde er Franz Malan in Hammanskraal treffen. Die

Zeit war reif zu beschließen, wann und wo das Attentat geschehen sollte. Der Ersatzmann für Victor Mabasha war auch ausgewählt. Jan Kleyn zweifelte nicht daran, daß er wiederum eine richtige Entscheidung getroffen hatte. Sikosi Tsiki würde tun, was man von ihm verlangte. Die Wahl Victor Mabashas war ein Fehler gewesen. Jan Kleyn wußte, daß es in allen Menschen unsichtbare Schichten gab, auch in den kompromißlosesten. Deshalb hatte er beschlossen, den ausgesuchten Mann durch Konovalenko testen zu lassen. Victor Mabasha war auf Konovalenkos Waage gewogen und für zu leicht befunden worden. Sikosi Tsiki würde dieselbe Prüfung durchlaufen. Jan Kleyn konnte sich nicht vorstellen, daß sich zwei Personen hintereinander als zu schwach erweisen würden.

Kurz nach halb neun verließ er sein Haus und fuhr nach Hammanskraal. Der Rauch lag schwer über dem Slum der Schwarzen neben der Autobahn. Er versuchte sich vorzustellen, daß Miranda und Matilda hier hätten leben müssen, in Blechschuppen, zwischen herrenlosen Hunden, ständig mit dem beißenden Qualm der Holzkohlenfeuer in den Augen. Miranda hatte Glück gehabt, sie war dem Inferno des Slums entkommen. Ihre Tochter Matilda hatte ihr Glück geerbt. Durch Jan Kleyns Vorsorge, sein Zugeständnis an die verbotene Liebe, waren sie nicht gezwungen, das hoffnungslose Leben ihrer afrikanischen Schwestern und Brüder zu teilen.

Jan Kleyn dachte daran, daß seine Tochter die Schönheit ihrer Mutter geerbt hatte. Aber es gab einen Unterschied, der in die Zukunft wies. Matildas Haut war heller als die ihrer Mutter. Wenn sie einmal Kinder von einem weißen Mann bekommen sollte, würde sich der Prozeß fortsetzen. Irgendwann, lange nach seinem Tode, würden seine Nachkommen Kinder haben, denen man nicht mehr ansehen könnte, daß es einmal schwarzes Blut gegeben hatte.

Jan Kleyn gefiel es, Auto zu fahren und an die Zukunft zu denken. Er hatte die nie verstanden, die meinten, man könne nicht voraussagen, wie es einmal werden würde. Für ihn wurde die Zukunft in gerade diesem Augenblick erschaffen.

Franz Malan stand auf der Veranda in Hammanskraal und wartete, als Jan Kleyn in den Hof einbog. Sie gaben sich die Hand und gingen sofort ins Haus, wo der Tisch mit der grünen Decke stand.

»Victor Mabasha ist tot«, verkündete Jan Kleyn, als sie sich gesetzt hatten.

Ein Lächeln breitete sich auf Franz Malans Gesicht aus.

»So etwas habe ich mir schon gedacht«, sagte er.

»Konovalenko hat ihn gestern getötet. Die Schweden haben schon immer brauchbare Handgranaten produziert.«

»Wir verwenden sie ja auch hier bei uns im Lande. Es ist immer schwierig, sie zu beschaffen. Aber unsere Zwischenhändler wissen, wie man solche Probleme löst.«

»Das ist wohl das einzige, wofür wir den Rhodesiern dankbar sein müssen«, sagte Jan Kleyn.

Er erinnerte sich schnell an das, was er über die Geschehnisse in Südrhodesien vor bald dreißig Jahren gehört hatte. Als Teil seiner Ausbildung im Nachrichtendienst hatte er die Ausführungen eines alten Offiziers darüber gehört, wie es den Weißen in Südrhodesien gelungen war, die weltumfassenden Sanktionen gegen ihr Land zu umgehen. Das hatte ihn gelehrt, daß Politiker immer schmutzige Hände haben. Die mit der Macht spielen, schaffen Regeln und brechen sie, je nachdem, wie das Spiel sich entwickelt. Trotz der Sanktionen, zu denen sich alle Länder der Welt außer Portugal, Taiwan, Israel und Südafrika bekannten, hatte es in Südrhodesien nie an Waren, die importiert werden mußten, gemangelt. Auch der Export des Landes brach nie richtig ab. Das war nicht zuletzt darauf zurückzuführen, daß amerikanische und sowjetische Politiker diskret nach Salisbury geflogen waren und ihre Dienste angeboten hatten. Bei den amerikanischen Politikern handelte es sich meist um Senatoren aus dem Süden, die es als wichtig ansahen, die weiße Minderheit im Lande zu stützen. Durch ihre Kontakte hatten griechische und italienische Geschäftsleute, schnell gegründete Flugunternehmen und ein ausgeklügeltes Netz von Zwischenhändlern es übernommen, die Sanktionen heimlich aufzuheben. Russische Politiker ihrerseits hatten sich durch ähnliche Maßnahmen Zugang zu gewissen rhodesischen Metallen garantiert, die sie für ihre Industrien benötigten. Bald bestand die ganze Isolation nur noch zum Schein. Aber weltweit hatten Politiker weiter an Rednerpulten gestanden, das weiße rassistische System verdammt und die Vortrefflichkeit der Sanktionen geltend gemacht.

Später war Jan Kleyn klargeworden, daß das weiße Südafrika ebenso viele Freunde in der Welt hatte. Diese Hilfe fiel weniger ins Auge als die Unterstützung, die die Schwarzen bekamen. Aber Jan Kleyn zweifelte nicht daran, daß das, was im verborgenen geschah, mindestens ebenso wertvoll war wie die Solidarität, die auf Straßen und Plätzen proklamiert wurde. Was stattfand, war ein Kampf auf Leben und Tod, in dem nach und nach alle Mittel zugelassen worden waren.

»Der Ersatzmann?« erkundigte sich Franz Malan.

»Sikosi Tsiki. Auf meiner früher aufgestellten Liste stand er an zweiter Stelle. Er ist achtundzwanzig Jahre alt, in der Nähe von East London geboren. Es ist ihm auf Betreiben gelungen, sowohl aus dem ANC als auch aus der Inkathabewegung ausgeschlossen zu werden. In beiden Fällen wegen mangelnder Loyalität und verschiedener Diebstähle. Inzwischen hegt er auf beide Organisationen einen Haß, den ich fanatisch nennen möchte.«

»Fanatiker«, sagte Franz Malan. »Erfahrungsgemäß gibt es bei solchen Menschen immer etwas, was sich nicht kontrollieren läßt. Sie agieren mit Todesverachtung, aber sie folgen nicht immer den vereinbarten Plänen.«

Franz Malans schulmeisternder Ton irritierte Jan Kleyn. Es gelang ihm jedoch, dies zu verbergen, als er antwortete.

»Ich nenne ihn fanatisch. Das bedeutet nicht, daß er es sein muß. Er ist ein Mann, dessen Kaltblütigkeit nicht geringer ist als deine oder meine.«

Franz Malan gab sich mit dieser Antwort zufrieden. Er hatte wie gewöhnlich keinen Anlaß, dem zu mißtrauen, was Jan Kleyn sagte.

»Ich habe mit den übrigen Freunden im Komitee gesprochen«, fuhr Jan Kleyn fort. »Ich wollte die Abstimmung, weil ja trotz allem ein Ersatzmann gewählt werden sollte. Keiner hatte eine abweichende Meinung.«

Franz Malan konnte die Mitglieder des Komitees vor sich sehen, wie sie um den ovalen Walnußtisch herum saßen und langsam die Hand hoben, einer nach dem anderen. Es gab keine geheimen Abstimmungen. Offenheit in den Beschlüssen war notwendig, damit das Vertrauen erhalten blieb. Abgesehen von dem Willen, mit drastischen Methoden die Rechte der Buren und schließlich aller Weißen in Südafrika zu verteidigen, hatten die Mitglieder des Komitees wenig oder gar nichts miteinander zu tun. Der Faschistenführer Terrace Blanche wurde von vielen im Komitee mit schlecht verhohlener Verachtung betrachtet. Aber seine Anwesenheit war notwendig. Der Repräsentant der Diamantenfamilie de Beer, ein älterer Mann, den noch niemand jemals hatte lachen sehen, wurde mit dem gespaltenen Respekt umgeben, den großer Reichtum oft erzeugt. Richter Pelser, der Vertreter der Bruderschaft, war ein Mann, dessen Menschenverachtung berüchtigt war. Aber er hatte großen Einfluß, und man widersprach ihm selten. General Stroesser schließlich, vom Oberkommando der Luftwaffe, war ein Mann, der sich nicht gern mit zivilen Beamten oder Grubenbesitzern umgab.

Aber sie hatten abgestimmt, um Sikosi Tsiki den Auftrag zu geben. Damit konnten er und Jan Kleyn den Plan fortsetzen.

»Sikosi Tsiki reist bereits in drei Tagen«, teilte Jan Kleyn mit. »Konovalenko ist bereit, ihn zu empfangen. Er fliegt via Amsterdam nach Kopenhagen, mit einem sambischen Paß. Dann wird er mit einem Boot nach Schweden geholt.«

Franz Malan nickte. Nun war er an der Reihe. Er nahm eine Anzahl vergrößerter Schwarzweißfotografien und eine Karte aus seiner Aktentasche. Die Bilder waren von ihm selbst geknipst und in dem Labor in seinem Haus entwickelt worden. Die Karte hatte er in einem unbeobachteten Moment an seinem Arbeitsplatz kopiert.

»Freitag, der 12. Juni«, begann er. »Die örtliche Polizei rechnet mit mindestens vierzigtausend Zuhörern. Vieles spricht dafür, daß das eine geeignete Gelegenheit für uns sein kann, zuzuschlagen. Zum ersten gibt es da eine Berghöhe, Signal Hill, genau südlich vom Stadion. Die Entfernung zu der Stelle, wo das Rednerpult stehen wird, beträgt zirka 700 Meter. Die Erhebung ist nicht bebaut. Aber es gibt einen befahrbaren Weg da hinauf, von der Südseite her. Sikosi Tsiki wird keine Probleme haben, weder, wenn er hinfährt, noch, wenn er von dort verschwindet. Wenn es notwendig wird, kann er sich auch dort oben versteckt halten und später herabsteigen, um sich in dem Chaos, das ausbrechen wird, unter die Schwarzen zu mischen.«

Jan Kleyn betrachtete gewissenhaft die Fotografien. Er wartete auf eine Fortsetzung.

»Mein zweites Argument ist«, sagte Franz Malan, »daß hier ein Attentat in dem Teil unseres Landes ausgeführt werden würde, den wir den englischen nennen. Afrikaner reagieren primitiv. Ihr erster Gedanke wird sein, daß es jemand aus Kapstadt war, der den Anschlag verübt hat. Der Zorn wird sich gegen die richten, die in der Stadt wohnen. All diesen liberalen Engländern, die den Schwarzen so gewogen sind, wird klargemacht, was sie zu erwarten haben, wenn die Schwarzen die Macht im Land übernehmen. Das wird es für uns bedeutend leichter machen, die Gegenreaktion in Gang zu setzen.«

Jan Kleyn nickte. Er hatte denselben Gedanken gehabt. Er prüfte in Gedanken schnell, was Franz Malan vorgetragen hatte. Seiner Erfahrung nach hatte jeder Plan eine Schwachstelle.

»Was spricht dagegen?« fragte er.

»Es fällt mir schwer, etwas zu finden«, meinte Franz Malan.

»Es gibt immer einen schwachen Punkt. Bevor wir den nicht gefunden haben, können wir keinen Beschluß fassen.«

»Ich kann mir nur eines denken«, sagte Franz Malan nach einer Weile des Schweigens, »daß Sikosi Tsiki danebenschießt.«

Jan Kleyn zuckte zusammen.

»Er schießt nicht daneben. Ich wähle Leute aus, die ihr Ziel treffen.«

»700 Meter sind trotzdem eine große Entfernung. Ein plötzlicher Windstoß, ein unfreiwilliges Rucken des Armes. Ein Sonnenreflex, den keiner voraussagen kann. Der Schuß geht ein paar Zentimeter daneben. Ein anderer wird getroffen.«

»Das darf einfach nicht passieren.«

Franz Malan dachte, daß es ihnen vielleicht nicht gelingen würde, den schwachen Punkt des Planes zu finden, an dem sie gerade arbeiteten. Aber er hatte einen schwachen Punkt bei Jan Kleyn entdeckt. Wenn die rationalen Argumente nicht ausreichten, verwies er auf einen schicksalsbestimmten Ausgangspunkt, nämlich, daß etwas einfach nicht eintreten durfte.

Aber er sagte nichts.

Ein Diener servierte Tee. Dann gingen sie den Plan noch einmal durch, prüften Details, notierten Fragen, die beantwortet werden mußten. Erst als es fast vier Uhr nachmittags war, sahen sie ein, daß sie nicht weiterkommen konnten.

»Bis zum 12. Juni bleibt uns fast genau ein Monat«, resümierte Jan Kleyn. »Das bedeutet, daß unsere Zeit, Beschlüsse zu fassen, begrenzt ist. Am nächsten Freitag müssen wir entscheiden, ob es in Kapstadt geschehen soll oder nicht. Bis dahin muß alles erwogen, müssen alle Fragen beantwortet sein. Wir treffen uns wieder hier am Morgen des 15. Mai. Ich berufe dann das ganze Komitee für zwölf Uhr ein. In der kommenden Woche müssen wir beide den Plan durchgehen, jeder für sich, und nach Fehlern und Schwachstellen suchen. Die Stärken kennen wir bereits, die guten Argumente. Nun müssen wir nach den schlechten suchen.«

Franz Malan nickte. Er hatte nichts einzuwenden.

Sie verabschiedeten sich und verließen das Haus in Hammanskraal im Abstand von zehn Minuten.

Jan Kleyn fuhr auf dem kürzesten Weg zu dem Haus in Bezuidenhout Park.

Miranda Nkoyi betrachtete ihre Tochter. Sie saß auf dem Boden und starrte in die Luft. Aber Miranda sah, daß der Blick keinesfalls leer, sondern sehend war. Wenn sie ihre Tochter ansah, schien es ihr manchmal, wie in einem schnell vorübergehenden Schwindelanfall, als würde sie in ihr ihre eigene Mutter wiedererkennen. So jung, knapp siebzehn, war ihre Mutter gewesen, als sie Miranda geboren hatte. Nun war ihre eigene Tochter im selben Alter.

Was sieht sie? dachte Miranda. Manchmal spürte sie einen kalten Schauer, wenn sie Züge wiedererkannte, die auch Matildas Vater trug. Vor allem den Blick, der sich in verbissener Konzentration verlor, obwohl er doch nur Luft vor sich hatte. Das innere Gesicht, das kein anderer verstehen konnte.

»Matilda«, sagte sie vorsichtig, um sie behutsam in den Raum zurückzubringen, in dem sie sich befand.

Das Mädchen fuhr heftig zusammen und sah ihr starr in die Augen.

»Ich weiß, daß mein Vater bald kommt«, sagte sie. »Da du mir nicht erlauben willst, ihn zu hassen, wenn er hier ist, tu ich es, wenn ich warte. Du kannst bestimmen, wann. Aber du kannst mir den Haß niemals nehmen.«

Miranda hatte Lust, laut zu rufen, daß sie ihr Gefühl verstand. Es ging ihr oft selbst so. Aber sie konnte nicht. Sie war wie ihre Mutter, die ältere Matilda, die durch Trauer aus der ständigen Demütigung, im eigenen Land kein richtiges Leben führen zu dürfen, herausfand. Miranda wußte, daß sie genauso weich geworden war, verstummt in einer Ohnmacht, die sie nur bezwingen könnte, indem sie den, der der Vater ihrer Tochter war, ständig verriet.

Bald, dachte sie. Bald muß ich meiner Tochter klarmachen, daß ihre Mutter doch noch ein Maß an Lebenskraft bewahrt hat. Ich muß sie einweihen, um sie zurückzuerobern, um ihr zu zeigen, daß der Abstand zwischen uns noch lange kein Abgrund ist.

Matilda gehörte insgeheim der Jugendorganisation des ANC an. Sie war aktiv und hatte bereits viele vertrauliche Aufträge übernommen. Mehr als einmal war sie von der Polizei geschnappt worden. Miranda litt ständig unter der Angst, sie könnte verletzt oder getötet werden. Jedesmal, wenn die Särge der Schwarzen in den singenden, sich hinschlängelnden Begräbniszügen fortgetragen wurden, betete sie zu all ihren Göttern, doch ihre Tochter zu verschonen. Sie wandte sich an den Christengott, an die Geister der Ahnen, an ihre tote Mutter und an *Songoma*, von dem ihr Vater immer gesprochen hatte. Aber sie war nie überzeugt davon, daß sie wirklich gehört wurde. Die Gebete linderten lediglich ihre Angst, indem sie sie müde machten.

Miranda verstand den Zwiespalt und die Ohnmacht ihrer Tochter darüber, einen Buren zum Vater zu haben, vom Feinde abzustammen. Es war, als sei ihr schon bei der Geburt eine tödliche Wunde beigebracht worden.

Und doch wußte sie, daß eine Mutter wegen ihres eigenen Kindes niemals Reue empfinden kann. Damals, vor siebzehn Jahren, hatte sie Jan Kleyn genausowenig geliebt wie heute. Matilda war in Unterwerfung und Angst gezeugt worden. Es war, als habe das Bett, in dem sie lagen, in einem einsamen, luftleeren Universum geschwebt. Danach hatte sie es nie geschafft, die Unterwerfung zu überwinden. Das Kind sollte geboren werden, es hatte einen Vater, und er organisierte ein Dasein für sie, ein Haus in Bezuidenhout, Geld für den Lebensunterhalt. Sie war von Anfang an fest entschlossen, mit ihm keine Kinder mehr zu haben. Wenn nötig, würde Matilda ihr einziges bleiben, auch wenn ihr afrikanisches Herz bei diesem Gedanken schrie. Jan Kleyn hatte weitere Kinder mit ihr nie offen gewünscht, seine Forderung nach ihrem Beitrag zur Liebe war immer gleich leer. Sie ließ ihn zu sich kommen in den Nächten und konnte es aushalten, denn sie hatte gelernt, sich durch Verrat an ihm zu rächen.

Sie betrachtete ihre Tochter, die sich wieder in einer Welt verloren hatte, in die sie ihre Mutter niemals mitnahm. Sie sah, daß ihre Tochter ihre eigene Schönheit geerbt hatte. Der einzige Unterschied war ihre hellere Haut. Sie hatte sich manchmal gefragt, was Jan Kleyn wohl sagen würde, wenn er wüßte, daß sich seine Tochter am meisten eine dunklere Haut wünschte.

Auch meine Tochter verrät ihn, dachte Miranda. Aber unser Verrat ist nicht böse. Er ist die Rettungsleine, an der wir uns krampfhaft festhalten, wenn Südafrika brennt. Das Böse liegt ganz und gar bei ihm. Eines Tages wird es ihn vernichten. Unsere Freiheit wird nicht in erster Linie darin bestehen, daß wir einen Stimmzettel in der Hand halten, sondern darin, daß wir uns von unseren inneren Ketten befreien.

Der Wagen hielt in der Auffahrt vor der Garage.

Matilda erhob sich und sah ihre Mutter an.

»Warum hast du ihn nie umgebracht?«

Es war seine Stimme, die da aus ihrer Tochter sprach. Aber sie war sicher, daß ihr Herz nicht wie das eines Buren war. An ihrem Aussehen, der hellen Haut, hatte sie nichts ändern können. Aber sie hatte ihr Herz verteidigt, heiß, unbezwingbar. Diese Festung, und wenn es die letzte war, würde Jan Kleyn niemals einnehmen können.

Das Schmähliche war, daß er nichts zu merken schien. Jedesmal, wenn er nach Bezuidenhout kam, war sein Auto vollgeladen mit Lebensmitteln, damit sie ihm ein *Braai* bereiten konnte, genau wie in der weißen Villa, in der er aufgewachsen war. Er hatte nie begriffen, daß er sie zu ihrer eigenen Mutter machte, der versklavten Dienerin. Er verstand nie, daß er sie zwang, in verschiedenen Rollen aufzutreten: als Köchin, Geliebte und Frau, die seine Kleider ausbürstete. Er bemerkte nicht den verbissenen Haß seiner Tochter. Er sah eine Welt, bewegungslos, versteinert, und er faßte es als seine Lebensaufgabe auf, diese Welt zu verteidigen. Das Falsche, Verlogene, die bodenlose Lüge, auf der das ganze Land aufbaute, sah er nicht.

»Ist alles, wie es sein soll?« fragte er, als er die Tüten mit den Lebensmitteln im Flur abgestellt hatte.

»Ja«, antwortete Miranda. »Alles ist gut.«

Dann bereitete sie *Braai*, während er versuchte, mit seiner Tochter zu sprechen, die sich hinter der Rolle der Schüchternen und Verzagten versteckte. Er versuchte, ihr übers Haar zu streichen, und Miranda sah durch die Küchentür, wie die Tochter erstarrte. Sie aßen, die Afrikaanderwürste, die groben Fleischstücke, die Kohlsalate. Miranda wußte, daß Matilda nach der Mahlzeit auf die Toilette gehen und alles wieder ausbrechen würde. Dann wollte er über Belanglosigkeiten reden, über das Haus, die Tapeten, den Garten. Matilda verschwand in ihr Zimmer, Miranda war mit ihm allein, und sie gab ihm die Antworten, die er erwartete. Dann gingen sie zu Bett. Sein Körper war so heiß, wie es nur der eines Frierenden sein kann. Der nächste Tag war Sonntag. Da sie nicht zusammen gesehen werden konnten, machten sie ihren Spaziergang innerhalb der vier Wände des Hauses, gingen umher, umeinander herum, aßen und saßen schweigend. Matilda floh wie gewöhnlich, sobald sie konnte, und kehrte erst nach seiner Abreise zurück. Erst am Montag würde wieder alles seinen gewohnten Gang gehen.

Als er eingeschlafen war und seine Atemzüge ruhig und regelmäßig gingen, stand sie vorsichtig auf. Sie hatte gelernt, sich im Schlafzimmer völlig lautlos zu bewegen. Sie ging in die Küche, ließ aber die Tür offenstehen, so daß sie die ganze Zeit kontrollieren konnte, ob er aufwachte. Ein Glas Wasser, das sie sich bereits

vorher hatte einlaufen lassen, wäre ihre Erklärung, sollte er aufwachen und sich über ihre Abwesenheit wundern.

Wie immer hatte sie seine Kleider über einen Stuhl in der
Küche gehängt. Dieser stand so, daß er vom Schlafzimmer aus
nicht gesehen werden konnte. Er hatte sie einmal gefragt, warum
sie seine Sachen immer in der Küche und nie im Schlafzimmer
ließ. Sie hatte ihm weisgemacht, sie wolle sie jeden Morgen aus-
bürsten, bevor er sich ankleidete.

Vorsichtig durchsuchte sie seine Taschen. Sie wußte, daß er die
Brieftasche für gewöhnlich in der linken Innentasche des Jacketts
und die Schlüssel in der rechten Hosentasche trug. Die Pistole, die
er immer bei sich hatte, lag auf dem Nachttisch.

Meistens fand sie nicht mehr in seinen Taschen. Aber gerade an
diesem Abend war da ein Zettel, auf dem etwas geschrieben stand,
in der Handschrift, die sie als seine erkannte. Das Schlafzimmer
im Blick behaltend, prägte sie sich schnell ein, was er da notiert
hatte.

Kapstadt, las sie.

12. Juni.

Entfernung zum Platz? Windverhältnisse? Wege?

Sie verstaute das Papier wieder so, wie sie es gefunden hatte.

Was die Worte auf dem Zettel bedeuteten, konnte sie nicht
verstehen. Aber sie würde trotzdem so verfahren, wie sie es versprochen hatte zu tun, sollte sie etwas in Jan Kleyns Taschen finden. Sie würde alles dem Mann berichten, den sie immer am Tag
nach dem Besuch Jan Kleyns traf. Zusammen mit ihren Freunden würden sie versuchen herauszufinden, was die Worte bedeuteten.

Sie trank das Wasser aus und ging wieder zu Bett.

Es kam vor, daß er im Schlaf redete. Wenn, dann geschah es fast
immer innerhalb der Stunde, nachdem er eingeschlafen war. Sogar
diese Worte, die er mal murmelte, mal schrie, merkte sie sich und
gab sie am Tag danach an den Mann weiter. Sie würde sich alles,
woran sie sich erinnern konnte, notieren, auch alles andere, was
während des Besuchs Jan Kleyns geschah. Manchmal erzählte er,
woher er kam, manchmal auch, wohin er anschließend fahren
würde. Aber meistens sagte er nichts. Niemals hatte er bewußt

oder aus Versehen etwas über seine Arbeit im Nachrichtendienst preisgegeben.

Vor langer Zeit hatte er einmal erwähnt, er sei als Bürodirektor in der Justizverwaltung in Pretoria beschäftigt.

Dann, als sich der Mann, der Informationen haben wollte, bei ihr gemeldet und ihr klargemacht hatte, daß Jan Kleyn für die Geheimpolizei des Landes arbeitete, war ihr eingeschärft worden, niemals verlauten zu lassen, daß sie wußte, womit er sich beschäftigte.

Jan Kleyn verließ ihr Haus am Sonntag abend. Miranda winkte ihm hinterher, als er abfuhr.

Seine letzten Worte waren, daß er am späten Nachmittag des nächsten Freitag wiederkommen würde.

Er saß im Auto und dachte an die kommende Woche. Der Plan hatte begonnen, Konturen anzunehmen. Er hatte alles unter Kontrolle.

Was er jedoch nicht wußte, war, daß Victor Mabasha noch lebte.

Am Abend des 12. Mai, exakt einen Monat, bevor er das Attentat auf Nelson Mandela verüben sollte, flog Sikosi Tsiki mit der regulären Maschine der KLM von Johannesburg nach Amsterdam. Wie Victor Mabasha hatte auch Sikosi Tsiki lange darüber nachgedacht, wer wohl sein Opfer sein würde. Im Gegensatz zu Victor Mabasha war er jedoch nicht zu der Überzeugung gelangt, es müsse sich um Präsident de Klerk handeln.

Er ließ die Frage schließlich offen.

Daß es um Nelson Mandela gehen könnte, war ihm überhaupt nicht in den Sinn gekommen.

Am Mittwoch, dem 13. Mai, kurz nach sechs Uhr abends, legte ein Fischerboot am Kai von Limhamn an.

Sikosi Tsiki sprang an Land. Das Boot wendete sofort und nahm Kurs zurück nach Dänemark.

Am Kai stand ein unwahrscheinlich fetter Mann und empfing ihn.

An diesem Abend fegte ein Sturm von Südwesten über Schonen hinweg. Erst am folgenden Abend flaute der Wind ab.

Dann kam die Wärme.

20

Kurz nach drei Uhr am Sonntag nachmittag saßen Peters und Noren in ihrem Streifenwagen und fuhren durch die Straßen der Innenstadt von Ystad. Sie warteten darauf, daß ihre Schicht zu Ende ging. Der Tag war ruhig gewesen, sie hatten nur einmal richtig eingreifen müssen. Kurz vor zwölf war eine Alarmmeldung gekommen. Ein nackter Mann sei dabei, draußen in Sandskogen ein Haus abzureißen. Es war seine Frau, die angerufen und erklärt hatte, der Mann habe einen Tobsuchtsanfall bekommen, weil er ständig seine gesamte Freizeit damit verbringen mußte, das Sommerhaus der Schwiegereltern in Ordnung zu halten. Um wieder Frieden im Leben zu finden, würde er das Haus nun abreißen. Sie hatte weiter berichtet, er wolle lieber an einem stillen See sitzen und angeln.

»Ihr fahrt hin und beruhigt den Mann«, hatte die Zentrale angewiesen.

»Wie nennt man so was?« fragte Noren, der das Sprechgerät bediente, während Peters fuhr. »Erregung öffentlichen Ärgernisses?«

»Diese Bezeichnung gibt es nicht mehr«, antwortete der Kollege in der Zentrale. »Aber wenn das Haus den Schwiegereltern gehört, müßte man es wohl als eigenmächtiges Vorgehen einstufen. Ist doch auch egal. Hauptsache, ihr beruhigt ihn. Das ist das wichtigste.«

Sie fuhren nach Sandskogen, ohne das Tempo zu beschleunigen.

»Ich glaube, ich versteh ihn«, sagte Peters. »Ein eigenes Haus zu haben kann ein Elend sein. Da gibt es immer etwas, was man getan haben müßte, aber nicht schafft. Oder was zu teuer ist. Das dann noch für andere zu tun, muß ja geradezu ein Fluch sein.«

»Vermutlich sollten wir ihm lieber helfen, das Haus abzureißen«, meinte Noren.

Sie suchten, bis sie die richtige Adresse gefunden hatten. Vor dem Zaun hatten sich Leute versammelt. Noren und Peters stiegen aus dem Wagen und betrachteten den nackten Mann, der auf dem Hausdach herumkletterte und mit dem Brecheisen Dachziegel losbrach. Gleichzeitig lief die Ehefrau auf sie zu. Noren sah, daß sie geweint hatte. Sie hörten sich ihre zusammenhanglose Erklärung an. Das Wichtigste, was sie konstatieren konnten, war, daß er keine Erlaubnis hatte zu tun, was er tat.

Sie gingen zum Haus hinüber und riefen zu dem Mann hinauf, der rittlings auf dem Dachfirst saß. Er war so in seine Arbeit vertieft, daß er das Polizeiauto noch gar nicht bemerkt hatte. Als er nun plötzlich Peters und Noren entdeckte, war er so überrascht, daß ihm das Brecheisen entglitt. Es tanzte übers Dach, und Noren mußte beiseite springen, um nicht getroffen zu werden.

»Vorsicht!« rief Peters. »Ich glaube, es ist am besten, wenn du runterkommst. Du hast keine Erlaubnis, dieses Haus abzureißen.«

Zu ihrer Verwunderung gehorchte der Mann sofort. Er legte die Leiter an, die er hinter sich hochgezogen hatte, und kletterte herab. Seine Frau eilte mit einem Bademantel herbei, den er überzog.

»Wollt ihr mich verhaften?« fragte der Mann.

»Nein«, antwortete Peters. »Aber du mußt aufhören, dieses Haus abzureißen. Ehrlich gesagt, ich glaube kaum, daß sie dich bitten werden, es weiter zu reparieren.«

»Ich will nur angeln«, erklärte der Mann.

Sie fuhren durch Sandskogen zurück. Noren gab den Bericht an die Zentrale durch.

Gerade als sie auf den Österleden einbogen, geschah es.

Peters entdeckte das Auto. Es näherte sich aus der entgegengesetzten Richtung, und er erkannte die Farbe und die Kombination auf dem Nummernschild sofort.

»Da kommt Wallander«, sagte er.

Noren schaute von seinem Rapportblock auf.

Als der Wagen vorüberfuhr, schien Wallander sie nicht zu sehen. Das war in diesem Falle sehr merkwürdig, denn sie saßen ja in einem blauweißen Streifenwagen. Was allerdings die Aufmerksamkeit der Polizisten in Anspruch nahm, war nicht in erster Linie Wallanders abwesender Blick.

Es war der Mann, der auf dem Beifahrersitz gesessen hatte. Er war schwarz gewesen.

Peters und Noren sahen sich an.

»Saß da nicht ein Neger im Auto?« vergewisserte sich Noren.

»Ja«, bestätigte Peters. »Der war wirklich schwarz.«

Beide dachten an den abgehackten Finger, den sie vor ein paar Wochen gefunden hatten, und an den schwarzen Mann, der im ganzen Land gesucht wurde.

»Wallander muß ihn geschnappt haben«, sagte Noren zögernd.

»Warum fährt er dann in diese Richtung?« wandte Peters ein. »Und warum hält er nicht an, wenn er uns sieht?«

»Es war, als wollte er uns nicht sehen. Das ist wie mit Kindern. Wenn sie die Augen zumachen, denken sie, daß sie keiner sehen kann.«

Peters nickte.

»Glaubst du, er hat Probleme?«

»Nein«, sagte Noren. »Aber wo hat er den Neger gefunden?«

Dann wurden sie durch einen Alarm unterbrochen. Ein verlassenes Motorrad war vermutlich mit einer in Bjäresjö gestohlenen Maschine identisch. Als sie ihre Schicht absolviert hatten, kehrten sie ins Polizeigebäude zurück. Zu ihrem Erstaunen erfuhren sie, als sie im Kaffeeraum nach ihm fragten, daß Wallander sich nicht gezeigt hatte. Peters wollte gerade von ihrer Begegnung berichten, als er sah, wie Noren schnell einen Finger auf die Lippen legte.

»Warum sollte ich nichts sagen?« fragte er, als sie im Umkleideraum saßen und sich fertigmachten, um nach Hause zu fahren.

»Wenn Wallander sich hier nicht hat sehen lassen, muß das etwas zu bedeuten haben«, erklärte Noren. »Was, das geht weder dich noch mich etwas an. Außerdem kann es ja ein ganz anderer Neger gewesen sein. Martinson hat einmal erzählt, daß Wallanders Tochter mit einem Afrikaner geht. Das kann er ja gewesen sein, was wissen wir denn?«

»Ich meine, es ist trotzdem merkwürdig.«

Dieses Gefühl hatte er immer noch, als er in seinem Reihenhaus an der Straße nach Kristianstad angekommen war. Nachdem er zu Abend gegessen und eine Weile mit den Kindern gespielt hatte, ging er mit dem Hund hinaus. Da Martinson im selben Viertel wohnte, war er zu dem Entschluß gekommen, ihn anzurufen und ihm zu erzählen, was Noren und er gesehen hatten. Martinson hatte ihn neulich gefragt, ob er sich in die Warteschlange einreihen dürfe, sollte seine Labradorhündin einmal Welpen bekommen.

Martinson öffnete selbst. Er wollte, daß Peters hereinkommen sollte.

»Ich muß gleich wieder gehen«, sagte Peters. »Aber da ist eine Sache, über die ich mit dir reden wollte. Hast du Zeit?«

Martinson, der sich in der Volkspartei engagierte und auf einen Sitz im Stadtrat hoffte, hatte gerade einige langweilige politische Lageberichte gelesen, die die Partei ihm geschickt hatte. Er zog sich eine Jacke über und ging mit. Peters erzählte, was am Nachmittag geschehen war. »Bist du sicher«, fragte Martinson, als Peters schwieg.

»Wir können uns doch nicht beide getäuscht haben.«

»Komisch. Ich hätte es doch sofort erfahren, wenn es der Afrikaner gewesen wäre, dem ein Finger fehlt.«

»Vielleicht war es der Freund seiner Tochter«, versuchte es Peters.

»Wallander hat erzählt, sie hätten Schluß gemacht.«

Sie liefen eine Weile schweigend und schauten dem Hund zu, der an der Leine zerrte.

»Es war, als ob er uns nicht sehen wollte«, äußerte Peters vorsichtig. »Und das kann ja nur eines bedeuten. Daß er nicht wollte, daß wir ihn entdecken.«

»Oder vor allem den Afrikaner, der neben ihm saß«, sagte Martinson zerstreut.

»Sicher gibt es eine einleuchtende Erklärung. Ich will ja nicht behaupten, daß Wallander etwas tut, was er nicht darf.«

»Natürlich nicht. Aber es ist gut, daß du es mir erzählt hast.«

»Ich will ja auch keine Gerüchte und kein Geschwätz verbreiten.«

»Das hier ist kein Geschwätz«, beruhigte ihn Martinson.

»Noren ist ganz schön wütend geworden.«

»Er darf nichts erfahren.«

Sie trennten sich vor Martinsons Haus. Peters versprach Martinson, er könne einen Welpen kaufen, wenn es soweit sei.

Martinson überlegte, ob er Wallander anrufen sollte. Dann ent schloß er sich, erst am nächsten Tag mit ihm zu sprechen. Mit einem Seufzer beugte er sich über die unendlichen politischen Dokumente.

Als Wallander am Tag darauf im Polizeigebäude ankam, kurz vor acht Uhr morgens, hatte er eine Antwort parat auf die Frage, die ihm gestellt werden würde. Am Tag zuvor, nachdem er sich nach langem Zögern entschlossen hatte, Victor Mabasha mit auf eine Autoreise zu nehmen, hatte er das Risiko, einem Bekannten oder jemandem von der Polizei zu begegnen, als gering eingeschätzt. Er hatte Straßen benutzt, die selten von Streifenwagen befahren wurden. Aber natürlich war er auf Peters und Noren gestoßen. Er hatte sie so spät bemerkt, daß er Victor Mabasha nicht mehr Bescheid sagen konnte, sich zu ducken. Auch ein Abbiegen war nicht mehr möglich. Aus den Augenwinkeln hatte er gesehen, daß Peters und Noren der Mann an seiner Seite nicht entgangen war. Sie würden eine Erklärung von ihm verlangen, das war ihm unmittelbar klargeworden. Gleichzeitig hatte er sein Pech verflucht und sich über die Ausfahrt geärgert.

Als ob es nicht aufhören wollte, hatte er gedacht.

Dann, als er wieder ruhiger geworden war, hatte er Hilfe bei seiner Tochter gesucht.

»Herman Mboya muß als dein Freund wiederauferstehen. Falls jemand fragen sollte. Was ich kaum glaube.«

Sie hatte ihn angesehen und dann plötzlich gelacht.

»Erinnerst du dich, was du mir beigebracht hast, als ich ein Kind war? Daß eine Lüge zu neuen Lügen führt. Und schließlich ist das Durcheinander so groß, daß keiner mehr weiß, was die Wahrheit ist.«

»Mir gefällt die ganze Sache genausowenig wie dir. Aber es ist bald vorüber. Bald ist er außer Landes. Und wir können vergessen, daß er jemals hier war.«

»Natürlich kann ich sagen, daß Herman Mboya zurückgekommen ist«, sagte sie. »Manchmal wünsche ich mir ja, daß es so wäre.«

Als Wallander am Montag morgen das Polizeigebäude betrat, hatte er also eine Erklärung dafür, warum am Sonntag nachmittag ein Afrikaner neben ihm im Auto gesessen hatte. In einer Situation, da das meiste sehr kompliziert war und drohte, ihm aus den Händen zu gleiten, schien ihm das das geringste Problem. Als er Victor Mabasha am Morgen auf der Straße entdeckt hatte, in Nebel gehüllt, vor allem an einen Geist erinnernd, war sein erster Impuls gewesen, schnell in die Wohnung zurückzulaufen und seine Kollegen zu Hilfe zu rufen. Aber etwas hatte ihn daran gehindert, etwas, das seiner normalen Polizistenvernunft total widersprach. Schon auf dem nächtlichen Friedhof in Stockholm hatte er ein bestimmtes Gefühl gehabt, der schwarze Mann sage die Wahrheit. Nicht er hatte Louise Akerblom getötet. Er war vielleicht dabeigewesen, als es geschah, aber er war unschuldig. Der Mörder war ein anderer, ein Mann namens Konovalenko, der danach versucht hatte, ihn zu töten. Möglicherweise hatte der schwarze Mann, dem ein Finger abgeschnitten worden war, versucht, die Tat auf dem abgelegenen Gehöft zu verhindern. Wallander hatte unablässig gegrübelt, was dahinterstecken konnte. Aus diesem Gefühl heraus hatte er ihn mit hinauf in die Wohnung genommen. Ihm war sehr wohl bewußt, daß das ein Fehler sein konnte. Wallander hatte bei verschiedenen Anlässen in seinem Umgang mit Verdächtigen oder überführten Verbrechern mehr als unkonventionelle Formen angewendet. Mehrmals sah Björk sich veranlaßt, Wallander daran zu erinnern, was das Reglement über korrektes polizeiliches Auftreten sagte. Jedoch hatte er bereits auf der Straße gefordert, der schwarze Mann solle eventuell vorhandene Waffen ablegen. Er hatte die Pistole in Empfang genommen und dann seine Kleider durchsucht. Der schwarze Mann wirkte dabei seltsam unberührt, als habe er nichts anderes erwartet, als von Wallander in dessen Wohnung eingeladen zu werden. Um sich nicht allzu ahnungslos zu zeigen, hatte Wallander trotz allem gefragt, wie er zu seiner Adresse gekommen war.

»Auf dem Weg zum Friedhof habe ich deine Brieftasche durchsucht. Deine Adresse habe ich mir gemerkt.«

»Du hast mich überfallen. Und nun suchst du mich in meiner

Wohnung auf, viele Meilen von Stockholm entfernt? Ich hoffe, du kannst mir die Fragen beantworten, die ich dir stellen werde.«

Sie setzten sich in die Küche, und Wallander zog die Tür heran, damit Linda nicht aufwachte. Später würde er sich an die Stunden, die sie sich am Tisch gegenübersaßen, als an eines der denkwürdigsten Gespräche erinnern, die er je hatte. Es war nicht nur, daß Wallander einen ersten ordentlichen Einblick in die fremde Welt erhielt, der Victor Mabasha entstammte und in die er bald zurückkehren würde. Er war auch gezwungen, sich die Frage zu stellen, wie ein Mensch aus so vielen unvereinbaren Teilen zusammengesetzt sein konnte. Wie konnte man ein kaltblütiger Mörder sein, der sein tödliches Handwerk wie ein Angestellter verrichtete, und gleichzeitig ein denkender und fühlender Mensch mit wohldurchdachten politischen Ansichten? Was er dagegen natürlich nicht durchschaute, war, daß das Gespräch zu einem Täuschungsmanöver gehörte, dessen Opfer er war. Victor Mabasha hatte begriffen, worum es ging. Seine Fähigkeit, Vertrauen zu erwecken, konnte ihm die Freiheit verschaffen, nach Südafrika zurückzukehren. Die Geister waren es gewesen, die ihm zugeflüstert hatten, den Polizisten aufzusuchen, der Konovalenko jagte, und mit seiner Hilfe das Land zu verlassen.

Woran sich Wallander später am stärksten erinnern sollte, war die Erzählung Victor Mabashas über eine Pflanze, die nur in der namibischen Wüste wuchs. Sie konnte zweitausend Jahre alt werden. Wie eine schützende Hülle legte sie ihre langen Blätter über die Blüte und das sinnreich ausgebreitete Wurzelsystem. Victor Mabasha betrachtete das eigenartige Gewächs als ein Symbol für die Kräfte, die sich in seinem Heimatland gegenüberstanden und die auch in ihm selbst um die Herrschaft kämpften.

»Menschen geben ihre Privilegien niemals freiwillig auf«, sagte er. »Sie haben sich so an sie gewöhnt, wurzeln so stark in ihnen, daß sie wie zu einem Körperteil geworden sind. Es wäre falsch zu glauben, es handele sich um einen rassisch begründeten Defekt. In meinem Heimatland sind die Weißen die Träger dieser Macht der Gewohnheit. Aber in einer anderen Situation könnten es genauso ich und meine Brüder sein. Man kann Rassismus nie mit Rassismus bekämpfen. Aber was in meinem Land, das jahrhundertelang so verletzt und zerfleischt wurde, geschehen muß, ist, daß mit den Erfahrungen der Unterlegenheit gebrochen wird. Die Weißen müssen einsehen, daß ihre nächste Zukunft vom Verzicht geprägt sein wird. Sie müssen den eigentumslosen Schwarzen Land überlassen, denen es Jahrhunderte hindurch genommen wurde. Sie müssen den größten Teil ihres Reichtums an die überführen, die nichts haben, müssen lernen, die Schwarzen als Menschen zu betrachten. Die Barbarei hat immer menschliche Züge. Das ist es, was die Barbarei so unmenschlich macht. Die Schwarzen, die es gewohnt sind, sich zu unterwerfen, sich als Niemand unter ebensolchen zu fühlen, müssen ihre Gewohnheiten ablegen. Vielleicht ist Unterlegenheit die menschliche Krankheit, die am schwierigsten zu heilen ist? Diese Erfahrung greift tief, deformiert den ganzen Menschen, läßt keinen Körperteil unberührt. Die Reise vom Niemand zum Jemand ist die längste, die ein Mensch machen kann. Wenn man erst gelernt hat, mit seiner Unterwerfung zu leben, wird sie zu einer Gewohnheit, die das ganze Dasein dominiert. Und ich glaube, daß eine friedliche Lösung eine Illusion ist. Die Rassentrennung in meinem Land hat einen Punkt erreicht, wo sie schon anfängt zu verwittern, weil sie unsinnig geworden ist. Neue Generationen von Schwarzen sind herangewachsen, und sie verweigern es, sich zu unterwerfen. Sie sind ungeduldig, sie sehen den Zusammenbruch kommen. Aber es geht zu langsam. Es gibt auch viele Weiße, die genauso denken. Sie weigern sich, die Privilegien zu akzeptieren, die beinhalten, daß sie so leben müssen, als seien alle Schwarzen im Lande unsichtbar, als existierten sie nur als Dienerschaft oder als eine eigentümliche Tierart, die man in abseits gelegenen Slums eingesperrt hielt. In meinem Land gibt es große Parks, in denen die Tiere geschützt werden. Gleichzeitig haben wir große Menschenparks, und die, die dort leben, werden nicht geschützt, im Gegenteil. So gesehen, geht es den Tieren in meinem Land besser als den Menschen.«

Victor Mabasha verstummte und sah Wallander an, als erwarte er Fragen oder Einwände. Wallander dachte, daß in seinen Augen vielleicht alle Weißen gleich waren, ob sie nun in Südafrika lebten oder nicht.

»Viele meiner schwarzen Brüder und Schwestern glauben, daß

das Gefühl der Unterlegenheit durch sein Gegenteil, das der Überlegenheit, besiegt werden kann«, fuhr Victor Mabasha fort. »Aber das ist natürlich falsch. Das führt nur zu Abneigung und Spannungen zwischen den verschiedenen Gruppen, wo eigentlich Eintracht herrschen sollte. Das kann sogar eine Familie spalten. Und du sollst wissen, Kommissar Wallander, daß man in meinem Land ohne Familie an Wert verliert. Für den Afrikaner ist die Familie der Ausgangspunkt für alles.«

»Ich dachte, das wären eure Geister«, unterbrach Wallander.

»Die Geister gehören zur Familie. Die Geister, das sind unsere Ahnen, die über uns wachen. Sie leben als unsichtbare Mitglieder der Familie. Wir vergessen nie, daß es sie gibt. Deshalb ist es ja ein so unbeschreibliches Verbrechen, daß uns die Weißen gezwungen haben, den Boden zu verlassen, auf dem wir über viele Generationen gelebt haben. Geister mögen es nicht, wenn man sie zwingt, die Erde zu verlassen, die einmal ihre war. Die Geister verabscheuen noch mehr als die Lebenden die Wohngegenden, in denen wir uns unter dem Zwang der Weißen aufhalten müssen.«

Er verstummte abrupt, als hätten ihm die soeben gesprochenen Worte eine so entsetzliche Wahrheit offenbart, als fiele es ihm selbst schwer zu glauben, was er gesagt hatte.

»Ich wuchs in einer Familie auf, die schon von Anfang an gespalten wurde«, sagte er nach einer langen Pause. »Die Weißen wußten, daß sie uns schwächen konnten, indem sie die Familie auseinanderbrachen. Ich sah an meinen Geschwistern, daß sie immer mehr wie blinde Kaninchen aufzutreten begannen. Sie rannten im Kreise herum, immer rundherum, ohne mehr zu wissen, woher sie kamen und wohin sie wollten. Ich sah es und ging einen anderen Weg. Ich lernte zu hassen. Ich trank das dunkle Wasser, das die Lust an Rache weckt. Aber ich hatte auch erkannt, daß die Weißen, in all ihrer Übermacht, ihrer arroganten Überzeugung, ihre Herrschaft sei von Gott gegeben, auch Schwachpunkte hatten. Sie waren ängstlich. Sie sprachen davon, das Land Südafrika zu einem vollendeten Kunstwerk zu formen, einem weißen Palast im Paradies. Aber sie sahen nie die Sinnlosigkeit ihres Traums. Und die, die doch sahen, weigerten sich, sich dem zu stellen. So wurde eine Lüge zum Fundament, und nachts kam die

Angst zu ihnen. Sie füllten ihre Häuser mit Waffen. Aber die Angst zog trotzdem ein. Die Gewalt wurde ein Teil des Alltags der Angst. Ich sah das alles, und ich dachte, daß ich meine Freunde nah bei mir haben sollte, meine Feinde aber noch näher. Ich würde die Rolle des schwarzen Mannes spielen, der wußte, wie die Weißen es haben wollten. Ich würde meine Verachtung pflegen, indem ich ihnen Dienste erwies. Ich würde in ihrer Küche stehen und in die Suppe spucken, bevor ich sie ihnen servierte. Ich würde weiterhin ein Niemand sein, der insgeheim ein Jemand geworden war.«

Er verstummte. Wallander dachte, daß er jetzt wohl gesagt hatte, was er hatte loswerden wollen. Aber was hatte Wallander eigentlich verstanden? Auf welche Weise half es ihm zu verstehen, was Victor Mabasha nach Schweden getrieben hatte? Worum ging es? Was er früher bereits vage geahnt hatte, daß Südafrika ein Land war, das gerade von einer furchtbaren Rassenpolitik in Stücke gerissen wurde, verstand er nun besser. Aber das Attentat? Gegen wen war es gerichtet? Wer stand dahinter? Eine Organisation?

»Ich muß mehr wissen«, sagte er. »Du hast noch nicht erzählt, wer hinter dem Ganzen steckt. Wer hat deinen Flug nach Schweden bezahlt?«

»Diese rücksichtslosen Männer sind wie Schatten. Die Geister ihrer Ahnen haben sie seit langem verlassen. Sie treffen sich heimlich, um das Unheil in unserem Land zu planen.«

»Und du stehst in ihren Diensten?«

»Ja.«

»Warum?«

»Warum nicht?«

»Du tötest Menschen.«

»Andere werden eines Tages mich töten.«

»Was meinst du damit?«

»Ich weiß, daß es so kommen wird.«

»Aber Louise Akerblom hast du nicht getötet?«

»Nein.«

»Das tat ein Mann namens Konovalenko?«

»Ja.«

»Warum?«

»Das kann nur er beantworten.«

»Ein Mann reist aus Südafrika an, ein anderer aus Rußland. Sie treffen sich auf einem abseits gelegenen Hof in Schonen. Dort haben sie eine starke Funkanlage und Waffen. Warum?«

»Es war so vorgesehen.«

»Von wem?«

»Von denen, die uns baten, dorthin zu fahren.«

Wir drehen uns im Kreis, dachte Wallander. Ich bekomme keine Antworten.

Aber er versuchte es noch einmal, zwang sich, weiterzumachen.

»Ich habe verstanden, daß es um eine Vorbereitung ging. Auf ein Verbrechen, das in deinem Heimatland verübt werden soll. Ein Verbrechen, das du verüben wirst. Ein Mord? Aber wer soll ermordet werden? Und warum?«

»Ich habe versucht, dir mein Land zu erklären.«

»Ich stelle einfache Fragen und will einfache Antworten.«

»Vielleicht müssen die Antworten so sein, wie sie sind?«

»Ich versteh dich nicht«, sagte Wallander nach einer langen Pause. »Du bist ein Mann, der nicht zögert zu morden, scheinbar auf Bestellung. Gleichzeitig wirkst du wie ein sensibler Mensch, der unter den Verhältnissen in seinem Land leidet. Ich kann da keinen Zusammenhang herstellen.«

»Für einen, der schwarz ist und in Südafrika lebt, gibt es keinen Zusammenhang.«

Dann fuhr Victor Mabasha fort, über sein verwundetes und zerfleischtes Land zu erzählen. Wallander fiel es schwer, alles zu glauben, was er hörte. Als Victor Mabasha geendet hatte, war es Wallander, als habe er eine lange Reise hinter sich. Sein Führer hatte ihm Plätze gezeigt, von denen er vorher nicht einmal gewußt hatte, daß sie existierten.

Ich lebe in einem Land, wo wir gelernt haben zu glauben, daß alle Wahrheiten einfach sind, dachte er. Und daß es immer nur eine unteilbare Wahrheit gibt. Unser ganzes Rechtssystem fußt auf diesem Grundsatz. Nun wird mir langsam klar, daß vielleicht das Gegenteil richtig ist. Die Wahrheit ist kompliziert, vielschichtig, widersprüchlich. Die Lüge dagegen ist schwarz und weiß.

Wenn man auf einen Menschen, auf das Leben eines Menschen, respektlos und verachtungsvoll blickt, dann wird auch die Wahrheit eine andere, als wenn das Leben als unantastbar angesehen wird.

Er betrachtete Victor Mabasha, der ihm aufrichtig in die Augen sah.

»Hast du Louise Akerblom getötet?« fragte Wallander und ahnte, daß es zum letzten Mal war.

»Nein«, antwortete Victor Mabasha. »Danach opferte ich meinen Finger für ihre Seele.«

»Du willst immer noch nicht erzählen, was du tun wirst, wenn du zurückkehrst?«

Bevor Victor Mabasha antwortete, merkte Wallander, daß sich eine Veränderung vollzog. Die Gesichtszüge des schwarzen Mannes verzogen sich leicht. Später dachte er, daß die Maske der Ausdruckslosigkeit plötzlich begonnen hatte, sich aufzulösen und zu verschwinden.

»Ich kann es noch nicht. Aber es wird nicht geschehen.«

»Ich glaube, ich verstehe nicht«, sagte Wallander langsam.

»Der Tod wird nicht von meinen Händen kommen. Aber ich kann nicht verhindern, daß es durch andere geschieht.«

»Ein Attentat?«

»Das ich ausführen sollte. Aber ich gebe den Auftrag ab. Ich lege ihn auf den Boden und gehe davon.«

»Du sprichst in Rätseln. Was willst du auf die Erde legen? Ich will wissen, gegen wen sich dieses Attentat richten sollte.« Aber Victor Mabasha gab keine Antwort. Er schüttelte den Kopf, und Wallander erkannte, wenn auch sehr widerstrebend, daß er nicht weiterkommen würde. Später sollte er auch einsehen, daß er noch einen langen Weg gehen mußte, bis er gelernt haben würde, die Wahrheiten herauszufinden, die sich an ganz anderer Stelle verbargen, als er es gewohnt war. Kurzum, er verstand erst im nachhinein, daß das letzte Bekenntnis, bei dem Victor Mabasha die Maske hatte fallen lassen, schlichtweg falsch war. Er hatte keinesfalls die Absicht, seinen Auftrag abzugeben. Aber er hatte begriffen, daß diese Lüge von ihm gefordert wurde, wollte er die benötigte Hilfe bei der Ausreise aus diesem Land erhalten. Um

Glaubwürdigkeit zu erlangen, war er gezwungen zu lügen, und zwar geschickt, um den schwedischen Polizisten zu täuschen.

Wallander hatte erst einmal keine Fragen mehr.

Er fühlte sich müde. Aber gleichzeitig hatte er vielleicht erreicht, was er gewollt hatte. Das Attentat war verhindert, jedenfalls als eine Tat Victor Mabashas. Wenn er die Wahrheit gesagt hatte. Das würde seinen unbekannten Kollegen in Südafrika mehr Zeit geben. Und er konnte sich nicht vorstellen, daß das, was Victor Mabasha aufgab, etwas anderes als eine positive Handlung für die Schwarzen in Südafrika sein konnte.

Das reicht, dachte Wallander. Ich werde über Interpol Kontakt zur südafrikanischen Polizei aufnehmen und alles, was ich weiß, berichten. Mehr kann ich nicht tun. Nun bleibt nur noch Konovalenko übrig. Wenn ich versuche, Per Akeson dazu zu bringen, diesen Mann einzusperren, ist das Risiko groß, daß nur noch größere Verwirrung entsteht. Außerdem wächst die Gefahr, daß Konovalenko das Land verläßt. Mehr muß ich nicht wissen. Nun kann ich meine letzte gesetzlose Handlung im Fall Victor Mabasha begehen.

Ich werde ihm helfen, von hier wegzukommen.

Während des letzten Teils des Gesprächs war auch seine Tochter dabeigewesen. Sie war aufgewacht und verwundert in die Küche gekommen. Wallander hatte ihr kurz erklärt, wer der Mann war.

»Der dich niedergeschlagen hat?«

»Genau der.«

»Und jetzt sitzt er hier und trinkt Kaffee?«

»Ja.«

»Und du meinst nicht selbst, daß das ein wenig seltsam ist?«

»Das Leben eines Polizisten ist immer seltsam.«

Dann hatte sie nicht mehr gefragt. Als sie sich angezogen hatte, war sie zurückgekommen und hatte still auf einem Stuhl gesessen und zugehört. Danach hatte Wallander sie zur Apotheke geschickt, um Binden für die Hand zu kaufen. Im Badezimmerschrank hatte er eine Packung Penicillin gefunden und Victor Mabasha die Tabletten gegeben, wobei ihm sehr wohl klar war, daß er eigentlich hätte einen Arzt rufen müssen. Widerwillig hatte er dann die

Wunde am Fingerstumpf gesäubert und einen sauberen Verband um die Hand gewickelt.

Dann hatte er Loven angerufen, der sofort an den Apparat ging. Er fragte nach Neuigkeiten über Konovalenko und die Verschwundenen in dem Mietshaus in Hallunda. Daß Victor Mabasha in seiner Küche saß, vertraute er Loven jedoch nicht an.

»Wir wissen, wohin sie aus der Wohnung geflüchtet sind, als wir zuschlagen wollten«, sagte Loven. »Sie hatten sich einfach zwei Etagen höher im selben Haus versteckt. Raffiniert und bequem. Sie verfügten dort über eine Reservewohnung, die auf ihren Namen lief. Aber jetzt sind sie fort.«

»Dann wissen wir auch etwas anderes. Nämlich, daß sie noch im Lande sind. Vermutlich in Stockholm. Dort kann man sich am besten verbergen.«

»Wenn es notwendig sein sollte, werde ich persönlich die Türen sämtlicher Wohnungen dieser Stadt einschlagen«, versprach Loven. »Wir müssen sie jetzt schnappen. Bald.«

»Konzentrier dich auf Konovalenko«, riet Wallander. »Der Afrikaner ist, glaube ich, weniger wichtig.«

»Wenn ich doch nur begreifen könnte, was die beiden verbindet.«

»Sie waren am selben Ort, als Louise Akerblom ermordet wurde. Dann beging Konovalenko einen Bankraub und erschoß einen Polizisten. Da war der Afrikaner nicht dabei.«

»Aber was bedeutet das? Ich sehe keinen Zusammenhang, nur eine undeutliche Verbindung, der es an Logik fehlt.«

»Dennoch wissen wir eine ganze Menge. Konovalenko scheint besessen von dem Wunsch, diesen Afrikaner zu töten. Höchstwahrscheinlich waren sie nicht von Anfang an Feinde, sie sind es wohl erst geworden.«

»Aber wie paßt deine Immobilienmaklerin in dieses Bild?«

»Überhaupt nicht. Wir können davon ausgehen, daß sie aus einer zufälligen Situation heraus getötet wurde. Wie du neulich sagtest: Konovalenko ist rücksichtslos.«

»All das provoziert eine einzige Frage: Warum?«

»Der einzige, der sie beantworten kann, ist Konovalenko.«

»Oder der Afrikaner. Du vergißt ihn, Kurt.«

Nach dem Telefongespräch mit Loven entschloß sich Wallander definitiv, Victor Mabasha außer Landes zu bringen.

Aber bevor er zur Tat schreiten konnte, mußte er ganz sicher sein, daß es trotz allem nicht er gewesen war, der Louise Akerblom erschoß.

Wie finde ich es nur heraus, fragte er sich. Ich habe noch nie einen Menschen gesehen, der über ein so ausdrucksloses Gesicht verfügt. An ihm kann ich nicht ablesen, wo eine Wahrheit aufhört und eine Lüge beginnt.

»Am besten, du bleibst hier in der Wohnung«, sagte er zu Victor Mabasha. »Ich habe immer noch viele Fragen, die ich beantwortet haben will. Es ist gut, wenn du dich jetzt schon an den Gedanken gewöhnst.«

Von dem Ausflug am Sonntag abgesehen, verbrachten sie das ganze Wochenende in der Wohnung. Victor Mabasha war sehr müde und schlief die meiste Zeit. Wallander machte sich Sorgen, die Wunde an der Hand könne eine Blutvergiftung verursachen. Gleichzeitig fand er keine Ruhe, weil er den Mann überhaupt in seiner Wohnung behalten hatte. Wie so viele Male zuvor war er lieber seiner Intuition als seiner Vernunft gefolgt. Jetzt sah er keinen Weg, ohne weiteres aus dem Problem herauszukommen.

Am Sonntag abend fuhr er Linda hinaus zu seinem Vater. Er setzte sie am Straßenrand ab, um den Vorhaltungen seines Vaters zu entgehen, er habe ja nicht einmal Zeit, eine Tasse Kaffee zu trinken.

Aber schließlich war es doch Montag, und er kehrte ins Polizeigebäude zurück. Björk begrüßte ihn. Dann setzten sie sich mit Martinson und Svedberg im Versammlungsraum an den Tisch. Wallander berichtete auszugsweise, was in Stockholm passiert war. Es gab viele Fragen. Aber niemand hatte schließlich schwerwiegendere Einwände. Der Schlüssel des Ganzen lag bei Konovalenko.

»Mit anderen Worten, wir können nur darauf warten, daß er geschnappt wird«, faßte Björk zusammen. »Das gibt uns ein wenig Zeit, die Berge von anderen Angelegenheiten abzuarbeiten, die liegen und warten.«

Sie stellten eine Übersicht auf, was am dringlichsten erledigt werden mußte. Wallander erhielt die Aufgabe zu ermitteln, was mit drei Galoppern geschehen war, die von einem Gestüt in der Nähe von Skarby gestohlen worden waren. Zum Erstaunen seiner Kollegen brach er in Gelächter aus.

»Das wird ein wenig absurd«, entschuldigte er sich. »Eine verschwundene Frau. Und nun geraubte Pferde.«

Er war gerade in sein Zimmer gekommen, da bekam er den Besuch, auf den er gewartet hatte. Wer die Frage stellen würde, wußte er nicht, es konnte jeder seiner Kollegen sein. Aber es war Martinson, der anklopfte und eintrat.

»Hast du Zeit?« fragte er.

Wallander nickte.

»Ich muß dich mal etwas fragen.«

Wallander sah, daß es ihm nicht leichtfiel.

»Ich höre.«

»Jemand hat dich gestern mit einem Afrikaner gesehen. In deinem Auto. Ich dachte nur …«

»Was dachtest du?«

»Ich weiß eigentlich nicht.«

»Linda hat den Kontakt zu ihrem Kenianer wiederaufgenommen.«

»Das habe ich mir gedacht.«

»Gerade sagtest du doch, du wüßtest eigentlich nicht, was du denkst?«

Martinson hob die Arme und zog eine Grimasse. Dann verließ er schnell das Zimmer.

Wallander ließ den Fall der gestohlenen Pferde liegen, schloß die Tür, die Martinson hatte offenstehen lassen, und setzte sich, um nachzudenken. Welche Fragen wollte er eigentlich von Victor Mabasha beantwortet haben? Und wie konnte er nachprüfen, was die Wahrheit war?

In den letzten Jahren war Wallander bei verschiedenen Ermittlungen vielfach in Kontakt mit ausländischen Bürgern gekommen. Er hatte mit ihnen gesprochen, mit Opfern von Verbrechen und möglichen Tätern gleichermaßen. Oft hatte er gemerkt, daß seine früheren Vorstellungen von absoluten Wahrheiten über Richtig und Falsch sowie Schuld und Unschuld nicht immer brauchbar waren. Vorher war ihm auch nicht klar gewesen, daß die Ansichten, was denn ein Verbrechen und ob es geringfügig oder schwer sei, in den verschiedenen Kulturkreisen auseinandergingen. In solchen Situationen hatte er sich oft hilflos gefühlt. Ihm schienen alle Voraussetzungen zu fehlen, um die Fragen zu stellen, die dazu führen konnten, daß ein Verbrechen aufgeklärt oder ein Verdächtiger auf freien Fuß gesetzt werden konnte. Im selben Jahr, als Rydberg, sein alter Freund und Lehrmeister, gestorben war, hatten sie sich oft über die große Veränderung unterhalten, die im Land wie auch in der ganzen Welt vor sich ging. Sie würde an die Polizei völlig neue Anforderungen stellen. Rydberg hatte langsam seinen Whisky getrunken und prophezeit, daß die schwedische Polizei in den nächsten zehn Jahren gezwungen sein würde, größere Veränderungen als je vorzunehmen. Aber diesmal würde es nicht nur um tiefgreifende organisatorische Maßnahmen gehen, sondern die polizeiliche Arbeit selbst betreffen.

»Das möchte ich gar nicht mehr erleben«, hatte Rydberg gesagt, als sie auf seinem engen Balkon zusammensaßen. »Jeder Mensch hat seine Zeit. Manchmal kann ich Wehmut fühlen, bei dem Kommenden nicht mehr dabeisein zu dürfen. Sicher wird es schwer. Aber auch spannend. Du dagegen wirst mittendrin sein. Und du wirst gezwungen sein, ganz neue Gedanken zu denken.«

»Ich frage mich, ob ich das noch schaffen werde«, hatte Wallander geantwortet. »Immer öfter stelle ich mir die Frage, ob es nicht ein Leben jenseits des Polizeigebäudes gibt.«

»Solltest du nach Westindien segeln, dann sieh zu, daß du nie zurückkommst«, meinte Rydberg ironisch. »Die in die Welt hinausziehen und dann wiederkommen, fühlen sich nach ihrem Abenteuer selten besser. Sie betrügen sich selbst. Sie haben die alte Wahrheit nicht verstanden, daß man nicht vor sich selbst ausreißen kann.«

»Das werde ich nie tun. So große Pläne trage ich nicht in mir. Ich kann aber durchaus darüber nachdenken, ob es eine andere Arbeit geben könnte, bei der ich mich wohlfühlen würde.«

»Du bleibst Polizist, solange du lebst. Du bist wie ich. Sieh es ruhig ein.«

Wallander verscheuchte die Gedanken an Rydberg, nahm sich ein leeres Kollegheft und griff nach dem Stift.

Dann blieb er sitzen. Fragen und Antworten, dachte er. Der erste Fehler entsteht vermutlich bereits hier. Viele Menschen, nicht zuletzt von den Kontinenten, die am weitesten entfernt von unserem Land liegen, müssen frei erzählen dürfen, um eine Antwort formulieren zu können. Das sollte ich begriffen haben, nachdem ich trotz allem mit einer Anzahl von Afrikanern, Arabern und Lateinamerikanern in verschiedenen Zusammenhängen gesprochen habe. Sie erschrecken oft vor unserer Ungeduld, die, wie sie glauben, eigentlich ein Ausdruck von Verachtung ist. Für einen Menschen keine Zeit zu haben, nicht mit jemandem still zusammensitzen zu können, bedeutet, ihn abzulehnen, ihn zu verhöhnen.

Erzähle, schrieb er ganz oben auf sein Heft.

Vielleicht konnte ihn das in die richtige Richtung führen.

Erzähle, nichts weiter.

Er schob das Kollegheft beiseite und legte die Füße auf den Schreibtisch. Dann rief er zu Hause an und hörte, daß alles ruhig war. Er versprach, in ein paar Stunden zu kommen.

Zerstreut las er sich die Anzeige wegen der vermißten Pferde durch. Sie teilte ihm lediglich mit, daß in der Nacht zum 6. Mai drei wertvolle Tiere verschwunden waren. Am Abend hatten sie noch in ihren Boxen gestanden. Am Morgen, als eines der Stallmädchen gegen halb sechs die Tore öffnete, waren die Boxen leer gewesen.

Er sah auf die Uhr und entschloß sich, zu dem Gestüt hinauszufahren. Nachdem er mit drei Pferdepflegern und dem persönlichen Repräsentanten des Eigentümers gesprochen hatte, war Wallander geneigt zu glauben, daß das Ganze sehr wohl ein raffinierter Versicherungsbetrug sein konnte. Er machte sich ein paar Notizen und teilte mit, daß er wiederkommen würde.

Auf dem Weg nach Ystad hielt er bei Fars Hatt und trank Kaffee.

Er dachte zerstreut darüber nach, ob es wohl in Afrika Galopper gab.

21

Sikosi Tsiki kam am Mittwoch, dem 13. Mai, nach Schweden.

Bereits am selben Abend teilte ihm Konovalenko mit, daß er im südlichen Teil des Landes bleiben sollte. Hier würde er vorbereitet werden, von hier aus würde er das Land auch wieder verlassen. Als Konovalenko von Jan Kleyn erfahren hatte, daß der Ersatzmann auf dem Weg war, hatte er erwogen, die notwendige Verlegung in die Umgebung von Stockholm zu organisieren. Es gab viele Möglichkeiten, besonders in der Nähe von Arlanda, wo der Krach der startenden und landenden Flugzeuge die meisten Geräusche erstickte. Dort würde das notwendige Einschießen des Gewehrs stattfinden können. Außerdem hatte er das Problem mit Victor Mabasha und dem schwedischen Polizisten, den er langsam zu hassen begann. Wenn sie sich in Stockholm aufhielten, mußte er bleiben, bis sie liquidiert waren. Konovalenko durfte auch nicht ignorieren, daß die allgemeine Wachsamkeit im Lande größer sein konnte, nachdem er den Polizisten getötet hatte. Aus Sicherheitsgründen beschloß er, an zwei Fronten gleichzeitig zu agieren. Während er Tania bei sich in Stockholm behielt, schickte er Rykoff erneut in den südlichen Landesteil, um ein geeignetes Haus in abgelegener Gegend ausfindig zu machen. Rykoff hatte auf eine Stelle der Karte getippt, die nördlich von Schonen lag und Småland hieß, und behauptet, dort sei es bedeutend einfacher, einsam gelegene Höfe zu finden. Aber Konovalenko wollte in der Nähe von Ystad sein. Wenn sie Victor Mabasha und den Polizisten nicht in Stockholm erwischten, würden die beiden doch früher oder später in Wallanders Heimatstadt auftauchen. Dessen war er sich genauso sicher wie der Tatsache, daß eine unerwartete Verbindung zwischen dem schwarzen Mann und Wallander entstanden war. Es fiel ihm schwer zu begreifen, worauf das hinauslaufen konnte. Aber er war immer mehr davon überzeugt, daß sie sich nahe beieinander aufhalten würden. Wenn er einen von beiden ausfindig machte, würde er auf den anderen nicht lange warten müssen.

Im Touristenbüro von Ystad mietete Rykoff ein Haus, das nordöstlich der Stadt lag, in Richtung Tomelilla. Die Lage des

Hauses konnte besser sein. Aber zu dem Grundstück gehörte eine stillgelegte Kiesgrube, die für Schießübungen geeignet war. Da Konovalenko entschieden hatte, daß Tania diesmal mitkommen sollte, wenn diese Alternative aktuell wurde, brauchte Rykoff die Gefrierbox nicht mit Fertiggerichten zu füllen. Statt dessen hatte er seine Wartezeit auf Befehl Konovalenkos damit verbracht, Wallanders Wohnung ausfindig zu machen und zu überwachen. Er hatte getan, was ihm aufgetragen worden war. Aber Wallander zeigte sich nicht. Am Tag vor Sikosi Tsikis Ankunft, am Dienstag, dem 12. Mai, hatte Konovalenko beschlossen, in Stockholm zu bleiben. Obwohl keiner von all denen, die er ausgeschickt hatte, um nach Victor Mabasha zu suchen, diesen gesehen hatte, war Konovalenko ein bestimmtes Gefühl nicht losgeworden, daß er sich noch in der Stadt aufhielt. Er konnte sich auch nur schwer vorstellen, daß ein so offensichtlich vorsichtiger und berechnender Polizist wie Wallander allzu zeitig in seine Wohnung zurückkehren würde, von der er doch vermuten mußte, daß sie unter Beobachtung stand.

Dennoch war es dort, wo Rykoff ihn schließlich entdeckte, kurz nach fünf am Dienstag nachmittag. Die Tür war aufgegangen und Wallander herausgekommen. Er war allein gewesen, und der im Auto sitzende Rykoff hatte sofort gemerkt, daß er auf der Hut war. Er machte sich zu Fuß auf den Weg, und Rykoff war klargeworden, daß er sich sofort verraten würde, wenn er ihm im Wagen folgte. Das bedeutete aber auch, daß er noch am Platz war, als sich die Tür zehn Minuten später wieder öffnete. Rykoff erstarrte. Diesmal kamen zwei Personen aus dem Haus, ein junges Mädchen, das Rykoff nie zuvor gesehen hatte und das Wallanders Tochter sein mußte, und gleich hinter ihr Victor Mabasha. Sie überquerten die Straße, stiegen in ein Auto und fuhren davon. Auch diesmal machte Rykoff keine Anstalten zur Verfolgung. Statt dessen blieb er sitzen und wählte die Nummer der Wohnung in Järfälla, wo Konovalenko zusammen mit Tania wohnte. Sie nahm ab. Rykoff grüßte sie nur kurz und bat sie, Konovalenko an den Apparat zu holen. Nachdem er Rykoffs Bericht gehört hatte, faßte Konovalenko unmittelbar seinen Entschluß. Tania und er würden am nächsten Morgen nach Schonen kommen. Dann würden sie bleiben, bis sie Sikosi Tsiki abgeholt sowie Wallander und Victor Mabasha, wenn notwendig auch die Tochter, getötet hatten. Wie es danach weitergehen würde, sollte dann entschieden werden. Die Wohnung in Järfälla stand auf alle Fälle zur Verfügung.

In der Nacht fuhr Konovalenko mit Tania nach Schonen. Rykoff traf sich mit ihnen auf einem Parkplatz vor der westlichen Einfahrt nach Ystad. Von da aus ging es auf dem kürzesten Weg zu dem Haus, das er gemietet hatte. Später am Nachmittag stattete auch Konovalenko der Mariagatan einen Besuch ab. Lange betrachtete er das Haus, in dem Wallander wohnte. Auf dem Rückweg hielt er auch kurz vor dem Polizeigebäude.

Er dachte, daß die Situation sehr einfach sei. Es durfte ihm nicht noch einmal mißlingen. Das würde das Ende seiner Träume von einem zukünftigen Leben in Südafrika bedeuten. Schon jetzt lebte er gefährlich, das war ihm klar. Er hatte Jan Kleyn nicht die Wahrheit gesagt, nämlich daß Victor Mabasha immer noch am Leben war. Es gab ein Risiko, auch wenn es gering war, daß Jan Kleyn jemanden hatte, der ihm berichtete, ohne daß Konovalenko davon wußte. Ab und zu hatte er Schatten ausgeschickt, die eventuelle Verfolger feststellen sollten. Aber nichts deutete darauf hin, daß er von jemandem überwacht wurde, der in Jan Kleyns Diensten stand.

Den Tag nutzten Konovalenko und Rykoff dafür zu planen, wie sie vorgehen wollten. Konovalenko war von Anfang an dafür, hart und entschlossen zuzuschlagen. Es sollte ein brutaler, direkter Angriff werden.

»Was steht uns zur Verfügung?« hatte er gefragt.

»Praktisch alles außer Granatwerfern«, informierte ihn Rykoff. »Wir haben Sprengstoff, Fernzünder, Granaten, automatische Waffen, Schrotgewehre, Pistolen und Funkgeräte.«

Konovalenko trank ein Glas Wodka. Am liebsten würde er Wallander lebendig gefangennehmen. Es gab da ein paar Fragen, die er gern beantwortet haben wollte, bevor er ihn tötete. Aber er verwarf den Gedanken. Er konnte keine Risiken eingehen.

Dann entschied er, wie sie es machen würden.

»Morgen vormittag, wenn Wallander nicht zu Hause ist, geht Tania in das Haus und merkt sich, wie der Treppenaufgang und die

Tür beschaffen sind. Du tust so, als würdest du Reklamezettel verteilen. Die besorgen wir uns aus irgendeinem Warenhaus. Dann muß das Haus ununterbrochen überwacht werden. Wenn wir sicher sind, daß sie drinnen sind, schlagen wir morgen abend zu. Wir sprengen die Tür und feuern hinterher. Wenn nichts Besonderes passiert, töten wir die beiden und hauen ab.«

»Sie sind zu dritt«, erinnerte Rykoff.

»Zwei oder drei, wir können nicht zulassen, daß jemand überlebt.«

»Dieser neue Afrikaner, den ich heute abend abholen werde, soll er mit dabeisein?« erkundigte sich Rykoff.

»Nein. Er wartet hier mit Tania.«

Dann sah er Rykoff und Tania ernst an. »Es ist nämlich so, daß Victor Mabasha bereits seit einigen Tagen tot ist. Jedenfalls soll Sikosi Tsiki das glauben. Ist das klar?«

Beide nickten.

Konovalenko goß sich und Tania ein weiteres Glas Wodka ein. Rykoff lehnte ab, er wollte sich noch mit dem Sprengstoff beschäftigen und dabei nicht vom Alkohol benebelt sein. Außerdem würde er in ein paar Stunden losfahren und Sikosi Tsiki in Limhamn abholen.

»Laßt uns den Mann aus Südafrika zu einem Begrüßungsmahl einladen«, schlug Konovalenko vor. »Keiner von uns sitzt gern mit einem Afrikaner am Tisch. Aber manchmal ist es eben notwendig, des Auftrags wegen.«

»Victor Mabasha mochte russisches Essen nicht«, sagte Tania.

Konovalenko dachte einen Augenblick nach.

»Hähnchen«, meinte er dann. »Das mögen alle Afrikaner.«

Um sechs holte Rykoff Sikosi Tsiki in Limhamn ab. Einige Stunden später saßen sie am Eßtisch. Konovalenko erhob sein Glas.

»Morgen hast du einen Ruhetag«, verkündete er. »Am Freitag fangen wir an.«

Sikosi Tsiki nickte. Der Ersatzmann war genauso schweigsam wie sein Vorgänger.

Ruhige Männer, dachte Konovalenko. Schonungslos, wenn es darauf ankommt. Genauso schonungslos wie ich selbst.

Die Tage nach seiner Rückkehr nach Ystad verbrachte Wallander größtenteils damit, verschiedene Formen krimineller Aktionen zu planen. Mit geballter Entschlossenheit bereitete er Victor Mabashas Flucht außer Landes vor. Nach langen, qualvollen Grübeleien war ihm klargeworden, daß dies die einzige Möglichkeit war, die Situation unter Kontrolle zu bringen. Er hatte starke Gewissensbisse und wurde immer wieder daran erinnert, daß seine Taten geradezu verwerflich waren. Auch wenn Victor Mabasha Louise Akerblom nicht getötet hatte, so war er dabeigewesen, als der Mord geschah. Er hatte außerdem Autos gestohlen und ein Geschäft ausgeraubt. Dazu kam, daß er sich illegal in Schweden aufhielt und geplant hatte, in seinem Heimatland Südafrika ein schweres Verbrechen zu begehen. Wallander redete sich ein, daß diese Tat auf diese Weise trotz allem vereitelt werden konnte. Außerdem ging es darum, Konovalenko daran zu hindern, auch Victor Mabasha umzubringen. Für den Mord an Louise Akerblom würde er bestraft werden, wenn man ihn faßte. Wallander dachte daran, über Interpol eine Mitteilung an die Kollegen in Südafrika zu geben. Aber erst wollte er Victor Mabasha aus dem Land haben. Um nicht unnötige Aufmerksamkeit auf sich zu ziehen, hatte er Kontakt zu einem Reisebüro in Malmö aufgenommen und in Erfahrung gebracht, wie Mabasha nach Lusaka in Sambia fliegen konnte. Mabasha hatte ihm erklärt, daß er ohne Visum nicht nach Südafrika gelassen würde. Als schwedischer Bürger brauchte er aber für Sambia kein Visum. Er verfügte immer noch über genügend Geld, um sowohl den Flug als auch die Weiterreise via Simbabwe und Botswana zu bezahlen. Die Grenze zu Südafrika würde er dann an einer unbewachten Stelle überschreiten. Das Reisebüro in Malmö nannte verschiedene Alternativen. Schließlich entschieden sie sich, daß Victor zuerst nach London und von dort mit Zambia Airways weiter nach Lusaka fliegen sollte. Das bedeutete, daß Wallander ihm einen falschen Paß beschaffen mußte. Dies stellte ihn nicht nur vor die größten praktischen Probleme, sondern verursachte ihm auch die schwersten Gewissensqualen. In seiner eigenen Polizeistation einen Paß zu fälschen, war für ihn ein Verrat an seinem Beruf. Es half nicht, daß er Victor Mabasha hatte schwören lassen, den Paß nach der Kontrolle in Sambia sofort zu vernichten.

»Am selben Tag«, hatte Wallander gefordert. »Und verbrennen.«

Wallander hatte eine billige Kamera gekauft und für den Paß einige Bilder gemacht. Das Problem, das letztlich noch ungelöst war, bestand darin, wie Victor Mabasha durch die schwedische Paßkontrolle gelangen würde. Selbst wenn er einen schwedischen Paß hätte, der rein technisch gesehen echt war und nicht auf den EDV-Sperrlisten der Grenzbewacher auftauchte, gab es doch ein beträchtliches Risiko, daß etwas schiefgehen konnte. Nach langem Nachdenken entschied sich Wallander, Victor Mabasha über den Terminal für Luftkissenfahrzeuge in Malmö herauszuschmuggeln. Er würde ihn mit einem First-class-Ticket ausstatten. Er nahm an, daß die Schiffskarte eventuell dazu beitragen konnte, daß die Kollegen an der Paßkontrolle sich nicht unnötig für ihn interessieren würden. Außerdem sollte Linda die Rolle seiner Freundin spielen. Sie würden sich genau vor den Augen der Beamten verabschieden, die entsprechenden schwedischen Redewendungen mußte Wallander Victor noch beibringen.

Die Buchungen bedeuteten also, daß Victor Schweden am Vormittag des 15. Mai verlassen würde. Bis dahin mußte Wallander den falschen Paß beschafft haben.

Am Dienstag nachmittag hatte er einen Paßantrag für seinen Vater ausgefüllt und zwei Fotografien mitgenommen. Der ganze Herstellungsprozeß für Pässe hatte sich in der letzten Zeit sehr verändert. Der Paß wurde erstellt, während der Antragsteller wartete. Wallander lauerte, bis die Frau, die die Paßabteilung leitete, den letzten Kunden bedient hatte und gerade schließen wollte.

»Entschuldige, daß ich so spät komme«, sagte er. »Aber mein Papa will eine Rentnerfahrt nach Frankreich mitmachen. Natürlich hat er es fertiggebracht, seinen Paß zu verbrennen, als er kürzlich alte Papiere aussortierte.«

»Das soll vorkommen«, entgegnete die Frau, die Irma hieß. »Muß das heute noch sein?«

»Am liebsten ja. Tut mir leid, daß ich so spät dran bin.«

»Den Mord an dieser Frau könnt ihr ja auch nicht aufklären«, sagte sie und nahm Formular und Paßbilder entgegen.

Wallander verfolgte aufmerksam ihre Handgriffe und sah, wie der Paß entstand. Danach, als er mit dem Resultat in der Hand dastand, glaubte er, den Prozeß nachvollziehen zu können.

»Imponierend einfach«, sagte er.

»Aber langweilig«, meinte Irma. »Woran liegt es, daß alle Arbeiten langweiliger werden, wenn man sie vereinfacht?«

»Werde doch Polizist. Wir langweilen uns nie.«

»Ich bin Polizist. Außerdem bezweifle ich, daß ich mit dir würde tauschen wollen. Das muß ja schrecklich sein, eine Leiche aus dem Brunnen zu holen. Wie fühlt man sich eigentlich dabei?«

»Weiß ich nicht. Vermutlich fühlt man so viel, daß man betäubt wird und überhaupt nichts mehr spürt. Aber es gibt bestimmt eine Studie des Justizministeriums, die ganz genau beschreibt, was Polizisten fühlen, wenn sie Frauenleichen aus Brunnen bergen.«

Er blieb stehen und plauderte mit ihr, während sie abschloß. Alle Unterlagen für die Pässe wurden in Tresoren verwahrt. Aber er wußte, wo die Schlüssel hingen.

Sie hatten entschieden, daß Victor Mabasha das Land als der schwedische Bürger Jan Berg verlassen würde. Wallander hatte eine Unmenge von Namenskombinationen getestet, um herauszufinden, welche Victor am leichtesten aussprechen konnte. So kamen sie auf Jan Berg. Victor hatte gefragt, was der Name bedeutete. Er war zufrieden gewesen, als er die Worte für sich übersetzt hatte. Wallander war während der Gespräche der letzten Tage klargeworden, daß der Mann aus Südafrika in engem Kontakt mit einer Geisterwelt lebte, die ihm selbst völlig fremd war. Nichts war zufällig, nicht einmal ein zeitweiser Wechsel des Namens. Linda hatte ihm teilweise erklären können, warum Victor Mabasha so dachte. Aber dennoch schien es ihm, als habe er in eine Welt geschaut, die zu verstehen ihm die Voraussetzungen fehlten. Victor Mabasha sprach über seine Ahnen, als lebten sie. Wallander konnte manchmal nicht auseinanderhalten, ob die Ereignisse hundert Jahre zurücklagen oder erst kürzlich passiert waren. Es war nicht zu verhindern, daß Victor Mabasha ihn faszinierte. Schwerer und schwerer fiel es zu begreifen, daß der Mann ein Verbrecher war, der ein schweres Attentat in seinem Heimatland vorbereitete.

Wallander blieb bis zum späten Dienstagabend in seinem Büro. Um die Zeit totzuschlagen, begann er, einen Brief an Baiba Liepa in Riga zu schreiben. Aber als er die Zeilen durchgelesen hatte, zerriß er die Seiten. Einmal würde er einen Brief schreiben und auch abschicken. Aber es würde noch dauern, das war ihm klar.

Gegen neun war nur noch das Nachtpersonal anwesend. Da er es nicht wagte, in dem Raum, wo die Pässe erstellt wurden, Licht zu machen, hatte er sich mit einer abgeschirmten Taschenlampe ausgerüstet, die blau leuchtete. Er ging über den Flur und wünschte sich, ganz woandershin unterwegs zu sein. Er dachte an Victor Mabashas Geisterwelt und fragte sich, ob schwedische Polizisten wohl einen besonderen Schutzgeist hatten, der über sie wachte, während sie dabei waren, verbotene Dinge zu tun.

Der Schlüssel hing an seinem Platz im Dokumentenschrank. Er blieb einen Augenblick stehen und betrachtete die Maschine, die Fotografien und ausgefüllte Formulare in Pässe verwandelte.

Dann streifte er sich Gummihandschuhe über und begann. Einmal schien es ihm, als näherten sich Schritte. Er duckte sich hinter den Apparat und knipste die Taschenlampe aus. Als das Geräusch verklungen war, machte er weiter. Er merkte, daß ihm unter dem Hemd der Schweiß lief. Aber schließlich stand er da, den Paß in der Hand. Er schaltete die Maschine aus, hängte den Schlüssel zurück an seinen Platz und schloß ab. Früher oder später würde eine Kontrolle ergeben, daß ein Paßformular verschwunden war. Über die Registriernummer konnte das bereits am nächsten Tag geschehen, überlegte er. Björk hätte dadurch großen Ärger. Aber nichts würde auf Wallander hinweisen.

Erst als er wieder in seinem Zimmer war und hinter dem Schreibtisch saß, merkte er, daß er vergessen hatte, den Paß abzustempeln. Er fluchte vor sich hin und warf das Dokument vor sich auf den Tisch.

Im selben Augenblick ging die Tür auf, und Martinson kam herein. Er zuckte zusammen, als er Wallander sitzen sah.

»Oh, entschuldige«, sagte er. »Ich wußte gar nicht, daß du hier bist. Ich wollte nur nachsehen, ob ich meine Mütze hier vergessen habe.«

»Mütze? Mitten im Mai?«

»Ich glaube, ich habe mir eine Erkältung geholt. Ich hatte sie bei mir, als wir gestern hier saßen.«

Wallander konnte sich nicht erinnern, daß Martinson am Tag zuvor eine Mütze bei sich gehabt hatte, als sie mit Svedberg zusammengesessen hatten, um die letzten Neuigkeiten des Falles und die bisher erfolglose Jagd nach Konovalenko durchzusprechen.

»Schau unterm Stuhl nach«, riet Wallander.

Als Martinson sich hinunterbeugte, steckte Wallander schnell den Paß in die Tasche.

»Nichts«, meldete Martinson. »Ich verliere immer meine Mützen.«

»Frag doch die Putzfrau.«

Martinson wollte gerade gehen, als ihm etwas einfiel.

»Erinnerst du dich an Peter Hanson?«

»Wie könnte ich ihn vergessen?« gab Wallander zurück.

»Svedberg rief ihn vor ein paar Tagen an und erkundigte sich nach einigen Details aus dem Vernehmungsprotokoll. Dann erzählte er Peter Hanson von dem Einbruch in deine Wohnung, vielleicht könne der ja mal seine Beziehungen in der Szene spielen lassen. Svedberg meinte, es wäre einen Versuch wert. Heute rief Peter Hanson an und teilte mit, daß er vielleicht wüßte, wer das getan hat.«

»Oh, verdammt, prima! Wenn er mir meine Platten und Kassetten wiederbeschaffen kann, verzichte ich auf die Anlage!«

»Sprich morgen mit Svedberg. Und bleib nicht mehr so lange hier.«

»Ich wollte gerade gehen«, sagte Wallander und erhob sich.

Martinson blieb in der Tür stehen.

»Glaubst du, wir kriegen ihn?« fragte er.

»Bestimmt. Wir schnappen ihn bestimmt. Konovalenko wird uns nicht entkommen.«

»Ich frage mich trotz allem, ob er überhaupt noch im Land ist.«

»Davon müssen wir ausgehen.«

»Und der Afrikaner, der seinen Finger verloren hat?«
»Konovalenko kann uns sicher eine Erklärung geben.«
Martinson nickte zögernd.
»Noch etwas. Louise Akerblom wird morgen beigesetzt.«
Wallander sah ihn schweigend an.

Das Begräbnis war um zwei am Mittwoch nachmittag. Bis zuletzt
überlegte Wallander, ob er hingehen sollte oder nicht. Er hatte
keine persönliche Beziehung zur Familie Akerblom. Die Frau, die
begraben werden sollte, war schon tot gewesen, als er in ihre Nähe
kam. Außerdem konnte es vielleicht falsch aufgefaßt werden, daß
ein Polizist anwesend war. Nicht zuletzt mit dem Gedanken daran,
daß der Täter immer noch nicht verhaftet war. Wallander wußte
selbst nicht recht, warum er zögerte. Vielleicht aus Neugier? Oder
wegen eines schlechten Gewissens? Als es ein Uhr war, zog er sich
dann doch einen dunklen Anzug an. Nach seiner weißen Krawatte
mußte er lange suchen. Victor Mabasha schaute ihm zu, als er vor
dem Spiegel im Flur den Schlipsknoten band.
»Ich gehe zum Begräbnis der Frau, die von Konovalenko getötet wurde«, erklärte er.
Victor Mabasha betrachtete ihn verwundert.
»Jetzt erst? Bei uns begraben wir die Toten, so schnell es geht.
Damit sie nicht umgehen.«
»Ich glaube nicht an Gespenster.«
»Die Geister sind keine Gespenster. Manchmal frage ich mich,
wie es kommt, daß weiße Menschen so wenig verstehen.«
»Da könntest du recht haben. Vielleicht aber auch nicht. Es
kann ja gerade umgekehrt sein.«
Dann ging er. Er merkte, daß Victor Mabashas Frage ihn irri-
tiert hatte.
Wie kommt dieser schwarze Teufel dazu, mir Lehren zu ertei-
len, dachte er spöttisch. Was hätte er denn ohne mich und meine
Hilfe angefangen?
Er parkte den Wagen ein Stück von der Kapelle entfernt am
Krematorium und wartete, während die Glocken klangen und die
schwarzgekleideten Menschen durch das Portal verschwanden.
Erst als der Eingang geschlossen werden sollte, ging er hinein und

setzte sich ganz hinten hin. Ein Mann, der ein paar Reihen vor ihm saß, drehte sich um und grüßte. Es war ein Journalist von Ystads ›Allehanda‹.

Dann lauschte er der Orgelmusik und verspürte sofort einen Kloß im Hals. Beerdigungen belasteten ihn stark. Er fürchtete sich schon vor dem Tag, wenn er gezwungen sein würde, seinen Vater zu Grabe zu tragen. Das Begräbnis seiner Mutter vor elf Jahren vermochte immer noch unangenehme Erinnerungen in ihm zu wecken. Er hatte am Sarg eine kurze Rede halten sollen, war aber zusammengebrochen und aus der Kirche gestürzt.

Er versuchte seine Erregung zu beherrschen, indem er die Menschen in der Kapelle betrachtete. Ganz vorn saßen Robert Akerblom und die zwei Töchter, beide in weißen Kleidern. Daneben hatte Pastor Tureson Platz genommen, der die Bestattung leiten sollte.

Plötzlich mußte er an die Handschellen denken, die er in einer Schreibtischschublade im Haus der Akerbloms gefunden hatte. Über eine Woche waren sie ihm nicht mehr in den Sinn gekommen.

Es gibt eine polizeiliche Neugier neben der unmittelbaren Arbeit an dem Fall, dachte er. Vielleicht eine Deformation, der wir ausgesetzt sind, weil wir so viele Jahre damit verbracht haben, ständig in den allerprivatesten Verstecken der Menschen herumzukramen? Ich weiß, daß diese Handschellen für die Ermittlungen im Mordfall nicht mehr relevant sind. Es fehlt ihnen an Bedeutung. Dennoch versuche ich zu verstehen, warum sie dort in dieser Schublade lagen und welche Bedeutung sie für Louise Akerblom, vielleicht auch für ihren Mann, hatten.

Unwirsch schüttelte er seine Gedanken ab und konzentrierte sich auf das Begräbnis. Einmal während der Rede Pastor Turesons geriet er in Augenkontakt mit Robert Akerblom. Trotz der Entfernung konnte er das unendliche Leid und die Verlassenheit spüren. Der Kloß im Hals war wieder da, und die Tränen begannen zu fließen. Um die Beherrschung wiederzugewinnen, dachte er an Konovalenko. Wie wahrscheinlich die meisten Polizisten im Lande war Wallander insgeheim kein überzeugter Gegner des absoluten Verbotes der Todesstrafe. Abgesehen von dem Skandal, daß sie gegen

Landesverräter in Kriegszeiten abgeschafft worden war, ging es ihm nicht darum, sie als Reaktion auf gewisse Arten von Verbrechen zuzulassen. Es war eher so, daß gewisse Morde, gewisse Vergewaltigungen und gewisse Drogendelikte in ihrer Brutalität und totalen Menschenverachtung ihn auf den Gedanken bringen konnten, ein Mensch habe alle Rechte auf sein Leben verloren. Er sah ein, daß seine Überlegungen widersprüchlich waren und eine solche Gesetzgebung sowohl unmöglich als auch sinnlos. Eigentlich waren es nur seine unreflektierten Erfahrungen, unsortiert, aber schmerzlich, die da sprachen. Das, was zu sehen er als Polizist gezwungen war und was Reaktionen nach sich zog, irrationale und schmerzliche.

Nach dem Zeremoniell gab er Robert Akerblom und anderen, die der Toten besonders nahegestanden hatten, die Hand. Er vermied es, die beiden Töchter anzusehen, weil er Angst hatte, wieder in Tränen auszubrechen.

Pastor Tureson führte ihn vor der Kapelle zur Seite.

»Wir schätzen es sehr, daß Sie gekommen sind. Niemand hatte eigentlich damit gerechnet, daß die Polizei jemanden zur Beerdigung schicken würde.«

»Ich repräsentiere niemanden außer mich selbst.«

»Um so besser, daß Sie da sind. Sie suchen immer noch den Mann, der hinter der Tragödie steckt?«

Wallander nickte.

»Aber Sie werden ihn verhaften?«

Wieder nickte Wallander. »Ja, früher oder später. Wie geht es mit Robert Akerblom? Und den Töchtern?«

»Die Geborgenheit in der Gemeinde bedeutet gerade jetzt alles für sie. Außerdem haben sie ihren Gott.«

»Er hat seinen Glauben also nicht verloren«, sagte Wallander ruhig.

Pastor Tureson runzelte die Stirn.

»Warum sollte er seinen Gott verlassen für etwas, was Menschen ihm und seiner Familie angetan haben?«

»Eben«, meinte Wallander friedlich. »Warum wohl?«

»Wir treffen uns in einer Stunde in der Kirche. Sie sind willkommen.«

»Danke, aber ich muß wieder an die Arbeit.«

Sie gaben sich die Hand, und Wallander ging zu seinem Wagen. Er merkte plötzlich, daß rund um ihn Frühling war.

Wenn nur Victor Mabasha erst weg ist, dachte er. Wenn wir nur Konovalenko geschnappt haben. Dann werde ich mich dem Frühling widmen.

Am Donnerstag morgen fuhr Wallander seine Tochter zum Haus des Vaters in Löderup. Als sie ankamen, beschloß sie plötzlich, über Nacht zu bleiben. Sie sah zu dem wild gewachsenen Garten hinüber und wollte ihn in Ordnung bringen, bevor sie nach Ystad zurückkehrte. Das würde mindestens zwei Tage dauern.

»Wenn du es dir anders überlegt hast, ruf einfach an«, sagte Wallander.

»Du könntest dich ruhig dafür bedanken, daß ich deine Wohnung saubergemacht habe. Es sah ja gefährlich aus.«

»Ich weiß. Danke.«

»Wie lange muß ich bleiben? Ich habe wirklich viel zu tun in Stockholm.«

»Nicht mehr lange«, antwortete Wallander und merkte, wie wenig überzeugend er klang. Aber zu seiner Verwunderung gab sie sich mit der Antwort zufrieden.

Danach führte Wallander ein langes Gespräch mit Staatsanwalt Akeson. Zusammen mit Martinson und Svedberg hatte er nach seiner Rückkehr alle Ergebnisse der Ermittlungen zusammengestellt.

Gegen vier Uhr nachmittags ging er einkaufen und fuhr anschließend heim. Hinter der Tür lag ein ungewöhnlich großer Haufen Prospekte irgendeines Warenhauses. Ohne genauer hinzusehen, warf er alles in den Müll. Dann machte er Abendbrot und ging mit Victor Mabasha noch einmal alle praktischen Fragen der Reise durch. Die eingeübten Repliken klangen von Mal zu Mal besser.

Nach dem Essen studierten sie die letzten Details ein. Victor Mabasha sollte einen Mantel über dem linken Arm tragen, so daß man den Verband an der Hand nicht sah. Sie probten, wie er trotz des Mantels den Paß aus der Innentasche ziehen konnte. Wallander war zufrieden. Niemand würde die Verletzung entdecken.

»Du fliegst mit einer englischen Gesellschaft nach London«, sagte er. »SAS wäre zu riskant. Schwedische Stewardessen lesen vermutlich Zeitung oder schauen sich Nachrichtensendungen im Fernsehen an. Sie könnten die Hand entdecken und Alarm schlagen.«

Später am Abend, als nichts mehr zu besprechen war, trat ein Schweigen ein, das lange Zeit keiner von ihnen zu brechen vermochte. Endlich stand Victor Mabasha auf und stellte sich vor Wallander hin.

»Warum hast du mir geholfen?« fragte er.

»Ich weiß nicht. Oft denke ich, ich sollte dir Handschellen anlegen. Ich weiß, daß ich ein großes Risiko eingehe, wenn ich dich gehen lasse. Vielleicht warst doch du es, der Louise Akerblom getötet hat? Du hast selbst erzählt, zu was für einem geschickten Lügner man in deinem Heimatland wird. Vielleicht lasse ich einen Mörder laufen?«

»Trotzdem tust du es?«

»Trotzdem tu ich es.«

Victor Mabasha löste ein Halsband und reichte es Wallander. Er sah, daß es mit einem Raubtierzahn verziert war.

»Der Leopard ist der einsame Jäger«, erklärte Victor. »Im Gegensatz zum Löwen geht der Leopard seine eigenen Wege und kreuzt nur seine eigenen Spuren. Tagsüber, in der größten Hitze, ruht er zusammen mit den Adlern auf den Bäumen. Nachts jagt er allein. Der Leopard ist ein geschickter Jäger. Aber er ist gleichzeitig die größte Herausforderung für andere Jäger. Das hier ist der Eckzahn eines Leoparden. Ich möchte, daß du ihn bekommst.«

»Ich bin nicht sicher, daß ich verstanden habe, was du meinst. Aber ich nehme dein Geschenk an.«

»Man kann nicht alles verstehen. Eine Erzählung ist eine Reise, die niemals ein Ende hat.«

»Das ist vielleicht der Unterschied zwischen dir und mir. Ich bin es gewohnt und erwarte, daß eine Geschichte ein Ende hat. Du meinst, daß eine gute Geschichte unendlich ist.«

»Vielleicht ist es so. Es kann ein Glück sein zu wissen, daß man einen Menschen nie wieder treffen wird. Denn dann gibt es etwas, das weiterlebt.«

»Vielleicht. Aber ich zweifle daran. Ich frage mich, ob es wirklich so ist.«

Victor Mabasha entgegnete nichts.

Eine Stunde später schlief er auf dem Sofa unter einer Decke, während Wallander sitzen blieb und den Zahn betrachtete, den er bekommen hatte.

Plötzlich merkte er, daß er unruhig war. Er ging in die dunkle Küche und spähte hinunter auf die Straße. Alles war ruhig. Dann prüfte er, ob die Wohnungstür richtig verschlossen war. Er setzte sich auf den Schemel vor der Telefonbank und dachte, daß er wohl nur müde war. In zwölf Stunden würde Victor Mabasha auf und davon sein.

Er sah sich den Zahn noch einmal an.

Niemand würde mir glauben, dachte er. Also werde ich am besten niemandem je von meinen Tagen und Nächten mit einem schwarzen Mann erzählen, der auf einem einsamen Hof in Schonen einen Finger verlor.

Dieses Geheimnis werde ich einst mit mir nehmen.

Als sich Jan Kleyn und Franz Malan am Freitag, dem 15. Mai morgens trafen, brauchten sie nicht lange, um festzustellen, daß keiner von ihnen entscheidende Schwächen des Planes hatte finden können.

Das Attentat sollte am 12. Juni in Kapstadt verübt werden. Auf dem Signal Hill hinter dem Stadion, wo Nelson Mandela sprechen würde, hatte Sikosi Tsiki eine ideale Position, sein weit reichendes Gewehr abzufeuern. Dann würde er unbemerkt verschwinden.

Zwei Sachen jedoch hatte Jan Kleyn sowohl Franz Malan als auch den Komiteemitgliedern verschwiegen. Er hatte auch nicht die Absicht, sich jemals einem einzigen Menschen diesbezüglich zu offenbaren. Für Südafrika und den Fortbestand der weißen Herrschaft war er bereit, einige spezielle Geheimnisse mit in sein zukünftiges Grab zu nehmen. In der Geschichte des Landes würden gewisse Geschehnisse und Zusammenhänge niemals bekannt werden. Die erste war, daß er nicht das Risiko eingehen wollte,

Sikosi Tsiki mit dem Wissen leben zu lassen, wen er getötet hatte. Er zweifelte nicht daran, daß Sikosi Tsiki schweigen würde. Aber so, wie die Pharaonen in Vorzeiten die Erbauer der geheimen Kammern in den Pyramiden hatten töten lassen, damit die Kenntnis ihrer Existenz verlorenginge, würde er Sikosi Tsiki opfern. Er selbst würde ihn töten und dafür·sorgen, daß der Körper niemals wieder auftauchte.

Das andere Geheimnis, das Jan Kleyn für sich behalten wollte, war, daß Victor Mabasha bis zum Nachmittag des vergangenen Tages noch am Leben gewesen war. Jetzt war er tot, daran gab es keinen Zweifel. Aber für Jan Kleyn war es eine persönliche Niederlage, daß Victor Mabasha so lange hatte entkommen können. Er fühlte sich persönlich verantwortlich für Konovalenkos Fehler und wiederholtes Unvermögen, das Kapitel Victor Mabasha abzuschließen. Der KGB-Mann hatte unerwartete Schwächen offenbart. Der Versuch, sein Versagen durch Lügen zu verbergen, war sein größter Lapsus gewesen. Jan Kleyn fühlte sich immer persönlich gekränkt, wenn jemand seine Fähigkeit unterschätzte, die Informationen zu erlangen, die er benötigte. Erst wenn das Attentat auf Mandela ausgeführt war, würde er sich endgültig entscheiden, ob er bereit war, Konovalenko in Südafrika aufzunehmen oder nicht. Er bezweifelte nicht die Kompetenz des Mannes, Sikosi Tsiki optimal auf seine Aufgabe vorzubereiten. Es schien ihm, daß Konovalenko vielleicht dieselbe Instabilität aufwies, die letztendlich auch die Ursache des Zusammenbruchs des sowjetischen Imperiums gewesen war. Er schloß die Möglichkeit nicht aus, daß auch Konovalenko und seine Helfer Vladimir und Tania aus dem Weg geräumt werden mußten. Die ganze Operation erforderte, daß danach ordentlich aufgeräumt wurde. Diese Aufgabe wollte er keinem anderen überlassen.

Sie saßen am Tisch mit der grünen Decke und gingen den Plan noch einmal durch. In der vergangenen Woche hatte Franz Malan Kapstadt und das Stadion besucht, wo Nelson Mandela sprechen sollte. Er hatte außerdem einen Nachmittag an der Stelle zugebracht, von wo aus Sikosi Tsiki sein Gewehr abfeuern würde. Den Videofilm, den er dabei aufgenommen hatte, sahen sie sich dreimal an. Das einzige, was noch fehlte, war der Bericht über die

Windverhältnisse, die normalerweise im Juni über Kapstadt herrschten. Unter dem Anschein, er würde einen Yachtklub repräsentieren, hatte Franz Malan Kontakt zum nationalen meteorologischen Institut aufgenommen. Dort hatte man versprochen, ihm die gewünschten Unterlagen zuzusenden. Der Name und die Adresse, die er genannt hatte, würden nie mit ihm in Verbindung gebracht werden können.

Jan Kleyn hatte keinerlei Fußarbeit geleistet. Er leistete seinen Beitrag auf einem anderen Gebiet. Seine Aufgabe war die theoretische Durchdringung des Plans. Er hatte Eventualitäten erwogen und ein einsames Rollenspiel durchgezogen, bis er davon überzeugt war, daß kein unerwünschtes Problem würde auftauchen können.

Nach zwei Stunden waren sie fertig.

»Eine Sache bleibt uns noch«, sagte Jan Kleyn. »Wir müssen herausbekommen, welche exakten Dispositionen die Kapstadter Polizei für den 12. Juni treffen wird.«

»Das übernehme ich«, entschied Franz Malan. »Wir werden einen Rundbrief an alle Polizeidistrikte im Land versenden, in dem wir darum bitten, Kopien aller Sicherheitspläne rechtzeitig vor politischen Veranstaltungen mit zu erwartendem, großem Publikum zu übersenden.«

Sie gingen auf die Veranda hinaus und warteten auf die Ankunft der übrigen Mitglieder des Komitees. Schweigend schauten sie übers Land. Am Horizont lag schwerer Rauch über einem Slumgebiet der Schwarzen.

»Das wird ein Blutbad«, sagte Franz Malan. »Es fällt mir immer noch schwer, mir vorzustellen, was geschehen wird.«

»Betrachte es als eine Reinigungsprozedur«, riet Jan Kleyn. »Dieses Wort weckt angenehmere Assoziationen als Blutbad. Außerdem trifft es das, was wir anstreben.«

»Trotzdem. Manchmal kann ich eine Unsicherheit fühlen. Werden wir das Geschehen unter Kontrolle halten können?«

»Die Antwort ist einfach: Wir müssen.«

Wieder dieser fatalistische Zug, dachte Franz Malan. Verstohlen musterte er den Mann, der einige Meter von ihm entfernt stand. Manchmal wurde er nicht schlau aus ihm. War Jan Kleyn ein Verrückter? Ein Psychopath, der die grausame Wahrheit über sich selbst unter einer stets beherrscht wirkenden Maske verbarg?

Der Gedanke bereitete ihm Unbehagen. Er konnte nur eines tun, ihn verscheuchen.

Punkt zwei Uhr waren sämtliche Komiteemitglieder versammelt. Franz Malan und Jan Kleyn zeigten den Videofilm und gaben ihre Erläuterungen. Es gab wenige Fragen, die Einwände waren schnell ausgeräumt. Das Ganze dauerte weniger als eine Stunde. Kurz vor drei kam es zur Abstimmung. Der Beschluß war gefaßt.

Achtundzwanzig Tage später würde Nelson Mandela während einer Rede in einem Stadion in der Nähe von Kapstadt getötet werden.

Die Männer verließen Hammanskraal im Abstand von wenigen Minuten. Jan Kleyn war der letzte, der abfuhr.

Der Countdown hatte begonnen.

22

Der Überfall geschah kurz nach Mitternacht.

Victor Mabasha hatte, in eine Decke gehüllt, auf dem Sofa geschlafen, Wallander am Küchenfenster gestanden und überlegt, ob er nun hungrig war oder nur Tee trinken sollte. Gleichzeitig fragte er sich, ob sein Vater und seine Tochter wohl noch wach waren. Er nahm es an. Sie hatten sich immer merkwürdig viel zu erzählen.

Während er darauf wartete, daß das Wasser kochte, dachte er daran, daß es nun drei Wochen her war, seit sie mit der Suche nach Louise Akerblom begonnen hatten. Jetzt, nach diesen drei Wochen, wußten sie, daß sie von einem Mann namens Konovalenko umgebracht worden war. Vom selben Mann, der mit großer Wahrscheinlichkeit auch den Polizisten Tengblad getötet hatte.

In ein paar Stunden, wenn Victor Mabasha außer Landes war, könnte er berichten, was geschehen war. Aber er würde es anonym tun, und ihm war klar, daß kaum einer dem Brief ohne Unterschrift vertrauen würde, den er der Polizei schicken wollte. Es kam ganz darauf an, welche Geständnisse man von Konovalenko erhalten konnte. Und dann war noch die Frage, ob man ihm überhaupt glaubte.

Wallander goß das kochende Wasser in die Kanne, um den Tee ziehen zu lassen. Dann zog er sich einen der Küchenstühle heran, um es sich bequem zu machen.

Im selben Augenblick explodierten Eingangstür und Diele. Wallander wurde von der mächtigen Druckwelle umgeworfen, sein Kopf schlug an den Kühlschrank. Die Küche füllte sich schnell mit Rauch, und er tastete sich zur Schlafzimmertür vor. Gerade, als er das Bett erreicht hatte und nach der Pistole auf dem Nachttisch griff, hörte er hinter sich vier Schüsse, die in rascher Folge abgegeben wurden. Er warf sich flach auf den Boden. Die Schüsse kamen aus dem Wohnzimmer.

Konovalenko, dachte er fieberhaft. Jetzt hat er mich erwischt.

Schnell kroch er unter das Bett. Er hatte solche Angst, daß er überzeugt war, das Herz könne die Belastung nicht aushalten. Später würde er sich daran erinnern, daß ihm die Erniedrigung, unter seinem eigenen Bett sterben zu müssen, durchaus bewußt gewesen war.

Aus dem Wohnzimmer hörte er, wie etwas zu Boden fiel und jemand stöhnend nach Atem rang. Dann näherten sich Schritte, verharrten einen Augenblick im Schlafzimmer und entfernten sich wieder. Wallander hörte Victor Mabasha etwas rufen. Er lebte also noch. Dann vernahm er, wie jemand im Treppenhaus verschwand, gleichzeitig ertönte ein Schrei, von dem er nicht sagen konnte, ob er von der Straße oder aus einer der Wohnungen kam.

Er kroch unter dem Bett hervor und richtete sich vorsichtig auf, um durch das Fenster auf die Straße sehen zu können. Der Rauch war erstickend, und es fiel ihm schwer, etwas zu unterscheiden. Aber dann bemerkte er zwei Männer, die Victor Mabasha mit sich zerrten. Der eine war Rykoff. Ohne nachzudenken, riß Wallander das Fenster auf und gab einen Schuß in die Luft ab. Rykoff ließ Mabasha los und drehte sich um. Wallander schaffte es gerade noch, sich zu Boden zu werfen, da schlug auch schon eine Salve aus einer automatischen Waffe durch die Fensterscheibe. Scherben klirrten über seinem Kopf. Danach hörte er schreiende Menschen und ein startendes Auto. Bevor es die Straße hinunter verschwand, erkannte er, daß es ein schwarzer Audi war. Wallander eilte die Treppen hinab auf den Bürgersteig, wo sich halbbekleidete Menschen zu versammeln begannen. Als sie Wallander mit der Pistole in der Hand erblickten, warfen sie sich schreiend zur Seite. Wallander öffnete die Autotür mit zitternden Fingern, versuchte fluchend, den Zündschlüssel einzustecken, und machte sich dann an die Verfolgung des Audi. Von weither vernahm er Sirenen, die sich näherten. Er entschied sich für Österleden und hatte Glück. Von der Regimentsgatan raste der Audi schleudernd heran und entfernte sich in Richtung Osten. Wallander dachte, daß ihnen möglicherweise nicht klar war, daß er es sein konnte, der in dem Wagen saß. Die einzige Erklärung, warum sich der Mann im Schlafzimmer nicht hinuntergebeugt und unter das Bett geschaut hatte, war wohl, daß das gemachte Bett den Eindruck erweckt hatte, Wallander sei gar nicht zu Hause.

Für gewöhnlich nahm es Wallander mit dem morgendlichen Bettenmachen auch nicht so genau. Aber an diesem Tag hatte seine Tochter, die jegliche Unordnung haßte, die Wohnung saubergemacht und seine Bettwäsche gewechselt.

In rasender Fahrt fegten sie aus der Stadt hinaus. Wallander hielt Abstand, und ihm war, als befände er sich mitten in einem Alptraum. Mit Sicherheit brach er sämtliche Regeln, wie die Ergreifung eines gefährlichen Verbrechers zu erfolgen habe. Er bremste, um anzuhalten und umzukehren. Aber dann überlegte er es sich anders und fuhr weiter. Sie hatten bereits Sandskogen passiert, die Golfbahn zur Linken, und Wallander überlegte, ob der Audi wohl nach Sandhammaren abbiegen oder geradeaus nach Simrishamn und Kristianstad weiterfahren würde.

Plötzlich sah er, wie die Rücklichter des Autos vor ihm zu tanzen begannen und gleichzeitig näher kamen. Der Audi mußte einen Reifenschaden haben. Er sah, wie der Wagen in einen Graben schlingerte und auf der Seite liegenblieb. Wallander vollführte vor einer Hauseinfahrt eine Vollbremsung und bog in den Hof ein. Als er ausstieg, sah er in der erleuchteten Tür einen Mann stehen.

Wallander hielt die Pistole in der Hand. Als er zu sprechen begann, versuchte er, freundlich und bestimmt zugleich zu klingen.

»Ich heiße Wallander und bin Polizist«, sagte er und merkte, wie sehr er außer Atem war. »Ruf die 90000 an und gib Bescheid, daß ich einem Mann namens Konovalenko auf den Fersen bin. Erklär ihnen, wo du wohnst und daß sie auf dem Militärübungsgelände anfangen sollen zu suchen. Hast du verstanden?«

Der Mann, der in den Dreißigern war, nickte.

»Ich erkenne dich«, bemerkte er träge. »Ich habe dich in den Zeitungen gesehen.«

»Ruf sofort an. Du hast doch Telefon?«

»Klar habe ich Telefon. Brauchst du nicht eine bessere Waffe als diese Pistole?«

»Sicher könnte ich die gebrauchen. Aber woher jetzt nehmen?«

Dann rannte er auf die Straße hinaus.

In der Entfernung sah er den Audi. Er versuchte, im Schatten zu bleiben, als er näher heranschlich. Immer noch fragte er sich, wie lange sein Herz all die Belastungen wohl aushalten möge. Dennoch freute er sich, nicht unter seinem Bett getötet worden zu sein. Nun war es, als triebe ihn die Angst selbst voran. Er blieb im Schutz eines Straßenschildes stehen und lauschte. In dem Auto befand sich niemand mehr. Dann entdeckte er, daß der Zaun, der das militärische Übungsgebiet umgab, an einer Stelle beschädigt war. Eine Nebelwand war gerade dabei, sich vom Meer her schnell über das Schießgelände auszubreiten. Er beobachtete einige Schafe, die reglos dalagen. Dann hörte er plötzlich, wie ein Schaf, das er nicht sehen konnte, blökte und ein anderes unruhig Antwort gab.

Dort, dachte er. Die Schafe werden mich führen. Er rannte geduckt durch das Loch im Zaun, warf sich nieder und spähte in die Nebelschwaden. Es war weder etwas zu hören noch zu sehen. Dann kam ein Auto aus Richtung Ystad und bremste. Ein Mann stieg aus. Es war der, der ihm versprochen hatte, 90000 anzurufen. Er trug eine Schrotflinte in der Hand. Wallander kroch wieder zurück.

»Bleib hier«, befahl er. »Fahr das Auto hundert Meter zurück und warte dort, bis die Polizei kommt. Zeig ihnen das Loch im

Zaun. Sag ihnen, daß es mindestens zwei Männer sind, die Waffen haben. Einer von ihnen trägt eine Art Maschinenpistole. Kannst du dir das merken?«

Der Mann nickte.

»Ich habe ein Gewehr mitgebracht«, verkündete er.

Wallander zögerte einen Augenblick.

»Zeig mir, wie es funktioniert«, sagte er dann. »Ich weiß fast nichts über Schrotflinten.«

Der Mann sah ihn verwundert an. Dann erklärte er die Sicherung und wie geladen wurde. Wallander kannte den Mechanismus. Er nahm das Gewehr in die Hand und bekam eine Anzahl Reservepatronen, die er in die Tasche steckte.

Der Mann fuhr sein Auto zurück, und Wallander kroch erneut durch den Zaun. Wieder blökte ein Schaf. Der Laut kam von rechts, von irgendwo zwischen einem Wäldchen und dem Abhang, der zum Meer hinunterführte. Wallander steckte die Pistole hinter den Gürtel und begann, vorsichtig in Richtung der unruhig blökenden Schafe zu schleichen.

Der Nebel war inzwischen sehr dicht geworden.

Es war Martinson, der durch den Anruf der Alarmzentrale geweckt wurde. Man informierte ihn über alles gleichzeitig, über die Schüsse und den Brand in der Mariagatan wie auch über die Nachricht, die der Mann vom Militärgelände im Auftrag Wallanders übermittelt hatte. Er war sofort hellwach und begann sich anzuziehen. Dabei wählte er Björks Nummer. Es schien ihm unbegreiflich lange zu dauern, bis seine Botschaft in Björks schlaftrunkenes Bewußtsein gedrungen war. Aber dreißig Minuten später war die maximale Anzahl Beamter versammelt, die die Ystader Polizei in so kurzer Zeit zu mobilisieren vermochte. Verstärkung aus den umliegenden Kreisen war ebenfalls unterwegs. Außerdem hatte Björk es geschafft, den Reichspolizeichef anzurufen und zu wecken, der verlangt hatte, informiert zu werden, wenn die Ergreifung Konovalenkos aktuell geworden sei.

Martinson und Svedberg betrachteten mißvergnügt die große Ansammlung von Polizisten. Sie waren beide der Ansicht, daß eine kleinere Gruppe denselben Einsatz in bedeutend kürzerer

Zeit leisten könnte. Aber Björk folgte den Anweisungen. Er wagte es nicht, das Risiko einzugehen, sich anschließend der Kritik aussetzen zu müssen.

»Das hier läuft doch schief«, sagte Svedberg. »Wir müssen uns darum kümmern, du und ich. Björk richtet doch nur ein Durcheinander an. Wenn Wallander allein da draußen und Konovalenko so gefährlich ist, wie wir glauben, dann braucht er uns jetzt.«

Martinson nickte und ging vor zu Björk.

»Während du die Leute sammelst, fahren Svedberg und ich schon mal vor«, teilte er mit.

»Kommt nicht in Frage«, entgegnete Björk. »Wir müssen dem Reglement folgen.«

»Tu das. Svedberg und ich folgen dem gesunden Menschenverstand«, fauchte Martinson böse und lief davon. Björk rief ihm hinterher. Aber Svedberg und Martinson stiegen in ein Polizeiauto und fuhren los. Sie machten auch dem Streifenwagen von Noren und Peters ein Zeichen, ihnen zu folgen.

Sie verließen Ystad mit sehr hoher Geschwindigkeit. Der Streifenwagen fuhr an ihnen vorbei und setzte Sirene und Blaulicht ein. Martinson saß am Lenkrad, Svedberg neben ihm fummelte an seiner Pistole herum.

»Was sind die Fakten? Übungsgelände vor der Abzweigung nach Kaseberga. Zwei bewaffnete Männer. Der eine Konovalenko.«

»Eigentlich wissen wir nichts«, unterbrach ihn Svedberg. »Ich kann nicht gerade behaupten, daß ich das Ganze überblicke.«

»Explosion und Schüsse in der Mariagatan«, fuhr Martinson fort. »Wie hängt das alles zusammen?«

»Tja, wir können nur hoffen, daß Björk das mit Hilfe des Reglements herausfindet«, bemerkte Svedberg giftig.

Vor dem Polizeigebäude in Ystad ging das Geschehen rasch in ein Chaos über. Ununterbrochen kamen Anrufe aufgeregter Menschen, die in der Mariagatan wohnten. Die Feuerwehr war dabei, den Brand zu löschen. Nun war es Sache der Polizei herauszufinden, wer die Schüsse abgegeben hatte. Brandmeister Peter Edler teilte mit, daß die Straße vor dem Haus voller Blut sei.

Björk, der von verschiedenen Seiten bedrängt wurde, beschloß endlich, mit der Mariagatan zu warten. Es galt vor allem, Wallander zu Hilfe zu eilen sowie Konovalenko und den anderen Mann zu ergreifen.

»Weiß jemand, wie groß dieses Übungsgelände ist?« fragte Björk.

Keiner wußte es, aber Björk hatte sich überlegt, daß es wohl von der Straße bis hinunter zum Strand reichen mußte. Außerdem war ihm klar, daß sie viel zu wenig wußten, um etwas anderes tun zu können, als das gesamte Militärgelände zu belagern.

Ununterbrochen kamen Wagen aus den umliegenden Kreisen an. Weil es darum ging, einen Mann zu fassen, der unter anderem einen Polizisten getötet hatte, waren auch dienstfreie Beamte gekommen.

Zusammen mit einem ranghohen Polizisten aus Malmö entschied Björk, daß der endgültige Belagerungsplan erst vor Ort erstellt werden sollte. Gleichzeitig schickte er einen Wagen zum Regiment, um zuverlässige Karten zu beschaffen.

Eine lange Karawane von Fahrzeugen verließ Ystad kurz vor ein Uhr nachts. Einige private Verkehrsteilnehmer hängten sich neugierig ans Schlepptau. Der Nebel überzog nun rasch auch das Zentrum von Ystad.

Sie trafen am Übungsgelände auf den Mann, der erst mit Wallander und dann mit Martinson und Svedberg gesprochen hatte.

»Ist etwas passiert?« erkundigte sich Björk.

»Nichts«, antwortete der Mann.

Im selben Augenblick klang ein einsamer Schuß von irgendwo weit draußen auf dem Militärgelände herüber. Kurz darauf knatterte eine ganze Serie. Dann war es wieder still.

»Wo sind Svedberg und Martinson?« fragte Björk mit einer Stimme, die seine Angst preisgab.

»Sie rannten auf das Gelände.«

»Und Wallander?«

»Den habe ich nicht mehr gesehen, seit er verschwand.«

Die Dachscheinwerfer der Polizeifahrzeuge huschten über Nebelschwaden und Schafe.

»Wir müssen Bescheid geben, daß wir hier sind«, sagte Björk. »Wir bewachen das Gelände, so gut es geht.«

Ein paar Minuten später schallte seine einsame Stimme über das Feld. Aus dem hallenden Lautsprecher klang sie geisterhaft. Dann verteilten sie sich am Zaun entlang und begannen zu warten.

Seit Wallander auf das Übungsgelände gekrochen und bald vom Nebel verschluckt worden war, hatten sich die Geschehnisse sehr schnell entwickelt. Er war in Richtung der blökenden Schafe gegangen. Er hatte sich schnell bewegt, geduckt, denn er konnte das Gefühl nicht loswerden, zu spät zu kommen. Mehrmals stolperte er über Schafe, die auf der Weide lagen und blökend davonrannten. Ihm war klar, daß die Schafe, die ihm die Richtung wiesen, gleichzeitig verrieten, daß er kam. Dann hatte er sie entdeckt.

Sie standen ganz hinten, wo das Gelände zum Strand hin abfiel. Es wirkte wie ein Standbild aus einem Film. Victor Mabasha war auf die Knie gezwungen worden. Konovalenko stand vor ihm, mit der Pistole in der Hand, der fette Rykoff ein paar Schritte daneben. Wallander hörte, wie Konovalenko immer dieselbe Frage wiederholte:

»Wo ist der Polizist?«

»Ich weiß nicht.«

Wallander hörte, daß Victor Mabashas Stimme trotzig klang. Ihn packte die Wut. Er haßte den Mann, der Louise Akerblom und mit aller Sicherheit auch Tengblad getötet hatte. Gleichzeitig überlegte er fieberhaft, was er tun konnte. Wenn er versuchte, näher heranzukriechen, würden sie ihn entdecken. Er bezweifelte, daß er mit der Pistole aus dieser Entfernung treffen konnte. Die Schrotflinte trug nicht so weit. Wenn er im Sturm angriff, kam dies einem Selbstmord gleich. Die Maschinenpistole Rykoffs würde ihn wegpusten.

Ihm blieb nichts übrig, als zu hoffen, daß seine Kollegen bald kommen würden. Aber er vernahm, daß Konovalenko immer aufgebrachter wurde. Er wußte nicht, ob die Zeit noch reichen würde.

Die Pistole hielt er schußbereit in der Hand. Er versuchte, sich so zu legen, daß er mit ruhigen Händen zielen konnte. Die Mündung der Waffe war auf Konovalenko gerichtet. Aber das Ende kam zu zeitig. Und es kam so schnell, daß Wallander nicht mehr reagieren konnte. Später würde er besser denn je wissen, wie wenig Zeit es braucht, ein Menschenleben auszulöschen.

Konovalenko hatte seine Frage noch ein letztes Mal wiederholt, Victor seine abweisende, trotzige Antwort gegeben. Dann hob Konovalenko die Pistole und schoß Victor Mabasha genau in die Stirn. Auf dieselbe Weise, wie er drei Wochen zuvor Louise Akerblom getötet hatte.

Wallander schrie und schoß. Aber alles war bereits vorüber. Victor Mabasha war nach hinten gekippt und lag reglos da, in einem unnatürlichen Winkel. Wallanders Schuß hatte Konovalenko verfehlt. Jetzt war ihm klar, daß die größte Bedrohung von Rykoffs automatischer Waffe ausging. Er zielte auf den fetten Mann und feuerte, Schuß für Schuß. Zu seinem großen Erstaunen sah er, wie Rykoff plötzlich zusammenzuckte und zu Boden sank. Als Wallander seine Waffe nun auf Konovalenko richtete, sah er, daß der Victor Mabasha hochgezerrt hatte und als Deckung benutzte. Gleichzeitig zog er sich in Richtung Strand zurück. Obwohl Wallander wußte, daß Victor tot war, vermochte er nicht zu schießen. Dagegen erhob er sich und schrie, Konovalenko solle seine Waffe wegwerfen und sich ergeben. Als Antwort kam ein Schuß. Wallander warf sich zur Seite. Victor Mabashas Körper hatte ihn davor bewahrt, getroffen zu werden. Nicht einmal Konovalenko konnte mit ruhiger Hand zielen, wenn er gleichzeitig einen schweren Körper aufrecht vor sich halten mußte. In der Entfernung erklang eine einsame Sirene, die näher kam. Der Nebel wurde dichter, je näher Konovalenko dem Strand kam. Wallander folgte ihm, beide Waffen in den Händen. Plötzlich ließ Konovalenko den toten Körper fallen, glitt den Abhang hinunter und war verschwunden. Im selben Augenblick vernahm Wallander hinter sich ein Blöken. Er drehte sich hastig um und brachte Schrotgewehr und Pistole in Anschlag. Dann sah er Martinson und Svedberg aus dem Nebel treten. Sie sahen bestürzt und erschrocken aus.

»Die Waffen weg!« schrie Martinson. »Siehst du nicht, daß wir es sind?«

Wallander wußte, daß Konovalenko wieder dabei war, zu entkommen. Es gab keine Zeit für Erklärungen.

»Bleibt, wo ihr seid«, rief er. »Kommt mir nicht nach!«

Dann lief er rückwärts, ohne die Waffen zu senken. Martinson und Svedberg rührten sich nicht. Schließlich verschwand er im Nebel.

Martinson und Svedberg sahen sich betroffen an.

»War das wirklich Kurt?« fragte Svedberg.

»Ja«, antwortete Martinson. »Aber er scheint völlig verrückt geworden zu sein.«

»Er lebt. Immerhin lebt er.«

Vorsichtig näherten sie sich dem Abhang, der zum Strand hinunterführte, wo sie Wallander zuletzt gesehen hatten. Im Nebel konnten sie keine Bewegungen unterscheiden. Schwach war das Wasser zu hören, das gegen den Strand schlug.

Martinson nahm Kontakt zu Björk auf, während Svedberg begann, die beiden auf dem Boden liegenden Männer zu untersuchen. Martinson beschrieb Björk die Richtung und forderte gleichzeitig Ambulanzen an.

»Und Wallander?« fragte Björk.

»Er lebt. Aber wo er gerade ist, weiß ich nicht.«

Dann schaltete er das Walkie-talkie schnell ab, ehe Björk weiterfragen konnte.

Er ging zu Svedberg hinüber und betrachtete den Mann, den Wallander getötet hatte. Zwei Kugeln hatten Rykoff oberhalb des Nabels getroffen.

»Wir müssen Björk Bericht erstatten, daß Wallander völlig hysterisch wirkte«, sagte Martinson.

Svedberg nickte. Er wußte, daß es unvermeidlich war.

Sie gingen hinüber zu dem anderen Körper.

»Der Mann ohne Finger«, sagte Martinson. »Nun auch ohne Leben.« Er beugte sich hinunter und wies auf das Einschußloch in der Stirn.

Beide hatten denselben Gedanken. Louise Akerblom.

Dann kamen die Polizeifahrzeuge und wenig später zwei Ambulanzen. Während die Untersuchung der beiden Toten begann, zogen sich Svedberg und Martinson mit Björk in einen Wagen zurück und berichteten, was sie beobachtet hatten. Björk sah sie mißtrauisch an.

»Das klingt ja sehr merkwürdig«, kommentierte er schließlich. »Auch wenn Kurt manchmal ein bißchen eigensinnig ist, kann ich mir doch schwer vorstellen, daß er den Verstand verloren hat.«

»Du hättest sehen sollen, wie er aussah«, sagte Svedberg. »Er schien völlig aufgelöst. Außerdem richtete er die Waffen auf uns. In jeder Hand hatte er eine.«

Björk schüttelte den Kopf.

»Und dann verschwand er also den Strand entlang?«

»Er folgte Konovalenko«, sagte Martinson.

»Den Strand entlang?«

»Dort haben wir ihn zuletzt gesehen.«

Björk versuchte zu verstehen, was er eben gehört hatte.

»Wir müssen Hundepatrouillen einsetzen«, sagte er nach einer Weile. »Straßensperren errichten, Helikopter zu Hilfe rufen, sobald es hell wird und der Nebel sich lichtet.« Sie stiegen aus dem Auto. Im selben Moment hörten sie einen einsamen Schuß durch den Nebel. Er kam vom Strand her, irgendwo aus östlicher Richtung. Alles wurde sehr still. Polizisten, Ambulanz und Hunde warteten, was weiter geschehen würde.

Schließlich blökte ein Schaf. Der plötzliche Laut ließ Martinson zusammenfahren.

»Wir müssen Kurt helfen«, sagte er dann. »Er ist allein da draußen im Nebel. Er hat einen Gegner, der nicht zögert zu schießen, auf wen auch immer. Wir müssen Kurt helfen. Jetzt, Otto.«

Svedberg hatte noch nie gehört, daß Martinson Björk beim Vornamen nannte. Und Björk erschrak, als habe er gerade erst kapiert, wen Martinson meinte.

»Hundeführer mit schußsicherer Weste«, wies er an.

Kurz danach kam die Suche in Gang. Die Hunde nahmen sofort die Spur auf und begannen, an ihren Leinen zu zerren. Martinson und Svedberg blieben den Hundeführern auf den Fersen.

Ungefähr zweihundert Meter vom Mordplatz entfernt entdeckten sie einen Blutfleck im Sand. Sie suchten die Stelle rundherum systematisch ab, ohne mehr zu finden. Plötzlich zog ein Hund in nördlicher Richtung. Sie waren am Ende des Übungsgeländes angelangt und folgten dem Zaun. Die Spur führte über die Straße und dann in Richtung Sandhammaren.

Nach zwei Kilometern war sie plötzlich zu Ende. Sie verschwand scheinbar im Nichts.

Die Hunde winselten und begannen, da sie keine neue Witterung aufnehmen konnten, sich auf den Weg zurückzubegeben, auf dem sie gekommen waren.

»Was ist los?« fragte Martinson einen der Hundeführer.

Der schüttelte den Kopf.

»Die Spur ist kalt.« Martinson schien nicht zu verstehen.

»Wallander kann sich doch nicht in Luft aufgelöst haben?«

»Es sieht aber so aus«, meinte der Hundeführer.

Die Suche wurde fortgesetzt, und bald setzte die Morgendämmerung ein.

Straßensperren waren errichtet. Das gesamte Polizeikorps ganz Südschwedens war mehr oder weniger in die Jagd nach Konovalenko und Wallander einbezogen. Als sich der Nebel lichtete, wurden auch Helikopter eingesetzt.

Aber sie fanden nichts. Die beiden Männer waren verschwunden.

Vormittags um neun saßen Svedberg und Martinson zusammen mit Björk im Versammlungsraum. Alle waren müde und vom Nebel durchweicht. Bei Martinson machten sich außerdem die ersten Anzeichen einer Erkältung bemerkbar.

»Was soll ich dem Reichspolizeichef sagen?« fragte Björk.

»Manchmal ist es am besten, man sagt, wie es ist«, empfahl Martinson leise.

Björk schüttelte den Kopf.

»Könnt ihr euch die Rubriken vorstellen? ›Wahnsinniger Kriminalkommissar – Geheimwaffe der schwedischen Polizei bei der Jagd auf den Polizistenmörder‹.«

»Für eine Zeitungsrubrik ist das zu lang«, kommentierte Svedberg.

Björk stand auf.

»Fahrt nach Hause und eßt etwas. Wechselt die Sachen. Dann müssen wir weitermachen.«

Martinson hob die Hand, als säße er in einem Klassenzimmer.

»Ich werde zu seinem Vater nach Löderup hinausfahren. Seine

Tochter ist dort. Es ist ja möglich, daß sie uns einen Hinweis geben kann, der uns weiterhilft.«

»Tu das«, stimmte Björk zu. »Aber beeil dich.«

Dann ging er in sein Zimmer und rief den Reichspolizeichef an.

Als es ihm endlich gelang, das Gespräch zu beenden, war er vor Wut rot angelaufen.

Er hatte die unzufriedenen Kommentare anhören müssen, mit denen er gerechnet hatte.

Martinson saß in der Küche des Hauses in Österlen. Wallanders Tochter kochte Kaffee, während sie sich unterhielten. Als er ankam, war er ins Atelier gegangen und hatte Wallanders Vater einen guten Tag gewünscht. Ihm hatte er allerdings nicht gesagt, was in der Nacht geschehen war. Erst wollte er mit der Tochter sprechen.

Er merkte, daß sie Angst bekam. Tränen traten in ihre Augen.

»Ich sollte gestern eigentlich auch in der Mariagatan schlafen«, sagte sie.

Sie schenkte ihm Kaffee ein. Er sah, daß ihre Hände zitterten.

»Ich versteh das nicht«, fuhr sie fort. »Daß er tot ist. Victor Mabasha. Ich versteh das einfach nicht.«

Martinson murmelte etwas Undeutliches als Antwort.

Er dachte, daß sie offenbar eine ganze Menge über das Verhältnis ihres Vaters zu dem toten Afrikaner würde erzählen können. Ihm war ebenfalls klar, daß nicht ihr Freund aus Kenia vor ein paar Tagen in Wallanders Auto gesessen hatte. Aber warum hatte er gelogen?

»Ihr müßt Papa finden, bevor etwas passiert«, unterbrach sie seine Gedanken.

»Wir werden tun, was wir können«, versprach Martinson.

»Mehr«, forderte sie. »Das reicht nicht.«

Martinson nickte.

»Ja. Wir werden mehr tun, als wir können.« Eine halbe Stunde später verließ er das Haus. Sie hatte versprochen, ihren Großvater zu informieren, er dagegen, sie über alles auf dem laufenden zu halten. Dann fuhr er nach Ystad zurück.

Nach dem Mittagessen trafen sich Svedberg, Martinson und

Björk wieder im Versammlungsraum. Björk tat etwas Ungewöhnliches. Er schloß die Tür.

»Wir brauchen jetzt Ruhe«, erklärte er. »Wir müssen Schluß machen mit diesem Durcheinander, bevor uns alles aus den Händen gleitet.«

Martinson und Svedberg starrten auf den Tisch. Keiner von ihnen wußte, was er sagen sollte.

»Hat niemand von euch Anzeichen dafür wahrgenommen, daß Kurt begann, verrückt zu werden?« fragte Björk. »Ihr müßt doch irgendwas mitbekommen haben. Ich war selbst immer der Meinung, daß er zwischendurch ein bißchen seltsam war. Aber ihr habt doch täglich mit ihm zusammengearbeitet.«

»Ich glaube nicht, daß er den Verstand verloren hat«, sagte Martinson nach einem langen Schweigen, das schließlich unerträglich wurde. »Vielleicht ist er überarbeitet?«

»Da würden ja sämtliche Polizisten dieses Landes ab und zu Amok laufen«, wehrte Björk ab. »Und sie tun es nicht. Natürlich ist er verrückt geworden. Oder sinnesverwirrt, wenn das besser klingt. Kann das in der Familie liegen? Ist nicht sein Vater vor ein paar Jahren mal auf einem Acker herumgeirrt?«

»Er war voll«, sagte Martinson. »Oder vorübergehend senil. Kurt ist doch nicht verkalkt.«

»Hat er vielleicht die Alzheimersche Krankheit? Vorzeitige Senilität?«

»Ich weiß nicht, was das für eine Krankheit ist, von der du sprichst«, mischte sich Svedberg plötzlich ein. »Laß uns um Gottes willen bei der Sache bleiben. Ob Kurt von einer vorübergehenden Sinnesverwirrung betroffen ist, kann nur ein Arzt entscheiden. Unsere Aufgabe ist es, ihn zu finden. Wir wissen, daß er in einen Schußwechsel verwickelt war, bei dem zwei Personen ums Leben kamen. Wir sahen ihn dort auf dem Gelände. Er richtete seine Waffen auf uns. Aber er war niemals eine Gefahr für uns. Er wirkte vor allem aufgebracht. Oder verzweifelt. Das weiß ich nicht genau. Seitdem ist er verschwunden.«

Martinson nickte langsam.

»Kurt war nicht zufällig dort«, sagte er nachdenklich. »Seine Wohnung war überfallen worden. Wir können nur vermuten, daß er sich dort zusammen mit dem schwarzen Mann aufhielt. Was dann geschah, können wir nur erraten. Aber Kurt muß eine Spur verfolgt haben, über die er uns nie hat informieren können. Vielleicht wollte er uns aber auch vorerst nichts sagen? Wir wissen, daß er manchmal so verfährt, und daß es uns irritiert. Aber nun geht es nur um eins. Ihn zu finden.«

Sie saßen schweigend.

»Ich hätte niemals geglaubt, daß ich so was mal erleben müßte«, sagte Björk schließlich.

Martinson und Svedberg verstanden, was er meinte.

»Dennoch ist es notwendig«, bekräftigte Svedberg. »Du mußt nach ihm fahnden lassen. Gib Reichsalarm.«

»Schrecklich«, murmelte Björk. »Aber es muß sein.«

Es gab nichts mehr zu sagen.

Mit schweren Schritten ging Björk in sein Zimmer, um die Fahndungsmeldung und den landesweiten Alarm im Zusammenhang mit dem Verschwinden seines Kollegen und Freundes, Kommissar Kurt Wallander, auszugeben.

Das war am 15. Mai 1992. Der Frühling war nach Schonen gekommen. Es war ein sehr warmer Tag. Gegen Abend zog über Ystad ein Unwetter auf.

23

Im Mondlicht schien die Löwin vollkommen weiß zu sein.

Georg Scheepers, der auf der Ladefläche des Jeep stand, hielt den Atem an und betrachtete sie. Reglos lag sie unten am Fluß, ungefähr dreißig Meter entfernt. Er schaute rasch zu seiner Frau Judith, die neben ihm stand. Sie erwiderte seinen Blick. Er sah, daß sie Angst hatte. Er schüttelte vorsichtig den Kopf.

»Keine Gefahr. Sie tut uns nichts.«

Er glaubte, was er sagte. Aber im Innersten war er dennoch nicht ganz überzeugt. Die Tiere im Krüger-Nationalpark, in dem sie sich aufhielten, waren es gewohnt, daß Menschen sie von Fahrzeugen aus anstarrten, auch, wie jetzt, um Mitternacht. Aber er vergaß nicht, daß die Löwin ein Raubtier war, unberechenbar, von nichts als ihren Instinkten geleitet. Sie war jung. Ihre Stärke und ihre Schnelligkeit würden nie größer sein als jetzt. Sie würde höchstens drei Sekunden brauchen, um aus ihrer lässigen Ruheposition emporzuschnellen und mit einigen kräftigen Sätzen das Auto zu erreichen. Der schwarze Fahrer schien nicht besonders wachsam zu sein. Keiner von ihnen trug Waffen. Wenn sie wollte, konnte sie alle in wenigen Sekunden töten. Drei Bisse der kräftigen Kiefer an Hals oder Nacken würden reichen.

Plötzlich schien es, als reagiere die Löwin auf seine Gedanken. Sie hob das Haupt und betrachtete den Wagen. Er spürte, wie Judith seinen Arm umklammerte. Es war, als schaute ihnen die Löwin direkt ins Gesicht. Das Mondlicht spiegelte sich in ihren Augen und ließ sie leuchten. Georg Scheepers' Herz begann schneller zu schlagen. Er wünschte, der Fahrer möge den Motor anwerfen. Aber der schwarze Mann saß reglos hinterm Lenkrad. Georg Scheepers wurde plötzlich wütend bei dem Gedanken, der Mann könnte eingeschlafen sein.

Gleichzeitig erhob sich die Löwin aus dem Sand. Unablässig

beobachtete sie die Menschen im Auto. Georg Scheepers wußte, daß der Blick eines Raubtiers lähmen konnte. Alle Gefühle der Furcht, alle Gedanken an Flucht waren noch da, jedoch nicht die Fähigkeit, sich zu rühren.

Sie stand völlig still und sah sie an. Die Gelenke der kräftigen Vorderbeine spielten unter der Haut. Sie ist sehr schön, dachte er. Ihre Stärke ist ihre Schönheit, ihre Unberechenbarkeit ihr Charakter.

Er dachte auch, daß sie vor allem Löwe war und erst in zweiter Linie weiß. Der Gedanke blieb. Er war wie eine mahnende Erinnerung an etwas, das er vergessen hatte. Aber was? Er konnte es nicht herausfinden.

»Warum fährt er nicht?« flüsterte Judith an seiner Seite.

»Es besteht keine Gefahr. Sie kommt nicht her.«

Ohne die kleinste Bewegung betrachtete die Löwin die Menschen im Auto, das am Rand der Uferzone stand. Das Mondlicht war sehr hell, die Nacht klar und warm. Aus dem dunklen Wasser konnte man das träge Plätschern eines Flußpferdes vernehmen.

Georg Scheepers erschien die ganze Situation wie eine Mahnung. Das Gefühl einer nahenden Gefahr, die jederzeit in unkontrollierte Gewalt übergehen konnte, prägte das tägliche Leben in seinem Land. Alle liefen umher und warteten, daß etwas geschehen würde. Das Raubtier starrte sie an. Das Raubtier in ihnen selbst. Die Schwarzen mit ihrer Ungeduld, weil die Veränderungen zu langsam vorankamen. Die Weißen mit ihrer Angst, ihre Privilegien zu verlieren, mit ihren Befürchtungen, die Zukunft betreffend. Es war wie ein Warten am Flußbett, wenn einen ein Löwe belauerte. Sie war weiß, weil sie ein Albino war. Er dachte an all die Mythen, die sich um Menschen und Tiere spannen, die als Albinos geboren waren. Man sagte, daß sie über gewaltige Kräfte verfügten und niemals sterben würden.

Plötzlich begann die Löwin, sich zu bewegen, genau auf sie zu. Ihre Konzentration war ungebrochen, ihr Gang geschmeidig. Der Fahrer startete schnell den Motor und schaltete die Scheinwerfer ein. Das Licht blendete sie. Sie blieb mitten in der Bewegung stehen, eine Tatze gehoben.

Georg Scheepers spürte, wie sich die Fingernägel seiner Frau durch sein Khakihemd bohrten.

Fahr los, dachte er. Fahr los, bevor sie angreift.

Der Fahrer legte den Gang ein. Der Motor hustete und verreckte fast. Georg Scheepers glaubte, das Herz müsse ihm stehenbleiben. Aber der Fahrer gab mehr Gas, und der Wagen setzte sich rückwärts in Bewegung. Die Löwin wandte sich ab, um nicht geblendet zu werden.

Dann war es vorüber. Judiths Nägel gruben sich nicht mehr in seinen Arm. Sie hielten sich am Geländer fest, während der Jeep zurück zu dem Bungalow rumpelte, in dem sie wohnten. Der nächtliche Ausflug lag bald hinter ihnen. Aber die Erinnerung an die Löwin und die Gedanken, die sich an ihre Begegnung am Flußufer knüpften, würden bleiben.

Georg Scheepers hatte seiner Frau vorgeschlagen, für ein paar Tage in den Krüger-Nationalpark zu reisen. Zu diesem Zeitpunkt lagen die Bemühungen einer Woche hinter ihm, sich in die nachgelassenen Papiere des toten van Heerden hineinzufinden. Er brauchte Zeit, um nachzudenken. Sie würden über Freitag und Samstag wegbleiben können. Am Sonntag aber, dem 17. Mai, würde er mit frischen Kräften versuchen, die Datenbanken van Heerdens zu knacken. Er wollte dazu den Tag nutzen, an dem er allein auf der Arbeit war und die Gänge der Staatsanwaltschaft leer waren. Die Kriminalisten der Polizei hatten ihm alle Materialien und Disketten in einem Karton in die Staatsanwaltschaft geschickt. Sein Chef Wervey hatte erreicht, daß dem Nachrichtendienst Anweisung gegeben wurde, die gesamten Unterlagen herauszurücken. Offiziell sollte auch Wervey persönlich, kraft seiner Position als Chefankläger Johannesburgs, das Material durchsehen, das der Nachrichtendienst sofort als streng geheim eingestuft hatte. Als van Heerdens Vorgesetzte sich geweigert hatten, die Unterlagen auszuhändigen, bevor sie von ihren eigenen Leuten durchgesehen worden waren, hatte Wervey einen seiner wiederkehrenden Wutausbrüche bekommen und unmittelbar Kontakt zum Justizminister aufgenommen. Einige Stunden später hatte der Geheimdienst nachgeben müssen. Das Material würde der Staatsanwaltschaft übergeben werden, die Verantwortung bei

Wervey liegen. Georg Scheepers jedoch würde es in aller Heimlichkeit studieren. Deshalb also die Arbeit am Sonntag, wenn die Amtsräume leer und verlassen waren.

Sie hatten Johannesburg am frühen Morgen des 15. Mai, einem Freitag, verlassen. Die Autobahn N 4 nach Nelspruit brachte sie schnell ans Ziel. Sie bogen auf eine Nebenstraße ab und erreichten den Krüger-Nationalpark am Nambitor. Judith hatte angerufen und einen Bungalow in Nwanetsi, einem der entferntesten Camps nahe der Grenze zu Moçambique, gebucht. Dort waren sie schon oft gewesen, dorthin kamen sie immer wieder gern. Das Lager mit seinen Bungalows, dem Restaurant und den Safaribüros zog vor allem Gäste an, die Ruhe wünschten. Man ging zeitig schlafen und stand früh am Morgen auf, um die Tiere an der Tränke zu beobachten. Auf dem Weg nach Nelspruit hatte Judith sich nach dem Fall erkundigt, den er für den Justizminister bearbeiten sollte. Er hatte ausweichend geantwortet, er wisse noch nicht allzuviel darüber. Aber er brauche Zeit, um für sich selbst die Prämissen seiner Arbeit zu formulieren. Sie fragte nicht weiter, denn sie wußte, daß sie mit einem sehr einsilbigen Mann verheiratet war.

Während der beiden Tage in Nwanetsi waren sie ständig unterwegs. Sie genossen den Anblick der Tiere, der Landschaft, und ließen Johannesburg und die Unruhe weit hinter sich. Nach den Mahlzeiten vertiefte sich Judith in eines ihrer Bücher, während Georg Scheepers rekapitulierte, was er bisher über van Heerden und dessen geheime Arbeit wußte.

Er hatte begonnen, van Heerdens Akten durchzugehen, und war sehr bald zu der Erkenntnis gelangt, daß er sich darin üben mußte, zwischen den Zeilen zu lesen. Unter formell korrekten Denkschriften und Ermittlungsberichten fand er Zettel mit hastig hingekritzelten Notizen. Er entzifferte sie langsam und mit großer Mühe, die schwer lesbare Handschrift ließ ihn an einen Schullehrer denken, an Entwürfe zu Gedichten. Lyrische Impressionen, Skizzen zu Metaphern und Bildern. Und gerade da, als er versuchte, den nichtformellen Teil von van Heerdens Arbeit zu verstehen, begann er zu ahnen, daß etwas geschehen würde. Die Berichte, die Denkschriften und die losen Aufzeichnungen – Götterverse nannte er sie im stillen – reichten viele Jahre zurück. Zu Beginn waren es oft exakte Beobachtungen und Reflexionen, nüchtern und wertungsfrei formuliert. Sechs Monate vor dem Tod van Heerdens jedoch änderte sich ihr Charakter. Es war, als schleiche sich ein anderer, düsterer Tonfall in seine Gedanken. Etwas ist geschehen, dachte Scheepers. In seiner Arbeit oder im Privatleben hat sich etwas dramatisch verändert. Van Heerden begann, andere Gedanken zu denken. Das vorher Sichere wurde plötzlich ungewiß, die klaren Formulierungen tastend, zweifelnd. Außerdem meinte er noch einen anderen Unterschied festzustellen. Früher fehlte es den losen Zetteln an einem inneren Zusammenhang. Nun aber notierte van Heerden das Datum, manchmal sogar die Uhrzeit. Scheepers konnte sehen, daß van Heerden viele lange Abende an seinem Schreibtisch zugebracht hatte. Der überwiegende Teil der Aufzeichnungen war nach Mitternacht entstanden. Das Ganze entwickelte sich allmählich zu einem poetisch ausgeformten Tagebuch, dachte er. Er versuchte, einen roten Faden zu finden, von dem er ausgehen konnte. Da van Heerden sein Privatleben niemals berührte, nahm er an, daß er ausschließlich über berufliche Ereignisse schrieb. Es gab keine konkreten Angaben, die ihm helfen konnten. Van Heerden benutzte in seinem Tagebuch Synonyme und Gleichnisse. Heimatland war selbstverständlich eine Umschreibung für Südafrika. Aber wer war das Chamäleon? Wer waren die Mutter und das Kind? Van Heerden war nicht verheiratet. Er habe keine näheren Verwandten gehabt, hieß es in einem persönlichen Memorandum, das Kommissar Borstlap von der Johannesburger Polizei im Auftrag Scheepers verfaßt hatte. Scheepers gab die Namen in seinen Computer ein und versuchte vergeblich, Zusammenhänge herauszufinden. Van Heerdens Sprache entglitt einem, als habe er selbst nicht fassen wollen, was er notierte. Eine drohende Gefahr schwingt mit, dachte Scheepers immer wieder. Ein Geständnis. Van Heerden ist einer Sache auf die Spur gekommen. Sein ganzes Weltbild schien plötzlich bedroht. Er schrieb über ein Totenreich und schien zu meinen, daß wir dieses in uns tragen. Er hatte Visionen eines Zusammenbruchs. Gleichzeitig ließ sich ein Gefühl des Schuldbewußtseins und der Sorge ahnen, das sich in den letzten Wochen vor van Heerdens Tod dramatisch verstärkte.

353

In seinen Aufzeichnungen ging es die ganze Zeit um die Schwarzen, die Weißen, die Buren, Gott und die Vergebung, stellte Scheepers fest. Worte wie Verschwörung oder Konspiration verwendete er jedoch nirgends. Das, wonach ich suchen soll, worüber van Heerden Präsident de Klerk informierte, steht gar nicht im Text, dachte Scheepers. Warum?

Am Donnerstag abend, am Tag, bevor er und Judith nach Nwanetsi reisen sollten, blieb er lange in seinem Büro sitzen. Er hatte außer der Schreibtischleuchte alle Lampen ausgeschaltet. Ab und zu hörte er durch die angeklappten Fenster, wie sich draußen die Wächter unterhielten.

Pieter van Heerden war der loyale Diener, dachte er. In seiner Arbeit im immer mehr gespaltenen, immer eigenmächtiger handelnden Nachrichtendienst war er einem Geheimnis auf die Spur gekommen. Einer Konspiration gegen den Staat. Einer Verschwörung, deren Ziel es war, auf die eine oder andere Weise einen Staatsstreich vorzubereiten. Van Heerden war intensiv damit beschäftigt, das Zentrum der Verschwörung auszumachen. Es gab viele Fragen. Und van Heerden schrieb Gedichte über seine Unruhe und das Totenreich, das er in sich trug.

Scheepers betrachtete seinen Dokumentenschrank. Dort hatte er die Disketten eingeschlossen, die Wervey gegen Quittung von van Heerdens Vorgesetzten übernommen hatte. Dort muß auch die Lösung liegen, dachte er. Van Heerdens immer verworrenere und introvertierte Grübeleien, die auf den losen Zetteln festgehalten waren, konnten nur ein Teil des Ganzen sein. Die Wahrheit mußte auf seinen Disketten zu finden sein.

Am frühen Sonntag morgen des 17. Mai kehrten sie aus dem Krüger-Nationalpark nach Johannesburg zurück. Er brachte Judith nach Hause und fuhr nach dem Frühstück ins Zentrum, wo das Gebäude der Staatsanwaltschaft stand. Die Stadt war verlassen. Er hatte das Gefühl, sie sei plötzlich geräumt worden, und die Leute würden nie wiederkehren. Die bewaffneten Wächter ließen ihn ein, und er ging über die hallenden Korridore zu seinem Arbeitszimmer.

Als er eintrat, merkte er sofort, daß jemand dagewesen war. Kleine, kaum merkliche Veränderungen zeugten von dem Besuch.

Vermutlich das Reinigungspersonal, dachte er. Aber sicher konnte er nicht sein.

Ich fange an, mich von meinem Auftrag anstecken zu lassen, sagte er sich. Van Heerdens Unruhe, seine ständige Angst, überwacht, bedroht zu werden, hat nun auch mich erreicht.

Er schüttelte die Gedanken ab, zog das Jackett aus und öffnete den Dokumentenschrank. Dann schob er die erste Diskette ein.

Zwei Stunden später hatte er das Material sortiert. Van Heerdens Dateien verrieten nichts Bemerkenswertes. Das Auffallendste war die minutiöse Ordnung, die in seiner Arbeit geherrscht hatte.

Übrig blieb eine letzte Diskette.

Georg Scheepers schaffte es nicht, die Datei zu öffnen. Instinktiv ahnte er, daß er es hier mit van Heerdens heimlichem Testament zu tun hatte. Auf dem Monitor blinkte die Aufforderung, das Codewort einzugeben, dann würde die Diskette die Türen zu ihren vielen geheimen Kammern öffnen. Es geht nicht, dachte Scheepers. Der Code besteht aus einem beliebigen Wort, das ich nicht kenne. Ich könnte die Disketten durch ein Programm laufen lassen, das eine komplette Wortliste enthält. Aber ist der Code nun auf englisch oder afrikaans? Aber eigentlich glaubte er nicht daran, daß die Lösung im systematischen Durchprobieren einer Wortliste liegen konnte. Van Heerden hätte seine kostbarste Diskette nicht mit einem nichtssagenden Codewort verschlüsselt, sondern bewußt ein besonderes Rätsel gewählt.

Scheepers krempelte die Hemdsärmel hoch, schenkte sich aus der mitgebrachten Thermoskanne eine Tasse Kaffee ein und begann, die losen Zettel noch einmal durchzugehen. Er befürchtete, van Heerden könnte die Diskette so programmiert haben, daß sie ihren Inhalt nach einer bestimmten Anzahl mißglückter Versuche, ihr das unbekannte Paßwort zu entlocken, von selbst löschte. Es ist wie der Versuch, eine altertümliche Festung zu erobern, dachte er. Die Zugbrücke ist hochgezogen, der Wallgraben voll Wasser. Bleibt nur ein Weg, der, die Mauern zu ersteigen. Irgendwo sind Stufen eingehauen. Und danach suche ich. Nach einer ersten Stufe.

Um zwei Uhr nachmittags war er noch keinen Schritt weiter.

Seine Laune verschlechterte sich, inzwischen nahm er es van Heerden beinahe übel, daß er sein Schloß nicht aufbekam.

Nach weiteren zwei Stunden war er bereit aufzugeben. Er hatte keine Ideen mehr, wie er die Datei öffnen konnte. Die ganze Zeit fühlte er auch noch, daß er dem richtigen Wort nicht einmal näherkam. Van Heerdens Wahl des Codes basierte auf Voraussetzungen, die er noch nicht erschlossen hatte. Ohne große Erwartungen zu hegen, vertiefte er sich noch einmal in die Denkschriften und Untersuchungsberichte, die er von Kommissar Borstlap erhalten hatte. Vielleicht war hier eine Spur zu finden? Mit Widerwillen las er das Obduktionsprotokoll und schloß die Augen, als die Fotografien des Toten vor ihm lagen. Er dachte, daß es trotz allem ein gewöhnlicher Raubmord gewesen sein konnte. Der umständlich formulierte Bericht über die polizeilichen Ermittlungen lieferte ihm keinen Anhaltspunkt. Er widmete sich nun der persönlichen Denkschrift.

Ganz hinten in Borstlaps Aktenordner lag ein Inventarverzeichnis über die Gegenstände, die die Polizei in seinem Arbeitszimmer beim Nachrichtendienst gefunden hatte. Kommissar Borstlap hatte ironisch kommentiert, es sei gewiß nicht auszuschließen, daß van Heerdens Vorgesetzte Papiere und Sachen entfernt hatten, die der Polizei nicht in die Hände fallen sollten. Zerstreut überflog er die Liste, die Aschenbecher, gerahmte Fotos der Eltern, einige Lithographien, eine Schreibtischgarnitur und verschiedene Kalender enthielt. Er wollte das Schreiben gerade beiseite legen, da stutzte er. Unter den Inventaren hatte Borstlap eine kleine Skulptur aus Elfenbein verzeichnet, die eine Antilope darstellte. Sehr teuer, antik, hatte er dazu notiert.

Er legte das Schriftstück zur Seite und tippte »Antilope« ein. Der Computer beharrte darauf, das richtige Paßwort zu erfahren. Er dachte eine Weile nach. Dann gab er »Kudu« ein. Wieder eine negative Antwort. Er griff zum Telefonhörer und rief daheim bei Judith an.

»Ich brauche deine Hilfe. Hol unser Tierlexikon und schlag unter Antilopen nach.«

»Womit beschäftigst du dich eigentlich?« fragte sie verwundert.

»Meine Aufgabe besteht unter anderem darin, eine Denk-schrift über die Entwicklung unserer Antilopenstämme zu verfassen«, log er. »Ich will nur sichergehen, daß ich keine Art vergesse.«

Sie holte das Buch und nannte ihm die verschiedenen Bezeichnungen.

»Wann kommst du heim?« erkundigte sie sich dann.

»Entweder bald oder sehr spät. Ich rufe an.«

Als er das Gespräch beendet hatte, war ihm sofort klar, wie das Wort lauten mußte. Unter der Voraussetzung, daß die kleine Skulptur im Inventarverzeichnis der richtige Hinweis war.

Springbock, dachte er. Unser Nationalsymbol. Sollte es so einfach sein?

Er tippte das Wort langsam ein und zögerte ein wenig vor dem letzten Buchstaben. Der Computer antwortete unmittelbar. Negativ.

Es gibt noch eine Möglichkeit, dachte er. Dasselbe Wort. Aber auf *afrikaans*. Er schrieb *Springbok*. Sofort leuchtete der Bildschirm auf. Dann erschien eine Inhaltsangabe der Diskette.

Er hatte es geschafft, hatte sich in van Heerdens Welt zurechtgefunden.

Er merkte, daß er vor Aufregung schwitzte. Die Freude des Einbrechers, bevor er den Banktresor öffnet, dachte er.

Dann studierte er, was auf dem Monitor erschien. Anschließend, als es fast acht Uhr abends war und er die umfangreichen Texte gelesen hatte, wußte er zweierlei. Zum einen war er nun sicher, daß man van Heerden seiner Arbeit wegen ermordet hatte. Zum anderen konnte er seiner Vorahnung einer nahenden Gefahr die Berechtigung nicht mehr absprechen.

Er lehnte sich auf dem Stuhl zurück und streckte den Rücken.

Dann bekam er eine Gänsehaut.

Van Heerden hatte seine auf der Diskette gespeicherten Aufzeichnungen mit kühler Exaktheit geführt. Er begriff nun, daß van Heerden ein tief gespaltener Mensch gewesen war. Seine Beobachtungen im Zusammenhang mit der vermuteten Konspiration hatten ein bereits früher vorhandenes Gefühl verstärkt, daß sein Leben als Bure auf einer Lüge basierte. So tief, wie er in die Realität der Verschwörer eingetaucht war, war er auch in seine eigene eingedrungen. Die Welten der losen Zettel und der kühlen Exaktheit sollten in ein und demselben Menschen Platz finden.

Er dachte, daß van Heerden in gewisser Weise seinem eigenen Untergang nahe gewesen war.

Er erhob sich und ging zum Fenster. Von irgendwo weither klangen Polizeisirenen.

Was haben wir geglaubt? fragte er sich. Daß unsere Träume von einer unveränderlichen Welt wahr sein würden? Daß die kleinen Zugeständnisse an die Schwarzen ausreichen würden? Die im Grunde nichts änderten?

Ein Gefühl der Scham stieg auf in ihm. Denn obwohl er einer der neuen Buren war, einer, der de Klerk nicht für einen Verräter hielt, hatte er, wie seine Frau Judith, letztendlich dazu beigetragen, daß die rassistische Politik hatte weiterleben können. Auch er trug in sich das Totenreich, von dem van Heerden geschrieben hatte. Auch er war schuldig.

Diese schweigende Billigung war schließlich die Basis für die Absichten der Verschwörer. Sie rechneten mit seiner Passivität, seiner stillen Dankbarkeit.

Wieder setzte er sich vor den Bildschirm.

Van Heerden war auf der richtigen Spur gewesen. Die Schlußfolgerungen, die Scheepers nun ziehen konnte und die er am nächsten Tag an Präsident de Klerk weitergeben würde, konnten unmöglich ignoriert werden.

Nelson Mandela, der unumstrittene Führer der Schwarzen, sollte ermordet werden. Van Heerden hatte in der letzten Zeit fieberhaft versucht, die entscheidenden Fragen nach dem Wo und Wann zu beantworten. Als er den Computer zum letzten Mal ausschaltete, hatte er die Antwort noch nicht gefunden gehabt. Aber Anzeichen deuteten darauf hin, daß es in naher Zukunft geschehen würde, im Zusammenhang mit einer Rede Mandelas vor einem großen Publikum. Van Heerden hatte für die kommenden drei Monate eine Liste denkbarer Orte und Tage aufgestellt. Darunter waren Durban, Johannesburg, Soweto, Bloemfontein, Kapstadt und East London mit dem entsprechenden Datum. Irgendwo außerhalb der Grenzen Südafrikas bereitete sich ein Berufskiller vor. Van Heerden hatte herausgefunden, daß ein abgedankter

KGB-Offizier als undeutlicher Schatten im Hintergrund des Mörders stand. Aber auch hier gab es noch viele Unklarheiten.

Schließlich blieb noch das Wichtigste. Georg Scheepers las erneut den Abschnitt, in dem sich van Heerden mittels seiner Analysen dem Zentrum der Verschwörung näherte. Es war von einem Komitee die Rede, einem locker zusammengesetzten Kreis von Menschen, Repräsentanten der dominierenden Machtgruppen unter den Buren in Südafrika. Aber van Heerden hatte keine Namen genannt. Die einzigen, die er kannte, waren Jan Kleyn und Franz Malan.

Georg Scheepers verstand nun, daß mit dem Chamäleon Jan Kleyn gemeint war. Den Decknamen für Franz Malan dagegen fand er nicht.

Ihm war klar, daß van Heerden diese beiden als die Hauptakteure angesehen hatte. Indem er seine Aufmerksamkeit auf die zwei ihm bekannten konzentrierte, glaubte er die übrigen Mitglieder des Komitees sowie dessen Aufbau und Ziele ermitteln zu können.

Staatsstreich, schrieb van Heerden am Ende des letzten Textes, datiert zwei Tage vor seiner Ermordung. Bürgerkrieg? Chaos? Er beantwortete die Fragen nicht. Er stellte sie nur.

Aber es gab noch eine Notiz, vom selben Tag, dem Sonntag, bevor er ins Krankenhaus eingeliefert worden war.

Nächste Woche, schrieb van Heerden. Geh weiter. Bezuidenhout 559.

Es ist, als ob er mir aus dem Grab sagen will, was zu tun ist, dachte Georg Scheepers. Das hatte er sich vorgenommen. Nun muß ich es an seiner Stelle tun. Aber was? Bezuidenhout ist ein Stadtteil von Johannesburg, die Ziffern bedeuten sicher die Hausnummer.

Er merkte plötzlich, daß er sehr müde und unruhig war. Die Verantwortung, die ihm übertragen worden war, wog schwerer, als er es sich hatte vorstellen können.

Er schaltete den Computer aus und schloß die Diskette in seinem Dokumentenschrank ein. Es war bereits um neun. Draußen war es dunkel. Die Polizeisirenen heulten ununterbrochen, wie Hyänen, unsichtbar wachend in der Nacht.

Er verließ das menschenleere Gebäude der Anklagebehörde und ging zu seinem Wagen. Fast mechanisch fuhr er in Richtung der östlichen Außenbezirke der Stadt, nach Bezuidenhout. Er brauchte nicht lange, um sich zu orientieren. Nummer 559 war ein Haus in unmittelbarer Nähe des Parks, der Bezuidenhout den Namen gegeben hatte. Er hielt am Straßenrand und schaltete Motor und Scheinwerfer ab. Das Haus war aus weißen, glasierten Ziegeln errichtet. Hinter den geschlossenen Gardinen brannte Licht. Er sah, daß in der Einfahrt ein Auto geparkt war.

Nach wie vor war er zu müde und zu nervös, um darüber nachzudenken, wie er weiter vorgehen sollte. Zuerst mußte er diesen langen Tag in seinem Bewußtsein verarbeiten. Er dachte an die Löwin, die reglos am Flußbett gelegen hatte. Wie sie sich erhoben hatte und auf sie zugekommen war. Das Raubtier ist in uns, dachte er. Er begriff plötzlich, was das Wichtigste war.

Die Ermordung Nelson Mandelas wäre das Schlimmste, was zur Zeit im Land passieren konnte. Die Konsequenzen wären furchtbar. Alles, was gerade am Entstehen war, ein ungefestigter Wille zu einer Lösung zwischen Weißen und Schwarzen, würde in Bruchteilen einer Sekunde zunichte werden. Die Dämme würden brechen, die Sintflut das Land überschwemmen.

Eine Anzahl Menschen wünschte diese Sintflut herbei. Sie hatten ein Komitee gebildet, um die Dämme zu brechen.

So weit kam er in seinen Gedanken. Da sah er einen Mann aus dem Haus kommen und in das Auto steigen. Gleichzeitig wurde eine Gardine beiseite gezogen. Er bemerkte eine schwarze Frau und direkt hinter ihr noch eine zweite, jüngere. Die ältere Frau winkte, die hinter ihr blieb reglos stehen. Er konnte den Mann im Wagen nicht erkennen. Es war zu dunkel. Dennoch wußte er, daß es Jan Kleyn war. Er duckte sich auf dem Sitz, als das Auto vorüberfuhr. Als er sich wieder aufsetzte, war die Gardine zugezogen.

Er runzelte die Stirn. Zwei schwarze Frauen? Jan Kleyn kam aus ihrem Haus. Das Chamäleon, die Mutter und das Kind? Er sah den Zusammenhang nicht. Aber er hatte keinen Anlaß, van Heerden zu mißtrauen. Wenn er geschrieben hatte, daß es wichtig war, dann galt das. Van Heerden hatte ein Geheimnis geahnt, dachte er. Diese Spur muß ich weiterverfolgen.

Am nächsten Tag rief er Präsident de Klerks Kanzlei an und forderte eine dringende Unterredung. Er erhielt den Bescheid, der Präsident könne ihn um zehn Uhr abends empfangen. Tagsüber stellte er einen Bericht über seine Erkenntnisse zusammen. Er war äußerst nervös, als er im Vorraum des Präsidenten Platz nahm, betreut vom selben düsteren Bürodiener wie bei seinem ersten Besuch. An diesem Abend jedoch brauchte er nicht zu warten. Punkt zehn Uhr teilte der Bedienstete mit, daß der Präsident ihn nun empfangen würde. Als Scheepers den Raum betrat, hatte er dasselbe Gefühl wie beim letzten Mal. Präsident de Klerk wirkte sehr müde. Seine Augen waren glanzlos, das Gesicht bleich. Die schweren Tränensäcke schienen ihn zu Boden zu ziehen.

So kurz wie möglich berichtete Scheepers über seine Entdeckungen vom Tag zuvor. Das Haus in Bezuidenhout Park erwähnte er jedoch vorerst nicht.

Präsident de Klerk lauschte mit halbgeschlossenen Augen. Als Scheepers fertig war, blieb de Klerk reglos sitzen. Einen Moment lang glaubte Scheepers, der Präsident sei während seines Vortrages eingeschlafen. Dann schlug de Klerk die Augen auf und musterte ihn.

»Ich wundere mich oft, wie es kommt, daß ich immer noch am Leben bin«, sagte er langsam. »Tausende Buren betrachten mich als Verräter. Dennoch wird in den Berichten Nelson Mandela als das geplante Opfer eines Attentats benannt.«

Präsident de Klerk verstummte. Scheepers sah, daß er konzentriert nachdachte.

»Etwas an dem Bericht beunruhigt mich«, fuhr er nach einer Weile fort. »Nehmen wir an, es gibt falsche Spuren, die an geeigneten Stellen gelegt wurden. Denken wir uns zwei alternative Situationen. Die eine, daß ich, der Präsident des Landes, das eigentliche vorgesehene Opfer bin. Ich möchte, daß Sie den Bericht unter diesem Gesichtspunkt lesen, Scheepers. Außerdem bitte ich darum, daß Sie die Möglichkeit überdenken, diese Menschen könnten beabsichtigen, gegen uns beide vorzugehen, meinen Freund Mandela und mich selbst. Das bedeutet nicht, daß ich ausschließe, daß diese Verrückten wirklich Mandela im Visier haben. Ich will nur, daß Sie kritisch betrachten, womit Sie sich beschäftigen. Pieter van Heerden wurde ermordet. Das bedeutet, es gibt Augen und Ohren überall. Die Erfahrung hat mich gelehrt, daß das Auslegen falscher Spuren ein wichtiger Teil der Arbeit des Nachrichtendienstes ist. Haben Sie verstanden?«

»Ja«, antwortete Scheepers.

»Ich erwarte Ihre Ergebnisse innerhalb von zwei Tagen. Mehr Zeit kann ich Ihnen leider nicht geben.«

»Ich glaube immer noch, daß Pieter van Heerdens Erkenntnisse darauf hinweisen, daß Nelson Mandela getötet werden soll«, sagte Scheepers.

»Sie glauben? Ich glaube an Gott. Aber ob es den überhaupt gibt, weiß ich nicht. Auch nicht, ob es vielleicht mehr als einen gibt.«

Diese Erwiderung ließ Scheepers verstummen. Er hatte jedoch verstanden, was de Klerk meinte.

Der Präsident hob die Hände und ließ sie wieder auf die Tischplatte fallen.

»Ein Komitee«, sagte er nachdenklich. »Das beseitigen will, was wir gerade versuchen aufzubauen. Eine vernünftige Abwicklung der bisherigen Politik, die fehlgeschlagen ist. Sie versuchen, unser Land in eine Sintflut zu stürzen. Und das darf ihnen nicht gelingen.«

»Natürlich nicht«, meinte Scheepers.

De Klerk versank wieder in seinen Gedanken. Scheepers wartete schweigend.

»Jeden Tag rechne ich damit, daß ein verrückter Fanatiker zu mir vordringt«, sagte er nachdenklich. »Ich denke daran, was meinem Vorgänger Verwoerd passierte. Getötet im Parlament, durch einen Messerstich. Ich rechne damit, daß das wieder geschehen kann. Es schreckt mich nicht. Was mir dagegen angst macht, ist, daß es gerade jetzt kaum jemanden gibt, der meine Nachfolge antreten könnte.«

De Klerk betrachtete Scheepers mit einem schwachen Lächeln.

»Sie sind noch jung. Aber derzeit hängt die Zukunft dieses Landes von zwei alten Männern ab, von Mandela und mir. Deshalb wäre es gut, wenn wir beide noch eine Weile am Leben bleiben könnten.«

»Sollte man nicht Mandelas Personenschutz kräftig verstärken?« fragte Scheepers.

»Nelson Mandela ist ein ganz besonderer Mann«, erwiderte de Klerk. »Er mag Leibwächter nicht besonders. Das haben hervorragende Männer so an sich. Nehmen Sie nur de Gaulle. Deshalb muß das Ganze sehr diskret laufen. Aber ich habe natürlich angewiesen, daß seine Bewachung verstärkt wird. Es ist jedoch nicht nötig, daß er davon weiß.«

Die Audienz war vorüber.

»Zwei Tage«, erinnerte de Klerk noch einmal. »Nicht mehr.«

Scheepers stand auf und verbeugte sich.

»Noch etwas«, sagte de Klerk. »Sie sollten nicht vergessen, was mit van Heerden geschehen ist. Seien Sie vorsichtig.«

Erst als Georg Scheepers die Regierungskanzlei verlassen hatte, wurde ihm bewußt, was Präsident de Klerk gesagt hatte. Auch über ihn wachten unsichtbare Augen. Kalter Schweiß lief ihm über den Rücken, als er sich ins Auto setzte und nach Hause fuhr.

Wieder dachte er an die Löwin, die beinahe weiß ausgesehen hatte in dem kalten und klaren Mondlicht.

24

Kurt Wallander hatte sich den Tod immer schwarz vorgestellt.

Jetzt, da er am Strand stand, in Nebel gehüllt, begriff er, daß der Tod jede Farbe annehmen konnte. Hier war er weiß. Der Nebel schloß ihn ganz ein, er meinte die Wellen schwach gegen den Strand lecken zu hören, aber auf den Nebel kam es an, der verstärkte sein Gefühl der Ausweglosigkeit.

Als er oben auf dem Übungsgelände gestanden hatte, umgeben von den unsichtbaren Schafen, und alles vorüber war, war in seinem Kopf für keinen einzigen klaren Gedanken Platz gewesen. Er wußte, daß Victor Mabasha tot war, daß er selbst einen Menschen getötet hatte und daß Konovalenko wieder einmal entkommen war, verschluckt von all dem Weißen, das sie umgab. Svedberg und

Martinson waren im Nebel aufgetaucht wie ihre eigenen Gespenster. An ihren Gesichtern hatte er sein eigenes Entsetzen darüber ablesen können, daß neben ihm tote Menschen lagen. Er hatte einerseits für immer fliehen, andererseits die Verfolgung Konovalenkos aufnehmen wollen, beides zur selben Zeit. An das, was in diesem Moment geschah, erinnerte er sich später, als ob er daneben gestanden hätte. Es war ein anderer Wallander, der da stand und seine Waffen schwenkte. Das war er nicht, das war jemand, der vorübergehend von ihm Besitz ergriffen hatte. Erst als er Martinson und Svedberg zugerufen hatte, sie mögen sich heraushalten, dann den Hang hinuntergerutscht und -gestolpert war und einsam im Nebel gestanden hatte, war ihm langsam klargeworden, was geschehen war. Victor Mabasha war tot, in die Stirn geschossen, auf dieselbe Art und Weise wie Louise Akerblom. Der fette Mann war zusammengezuckt und hatte die Arme emporgeworfen. Auch er war tot, und Wallander hatte ihn erschossen.

Er schrie auf, wie ein einsames menschliches Nebelhorn. Es gibt kein Zurück, dachte er verzweifelt. Ich werde in diesem Nebel wie in einer Wüste verschwinden. Wenn er sich auflöst, gibt es mich nicht mehr.

Er hatte versucht, die Reste Vernunft zu mobilisieren, über die er noch meinte verfügen zu können. Kehr um, dachte er. Geh zurück zu den toten Männern. Dort sind deine Kollegen. Zusammen könnt ihr nach Konovalenko suchen.

Dann lief er davon. Er konnte nicht umkehren. Wenn er eine Pflicht hatte, dann die, Konovalenko zu stellen, ihn zu töten, wenn es sich nicht vermeiden ließ, ihn aber in jedem Fall festzunehmen und Björk zu übergeben. Anschließend würde er schlafen, und beim Erwachen wäre der Alptraum vorüber. Aber das war nicht wahr. Den Alptraum würde es weiter geben. Als er Rykoff erschoß, hatte er eine Tat begangen, die ihn für immer verfolgen würde. Also konnte er genausogut Konovalenko auf den Fersen bleiben. Dunkel ahnte er, daß er bereits jetzt nach einer Möglichkeit suchte, Rykoffs Tod zu sühnen.

Irgendwo im Nebel war Konovalenko. Vielleicht ganz in der Nähe. Ohnmächtig feuerte Wallander einen Schuß blind in all das Weiße, als versuchte er, den Nebel zu teilen. Er strich das verschwitzte Haar zurück, das ihm auf der Stirn klebte. Da merkte er, daß er blutete. Er mußte sich geschnitten haben, als Rykoff in der Mariagatan die Fensterscheiben zerschoß. Er betrachtete seine Kleidung, sie war blutbesudelt. Es tropfte auf den Sand hinunter. Er blieb reglos stehen und wartete, bis seine Atemzüge ruhiger wurden. Dann ging er weiter. Er konnte Konovalenkos Spur im Sand verfolgen. Die Pistole hatte er in den Gürtel gesteckt. Das Schrotgewehr hielt er entsichert und schußbereit in Hüfthöhe. Die Fußabdrücke verrieten ihm, daß Konovalenko schnell flüchtete, beinahe rannte. Er beeilte sich, blieb wie ein Hund auf der Fährte. Der dichte Nebel gab ihm plötzlich das Gefühl, der Sand würde sich bewegen, während er stillstand. Gleichzeitig sah er, daß Konovalenko stehengeblieben war. Er hatte sich umgedreht, bevor er weiterrannte, jetzt in eine andere Richtung. Die Spur führte wieder den Hang hinauf. Wenn sie grasbewachsenen Boden erreichte, würde er ihr nicht mehr folgen können, das war Wallander klar. Er kletterte hinauf und merkte, daß er sich am östlichen Ende des Übungsgeländes befand. Er hielt an und lauschte. Aus weiter Entfernung hörte er eine Sirene. Dann blökte ganz in der Nähe ein Schaf. Wieder war es still. Er folgte dem Zaun nach Norden. Es war der einzige Richtungshinweis. Jeden Augenblick, so dachte er, konnte Konovalenko im Nebel auftauchen. Wallander versuchte sich vorzustellen, wie es wohl war, wenn man in den Kopf geschossen wurde. Aber er fühlte nichts. Der Sinn seines Lebens bestand derzeit ausschließlich darin, dem Zaun zu folgen. Irgendwo war Konovalenko mit seiner Waffe, und er würde ihn finden.

Als Wallander die Straße nach Sandhammaren erreichte, gab es nichts als Nebel. Auf der gegenüberliegenden Seite glaubte er die Silhouette eines Pferdes zu erkennen, das reglos und mit gespitzten Ohren dastand.

Dann stellte er sich mitten auf die Straße und pißte. Entfernt hörte er ein Auto auf der Straße nach Kristianstad.

Er lief weiter, in Richtung Kaseberga. Konovalenko war verschwunden. Wieder einmal war er entkommen. Wallander wanderte ohne Ziel. Es war leichter, zu gehen, als still zu stehen. Er wünschte, Baiba Liepa würde sich aus all dem Weißen lösen und ihm entgegenkommen. Aber niemand war in seiner Nähe. Es gab nur ihn und den feuchten Asphalt.

Ein Fahrrad stand gegen die Reste eines Melkschemels gelehnt. Da es nicht angeschlossen war, ging Wallander davon aus, daß jemand es für ihn hingestellt hatte. Er klemmte das Schrotgewehr auf den Gepäckträger und radelte davon. Sobald als möglich bog er von der Asphaltstraße ab und fuhr verschiedene Sandwege entlang, die sich kreuzten. Schließlich kam er an das Haus seines Vaters. Alles war dunkel, bis auf eine einsame Lampe über der Tür. Er stand still und lauschte. Dann versteckte er das Fahrrad hinter dem Nebengebäude. Vorsichtig lief er über den Kies. Er wußte, wo sein Vater einen Ersatzschlüssel liegen hatte, in einem kaputten Blumentopf an der Außentreppe, die in den Keller hinunterführte. Er schloß das Atelier des Vaters auf. Es gab da einen Innenraum ohne Fenster, wo Farben und alte Leinwände verwahrt wurden. Er zog die Tür hinter sich zu und schaltete die Lampe ein. Das Licht der Glühbirne verwirrte ihn, als hätte er den Nebel auch hier erwartet. Unter dem kalten Strahl des Wasserhahns versuchte er, sich das Blut aus dem Gesicht zu waschen. In einer gesprungenen Spiegelfliese an der Wand konnte er sich betrachten. Er erkannte seine eigenen Augen nicht wieder. Sie waren aufgerissen, blutunterlaufen, flackerten ängstlich. Er kochte Kaffee auf der schmutzigen elektrischen Kochplatte. Es war vier Uhr morgens. Er wußte, daß sein Vater für gewöhnlich um halb sechs aufstand. Bis dahin mußte er weg sein. Was er jetzt brauchte, war ein Versteck. Verschiedene Alternativen, alle gleichermaßen unmöglich, gingen ihm durch den Kopf. Aber schließlich fiel ihm ein, was er tun würde. Er trank seinen Kaffee aus und verließ das Atelier, überquerte den Hof und schloß vorsichtig die Haustür auf. Er stand im Flur und spürte den muffigen Altmännergeruch in der Nase. Dann lauschte er. Alles war ruhig. Er ging vorsichtig in die Küche, wo das Telefon stand, und zog die Tür hinter sich zu. Zu seinem Erstaunen erinnerte er sich an die Telefonnummer. Die Hand auf dem Hörer, überlegte er, was er sagen sollte. Dann wählte er die Nummer.

Sten Widen meldete sich fast unmittelbar. Wallander hörte, daß er bereits wach gewesen war. Pferdenarren stehen zeitig auf, dachte er.

»Sten? Hier ist Kurt Wallander.«

Sie waren einmal sehr enge Freunde gewesen. Wallander wußte, daß Widen es sich niemals anmerken ließ, wenn er überrascht war.

»Ich höre es. Du rufst vier Uhr morgens an?«

»Ich brauche deine Hilfe.«

Sten Widen sagte nichts. Er wartete auf eine Fortsetzung.

»An der Straße nach Sandhammaren«, fuhr Wallander fort. »Du mußt mich abholen. Ich muß mich bei dir eine Weile verstecken. Mindestens ein paar Stunden.«

»Wo?«

Dann begann er zu husten. Er raucht immer noch seine starken Zigarillos, dachte Wallander.

»Ich erwarte dich an der Abzweigung nach Kaseberga. Was für ein Auto hast du?«

»Einen alten Duett.«

»Wie lange brauchst du?«

»Es herrscht dichter Nebel. Fünfundvierzig Minuten. Vielleicht ein bißchen weniger.«

»Ich werde dort sein. Danke für deine Hilfe.«

Er legte auf und verließ die Küche. Dann konnte er der Versuchung nicht widerstehen. Er ging ins Wohnzimmer hinüber, wo der alte Fernseher stand, und zog vorsichtig den Vorhang zum Gästezimmer zur Seite, wo seine Tochter schlief. In dem schwachen Schein, den die Küchenlampe bis hierhin warf, sah er ihr Haar, die Stirn und ein Stück von der Nase. Sie schlief tief und fest.

Dann verließ er das Haus und beseitigte im Innenraum des Ateliers die Spuren seiner Anwesenheit. Er radelte zur Hauptstraße und bog nach rechts ab. Als er an die Abzweigung nach Kaseberga kam, stellte er das Fahrrad hinter einer Baracke ab, die dem Televerket gehörte, zog sich in den Schatten zurück und wartete. Der Nebel war gleichmäßig dicht. Plötzlich fuhr ein Polizeiauto in Richtung Sandhammaren vorüber. Wallander glaubte Peters hinter dem Lenkrad zu erkennen.

Er dachte an Sten Widen. Es war über ein Jahr her, daß sie sich zuletzt getroffen hatten. Im Zusammenhang mit einer Ermittlung war Wallander der Einfall gekommen, ihn auf seinem Gestüt nahe der Burgruine von Stjärnsund zu besuchen. Dort trainierte er eine Anzahl Galopppferde. Er lebte allein, trank vermutlich zuviel und zu oft und hatte unklare Beziehungen zu seinen weiblichen Angestellten. Einst hatten sie einen gemeinsamen Traum gehabt. Sten Widen sang einen guten Bariton. Er wollte Opernsänger werden, Wallander sein Impresario. Aber der Traum glitt ihnen aus den Händen, ihre Freundschaft verblaßte, um schließlich ganz zu vergehen.

Dennoch ist er der vielleicht einzige richtige Freund, den ich je hatte, dachte Wallander, während er im Nebel wartete. Abgesehen einmal von Rydberg. Aber das war etwas anderes. Wir wären einander niemals nähergekommen, wenn wir nicht beide Polizisten gewesen wären.

Nach vierzig Minuten glitt der weinrote Duett durch den Nebel heran. Wallander kam hinter der Baracke hervor und stieg ein. Sten Widen betrachtete sein Gesicht, blutbefleckt, schmutzig. Aber er zeigte wie immer kein Erstaunen.

»Ich berichte dir später«, sagte Wallander.

»Wann du willst«, erwiderte Sten Widen. Ein Zigarillo hing ihm unangezündet im Mundwinkel, er roch nach Alkohol.

Sie kamen an dem Übungsgelände vorbei. Wallander kroch in sich zusammen und machte sich unsichtbar. Am Straßenrand standen viele Polizeiwagen. Sten Widen bremste, hielt aber nicht an. Die Straße war frei, es gab keine Absperrungen. Er sah zu Wallander hinüber, der sich zu verstecken versuchte. Aber er sagte nichts. Sie passierten Ystad, Skurup und nahmen die linke Abfahrt nach Stjärnsund. Der Nebel war immer noch unverändert dicht, als sie auf den Hof des Gestüts fuhren. Ein etwa siebzehnjähriges Mädchen stand gähnend und rauchend vor dem Stall.

»Man hat mein Gesicht in Presse und Fernsehen gebracht«, erklärte Wallander. »Ich will am liebsten anonym bleiben.«

»Ulrika liest keine Zeitungen. Wenn sie den Fernseher einschaltet, dann nur, um Videos zu gucken. Ich habe noch ein Mädchen, Kristina. Sie sagt auch nichts.«

Sie gingen in das verwahrloste, chaotische Haus. Wallander hatte das Gefühl, daß sich seit seinem letzten Besuch nichts verändert hatte. Sten Widen fragte, ob er hungrig sei. Wallander nickte, und sie setzten sich in die Küche. Er aß ein paar Stullen und trank Kaffee. Dann und wann verschwand Widen in den angrenzenden Raum. Immer, wenn er zurückkam, wurde der Alkoholgeruch stärker.

»Danke, daß du mich abgeholt hast.«

Sten Widen zuckte die Schultern.

»Nichts zu danken.«

»Ich brauche ein paar Stunden Schlaf. Dann werde ich dir alles erzählen.«

»Ich muß mich um die Pferde kümmern. Du kannst hier drinnen schlafen.«

Er stand auf, und Wallander folgte ihm. Nun spürte er, wie müde er war. Sten Widen zeigte ihm einen kleinen Raum, in dem ein Sofa stand.

»Ich bin nicht sicher, ob ich saubere Laken habe. Aber eine Decke und ein Kopfkissen kannst du kriegen.«

»Das ist mehr als genug.«

»Du weißt, wo das Bad ist?«

Wallander nickte. Er erinnerte sich.

Er zog die Schuhe aus. Auf dem Fußboden knirschte Sand. Die Jacke warf er über einen Stuhl. Dann legte er sich hin. Sten Widen stand in der Tür und sah ihm zu.

»Wie geht es dir?« fragte Wallander.

»Ich habe wieder zu singen begonnen.«

»Davon mußt du mir erzählen.«

Sten Widen verließ das Zimmer. Wallander hörte draußen auf dem Hof ein Pferd wiehern. Bevor er einschlief, dachte er, daß Sten Widen derselbe geblieben war. Dieselben strubbeligen Haare, dasselbe trockene Ekzem im Nacken.

Dennoch hatte sich etwas verändert.

Als er aufwachte, wußte er zuerst nicht, wo er sich befand. Er hatte Kopfschmerzen, der ganze Körper tat ihm weh. Er befühlte seine Stirn und stellte fest, daß er Fieber hatte. Er lag ruhig unter der Decke, die nach Pferd roch. Als er auf die Uhr sehen wollte, merkte er, daß er sie in der Nacht verloren haben mußte. Er stand auf und ging hinaus in die Küche. Eine Wanduhr zeigte an, daß es halb zwölf war. Er hatte über vier Stunden geschlafen. Der Nebel hatte sich gelichtet, war aber noch nicht ganz verschwunden. Er goß sich eine Tasse Kaffee auf und setzte sich an den Küchentisch. Dann erhob er sich wieder und öffnete die verschiedenen Küchenschränke, bis er eine Packung Schmerztabletten fand. Kurz darauf klingelte das Telefon. Wallander hörte, wie Sten Widen hereinkam und antwortete. Es ging um Heu. Der Preis für eine Lieferung wurde diskutiert. Als das Gespräch beendet war, kam er in die Küche.

»Wach?« erkundigte er sich.

»Ich brauchte den Schlaf.«

Dann berichtete er, was passiert war. Sten Widen hörte zu, ohne eine Miene zu verziehen. Wallander begann mit Louise Akerbloms Verschwinden. Er sprach über den Mann, den er getötet hatte.

»Ich mußte verschwinden. Ich weiß, daß meine Kollegen jetzt nach mir suchen. Aber ich muß ihnen eine Notlüge servieren. Daß ich bewußtlos in einem Gebüsch gelegen habe. Aber um eine Sache will ich dich bitten. Ruf bitte meine Tochter an und sage ihr, daß ich wohlauf bin. Und daß sie bleiben soll, wo sie ist.«

»Aber ich soll nicht sagen, wo du bist?«

»Nein. Noch nicht. Aber sie muß sicher sein.«

Sten Widen nickte. Wallander gab ihm die Nummer. Er bekam jedoch keine Verbindung.

»Du mußt es immer wieder versuchen.«

Eines der Pferdemädchen kam in die Küche. Wallander nickte ihr zu, und sie sagte, sie heiße Kristina.

»Fahr los, Pizza holen«, wies Sten Widen an. »Und kauf auch ein paar Zeitungen. Wir haben keinen Bissen im Haus.«

Sten Widen gab dem Mädchen Geld. Der Duett startete draußen auf dem Hof und entfernte sich.

»Du sagtest, du hast wieder mit dem Singen angefangen?«

Zum ersten Mal lächelte Sten Widen. Wallander erinnerte sich an dieses Lächeln, aber es war viele Jahre her, seit er es zuletzt gesehen hatte.

»Ich bin dem Kirchenchor von Svedala beigetreten. Manchmal singe ich allein auf Begräbnissen. Ich habe entdeckt, daß es mir gefehlt hat. Aber die Pferde sind nicht begeistert, wenn ich im Stall singe.«

»Brauchst du einen Impresario? Ich weiß nicht, wie ich nach all dem als Polizist weitermachen kann.«

»Du hast in Notwehr getötet. Ich hätte genauso gehandelt. Sei froh, daß du eine Waffe zur Hand hattest.«

»Ich glaube, keiner kann verstehen, wie einem zumute ist.«

»Das geht vorüber.«

»Niemals.«

»Alles geht vorüber.«

Sten Widen versuchte noch einmal anzurufen. Immer noch keine Antwort. Wallander ging ins Bad und duschte. Er lieh sich von Sten ein Hemd. Auch das roch nach Pferd.

»Wie geht es?« fragte er.

»Wie meinst du das?«

»Mit den Pferden.«

»Ich habe eines, das gut ist. Drei andere können es vielleicht werden. Aber Nebel ist begabt, eine Stute. Sie bringt ihr Geld wieder rein. Vielleicht kann sie das Derby in diesem Jahr für sich entscheiden.«

»Heißt sie Nebel?«

»Ja, wieso?«

»Ich denke an heute nacht. Hätte ich ein Pferd gehabt, hätte ich Konovalenko vielleicht eingeholt.«

»Nicht mit Nebel. Sie wirft jeden ab, den sie nicht kennt. Talentierte Pferde sind oft störrisch. Wie Menschen. Egozentrisch und launisch. Manchmal frage ich mich, ob sie nicht vielleicht einen Spiegel in die Box haben will. Aber sie galoppiert schnell.«

Das Mädchen Kristina kam mit Pizzakartons und einigen Zeitungen zurück. Dann ging sie wieder.

»Will sie nichts essen?« fragte Wallander.

»Sie sitzen draußen im Stall. Wir haben eine kleine Kochecke dort.« Er nahm die oberste Zeitung vom Stapel und blätterte. Eine Seite fesselte seine Aufmerksamkeit.

»Hier steht was über dich«, sagte er.

»Ich will es lieber nicht hören. Noch nicht.«

Als Sten Widen zum dritten Mal anrief, nahm jemand ab. Es

war Linda, nicht der Vater. Wallander konnte hören, wie sie hartnäckig eine Frage nach der anderen stellte. Aber Sten Widen sagte nur, was ihm aufgetragen war.

»Sie war sehr erleichtert«, teilte er mit, als er aufgelegt hatte. »Sie hat versprochen, zu bleiben, wo sie ist.«

Sie aßen Pizza. Eine Katze sprang auf den Tisch. Wallander gab ihr einen Bissen. Er stellte fest, daß selbst sie nach Pferd roch. »Der Nebel lichtet sich«, stellte Sten Widen fest. »Habe ich dir eigentlich mal erzählt, daß ich in Südafrika war? Fällt mir gerade so ein, weil du dieses Land erwähntest.«

»Nein, das wußte ich nicht.«

»Als es nichts wurde mit der Karriere als Opernsänger, fuhr ich einfach fort. Ich wollte weg von allem, du weißt ja. Großwildjäger werden, oder in Kimberley Diamanten suchen. Ich muß darüber gelesen haben. Und ich fuhr einfach fort. Ich kam nach Kapstadt und blieb drei Wochen, dann hatte ich genug. Ich floh, kehrte zurück. Danach kamen die Pferde, als Vater starb.«

»Floh?«

»Wie sie die Schwarzen behandelten. Ich schämte mich. In ihrem eigenen Land liefen sie mit gesenktem Kopf herum und baten um Verzeihung, daß es sie gab. Das war das Schlimmste, was ich da erlebt habe. Ich werde es nie vergessen.«

Er wischte sich den Mund ab und ging hinaus. Wallander dachte über seine Worte nach. Dann wurde ihm klar, daß er bald zur Polizei nach Ystad fahren mußte.

Er ging in das Zimmer, in dem das Telefon stand. Dort fand er, was er suchte, eine halbleere Whiskyflasche. Er schraubte den Verschluß ab und nahm einen ordentlichen Schluck, dann noch einen. Durch das Fenster sah er Sten Widen auf einem Braunen vorbeireiten.

Erst ist eingebrochen worden, dachte er. Dann sprengen sie meine Wohnung in die Luft. Was kommt als nächstes?

Er legte sich wieder auf das Sofa und zog die Decke bis zum Kinn. Das Fieber hatte er sich eingebildet, die Kopfschmerzen waren vergangen. Bald mußte er wieder auf den Beinen sein.

Victor Mabasha war tot. Konovalenko hatte ihn erschossen. Der Mordfall Louise Akerblom zog weitere Leichen nach sich. Er sah keinen Ausweg. Wie sollten sie Konovalenko je erwischen können?

Nach einer Weile schlief er ein. Erst vier Stunden später wachte er auf.

Sten Widen saß in der Küche und las in einer Abendzeitung.

»Du wirst gesucht«, verkündete er.

Wallander sah ihn verständnislos an.

»Wer?«

»Du. Du wirst gesucht. Landesweiter Alarm wurde ausgelöst. Außerdem kann man zwischen den Zeilen herauslesen, daß du vorübergehend geistig verwirrt bist.«

Wallander griff sich die Zeitung. Ein Foto zeigte ihn gemeinsam mit Björk.

Sten Widen hatte keinen Scherz gemacht. Man fahndete nach ihm, nach ihm und Konovalenko. Außerdem wurde er verdächtigt, nicht ganz zurechnungsfähig zu sein.

Wallander sah Sten Widen entsetzt an.

»Ruf meine Tochter an«, stieß er hervor.

»Das habe ich bereits getan. Und ich habe ihr gesagt, daß du nach wie vor sehr wohl bei Verstand bist.«

»Hat sie dir geglaubt?«

»Ja, sie glaubte mir.«

Wallander saß wie versteinert. Dann entschied er sich. Er würde die Rolle spielen, die sie ihm zugewiesen hatten. Ein Kriminalkommissar aus Ystad, zeitweise aus dem Gleichgewicht geraten, verschwunden und gesucht. Das gab ihm, was er vor allem brauchte.

Zeit.

Als Konovalenko Wallander im Nebel am Meer entdeckte, auf dem Gelände, wo die Schafe weideten, erkannte er verwundert, daß er auf einen ebenbürtigen Gegner gestoßen war. Es war im selben Augenblick, als Victor Mabasha nach hinten fiel und starb, ehe er den Boden erreicht hatte. Konovalenko vernahm ein Gebrüll aus dem Nebel, er drehte sich um; gleichzeitig ging er in Deckung. Und da sah er ihn, den rundlichen Provinzpolizisten, der ihn immer wieder herausgefordert hatte. Konovalenko begriff jetzt, daß er ihn unterschätzt hatte. Er registrierte, wie Rykoff von zwei Kugeln getroffen wurde, die ihm den Brustkorb aufrissen. Den toten Afrikaner als Schutzschild nutzend, zog sich Konovalenko den Hang in Richtung Strand hinunter zurück. Er wußte, Wallander würde ihm folgen. Er würde nicht aufgeben, und jetzt war klar, daß er ein gefährlicher Gegner war.

Konovalenko rannte den Strand entlang durch den Nebel. Gleichzeitig rief er über sein Mobiltelefon Tania an. Sie wartete mit dem Auto am Marktplatz von Ystad. Er erreichte die Umzäunung des Übungsgeländes, wandte sich in Richtung der Straße und entdeckte ein Schild, auf dem Kaseberga stand. Über Telefon dirigierte er Tania aus Ystad herbei, indem er ständig Kontakt mit ihr unterhielt. Immer wieder ermahnte er sie, vorsichtig zu fahren. Er ließ nichts darüber verlauten, daß Vladimir tot war. Das würde sie noch früh genug erfahren. Die ganze Zeit über spähte er über die Schulter. Wallander war irgendwo in der Nähe, und er war gefährlich, der erste schonungslose Schwede, den er je getroffen hatte. Gleichzeitig war er sich nicht sicher. Wallander war doch nur ein Provinzpolizist. Etwas an seinem Auftreten stimmte nicht.

Tania kam, Konovalenko übernahm das Steuer, und sie fuhren zurück zu dem Haus in der Nähe von Tomelilla.

»Wo ist Vladimir?« fragte sie.

»Er kommt später«, antwortete Konovalenko. »Wir mußten uns trennen. Ich hole ihn später ab.«

»Und der Afrikaner?«

»Tot.«

»Und der Polizist?«

Er antwortete nicht. Tania begriff, daß etwas schiefgegangen war. Konovalenko fuhr zu schnell. Er wirkte gehetzt, irgend etwas hatte ihn aus der gewohnten Ruhe gebracht.

Bereits da im Auto wurde Tania klar, daß Vladimir tot war. Aber sie sagte nichts, sie brach erst zusammen, als sie in das Haus kamen, wo Sikosi Tsiki auf einem Stuhl saß und sie ausdruckslos anstarrte. Da begann sie zu schreien. Konovalenko schlug sie, erst waren es Ohrfeigen, dann langte er härter zu. Aber sie schrie weiter, bis er sie zwingen konnte, starke Beruhigungstabletten einzunehmen, in einer Dosis, die sie sofort einschlafen ließ. Sikosi Tsiki saß die ganze Zeit reglos da und sah ihnen zu. Konovalenko hatte das Gefühl, auf einer Bühne zu stehen, mit Sikosi Tsiki als dem einzigen, aber aufmerksamen Zuschauer. Als Tania in dem Grenzland zwischen Tiefschlaf und Bewußtlosigkeit verschwunden war, wechselte Konovalenko die Kleider und goß sich ein Glas Wodka ein. Daß Victor Mabasha endlich tot war, gab ihm nicht die Befriedigung, die er erwartet hatte. Es löste die unmittelbaren praktischen Probleme, nicht zuletzt in seinem diffizilen Verhältnis zu Jan Kleyn. Aber er wußte, daß Wallander nicht lockerlassen würde.

Er würde nicht aufgeben, er würde die Spur erneut aufnehmen. Konovalenko trank noch ein Glas Wodka.

Der Afrikaner, der da sitzt, ist ein lautloses Tier, dachte er. Er sieht mich unablässig an, nicht freundlich, nicht unfreundlich, er schaut nur. Er sagt nichts, er fragt nichts. So würde er tagelang sitzen, wenn man es von ihm forderte.

Jedoch hatte Konovalenko ihm nichts zu sagen. Denn mit jeder Minute kam Wallander näher. Jetzt war seine eigene Initiative erforderlich. Die Vorbereitung des eigentlichen Auftrags, des Attentats in Südafrika, mußte noch warten.

Er kannte Wallanders Schwachpunkt. Dort wollte er ansetzen. Aber wo hielt sich die Tochter auf? Irgendwo in der Nähe, vermutlich in Ystad. Jedoch nicht in der Wohnung.

Es dauerte eine Stunde, bis er die Lösung gefunden hatte. Es war ein Plan mit vielen Risiken. Aber er hatte eingesehen, daß es gegen den außergewöhnlichen Polizisten Wallander keine einfachen Strategien gab.

Da Tania der Schlüssel zu seinem Plan war und sie noch viele Stunden schlafen würde, konnte er nur warten. Aber er vergaß keinen Augenblick, daß Wallander da draußen in Nebel und Dunkelheit war und immer näher kam.

»Ich weiß, daß der kräftige Mann nicht zurückkommt«, sagte Sikosi Tsiki plötzlich. Seine Stimme war sehr tief; er sprach englisch mit einem singenden Tonfall.

»Ich habe einen Fehler gemacht«, erwiderte Konovalenko. »Er war zu langsam. Er bildete sich vielleicht ein, es gäbe ein Zurück. Aber das gibt es nicht.«

Mehr sagte Sikosi Tsiki nicht in dieser Nacht. Er erhob sich und ging in sein Zimmer. Konovalenko dachte, daß ihm Jan Kleyns Ersatzmann trotz allem besser gefiel. Er würde es am nächsten Abend erwähnen, wenn er mit Südafrika telefonierte.

Er allein blieb wach. Die Gardinen waren zugezogen, und er füllte sein Glas mit Wodka.

Kurz vor fünf Uhr morgens legte er sich schlafen.

Tania kam am Samstag, dem 16. Mai, kurz vor ein Uhr nachmittags, zum Polizeigebäude von Ystad. Sie war immer noch benommen, sowohl vom Schock über Vladimirs Tod als auch von den Beruhigungsmitteln, die Konovalenko ihr gegeben hatte. Aber sie war auch entschlossen. Wallander hatte ihren Mann getötet, der Polizist, der sie in Hallunda besucht hatte. Konovalenko hatte Vladimirs Tod auf eine Weise beschrieben, die mit dem, was im Nebel tatsächlich geschehen war, keinesfalls übereinstimmte. Für Tania wurde Wallander zu einem Monster unbeherrschter, sadistischer Grausamkeit. Vladimirs wegen würde sie in der Rolle auftreten, die Konovalenko ihr zugedacht hatte. In der Perspektive wartete ein Augenblick, da es möglich sein würde, ihn zu töten.

Sie kam in den Empfang des Polizeigebäudes. Eine Frau hinter der Glasscheibe lächelte sie an.

»Kann ich helfen?«

»Ich möchte einen Einbruch in meinen Wagen anzeigen«, erklärte Tania.

»Ach je. Ich werde sehen, ob ich jemanden finde, der Sie empfangen kann. Das ganze Haus steht heute kopf.«

»Ich verstehe«, sagte Tania. »Es ist ja schlimm, was man so hört.«

»Ich habe nie geglaubt, daß Ystad einmal so etwas erleben würde«, bestätigte die Frau vom Empfang. »Aber man soll eben nie sicher sein.«

Sie versuchte es mit verschiedenen Anschlüssen. Schließlich antwortete jemand.

»Martinson? Kannst du einen Autoeinbruch übernehmen?«

Tania hörte eine aufgeregte Stimme im Hörer, abweisend, gestreßt. Aber die Frau gab nicht auf.

»Trotz allem müssen wir normal funktionieren«, beharrte sie. »Ich kann keinen anderen als dich erwischen. Und es dauert doch auch nicht lange.«

Der Mann am Telefon gab auf. »Sie können mit Kriminalinspektor Martinson sprechen«, erhielt Tania Bescheid. »Dritte Tür links.«

Tania klopfte an und trat ein. In dem Zimmer herrschte Chaos. Der Mann hinter dem Schreibtisch sah müde und gehetzt aus. Sein Arbeitsplatz war mit Papieren übersät. Er sah sie mit schlecht verhohlenem Ärger an. Aber er bot ihr an, Platz zu nehmen, und begann, in einer Schublade nach einem Formular zu suchen.

»Autoeinbruch?«

»Ja«, antwortete Tania. »Die Diebe nahmen das Radio.«

»Wie gewöhnlich.«

»Entschuldigung, aber könnte ich ein Glas Wasser bekommen? Ich habe einen ganz schlimmen Husten.«

Martinson sah sie erstaunt an.

»Ja, sicher. Wasser können Sie haben.«

Er erhob sich und verließ den Raum.

Tania hatte das Adreßverzeichnis bereits entdeckt, das auf dem Tisch lag. Sobald Martinson aus dem Zimmer war, griff sie danach und schlug unter dem Buchstaben W nach. Da standen Wallanders Privatnummer sowie die seines Vaters. Tania notierte sie sich schnell auf einem Zettel, den sie in die Manteltasche steckte. Dann legte sie das Telefonverzeichnis wieder zurück und sah sich um.

Martinson kehrte mit einem Glas Wasser und einer Tasse Kaffee zurück. Das Telefon klingelte, aber er legte den Hörer daneben. Dann stellte er seine Fragen, und sie beschrieb ihm den erfundenen Einbruch. Sie gab die Zulassungsnummer eines Wagens an, den sie im Stadtzentrum hatte parken sehen. Ein Radio war gestohlen worden, und eine Tasche mit Schnapsflaschen. Martinson schrieb, und zum Schluß bat er sie, die Anzeige durchzulesen und zu unterschreiben. Sie hatte sich Irma Alexanderson genannt und eine Adresse im Malmövägen angegeben. Sie reichte Martinson das Formular zurück. »Sie machen sich sicher große Sorgen wegen Ihres Kollegen«, sagte sie freundlich. »Wie hieß er doch gleich? Wallander?«

»Ja«, bestätigte Martinson. »Das ist nicht leicht.«

»Ich denke an seine Tochter«, fuhr sie fort. »Ich war einmal ihre Musiklehrerin. Aber sie zog ja dann nach Stockholm.«

Martinson betrachtete sie mit etwas gesteigertem Interesse.

»Sie ist jetzt wieder hier«, teilte er mit.

»Ach so? Da muß sie ja mächtig viel Glück gehabt haben, als die Wohnung anfing zu brennen.«

»Sie ist bei ihrem Großvater«, sagte Martinson und legte den Telefonhörer wieder auf.

Tania erhob sich.

»Ich will nicht länger stören. Danke für die Hilfe.«

»Nichts zu danken«, erwiderte Martinson und gab ihr die Hand.

Tania war sicher, daß er sie im selben Augenblick vergessen haben würde, in dem sie den Raum verließ. Die dunkle Perücke, die sie über ihrem blonden Haar trug, würde dafür sorgen, daß er sie nie wiedererkannte.

Sie nickte der Frau am Empfangsschalter zu, passierte eine Schar von Journalisten, die an einer bald beginnenden Pressekonferenz teilnehmen wollten, und verließ das Gebäude.

Konovalenko wartete in seinem Wagen an der Tankstelle an der Straße hinunter ins Zentrum. Sie stieg ein.

»Wallanders Tochter ist bei seinem Vater«, informierte sie ihn. »Ich habe seine Telefonnummer.«

Konovalenko sah sie an. Dann lächelte er.

»Dann haben wir sie«, sagte er ruhig. »Dann haben wir sie. Und wenn wir sie haben, haben wir auch ihn.«

25

Wallander träumte, daß er über Wasser ging.

Die Welt, in der er sich befand, war seltsam blau gefärbt. Der Himmel mit Wolkenfetzen war blau, ebenso der Waldrand und die Klippen, auf denen blaue Vögel saßen. Und dann das Meer, auf dessen Oberfläche er spazierte. Irgendwo in diesem Traum gab es auch Konovalenko. Wallander hatte seine Spur im Sand verfolgt. Aber dann war sie nicht in Richtung Steilhang verlaufen, sondern im Meer verschwunden. Im Traum war es selbstverständlich, daß er ihr folgte. Und er ging übers Wasser. Es war, als liefe man über eine dünne Schicht feiner Glassplitter. Die Wasseroberfläche war uneben. Aber sie trug sein Gewicht. Irgendwo hinter den blauen Schäreninseln, am Horizont, war Konovalenko.

Er erinnerte sich an den Traum, als er am Sonntag morgen des 17. Mai erwachte. Er lag bei Sten Widen zu Hause auf dem Sofa. Er tappte in die Küche und sah, daß es halb sechs war. Ein Blick in Sten Widens Schlafraum zeigte ihm, daß dieser bereits aufgestanden und zu den Pferden hinausgegangen war. Wallander goß sich eine Tasse Kaffee ein und setzte sich an den Küchentisch.

Am Abend zuvor hatte er versucht, wieder zu denken.

Seine Situation war ziemlich eindeutig. Er wurde gesucht, man fahndete nach ihm. Niemand glaubte, daß er ein Verbrechen begangen haben könnte. Aber er konnte verletzt oder tot sein. Außerdem hatte er seine Kollegen mit der Waffe bedroht und damit klargemacht, daß er seelisch aus dem Gleichgewicht war. Um Konovalenko ergreifen zu können, war es also notwendig, Kommissar Wallander aus Ystad ausfindig zu machen. Soweit war seine Situation klar. Am Tag zuvor, als Sten Widen ihm mitgeteilt hatte, was in den Abendzeitungen stand, hatte er sich entschlossen, die Rolle zu spielen, die ihm zugeteilt worden war. Das würde ihm Zeit verschaffen. Und die Zeit brauchte er, um Konovalenko zu finden und ihn, wenn notwendig, zu töten.

Wallander war klar, daß er ein Opfer anbot. Sich selbst. Er mißtraute den Möglichkeiten der Polizei, Konovalenko dingfest zu machen, ohne daß weitere Polizisten verletzt oder getötet wurden. Deshalb würde er es selbst übernehmen. Der Gedanke lähmte ihn. Aber er fühlte, daß er nicht davonlaufen konnte. Er mußte vollbringen, was er sich vorgenommen hatte, ohne Rücksicht auf die Konsequenzen.

Wallander hatte versucht, sich in Konovalenkos Gedanken hineinzuversetzen. Ihm war klargeworden, daß seine eigene Existenz

Konovalenko nicht gleichgültig sein konnte. Auch wenn Konovalenko ihn nicht als gleichwertigen Gegner ansah, mußte er doch begriffen haben, daß Wallander ein Polizist war, der eigene Wege ging und nicht zögerte, von der Waffe Gebrauch zu machen, wenn es darauf ankam. Das mochte ihm trotz allem einen gewissen Respekt verschafft haben, auch wenn Konovalenko im Innersten ahnte, daß die Voraussetzung an sich falsch war. Wallander war ein Polizist, der niemals ein unnötiges Risiko einging. Er war sowohl feige als auch vorsichtig. Seine primitiven Reaktionen zeigten jeweils an, daß er sich in einer verzweifelten Notsituation befand. Aber Konovalenko sollte ruhig mit der Vorstellung leben, daß ich ein anderer bin, hatte er gedacht.

Er hatte auch versucht, sich Konovalenkos Pläne vorzustellen. Er war nach Schonen zurückgekehrt und hatte seine Absicht verwirklichen können, Victor Mabasha zu töten. Wallander fiel es schwer zu glauben, daß er auf eigene Faust handelte. Er hatte Rykoff dabeigehabt. Aber wie war es ihm danach gelungen, ohne fremde Hilfe zu entkommen? Rykoffs Frau Tania war sicher in der Nähe, vielleicht auch weitere, unbekannte Helfer. Bereits früher hatten sie ein Haus unter falschem Namen gemietet. Möglicherweise versteckten sie sich wiederum in einem abgelegenen Haus auf dem Lande.

Als Wallander mit seinen Gedanken so weit gekommen war, merkte er, daß einige wichtige Fragen unbeantwortet geblieben waren.

Was wird eigentlich aus dem Attentat, dem eigentlichen Mittelpunkt all dieser Geschehnisse, jetzt, nach dem Tod Victor Mabashas? Was wird aus der unsichtbaren Organisation, die alle Fäden in der Hand hält, auch den, an dem Konovalenko hängt? Wird die Operation abgeblasen? Oder machen diese gesichtslosen Männer weiter?

Er trank seinen Kaffee und dachte, daß ihm tatsächlich nur eine Möglichkeit blieb, nämlich die, dafür zu sorgen, daß Konovalenko ihn wirklich fand. Als sie die Wohnung angegriffen hatten, waren sie auch auf der Jagd nach ihm gewesen. Die letzten Worte Victor Mabashas waren gewesen, er wüßte nicht, wo Wallander sich aufhalte. Das hatte Konovalenko wissen wollen.

Schritte näherten sich. Sten Widen kam herein.

Er trug einen schmutzigen Overall und lehmverschmierte Gummistiefel.

»Wir haben heute Renntag in Jägersro. Hast du Lust, mitzufahren?«

Wallander war einen kurzen Augenblick lang versucht, darauf einzugehen. Er begrüßte alles, was seine Gedanken ablenken konnte.

»Wird Nebel laufen?« erkundigte er sich.

»Sie wird laufen und gewinnen«, antwortete Sten Widen. »Aber ich bezweifle, daß sie bei den Wettern hoch im Kurs steht. Daher kannst du an ihr ein wenig Geld verdienen.«

»Wie kannst du so sicher sein, daß sie die beste ist?«

»Ihre Laune wechselt. Aber heute scheint sie Lust zu haben, ein Rennen zu laufen. Sie ist unruhig in der Box. Sie fühlt, daß es um etwas geht. Außerdem ist die Konkurrenz nicht sehr stark. Es sind ein paar Pferde aus Norwegen dabei, über die ich nicht soviel weiß. Aber ich glaube, die schlägt sie auch.«

»Wem gehört dieses Pferd eigentlich?«

»Einem Geschäftsmann namens Morell.«

Wallander reagierte auf den Namen. Er hatte ihn vor kurzem gehört, ohne sich an den Zusammenhang erinnern zu können.

»Ein Stockholmer?«

»Nein, aus Schonen. Er wohnt in Malmö.«

Da fiel es Wallander wieder ein. Peter Hanson und seine Pumpen. Ein Hehler namens Morell.

»Was für Geschäfte betreibt dieser Morell eigentlich?«

»Ich glaube, ehrlich gesagt, daß er ein ziemlich verdächtiger Typ ist. Es gibt da so Gerüchte. Aber er bezahlt seine Trainingsgebühren pünktlich. Ich kümmere mich nicht darum, wo das Geld herkommt.«

Wallander fragte nicht mehr.

»Ich glaube nicht, daß ich mitkomme«, erklärte er.

»Ulrika hat zum Essen eingekauft. Wir fahren in ein paar Stunden mit dem Pferdetransporter los. Du mußt dich selbst kümmern.«

»Und der Duett? Bleibt der hier?«

»Du kannst ihn dir gern ausleihen, wenn du willst. Aber tanke vorher auf. Ich vergesse das immer.«

Wallander sah zu, wie die Pferde in den Transporter verladen wurden. Kurz darauf fuhr er selbst vom Hof. Als er Ystad erreichte, riskierte er es, durch die Mariagatan zu fahren. Es sah ziemlich schlimm aus. Ein klaffendes Loch in der Wand, die Ziegel rundherum brandgeschwärzt, zeigte an, wo einmal sein Fenster gewesen war. Er hielt nur kurz an, bevor er die Stadt wieder verließ. Als er an dem Übungsgelände vorbeikam, sah er, daß weit draußen auf dem Feld ein Polizeiauto stand. Jetzt, da der Nebel verschwunden war, erschien ihm die Entfernung viel geringer, als er sie in Erinnerung hatte. Er fuhr weiter und bog in Kaseberga in Richtung Hafen ab. Ihm war klar, daß er riskierte, erkannt zu werden. Aber das Foto, das die Zeitungen gebracht hatten, war nicht besonders ähnlich. Das Problem war, daß er einen Bekannten treffen konnte. Er betrat eine Telefonzelle und rief seinen Vater an. Wie er gehofft hatte, war seine Tochter am Apparat.

»Wo bist du?« fragte sie. »Was tust du gerade?«

»Hör mir zu. Ist jemand in der Nähe?«

»Wer sollte denn hiersein? Opa malt.«

»Sonst niemand?«

»Niemand, ich sag es dir doch!«

»Die Polizei hat keine Bewachung geschickt? Kein Auto vor dem Haus?«

»Nilsons Traktor steht draußen auf dem Acker.«

»Niemand sonst?«

»Hier ist keiner, Papa. Hör jetzt auf mit den blöden Fragen.«

»Ich komme bald. Aber sag Opa nichts.«

»Hast du gesehen, was in den Zeitungen steht?«

»Wir sprechen später darüber.«

Er hängte auf und war froh darüber, daß noch nicht veröffentlicht worden war, daß er Rykoff getötet hatte. Selbst wenn die Polizei es bereits wußte, würde sie dichthalten, bis er wieder zurück war. Dessen war er sich sicher, nach all den Jahren als Mitglied im Polizeikorps.

Von Kaseberga fuhr er direkt zum Haus seines Vaters. Er stellte den Wagen unten an der Hauptstraße ab und ging das letzte Stück, wo er nicht riskierte, gesehen zu werden, zu Fuß.

Sie stand in der Tür und erwartete ihn. Als sie in den Flur traten, umarmte sie ihn. Sie standen schweigend. Was sie dachte, wußte er nicht. Aber für ihn war es eine Bestätigung, daß sie dabei waren, einander so nahe zu kommen, daß Worte nicht immer notwendig waren.

Sie setzten sich einander gegenüber an den Küchentisch.

»Opa kommt noch lange nicht herein«, versicherte sie. »Von seiner Arbeitsmoral kann ich einiges lernen.«

»Oder Bockigkeit.«

Beide brachen gleichzeitig in Gelächter aus.

Dann wurde er wieder ernst. Er berichtete ruhig, was passiert war und weshalb er sich entschieden hatte, die Rolle des gesuchten, halb unzurechnungsfähigen Polizisten auf der Flucht zu akzeptieren.

»Was glaubst du eigentlich, was du erreichen kannst, auf eigene Faust?«

Er wußte nicht, ob Besorgnis oder Mißtrauen in ihrem Kommentar dominierte.

»Ihn herauszulocken. Ich bin mir vollkommen im klaren darüber, daß ich keine Einmannarmee bin. Aber den ersten Schritt, das Ganze zu beenden, muß ich selber tun.«

Schnell, als wolle sie protestieren gegen das, was er gerade gesagt hatte, wechselte sie das Gesprächsthema.

»Mußte er sehr leiden? Victor Mabasha?«

»Nein. Es ging schnell. Ich glaube nicht, daß er begriffen hat, daß er sterben würde.«

»Was geschieht jetzt mit ihm?«

»Ich weiß nicht. Ich nehme an, er wird obduziert. Dann ist die Frage, ob seine Familie will, daß er hier oder in Südafrika begraben wird. Falls er von dort kommt.«

»Wer war er eigentlich?«

»Ich weiß nicht. Manchmal schien es mir, als hätte ich eine Art Kontakt zu ihm hergestellt. Aber dann entzog er sich mir wieder. Ich kann nicht sagen, daß ich weiß, was er im Innersten gedacht hat. Er war ein bemerkenswerter Mensch, äußerst kompliziert.

Wenn das Leben in Südafrika einen so prägt, möchte man es nicht einmal seinen Feinden wünschen.«

»Ich will dir helfen«, erklärte sie.

»Das kannst du auch. Ich will, daß du bei der Polizei anrufst und Martinson verlangst.«

»Das meine ich nicht. Ich wünschte mir, ich könnte etwas tun, was kein anderer kann.«

»So etwas kann man nicht vorausplanen. Es geschieht einfach, wenn es soweit ist.«

Sie rief im Polizeigebäude an und bat darum, mit Martinson sprechen zu dürfen. Aber die Zentrale konnte ihn nicht erreichen. Sie deckte den Hörer mit der Hand ab und fragte, was sie tun sollte. Wallander zögerte. Aber dann sah er ein, daß er keine Zeit verlieren durfte. Er bat sie, statt dessen nach Svedberg zu fragen.

»Er sitzt in einer Besprechung. Kann nicht weg«, teilte sie mit.

»Erklär, wer du bist. Sag, daß es wichtig ist. Er muß ans Telefon kommen.«

Es dauerte einige Minuten, bis Svedberg kam. Sie reichte ihrem Vater den Hörer.

»Ich bin es, Kurt. Aber laß dir nichts anmerken. Wo bist du gerade?«

»In meinem Büro«, antwortete Svedberg.

»Ist die Tür zu?«

»Warte.«

Wallander konnte hören, wie er die Tür zuwarf.

»Kurt«, sagte er. »Wo bist du?«

»An einem Ort, wo ihr mich niemals finden würdet.«

»Zum Teufel, Kurt!«

»Hör jetzt zu! Unterbrich mich nicht. Ich muß dich treffen. Aber nur unter der Voraussetzung, daß du niemandem etwas sagst. Nicht Björk, nicht Martinson, niemandem. Wenn du mir das nicht versprechen kannst, brechen wir das Gespräch sofort ab.«

»Wir sitzen gerade im Versammlungsraum und diskutieren, wie wir die Suche nach dir und Konovalenko intensivieren können. Das wird ein wenig absurd, wenn ich zurückkomme und nicht erzähle, daß ich soeben mit dir gesprochen habe.«

»Hilft nichts. Ich glaube, ich habe gute Gründe für das, was ich tue. Ich gedenke die Tatsache auszunutzen, daß ich gesucht werde.«

»Wie denn das?«

»Das werde ich dir erklären, wenn wir uns treffen. Entscheide dich jetzt!«

Es wurde still im Hörer. Wallander wartete. Er konnte nicht voraussagen, welche Antwort Svedberg geben würde.

»Ich komme«, sagte Svedberg schließlich.

»Sicher?«

»Ja.«

Wallander beschrieb den Weg nach Stjärnsund.

»In zwei Stunden. Schaffst du das?«

»Ich werde mir Mühe geben«, versicherte Svedberg.

Wallander beendete das Gespräch.

»Ich möchte, daß es jemanden gibt, der weiß, was ich tue«, erklärte er.

»Falls etwas passiert?«

Ihre Frage kam so plötzlich, daß Wallander keine ausweichende Antwort einfiel.

»Ja«, sagte er nur. »Falls etwas passiert.«

Er blieb noch auf eine Tasse Kaffee. Als es Zeit war zu gehen, zögerte er plötzlich.

»Ich will dich nicht noch mehr beunruhigen, aber du solltest dieses Haus in den nächsten Tagen nicht verlassen. Es wird nichts geschehen. Es geht mir wahrscheinlich nur darum, daß ich selbst nachts ruhig schlafen kann.«

Sie gab ihm einen Klaps auf die Wange.

»Ich werde hierbleiben. Mach dir keine Gedanken.«

»Nur noch ein paar Tage. Dann, glaube ich, wird dieser Alptraum vorüber sein. Dann werde ich mich daran gewöhnen, einen Menschen getötet zu haben.«

Er drehte sich um und ging, bevor sie etwas sagen konnte. Im Rückspiegel sah er, daß sie auf dem Weg stand und ihm nachschaute.

Svedberg war pünktlich.

Es war zehn Minuten vor drei, als er auf den Hof einbog. Wallander zog seine Jacke an und ging ihm entgegen. Svedberg sah ihn an und schüttelte den Kopf.

»Was machst du denn für Sachen?« fragte er vorwurfsvoll.

»Ich glaube, ich weiß, was ich tue«, erwiderte Wallander. »Aber danke, daß du gekommen bist.«

Sie gingen hinaus auf die Brücke, die über den alten Wallgraben der Burgruine führte. Svedberg blieb stehen, lehnte sich an das Brückengeländer und betrachtete gedankenvoll das fauliggrüne Wasser unter sich.

»Es fällt schwer zu begreifen, daß so etwas hier geschieht.«

»Ich bin inzwischen zu der Überzeugung gelangt, daß wir fast immer wider besseres Wissen leben«, philosophierte Wallander. »Wir glauben, wir können eine Entwicklung bremsen, indem wir uns weigern, sie zur Kenntnis zu nehmen.«

»Aber warum Schweden? Warum wählen sie gerade dieses Land als Ausgangspunkt?«

»Victor Mabasha hatte eine denkbare Erklärung.«

»Wer?«

Wallander merkte, daß Svedberg nicht wußte, wie der tote Afrikaner geheißen hatte. Er wiederholte seinen Namen. Dann fuhr er fort.

»Einerseits natürlich, weil Konovalenko sich hier aufhielt. Andererseits aber gewiß auch, um unsichtbar zu bleiben. Für die, die hinter dem Attentat stehen, ist es entscheidend, daß keine Spuren hinterlassen werden. Schweden ist ein Land, in dem man sich leicht verstecken kann. Es ist einfach, unbemerkt über die Grenzen zu gelangen, es ist unkompliziert zu verschwinden. Er hatte dafür ein Gleichnis. Er sagte, Südafrika sei ein Kuckuck, der seine Eier oft in fremde Nester lege.«

Sie spazierten weiter auf die seit langem in Trümmern liegende Burgruine zu. Svedberg sah sich um.

»Hier bin ich noch nie gewesen. Man fragt sich, wie es wohl als Polizist gewesen sein mag zu der Zeit, als die Burg noch stand.«

Sie liefen schweigend umher und betrachteten die Reste der einst hohen Mauern.

»Du mußt verstehen, daß Martinson und ich ziemlich erschüttert waren. Du warst blutverschmiert, deine Haare waren völlig zerzaust und du fuchteltest mit zwei Schießeisen herum.«

»Ja, das kann ich verstehen«, gab Wallander zu.

»Aber es war ein Fehler von uns, Björk zu erzählen, du hättest ausgesehen, als seiest du verrückt geworden.«

»Manchmal frage ich mich, ob ihr damit nicht recht hattet.«

»Was hast du vor?«

»Ich spiele den Lockvogel für Konovalenko. Ich glaube, das ist die einzige Möglichkeit, ihn dazu zu bringen, sein Versteck zu verlassen.«

Svedberg sah ihn ernst an.

»Was du tun willst, ist gefährlich.«

»Es ist weniger riskant, wenn man die Gefahr voraussehen kann«, versicherte Wallander und fragte sich gleichzeitig, was er mit seinen Worten eigentlich meinte.

»Du brauchst Rückendeckung.«

»Dann kommt er nicht. Es reicht nicht, ihn glauben zu machen, ich sei allein. Er wird es kontrollieren. Erst wenn er ganz sicher ist, wird er zuschlagen.«

»Zuschlagen?«

Wallander zuckte die Schultern.

»Er wird versuchen, mich zu töten. Aber ich werde dafür sorgen, daß es ihm nicht gelingt.«

»Und wie willst du das anstellen?«

»Das weiß ich noch nicht.«

Svedberg sah ihn besorgt an. Aber er sagte nichts.

Sie traten den Rückweg an. Auf der Brücke blieben sie wiederum stehen.

»Da ist etwas, worum ich dich bitten möchte«, sagte Wallander. »Ich mach mir Sorgen um meine Tochter. Konovalenko ist unberechenbar. Deshalb will ich, daß ihr sie bewacht.«

»Björk wird eine Erklärung verlangen.«

»Ich weiß. Deshalb bitte ich dich ja. Du kannst mit Martinson reden. Björk muß es gar nicht wissen.«

»Ich werde es versuchen. Ich verstehe deine Besorgnis.«

Sie gingen weiter, verließen die Brücke und stiegen den Hang hinauf.

»Martinson hatte übrigens gestern Besuch von jemandem, der deine Tochter kannte«, erzählte Svedberg, der das Gespräch gern auf ein weniger dramatisches Thema lenken wollte.

Wallander sah ihn erstaunt an.

»Zu Hause?«

»In seinem Dienstzimmer. Sie wollte einen Autoeinbruch melden. Sie war wohl einmal Lehrerin deiner Tochter. Ich erinnere mich nicht so genau.«

Wallander blieb abrupt stehen. »Noch mal. Was erzählst du da?«

Svedberg wiederholte.

»Wie hieß sie?«

»Weiß ich nicht.«

»Wie sah sie aus?«

»Da mußt du Martinson fragen.«

»Versuch dich genau zu erinnern, was er gesagt hat!«

Svedberg dachte nach.

»Wir tranken Kaffee. Martinson beklagte sich, daß er die ganze Zeit über gestört wurde. Er meinte, er würde Magengeschwüre bekommen von all der Arbeit, die sich angehäuft hatte. ›Wenn einem wenigstens die Autoeinbrüche erspart blieben. Ich hatte übrigens gerade eine Dame zu Besuch. Jemand hat ihren Wagen ausgeräumt. Sie erkundigte sich nach Wallanders Tochter. Ob sie immer noch in Stockholm wohnen würde.‹ So ungefähr drückte er sich aus.«

»Was hat Martinson ihr geantwortet? Sagte er ihr, daß meine Tochter hier ist?«

»Ich weiß nicht.«

»Wir müssen Martinson anrufen«, stieß Wallander aufgeregt hervor. Er beeilte sich, das Wohnhaus zu erreichen. Bald rannte er. Svedberg blieb ihm auf den Fersen.

»Ruf Martinson an«, bat Wallander, als sie im Haus waren. »Frag ihn, ob er gesagt hat, wo sich meine Tochter jetzt gerade aufhält. Bring in Erfahrung, wie diese Frau hieß. Wenn er fragt, warum du das wissen willst, sag ihm, daß du es ihm später erklären wirst.«

Svedberg nickte.

»Du glaubst nicht an den Autoeinbruch?«

»Ich weiß nicht. Aber ich will kein Risiko eingehen.«

Svedberg hatte Martinson sofort am Apparat. Er machte sich ein paar Notizen auf der Rückseite eines Zettels. Wallander konnte hören, daß Martinson ziemlich verständnislos auf Svedbergs Fragen reagierte.

Als das Gespräch vorüber war, hatten sich Wallanders Befürchtungen auch auf Svedberg übertragen.

»Er hat bestätigt, daß er es gesagt hat.«

»Was gesagt?«

»Daß sie bei deinem Vater draußen in Österlen wohnt.«

»Warum hat er das getan?«

»Sie fragte danach.«

Wallander sah auf die Küchenuhr.

»Du mußt anrufen. Es kann sein, daß mein Vater abnimmt. Er ist wahrscheinlich gerade drinnen und ißt. Bitte ihn, er möge meine Tochter holen. Dann übernehme ich das Gespräch.«

Wallander gab ihm die Nummer. Es klingelte lange, bis jemand abnahm. Es war Wallanders Vater. Svedberg fragte nach der Tochter. Nach der Antwort legte er hastig auf.

»Sie ist mit dem Fahrrad zum Strand.«

Wallander spürte, wie sich sein Magen zusammenzog.

»Ich habe ihr doch gesagt, sie soll im Haus bleiben.«

»Vor einer halben Stunde.«

Sie nahmen Svedbergs Wagen und fuhren schnell. Wallander schwieg. Ab und zu sah Svedberg zu ihm hinüber. Aber er sagte nichts.

Sie kamen zur Abzweigung nach Kåseberga.

»Fahr weiter«, wies Wallander an. »Nächste Abfahrt.«

Sie parkten so weit wie möglich draußen. Andere Autos waren nicht zu sehen. Wallander rannte zum Strand hinunter, Svedberg hinterher. Der Strand war leer. Wallander fühlte, wie Panik ihn erfaßte. Wieder spürte er den Atem des unsichtbaren Konovalenko im Nacken.

»Sie kann sich in den Windschatten einer Sanddüne gelegt haben.«

»Bist du sicher, daß sie hier ist?« fragte Svedberg.

»Das hier ist ihr Strand. Wenn sie baden geht, dann hier. Wir müssen in beiden Richtungen suchen.«

Svedberg lief zurück in Richtung Kaseberga, während Wallander nach Osten marschierte. Er versuchte sich einzureden, daß seine Unruhe unbegründet war. Nichts war ihr geschehen. Aber er verstand nicht, warum sie nicht wie versprochen im Haus geblieben war. Hatte sie den Ernst der Lage nicht begriffen? Trotz allem, was passiert war?

Ab und zu drehte er sich um und schaute in Svedbergs Richtung. Ohne Erfolg.

Wallander mußte plötzlich an Robert Akerblom denken. Er hätte in dieser Situation ein Gebet gesprochen, sagte er zu sich selbst. Aber ich habe keinen Gott, zu dem ich beten kann. Ich habe nicht einmal Geister, wie Victor Mabasha. Ich habe meine eigenen Freuden und Leiden, das ist alles.

Oben auf den Klippen stand ein Mann mit einem Hund und sah aufs Meer hinaus. Wallander fragte, ob er ein Mädchen allein am Strand spazierengehen gesehen habe. Aber der Mann schüttelte den Kopf. Er sei jetzt zwanzig Minuten mit dem Hund am Strand und die ganze Zeit allein gewesen.

»Haben Sie vielleicht einen Mann gesehen?« erkundigte sich Wallander und beschrieb Konovalenko.

Wieder schüttelte der Mann den Kopf.

Wallander ging weiter. Er fror, obwohl der Wind frühlingshaft warm war. Er beschleunigte den Schritt. Der Strand schien sich unendlich zu dehnen. Dann drehte er sich wieder um. Svedberg war weit entfernt. Aber Wallander sah, daß jemand neben ihm stand. Und Svedberg begann plötzlich zu winken.

Wallander rannte den ganzen Weg zurück. Als er Svedberg und seine Tochter erreichte, war er ausgepumpt. Er sah sie wortlos an und wartete, bis er wieder zu Atem kam.

»Du solltest doch das Haus nicht verlassen. Trotzdem hast du es getan?«

»Ich dachte, daß ein Spaziergang am Strand wohl nicht gefährlich ist. Nicht, solange es hell ist. Wenn etwas geschieht, dann doch sicher nachts, oder?«

Sie nahmen auf dem Rücksitz Platz, während Svedberg sich ans Steuer setzte.

»Was soll ich Opa sagen?« fragte sie.

»Nichts. Ich werde heute abend mit ihm reden. Morgen spielen wir Karten zusammen, da freut er sich.«

Sie verabschiedeten sich auf der Straße unweit vom Haus.

Svedberg und Wallander fuhren nach Stjärnsund zurück.

»Ich will diese Überwachung bereits von heute abend an«, sagte Wallander.

»Ich fahre und spreche gleichzeitig mit Martinson. Irgendwie kriegen wir das schon hin.«

»Parkt doch einen Streifenwagen auf dem Weg. Ich will, daß das Haus bewacht aussieht.«

Svedberg machte sich zur Abfahrt bereit.

»Ich brauche ein paar Tage«, sagte Wallander. »Inzwischen müßt ihr weiter nach mir suchen. Aber ich möchte, daß du ab und zu hier anrufst.«

»Was soll ich Martinson sagen?«

»Daß das Haus meines Vaters bewacht werden muß, darauf bist du von selbst gekommen. Argumentiere, so gut du kannst.«

»Du willst also nach wie vor nicht, daß ich Martinson einweihe?«

»Es reicht, wenn du weißt, wo ich zu finden bin.«

Svedberg fuhr los. Wallander ging in die Küche und briet sich ein paar Eier. Zwei Stunden später kam der Pferdetransport zurück.

»Hat sie gewonnen?« erkundigte sich Wallander, als Sten Widen die Küche betrat.

»Ja. Aber es war knapp.«

Peters und Noren saßen in ihrem Streifenwagen und tranken Kaffee.

Beide hatten schlechte Laune. Svedberg hatte ihnen befohlen, das Haus zu überwachen, in dem Wallanders Vater wohnte. Dabei war eine Schicht doppelt langweilig, wenn man das Auto nicht vom Fleck bewegen durfte. Und nun sollten sie hier sitzen bleiben, bis eine Ablösung kam. Das konnte noch viele Stunden dauern. Es war Viertel nach elf Uhr abends. Die Dämmerung war gekommen.

»Was, glaubst du, ist mit Wallander geschehen?« fragte Peters.

»Ich weiß nicht«, antwortete Noren. »Wie oft soll ich das noch sagen? Ich weiß nicht.«

»Es fällt schwer, nicht daran zu denken. Ich frage mich, ob er nicht vielleicht Alkoholiker ist.«

»Wie kommst du denn darauf?«

»Erinnerst du dich, als wir ihn betrunken am Steuer erwischten?«

»Das heißt doch nicht, daß er Alkoholiker ist.«

»Nein. Aber immerhin.«

Das Gespräch erstarb. Noren stieg aus dem Auto und stellte sich breitbeinig hin, um zu pissen.

Da entdeckte er den Feuerschein. Erst glaubte er, ein Scheinwerfer würde reflektiert. Dann bemerkte er den aufsteigenden Rauch.

»Es brennt!« rief er Peters zu.

Peters stieg aus dem Wagen.

»Vielleicht ein Waldbrand?« überlegte Noren laut.

Das Feuer kam aus einem kleinen Wäldchen hinter dem Acker. Der Feuerherd war aber wegen des hügeligen Geländes nicht genau auszumachen.

»Wir sollten hinfahren und nachsehen«, meinte Peters.

»Svedberg hat gesagt, daß wir uns nicht von der Stelle rühren sollen, was auch geschieht«, wandte Noren ein.

»Es dauert zehn Minuten. Es ist unsere Pflicht einzugreifen, wenn wir einen Brand entdecken.«

»Ruf an und hol zuerst Svedbergs Genehmigung ein.«

»Es dauert zehn Minuten. Wovor hast du Angst?«

»Ich habe keine Angst. Aber Anweisung ist Anweisung.«

Dennoch geschah es, wie Peters wollte. Sie kurvten einen lehmigen Feldweg entlang dem Feuer entgegen. Als sie es erreichten, sahen sie, daß da ein altes Benzinfaß brannte. Jemand hatte es mit Papier und diversen Plastikverpackungen gefüllt, die für weithin sichtbare Flammen sorgten. Als Peters und Noren ankamen, war das Feuer fast am Erlöschen.

»Komische Zeit, Müll zu verbrennen«, bemerkte Peters und sah sich um.

Aber da war niemand.

»Jetzt fahren wir aber zurück«, entschied Noren.

Knapp zwanzig Minuten später waren sie wieder in der Nähe des Hauses, das sie bewachen sollten. Alles schien ruhig zu sein. Die Lichter waren aus. Wallanders Vater und die Tochter schliefen.

Viele Stunden später wurden sie von Svedberg abgelöst, der selbst die Bewachung übernahm.

»Alles ruhig«, versicherte Peters.

Er erwähnte nichts von dem Ausflug zu dem brennenden Benzinfaß.

Svedberg saß in seinem Wagen und nickte ein. Der Morgen graute.

Um acht wurde er unruhig, da sich außerhalb des Hauses niemand zeigte. Er wußte, daß Wallanders Vater ein Frühaufsteher war.

Um halb neun hatte er das Gefühl, etwas sei nicht in Ordnung. Er stieg aus und betrat den Hof, ging zur Haustür und probierte die Klinke.

Die Tür war nicht verschlossen. Er klingelte und wartete. Niemand öffnete. Er betrat den dunklen Hausflur und lauschte. Alles war still. Dann meinte er, ein entferntes Scharren zu hören. Es klang wie eine Maus, die sich durch eine Wand frißt. Er ging dem Geräusch nach, bis er vor einer geschlossenen Tür stand. Er klopfte. Die Antwort war ein gequältes Stöhnen. Er riß die Tür auf. Wallanders Vater lag in seinem Bett. Er war gefesselt, der Mund war mit einem Streifen schwarzen Klebebands verschlossen.

Svedberg stand wie gelähmt. Dann löste er vorsichtig das Klebeband und die Stricke. Die Durchsuchung des Hauses blieb ergebnislos. Der Raum, in dem, wie er annahm, die Tochter geschlafen hatte, war leer. Außer Wallanders Vater hielt sich niemand in den Räumen auf.

»Wann ist es passiert?«

»Gestern abend. Kurz nach elf.«

»Wie viele waren es?«

»Einer.«

»Einer?«

»Ja, nur einer. Aber er war bewaffnet.«

Svedberg erhob sich. Er war wie ausgebrannt.

Dann ging er hinaus und rief Wallander an.

26

Der säuerliche Duft von Winteräpfeln.

Das war die erste Wahrnehmung, als sie erwachte. Aber dann, als sie im Dunkeln die Augen aufschlug, gab es nichts mehr außer der Einsamkeit und die Furcht. Sie lag auf einem Steinboden, und es roch nach feuchter Erde. Kein Laut war zu hören, obwohl die Angst all ihre Sinne schärfte. Vorsichtig tastete sie mit einer Hand über den rauhen Fußboden. Er war nicht gegossen, sondern aus Steinen zusammengefügt. Sie merkte, daß sie sich in einem Keller befand. In dem Haus in Österlen, wo ihr Großvater wohnte und wo sie von einem unbekannten Mann brutal geweckt und fortgebracht worden war, gab es im Kartoffelkeller genau so einen Fußboden.

Als ihre Sinne alles registriert hatten, was es zu erforschen gab, fühlte sie, daß ihr schlecht wurde und ihre Kopfschmerzen langsam stärker wurden. Sie wußte nicht, wie lange sie schon in Dunkelheit und Stille lag, denn ihre Armbanduhr lag noch auf dem Tisch neben ihrem Bett. Dennoch hatte sie das bestimmte Gefühl, seit ihrer Entführung seien viele Stunden vergangen.

Ihre Arme waren frei, um die Fußgelenke jedoch spürte sie Ketten. Mit den Fingern ertastete sie ein Vorhängeschloß. Das Gefühl, auf diese Weise gefesselt zu sein, jagte ihr Kälteschauer über den Rücken. Sie dachte, daß Menschen doch meist mit Stricken gebunden wurden. Die waren weicher, anschmiegsamer. Ketten gehörten in eine vergangene Zeit, zu Sklaverei und Ketzerprozessen.

Aber das schlimmste an diesem Augenblick des Erwachens war die Wahrnehmung, fremde Kleider zu tragen. Sie fühlte sofort, daß es nicht ihre Sachen waren. Sie wirkten fremd. Form und Farben konnte sie nicht sehen, meinte aber, sie unter den Fingerspitzen zu fühlen. Sie rochen stark nach einem Waschmittel. Es waren nicht ihre Kleider, und jemand hatte sie ihr angezogen. Jemand hatte ihr das Nachthemd abgestreift und sie vollständig neu eingekleidet, von der Unterwäsche bis zu Strümpfen und Schuhen. Dieser Übergriff ließ Übelkeit in ihr aufsteigen. Der Brechreiz wurde allmählich immer stärker; sie barg das Gesicht in den Händen und schwankte vor und zurück. Das darf nicht wahr sein, dachte sie verzweifelt. Aber es war doch wahr, und sie konnte sich sogar daran erinnern, was geschehen war.

Sie hatte irgend etwas geträumt, konnte sich aber an die Zusammenhänge nicht mehr erinnern. Sie war aufgewacht, als ein Mann ihr plötzlich ein Handtuch auf Nase und Mund gedrückt hatte. Ein scharfer Geruch, dann durchströmte sie ein betäubendes, einschläferndes Gefühl. Schwach drang das Licht der Küchenlampe in ihr Zimmer. Sie hatte einen Mann vor sich gesehen. Sein Gesicht war dem ihren sehr nahe gewesen, als er sich über sie gebeugt hatte. Jetzt, als sie an ihn dachte, erinnerte sie sich daran, daß er stark nach Rasierwasser gerochen hatte, obwohl er unrasiert gewesen war. Er hatte kein Wort gesprochen. Aber obwohl es dunkel in dem Raum gewesen war, hatte sie seine Augen gesehen und daran denken müssen, daß sie die wohl nie vergessen würde. Dann erinnerte sie sich an nichts mehr, bis sie auf dem feuchten Steinboden erwacht war. Natürlich war ihr klar, warum das geschehen war. Der Mann, der sich über sie gebeugt und sie betäubt hatte, war höchstwahrscheinlich identisch mit dem Mann, der ihren Vater jagte und von diesem gejagt wurde. Seine Augen waren die Konovalenkos gewesen; so jedenfalls sahen sie in ihrer Vorstellung aus. Der Mann, der Victor Mabasha auf dem Gewissen hatte und einen Polizisten getötet hatte und der noch einen weiteren töten wollte – ihren Vater. Er war es, der in ihr Zimmer geschlichen war, sie angezogen und ihr Ketten um die Fußgelenke gelegt hatte.

Als die Kellerluke geöffnet wurde, war sie vorbereitet. Später würde sie vermuten, daß der Mann wahrscheinlich oben gestanden und gelauscht hatte. Das Licht, das durch die Öffnung drang, war sehr grell; vielleicht war das so arrangiert, um sie zu blenden.

Sie erkannte undeutlich, daß eine Leiter herabgelassen wurde und sich braune Schuhe mit Hosenbeinen darüber näherten. Und dann war das Gesicht wieder da, dasselbe Gesicht und dieselben Augen, die sie gesehen hatte, als sie betäubt wurde. Sie wendete sich ab, um nicht geblendet zu werden, und die Angst kehrte zurück und ließ sie erstarren. Aber dennoch fiel ihr auf, daß der Keller größer war, als sie gedacht hatte. Im Dunkeln waren ihr Wände und Decke nahe gewesen. Vielleicht befand sie sich in einem Raum, der sich unter dem ganzen Haus erstreckte.

Der Mann stand genau im Licht. Er hatte eine Taschenlampe in der einen Hand. In der anderen hielt er einen Metallgegenstand, den sie nicht sofort erkennen konnte.

Dann entdeckte sie, daß es eine Schere war.

Da schrie sie. Laut und anhaltend. Sie glaubte, er wäre hinabgestiegen, um sie mit der Schere zu töten. Sie griff nach der Kette an ihren Füßen und begann, an ihr zu reißen, als ob sie sich trotz allem befreien könne. Die ganze Zeit leuchtete er sie mit der Taschenlampe an; sein Kopf wirkte nur wie ein Schattenriß gegen das starke Licht im Hintergrund.

Plötzlich richtete er die Taschenlampe auf sein eigenes Gesicht. Er hielt sie unters Kinn, so daß seine Züge denen eines Totenschädels glichen. Sie verstummte. Es war, als ob die Schreie ihre Angst nur noch vergrößerten. Gleichzeitig spürte sie eine eigenartige Müdigkeit. Es war schon zu spät, es war sinnlos, Widerstand zu leisten.

Der Totenschädel begann plötzlich zu sprechen.

»Du schreist umsonst«, sagte Konovalenko. »Niemand hört dich. Außerdem riskierst du, daß ich böse werde. Dann könnte ich dir weh tun. Am besten, du bist still.«

Die letzten Worte flüsterte er.

Papa, dachte sie. Du mußt mir helfen.

Dann geschah alles sehr schnell. Mit derselben Hand, in der er die Taschenlampe hielt, griff er in ihr Haar, hielt es hoch und begann es abzuschneiden. Sie zuckte zusammen, vor Schmerz und vor Überraschung. Aber er hielt sie so fest, daß sie sich nicht rühren konnte. Sie hörte den trockenen Laut der scharfen Schere, der sich vom Nacken her ihrem Ohrläppchen näherte. Es ging sehr schnell. Dann ließ er sie los. Die Übelkeit kam wieder. Die abgeschnittenen Haare waren eine weitere Kränkung, ähnlich der, bewußtlos von ihm angezogen worden zu sein.

Konovalenko rollte die Haare zusammen und steckte sie in die Tasche.

Er ist krank, dachte sie. Er ist verrückt, ein Sadist, ein wahnsinniger Mensch, der ungerührt tötet.

Ihre Gedanken wurden unterbrochen, als er sie erneut ansprach. Die Taschenlampe beschien ihren Hals, an dem sie eine Kette trug. Der Anhänger stellte eine Laute dar; sie hatte ihn von ihren Eltern bekommen, als sie fünfzehn war.

»Den Schmuck. Mach ihn ab.«

Sie tat, was er befohlen hatte, und achtete darauf, daß sich ihre Hände bei der Übergabe nicht berührten. Schweigend verließ er sie, kletterte die Leiter hinauf und warf die Luke zu. Sie blieb der Dunkelheit überlassen.

Dann kroch sie zur Seite, bis sie die eine Wand erreichte. Sie tastete sich vor bis zur nächsten Ecke. Dort versuchte sie sich zu verstecken.

Bereits am Abend zuvor, nach der geglückten Entführung der Tochter des Polizisten, hatte Konovalenko Tania und Sikosi Tsiki aus der Küche gewiesen. Er hatte ein großes Bedürfnis, allein zu sein, und die Küche gefiel ihm nun mal am besten.

Dieses Haus, das letzte, das Rykoff in seinem Leben gemietet hatte, war so angelegt, daß die Küche den größten Raum einnahm. Sie war im alten Stil gehalten, mit freiliegenden Dachbalken, einem tiefliegenden Backofen und offenen Schränken für das Porzellan. An einer Wand hingen Kupferkessel. Konovalenko erinnerte sich an seine eigene Kindheit in Kiew, an die große Küche des Kolchos, in dem sein Vater Politkommissar gewesen war.

Zu seiner Verwunderung hatte er gemerkt, daß er Rykoff vermißte. Das war nicht nur darauf zurückzuführen, daß die praktische Arbeit ihn nun selbst stärker belastete. Da war auch ein Gefühl, das man zwar schwerlich als Schwermut oder Trauer bezeichnen konnte, das seine Stimmung aber dennoch dämpfte. In seinen vielen Jahren als KGB-Offizier hatte sich der Wert des

Lebens für ihn allmählich darauf reduziert, alles und jeden in verfügbare Ressourcen und verzichtbare Personen einzuteilen. Ausnahmen bildeten er selbst und seine beiden Kinder. Er war ständig vom Tod umgeben gewesen, der unverhofft kam; alle gefühlsmäßigen Reaktionen waren nach und nach fast gänzlich verschwunden. Aber Rykoffs Tod berührte ihn und vertiefte seinen Haß auf den Polizisten, der ihm ständig in die Quere kam. Jetzt hatte er dessen Tochter in seiner Gewalt und damit den Köder, der ihn anlocken würde. Aber der Gedanke an Rache konnte ihn doch nicht ganz von seiner Niedergedrücktheit befreien. Er saß in der Küche und trank Wodka, vorsichtig, um nicht allzu betrunken zu werden, und betrachtete ab und zu sein Gesicht in einem Spiegel, der an der Wand hing. Ihm fiel plötzlich auf, daß er abstoßend aussah. Wurde er langsam alt? War mit dem Zusammenbruch des sowjetischen Imperiums auch etwas von seiner eigenen Härte und Kälte verlorengegangen?

Um zwei Uhr nachts, als Tania schlief oder zumindest so tat und Sikosi Tsiki sich in seinem Zimmer eingeschlossen hatte, war er in die Küche gegangen und hatte Jan Kleyn angerufen. Er hatte sich genau überlegt, was er sagen würde. Ihm war klargeworden, daß es keinen Grund gab zu verschweigen, daß einer seiner Helfer umgekommen war. Es schadete nichts, wenn Jan Kleyn begriff, daß Konovalenkos Arbeit nicht ohne Risiko war. Dann entschloß er sich, doch noch einmal zu lügen. Er würde mitteilen, daß der störende Polizist nun beseitigt sei. Jetzt, da er seine Tochter im Keller gefangenhielt, war er so siegessicher, daß er es wagte, Wallander im voraus für tot zu erklären.

Jan Kleyn hatte zugehört und sich spezieller Kommentare enthalten. Konovalenko wußte, daß Jan Kleyns Schweigen die bestmögliche Benotung für seine Leistungen darstellte. Dann hatte Jan Kleyn erklärt, daß Sikosi Tsiki bald nach Südafrika zurückkehren müsse. Er hatte sich erkundigt, ob Konovalenko auch nur den geringsten Zweifel an seiner Eignung habe, ob er gewisse Zeichen von Schwäche bemerkt habe, wie bei Victor Mabasha. Konovalenko hatte geantwortet, daß dies nicht der Fall sei. Auch das war eine Einschätzung, die er im voraus abgab. Ihm war bisher für Sikosi Tsiki sehr wenig Zeit geblieben. Er hatte

lediglich den Eindruck gewonnen, daß dieser Mann gefühlsmä-
ßig versteinert war. Er lachte selten oder nie und war ebenso
kontrolliert wie untadelig gekleidet. Er dachte, daß er ihm wohl
in einigen intensiven Tagen alles Notwendige beibringen würde,
wenn Wallander und seine Tochter erst einmal aus dem Weg
wären. Aber nun hatte er bereits versichert, daß Sikosi Tsiki
nicht versagen würde. Jan Kleyn war scheinbar zufrieden gewesen. Er hatte zum Abschluß des Gespräches Konovalenko gebeten, ihn in drei Tagen wieder anzurufen. Dann würde er die
exakten Instruktionen für die Abreise Sikosi Tsikis nach Südafrika erhalten.

Das Gespräch mit Jan Kleyn hatte ihm einen Teil der Energie
wiedergegeben, die er aufgrund der Niedergeschlagenheit im
Zusammenhang mit Rykoffs Tod verloren hatte. Er hatte sich an
den Küchentisch gesetzt und daran gedacht, daß die Entführung
der Tochter fast peinlich einfach gewesen war. Nachdem Tania im
Polizeigebäude von Ystad gewesen war, dauerte es nur wenige
Stunden, bis er wußte, wo das Haus des Großvaters lag. Er hatte
selbst angerufen, eine Haushaltshilfe war am Apparat gewesen. Er
stellte sich als Mitarbeiter der Telefongesellschaft vor und fragte,
ob eventuell eine Veränderung der Adresse für die neue Auflage
des Telefonbuchs aufgenommen werden sollte. Tania hatte in der
Buchhandlung in Ystad eine detaillierte Karte von Schonen
gekauft. Dann waren sie zu dem Haus hinausgefahren und hatten
es aus sicherer Entfernung beobachtet. Die Haushaltshilfe verließ
das Gebäude am späten Nachmittag, einige Stunden später war ein
Polizeiwagen vorgefahren. Als feststand, daß dies die einzige
Bewachung war, hatte er sich schnell für ein Ablenkungsmanöver
entschieden. Er war zu dem Haus in der Nähe von Tomelilla
zurückgefahren, hatte ein im Schuppen entdecktes Benzinfaß prä-
pariert und Tania instruiert. In zwei Wagen, den einen hatten sie
an der Tankstelle in der Nähe gemietet, waren sie zum Haus des
Großvaters zurückgefahren, hatten das Wäldchen ausgesucht,
eine Uhrzeit verabredet und waren dann zur Tat geschritten. Tania
hatte das Feuer entzündet und sich rechtzeitig aus dem Staube
gemacht, bevor die Polizisten kamen, um den Brand zu untersuchen. Konovalenko wußte, daß ihm nicht viel Zeit blieb, aber das

war ihm eine zusätzliche Herausforderung gewesen. Mit einem Dietrich hatte er schnell die Haustür aufgeschlossen, den Großvater im Bett gefesselt und geknebelt, dann die Tochter betäubt und hinaus in das wartende Auto getragen. Das Ganze hatte höchstens zehn Minuten gedauert, und er war fort gewesen, ehe das Polizeiauto wiederkehrte. Am nächsten Tag hatte Tania Kleider für das Mädchen gekauft und sie ihr angezogen, während sie immer noch bewußtlos war. Dann zerrte er sie in den Keller und fesselte ihre Beine mit einer Kette und einem Vorhängeschloß. Alles war sehr leicht gegangen, und er fragte sich, ob es wohl auch weiterhin so unkompliziert laufen würde. Er hatte den Schmuck an ihrem Hals bemerkt und überlegt, daß ihr Vater ihn sicher würde identifizieren können. Aber gleichzeitig wollte er Wallander ein anderes Bild von der Situation vermitteln, eine Drohung, die keinen Zweifel an dem lassen sollte, was er bereit war zu tun. In dieser Situation hatte er sich entschlossen, ihr die Haare abzuschneiden und sie ihm mit der Kette zu schicken. Abgeschnittene Frauenhaare riechen nach Untergang und Tod, dachte er. Er ist Polizist, er wird es verstehen.

Konovalenko goß sich noch ein Glas Wodka ein und sah aus dem Küchenfenster. Der Morgen graute bereits. Die Luft war warm, und er dachte daran, daß er bald unter ständiger Sonne leben würde, weit entfernt von diesem Klima, wo sich das Wetter von Tag zu Tag ändern konnte.

Er legte sich einige Stunden schlafen. Als er aufwachte, sah er auf seine Armbanduhr. Viertel nach neun, Montag, 18. Mai. Jetzt mußte Wallander gemerkt haben, daß seine Tochter entführt worden war. Nun wartete er darauf, daß Konovalenko von sich hören ließ.

Er soll ruhig noch ein wenig warten, dachte Konovalenko. Mit jeder Stunde, die vergeht, wird das Schweigen unerträglicher werden, wird seine Unruhe größer als das Vermögen, sie zu kontrollieren.

Die Luke zu dem Kellerloch, in dem die Tochter lag, befand sich genau hinter seinem Stuhl. Ab und zu lauschte er. Aber alles war still.

Konovalenko blieb noch eine Weile sitzen und sah nachdenklich aus dem Fenster. Dann stand er auf, holte ein Kuvert und steckte das abgeschnittene Haar und die Kette hinein.

Bald würde er Kontakt zu Wallander aufnehmen.

Die Nachricht von der Entführung Lindas traf Wallander wie ein Schwindelanfall.

Sie machte ihn verzweifelt und wütend. Sten Widen, der gerade in der Küche gewesen war und den Anruf entgegengenommen hatte, beobachtete verblüfft, wie Wallander das Telefon von der Wand riß und es durch die geöffnete Tür in das Zimmer schleuderte, das ihm als Büro diente. Aber dann sah er Wallanders Angst. Sie trat offen zutage, nackt und bloß. Widen verstand, daß etwas Furchtbares geschehen sein mußte. Mitleid weckte oft sehr zwiespältige Vorstellungen bei ihm. Diesmal jedoch nicht. Wallanders Verzweiflung über das, was der Tochter geschehen war, und darüber, daß er nichts tun konnte, hatte ihn schwer mitgenommen. Er hatte sich neben ihn gekniet und ihm auf die Schulter geklopft.

Währenddessen hatte Svedberg eine wütende Energie freigesetzt. Nachdem er sicher war, daß Wallander nicht verletzt und auch nicht besonders geschockt zu sein schien, hatte er Peters zu Hause angerufen. Dessen Frau hatte sich gemeldet und mitgeteilt, daß sich ihr Mann nach der Nachtschicht hingelegt habe. Svedberg hatte ihr jedoch durch ein Brüllen sehr schnell klargemacht, daß er unmittelbar geweckt werden mußte. Als Peters verschlafen ans Telefon kam, hatte ihm Svedberg eine halbe Stunde gegeben, Noren zu finden und sich dann an dem Haus einzufinden, das zu bewachen ihre Aufgabe gewesen war. Peters, der Svedberg gut kannte, wußte, daß dieser ihn niemals geweckt hätte, wenn nicht ein wirklicher Ernstfall eingetreten wäre. Er stellte keine Fragen, sondern versprach, sich zu beeilen. Er rief Noren an, und als sie zum Haus von Wallanders Vater kamen, konfrontierte Svedberg sie brutal mit dem Geschehenen.

»Wir können nur sagen, wie es war«, meinte Noren, der schon am Abend zuvor einen leisen Verdacht gehabt hatte, daß mit dem brennenden Faß etwas nicht stimmte.

Svedberg hörte sich seinen Bericht an. Peters, der am Abend zuvor die treibende Kraft gewesen war, den Posten zu verlassen und zu dem Feuer zu fahren, schwieg. Aber Noren wälzte die Verantwortung nicht auf ihn ab. Er stellte es so dar, als hätten sie den Entschluß gemeinsam gefaßt.

»Ich hoffe für euch, daß Wallanders Tochter nichts geschieht«, sagte Svedberg danach.

»Entführt?« fragte Noren. »Von wem denn? Und warum?«

Svedberg sah sie ernst an, bevor er antwortete.

»Ich nehme euch jetzt ein Versprechen ab. Und wenn ihr es haltet, werde ich versuchen zu vergessen, daß ihr gestern gegen ausdrückliche Anweisungen gehandelt habt. Wenn es mit dem Mädchen gutgeht, wird niemand etwas erfahren. Ist das klar?«

Beide nickten.

»Ihr habt gestern abend keinen Brand gehört oder gesehen. Und vor allem: Wallanders Tochter ist nicht entführt worden. Mit anderen Worten: Es ist überhaupt nichts passiert.«

Peters und Noren sahen ihn verständnislos an.

»Ich meine, was ich sage«, wiederholte Svedberg. »Nichts ist geschehen. Merkt euch das. Nichts. Ihr dürft mir ruhig glauben, wenn ich euch sage, daß das wichtig ist.«

»Können wir irgend etwas tun?« fragte Peters.

»Ja. Fahrt nach Hause und schlaft weiter.«

Dann suchte Svedberg auf dem Hof und drinnen vergeblich nach Spuren. Er fuhr auch zu dem Wäldchen, wo das Benzinfaß stand. Es gab Reifenabdrücke, die dahin führten, das war alles. Er kehrte zum Haus zurück und sprach noch einmal mit Wallanders Vater. Er saß in der Küche, trank Kaffee und war sehr verängstigt.

»Was ist geschehen?« fragte er unruhig. »Das Mädchen ist weg.«

»Ich weiß nicht«, antwortete Svedberg wahrheitsgemäß. »Aber es kommt sicher alles wieder in Ordnung.«

»Glaubst du?« sagte Wallanders Vater zweifelnd. »Ich habe gehört, wie aufgeregt Kurt am Telefon war. Übrigens, wo ist er denn? Was geht hier eigentlich vor?«

»Am besten, er erklärt es selbst«, wich Svedberg aus und erhob sich. »Ich treffe mich mit ihm.«

»Grüß ihn von mir. Und sag ihm, daß es mir gutgeht.«

»Das werde ich tun«, versprach Svedberg und ging.

Wallander stand barfüßig auf dem Kies vor Sten Widens Haus, als Svedberg aus dem Wagen stieg. Es war fast elf Uhr vormittags. Noch auf dem Hof erklärte Svedberg detailliert, was geschehen sein mußte. Er verschwieg nicht, wie einfach sich Peters und Noren hatten weglocken lassen, für die kurze Zeit, die für die Entführung nötig gewesen war. Zum Schluß richtete er die Grüße des Vaters aus.

Wallander hatte die ganze Zeit aufmerksam zugehört. Dennoch wirkte er auf Svedberg irgendwie abwesend. Für gewöhnlich sah ihm Wallander in die Augen, wenn sie miteinander sprachen. Diesmal aber irrte Wallanders Blick ziellos umher.

Svedberg vermutete, daß er in Gedanken wohl bei seiner Tochter war, wo immer sie auch gefangengehalten wurde.

»Keine Spuren?« erkundigte sich Wallander.

»Keine einzige.«

Wallander nickte. Sie gingen ins Haus.

»Ich habe versucht nachzudenken«, sagte Wallander, als sie sich gesetzt hatten. Svedberg sah, daß seine Hände zitterten.

»Natürlich war es Konovalenko«, fuhr er fort. »Das habe ich befürchtet. Alles ist mein Fehler. Ich hätte dort sein sollen. Dann wäre alles anders gelaufen. Nun benutzt er meine Tochter, um mich zu kriegen. Offensichtlich hat er keine Komplizen, sondern operiert auf eigene Faust.«

»Mindestens einer muß ihm geholfen haben«, wandte Svedberg vorsichtig ein. »Wenn ich Peters und Noren richtig verstanden habe, so kann er unmöglich erst das Benzinfaß angezündet und dann deinen Vater gefesselt und deine Tochter entführt haben.«

Wallander überlegte einen Augenblick.

»Das Benzinfaß wurde von Tania angezündet, Vladimir Rykoffs Frau. Also sind sie zu zweit. Wo sie sich aufhalten, wissen wir nicht. Vermutlich in einem Haus auf dem Lande, irgendwo in der Nähe von Ystad. In einem abgelegenen Haus. Ein Haus, das wir gefunden hätten, wäre die Situation eine andere gewesen. Unter diesen Umständen geht es nicht.«

Sten Widen näherte sich auf leisen Sohlen und stellte Kaffee auf den Tisch. Wallander sah ihn an.

»Ich brauche etwas Stärkeres.«

Sten Widen kam mit einer halbleeren Whiskyflasche wieder. Ohne zu zögern, nahm Wallander einen Schluck direkt aus der Flasche.

»Ich habe versucht auszurechnen, was passieren wird«, sagte er dann. »Er wird Kontakt zu mir aufnehmen. Und er wird das Haus meines Vaters einbeziehen. Dort werde ich warten, bis er von sich hören läßt. Was er mir vorschlagen wird, weiß ich nicht. Bestenfalls wird er mein Leben gegen ihres tauschen. Schlimmstenfalls etwas, was ich mir nicht vorstellen kann.«

Er sah Svedberg an.

»So habe ich es mir gedacht. Liege ich da richtig?«

»Wahrscheinlich hast du recht. Die Frage ist nur, was wir tun sollen.«

»Niemand wird etwas tun. Keine Polizei rund um das Haus, nichts. Konovalenko riecht die geringste Gefahr. Ich muß mit meinem Vater im Haus allein sein. Deine Aufgabe besteht darin, dafür zu sorgen, daß niemand in die Nähe kommt.«

»Das schaffst du nicht allein. Du mußt dir von uns helfen lassen.«

»Ich will nicht, daß meine Tochter stirbt. Ich muß das allein klären.«

Svedberg begriff, daß das Gespräch vorüber war. Wallander hatte sich entschieden und würde sich nicht umstimmen lassen.

»Ich fahr dich hinaus nach Löderup.«

»Ist nicht nötig, Kurt, du kannst den Duett nehmen«, mischte sich Sten Widen ein.

Wallander nickte.

Als er aufstand, wäre er beinahe gestürzt. Er mußte sich an der Tischkante festhalten.

»Keine Gefahr«, sagte er.

Svedberg und Sten Widen standen auf dem Hof und sahen ihn mit dem Duett davonfahren.

»Wie soll das nur enden?« murmelte Svedberg.

Sten Widen antwortete nicht.

Als Wallander nach Löderup kam, stand sein Vater im Atelier und malte.

Zum ersten Mal sah Wallander, daß er sein ewiges Thema aufgegeben hatte, die Landschaft in der Abendsonne, mit oder ohne Auerhahn am Bildrand. Nun malte er eine andere Landschaft, finsterer, chaotischer. Es gab keinen Zusammenhang in der Komposition. Der Wald schien direkt aus dem See zu wachsen, die Berge im Hintergrund wälzten sich über den Betrachter.

Er legte die Pinsel ab, als Wallander eine Weile hinter ihm gestanden hatte. Als er sich umdrehte, merkte Wallander, daß er Angst hatte.

»Wir gehen rein«, sagte der Vater. »Ich habe die Haushaltshilfe weggeschickt.«

Er legte seinem Sohn eine Hand auf die Schulter. Wallander konnte sich nicht erinnern, wann sein Vater zuletzt eine solche Geste gemacht hatte.

Als sie ins Haus kamen, berichtete Wallander alles, was geschehen war. Er merkte, daß sein Vater nicht alle Geschehnisse richtig zuordnen konnte, aber er wollte ihm trotzdem ein Bild von den Ereignissen der letzten drei Wochen vermitteln. Er verschwieg auch nicht, daß er einen Menschen getötet hatte und daß seine Tochter in großer Gefahr schwebte. Der Mann, der sie gefangenhielt und den Vater ans Bett gefesselt hatte, war absolut rücksichtslos.

Danach ließ der Vater die Schultern hängen und starrte auf seine Hände.

»Ich werde den Fall lösen«, versicherte Wallander. »Ich bin ein tüchtiger Polizist. Jetzt werde ich erst einmal abwarten, bis dieser Mann Kontakt zu mir aufnimmt. Das kann jederzeit geschehen. Es kann aber auch bis morgen dauern.«

Der Nachmittag ging in den Abend über, ohne daß Konovalenko sich wie erwartet gemeldet hätte. Svedberg rief zweimal an, aber Wallander hatte ihm nichts Neues mitzuteilen. Er schickte seinen Vater hinaus ins Atelier, damit er weitermalen sollte. Er hielt es nicht aus, wie er in der Küche saß und auf seine Hände starrte. Für gewöhnlich hätte sich der Vater furchtbar darüber aufgeregt, Befehle von seinem Sohn entgegennehmen zu müssen. Diesmal aber stand er ohne Protest auf und ging. Wallander lief hin und her, setzte sich einen Augenblick, um sofort wieder aufzustehen. Ab und zu ging er hinaus auf den Hof und spähte über die Felder. Dann kehrte er ins Haus zurück und nahm seine Wanderung wieder auf. Zweimal versuchte er zu essen, brachte aber keinen Bissen hinunter. Seine qualvolle Angst, seine Unruhe und seine Machtlosigkeit ließen ihn nicht mehr klar denken. Immer wieder kam ihm Robert Akerblom in den Sinn. Aber er verscheuchte die Gedanken aus Angst, sie könnten sich wie ein böses Omen auf das Schicksal seiner Tochter auswirken.

Es wurde Abend, und Konovalenko hatte immer noch nichts von sich hören lassen. Svedberg meldete sich und teilte mit, daß er nun in seiner Wohnung zu erreichen sei. Wallander selbst rief Sten Widen an, ohne ihm eigentlich etwas mitzuteilen zu haben. Um zehn schickte er seinen Vater ins Bett. Es war ein heller Frühlingsabend vor den Fenstern. Eine Weile saß er an der Küchentür auf der Treppe. Als er sicher war, daß sein Vater eingeschlafen war, rief er Baiba Liepa in Riga an. Erst nahm niemand ab. Aber als er es eine halbe Stunde später noch einmal versuchte, war sie zu Hause. Ganz ruhig berichtete er, daß seine Tochter von einem sehr gefährlichen Mann entführt worden war. Er ließ sie wissen, daß er sonst niemanden hatte, mit dem er reden konnte, und in diesem Augenblick schien es ihm die volle Wahrheit zu sein. Dann bat er sie noch einmal um Entschuldigung für die Nacht, in der er betrunken angerufen und sie geweckt hatte. Er versuchte, ihr seine Gefühle zu beschreiben, aber er glaubte nicht, daß es ihm gelang. Die englischen Worte waren zu weit weg. Bevor er das Gespräch beendete, versprach er ihr, wieder von sich hören zu lassen. Sie lauschte ihm und schwieg fast die ganze Zeit. Später fragte er sich, ob er wirklich mit ihr gesprochen hatte oder ob es Einbildung gewesen war.

Es wurde eine schlaflose Nacht. Dann und wann ließ er sich in einen der alten Sessel seines Vaters sinken und schloß die Augen. Aber immer, wenn er gerade einnicken wollte, schreckte er mit einem Ruck wieder auf. Er nahm sein ruheloses Wandern wieder auf, und es war, als liefe er durch sein ganzes Leben. Im Morgengrauen beobachtete er einen einsamen Hasen, der reglos auf dem Hof saß.

Nun war es Dienstag, der 19. Mai.

Kurz nach fünf begann es zu regnen.

Der Bote kam kurz vor acht.

Es war ein Taxi aus Simrishamn, das auf den Hof fuhr. Wallander, der das Auto schon von weitem hatte kommen hören, stand auf der Treppe, als der Wagen hielt. Der Fahrer stieg aus und übergab ihm ein dickes Kuvert.

Der Brief war an seinen Vater adressiert.

»Der ist an meinen Vater. Woher kommt er?«

»Eine Dame hat ihn in Simrishamn bei uns abgegeben«, teilte der Fahrer mit, der es eilig hatte und nicht naß werden wollte. »Sie hat die Fahrt bezahlt. Alles klar. Eine Quittung ist nicht nötig.«

Wallander nickte. Tania, dachte er. Sie hat die Rolle ihres Mannes und damit die Botengänge übernommen.

Das Taxi verschwand. Wallander war allein im Haus. Der Vater stand schon draußen im Atelier und malte.

Es war ein gefütterter Umschlag. Er untersuchte ihn genau, bevor er ihn vorsichtig an einer Schmalseite aufriß. Erst konnte er nicht erkennen, was der Brief enthielt. Dann sah er Lindas Haar und die Halskette, die sie einmal bekommen hatte.

Er saß wie versteinert und starrte auf die abgeschnittenen Strähnen, die vor ihm auf dem Tisch lagen. Dann begann er zu weinen. Der Schmerz überwand eine weitere Grenze, und er konnte nicht widerstehen. Was hatte Konovalenko ihr angetan? Es war seine Schuld, er hatte sie da hineingezogen.

Dann zwang er sich, den kurzen Begleitbrief zu lesen.

In genau zwölf Stunden würde Konovalenko wieder Kontakt zu ihm aufnehmen. Sie sollten sich treffen, um ihre Probleme zu klären, schrieb er. Bis dahin sollte Wallander abwarten. Jede Verbindung zur Polizei würde das Leben seiner Tochter gefährden.

Es gab keine Unterschrift.

Wieder betrachtete er das Haar seiner Tochter. Die Welt war hilflos angesichts solcher Bosheit. Wie sollte er da etwas tun können, um Konovalenko zu stoppen?

Er überlegte sich, daß dies wohl genau die Gedanken waren, die Konovalenko ihm aufzwingen wollte. Er hatte ihm zwölf Stunden gegeben, sich von allen Hoffnungen auf eine andere Lösung als die von Konovalenko diktierte zu befreien.

Wallander saß völlig reglos auf seinem Stuhl.

Er wußte nicht, was er tun sollte.

27

Karl Evert Svedberg war einstmals, zu Anbeginn der Zeiten, Polizist geworden aus einem einzigen Grund, den er auch noch versuchte geheimzuhalten.

Er hatte große Angst vor der Dunkelheit.

Von frühester Kindheit an ließ er nachts die Taschenlampe brennen. Im Gegensatz zu den meisten anderen hatte seine Furcht nicht abgenommen, je älter er wurde. Umgekehrt, im Teenageralter war seine Angst gestiegen und damit auch das beschämende Gefühl, an einem Defekt zu leiden, der kaum anders als Feigheit genannt werden konnte. Sein Vater, der Bäcker war und jeden Morgen um halb drei aufstand, schlug ihm vor, seinen Beruf zu übernehmen. Denn da er ja vormittags schlief, würde sich das Problem von selbst lösen. Seine Mutter, die Modistin war und von ihrem immer weiter schrumpfenden Kundenkreis ob ihrer Kunst, persönliche und ausdrucksvolle Damenhüte zu formen, sehr geschätzt wurde, sah das Problem bedeutend ernster. Sie nahm ihren Sohn mit zum Kinderpsychologen, doch der konnte nichts anderes als glauben, daß die Angst des Jungen vor der Dunkelheit mit den Jahren verschwinden würde. Aber es kam eben anders. Seine Furcht wuchs, und er fand nie heraus, worauf sie sich gründete. Schließlich entschied er sich, Polizist zu werden. Er bildete sich ein, seine Angst bekämpfen zu können, indem er seinen persönlichen Mut stärkte. An diesem Frühlingstag, dem 19. Mai, erwachte er jedoch bei brennender Nachttischlampe. Außerdem hatte er es sich angewöhnt, sogar die Schlafzimmertür abzuschließen. Er wohnte allein in einer Wohnung im Zentrum von Ystad. Er war in dieser Stadt geboren und verließ sie ungern, selbst wenn es sich nur um einen kurzen Ausflug handelte.

Er knipste die Lampe aus, streckte sich und stand auf. Er hatte schlecht geschlafen. Die Geschehnisse um Kurt Wallander, die am Tag zuvor in der Entdeckung gipfelten, daß der Vater gefesselt und die Tochter entführt worden war, erregten und ängstigten ihn. Ihm war klar, daß er Wallander helfen mußte. In der Nacht hatte er gegrübelt, was er tun konnte, ohne das Versprechen zu brechen, das er Wallander gegeben hatte, nämlich zu schweigen. Endlich, kurz vor Tagesanbruch, hatte er sich entschieden. Er würde versuchen, das Haus zu finden, in dem sich Konovalenko versteckte. Er nahm an, daß auch Wallanders Tochter mit größter Wahrscheinlichkeit in ebendiesem Haus gefangengehalten wurde.

Kurz vor acht betrat er das Polizeigebäude. Der einzige Ausgangspunkt für ihn waren die Ereignisse auf dem militärischen Übungsgelände vor einigen Nächten. Martinson hatte die wenigen persönlichen Gegenstände untersucht, die sie in den Kleidern der toten Männer gefunden hatten. Nichts Aufsehenerregendes war darunter gewesen. Aber Svedberg hatte im Morgengrauen beschlossen, die Fundstücke trotzdem noch einmal durchzugehen. Er ging in den Raum, in dem Beweismaterial und Fundsachen von verschiedenen Tatorten aufbewahrt wurden, und suchte sich die richtigen Plastiktüten heraus. In den Taschen des Afrikaners hatte Martinson absolut nichts gefunden, was wiederum bemerkenswert war. Svedberg legte die Tüte, die lediglich ein paar Kieselkörner enthielt, wieder zurück. Dann leerte er den Inhalt der anderen Tüte vorsichtig auf den Tisch. In den Taschen des fetten Mannes hatte Martinson Zigaretten, ein Feuerzeug, Tabakkrümel, undefinierbare Staubfusseln und anderen Hosentaschenmüll gefunden. Svedberg betrachtete die Objekte, die vor ihm auf dem Tisch lagen. Das Feuerzeug weckte sofort sein Interesse. Es trug einen fast abgeriebenen Reklameaufdruck. Svedberg hielt es ans Licht, um besser erkennen zu können, was da gestanden hatte. Er legte die Tüte zurück und nahm das Feuerzeug mit in sein Zimmer. Für halb elf war eine Versammlung zum Fall Konovalenko-Wallander angesetzt. Die Zeit bis dahin wollte er nutzen. Er nahm sich ein

Vergrößerungsglas aus der Schreibtischschublade, stellte die Tischlampe richtig ein und begann, das Feuerzeug zu studieren. Nach ungefähr einer Minute fing sein Herz an, schneller zu schlagen. Er konnte die Aufschrift deuten, und es war eine Spur. Es war natürlich noch zu früh, um beurteilen zu können, ob die Spur zu einem Ziel führen würde. Aber er hatte herausgefunden, daß das Feuerzeug mit einer Reklame für das »ICA«-Geschäft in Tomelilla bedruckt gewesen war. Das mußte nichts bedeuten. Rykoff konnte es irgendwo mitgenommen haben. Aber wenn Rykoff in dem Laden in Tomelilla gewesen war, würde sich vielleicht ein Verkäufer an einen Mann erinnern, der gebrochen Schwedisch sprach und vor allem unwahrscheinlich fett war. Er steckte das Feuerzeug in die Tasche und verließ das Polizeigebäude, ohne zu hinterlassen, wohin er unterwegs war.

Dann fuhr er nach Tomelilla. Er ging in das »ICA«-Geschäft, wies seine Legitimation vor und bat, mit dem Filialleiter sprechen zu dürfen. Der war ein junger Mann, der sich als Sven Persson vorstellte. Svedberg zeigte ihm das Feuerzeug und erklärte sein Anliegen. Der Filialleiter dachte nach und schüttelte dann den Kopf. Er konnte sich nicht erinnern, daß in der letzten Zeit eine ungewöhnlich fette Person bei ihm eingekauft hatte.

»Sprich mit Britta«, riet er. »Mit der Kassiererin. Aber ich befürchte, sie hat ein ziemlich schlechtes Gedächtnis. Zumindest ist sie zerstreut.«

»Ist sie die einzige an der Kasse?«

»Samstags haben wir eine Aushilfskraft. Sie ist aber heute nicht hier.«

»Ruf sie an. Bitte sie, sofort herzukommen.«

»Ist es so wichtig?«

»Ja. Sofort.«

Der Filialleiter verschwand, um anzurufen. Svedberg hatte keine Zweifel daran gelassen, was er wollte. Er wartete, bis die Frau in den Fünfzigern, die Britta hieß, mit einem Kunden fertig war, der eine Menge Gutscheine für Extraangebote an der Kasse aufgereiht hatte. Svedberg stellte sich vor.

»Ich will wissen, ob ein großer und dicker Mann hier in der letzten Zeit eingekauft hat«, sagte er.

»Bei uns kaufen viele dicke Männer ein«, erwiderte Britta verständnislos.

Svedberg formulierte die Frage neu.

»Nicht dick, sondern fett. Von kolossalem Körperumfang. Außerdem spricht der Mann schlecht Schwedisch. Ist er hier gewesen?«

Sie versuchte, sich zu erinnern. Gleichzeitig merkte Svedberg, daß sie sich ihrer wachsenden Neugier wegen schlecht konzentrieren konnte.

»Er hat nichts Spannendes getan«, beruhigte er. »Ich will nur wissen, ob er hiergewesen ist.«

»Nein. Wenn er so fett ist, hätte ich ihn in Erinnerung behalten. Ich mache selbst eine Abmagerungskur, da achtet man auf die Leute.«

»Bist du in der letzten Zeit mal einen Tag weg gewesen?«

»Nein.«

»Nicht mal eine Stunde?«

»Es kommt natürlich vor, daß ich mal kurz verschwinden muß.«

»Wer kümmert sich dann um die Kasse?«

»Sven.«

Svedberg spürte, wie seine Hoffnungen sanken. Er dankte für die Hilfe und lief im Laden umher, während er auf die Aushilfskraft wartete. Gleichzeitig versuchte er fieberhaft darüber nachzudenken, was er tun würde, wenn die Spur, die ihm der Aufdruck auf dem Feuerzeug gewiesen hatte, ins Leere führte. Wo konnte er einen anderen Ausgangspunkt finden?

Das Mädchen, das an den Samstagen arbeitete, war jung, kaum älter als siebzehn. Sie war auffallend korpulent, und Svedberg genierte sich beinahe, mit ihr über fette Menschen zu sprechen. Der Filialleiter stellte sie als Annika Hagström vor. Svedberg erinnerte sich an eine Frau, die ständig im Fernsehen vorkam, und wußte nicht, wie er anfangen sollte. Der Filialleiter hatte sich diskret zurückgezogen. Sie standen vor einem Regal voller Konserven mit Hunde- und Katzennahrung.

»Du arbeitest also immer samstags hier«, begann Svedberg unsicher.

»Ich bin arbeitslos«, erklärte Annika Hagström. »Es gibt keine Jobs. Hier am Samstag zu sitzen, ist das einzige, was ich tue.«

»Ja, es ist heutzutage nicht leicht«, bestätigte Svedberg und versuchte, verständnisvoll zu klingen.

»Ich habe sogar daran gedacht, Polizistin zu werden.«

Svedberg sah sie verblüfft an.

»Aber ich glaube nicht, daß ich in die Uniform passe«, fuhr sie fort. »Warum hast du eigentlich keine?«

»Wir tragen sie nicht immer.«

»Ich werde es mir vielleicht noch mal überlegen. Was soll ich denn verbrochen haben?«

»Nichts. Ich wollte dich nur fragen, ob dir im Laden ein Mann aufgefallen ist, der anders aussah.«

Innerlich stöhnte er über seine unbeholfene Ausdrucksweise.

»Wie anders?«

»Ein Mann, der sehr fett war und schlecht Schwedisch sprach.«

»Ach der«, antwortete sie sofort.

Svedberg starrte sie an.

»Er war letzten Samstag hier«, bestätigte sie.

Svedberg zog einen Notizblock aus der Tasche.

»Wann?«

»Kurz nach neun.«

»War er allein?«

»Ja.«

»Erinnerst du dich daran, was er gekauft hat?«

»Das war viel. Mehrere Packungen Tee, unter anderem. Er benötigte vier Tüten.«

Das ist er, dachte Svedberg. Russen trinken Tee wie wir Kaffee.

»Wie hat er bezahlt?«

»Er hatte das Geld lose in der Tasche.«

»Welchen Eindruck machte er? War er nervös? Ist dir etwas aufgefallen?«

Ihre Antworten kamen die ganze Zeit schnell und bestimmt.

»Er hatte es eilig. Er stopfte die Lebensmittel in die Tüten.«

»Sprach er etwas?«

»Nein.«

»Wie kannst du dann wissen, daß er gebrochen Schwedisch sprach?«

»Er sagte Guten Tag und Danke. Das reicht schon.«

Svedberg nickte. Nun hatte er nur noch eine Frage.

»Du weißt natürlich nicht, wo er wohnt?«

Sie runzelte die Stirn und dachte nach.

Ist es denn möglich, daß sie auch darauf noch eine Antwort geben kann, dachte Svedberg flüchtig.

»Er wohnt irgendwo in der Nähe der Kiesgrube.«

»Kiesgrube?«

»Weißt du, wo die Volkshochschule liegt?«

Svedberg nickte, er wußte es.

»Wenn du an ihr vorbeifährst, dann links. Und dann wieder links.«

»Woher willst du wissen, daß er dort wohnt?«

»In der Schlange stand hinter ihm ein alter Mann, der Holgerson heißt. Er quatscht beim Bezahlen immer vor sich hin. Er brubbelte, daß er noch nie so einen dicken Kerl gesehen hätte. Dann sagte er, daß er ihn schon einmal vor irgendeinem Haus hinten an der Kiesgrube gesehen hätte. Dort gibt es ein paar leerstehende Höfe. Holgerson weiß über alles, was in Tomelilla passiert, Bescheid.«

Svedberg steckte den Notizblock ein. Jetzt hatte er es eilig.

»Weißt du was«, sagte er, »ich frage mich, ob du nicht doch Polizistin werden solltest.«

»Was hat er getan?« erkundigte sie sich.

»Nichts«, antwortete Svedberg. »Wenn er wiederkommen sollte, darfst du nicht verraten, daß jemand nach ihm gefragt hat. Vor allem nicht, daß es die Polizei war.«

»Ich sage nichts. Kann man bei der Polizei einfach mal so zu Besuch kommen?«

»Ruf an und frag nach mir. Mein Name ist Svedberg. Ich führ dich dann rum und zeig dir alles.«

Ihr Gesicht leuchtete auf.

»Das werde ich tun.«

»Aber bitte nicht in den nächsten Wochen. Wir haben gerade jede Menge zu tun.«

Er verließ das Geschäft und fuhr den Weg, den sie ihm beschrieben hatte. Als er an eine Abfahrt kam, die zur Kiesgrube führte, hielt er an und stieg aus. Im Handschuhfach hatte er ein Fernglas liegen. Er ging zur Kiesgrube und kletterte auf eine verlassene Schottermühle.

Hinter der Kiesgrube gab es zwei Höfe, die weit auseinanderlagen. Das eine Haus war halb abgerissen, das andere schien in einem besseren Zustand zu sein. Aber er konnte kein Auto auf dem Hof entdecken, und das Gebäude wirkte verlassen. Dennoch fühlte er, daß er auf dem richtigen Weg war. Das Haus lag isoliert, keine Straße führte daran vorbei. Niemand würde in eine Sackgasse fahren, wenn er dort nicht etwas zu erledigen hätte.

Er wartete, das Fernglas vor den Augen. Es fing zu nieseln an.

Nach fast dreißig Minuten wurde plötzlich die Tür geöffnet. Eine Frau kam heraus. Tania, dachte er. Sie stand ganz ruhig da und rauchte. Svedberg konnte ihr Gesicht nicht sehen, da es teilweise durch einen Baum verdeckt wurde.

Er nahm das Fernglas herunter. Dort muß es sein, dachte er. Das Mädchen in dem »ICA«-Geschäft hatte Ohren, um zu hören, und Augen, um zu sehen, und außerdem noch ein gutes Gedächtnis. Er kletterte von der Schottermühle herunter und ging zurück zu seinem Wagen. Inzwischen war es nach zehn Uhr. Er beschloß, im Polizeigebäude anzurufen und sich krank zu melden. Er hatte keine Zeit mehr, in irgendwelchen Versammlungen herumzusitzen.

Jetzt mußte er mit Wallander reden.

Tania warf die Zigarette weg und trat die Glut mit dem Absatz aus. Sie stand draußen auf dem Hof in dem leichten Nieselregen. Das Wetter paßte zu ihrer Stimmung. Konovalenko hatte sich mit dem neuen Afrikaner zurückgezogen, und sie interessierte sich nicht dafür, worüber sie sprachen. Vladimir hatte sie immer auf dem laufenden gehalten, solange er lebte. Sie wußte, daß in Südafrika ein bedeutender Politiker getötet werden sollte. Aber wer das war und warum, darüber wußte sie nichts. Vladimir hatte es ihr bestimmt erzählt, aber sie hatte es sich nicht gemerkt.

Sie war auf den Hof gegangen, um ein paar Minuten für sich

zu haben. Bisher hatte sie noch kaum Zeit gehabt, darüber nachzudenken, was es bedeutete, daß Vladimir nun nicht mehr da war. Sie war auch überrascht gewesen von dem Schmerz und der Trauer, die sie spürte. Ihre Ehe war nie etwas anderes gewesen als ein praktisches Arrangement, das ihnen beiden zugute kam. Bei der Flucht aus der zerfallenden Sowjetunion hatten sie einander helfen können. Danach, in Schweden, hatte sie den Sinn ihres Daseins darin gesehen, Vladimir bei seinen verschiedenen Transaktionen zu helfen. Alles war anders geworden, als Konovalenko auftauchte. Anfangs hatte sich Tania zu ihm hingezogen gefühlt. Sein bestimmtes Auftreten, seine Selbstsicherheit waren ein Kontrast zu Vladimirs Persönlichkeit, und sie hatte nicht gezögert, als Konovalenko begann, ernsthaftes Interesse an ihr zu bekunden. Es hatte jedoch nicht lange gedauert, da war ihr klargeworden, daß er sie nur ausnutzte. Seine Gefühlskälte, seine intensive Verachtung für andere Menschen hatten sie erschreckt. Ihr Leben war im Laufe der Zeit vollständig von Konovalenko dominiert worden. Dann und wann, spätabends, hatten Vladimir und sie darüber gesprochen, noch einmal aufzubrechen, von neuem zu beginnen, außerhalb von Konovalenkos Einflußbereich. Aber es war nie etwas daraus geworden, und nun war Vladimir tot. Sie stand auf dem Hof und fühlte, daß sie ihn vermißte. Was jetzt geschehen sollte, wußte sie nicht. Konovalenko war wie besessen davon, den Polizisten, der Vladimir getötet und ihm soviel Ungelegenheiten bereitet hatte, zu vernichten. Die Gedanken an die Zukunft mußten warten, bis alles vorüber war, bis der Polizist tot und der Afrikaner zurückgekehrt war, um seinen Auftrag auszuführen. Ihr war klar, daß sie von Konovalenko abhängig war, ob sie wollte oder nicht. Aus dem Exil gab es kein Zurück. Flüchtig und immer seltener dachte sie an Kiew, die Stadt, aus der sowohl sie selbst als auch Vladimir gekommen waren. Was weh tat, waren nicht all die Erinnerungen, sondern die Gewißheit, daß sie die Menschen und Plätze niemals würde wiedersehen dürfen, die einst Ausgangspunkt ihres Lebens gewesen waren. Da war eine Tür für immer zugeschlagen. Sie war verschlossen, und den Schlüssel hatte man weggeworfen. Die letzten Reste waren mit Vladimir verschwunden.

Sie dachte an das Mädchen, das im Keller gefangengehalten wurde. Das war das einzige, was sie Konovalenko in den letzten Tagen gefragt hatte. Was würde mit ihr geschehen? Er hatte geantwortet, daß sie freigelassen würde, wenn er den Vater erwischt hätte. Aber sie hatte sofort daran zu zweifeln begonnen, daß er es ernst meinte. Sie schauderte bei dem Gedanken, daß er auch sie noch töten könnte.

Tania fiel es schwer, sich über ihre eigenen Gefühle klarzuwerden. Sie konnte einen uneingeschränkten Haß auf den Vater des Mädchens fühlen, der ihren Mann getötet hatte, außerdem noch auf barbarische Art und Weise, wie Konovalenko ihr versichert hatte, ohne genauer zu erklären, was er damit meinte. Aber deshalb die Tochter des Polizisten zu opfern, das war zuviel für sie. Gleichzeitig wußte sie, daß sie nichts tun konnte, um zu verhindern, daß es geschah. Die geringste Andeutung von Widerstand ihrerseits würde nur bedeuten, daß Konovalenko seine tödlichen Kräfte auch gegen sie einsetzte.

Sie fröstelte im Regen, der wieder zugenommen hatte, und ging ins Haus zurück. Konovalenkos Stimme war als ein Murmeln durch die geschlossene Tür zu vernehmen. Sie trat in die Küche und schaute auf die Kellerluke im Fußboden. Die Küchenuhr zeigte an, daß es Zeit war, dem Mädchen etwas zu essen und zu trinken zu geben. Sie hatte bereits eine Plastiktüte mit einer Thermosflasche und einigen belegten Broten vorbereitet. Bisher hatte das Mädchen im Keller nichts angerührt, was sie ihr gegeben hatte. Jedesmal war sie mit dem wieder gegangen, was sie beim letzten Mal hingestellt hatte. Sie zündete die Kerze an, die Konovalenko liegengelassen hatte, und öffnete die Luke. In der einen Hand hielt sie eine Taschenlampe.

Linda war in eine Ecke gekrochen. Dort lag sie zusammengerollt, als plagten sie heftige Magenschmerzen. Tania ließ den Lichtstrahl über den Nachttopf gleiten, der auf dem Steinboden stand. Er war nicht benutzt worden. Mitleid mit dem Mädchen ergriff sie. Vorher hatte der Schmerz über Vladimirs Tod sie so ausgefüllt, daß kein Platz für andere Gefühle dagewesen war. Jetzt aber, da sie das Mädchen liegen sah, zusammengerollt, paralysiert durch Angst, fühlte sie, daß das Böse in Konovalenko grenzenlos war. Es gab überhaupt keinen Anlaß, sie in einen dunklen Keller zu sperren, und außerdem noch mit Ketten an den Beinen. Er hätte sie in einen Raum im Obergeschoß einschließen können, so gefesselt, daß es ihr unmöglich war, das Haus zu verlassen.

Das Mädchen rührte sich nicht, aber es folgte Tanias Bewegungen mit den Augen. Ihr abgeschnittenes Haar verursachte Tania Übelkeit. Sie hockte sich neben das reglose Mädchen.

»Es ist bald vorüber«, tröstete sie.

Das Mädchen antwortete nicht. Ihre Augen blickten direkt in Tanias.

»Du mußt versuchen, etwas zu dir zu nehmen. Es ist bald vorüber.«

Der Schrecken hat bereits begonnen, sie aufzufressen. Er nagt innerlich an ihr.

Plötzlich wußte sie, daß sie Linda helfen mußte. Das konnte sie das Leben kosten. Aber sie war dazu gezwungen. Konovalenkos Bosheit war selbst für sie unerträglich.

»Es ist bald vorüber«, flüsterte sie, legte die Tüte vor das Gesicht des Mädchens und stieg die Stufen wieder hinauf. Dann verschloß sie die Luke und drehte sich um.

Da stand Konovalenko. Sie erschrak und konnte einen Ausruf nicht unterdrücken. Er verstand es, sich Menschen lautlos zu nähern. Manchmal schien es ihr, als sei sein Gehör unnatürlich ausgebildet. Wie bei einem Nachttier. Er hört, was anderen Menschen entgeht.

»Sie schläft«, versicherte Tania.

Konovalenko sah sie ernst an. Dann lächelte er plötzlich und verließ die Küche, ohne ein Wort zu sagen.

Tania sank auf einen Stuhl und zündete sich eine Zigarette an. Sie merkte, daß ihre Hände zitterten. Aber sie wußte nun, daß der Entschluß, den sie innerlich gefaßt hatte, unwiderruflich war.

Kurz nach ein Uhr rief Svedberg Wallander an.

Schon nach dem ersten Signal wurde der Hörer abgenommen. Svedberg hatte lange in seiner Wohnung gesessen und überlegt, wie er Wallander überzeugen könnte, nicht noch einmal allein gegen Konovalenko anzutreten. Aber er sah ein, daß Wallander sich nicht mehr nur von Vernunftgründen leiten ließ. Er hatte eine Grenze überschritten, und sein Handeln wurde sehr stark von gefühlsmäßigen Impulsen bestimmt. Er konnte nur an Wallander appellieren, Konovalenko nicht allein herauszufordern. In gewisser Weise ist er nicht ganz zurechnungsfähig, hatte Svedberg gedacht. Er wird von der Angst gesteuert, der Tochter könnte etwas geschehen. Er ist zu allem fähig.

Er kam sofort zur Sache. »Ich habe Konovalenkos Haus gefunden.«

Er fühlte, daß Wallander am anderen Ende der Leitung zusammenzuckte.

»Ich fand eine Spur unter den Gegenständen, die wir in Rykoffs Taschen fanden. Ich muß wohl nicht ins Detail gehen. Aber sie führte mich zu einem ›ICA‹-Laden in Tomelilla. Eine Verkäuferin mit phänomenalem Gedächtnis brachte mich weiter. Das Haus liegt östlich von Tomelilla. An einer Kiesgrube, die offensichtlich lange nicht mehr in Betrieb ist. Es gehört zu einem alten Bauernhof.«

»Ich hoffe, niemand hat dich gesehen«, sagte Wallander.

Svedberg konnte hören, wie erschöpft und gespannt er war.

»Niemand«, versicherte er. »Du kannst ganz beruhigt sein.«

»Wie sollte ich wohl ruhig sein können?«

Svedberg schwieg.

»Ich glaube, ich weiß, wo diese Kiesgrube liegt«, fuhr Wallander fort. »Wenn es stimmt, was du sagst, dann bin ich Konovalenko einen Zug voraus.«

»Hat er wieder von sich hören lassen?«

»Zwölf Stunden sind heute abend um acht vorüber. Er wird die Zeit einhalten. Ich werde nichts unternehmen, bis er wieder Kontakt zu mir aufgenommen hat.«

»Das wird die reine Katastrophe, wenn du ihn allein stellen willst. Ich wage nicht daran zu denken, was geschehen wird.«

»Du weißt, daß es keine andere Möglichkeit gibt. Ohne daß ich ihn sehen kann, weiß ich doch, daß er dieses Haus hier unter ständiger Beobachtung hält. Wo auch immer er mich treffen will, er wird die vollständige Kontrolle über die Umgebung haben. Außer mir würde sich kein anderer dem Gelände nähern können. Und du weißt, was geschieht, wenn er merkt, daß ich nicht allein bin.«

»Ich verstehe das alles«, versicherte Svedberg. »Trotzdem meine ich, daß wir es versuchen müssen.«

Es wurde einen Augenblick still.

»Ich werde sichergehen«, sagte Wallander. »Ich werde dir nicht erzählen, wo ich ihn treffen werde. Ich sehe ein, daß du es gut meinst. Aber ich kann kein Risiko eingehen. Danke, daß du das Haus für mich gefunden hast. Das werde ich dir nicht vergessen.«

Dann legte er auf.

Svedberg blieb sitzen, den Hörer in der Hand.

Was sollte er jetzt machen? Er hatte nicht an die Möglichkeit gedacht, daß Wallander ihm die entscheidende Information vorenthalten könnte.

Er legte den Hörer auf und überlegte. Wenn Wallander sich nicht um Hilfe kümmerte, mußte er, Svedberg, es für ihn tun. Die Frage war nur, wen er ansprechen konnte.

Er stellte sich ans Fenster und schaute zum Kirchturm hinüber, der hinter den Hausdächern zu sehen war. Als Wallander nach der Nacht auf dem Übungsgelände auf der Flucht gewesen war, hatte er sich an Sten Widén gewandt. Svedberg war dem Mann nie zuvor begegnet. Er hatte Wallander nicht einmal von ihm sprechen hören. Dennoch waren sie offenbar eng befreundet und kannten einander seit langem. An ihn hatte sich Wallander um Hilfe gewandt. Jetzt entschloß sich Svedberg, es ebenso zu halten. Er verließ die Wohnung und fuhr aus der Stadt hinaus. Der Regen war stärker geworden, es blies außerdem ein kräftiger Wind. Er fuhr an der Küste entlang und dachte, daß all das, was in der letzten Zeit geschehen war, bald ein Ende finden mußte. Es war zuviel für einen kleinen Polizeibezirk wie Ystad.

Er traf Sten Widén draußen im Stall. Er stand vor einer Box, in der ein Pferd unruhig tänzelte und den Brettern der Absperrung ab und zu einen kräftigen Tritt verpaßte. Svedberg grüßte und stellte sich neben ihn. Das nervöse Pferd war sehr groß und schlank. Svedberg hatte noch nie in seinem Leben auf einem Pferderücken gesessen. Er hatte großen Respekt vor Pferden und verstand nicht, wie man sein Leben freiwillig damit verbringen konnte, sie zu züchten und zu trainieren.

»Sie ist krank«, erklärte Sten Widen plötzlich. »Aber ich weiß nicht, was mit ihr los ist.«

»Sie wirkt ein wenig nervös«, sagte Svedberg vorsichtig.

»Das ist der Schmerz.«

Dann zog er den Riegel zurück und ging in die Box. Er griff nach dem Halfter, und das Pferd beruhigte sich fast augenblicklich. Dann bückte er sich und sah nach dem linken Vorderbein. Svedberg lehnte sich vorsichtig über die Brüstung, um besser sehen zu können.

»Sie ist geschwollen. Siehst du?«

Svedberg konnte nichts entdecken. Aber er murmelte Zustimmung. Sten Widen streichelte das Pferd eine Weile und kam dann aus der Box.

»Ich muß mit dir reden«, sagte Svedberg.

»Gehen wir doch hinein«, schlug Sten Widen vor.

Als sie ins Haus kamen, sah Svedberg eine ältere Dame in dem unaufgeräumten Wohnzimmer auf dem Sofa sitzen. Sie schien ihm nicht recht in Sten Widens Milieu zu passen. Sie war auffallend elegant gekleidet, stark geschminkt und trug kostbare Juwelen. Sten Widen bemerkte seinen Blick.

»Sie wartet darauf, daß ihr Chauffeur sie abholen kommt«, erklärte er. »Ihr gehören zwei Pferde, die bei mir im Training stehen.«

»Ach so«, sagte Svedberg.

»Die Witwe eines Bauunternehmers aus Trelleborg. Sie fährt bald heim. Sie kommt ab und zu, nur um hier herumzusitzen. Ich glaube, sie ist sehr einsam.«

Die letzten Worte äußerte Sten Widen so verständnisvoll, daß Svedberg verwundert war.

Sie setzten sich in die Küche.

»Ich weiß nicht recht, warum ich eigentlich hier bin«, begann Svedberg. »Besser gesagt, das weiß ich schon. Aber was es eventuell bedeutet, dich um Hilfe zu bitten, da habe ich keine Ahnung.«

Er berichtete von dem Haus, das er an der Kiesgrube in der Nähe von Tomelilla entdeckt hatte. Sten Widen erhob sich und kramte eine Weile in dem mit Papieren und Rennprogrammen vollgestopften Küchenschrank. Schließlich fand er eine schmutzige und zerrissene Karte. Er breitete sie auf dem Tisch aus, und Svedberg zeigte mit einem abgebrochenen Bleistift, wo das Haus lag.

»Ich habe keine Ahnung, was Wallander zu tun gedenkt. Ich weiß nur, daß er Konovalenko allein herausfordern will. Er will seiner Tochter wegen kein Risiko eingehen. Das kann man natürlich verstehen. Das Problem ist nur, daß Wallander allein nicht die geringste Möglichkeit hat, Konovalenko unschädlich zu machen.«

»Du willst ihm also helfen?« fragte Sten Widen.

Svedberg nickte.

»Aber allein schaffe ich es nicht. Mir fiel niemand außer dir ein, mit dem ich darüber reden konnte, denn noch einer oder weitere Polizisten, das geht nicht. Deshalb bin ich hier. Du kennst ihn, du bist sein Freund.«

»Vielleicht.«

»Vielleicht?«

»Richtig ist, daß wir uns seit langem kennen. Aber wir haben über zehn Jahre keinen Kontakt mehr zueinander gehabt.«

»Das wußte ich nicht. Ich dachte, es wäre anders.« Ein Auto bog auf den Hof ein. Sten Widen stand auf und begleitete die Bauunternehmerswitwe nach draußen. Svedberg dachte, daß er sich wohl geirrt hatte. Sten Widen war wohl nicht der Freund Wallanders, den er sich vorgestellt hatte.

»Was denkst du dir?« fragte Sten Widen, als er in die Küche zurückkam.

Svedberg erzählte. Irgendwann nach acht Uhr würde er Wallander anrufen und versuchen, etwas aus ihm herauszubringen. Sicher nicht exakt das, was Konovalenko gesagt hatte, aber wenigstens, wann das Treffen stattfinden würde. Wenn er den Zeitpunkt wüßte, würden er und hoffentlich noch einer sich schon in der Nacht zu dem Hof begeben, unbemerkt, um Wallander beizustehen, wenn es notwendig wäre.

Sten Widen lauschte mit ausdruckslosem Gesicht. Als Svedberg fertig war, stand er auf und verließ die Küche. Svedberg vermutete, er sei zur Toilette gegangen. Aber Sten Widen kehrte mit einem Gewehr in der Hand zurück.

»Wir müssen versuchen, ihm zu helfen«, sagte er kurz.

Er setzte sich und untersuchte das Gewehr. Svedberg legte seine Dienstwaffe auf den Tisch, um zu zeigen, daß auch er bewaffnet war. Sten Widen grinste.

»Nicht viel, um einen zu allem bereiten Verrückten zu jagen«, bemerkte er.

»Kannst du die Pferde allein lassen?«

»Ulrika schläft hier, eines der Mädchen, die mir helfen.«

Svedberg fühlte sich in Sten Widens Gesellschaft die ganze Zeit unsicher. Dessen Wortkargheit und Ungeselligkeit ließen ihn nicht recht locker werden. Aber er war dankbar, es nicht allein durchstehen zu müssen.

Um drei Uhr nachmittags fuhr Svedberg nach Hause. Sie hatten vereinbart, daß er sich melden würde, sobald er Kontakt mit Wallander gehabt hatte. Auf dem Weg nach Ystad kaufte er die soeben erschienenen Abendzeitungen. Er setzte sich ins Auto und blätterte sie durch. Die Geschehnisse um Konovalenko und Wallander galten immer noch als aktuell, waren aber bereits um einige Seiten nach hinten gerutscht.

Dann entdeckte Svedberg plötzlich Rubriken, die er mehr als alles andere fürchtete.

Dazu ein Bild von Wallanders Tochter.

Er rief Wallander zwanzig Minuten nach acht an.

Konovalenko hatte sich gemeldet.

»Ich weiß, daß du nicht sagen willst, was geschehen wird«, sagte Svedberg. »Aber verrate mir wenigstens die Uhrzeit.«

Wallander zögerte, bevor er antwortete.

»Morgen früh um sieben.«

»Aber nicht bei dem Haus.«

»Nein. Woanders. Aber frag jetzt nicht weiter.«

»Was wird passieren?«

»Er hat versprochen, meine Tochter freizulassen. Mehr weiß ich nicht.«

Du weißt es, dachte Svedberg. Du weißt, daß er versuchen wird, dich zu töten.

»Sei vorsichtig, Kurt.«

»Ja«, versprach Wallander und legte auf.

Svedberg war jetzt sicher, daß das Treffen bei dem Hof stattfinden würde. Wallanders Antwort war eine Idee zu schnell gekommen. Er saß reglos da.

Dann rief er Sten Widén an. Sie vereinbarten, sich um Mitternacht zu Hause bei Svedberg zu treffen und dann nach Tomelilla zu fahren.

Sie tranken eine Tasse Kaffee in Svedbergs Küche.

Draußen regnete es immer noch.

Viertel vor zwei Uhr nachts machten sie sich auf den Weg.

28

Der Mann vor ihrem Haus in Bezuidenhout Park war wieder da. Es war der dritte Morgen hintereinander, an dem Miranda ihn auf der anderen Straßenseite stehen sah, regungslos, wartend. Sie konnte ihn durch die dünne Gardine des Wohnzimmers beobachten. Er war weiß, trug Anzug und Schlips und nahm sich in ihrer Welt wie ein unbeholfener Fremdling aus. Sie hatte ihn zeitig entdeckt, kurz nachdem Matilda zur Schule gegangen war. Sie hatte sofort reagiert, weil sich in ihrer Straße nicht oft Menschen zeigten. Morgens verschwanden die Männer, die in den Villen wohnten, in ihren Autos ins Zentrum von Johannesburg. Später setzten sich die Frauen in ihre eigenen Wagen, um einkaufen zu fahren, um Schönheitsinstitute zu besuchen oder einfach von zu Hause wegzukommen. In Bezuidenhout lebten Enttäuschte und Unzufriedene aus der weißen Mittelklasse, Leute, die es nicht geschafft hatten, in die oberste weiße Schicht im Lande hinaufzukriechen. Miranda wußte auch, daß viele dieser Menschen daran dachten, auszuwandern. Sie hatte gedacht, daß hier noch eine Wahrheit unerbittlich demontiert wurde. Für diese Menschen war Südafrika kein selbstverständliches Vaterland, an das sie sich durch Blut und Boden gebunden fühlten. Auch wenn sie hier geboren waren, hatten sie nicht gezögert, über einen Umzug nachzudenken, als de Klerk seine Februarrede an die Nation gehalten hatte, Nelson

Mandela freigelassen worden war und sich eine neue Zeit ankündigte. Eine neue Zeit, die vielleicht mit sich bringen würde, daß auch noch andere Schwarze neben Miranda in Bezuidenhout wohnten.

Aber der Mann auf der anderen Straßenseite war ein Fremder. Er gehörte nicht hierher, und Miranda fragte sich, was er suchte. Ein Mensch, der im Morgengrauen ruhig auf einer Straße stand, mußte nach etwas suchen, das er verloren oder geträumt hatte. Sie war lange hinter der dünnen Gardine stehengeblieben und hatte ihn betrachtet und schließlich gemerkt, daß er ihr Haus beobachtete. Das hatte ihr zuerst angst gemacht. Kam er von einer unbekannten Behörde, einem der ungreifbaren Kontrollorgane, die nach wie vor das Leben der Schwarzen in Südafrika beherrschten? Sie hatte darauf gewartet, daß er sich zu erkennen geben, an ihrer Tür klingeln würde. Aber je länger er dastand, reglos, desto stärker wurden ihre Zweifel. Außerdem trug er keine Aktentasche. Miranda war es gewöhnt, daß das weiße Südafrika zu den Schwarzen immer entweder durch Hunde, Polizisten, pfeifende Gummiknüppel und gepanzerte Fahrzeuge oder durch Papiere sprach. Aber er hatte keine Aktentasche bei sich, seine Hände waren leer.

Am ersten Morgen war Miranda in regelmäßigen Abständen an das Fenster zurückgekehrt, um zu kontrollieren, ob er noch da war. Er kam ihr wie eine Statue vor, von der niemand wußte, wo man sie plazieren sollte, oder die keiner haben wollte. Kurz vor neun war die Straße dann leer gewesen. Am Tag darauf jedoch war er wiedergekommen, hatte an derselben Stelle gestanden, den Blick auf ihr Fenster gerichtet. Ihr war die böse Ahnung gekommen, er stünde Matildas wegen dort. Vielleicht war er von der Geheimpolizei; im Hintergrund, von ihrem Fenster aus nicht sichtbar, konnten uniformierte Männer in Autos warten. Aber etwas in seinem Auftreten machte sie unsicher. Da kam ihr zum ersten Mal der Gedanke, er könnte dort stehen, damit sie ihn sah und begreifen sollte, daß er nicht gefährlich war. Er bedrohte sie nicht, er gab ihr Zeit, sich an ihn zu gewöhnen.

Jetzt war es der dritte Morgen, Mittwoch, der 20. Mai, und wieder war er gekommen. Plötzlich schaute er sich um, ging dann über die Straße auf ihre Gasse zu und näherte sich auf dem gepflasterten Gang ihrer Wohnungstür. Als es klingelte, stand sie immer noch hinter der Gardine. Gerade an diesem Morgen war Matilda nicht in die Schule gegangen. Beim Aufwachen hatte sie über Kopfschmerzen und Fieber geklagt, vielleicht war es Malaria, und schlief nun in ihrem Zimmer. Miranda zog vorsichtig ihre Tür zu, bevor sie aufmachen ging. Es hatte nur einmal geklingelt. Er wußte, daß jemand zu Hause war, und konnte deshalb sicher sein, daß sich die Tür für ihn öffnen würde.

Er ist jung, dachte Miranda, als sie vor ihm stand.

Die Stimme des Mannes war hell.

»Miranda Nkoyi? Ich möchte fragen, ob ich einen Moment hereinkommen darf. Ich verspreche, nicht lange zu stören.«

Irgendwo in ihr meldete sich eine warnende Stimme. Aber sie ließ ihn trotzdem ein, führte ihn ins Wohnzimmer und bat ihn, sich zu setzen.

Georg Scheepers fühlte sich wie gewöhnlich unsicher, wenn er mit einer schwarzen Frau allein war. Das geschah nicht oft in seinem Leben. Meist war es eine der schwarzen Sekretärinnen, die es in der Staatsanwaltschaft gab, seit die Rassengesetze weniger streng geworden waren. Er dachte, daß es das erste Mal war, daß er mit einer schwarzen Frau allein in ihrem eigenen Haus zusammensaß.

Er hatte ein wiederkehrendes Gefühl, daß die Schwarzen ihn verachteten. Immer suchte er nach Zeichen des Feindlichen. Nie war das unklare Schuldgefühl so deutlich, wie wenn er mit einem schwarzen Menschen allein war. Er merkte, daß das Gefühl der Schutzlosigkeit wuchs, als er nun einer Frau gegenübersaß. Mit einem Mann wäre es vielleicht anders gewesen. Als Weißer hatte er die normale Überlegenheit. Jetzt war sie plötzlich verschwunden, und der Stuhl versank unter ihm, bis er meinte, direkt auf dem Boden zu sitzen.

Er hatte die letzten Tage und das vergangene Wochenende mit dem Versuch verbracht, so tief wie möglich in Jan Kleyns Geheimnis einzudringen. Jetzt wußte er, daß Jan Kleyn dieses Haus in Bezuidenhout ständig besucht hatte. Das ging schon viele Jahre so, seit Jan Kleyn nach dem Studium nach Johannesburg gekommen war. Durch Werveys Einfluß und seine eigenen Beziehungen war es ihm auch gelungen, das Bankgeheimnis zu umgehen. So wußte er, daß Jan Kleyn monatlich eine beträchtliche Summe an Miranda Nkoyi überweisen ließ.

Das Geheimnis hatte sich ihm offenbart. Jan Kleyn, einer der zuverlässigsten Beamten des Nachrichtendienstes, ein Bure, der die entsprechenden Wertvorstellungen öffentlich mit Stolz vertrat, lebte heimlich mit einer schwarzen Frau zusammen. Für sie war er bereit, die größten Risiken auf sich zu nehmen. Wenn Präsident de Klerk als Verräter angesehen wurde, dann war Jan Kleyn ebenfalls einer.

Aber Scheepers hatte das Gefühl, bisher nur an der Oberfläche des Geheimnisses gekratzt zu haben, und sich entschlossen, die Frau aufzusuchen. Er würde nicht verraten, wer er war, und möglicherweise verschwieg sie Jan Kleyn gegenüber seinen Besuch. Sollte sie ihm doch davon erzählen, hätte er den Eindringling sicher bald als Georg Scheepers identifiziert. Aber er würde nicht wissen, weshalb; er müßte befürchten, daß das Geheimnis entdeckt worden war, und Scheepers würde Jan Kleyn weiter kontrollieren können. Natürlich bestand das Risiko, daß Jan Kleyn sich entschloß, ihn zu töten. Aber auch dagegen glaubte Scheepers eine Versicherung zu haben. Er würde dieses Haus nicht verlassen, ohne Miranda klargemacht zu haben, daß weitere Personen über Jan Kleyns Geheimleben außerhalb der geschlossenen Welt des Nachrichtendienstes informiert waren.

Sie sah ihn an, sah durch ihn hindurch. Sie war sehr schön. Die Schönheit hatte überlebt, sie überlebte alles, Unterwerfung, Zwang, Schmerz, solange es Widerstand gab. Resignation zog das Häßliche, Verkümmerte, bis zur Vernichtung Geschwächte nach sich.

Er zwang sich mitzuteilen, wie es sich verhielt. Daß der Mann, der sie besuchte, der ihr Haus bezahlte und vermutlich ihr Liebhaber war, in dem begründeten Verdacht stand, gegen den Staat und das Leben einzelner Personen konspirativ tätig zu sein. Während er sprach, schien es ihm, als sei ihr ein Teil des Gesagten bereits bekannt, anderes wiederum neu. Gleichzeitig hatte er seltsamerweise den Eindruck, als sei sie irgendwie erleichtert, als habe sie etwas anderes erwartet oder sogar gefürchtet. Er begann sofort darüber nachzudenken, was das sein konnte. Er ahnte, daß es mit dem Geheimnis zu tun hatte, mit dem leisen Gefühl, daß da noch eine unsichtbare Tür zu öffnen war.

»Ich muß es wissen«, sagte er. »Ich habe eigentlich keine Fragen. Du sollst auch nicht den Eindruck haben, ich würde dich drängen, gegen deinen eigenen Mann auszusagen. Es geht um etwas sehr Großes. Eine Bedrohung für das ganze Land. So groß, daß ich dir nicht einmal verraten kann, wer ich bin.«

»Aber du bist sein Feind. Wenn das Rudel eine Gefahr wittert, rennen bestimmte Tiere in die Irre. Und sie sind verloren. Ist es nicht so?«

»Vielleicht«, erwiderte Scheepers. »Vielleicht ist es so.«

Er saß mit dem Rücken zum Fenster. Gerade in dem Augenblick, als Miranda über die Tiere und das Rudel sprach, nahm er hinter sich an der Tür eine fast unmerkliche Bewegung wahr. Es war, als habe jemand langsam begonnen, die Klinke herunterzudrücken, es sich dann aber anders überlegt. Erst da war ihm eingefallen, daß er an diesem Morgen nicht gesehen hatte, wie die junge Frau das Haus verließ. Die junge Frau, die Mirandas Tochter sein mußte.

Eines der bemerkenswertesten Ergebnisse der Nachforschungen der letzten Tage war gewesen, daß Miranda Nkoyi die ganze Zeit als alleinstehende Haushälterin eines Mannes namens Sidney Houston registriert gewesen war, der sich meistens auf seiner Ranch weit draußen auf den großen Ebenen östlich von Harare aufhielt. Das Arrangement mit diesem abwesenden Viehzüchter hatte Scheepers schnell durchschaut, vor allem seit er wußte, daß Jan Kleyn und Houston an der Universität Kommilitonen gewesen waren. Aber die andere Frau, Mirandas Tochter? Sie gab es nicht. Und nun stand sie hinter der Tür und belauschte ihr Gespräch.

Der Gedanke überrumpelte ihn. Später würde er verstehen, daß ihn seine Vorurteile blockiert hatten, die unsichtbaren Rassenbarrieren, die sein Leben bestimmten. Plötzlich begriff er, wer das lauschende Mädchen war. Jan Kleyns großes und wohlbehütetes Geheimnis war entdeckt. Es war, als habe sich eine Festung schließlich den Belagerern ergeben. Die Wahrheit war so lange nicht ans Licht gekommen, weil sie ganz einfach undenkbar war. Jan Kleyn, der Star des Nachrichtendienstes, der rücksichtslos kämpfende Bure, hatte eine Tochter mit einer schwarzen Frau. Eine Tochter, die er vermutlich mehr liebte als alles andere. Vielleicht bildete er sich ein, daß Nelson Mandela sterben mußte, damit seine schwarze Tochter weiterleben konnte und durch die Nähe zu den Weißen im Land veredelt wurde. Für Scheepers verdiente Heuchelei nichts anderes als Haß. Er empfand es, als habe man in diesem Moment all seinen eigenen Widerstand gebrochen. Gleichzeitig meinte er, nun das Unerhörte der Aufgabe zu verstehen, die sich Präsident de Klerk und Nelson Mandela gestellt hatten. Wie sollte es möglich sein, Gemeinsamkeit zwischen den Menschen zu schaffen, wenn alle einander als Verräter betrachteten?

Miranda sah ihn unverwandt an. Sie konnte nicht erraten, was er dachte, aber sie merkte, daß er aufgeregt war.

Er ließ den Blick schweifen, zuerst über ihr Gesicht, von dort aus weiter zu einer Fotografie des Mädchens, die auf dem Absatz des Kamins stand.

»Deine Tochter«, sagte er. »Jan Kleyns Tochter.«

»Matilda.«

Scheepers rief sich ins Gedächtnis, was er über Mirandas Vergangenheit gelesen hatte.

»Wie deine Mutter.«

»Wie meine Mutter.«

»Liebst du deinen Mann?«

»Er ist nicht mein Mann. Er ist ihr Vater.«

»Und sie?«

»Sie haßt ihn.«

»Jetzt steht sie hinter der Tür und belauscht unser Gespräch.«

»Sie ist krank. Sie hat Fieber.«

»Trotzdem lauscht sie.«

»Warum sollte sie nicht?«

Scheepers nickte. Er verstand.

»Ich muß es wissen. Denk nach. Alles, was uns helfen kann, die Männer zu finden, die planen, das Land ins Chaos zu stürzen. Bevor es zu spät ist.«

Miranda dachte, daß der Augenblick, auf den sie so lange gewartet hatte, gekommen war. Früher hatte sie sich immer vorgestellt, daß niemand dabeisein würde, wenn sie von ihren nächtlichen Untersuchungen der Taschen Jan Kleyns und dem Belauschen seiner im Schlaf geäußerten Worte berichtete. Niemand, nur sie und ihre Tochter. Nun aber war ihr klar, daß es anders werden würde. Sie fragte sich, wie es kam, daß sie ihm so voll und ganz vertraute, ohne auch nur zu wissen, wie er hieß. War es seine eigene Verletzbarkeit? Seine Unsicherheit ihr gegenüber? War es allein die Schwäche, zu der sie Vertrauen wagte?

Die Freude der Befreiung, dachte sie. Das ist es, was ich jetzt gerade fühle. Als wenn ich gereinigt aus dem Meer stiege.

»Lange habe ich geglaubt, er wäre ein gewöhnlicher Angestellter«, begann sie. »Ich ahnte nichts von seinen Verbrechen. Dann erfuhr ich davon.«

»Durch wen?«

»Vielleicht sage ich, durch wen. Aber noch nicht. Man soll erst reden, wenn die Zeit reif ist.«

Er ärgerte sich, weil er sie unterbrochen hatte.

»Aber er weiß nicht, daß ich es weiß«, fuhr sie fort. »Das ist mein Vorteil gewesen. Vielleicht war es meine Rettung, vielleicht wird es mein Tod. Aber jedesmal, wenn er uns besucht hat, bin ich nachts aufgestanden, habe seine Taschen geleert und selbst den kleinsten Fetzen Papier kopiert. Ich habe auch zugehört, wenn er im Schlaf unzusammenhängend vor sich hin gemurmelt hat. Und ich habe diese Informationen weitergegeben.«

»An wen?«

»An die, die uns schützen.«

»Ich schütze euch.«

»Ich weiß nicht einmal, wie du heißt.«

»Das hat nichts zu bedeuten.«

»Ich habe mit schwarzen Männern gesprochen, die genauso geheime Leben leben wie Jan Kleyn.« Er hatte das Gerücht gehört. Aber nichts hatte jemals bewiesen werden können. Er wußte, daß die Nachrichtendienste, sowohl der zivile als auch der militärische, ständig ihre eigenen Schatten jagten. Hartnäckig hielt sich das Gerücht, daß die Schwarzen einen eigenen Nachrichtendienst hatten. Vielleicht direkt dem ANC angeschlossen, vielleicht als eine völlig selbständige Organisation. Dort wurden die Überwacher überwacht, ihre Strategien und Identitäten. Ihm wurde klar, daß die Frau namens Miranda soeben zugegeben hatte, daß es diese Menschen wirklich gab.

Jan Kleyn ist ein toter Mann, dachte er. Ohne daß er etwas davon wußte, haben seine Taschen denen, die er als seine Feinde betrachtet, wertvolle Informationen geliefert.

»Es geht mir um die letzten Monate«, erklärte er. »Was davor war, kümmert mich nicht. Was hast du in der letzten Zeit gefunden?«

»Ich habe alles weitergegeben, und ich habe es vergessen. Warum sollte ich mir die Mühe machen, mich zu erinnern?«

Er sah ein, daß sie recht hatte. Wieder versuchte er, sie zu überzeugen. Er mußte mit einem der Männer reden, die auswerteten, was sie in Jan Kleyns Taschen gefunden oder im Schlaf belauscht hatte.

»Warum sollte ich dir vertrauen?« fragte sie.

»Das sollst du gar nicht«, erwiderte er. »Es gibt keine Garantien im Leben. Es gibt nur Risiken.«

Sie schwieg und schien nachzudenken.

»Hat er viele Menschen getötet?« fragte sie dann. Sie sprach sehr laut, und er begriff, daß dies geschah, damit die Tochter mithören konnte.

»Ja. Er hat viele Menschen auf dem Gewissen.«

»Schwarze?«

»Schwarze.«

»Die Verbrecher gewesen sind?«

»Manchmal. Manchmal nicht.«

»Warum hat er sie getötet?«

»Weil sie nicht reden wollten. Rebellen. Aufrührer.«

»Wie meine Tochter.«

»Ich kenne deine Tochter nicht.«

»Aber ich.«

Sie stand energisch auf.

»Komm morgen wieder«, sagte sie. »Vielleicht gibt es dann jemanden, der dich treffen will. Geh jetzt.«

Er verließ das Haus. Als er zu seinem Wagen kam, den er in einer Seitenstraße geparkt hatte, war er durchgeschwitzt. Er fuhr los und dachte über seine Schwäche und ihre Stärke nach. Gab es eine Zukunft, in der sie aufeinander zugehen und sich versöhnen konnten?

Matilda kam erst heraus, als er gegangen war. Miranda ließ sie zufrieden. Am Abend aber saß sie lange auf ihrer Bettkante.

Das Fieber kam wellenartig.

»Bist du traurig?« fragte Miranda.

»Nein. Ich hasse ihn nur noch mehr.«

Später würde sich Scheepers an seinen Besuch in Kliptown als an einen Abstieg in eine Hölle erinnern, der er sein Leben lang aus dem Weg gegangen war. Er war immer der weißen Bahn gefolgt, die die Buren von der Wiege bis zum Tod geleitete, dem Weg der Einäugigen. Nun war er gezwungen, die andere Linie zu betreten, die schwarze, und was er sah, glaubte er nie vergessen zu können. Es berührte ihn, es mußte ihn berühren, denn es ging um das Leben von zwanzig Millionen Menschen. Menschen, denen man ein vollwertiges Leben nicht gestattete, die vorzeitig starben, die nie die Möglichkeit erhielten, sich zu entwickeln.

Am nächsten Morgen war er um zehn Uhr zu dem Haus in Bezuidenhout zurückgekehrt. Miranda öffnete ihm; es war jedoch ihre Tochter Matilda, die ihn zu dem Mann führen sollte, der bereit war, mit ihm zu sprechen. Er hatte das Gefühl, als sei ihm ein großes Privileg bewilligt worden. Matilda war genauso schön wie ihre Mutter. Ihre Haut war heller, aber die Augen waren die gleichen. Züge des Vaters waren in ihrem Gesicht kaum zu erkennen. Vielleicht distanzierte sie sich in einem solchen Maße von ihm, daß sie selbst verhinderte, daß sie ihm irgendwie ähnlich wurde. Sie gab sich sehr reserviert, nickte ihm lediglich zu, als er ihr die Hand geben wollte. Wieder fühlte er sich unsicher, nun auch der Tochter gegenüber, obwohl sie doch nur ein Teenager war. Er begann nervös zu werden. Worauf hatte er sich da eingelassen? Vielleicht ruhte Jan Kleyns Hand in ganz anderer Art und Weise über diesem Haus, als man ihn glauben gemacht hatte? Aber es war zu spät für ihn, es sich anders zu überlegen. Ein altes rostiges Auto mit schleifendem Auspuff und halb abgesägten Stoßstangen stand vor dem Haus. Wortlos öffnete Matilda die Tür und sah ihn an.

»Ich glaubte, er würde herkommen«, sagte er zögernd.

»Wir werden eine andere Welt besuchen«, verkündete Matilda.

Er nahm auf dem Rücksitz Platz und bemerkte einen Geruch, der ihn, wie er erst später herausfand, an den Hühnerstall seiner Kindheit erinnerte. Der Mann am Lenkrad hatte eine Schirmmütze tief über die Augen gezogen. Er drehte sich um und betrachtete ihn schweigend. Dann fuhren sie los, und der Chauffeur und Matilda begannen sich in einer Sprache zu unterhalten, die Scheepers nicht verstand. Er wußte jedoch, daß sie Xhosa hieß. Die Fahrt ging in südwestliche Richtung. Scheepers schien es, daß der Mann am Steuer viel zu schnell fuhr. Bald hatten sie das Zentrum von Johannesburg hinter sich gelassen und waren auf dem Weg zu dem umfassenden Autobahnnetz, wo die Fahrspuren in verschiedene Richtungen führten. Soweto, dachte Scheepers. Bringen sie mich dorthin?

Aber Soweto war nicht das Ziel. Sie passierten Meadowsland, und der erstickende Rauch lag dicht über der staubigen Landschaft. Kurz hinter dem Durcheinander aus verfallenen Häusern, Hunden, Kindern, Hühnern, verbeulten und ausgebrannten Autos bremste der Fahrer. Matilda stieg aus und setzte sich neben Scheepers auf den Rücksitz. In der Hand hielt sie eine schwarze Mütze.

»Von jetzt ab darfst du nichts mehr sehen.«

Er protestierte und schob ihre Hand weg.

»Wovor hast du Angst?« wollte sie wissen. »Entscheide dich.«

Er nahm die Mütze.

»Warum?« fragte er.

»Es gibt tausend Augen. Du sollst nichts sehen, und niemand soll dich sehen.«

»Das ist keine Antwort, das ist ein Rätsel.«

»Nicht für mich. Entscheide dich endlich!«

Er zog sich die Mütze über. Sie fuhren weiter, unvermindert schnell, obwohl die Straße immer schlechter wurde. Scheepers parierte die Stöße, so gut er konnte. Trotzdem schlug er mit dem Kopf mehrmals schmerzhaft gegen das Autodach. Er verlor das Zeitgefühl. Die Mütze klebte an der Haut, und im Gesicht begann es ihn zu jucken.

Der Wagen bremste und hielt an. Irgendwo bellte wie verrückt ein Hund. Musik aus einem Radio näherte und entfernte sich wellenartig. Trotz der Mütze spürte er den Rauch eines Feuers. Matilda half ihm aus dem Auto. Dann nahm sie ihm die Mütze ab. Die Sonne schien ihm direkt ins Gesicht und blendete ihn. Als sich die Augen an die Helligkeit gewöhnt hatten, sah er, daß sie sich mitten in einem Wirrwarr von Hütten befanden, die aus Wellblech, Kartons, Säcken, Plastikteilen und Planen zusammengestückelt waren. Es gab Behausungen, wo ein Autowrack als Zimmer diente. Es stank nach Abfällen; ein räudiger Hund schnappte nach seinem Bein. Er betrachtete die Menschen, die in dieser Misere lebten. Niemand schien von seiner Anwesenheit Notiz zu nehmen. Es herrschten weder Bedrohung noch Neugier, nur Gleichgültigkeit. Für ihre Augen gab es ihn nicht.

»Willkommen in Kliptown«, sagte Matilda. »Vielleicht ist das hier Kliptown, vielleicht eine andere Shanty-town. Du würdest sowieso niemals hierher zurückfinden. Die sehen alle gleich aus. Das Elend ist überall genauso groß, riecht genauso, wird von den gleichen Menschen bewohnt.«

Sie führte ihn durch das Chaos der Hütten. Er kam sich vor wie in einem Labyrinth, das ihn verschluckte und ihn seiner ganzen Vergangenheit beraubte. Nach wenigen Schritten hatte er die Orientierung total verloren. Er dachte an das Unglaubliche, nämlich daß er hier an der Seite von Jan Kleyns Tochter ging. Aber das Unglaubliche war das Erbe, das nun zum letzten Mal wechseln und dann vergehen würde.

»Was siehst du?« fragte sie.

»Dasselbe wie du«, antwortete er.

»Nein!« sagte sie scharf. »Empört es dich?«

»Natürlich.«

»Mich nicht. Empörung ist eine Treppe. Es gibt viele Stufen. Wir stehen nicht auf derselben.«

»Du bist vielleicht schon ganz oben angekommen?«

»Beinahe.«

»Ist die Aussicht eine andere?«

»Man kann weiter sehen. Zebras, die in wachsamen Herden grasen. Antilopen, die die Gravitation überwinden. Eine Kobra, die sich in einem verlassenen Termitenhügel versteckt hat. Frauen, die Wasser tragen.«

Sie blieb stehen und wandte sich ihm zu.

»Ich entdecke meinen eigenen Haß in ihren Augen. Das jedoch können deine Augen nicht sehen.«

»Was willst du denn als Antwort von mir hören? Ich meine, daß es die reine Hölle sein muß, so zu leben. Die Frage ist nur, ob das mein Fehler ist.«

»Das kann sein«, erwiderte sie. »Das kommt darauf an.«

Sie drangen weiter in das Labyrinth ein. Allein würde er hier nie wieder hinausgelangen. Ich brauche sie, dachte er. Wie wir die ganze Zeit von den Schwarzen abhängig waren. Und das weiß sie.

Matilda blieb vor einer Hütte stehen, die ein wenig größer war als die anderen, allerdings aus demselben Material errichtet. Sie hockte sich neben die Tür, die aus einer grob zurechtgeschnittenen Masonitscheibe bestand.

»Geh hinein. Ich warte hier.«

Scheepers trat ein. Zuerst fiel es ihm schwer, in der Dunkelheit etwas zu erkennen. Dann unterschied er einen einfachen Holztisch, ein paar Sprossenstühle und eine qualmende Petroleumlampe. Aus dem Schatten löste sich ein Mann. Er betrachtete ihn mit einem schwachen Lächeln. Scheepers glaubte, sie wären etwa gleichaltrig. Aber der Mann vor ihm war kräftiger, trug einen Bart und strahlte dieselbe Würde aus, die Scheepers auch bei Miranda und Matilda bemerkt hatte. »Georg Scheepers«, sagte der Mann und lachte kurz auf. Dann wies er auf einen der Stühle.

»Was ist denn so lustig?« erkundigte sich Scheepers. Es fiel ihm schwer, seine wachsende Unsicherheit zu verbergen.

»Nichts«, beruhigte ihn der Mann. »Du kannst mich Steve nennen.«

»Du weißt, warum ich dich treffen will«, versuchte Scheepers ein Gespräch in Gang zu bringen.

»Mich willst du nicht treffen«, erklärte der Mann, der sich

Steve nannte. »Du willst jemanden treffen, der dir Dinge über Jan Kleyn erzählen kann, die du noch nicht weißt. Zufällig bin ich das. Es hätte aber auch jemand anders sein können.«

»Können wir zur Sache kommen?« Scheepers begann, ungeduldig zu werden.

»Weiße Menschen haben immer so wenig Zeit. Ich habe nie verstanden, warum das so ist.«

»Jan Kleyn«, beharrte Scheepers.

»Ein gefährlicher Mann«, sagte Steve. »Jedermanns Feind, nicht nur unserer. Die Raben schreien in der Nacht. Und wir lauschen ihnen und deuten ihre Botschaft. Etwas ist im Gange, etwas, das Chaos schaffen kann. Und das wollen wir nicht. Weder der ANC noch de Klerk. Deshalb mußt du mir erst geben, was du hast. Danach können wir vielleicht gemeinsam in einige der dunkelsten Ecken leuchten.«

Scheepers berichtete nicht alles, wohl aber das Wichtigste, und bereits das war ein Risiko. Er wußte nicht, mit wem er sprach. Dennoch war er gezwungen, es zu tun. Steve hörte zu, während er sich langsam über das Kinn strich.

»So weit ist es also gekommen«, sagte er, als Scheepers fertig war. »Wir haben darauf gewartet. Aber wir glaubten, daß irgendein verrückter Bure zuerst versuchen würde, den Hals des Verräters de Klerk abzuschneiden.«

»Ein Berufskiller«, betonte Scheepers. »Ohne Gesicht, ohne Namen. Aber er könnte bereits früher einmal in Erscheinung getreten sein, irgendwo im Umkreis von Jan Kleyn. Die Raben, von denen du gesprochen hast, sollten noch aufmerksamer lauschen. Der Mann kann weiß sein oder schwarz. Ich habe eine Quelle, die darauf hindeuten könnte, daß er viel Geld bekommen wird. Eine Million Rand, vielleicht mehr.«

»Er müßte zu identifizieren sein«, meinte Steve. »Jan Kleyn nimmt nur die Besten. Wenn es ein Südafrikaner ist, schwarz oder weiß, werden wir ihn finden.«

»Ihn finden und stoppen. Und töten. Wir müssen zusammenarbeiten.«

»Nein«, erklärte Steve. »Wir treffen uns jetzt, aber das bleibt das einzige Mal. Wir gehen von zwei Richtungen aus, sowohl in diesem Fall als auch in Zukunft. Etwas anderes ist nicht möglich.«

»Warum nicht?«

»Wir teilen unsere Geheimnisse nicht. Alles ist immer noch zu ungewiß, zu unsicher. Wir vermeiden alle Pakte und Verabredungen, die nicht absolut notwendig sind. Vergiß nicht, daß wir Feinde sind. Und der Krieg in unserem Land dauert schon lange, obwohl ihr das nicht einsehen wollt.«

»Wir sehen die Sache verschieden«, stellte Scheepers fest.

»Ja, genau das tun wir.«

Das Gespräch hatte nicht länger als ein paar Minuten gedauert. Steve stand auf, und Scheepers wurde klar, daß das Ganze vorüber war.

»Es gibt ja Miranda«, sagte Steve. »Durch sie kannst du meine Welt erreichen.«

»Ja, sie gibt es. Dieses Attentat muß gestoppt werden.«

»Richtig, aber ich glaube, ihr müßt es in die Hand nehmen. Immer noch seid ihr es, die über die Möglichkeiten verfügen. Ich habe nichts. Nur eine Blechhütte. Und Miranda. Und Matilda. Stell dir vor, was passiert, wenn das Attentat gelingt.«

»Ich will lieber nicht daran denken.«

Steve sah ihn einen Augenblick lang schweigend an. Dann verschwand er durch die Tür, ohne sich zu verabschieden. Scheepers folgte ihm hinaus in die grelle Sonne. Wortlos geleitete ihn Matilda zum Auto. Wieder saß er auf dem Rücksitz, die Mütze über das Gesicht gezogen. Im Dunkeln überlegte er schon, was er Präsident de Klerk sagen würde.

Präsident de Klerk hatte einen wiederkehrenden Traum von Termiten.

Er schien sich in einem Haus zu befinden, wo jeder Boden, jede Wand, jedes Möbelstück von den hungrigen Tieren angegriffen war. Warum er in dieses Haus gekommen war, wußte er nicht. Zwischen den Dielenbrettern wuchs Gras, die Fensterscheiben waren zerschlagen, und das wahnsinnige Kauen der Termiten spürte er wie ein Jucken im eigenen Körper. In dem Traum hatte er sehr wenig Zeit, eine wichtige Ansprache zu formulieren. Der

Mann, der ihm sonst die Reden schrieb, war verschwunden; so mußte er die Arbeit selbst übernehmen. Aber als er zu schreiben begann, krochen die Termiten sogar aus seinem Stift.

An dieser Stelle wachte er für gewöhnlich auf. In der Dunkelheit dachte er, daß der Traum vielleicht eine Wahrheit enthielt. Vielleicht war alles schon zu spät? Das, was er erreichen wollte, Südafrika vor dem Zerfall zu bewahren und gleichzeitig den Einfluß und die Sonderstellung der Weißen so weit wie möglich zu erhalten, ließ sich vielleicht mit der schwarzen Ungeduld nicht mehr in Einklang bringen. Es war eigentlich nur Nelson Mandela, der ihn überzeugen konnte, daß es keinen anderen Weg gab. De Klerk wußte, daß sie dieselbe Angst teilten, die vor unkontrollierter Gewalt, vor einem chaotischen Zerfall, den keiner mehr beherrschen konnte, dem Nährboden für einen brutalen und rachsüchtigen Militärputsch oder verschiedene ethnische Gruppierungen, die einander bekämpfen würden, bis nichts mehr übrigblieb.

Es war zehn Uhr abends, am Donnerstag, dem 21. Mai. De Klerk wußte, daß der junge Staatsanwalt Scheepers bereits in seinem Vorzimmer saß und wartete. Aber noch fühlte sich de Klerk nicht in der Lage, ihn zu empfangen. Er war müde, sein Kopf wie zerfressen von all den Problemen, die er ständig versuchen mußte zu lösen. Er stand vom Schreibtisch auf und trat an eines der hohen Fenster. Manchmal konnte die ganze Verantwortung geradezu lähmend auf ihn wirken. Manchmal war es zuviel für einen einzelnen Menschen. Er verspürte von Zeit zu Zeit eine instinktive Lust zu fliehen, sich unsichtbar zu machen, direkt in den Busch zu gehen und einfach zu verschwinden, sich in Luft aufzulösen. Aber er wußte, daß er das nicht tun würde. Der Gott, mit dem zu reden und an den zu glauben ihm immer schwerer fiel, gab ihm vielleicht dennoch weiterhin Schutz. Er fragte sich, wieviel Zeit ihm eigentlich blieb. Seine Stimmung wechselte ständig. Manchmal glaubte er, seine Zeit sei bereits abgelaufen, manchmal war er überzeugt davon, daß ihm trotz allem noch fünf Jahre blieben. Und Zeit war das, was er brauchte. Sein großer Plan – den Übergang zu einer neuen Gesellschaft solange wie möglich zu verschleppen und während dieser Zeit eine große Anzahl schwarzer Wähler in seine Partei zu locken – erforderte Zeit. Aber es war ihm auch klar, daß Nelson Mandela ihm Zeit verweigern würde, die nicht zur Vorbereitung des Überganges genutzt wurde.

In allem, was er tat, gab es eine Spur von Falschheit, dachte er. Eigentlich träume auch ich den unmöglichen Traum, daß mein Land nie verändert werden sollte. Der Unterschied zwischen mir und einem verrückten Fanatiker, der mit offener Gewalt den unmöglichen Traum verteidigen will, ist sehr gering.

Es ist spät auf Erden in Südafrika, dachte er. Was jetzt geschieht, hätte vor vielen Jahren geschehen müssen. Aber die Geschichte richtet sich nicht nach einem unsichtbar ausgelegten Lineal.

Er kehrte zum Schreibtisch zurück und betätigte die Klingel. Kurz darauf trat Scheepers ein. De Klerk hatte seine Energie und Gründlichkeit zu schätzen gelernt. Den Zug naiver Unschuld, den er auch an dem jungen Staatsanwalt bemerkte, übersah er. Auch dieser junge Bure würde lernen müssen, daß sich unter dem weichen Sand scharfe Felsen verbargen.

Er lauschte Scheepers' Vortrag mit halbgeschlossenen Augen. Die Worte, die ihn erreichten, türmten sich in seinem Bewußtsein. Als Scheepers geendet hatte, sah ihn de Klerk forschend an.

»Ich setze voraus, daß alles, was ich gerade zu hören bekommen habe, richtig ist«, begann der Präsident.

»Ja«, bestätigte Scheepers. »Es gibt keine Zweifel.«

»Überhaupt keine?«

»Nein.«

De Klerk überlegte, bevor er fortfuhr.

»Nelson Mandela soll also getötet werden. Durch einen elenden Berufskiller, den der Exekutivausschuß dieses geheimen Komitees ausgewählt und bezahlt hat. Der Mord soll in der nächsten Zeit begangen werden, im Zusammenhang mit einem der vielen öffentlichen Auftritte Mandelas. Die Konsequenz wäre Chaos, ein Blutbad, ein totaler Zusammenbruch. Eine Gruppe einflußreicher Buren wartet im Hintergrund, um die Herrschaft in unserem Land zu übernehmen. Die Verfassung und die gesellschaftlichen Funktionen werden außer Kraft gesetzt. Ein korporatives Regime wird eingeführt, zu gleichen Teilen aus Militär, Polizei und Zivilen bestehend. Die Zukunft wäre ein einziger endloser Ausnahmezustand. Ist das korrekt?«

»Ja«, antwortete Scheepers. »Wenn ich eine Vermutung hinzufügen darf: Das Attentat ist für den 12. Juni geplant.«

»Weshalb?«

»Nelson Mandela wird in Kapstadt reden. Ich habe Informationen, daß das Informationsbüro des Militärs ungewöhnlich großes Interesse für die Planung der örtlichen Polizei bezüglich des Volkstreffens gezeigt hat. Auch andere Zeichen deuten darauf hin. Ich bin mir klar darüber, daß es nur eine Vermutung ist. Aber ich bin überzeugt davon, daß sie qualifiziert ist.«

»Drei Wochen«, murmelte de Klerk. »Drei Wochen, um diese Wahnsinnigen zu stoppen.«

»Wenn es stimmt. Wir können nicht ausschließen, daß der 12. Juni und Kapstadt eine Spur ist, die gelegt wurde, um uns irrezuführen. Die Leute, die mit der Sache zu tun haben, sind darin sehr geschickt. Das Attentat kann sehr gut bereits morgen geschehen.«

»Mit anderen Worten: jederzeit. Und wo auch immer. Und wir können eigentlich nichts tun.«

Er verstummte. Scheepers wartete.

»Ich muß mit Nelson Mandela sprechen«, fuhr de Klerk fort. »Er muß begreifen, was auf dem Spiel steht.«

Dann sah er Scheepers an.

»Diese Menschen müssen unmittelbar gestoppt werden.«

»Wir wissen nicht, wer dahintersteckt«, bekannte Scheepers. »Wie kann man das Unbekannte stoppen?«

»Aber der Mann, den sie angeheuert haben?«

»Auch er ist unbekannt.«

De Klerk betrachtete ihn nachdenklich.

»Du hast einen Plan. Das sehe ich deinem Gesicht an.«

Scheepers merkte, daß er rot wurde.

»Herr Präsident«, sagte er. »Der Schlüssel zu dem Ganzen ist, glaube ich, Jan Kleyn. Der Mann im Nachrichtendienst. Er sollte sofort verhaftet werden. Das Risiko ist natürlich, daß er nichts verrät. Oder es vielleicht vorzieht, Selbstmord zu begehen. Aber ich sehe keine andere Möglichkeit, als ihn ins Verhör zu nehmen.«

De Klerk nickte.

»Dann tun wir das«, entschied er. »Wir haben ja eine ganze

Menge geschickter Vernehmer, die für gewöhnlich die Wahrheit aus den Leuten herausholen.«

Aus Schwarzen, dachte Scheepers. Die danach unter merkwürdigen Umständen ums Leben kommen.

»Das beste wäre natürlich, wenn ich mich um das Verhör kümmern könnte«, gab er zu bedenken. »Ich bin trotz allem am umfassendsten informiert.«

»Du glaubst, daß du mit ihm umgehen kannst?«

»Ja.«

Der Präsident erhob sich. Die Audienz war vorbei.

»Jan Kleyn wird morgen verhaftet«, sagte de Klerk. »Und ich will ab jetzt laufend Berichte. Einmal täglich.«

Sie verabschiedeten sich.

Scheepers ging und nickte dem alten Bediensteten zu, der im Vorraum wartete. Dann fuhr er durch die Nacht nach Hause. Seine Pistole lag neben ihm auf dem Sitz.

De Klerk stand lange in Gedanken versunken am Fenster.

Dann setzte er sich noch für einige Stunden an den Schreibtisch.

Draußen im Vorzimmer lief der alte Bürodiener umher, glättete die Falten im Teppich und strich Sitzkissen glatt. Die ganze Zeit über dachte er an das, was er durch die Tür des Privatkabinetts des Präsidenten erlauscht hatte. Er begriff, daß die Situation sehr ernst war. Er ging in den unansehnlichen Raum, der als Büro diente. Er zog den Telefonstecker aus der Dose und trug den Apparat zu einem anderen Anschluß, der hinter der hölzernen Wandverkleidung verborgen war und den außer ihm niemand kannte. Er nahm den Hörer ab und hatte sofort ein Freizeichen. Dann wählte er eine Nummer.

Die Antwort kam nach einem kurzen Augenblick. Jan Kleyn hatte noch nicht geschlafen.

Nach dem Gespräch mit dem Bürodiener des Präsidenten war ihm klar, daß er diese Nacht ohne Schlaf auskommen mußte.

29

Am späten Abend tötete Sikosi Tsiki durch einen wohlgezielten Messerwurf eine Maus. Da war Tania bereits schlafen gegangen. Konovalenko wartete darauf, daß die Zeit herankam, Jan Kleyn in Südafrika anzurufen, um die letzten Instruktionen bezüglich der Rückreise Sikosi Tsikis einzuholen. Konovalenko beabsichtigte auch, mit ihm über seine eigene Zukunft als Einwanderer zu sprechen. Aus dem Keller war kein Laut zu hören. Tania, die unten bei dem Mädchen gewesen war, hatte mitgeteilt, daß es schlief. An diesem Abend fühlte er sich zum ersten Mal seit langem richtig zufrieden. Er hatte Kontakt zu Wallander aufgenommen und im Austausch gegen die unversehrte Tochter einen Geleitbrief gefordert. Wallander würde ihm eine Woche Vorsprung gewähren und dafür sorgen, daß die Ermittlungen der Polizei in die falsche Richtung liefen. Da Konovalenko beabsichtigte, unmittelbar nach Stockholm zurückzukehren, sollte Wallander veranlassen, daß man ihn in Südschweden suchte.

Aber nichts davon war natürlich wahr. Konovalenko plante, sowohl ihn als auch das Mädchen zu erschießen. Er fragte sich, ob Wallander ihm wirklich glaubte. In diesem Falle verwandelte er sich in den Polizisten zurück, den Konovalenko einmal vor sich zu haben glaubte: einen naiven Provinzbullen. Aber er dachte nicht daran, den Fehler zu begehen, Wallander ein weiteres Mal zu unterschätzen.

Tagsüber hatte er sich viele Stunden mit Sikosi Tsiki beschäftigt. Genauso, wie er auch Victor Mabasha vorbereitet hatte, war er mit ihm eine Reihe von verschiedenen denkbaren Varianten des Attentats durchgegangen. Sikosi Tsiki kam ihm aufgeweckter vor als Victor Mabasha. Außerdem schienen ihn die flüchtigen, jedoch unzweideutigen rassistischen Anspielungen kaltzulassen, die Konovalenko sich nicht verkneifen konnte. Er nahm sich vor, ihn in den nächsten Tagen schärfer zu provozieren, um die Grenze seiner Selbstkontrolle ablesen zu können.

Es gab etwas, das Sikosi Tsiki und Victor Mabasha gemeinsam hatten. Konovalenko vermutete fast, daß es in der Natur der Afrikaner lag. Er dachte an ihre Verschlossenheit, die es unmöglich machte, zu ahnen, was sie dachten. Das irritierte ihn. Er war es gewohnt, Menschen sofort zu durchschauen, sich in ihre Gedanken hineinversetzen zu können und dadurch selbst die Möglichkeit zu haben, ihren Reaktionen zuvorzukommen.

Er betrachtete den schwarzen Mann, der mit seinem eigentümlich gebogenen Messer gerade eine Maus in einer Ecke des Zimmers aufgespießt hatte. Er wird seine Sache gut machen, dachte Konovalenko. Noch ein paar Tage Planung und Waffentraining, dann kann er zurückkehren. Er wird meine Eintrittskarte nach Südafrika sein.

Sikosi Tsiki stand auf und griff nach dem Messer mit der aufgespießten Maus. Dann ging er hinaus in die Küche, ließ das Tier in eine Mülltüte fallen und wischte die Klinge ab. Konovalenko beobachtete ihn, während er ab und zu einen kleinen Schluck Wodka aus seinem Glas trank.

»Ein Messer mit einer gebogenen Klinge«, sagte er. »So eines habe ich noch nie gesehen.«

»Meine Vorfahren stellen solche Messer seit mehr als tausend Jahren her«, bemerkte Sikosi Tsiki.

»Mit gebogener Klinge? Warum?«

»Das weiß niemand, das ist immer noch ein Geheimnis. Wenn es verraten wird, verliert das Messer seine Kraft.«

Kurz darauf verschwand er in sein Zimmer. Konovalenko irritierte die rätselhafte Antwort, die er erhalten hatte. Er hörte, wie Sikosi Tsiki hinter sich abschloß.

Nun war Konovalenko allein. Er ging herum und löschte alle Lampen außer der am Telefon. Er schaute auf die Uhr. Halb eins. Bald würde er Jan Kleyn anrufen. Er lauschte zum Keller hin. Kein Laut. Dann goß er sich noch ein Glas Wodka ein. Er würde es stehenlassen, bis er mit Jan Kleyn gesprochen hatte.

Das Gespräch mit Südafrika wurde kurz.

Jan Kleyn hörte sich Konovalenkos Versprechen an, daß es mit

Sikosi Tsiki keine Probleme geben würde. An seiner mentalen Stabilität war nicht zu zweifeln. Dann gab Jan Kleyn seine Anweisungen. Er wollte, daß Sikosi Tsiki innerhalb der nächsten sieben Tage nach Südafrika zurückkehrte. Konovalenkos Aufgabe war es, sich sofort um die Ausreise aus Schweden zu kümmern und für die Buchung der Rückreise und deren Bestätigung zu sorgen. Konovalenko wurde das Gefühl nicht los, daß Jan Kleyn es eilig hatte, daß er irgendwie unter Druck stand. Er konnte natürlich nicht entscheiden, ob es wirklich so war. Aber es reichte aus, ihn davon abzubringen, über seine eigene Ausreise nach Südafrika zu sprechen. Das Gespräch wurde beendet, ohne daß er ein einziges Wort über die Zukunft verloren hatte. Danach war er mißgestimmt. Er kippte den Wodka hinunter und überlegte, ob Jan Kleyn ihn vielleicht betrügen wollte. Aber er verwarf den Gedanken. Außerdem war er davon überzeugt, daß sein Können und seine Erfahrungen in Südafrika wirklich gebraucht wurden. Er trank noch ein Glas Wodka und trat dann hinaus auf die Verandatreppe, um zu pissen. Es regnete. Er starrte in den Nebel und dachte, daß er trotz allem zufrieden sein konnte. In einigen Stunden würden seine Probleme für diesmal gelöst sein. Sein Auftrag war bald erfüllt. Dann würde er Zeit haben, sich der Zukunft zu widmen. Nicht zuletzt mußte er entscheiden, ob er Tania mit nach Südafrika nehmen oder einfach zurücklassen würde, wie er es mit seiner Frau getan hatte.

Er verschloß die Tür, ging in sein Zimmer und legte sich schlafen. Er zog sich nicht aus, sondern wickelte sich lediglich in eine Decke. Tania ließ er diese Nacht in Frieden. Er brauchte Ruhe.

Sie lag wach in ihrem Zimmer und hörte, wie Konovalenko die Tür schloß und sich hinlegte. Atemlos lauschte sie. Sie hatte Angst. Im Innersten ahnte sie, daß es unmöglich sein würde, das Mädchen aus dem Keller zu holen und dann das Haus zu verlassen, ohne daß Konovalenko es hörte. Ebensowenig war es möglich, die Tür zu seinem Zimmer lautlos zu verschließen. Sie hatte es bereits am Tag versucht, als Konovalenko und der Afrikaner draußen gewesen waren und in der Kiesgrube Schießübungen mit dem Gewehr abgehalten hatten. Außerdem konnte er durch das Fenster hinausgelangen, wenn die Tür verschlossen war. Es wäre gut, wenn sie

Schlaftabletten gehabt und sie ihm in eine seiner Wodkaflaschen getan hätte. Aber so konnte sie sich nur auf sich selbst verlassen, und sie wußte, daß sie es trotz allem versuchen mußte. Tagsüber hatte sie bereits eine kleine Tasche mit Geld und Sachen zurechtgemacht und in der Scheune versteckt. Dorthin hatte sie auch ihren Regenmantel und ein paar Stiefel gebracht.

Sie sah auf die Uhr. Viertel nach eins. Sie wußte, daß das Treffen mit dem Polizisten im Morgengrauen stattfinden sollte. Dann mußten sie und die Tochter bereits weit weg sein. Sobald Konovalenko zu schnarchen begann, würde sie aufstehen. Sie wußte, daß Konovalenko nicht sehr tief schlief und oft aufwachte, jedoch selten während der ersten halben Stunde nach dem Einschlafen.

Noch immer war ihr nicht klar, warum sie das tat. Sie wußte, daß sie ihr eigenes Leben riskierte. Aber sie war sich selbst keine Rechenschaft schuldig. Gewisse Aufgaben wurden durch das Leben selbst gestellt.

Konovalenko wälzte sich hin und her und hustete. Fünf vor halb zwei. Es gab Nächte, in denen Konovalenko überhaupt nicht schlief, nur auf dem Bett lag und ruhte. Wenn das hier eine solche Nacht war, dann konnte sie dem Mädchen nicht helfen. Sie merkte, daß sie noch mehr Angst bekam. Diese Bedrohung schien ihr noch größer als die eigene Gefahr.

Zwanzig Minuten vor zwei hörte sie endlich, wie Konovalenko zu schnarchen begann. Sie lauschte ungefähr eine halbe Minute. Dann stand sie vorsichtig auf. Sie war vollständig angekleidet. In der Hand hatte sie die ganze Zeit den Schlüssel gehalten, der zu dem Schloß an der Kette gehörte, mit der das Mädchen gefesselt war. Sie öffnete vorsichtig die Tür zu ihrem Zimmer und vermied es, auf die Dielen zu treten, die, wie sie wußte, knarrten. Sie schlich sich in die Küche, knipste die Taschenlampe an und begann, die Falltür vorsichtig anzuheben.

Das war ein kritischer Moment; das Mädchen konnte anfangen zu schreien. Bisher war es nicht geschehen, aber es konnte passieren, das war klar. Konovalenko schnarchte. Sie lauschte. Dann stieg sie vorsichtig hinunter. Das Mädchen lag zusammengerollt. Es hatte die Augen geöffnet. Tania hockte sich hin und flüsterte, gleichzeitig strich sie ihr über das abgeschnittene Haar. Sie sagte, daß sie fliehen würden, sie müsse aber sehr, sehr leise sein. Das Mädchen reagierte nicht. Ihre Augen waren völlig ausdruckslos. Tania hatte plötzlich Angst, daß sie sich nicht würde bewegen können. Vielleicht hatte der Schrecken sie gelähmt? Sie war gezwungen, sie auf die Seite zu drehen, um an das Vorhängeschloß zu kommen. Plötzlich begann das Mädchen zu treten und um sich zu schlagen. Tania gelang es gerade noch, ihm die Hand auf den Mund zu pressen, bevor es anfing zu schreien. Tania war kräftig und drückte, so stark sie konnte. Ein einziger halblauter Ruf hätte genügt, um Konovalenko zu wecken. Sie schauderte bei dem Gedanken. Konovalenko würde die Luke versperren und sie beide im Dunkeln zurücklassen. Tania flüsterte weiter, während sie den Mund zuhielt. In die Augen des Mädchens war Leben gekommen, und Tania meinte, daß sie nun begriffen hatte. Langsam nahm sie die Hand weg, öffnete das Vorhängeschloß und wickelte vorsichtig die Kette ab.

Im selben Augenblick merkte sie, daß Konovalenkos Schnarchen aufgehört hatte. Sie hielt den Atem an. Es kam wieder. Schnell erhob sie sich, streckte sich nach der Luke und klappte sie zu. Das Mädchen hatte begriffen. Es setzte sich auf und verhielt sich ruhig. Aber seine Augen funkelten.

Plötzlich glaubte Tania, daß ihr Herzschlag stockte. Sie hörte oben in der Küche Schritte. Jemand lief dort umher. Die Schritte blieben stehen. Jetzt macht er die Luke auf, dachte sie und schloß die Augen. Er hat mich trotz allem gehört.

Das Klirren einer Flasche befreite sie. Konovalenko war aufgestanden, um noch ein Glas Wodka zu trinken. Die Schritte entfernten sich. Tania strahlte ihr Gesicht mit der Taschenlampe an und versuchte zu lächeln. Dann nahm sie die Hand des Mädchens und hielt sie, während sie wartete. Nach zehn Minuten öffnete sie vorsichtig die Luke. Konovalenko hatte wieder zu schnarchen begonnen. Sie erklärte dem Mädchen, was sie geplant hatte. Sie würden sich lautlos zur Haustür schleichen. Tania hatte vorsorglich das Schloß geschmiert. Sie glaubte, es geräuschlos öffnen zu können. Wenn es gutging, würden sie dann gemeinsam vom Hof fliehen. Sollte jedoch etwas schiefgehen, sollte Konovalenko aufwachen, würde Tania einfach die Tür aufreißen, und sie müßten dann jede für sich sehen, wie sie davonkamen, möglichst in verschiedenen Richtungen. Hatte sie kapiert? Rennen, einfach nur rennen. Draußen war es diesig; das erleichterte die Flucht. Aber sie sollte nur immer weiterrennen und sich nicht umschauen. Falls sie ein Haus erreichte oder einem Auto begegnete, sollte sie sich zu erkennen geben. Aber vor allem mußte sie um ihr Leben rennen.

Hatte sie verstanden? Tania glaubte es. Ihre Augen lebten, sie konnte ihre Beine bewegen, wenn sie auch unsicher und schwach war. Tania lauschte wieder. Dann nickte sie dem Mädchen zu. Sie würden fliehen. Tania kletterte zuerst hinauf, lauschte noch einmal und streckte dann die Hand hinunter. Das Mädchen hatte es plötzlich eilig, und Tania mußte sie bremsen, damit die Stufen nicht knackten. Vorsichtig kletterte das Mädchen auf den Küchenfußboden. Es blinzelte, obwohl das Licht sehr schwach war. Sie ist ja fast blind, dachte Tania, und hielt sie am Arm. Konovalenko schnarchte. Dann schlichen sie durch den Flur zur Tür ins Freie, Schritt für Schritt und mit aller Vorsicht. Flur und Diele waren durch einen Vorhang getrennt. Unendlich vorsichtig zog Tania ihn zur Seite, während das Mädchen an ihrem Arm hing. Dann waren sie an der Tür. Tania merkte, daß sie völlig durchgeschwitzt war. Ihre Hände zitterten, als sie nach dem Schlüssel griff. Gleichzeitig fing sie an zu hoffen, daß es gelingen möge. Sie drehte den Schlüssel. Es gab einen Punkt, an dem sie nicht zu schnell drehen durfte. Sie spürte diesen Widerstand und drehte den Schlüssel so vorsichtig wie möglich weiter. Dann hatte sie den kritischen Punkt überwunden, und kein Laut war zu hören gewesen. Sie nickte dem Mädchen zu und öffnete die Tür.

Im selben Augenblick vernahm sie hinter sich ein Geräusch. Sie erstarrte und drehte sich um. Es war nur das Mädchen, das einen Garderobenständer für Hüte und Regenschirme gegriffen und umgerissen hatte. Tania mußte nicht lange lauschen, um zu begreifen, was nun geschehen würde. Sie riß die Tür auf, stieß das Mädchen hinaus in Regen und Nebel und rief ihr zu, loszulaufen. Das Mädchen schien zuerst verwirrt. Aber Tania knuffte sie in die Seite, und sie rannte los. Es dauerte nur ein paar Sekunden, dann war sie in all dem Grau verschwunden.

Tania wußte, daß es für sie schon zu spät war. Aber dennoch

wollte sie es versuchen. Vor allem wollte sie sich nicht umschauen. Sie wandte sich in die entgegengesetzte Richtung, versuchte, Konovalenko trotz allem abzulenken, ihn noch einige kostbare Sekunden lang von der Spur des Mädchens abzubringen.

Tania hatte die Mitte des Hofes erreicht, als Konovalenko sie einholte.

»Was tust du?« rief er. »Bist du krank?«

Da begriff sie, daß Konovalenko noch nicht gemerkt hatte, daß die Falltür offenstand. Erst wenn er ins Haus zurückkehrte, würde er feststellen, was geschehen war. Der Vorsprung des Mädchens konnte ausreichen. Konovalenko würde sie nie mehr wiederfinden.

Tania spürte, daß sie sehr müde war.

Aber sie wußte, daß das, was sie getan hatte, richtig gewesen war.

»Ich fühl mich nicht gut«, sagte sie und tat so, als ob ihr übel würde.

»Laß uns hineingehen«, schlug Konovalenko vor.

»Warte«, beharrte sie. »Ich brauche frische Luft.«

Ich tu für sie, was ich kann, dachte sie. Jeder Atemzug gibt ihr einen Vorsprung. Für mich jedoch ist es zu spät.

Sie rannte durch die Nacht. Es regnete. Sie wußte nicht, wo sie war, sie lief nur. Ab und zu fiel sie hin; dann sprang sie sofort auf und hastete weiter. Sie gelangte auf ein Feld. Um sie herum flüchteten Hasen in verschiedene Richtungen. Sie fühlte sich, als gehöre sie zu ihnen, als sei sie selbst ein gejagtes Tier. Lehm klebte ihr an den Schuhen, bis sie sie abstreifte und auf Strümpfen weiterlief. Der Acker schien kein Ende zu nehmen. Alles verschwand im Nebel. Es gab nur die Hasen und sie. Schließlich erreichte sie einen Weg. Sie war völlig erschöpft. Es war ein Kiesweg, auf dem sie weiterwankte. Die spitzen Steine stachen ihr in die Fußsohlen. Nach einer Weile endete der Schotterweg an einer asphaltierten Straße. Der weiße Mittelstreifen leuchtete ihr entgegen. Sie wußte nicht, in welche Richtung sie gehen sollte. Aber sie ging. Noch schien sie nicht über das nachgedacht zu haben, was geschehen war. Noch war es, als sei das unsichtbare Böse irgendwo hinter ihr. Es war weder Mensch noch Tier, es war eher ein kalter Windhauch, aber er war die ganze Zeit da, und sie lief weiter.

Dann näherten sich die Scheinwerfer eines Autos. Es war ein Mann, der gerade sein Mädchen besucht hatte. Mitten in der Nacht hatten sie angefangen, sich zu streiten. Er beschloß, nach Hause zu fahren. Jetzt saß er im Wagen und dachte, daß er sich davonmachen würde, wenn er Geld hätte. Irgendwohin. Weit weg. Die Scheibenwischer kratzten, die Sicht war schlecht. Plötzlich sah er etwas vor dem Auto. Zuerst glaubte er, es wäre ein Tier, und bremste. Dann hielt er an. Er stellte fest, daß es ein Mensch war. Er glaubte seinen Augen nicht trauen zu können. Ein junges Mädchen ohne Schuhe, lehmverschmiert und mit abgeschnittenen Haaren, stand vor ihm. Er dachte, daß es vielleicht einen Verkehrsunfall gegeben hatte. Dann sah er, wie sich das Mädchen mitten auf die Straße setzte. Langsam stieg er aus dem Auto und ging zu ihr hinüber.

»Was ist passiert?« fragte er.

Sie antwortete nicht.

Er sah kein Blut, auch kein Auto, das im Nebel von der Straße abgekommen war. Dann zog er sie empor und schleppte sie zu seinem Wagen. Sie konnte sich kaum auf den Beinen halten.

»Was ist denn passiert?« fragte er wieder.

Aber er bekam keine Antwort.

Viertel vor zwei verließen Sten Widen und Svedberg die Wohnung in Ystad. Es regnete, als sie sich in Svedbergs Wagen setzten. Drei Kilometer außerhalb der Stadt merkte Svedberg, daß einer der hinteren Reifen an Luft verlor. Er fuhr rechts ran und hoffte, daß nicht auch noch das Reserverad defekt sein würde. Aber es hielt Luft, als er gewechselt hatte. Durch die Reifenpanne war ihr Zeitplan durcheinandergeraten. Svedberg war davon ausgegangen, daß Wallander sich dem Haus nähern würde, bevor es allzu hell wurde. Deshalb mußten sie rechtzeitig draußen sein, um nicht zu riskieren, mit ihm zusammenzutreffen. Nun war es bereits drei Uhr, als sie den Wagen endlich im Schutz eines dichten Gebüschs mehr als einen Kilometer von der Kiesgrube und dem Hof abstellen konnten. Sie hatten es eilig und hasteten durch den Nebel über einen Acker, der nördlich der Kiesgrube gelegen war. Svedberg hatte vorgeschlagen, daß sie sich so nahe wie möglich am Haus auf die Lauer legen sollten. Da sie jedoch nicht wußten, aus welcher Richtung Wallander kommen würde, mußten sie ebenso darauf achten, daß sie von den Seiten her nicht entdeckt werden konnten. Sie hatten versucht, sich vorzustellen, von wo Wallander sich dem Hof nähern würde. Beide glaubten sie, daß er von Westen kommen würde. Dort war das Gelände hügelig, dort wuchs hohes und dichtes Buschwerk bis an die Grundstücksgrenze heran. Davon ausgehend beschlossen sie, sich selbst von Osten her anzuschleichen. Svedberg hatte sich gemerkt, daß es auf einem schmalen Feldrain zwischen zwei Ackern einen Heuschober gab.

Wenn nötig, mußten sie sich eben im Stroh vergraben. Halb vier waren sie zur Stelle. Beide hatten sie ihre geladenen Waffen bei sich.

Vor ihnen war das Haus undeutlich im Nebel zu erkennen. Alles war ruhig. Ohne erklären zu können warum, hatte Svedberg ein Gefühl, daß etwas nicht in Ordnung war. Er holte sein Fernglas hervor, säuberte die Linse und ließ den Blick dann langsam an der Hauswand entlangwandern. Ein Fenster war erleuchtet, hinter dem er die Küche vermutete. Er konnte nichts Auffälliges bemerken. Es fiel ihm schwer, sich vorzustellen, daß Konovalenko schlief. Er war dort, lautlos wartend. Vielleicht lauerte er sogar außerhalb des Hauses.

Sie warteten gespannt, jeder in seiner eigenen Welt.

Es war Sten Widén, der Wallander entdeckte. Es war gerade fünf Uhr geworden. Wie sie vermutet hatten, tauchte er auf der Westseite des Hauses auf. Widén, der gute Sicht hatte, glaubte zunächst, ein Hase oder ein Raubtier befände sich zwischen den Büschen. Dann aber wurde er unsicher, und er machte Svedberg durch eine Handbewegung aufmerksam. Wieder holte Svedberg das Fernglas hervor. Zwischen den Zweigen erblickte er Wallanders Gesicht.

Keiner von ihnen wußte, was geschehen würde. Handelte Wallander so, wie er es mit Konovalenko besprochen hatte? Oder hatte er sich entschieden, einen Versuch zu unternehmen, ihn zu überrumpeln? Und wo war Konovalenko? Und wo Wallanders Tochter?

Sie warteten. Am Haus gab es keine Bewegung. Sten Widen und Svedberg wechselten sich ab, Wallanders regloses Gesicht zu betrachten. Wieder hatte Svedberg das Gefühl, etwas sei nicht in Ordnung. Er sah auf die Uhr. Wallander hielt sich nun bereits eine Stunde im Gebüsch versteckt. Im Haus tat sich immer noch nichts.

Plötzlich gab Sten Widen das Fernglas an Svedberg weiter. Wallander war aufgestanden. Schnell rannte er zum Haus hinüber und preßte sich dort gegen die Wand. In der Hand hielt er eine Pistole. Er hat sich also entschieden, Konovalenko herauszufordern, dachte Svedberg und spürte, wie sich sein Magen verkrampfte. Aber sie konnten nichts anderes tun, als weiter abwarten. Sten Widen hatte das Gewehr an die Wange gelegt und zielte auf die Haustür, der sich Wallander jetzt geduckt näherte, den Fenstern ausweichend. Svedberg konnte sehen, wie er lauschte. Dann probierte er die Klinke. Die Tür war nicht verschlossen. Ohne nachzudenken riß er sie auf und stürmte hinein. Im selben Augenblick krabbelten Sten Widen und Svedberg aus dem Schober.

Sie hatten nichts abgesprochen, sie wußten nur, daß sie Wallander auf den Fersen bleiben mußten. Sie rannten zur Hausecke hinüber und nahmen Deckung. Im Haus war es immer noch still. Svedbergs vage Ahnung wurde plötzlich zur Gewißheit.

Das Haus war verlassen. Dort war niemand.

»Sie haben sich davongemacht«, sagte er zu Sten Widen. »Da ist keiner mehr.«

Sten Widen sah ihn verständnislos an.

»Woher weißt du das?«

»Ich weiß es eben«, bekräftigte er und trat aus dem Schutz der Hausecke.

Er rief Wallanders Namen.

Wallander kam die Treppe hinunter. Er schien nicht verwundert, sie zu sehen.

»Sie ist weg«, teilte er mit. Sie sahen, daß er sehr müde war. Möglicherweise hatte er die Grenze zur totalen Erschöpfung bereits überschritten und konnte jeden Augenblick einen Kollaps bekommen.

Sie gingen ins Haus und versuchten, die Spuren zu deuten. Sten Widen hielt sich als Laie im Hintergrund, während Svedberg und Wallander das Haus durchsuchten. Wallander verlor kein Wort darüber, daß sie ihm zu dem Hof gefolgt waren. Svedberg ahnte, daß er im Innersten wohl gewußt hatte, daß sie ihn nicht allein lassen würden. Vielleicht war er ihnen im Grunde sogar dankbar?

Es war Svedberg, der Tania fand. Er hatte die Tür zu einem der Schlafzimmer geöffnet und betrachtete das ungemachte Nachtlager. Welcher Impuls ihn steuerte, wußte er nicht, jedenfalls bückte er sich und schaute unter das Bett. Da lag sie. Einen grausamen Augenblick lang glaubte er, Wallanders Tochter vor sich zu haben. Dann sah er, daß es die andere Frau war. Bevor er Wallander und Sten Widen informierte, schaute er schnell unter die anderen Betten. Er schaute in die Kühltruhe und die verschiedenen Schränke. Erst als er sicher war, daß nicht auch Wallanders Tochter irgendwo versteckt lag, zeigte er den anderen, was er entdeckt hatte. Sie schoben das Bett zur Seite. Sten Widen stand im Hintergrund. Als er ihr Gesicht sah, wandte er sich ab, lief auf den Hof und erbrach sich.

Sie hatte kein Gesicht mehr. Übrig war lediglich eine blutige Masse, in der keine Details mehr auszumachen waren. Svedberg ging hinaus, holte ein Handtuch und breitete es über ihren Kopf. Dann untersuchte er sie. Er entdeckte fünf Schußwunden, die ein Muster bildeten. Ihm wurde noch schlechter. Ihr war durch beide Füße, beide Hände und schließlich ins Herz geschossen worden.

Sie ließen sie liegen und setzten schweigend ihren Rundgang durchs Haus fort. Sie öffneten die Kellerluke und stiegen hinunter. Svedberg gelang es, die Kette beiseite zu bringen, mit der, wie er vermutete, die Tochter gefesselt worden war. Aber Wallander begriff auch so, daß man sie hier unten im Dunkeln versteckt hatte. Svedberg sah, wie er die Zähne zusammenbiß. Er fragte sich, wie lange Wallander wohl noch durchhalten würde. Sie kehrten in die Küche zurück. Svedberg entdeckte einen großen Kessel mit blutigem Wasser. Als er den Finger hineintauchte, spürte er noch einen Rest Wärme. Er begann zu begreifen, was geschehen war. In Gedanken ging er das Haus langsam noch einmal durch und versuchte, die verschiedenen Spuren zu deuten und das Geschehene zu rekonstruieren. Endlich schlug er vor, sich zu setzen. Wallander wirkte jetzt fast apathisch. Svedberg dachte lange und intensiv nach. Sollte er es wagen? Die Verantwortung war groß. Aber schließlich entschied er sich.

»Ich weiß nicht, wo deine Tochter ist«, sagte er. »Aber sie lebt, da bin ich sicher.«

Wallander sah ihn schweigend an.

»Ich glaube, es ist folgendermaßen abgelaufen«, fuhr Svedberg fort. »Natürlich kann ich nicht sicher sein. Aber ich versuche, die Spuren zu interpretieren, sie zu kombinieren und eine Geschichte daraus zu machen. Ich glaube, die tote Frau hat versucht, deiner Tochter bei der Flucht zu helfen. Ob es ihr gelungen ist oder nicht, weiß ich nicht. Vielleicht ist sie weggekommen, vielleicht hat Konovalenko sie auch aufhalten können? Beides ist möglich. Er hat Tania auf eine so sadistische Weise umgebracht, daß die Vermutung naheliegt, deine Tochter könnte erfolgreich geflüchtet sein. Aber es kann auch eine Reaktion darauf gewesen sein, daß sie überhaupt versucht hat, Linda zu helfen. Tania hat ihn verraten, und das reichte aus, um seinen grenzenlosen Zorn herauszufordern. Er hat ihr Gesicht in heißes Wasser getaucht. Dann hat er ihr in die Füße geschossen, für die Flucht, und in die Hände, und schließlich durchs Herz. Ich will lieber nicht daran denken, wie ihre letzte Stunde im Leben war. Anschließend hat er sich davongemacht. Das ist ein weiterer Hinweis darauf, daß deiner Tochter die Flucht gelungen ist. Denn nun konnte Konovalenko das Haus nicht mehr als sicher ansehen. Es ist aber ebenso möglich, daß Konovalenko befürchtete, jemand könnte die Schüsse gehört haben. Das ist also meine Version. Es kann jedoch auch ganz anders gewesen sein.«

Es war inzwischen sieben Uhr. Keiner sagte ein Wort.

Dann stand Svedberg auf und ging hinaus zum Telefon. Er rief Martinson an und mußte warten, weil dieser gerade im Bad war.

»Tu mir einen Gefallen«, bat Svedberg. »Fahr raus zum Bahnhof von Tomelilla und hol mich dort in einer Stunde ab. Aber verrate keinem, wo du hinfährst.«

»Wirst du jetzt auch noch verrückt?« fragte Martinson.

»Im Gegenteil. Es ist wichtig«, versicherte Svedberg.

Er legte auf und sah Wallander an.

»Du kannst jetzt nichts Besseres tun als schlafen. Fahr mit Sten nach Hause. Wir können dich auch zu deinem Vater bringen.«

»Wie sollte ich schlafen können?« bemerkte Wallander abwesend.

»Indem du dich hinlegst. Du machst jetzt, was ich sage. Wenn du deiner Tochter von Nutzen sein willst, dann mußt du schlafen. In deinem jetzigen Zustand wirst du uns bald nur noch zur Last fallen.«

Wallander nickte.

»Ich glaube, ich fahre am besten zu meinem Vater.«

»Wo hast du deinen Wagen?«

»Ich werde ihn holen. Ich brauche ein wenig frische Luft.«

Er ging. Svedberg und Sten Widen sahen sich an, zu müde und zu aufgeregt, um zu reden.

»Ich bin froh, daß ich kein Polizist bin«, sagte Sten Widen, als der Duett auf den Hof rollte. Er nickte in Richtung des Raumes, in dem Tania lag.

»Danke für die Hilfe«, meinte Svedberg.

Er sah sie wegfahren.

Er fragte sich, wann der Alptraum wohl vorüber war.

Sten Widen hielt an und ließ Wallander aussteigen. Während der Fahrt hatten sie kein einziges Wort gewechselt.

»Ich laß im Laufe des Tages von mir hören«, versprach Sten Widen.

Er sah Wallander hinterher, der langsam zum Haus hinüberging.

Armer Kerl, dachte er. Wie lange wird er noch durchhalten?

Der Vater saß am Küchentisch. Er war unrasiert, und Wallander merkte am Geruch, daß er sich waschen mußte. Er setzte sich ihm gegenüber.

Lange Zeit sprach keiner ein Wort.

»Sie schläft«, ließ der Vater schließlich verlauten.

Wallander hörte kaum, was er sagte.

»Sie schläft ruhig«, wiederholte der Vater.

Die Worte drangen langsam in Wallanders umwölktes Bewußtsein. Wer schlief da?

»Wer schläft?« fragte er müde.

»Ich spreche von meiner Enkelin.«

Wallander starrte ihn an. Lange. Dann stand er auf und ging zum Schlafzimmer. Vorsichtig schob er die Tür auf.

Linda lag im Bett und schlief. An der einen Seite des Kopfes waren ihr die Haare abgeschnitten, aber sie war es. Wallander stand reglos in der Tür. Dann ging er zum Bett und hockte sich hin. Er tat nichts, er schaute nur. Er wollte nicht wissen, wie es kam, daß sie hier war, er wollte nicht wissen, was passiert war. Er wollte sie nur ansehen. Irgendwo im Hinterkopf wußte er, daß Konovalenko immer noch irgendwo da draußen war. Aber jetzt kümmerte es ihn nicht. Jetzt gab es nur sie.

Dann legte er sich neben das Bett auf den Fußboden, rollte sich zusammen und schlief ein. Der Vater breitete eine Decke über ihn und schloß die Tür. Dann ging er hinaus ins Atelier und an die Staffelei. Nun war er wieder zu seinem alten Motiv zurückgekehrt. Er war gerade dabei, einen Auerhahn fertig zu malen.

Martinson erreichte den Bahnhof von Tomelilla kurz nach acht. Er stieg aus dem Auto und begrüßte Svedberg.

»Was ist denn so wichtig?« erkundigte er sich und konnte seine Verärgerung nicht verbergen.

»Das wirst du schon sehen. Aber ich warne dich; der Anblick ist nicht gerade angenehm.«

Martinson runzelte die Stirn.

»Was ist passiert?«

»Konovalenko«, informierte ihn Svedberg. »Er hat wieder zugeschlagen. Wir haben noch eine Leiche, um die wir uns kümmern müssen. Eine Frau.«

»Um Gottes willen!«

»Komm mit. Wir müssen übrigens eine ganze Menge besprechen.«

»Hat Wallander mit der Sache hier zu tun?« fragte Martinson.

Svedberg hörte nicht. Er war schon auf dem Weg zum Auto.

Erst später erfuhr Martinson, was geschehen war.

30

Am späten Mittwoch nachmittag schnitt sie sich die Haare.

Auf diese Weise glaubte sie die böse Erinnerung auslöschen zu können.

Dann begann sie zu erzählen. Wallander hatte ihr vergebens vorgeschlagen, einen Arzt aufzusuchen. Sie hatte nein gesagt.

»Die Haare wachsen von selbst wieder nach. Kein Arzt kann das beschleunigen«, hatte sie gemeint.

Wallander fürchtete, was kommen würde. Was ihm angst machte, war, daß seine Tochter ihre Erlebnisse gegen ihn wenden würde. Es wäre ihm auch sehr schwergefallen, sich zu verteidigen. Es war seine Schuld. Er hatte sie da hineingezogen. Es war nicht einmal ein Unglücksfall. Aber sie hatte entschieden, daß sie im Augenblick keinen Arzt brauchte, und er versuchte nicht, sie zu überreden.

Ein einziges Mal am Mittwoch fing sie an zu weinen. Es kam unverhofft, gerade als sie sich zum Essen hinsetzen wollten. Sie sah ihn an und fragte, was mit Tania geschehen sei. Er berichtete, daß sie sie gefunden hatten, daß sie tot war. Er verschwieg jedoch, daß Konovalenko sie gefoltert hatte. Wallander hoffte, daß die Zeitungen sich mit Details zurückhalten würden. Er sagte auch, daß Konovalenko noch nicht gefaßt war.

»Aber er ist auf der Flucht. Er wird gejagt, er kann nicht mehr agieren, wie er will.«

Wallander wußte, daß dies nicht ganz der Wahrheit entsprach. Konovalenko war jetzt wahrscheinlich genauso gefährlich wie vorher. Er wußte auch, daß er selbst noch einmal losziehen würde, um ihn zu finden. Aber nicht heute, nicht an diesem Mittwoch, an dem seine Tochter aus dem Dunkeln, dem Schweigen und der Angst zu ihm zurückgekehrt war.

Einmal an diesem Mittwoch telefonierte er mit Svedberg. Wallander bat um die Nacht, um ausschlafen und nachdenken zu können. Am Donnerstag würde er sich zur Verfügung stellen. Svedberg berichtete von der Untersuchung, die in vollem Gange war. Von Konovalenko gab es keine Spur.

»Aber er ist nicht allein«, verriet Svedberg. »In dem Haus hielt sich noch eine Person auf. Rykoff ist tot, jetzt auch Tania. Zuvor starb bereits der Mann, der Victor Mabasha hieß. Konovalenko müßte eigentlich allein sein. Aber er ist es nicht. Es war noch jemand im Haus. Die Frage ist nur, wer?«

»Ich weiß nicht«, sagte Wallander. »Ein neuer, unbekannter Komplize?«

Kurz nach dem Gespräch mit Svedberg rief Sten Widen an. Wallander nahm an, daß Svedberg und er in Verbindung standen. Sten Widen erkundigte sich, wie es seiner Tochter ging. Wallander antwortete, daß wohl alles gut werden würde.

»Ich denke an diese Frau«, bekannte Sten Widen dann. »Ich versuche zu begreifen, wie jemand einem Mitmenschen so etwas antun kann.«

»Es gibt solche«, erwiderte Wallander. »Und leider gibt es mehr davon, als wir eigentlich glauben wollen.«

Als Linda eingeschlafen war, ging Wallander hinaus ins Atelier, wo sein Vater stand und malte. Auch wenn er vermutete, daß es sich nur um einen vorübergehenden Sinneswandel handelte, so schien es doch, als hätten sie es durch die Ereignisse der letzten Tage leichter, miteinander zu reden. Er fragte sich auch, wieviel von dem Geschehenen sein achtzigjähriger Vater eigentlich mitbekommen hatte.

»Bleibst du dabei, daß du heiraten willst?« fragte Wallander, nachdem er es sich auf einem Schemel bequem gemacht hatte.

»Über ernste Dinge macht man keine Späße«, erwiderte der Vater. »Wir heiraten im Juni.«

»Meine Tochter hat eine Einladung bekommen, ich jedoch nicht.«

»Die folgt noch«, versicherte der Vater.

»Wo werdet ihr heiraten?«

»Hier.«

»Hier? Im Atelier?«

»Warum nicht? Ich werde dazu eine herrliche Dekoration malen.«

»Was glaubst du, was Gertrud dazu sagen wird?«

»Das war ihre Idee.«

Der Vater drehte sich um und lächelte ihn an. Wallander brach in Lachen aus. Er konnte sich nicht daran erinnern, wann er das letzte Mal gelacht hatte.

»Gertrud ist eine ungewöhnliche Frau«, versicherte der Vater.

»Das muß sie wohl sein«, bestätigte der Sohn.

Am Donnerstag morgen wachte Wallander auf und fühlte sich ausgeschlafen. Die Freude darüber, daß seine Tochter nicht zu Schaden gekommen war, erfüllte ihn mit neuer Energie. In seinem Hinterkopf spukte die ganze Zeit Konovalenko herum. Er begann sich wieder in der Lage zu fühlen, ihn zu jagen.

Kurz vor acht rief Wallander Björk an. Er hatte seine Ausreden gut vorbereitet.

»Kurt!« rief Björk. »Wie geht es dir? Wo bist du? Was ist passiert?«

»Ich hatte wohl einen kleinen Zusammenbruch«, schwindelte Wallander und versuchte, seine Glaubwürdigkeit zu erhöhen, indem er leise und langsam sprach. »Aber es geht mir schon besser. Ich brauche nur ein paar Tage Ruhe.«

»Du mußt dich natürlich krank schreiben lassen«, riet Björk überzeugt. »Ich weiß nicht, ob du mitbekommen hast, daß wir nach dir gesucht haben. Ganz schön unangenehm, das Ganze. Aber es war notwendig. Jetzt werde ich den Alarm sofort abblasen. Wir geben eine Pressemitteilung heraus. Verschwundener Kriminalkommissar nach kurzer Krankheit wieder im Dienst. Übrigens, wo bist du eigentlich?«

»In Kopenhagen«, log Wallander.

»Was, in Herrgottsnamen, tust du dort?«

»Ich wohne in einem kleinen Hotel und erhole mich.«

»Und du denkst natürlich überhaupt nicht daran, zu verraten, wie dieses Hotel heißt? Oder wo es liegt?«

»Lieber nicht.«

»Wir brauchen dich so bald wie möglich. Aber gesund. Hier geschehen gefährliche Sachen. Martinson und Svedberg und wir anderen fühlen uns hilflos ohne dich. Wir werden in Stockholm um Unterstützung bitten.«

»Am Freitag bin ich zurück. Eine Krankschreibung ist nicht erforderlich.«

»Du ahnst nicht, wie erleichtert ich bin. Wir haben uns große Sorgen gemacht. Was ist da draußen im Nebel eigentlich passiert?«

»Ich werde einen Bericht schreiben. Ich komme am Freitag.«

Er beendete das Gespräch und dachte darüber nach, was Svedberg gesagt hatte. Wer war die unbekannte Person? Wer war es jetzt, der Konovalenko wie ein Schatten folgte? Er legte sich aufs Bett und starrte an die Decke. In Ruhe überlegte er, was alles seit dem Tag geschehen war, als Robert Akerblom sein Büro betreten hatte. Er erinnerte sich an frühere Zusammenfassungen und versuchte noch einmal, alle sich kreuzenden Spuren in einen Zusammenhang zu bringen. Das Gefühl, an einer Ermittlung beteiligt zu sein, die die ganze Zeit in die Irre lief, kehrte zurück. Ich bin immer noch nicht dahintergekommen, dachte er. Dorthin, wo alles seinen Ausgangspunkt hat. Nach wie vor kenne ich die eigentliche Ursache all der Geschehnisse nicht.

Am späten Nachmittag rief er Svedberg an.

»Wir haben nichts gefunden, was einen Hinweis geben könnte, wohin sie sich gewandt haben«, antwortete Svedberg auf Wallanders Frage. »Das Ganze ist sehr mysteriös. Andererseits glaube ich, daß meine Theorie über die Ereignisse der Nacht stimmt. Es gibt keine andere einleuchtende Erklärung.«

»Ich brauche deine Hilfe«, sagte Wallander. »Ich muß heute abend zu diesem Haus fahren.«

»Du meinst doch wohl nicht, daß du noch einmal allein Jagd auf Konovalenko machen willst, oder?«

»Nein. Aber meine Tochter hat eine Kette verloren, als sie gefangen war. Habt ihr sie gefunden?«

»Soweit ich weiß, nicht.«

»Wer hält diese Nacht da draußen Wache?«

»Es wird sicher nur ein Streifenwagen ab und zu nach dem Rechten sehen.«

»Kannst du mir die Kollegen zwischen neun und elf heute abend vom Leibe halten? Offiziell bin ich ja in Kopenhagen, wie du vielleicht von Björk gehört hast.«

»Ja.«

»Wie komme ich ins Haus?«

»Wir fanden einen Reserveschlüssel im Fallrohr an der rechten Hausecke, von vorn gesehen. Der liegt nach wie vor dort.«

Danach fragte sich Wallander, ob Svedberg seinen Worten wirklich geglaubt hatte. Nach einem Schmuckstück zu suchen, war ein äußerst leicht zu durchschauender Vorwand. Wenn da etwas gewesen wäre, hätte es die Polizei natürlich bereits entdeckt. Er wußte ja selbst nicht einmal, was er zu finden hoffte. Svedberg hatte sich in den letzten Jahren zu einem wirklichen Fachmann entwickelt, was die Spurensuche am Tatort anging. Wallander war überzeugt, daß er eines Tages vielleicht sogar Rydbergs Niveau erreichen konnte. Wenn es etwas Wichtiges gab, hatte Svedberg es gefunden. Wallander konnte bestenfalls neue Zusammenhänge herauslesen.

Trotzdem mußte er dort beginnen. Am wahrscheinlichsten war natürlich, daß Konovalenko und sein unbekannter Begleiter nach Stockholm zurückgekehrt waren. Aber sicher konnte man nicht sein.

Halb neun fuhr er nach Tomelilla. Es war warm, er hatte die Scheibe heruntergekurbelt. Ihm fiel ein, daß er mit Björk immer noch nicht über seinen Urlaub gesprochen hatte.

Er parkte auf dem Hof und suchte nach dem Schlüssel. Als er in das Haus gekommen war, schaltete er zuerst alle Lampen an. Er schaute sich um und fühlte sich plötzlich unsicher, wo er beginnen sollte. Er lief durch das ganze Haus und versuchte herauszufinden, wonach er eigentlich suchte. Nach einer Spur, die zu Konovalenko führte. Nach einem Reiseziel. Nach einem Hinweis, wer der unbekannte Begleiter war. Nach etwas, das verriet, was dahintersteckte. Als er alle Räume einmal inspiziert hatte, setzte er sich auf einen der Stühle und überlegte. Gleichzeitig ließ er den Blick schweifen. Er entdeckte nichts, was ihm ungewöhnlich oder auf andere Weise auffällig vorkam. Hier gibt es nichts, dachte er. Auch wenn die Zeit Konovalenko drängte, Spuren hatte er nicht hinterlassen. Der Aschenbecher in Stockholm war eine Ausnahme gewesen. So etwas passiert einem nur einmal.

Er stand auf und lief noch einmal durch das ganze Haus, langsamer jetzt und noch wachsamer. Ab und zu blieb er stehen, hob eine Tischdecke hoch, blätterte in Zeitschriften, tastete unter Stuhlsitzen. Weiterhin nichts. Er durchsuchte die verschiedenen Schlafräume und nahm sich zuletzt das Zimmer vor, in dem sie Tania gefunden hatten. Nichts. In der Mülltüte, die Svedberg natürlich schon untersucht hatte, lag eine tote Maus. Wallander drehte sie mit einer Gabel hin und her und sah, daß sie nicht durch eine Falle getötet worden war. Jemand hatte sie aufgespießt. Mit einem Messer, dachte er. Konovalenko ist ein Mann, der sich ganz auf Schußwaffen konzentriert. Er ist kein Messermensch. Möglicherweise hat sein Begleiter die Maus getötet. Ihm fiel ein, daß Victor Mabasha ein Messer gehabt hatte. Aber er war tot, lag im Leichenschauhaus. Wallander verließ die Küche und ging ins Badezimmer. Konovalenko hatte keine Spuren hinterlassen. Er kehrte ins Wohnzimmer zurück und setzte sich noch einmal. Er wählte einen anderen Stuhl, um einen neuen Blickwinkel zu haben. Es gibt immer etwas, dachte er. Man muß es nur finden. Und noch einmal nahm er Anlauf, durchstöberte jeden Winkel. Nichts. Als er sich wieder setzte, war es bereits Viertel nach zehn. Bald mußte er gehen. Die Zeit war abgelaufen.

Die das Haus einst erbaut hatten, waren sehr ordnungsliebend gewesen. Der Anordnung aller Gegenstände, Möbel und Armaturen lag ein durchdachter Plan zugrunde. Jetzt suchte er nach etwas, das gegen diese Ordnung verstieß. Sein Blick verfing sich nach einer Weile an einem Bücherregal, das an der Wand stand. Alle Bücher standen in einer Reihe, außer auf dem untersten Brett. Dort war ein Band halb herausgezogen.

Er erhob sich und griff nach dem Buch. Es war ein KAK-Atlas von Schweden. Er sah, daß die Klappe des Schutzumschlags als Lesezeichen zwischen die Seiten gesteckt worden war. Beim Aufschlagen stellte er fest, daß an der Stelle eine Karte von Ostschweden abgedruckt war, mit einem Stück Småland, dem Regierungsbezirk Kalmar und Öland. Er studierte die Karte. Dann setzte er sich an einen Tisch und richtete die Lampe darauf. An einigen Stellen entdeckte er schwache Bleistiftspuren, als habe jemand einen Weg mit dem Stift verfolgt und sei ab und zu auf das Papier gekommen. Eine der Spuren bemerkte er in der Nähe der Ölandbrücke in Kalmar. Ganz unten auf der Karte, ungefähr in der Höhe von Blekinge, gab es einen weiteren deutlichen Abdruck. Er überlegte einen Augenblick. Dann blätterte er nach der Karte von Schonen. Dort fanden sich keine Bleistiftstriche. Er kehrte wieder zu der ursprünglichen Seite zurück. Die schwachen Striche folgten der Küstenstraße nach Kalmar. Er legte den Atlas zur Seite. Dann ging er in die Küche hinüber und rief Svedberg an.

»Ich bin hier draußen«, begann er. »Wenn ich Öland sage, was fällt dir dazu ein?«

Svedberg überlegte.

»Eigentlich nichts.«

»Ihr habt kein Notizbuch gefunden, als ihr das Haus durchsucht habt? Kein Telefonverzeichnis?«

»Tania hatte einen kleinen Taschenkalender in ihrer Handtasche. Aber da stand nichts drin.«

»Keine losen Zettel?«

»Wenn du in den Kamin schaust, wirst du sehen, daß dort jemand Papiere verbrannt hat. Wir haben die Asche durchsucht. Nichts. Warum sprichst du von Öland?«

»Ich habe eine Karte gefunden. Aber das hat sicher nichts zu bedeuten.«

»Konovalenko ist bestimmt nach Stockholm zurückgekehrt«, meinte Svedberg. »Ich glaube, er hat von Schonen genug.«

»Du hast sicher recht. Entschuldige, daß ich dich gestört habe. Ich werde mich hier bald davonmachen.«

»Keine Probleme mit dem Schlüssel?«

»Er lag an der beschriebenen Stelle.«

Wallander stellte den Atlas in das Bücherregal zurück. Svedberg hatte wahrscheinlich recht. Konovalenko war wieder in Stockholm.

Er ging in die Küche und trank Wasser. Sein Blick fiel auf das Telefonbuch, das unter dem Apparat lag. Er zog es hervor und schlug es auf.

Jemand hatte auf der Innenseite eine Adresse notiert, mit Bleistift. Hemmansvägen 14. Er überlegte einen Augenblick. Dann wählte er die Nummer der Auskunft. Als sich jemand meldete, bat er um die Telefonnummer eines Teilnehmers namens Wallander, der Hemmansvägen 14 in Kalmar wohnen sollte.

»Unter der angegebenen Adresse ist ein Teilnehmer namens Wallander nicht bekannt«, lautete die Auskunft.

»Vielleicht läuft ja der Apparat auf den Namen seines Chefs«, sagte Wallander. »Ich weiß allerdings nicht, wie der heißt.«

»Könnte es Edelman sein?« half ihm die Telefonistin.

»Genau«, meinte Wallander.

Er erhielt die Telefonnummer, bedankte sich und legte auf. Dann stand er reglos. Konnte das möglich sein? Hatte Konovalenko noch einen Zufluchtsort, diesmal auf Öland?

Er machte das Licht aus, schloß hinter sich ab und legte den Schlüssel zurück in das Fallrohr. Es wehte ein schwacher Wind. Der Abend war vorsommerlich mild. Sein Entschluß kam von selbst. Er ließ den Hof hinter sich und fuhr in Richtung Öland.

In Brösarp hielt er noch einmal an und telefonierte mit daheim. Sein Vater war am Apparat.

»Sie schläft«, teilte er mit. »Wir haben Karten gespielt.«

»Ich komme heute nacht nicht nach Hause«, informierte ihn Wallander. »Macht euch aber keine Sorgen. Ich muß nur eine Menge Routinearbeiten erledigen. Sie weiß ja, daß ich gern nachts arbeite. Ich laß morgen vormittag von mir hören.«

»Wann du willst«, erwiderte der Vater.

Wallander legte auf und dachte, daß sich ihr Verhältnis trotz allem verbesserte. Der Ton war ein anderer geworden. Wenn es nur so bliebe. Vielleicht würde das ganze Elend doch noch eine gute Seite haben. Als er die Ölandbrücke erreichte, war es vier Uhr morgens. Zweimal hatte er unterwegs angehalten, einmal, um zu tanken, das zweite Mal, um eine Weile zu schlafen. Als er da war, fühlte er sich nicht mehr müde. Er betrachtete die mächtige Brücke, die sich vor ihm erhob, und das Wasser, das in der Morgensonne glitzerte. Auf dem Parkplatz entdeckte er in der Telefonzelle ein halb zerrissenes Fernsprechverzeichnis. Es zeigte sich, daß Hemmansvägen auf der anderen Seite lag. Bevor er über die Brücke fuhr, nahm er die Pistole aus dem Handschuhfach und kontrollierte, ob sie geladen war. Er erinnerte sich plötzlich an das eine Mal vor vielen Jahren, als er zusammen mit seiner Schwester

Kristina und seinen Eltern Öland und Alvaret besucht hatte. Damals war die Brücke noch nicht dagewesen. Schwach erinnerte er sich an die kleine Fähre, die sie über den Sund gebracht hatte. Sie hatten eine Sommerwoche lang auf einem Campingplatz gezeltet. Für ihn war diese Woche eher ein heiteres Gefühl als eine Folge von Ereignissen. Einen kurzen Augenblick lang spürte er so etwas wie einen Verlust. Dann kehrten seine Gedanken zu Konovalenko zurück. Er versuchte sich einzureden, daß er sich vermutlich irrte. Die Bleistiftspuren im Atlas und die im Telefonbuch notierte Adresse mußten nicht von Konovalenkos Hand stammen. Bald würde er wieder auf der Rückfahrt nach Schonen sein.

Als er auf der Ölandseite angekommen war, hielt er an. Dort hing eine große Autokarte der Insel, die er aufmerksam studierte. Hemmansvägen war eine Nebenstraße kurz vor der Einfahrt zum Tierpark. Er setzte sich ins Auto und bog nach rechts ab. Noch war nicht viel Verkehr. Nach ein paar Minuten hatte er die Straße gefunden. Er stellte den Wagen auf einem kleinen Parkplatz ab. Die Gegend war für den Autoverkehr gesperrt. Hemmansvägen wurde von einer Mischung aus neugebauten und älteren Villen gesäumt, alle mit großen Gärten. Er spazierte die Straße entlang. Das erste Haus hatte eine Drei am Gartentor. Ein Hund musterte ihn mißtrauisch durch die Zaunlatten. Er ging weiter und rechnete sich aus, welches Haus Nummer 14 sein mußte. Er sah, daß es sich um eine der älteren Villen handelte, mit Erker und verschnörkelten Schnitzereien. Dann lief er denselben Weg wieder zurück. Er wollte versuchen, sich dem Haus von der Rückseite her zu nähern. Er durfte kein Risiko eingehen. Konovalenko und sein unbekannter Begleiter konnten trotz allem dasein.

Auf der Rückseite der Häuser lag ein Sportplatz. Er kletterte über den Zaun und zerriß sich dabei die Hose. Im Schutze einer hölzernen Tribüne schlich er sich dann an die Villa heran. Sie war gelb, hatte zwei Etagen und war in einer Ecke mit einem Türmchen verziert. Eine ausrangierte Würstchenbude stand gegen den Zaun gelehnt. Geduckt rannte er von der Tribüne zu dem Häuschen. Dort zog er die Pistole aus der Tasche. Er blieb fünf Minuten reglos stehen und beobachtete die Villa. Alles war ruhig. In einem Winkel des Gartens gab es einen Geräteschuppen. Er beschloß, sich dort zu verstecken. Noch einen Augenblick nahm er die Villa in Augenschein. Dann ließ er sich vorsichtig auf die Knie hinunter und kroch zur Rückseite des Schuppens. Es war schwierig, über den wackligen Zaun zu kommen. Er wäre beinahe auf den Rücken gefallen; es gelang ihm jedoch, die Balance wiederzugewinnen und unbeschadet zwischen Zaun und Schuppen zu landen. Er merkte, daß er keuchte. Das ist die Angst, dachte er. Das sind Konovalenkos Atemzüge, die mir ständig im Nacken sitzen. Er reckte vorsichtig den Kopf und spähte aus seiner neuen Position zu der Villa hinüber. Nach wie vor war alles ruhig. Der Garten war überwuchert und ungepflegt. Neben ihm stand eine Schubkarre mit vorjährigem Laub. Er überlegte, ob die Villa vielleicht verlassen war. Nach einer Weile war er beinahe davon überzeugt. Er wagte sich aus dem Schutz des Schuppens heraus und rannte zur Hauswand hinüber. Dann lief er nach rechts, um auf die andere Seite des Gebäudes zu gelangen, wo er an der Veranda die Eingangstür vermutete. Ein Igel zu seinen Füßen ließ ihn abrupt stehenbleiben. Mit einem Zischen richtete dieser seine Stacheln auf. Wallander hatte die Pistole in die Tasche gesteckt. Nun nahm er sie wieder heraus, ohne richtig zu wissen, warum. Vom Sund her war ein Nebelhorn zu hören. Er bog um die Ecke und befand sich an der Schmalseite der Villa. Was mache ich hier? fragte er sich. Wenn es hier überhaupt jemanden gibt, dann sicher ein altes Ehepaar, das gerade aus ruhigem Schlaf erwacht ist. Was werden sie sagen, wenn sie einen verirrten Kriminalkommissar durch ihren Garten schleichen sehen? Dann war die Wand zu Ende, und er schaute um die Hausecke.

Konovalenko stand auf dem Kiesweg an der Fahnenstange und pißte. Er war barfuß und trug Hosen sowie ein Hemd, das nicht zugeknöpft war. Wallander rührte sich nicht. Dennoch wurde Konovalenko durch irgend etwas gewarnt, vielleicht durch seinen ständig wachsamen Instinkt für drohende Gefahren. Er drehte sich um. Wallander hielt die Pistole in der Hand. Im Bruchteil einer Sekunde schätzten sie die Situation ein. Wallander merkte, daß sein Gegner den Fehler begangen hatte, das Haus ohne Waffe zu verlassen. Konovalenko begriff, daß Wallander ihn entweder töten oder ihm den Weg abschneiden würde, falls er versuchte, die

Tür zu erreichen. Konovalenko war in eine Situation geraten, die ihm keine Wahl mehr ließ. Mit einem raschen Sprung warf er sich zur Seite, so daß er für einen Moment außerhalb von Wallanders Schußwinkel landete. Dann rannte er, so schnell er konnte, im Zickzack auf den Zaun zu und kletterte hinüber. Er war schon auf dem Hemmansvägen, als Wallander endlich reagierte und die Verfolgung aufnahm. Bis dahin war alles sehr schnell gegangen. Deshalb bemerkte er nicht, daß Sikosi Tsiki an einem Fenster stand und das Geschehen beobachtete.

Sikosi Tsiki verstand, daß etwas Alarmierendes eingetreten war. Er wußte nicht, was. Aber es war klar, daß die Instruktionen, die Konovalenko ihm am Tag zuvor gegeben hatte, nun gelten mußten. Wenn etwas passiert, hatte Konovalenko gesagt und ihm ein Kuvert übergeben, handle nach diesen Instruktionen. Dann wirst du nach Südafrika zurückkommen. Du kannst Kontakt aufnehmen zu dem Mann, den du bereits getroffen hast; er wird dir dein Geld und die letzten Anweisungen geben.

Er wartete einen Moment am Fenster.

Dann setzte er sich an einen Tisch und öffnete das Kuvert.

Eine Stunde später verließ er die Villa und verschwand.

Konovalenko hatte ungefähr fünfzig Meter Vorsprung. Wallander fragte sich, wie er nur so unglaublich schnell rennen konnte. Sie liefen in die Richtung, in der Wallander sein Auto geparkt hatte. Konovalenkos Wagen war auf demselben Parkplatz abgestellt! Wallander fluchte und versuchte, schneller voranzukommen. Aber der Abstand verringerte sich nicht. Er hatte recht gehabt. Konovalenko erreichte einen Mercedes, riß die Tür auf, die nicht verschlossen gewesen war, und ließ den Motor an. Das ging überraschend schnell, und Wallander begriff, daß der Zündschlüssel bereits gesteckt haben mußte. Konovalenko war vorbereitet, auch wenn er den Fehler begangen hatte, die Villa ohne Waffe zu verlassen. Im selben Augenblick sah Wallander etwas aufblitzen. Instinktiv warf er sich zur Seite. Die Kugel pfiff an ihm vorbei und klatschte auf den Asphalt. Wallander kroch zu einem Fahrradschuppen und hoffte, daß er nicht zu sehen war. Dann hörte er, wie Räder durchdrehten. Er hastete zu seinem eigenen Auto, fummelte mit den Schlüsseln und dachte, daß er Konovalenko sicher schon verloren hatte. Aber er war überzeugt davon, daß Konovalenko zuallererst versuchen würde, Öland zu verlassen. Blieb er auf der Insel, so riskierte er, früher oder später eingekreist zu werden. Wallander trat das Gaspedal durch. Im Kreisverkehr kurz vor der Brücke entdeckte er Konovalenkos Wagen. Wallander überholte in voller Fahrt einen Lastwagen und verlor fast die Kontrolle über sein Fahrzeug, als er die Bepflanzung in der Mitte des Rondells streifte. Dann preschte er weiter auf die Brücke zu. Der Mercedes war vor ihm. Irgend etwas mußte ihm einfallen. Bei einer Verfolgungsjagd hätte er gegen Konovalenko keine Chance.

An der höchsten Stelle der Brücke fand alles ein Ende.

Konovalenko war sehr schnell gefahren, aber Wallander hatte sich nahe an ihn heranarbeiten können. Als er sicher war, daß er kein Fahrzeug auf der Gegenspur treffen würde, hatte er die Pistole aus dem Seitenfenster gehalten und geschossen. Er versuchte, das Auto zu treffen. Der erste Schuß ging daneben, aber mit dem zweiten gelang ihm ein Zufallstreffer in einen Hinterreifen. Der Mercedes fing sofort an zu schleudern; Konovalenko konnte ihn nicht halten. Wallander stieg voll auf die Bremse; gleichzeitig beobachtete er, wie Konovalenkos Wagen direkt auf das Betongeländer der Brücke zuraste. Der Aufprall war heftig. Wallander konnte nicht erkennen, was mit Konovalenko hinter dem Lenkrad geschehen war. Ohne nachzudenken legte er den niedrigsten Gang ein und fuhr genau in das verunglückte Auto hinein. Es war wie ein Schlag auf den Brustkorb, als sich der Sicherheitsgurt spannte. Wallander riß am Hebel, um den Rückwärtsgang einzulegen. Mit kreischenden Reifen setzte er zurück, um neuen Anlauf zu nehmen. Dann wiederholte er das Manöver. Der Wagen vor ihm wurde noch ein paar Meter nach vorn geschoben. Wallander stieß zurück, sprang aus dem Auto und ging hinter der Fahrertür in Deckung. Hinter ihm hatten sich bereits Schlangen gebildet. Als Wallander mit der Pistole winkte und den Fahrern zurief, sie sollten den Kopf unten halten, ließen viele ihren Wagen stehen und flüchteten. Wallander sah, daß auf der anderen Seite der Brücke ein ähnlicher Stau entstand. Konovalenko war nach wie vor unsichtbar. Dennoch schoß Wallander auf das zusammengequetschte Autowrack.

Nach dem zweiten Schuß explodierte der Benzintank des Mercedes. Wallander würde später nie erfahren, ob die Kugel aus seiner Pistole das Feuer entzündet hatte oder ob es eine andere Ursache gab. Der Wagen stand sofort in Flammen und dickem Rauch. Wallander ging vorsichtig näher.

Konovalenko brannte.

Er lag eingeklemmt auf dem Rücken, der halbe Oberkörper hing aus der Frontscheibe heraus. Wallander würde sich später an seine starrenden Augen erinnern, als könne er nicht glauben, was ihm passierte. Dann fing sein Haar Feuer, und nach ein paar Sekunden begriff Wallander, daß Konovalenko tot war. Entfernt hörte er, daß sich Alarmsirenen näherten. Langsam ging er zu seinem eigenen verbeulten Wagen zurück und lehnte sich gegen die Tür auf der Fahrerseite.

Dann ließ er den Blick über den Kalmarsund schweifen. Das Wasser glitzerte. Es roch nach Meer. Sein Kopf war völlig leer und frei von Gedanken. Etwas war vorüber, und dieses Gefühl betäubte. Von irgendwoher erklang eine Megaphonstimme, die jemanden aufforderte, seine Waffe abzulegen. Es dauerte eine Weile, bis er merkte, daß er selbst gemeint war. Er drehte sich um und sah, wie von Kalmar her Feuerwehrfahrzeuge und Polizeiautos anrückten. Konovalenkos Mercedes brannte immer noch. Wallander starrte auf seine Pistole. Dann warf er sie über das Brückengeländer. Polizisten mit gezogener Waffe kamen näher. Wallander wedelte mit seiner Legitimation.

»Kommissar Wallander«, rief er. »Ich bin Polizist!«

Bald war er von mißtrauischen småländischen Kollegen umringt.

»Ich bin Polizist und heiße Wallander«, wiederholte er. »Ihr habt vielleicht über mich in den Zeitungen gelesen. Letzte Woche wurde meinetwegen Reichsalarm gegeben.«

»Ich erkenne dich wieder«, bestätigte einer der Kollegen in breitem småländischem Dialekt.

»Der da im Auto verbrennt, ist Konovalenko«, erklärte Wallander. »Der Mann, der unseren Kollegen in Stockholm erschossen hat. Und viele andere.«

Wallander schaute sich um.

Etwas, das vielleicht Freude war, vielleicht auch nur Erleichterung, stieg in ihm auf.

»Fahren wir los? Ich brauche eine Tasse Kaffee. Hier passiert ja doch nichts mehr.«

31

Am Freitag, dem 22. Mai, gegen Mittag wurde Jan Kleyn in seinem Büro im Gebäude des Nachrichtendienstes verhaftet.

Kurz nach acht Uhr morgens hatte sich der Oberste Staatsanwalt Wervey Scheepers' Darstellung der Angelegenheit und de Klerks Beschluß vom späten Abend des vorangegangenen Tages angehört und anschließend kommentarlos den Haftbefehl und eine Genehmigung zur Hausdurchsuchung unterschrieben. Scheepers hatte vorgeschlagen, daß sich Kommissar Borstlap, der ihm anläßlich der Ermittlung im Mordfall van Heerden positiv aufgefallen war, um die Verhaftung Jan Kleyns kümmern sollte. Als Borstlap Jan Kleyn ins Vernehmungszimmer gebracht hatte, ging er in ein angrenzendes Büro, wo Scheepers auf ihn wartete. Er konnte mitteilen, daß die Festnahme ohne Probleme abgelaufen war. Aber er hatte eine Beobachtung gemacht, die ihm wichtig erschien und ihm Sorgen bereitete. Er war ja nicht ausführlich darüber informiert worden, warum dieser Mann des Geheimdienstes zum Verhör geholt werden sollte. Scheepers hatte auf die Diskretion verwiesen, die alles umgab, was mit der nationalen Sicherheit in Verbindung stand. Aber Borstlap hatte im Vertrauen erfahren, daß Präsident de Klerk informiert war und was angenommen wurde. Deshalb war er instinktiv der Meinung, daß er über seine Wahrnehmung sprechen mußte.

Jan Kleyn war nämlich nicht im geringsten erstaunt gewesen, als er verhaftet wurde. Borstlap hatte seine Entrüstung als miese Schauspielerei durchschaut. Jemand mußte Jan Kleyn gewarnt haben. Da die Aktion, wie Borstlap mitbekommen hatte, sehr kurzfristig beschlossen worden war, vermutete er, daß Jan Kleyn entweder Freunde in der nächsten Umgebung des Präsidenten haben mußte oder ein Maulwurf in der zentralen Anklagebehörde saß. Scheepers hörte sich an, was Borstlap zu berichten hatte. Seit de Klerks Entscheidung waren weniger als zwölf Stunden vergangen. Außer dem Präsidenten hatten nur Wervey und Borstlap gewußt, was passieren würde. Scheepers wurde klar, daß er sofort de Klerk davon in Kenntnis setzen mußte, daß sein Arbeitsraum vermutlich abgehört wurde. Er bat Borstlap, draußen zu warten, während er ein wichtiges Telefonat erledigen wollte. Aber er konnte de Klerk nicht erreichen. Sein Sekretariat teilte mit, daß er in einer Besprechung säße und vor dem späten Nachmittag nicht mehr zu erreichen sei.

Scheepers verließ den Raum und ging hinaus zu Borstlap. Er hatte beschlossen, Kleyn warten zu lassen. Er hegte keine Illusionen, dieser könne nervös werden, weil er nicht erfuhr, warum er verhaftet worden war. Es war mehr seiner selbst wegen. Scheepers fühlte eine gewisse Unsicherheit angesichts der Konfrontation, die ihn erwartete.

Sie fuhren zu Jan Kleyns Haus außerhalb von Pretoria. Borstlap saß am Steuer, Scheepers hatte sich in den Rücksitz vergraben. Plötzlich mußte er an die weiße Löwin denken, die er zusammen mit Judith gesehen hatte. Das war das Sinnbild Afrikas, dachte er. Das ruhende Tier, die Stille, bevor es sich erhebt und seine gesammelten Kräfte einsetzt. Das Raubtier, das man niemals verletzen darf, sondern immer sofort töten muß, sonst wird man selbst angegriffen.

Scheepers sah durch die Scheibe und fragte sich, was mit seinem Leben geschehen würde, ob der große Plan, den de Klerk und Mandela formuliert hatten und der den endgültigen Rückzug der Weißen bedeuten würde, gelingen konnte. Oder würde er zum Chaos führen, zu unkontrollierter Gewalt, zu einem schrecklichen Bürgerkrieg, in dem sich Positionen und Allianzen ständig änderten und schließlich nicht mehr kalkulierbar wären? Die Apokalypse, dachte er. Der Tag des Gerichts, den wir vergessen wollten, wie man versucht, einen ungehorsamen Geist in eine Flasche zu bannen. Wird der Geist Rache nehmen, wenn die Flasche zerbricht?

Sie hielten vor dem Tor zu Jan Kleyns großer Villa. Borstlap hatte Kleyn bereits bei der Festnahme informiert, daß es eine Hausdurchsuchung geben würde, und die Schlüssel verlangt. Jan Kleyn hatte den in seiner Würde Gekränkten gespielt und die Herausgabe verweigert. Borstlap hatte gedroht, das Tor aufzubrechen. Schließlich hatte er das Schlüsselbund erhalten. Vor dem Haus standen ein Wächter und ein Gärtner. Scheepers grüßte und sagte, wer sie waren. Er sah sich in dem von einer Mauer umstandenen Garten um. Er war nach dem Prinzip der Geradlinigkeit angelegt. Außerdem war er so gepflegt, daß er jede Lebendigkeit verloren hatte. So muß ich mir auch Jan Kleyn vorstellen, dachte er. Sein Leben richtet sich nach dem ideologischen Lineal. Für Abweichungen ist da kein Platz, weder in den Gedanken oder Gefühlen noch im Garten. Die Ausnahme ist sein Geheimnis, Miranda und Matilda.

Er ging ins Haus. Ein schwarzer Diener sah ihn verwundert an. Scheepers bat ihn, draußen zu warten, während sie die Villa durchsuchten. Außerdem sollte er dem Gärtner und dem Wächter mitteilen, daß sie sich nicht ohne Genehmigung entfernen durften.

Das Haus war sparsam und teuer möbliert. Offensichtlich bevorzugte Jan Kleyn bei der Inneneinrichtung Marmor, Stahl und kräftiges Holz. An den Wänden hingen vereinzelt Lithographien. Die Motive stammten aus der südafrikanischen Geschichte. Außerdem gab es da ein paar Degen, alte Pistolen und Jagdtaschen. Über dem Kamin hing eine Jagdtrophäe, ein ausgestopfter Kudukopf mit kräftigen, gebogenen Hörnern. Während Borstlap das Haus insgesamt durchsuchte, konzentrierte sich Scheepers auf Jan Kleyns Arbeitszimmer. Der Schreibtisch war leer. Ein Dokumentenschrank mit herausziehbaren Fächern stand an der Wand. Scheepers suchte nach einem Panzerschrank, jedoch erfolglos. Er stieg die Treppe hinunter ins Wohnzimmer, wo Borstlap gerade in einem Bücherregal stöberte.

»Es muß einen Panzerschrank geben«, sagte Scheepers.

Borstlap wies auf Jan Kleyns Schlüsselbund.

»Da ist aber kein Schlüssel.«

»Für den Tresor hat er sich gewiß einen Platz ausgesucht, an dem man zuallerletzt suchen würde«, meinte Scheepers. »Dort müssen wir also beginnen. Wo könnte das sein?«

»Genau vor unseren Augen«, vermutete Borstlap. »Das sind manchmal die besten Verstecke. Auf die achtet man zuletzt.«

»Konzentrier dich darauf, den Panzerschrank zu finden. In den Bücherregalen ist nichts.«

Borstlap nickte und stellte das Buch zurück, das er gerade in der Hand gehabt hatte. Scheepers kehrte in das Arbeitszimmer zurück. Er setzte sich an den Schreibtisch und zog ein Schubfach nach dem anderen auf.

Zwei Stunden später hatten sie immer noch nichts gefunden, was für die Ermittlung von Bedeutung war. Jan Kleyns Papiere betrafen hauptsächlich sein Privatleben und enthielten nichts Auffälliges. Oder sie hatten mit seiner Münzsammlung zu tun. Zu seiner Verwunderung hatte Scheepers festgestellt, daß Kleyn Vorsitzender des Numismatikerverbandes von Südafrika war und auf diesem Gebiet hervorragende Arbeit leistete. Noch eine Abweichung, dachte er. Aber diese hat kaum Bedeutung für meine Untersuchung.

Borstlap hatte das Haus zweimal gründlich durchsucht, jedoch keinen Panzerschrank gefunden.

»Aber es muß einen geben«, beharrte Scheepers. Borstlap rief den Diener herein und fragte ihn, wo sich der Tresor befände. Der Mann sah ihn verständnislos an.

»Ein Geheimschrank, versteckt, stets verschlossen?«

»Es gibt keinen«, antwortete der Mann.

Wütend schickte Borstlap ihn wieder hinaus. Sie mußten also aufs neue mit der Suche beginnen. Scheepers versuchte herauszufinden, ob die Architektur des Hauses irgendeine Unregelmäßigkeit aufwies. Es war nicht ungewöhnlich, daß Südafrikaner Geheimräume in ihre Villen einbauen ließen. Er fand nichts. Während Borstlap unter den Dachbalken herumkroch und mit einer Taschenlampe in die finstersten Winkel leuchtete, ging Scheepers hinaus in den Garten. Er stellte sich hin und betrachtete das Haus. Fast sofort hatte er die Lösung gefunden. Das Haus verfügte über keinen Schornstein. Er lief wieder hinein und hockte sich vor den Kamin. Mit der Taschenlampe leuchtete er hinein.

Der Tresor war in das Mauerwerk eingelassen. Als er den Griff berührte, stellte er erstaunt fest, daß die Tür offen war. Im selben Augenblick kam Borstlap die Treppe herunter.

»Ein gut ausgedachtes Versteck«, kommentierte Scheepers.

Borstlap nickte. Es ärgerte ihn, daß er es nicht selbst entdeckt hatte.

Scheepers setzte sich an den Marmortisch vor dem breiten Ledersofa. Borstlap war hinaus in den Garten gegangen, um zu rauchen. Scheepers sah die Papiere aus dem Panzerschrank durch. Es waren Versicherungspolicen, ein paar Kuverts mit alten Münzen, Kaufverträge, die sich auf das Haus bezogen, ungefähr zwanzig Aktienbriefe und einige Staatsobligationen. Er schob sie zur Seite und konzentrierte sich auf ein kleines schwarzes Notizbuch. Er blätterte es durch. Es war voller kryptischer Eintragungen, einer Mischung aus Namen, Orten und Zifferkombinationen. Scheepers beschloß, das Buch mitzunehmen. Er brauchte Zeit, um es in Ruhe studieren zu können. Er legte die Papiere in den Tresor zurück und ging hinaus zu Borstlap.

Plötzlich kam ihm ein Gedanke. Er rief die drei Männer heran, die dahockten und sie beobachteten.

»Kam gestern spät abends noch jemand zu Besuch?« fragte er.

Der Gärtner antwortete.

»Nur Mofololo, der Nachtwächter.«

»Und der ist natürlich nicht hier?«

»Er kommt um sieben.«

Scheepers nickte. Er würde wiederkommen.

Sie fuhren nach Johannesburg zurück. Unterwegs hielten sie und aßen ein verspätetes Mittagsmahl. Kurz nach vier trennten sie sich vor dem Polizeigebäude. Scheepers konnte es nicht länger aufschieben. Nun mußte er mit dem Verhör Jan Kleyns beginnen. Aber erst würde er noch einmal versuchen, Präsident de Klerk zu erwischen.

Als der Bürodiener von Präsident de Klerks Kabinett gegen Mitternacht angerufen hatte, war Jan Kleyn erstaunt gewesen. Er wußte natürlich, daß ein junger assistierender Staatsanwalt namens Scheepers den Auftrag erhalten hatte, dem Verdacht der

Konspiration nachzugehen. Er war die ganze Zeit über der Meinung gewesen, einen ausreichenden Vorsprung gegenüber seinem Verfolger zu haben. Nun war ihm klargeworden, daß Scheepers näher an ihm dran war, als er geglaubt hatte.

Er stand auf, zog sich an und stellte sich darauf ein, die ganze Nacht wach zu bleiben.

Er rechnete sich aus, daß er zumindest bis zehn Uhr am nächsten Morgen Zeit hatte. Scheepers würde erst einmal ein paar Stunden brauchen, um alle Unterlagen zu beschaffen, die erforderlich waren, um ihn festnehmen zu können. Bis dahin mußte er sich überzeugen, daß die notwendigen Instruktionen ausgegeben waren und die Operation nicht Gefahr lief, in einem Fiasko zu enden. Er ging in die Küche hinunter und kochte Tee. Dann setzte er sich, um eine Übersicht anzufertigen. Er mußte an vieles denken. Aber er würde es schaffen.

Daß er verhaftet werden sollte, war eine unerwartete Komplikation. Aber er hatte auch das einkalkuliert. Die Situation war ärgerlich, aber nicht ausweglos. Da er nicht voraussehen konnte, wie lange Scheepers ihn festhalten würde, mußte er planen, als ob er die ganze Zeit über im Gefängnis saß, bis das Attentat auf Mandela verübt worden war.

Das war seine erste Aufgabe in dieser Nacht; er mußte das, was am nächsten Tag geschehen sollte, zu seinem eigenen Vorteil ausnutzen. Solange er nämlich im Gefängnis saß, konnte ihn niemand wegen der Teilnahme an verschiedenen Aktionen anklagen. Er überdachte, was passieren würde. Es war nach ein Uhr nachts, als er Franz Malan anrief.

»Zieh dich an und komm her«, sagte er knapp.

Franz Malan war verschlafen und irritiert. Jan Kleyn vermied es, seinen Namen zu nennen.

»Zieh dich an und komm her«, wiederholte er.

Franz Malan stellte keine Fragen.

Eine knappe Stunde später, kurz nach zwei, betrat er Jan Kleyns Wohnzimmer. Die Gardinen waren zugezogen. Der Nachtwächter, der ihm das Tor geöffnet hatte, war unter Androhung sofortiger Entlassung instruiert worden, zu Außenstehenden niemals über die Besucher zu sprechen, die am späten Abend oder in der Nacht kamen. Jan Kleyn zahlte einen sehr hohen Lohn, um sich das Schweigen des Mannes zu sichern.

Franz Malan war nervös. Er wußte, daß Jan Kleyn ihn niemals gerufen hätte, wenn nicht etwas Wichtiges geschehen wäre.

Jan Kleyn ließ ihm kaum Zeit, sich hinzusetzen, bis er erklärte, was los war, was am nächsten Tag passieren würde und was noch in dieser Nacht organisiert werden mußte. Was Franz Malan da zu hören bekam, steigerte seine Nervosität. Es lief darauf hinaus, daß seine eigene Verantwortung größer werden würde, als er es sich selbst wünschte.

»Wir wissen nicht, wieviel Scheepers herausgefunden hat«, schloß er. »Aber gewisse Maßnahmen sind notwendig. Am wichtigsten ist die Auflösung des Komitees. Das Interesse muß von Kapstadt und dem 12. Juni abgelenkt werden.«

Franz Malan sah ihn erstaunt an. Meinte er das im Ernst? Sollte die ganze exekutive Verantwortung auf ihn abgewälzt werden?

Jan Kleyn bemerkte seine Unruhe.

»Bald bin ich wieder draußen«, versicherte er. »Dann übernehme ich die Sache.«

»Das hoffe ich«, erwiderte Franz Malan. »Aber muß denn das Komitee aufgelöst werden?«

»Das ist notwendig. Scheepers kann tiefer gegraben haben, als wir uns vorstellen können.«

»Aber wie hat er das geschafft?«

Jan Kleyn zuckte irritiert die Schultern.

»Wie schaffen wir etwas? Indem wir unser Wissen, unsere Verbindungen ausnutzen. Wir schmieren, drohen, lügen, bis wir die gewünschten Informationen haben. Für uns gibt es keine Grenzen. Also auch nicht für die, die unsere Vorhaben überwachen. Das Komitee darf sich nicht wieder treffen. Es hört auf zu existieren. Damit hat es auch niemals existiert. Noch heute nacht werden wir mit allen Mitgliedern sprechen. Aber vorher sind weitere Dinge zu erledigen.«

»Wenn Scheepers weiß, daß wir für den 12. Juni etwas planen, müssen wir die Sache abblasen«, meinte Franz Malan. »Das Risiko ist zu groß.«

»Es ist zu spät«, erwiderte Jan Kleyn. »Außerdem ist Scheepers nicht sicher. Eine gutplazierte Spur in eine andere Richtung wird ihn davon überzeugen, daß gerade Kapstadt und der 12. Juni ihn irreführen sollen. So drehen wir den Spieß um.«

»Wie?«

»Indem ich ihm in dem morgigen Verhör etwas Entsprechendes suggeriere.«

»Das wird wohl kaum ausreichen, oder?«

»Natürlich nicht.«

Jan Kleyn zog ein kleines schwarzes Notizbuch hervor. Als er es aufschlug, sah Franz Malan, daß es voller leerer Seiten war.

»Das hier schreibe ich voll mit sinnlosem Zeug«, erklärte Jan Kleyn. »Aber ab und zu notiere ich einen Ort und ein Datum. Alle außer einer Eintragung werden durchgestrichen sein. Übrig bleiben wird eben nicht Kapstadt und der 12. Juni. Das Büchlein bleibt in meinem Panzerschrank liegen, den ich offenstehen lasse, als hätte ich in aller Eile wichtige Papiere zu verbrennen versucht.«

Franz Malan nickte. Er fing an zu glauben, daß Jan Kleyn recht hatte. Es mußte möglich sein, eine falsche Spur zu legen.

»Sikosi Tsiki ist auf dem Heimweg«, sagte Jan Kleyn und reichte Franz Malan ein Kuvert. »Es wird deine Aufgabe sein, ihn in Empfang zu nehmen, nach Hammanskraal zu bringen und ihm am 11. Juni die letzten Instruktionen zu geben. Alles ist hier in diesem Kuvert aufgeschrieben. Lies es dir durch und stelle fest, ob dir etwas unklar ist. Dann müssen wir anfangen zu telefonieren.«

Während Franz Malan die Anweisungen studierte, begann Jan Kleyn, das Notizbuch mit verschiedenen sinnlosen Wort- und Ziffernkombinationen zu füllen. Er verwendete verschiedene Schreibgeräte, um den Eindruck zu erwecken, die Eintragungen seien über längere Zeit hin entstanden. Er überlegte einen Augenblick und entschied sich dann für Durban und den 3. Juli. Er wußte, daß der ANC an diesem Tag in dieser Stadt ein wichtiges Treffen haben würde. Das sollte die falsche Spur sein, auf die er Scheepers locken wollte.

Franz Malan legte die Papiere zur Seite.

»Da steht nichts darüber, welche Waffen er verwenden soll«, sagte er.

»Konovalenko hat ihn mit einem weitreichenden Gewehr vorbereitet. Eine exakte Kopie ist in dem unterirdischen Lager in Hammanskraal.«

Franz Malan nickte.

»Weitere Fragen?«

»Nein.«

Dann telefonierten sie. Jan Kleyn verfügte in seiner Villa über drei Anschlüsse. Nun gingen Signale in verschiedene Teile Südafrikas hinaus. Verschlafene Männer griffen nach dem Hörer und waren augenblicklich hellwach. Einige wurden unruhig, als sie hörten, was los war, andere nahmen nur zur Kenntnis, was ab jetzt galt. Einigen fiel es schwer, wieder einzuschlafen, andere brauchten sich nur umzudrehen.

Das Komitee war aufgelöst worden. Es hatte nie existiert, da es spurlos verschwunden war. Übrig blieb lediglich das Gerücht seiner Existenz. Aber es würde in sehr kurzer Zeit wieder entstehen können. Zur Zeit wurde es nicht gebraucht und bildete außerdem eine Gefahr. Aber die Bereitschaft der Mitglieder zu der in ihren Augen einzig möglichen Lösung für Südafrikas Zukunft war ungebrochen. Es handelte sich um rücksichtslose Männer, die nicht ruhten. Ihr Radikalismus war wirklich, ihre Idee jedoch basierte auf Illusionen, Lügen und fanatischer Verzweiflung. Für einige von ihnen ging es nur um Haß.

Franz Malan fuhr durch die Nacht nach Hause zurück.

Jan Kleyn brachte sein Haus in Ordnung und ließ den Tresor offenstehen. Halb fünf Uhr früh legte er sich hin, um ein paar Stunden zu schlafen. Er fragte sich, wer Scheepers all die Informationen geliefert hatte. Er wurde das unangenehme Gefühl nicht los, daß er etwas nicht verstanden hatte.

Jemand hatte ihn verraten.

Aber er kam nicht darauf, wer es war.

Scheepers öffnete die Tür zum Vernehmungszimmer.

Jan Kleyn saß auf einem Stuhl an der Wand und sah ihn lächelnd an. Scheepers hatte beschlossen, ihn freundlich und korrekt zu behandeln. Eine ganze Stunde hatte er damit verbracht, das Notizbuch zu studieren. Er zweifelte immer noch daran, daß das Attentat auf Nelson Mandela wirklich nach Durban verlegt worden war. Auch der Versuch, Für und Wider abzuwägen, hatte ihm keine definitive Antwort gebracht. Er hegte keinerlei Hoffnungen, daß Jan Kleyn ihm die Wahrheit sagen würde. Vielleicht konnte er ihm aber ein paar Informationen entlocken, die ihn indirekt auf die richtige Fährte führten.

Scheepers setzte sich Jan Kleyn gegenüber, und ihm fiel ein, daß es ja Matildas Vater war, den er hier vor sich hatte. Er fühlte das Geheimnis, aber ihm war klar, daß er keinen Gebrauch davon machen würde. Das könnte die beiden Frauen in große Gefahr bringen. Jan Kleyn konnte nicht beliebig lange festgehalten werden. Er sah bereits aus, als erwarte er, das Vernehmungszimmer in Kürze verlassen zu dürfen.

Eine Sekretärin kam herein und setzte sich an einen kleinen Tisch, der etwas abseits stand.

»Jan Kleyn«, begann er. »Sie sind verhaftet worden, weil es den starken Verdacht gibt, daß Sie beteiligt und möglicherweise auch verantwortlich sind für umstürzlerische Aktivitäten sowie die Vorbereitung zum Mord. Was haben Sie dagegen vorzubringen?«

Jan Kleyn lächelte weiter, als er antwortete.

»Meine Antwort lautet, daß ich nichts sagen werde, bevor ich nicht einen Anwalt an meiner Seite habe.«

Scheepers war einen Moment lang verwirrt. Die normale Prozedur war, daß eine Person, die verhaftet worden war, unmittelbar nach der Festnahme die Möglichkeit erhalten sollte, Kontakt zu einem Anwalt aufzunehmen.

»Alles ist korrekt zugegangen«, versicherte Jan Kleyn, als habe er Scheepers' Unsicherheit durchschaut. »Aber der Anwalt ist noch nicht hier.«

»Wir können ja mit den persönlichen Daten beginnen«, schlug Scheepers vor. »Dazu brauchen wir keinen Anwalt.«

»Natürlich nicht.«

Sofort, nachdem er die Angaben erhalten hatte, verließ Scheepers den Raum. Er gab Bescheid, man solle ihn rufen, wenn der Anwalt eingetroffen sei. Als er in den Aufenthaltsraum der Staatsanwälte kam, war er durchgeschwitzt. Jan Kleyns kaltblütige Überlegenheit schüchterte ihn ein. Wie konnte er so gleichgültig sein angesichts von Beschuldigungen, die, sollten sie sich bewahrheiten, eine Verurteilung zum Tode nach sich ziehen dürften?

Scheepers wurde plötzlich unsicher, ob er so mit ihm umgehen konnte, wie es erforderlich war. Vielleicht sollte er sich an Wervey wenden und vorschlagen, daß ein anderer, routinierterer Kollege zu den Verhören hinzugezogen wurde? Gleichzeitig war ihm klar, daß Wervey von ihm erwartete, daß er die Aufgabe löste, die man ihm zugeteilt hatte. Wervey gab niemals jemandem eine zweite Chance. Seine Karrieremöglichkeiten würden sich sehr verringern, sollte er Schwäche zeigen.

Er zog das Jackett aus und tauchte das Gesicht in kaltes Wasser. Dann ging er noch einmal die Fragen durch, die er zu stellen beabsichtigte.

Er schaffte es auch, durchzukommen und mit Präsident de Klerk zu sprechen. Bei der ersten Gelegenheit äußerte er seinen Verdacht, das Kabinett des Präsidenten würde abgehört. De Klerk hörte ihm zu, ohne ihn zu unterbrechen.

»Ich werde das untersuchen lassen«, sagte er, als Scheepers fertig war. Damit war das Gespräch vorüber.

Erst als es fast sechs Uhr war, bekam er den Bescheid, daß der Anwalt sich eingefunden hatte. Er kehrte unmittelbar in das Vernehmungszimmer zurück. Der Anwalt, der neben Jan Kleyn saß, war ungefähr vierzig Jahre alt und hieß Kritzinger. Sie begrüßten sich höflich und gaben sich die Hand. Scheepers merkte sofort, daß sich die beiden von früher kannten. Möglicherweise hatte sich Kritzinger absichtlich verspätet, um Jan Kleyn einen Freiraum zu schaffen und gleichzeitig den Leiter des Verhörs aus dem Konzept zu bringen. Auf Scheepers hatte der Gedanke jedoch eine ganz andere Wirkung. Auf einmal war er ganz ruhig. Die Bedenken der letzten Stunden waren wie weggeblasen.

»Ich habe den Haftbefehl gesehen«, erklärte Kritzinger. »Die Anklagen sind schwerwiegend.«

»Es ist auch ein ernstes Verbrechen, die nationale Sicherheit zu bedrohen.«

»Mein Klient bestreitet kategorisch alles, was ihm vorgeworfen wird«, erwiderte der Anwalt. »Ich fordere, daß er sofort auf freien Fuß gesetzt wird. Halten Sie es für besonders sinnvoll, ausgerechnet Menschen zu verhaften, die in ihrer täglichen Arbeit ja gerade alles tun, um die nationale Sicherheit zu verteidigen?«

»Bis auf weiteres stelle ich hier die Fragen«, stellte Scheepers klar. »Ihr Klient hat zu antworten, nicht ich.«

Scheepers warf einen Blick auf seine Unterlagen.

»Kennen Sie Franz Malan?« fragte er.

»Ja«, antwortete Jan Kleyn sofort. »Er arbeitet auf dem militärischen Sektor, der mit streng geheimem Sicherheitsmaterial zu tun hat.«

»Wann haben Sie ihn zuletzt getroffen?«

»Im Zusammenhang mit dem Terroranschlag auf das Restaurant in der Nähe von Durban. Wir waren beide zu den Ermittlungen hinzugezogen worden.«

»Ist Ihnen eine Geheimorganisation von Buren bekannt, die sich ganz einfach Komitee nennt?«

»Nein.«

»Bestimmt nicht?«

»Mein Klient hat die Frage bereits beantwortet«, protestierte Kritzinger.

»Nichts kann mich daran hindern, dieselbe Frage mehr als einmal zu stellen«, sagte Scheepers scharf.

»Ich kenne kein Komitee«, beharrte Jan Kleyn.

»Wir haben Anlaß zu glauben, daß ein Attentat auf einen der schwarzen Nationalistenführer durch dieses Komitee geplant wird. Verschiedene Orte und Tage wurden genannt. Sind Sie darüber informiert?«

»Nein.«

Scheepers holte das Notizbuch hervor.

»Bei der Hausdurchsuchung hat die Polizei heute dieses Buch in Ihrer Villa gefunden. Erkennen Sie es?«

»Natürlich erkenne ich es. Es gehört mir.«

»Darin sind verschiedene Daten und Orte vermerkt. Können Sie mir erklären, was sie bedeuten?«

»Was soll das?« regte Jan Kleyn sich auf und wandte sich an seinen Anwalt. »Das sind private Notizen über Geburtstage und Treffen mit verschiedenen Freunden.«

»Was haben Sie am 12. Juni in Kapstadt zu tun?«

Jan Kleyn verzog keine Miene, als er antwortete.

»Gar nichts. Ich habe lediglich daran gedacht, dahin zu fahren und einen Numismatikerkollegen zu treffen. Aber das hat sich erledigt.«

Scheepers registrierte, daß Jan Kleyn nach wie vor unberührt wirkte.

»Was sagen Sie dann zu Durban, am 3. Juli?«

»Nichts.«

»Nichts?«

Jan Kleyn flüsterte seinem Anwalt einige Worte zu.

»Mein Klient will die Frage aus persönlichen Gründen nicht beantworten«, teilte Kritzinger mit.

»Persönliche Gründe oder nicht, ich will eine Antwort haben», forderte Scheepers.

»Das hier ist Wahnsinn«, rief Jan Kleyn und fuchtelte mit den Armen.

Scheepers entdeckte plötzlich, daß Jan Kleyn angefangen hatte zu schwitzen. Außerdem zitterte die Hand, die auf dem Tisch lag.

»Bisher sind Ihre Fragen völlig substanzlos gewesen«, provozierte Kritzinger. »Ich werde sehr bald fordern, daß das hier ein Ende hat und mein Klient umgehend auf freien Fuß gesetzt wird.«

»Wenn es um die Bedrohung der nationalen Sicherheit geht, haben Polizei und Anklage große Freiheiten«, belehrte ihn Scheepers. »Ich möchte jetzt eine Antwort auf meine Frage.«

»Ich habe ein Verhältnis mit einer Frau in Durban«, erklärte Jan Kleyn. »Da sie verheiratet ist, müssen wir uns mit äußerster Diskretion treffen.«

»Treffen Sie sich regelmäßig?«

»Ja.«

»Wie heißt sie?«

Jan Kleyn und Kritzinger protestierten gleichzeitig.

»Gut, lassen wir ihren Namen bis auf weiteres weg. Ich komme noch darauf zurück. Aber wenn Sie sich regelmäßig treffen und die verschiedenen Verabredungen hier in diesem Buch notieren, ist es dann nicht eigentümlich, daß Durban nur einmal erwähnt ist?«

»Ich verbrauche mindestens zehn Notizbücher im Jahr. Die alten werfe ich regelmäßig weg. Oder ich verbrenne sie.«

»Wo verbrennen Sie die?«

Jan Kleyn schien die Ruhe wiedergefunden zu haben.

»Im Waschbecken oder in der Toilette. Wie der Herr Staatsanwalt ja bereits weiß, hat mein Kamin keinen Rauchabzug. Der wurde durch die vorherigen Besitzer zugemauert. Ich habe ihn nie wieder freigelegt.«

Das Verhör ging weiter. Scheepers stellte erneut Fragen zu dem geheimen Komitee, aber die Antworten blieben dieselben. In regelmäßigen Abständen protestierte Kritzinger. Nach fast drei Stunden beschloß Scheepers, Schluß zu machen. Er erhob sich und teilte kurz mit, daß Jan Kleyn in Gewahrsam bleiben würde. Kritzinger wurde ernsthaft böse. Aber Scheepers wies seinen Protest zurück. Das Gesetz erlaubte es ihm, Jan Kleyn noch mindestens vierundzwanzig Stunden festzuhalten.

Es war bereits Nacht geworden, als er es endlich schaffte, seinem Vorgesetzten einen Bericht zu geben. Wervey hatte versprochen, in seinem Dienstzimmer zu warten, bis er kam. Die Korridore waren menschenleer, als er zu dem Chefankläger eilte. Die Tür stand angelehnt. Wervey saß auf seinem Stuhl und schlief. Scheepers klopfte und trat ein, Wervey schlug die Augen auf und sah ihn an. Scheepers setzte sich.

»Jan Kleyn hat jede Kenntnis einer Verschwörung oder eines Attentats bestritten«, informierte er. »Ich glaube auch nicht, daß er es jemals zugeben wird. Wir haben außerdem nichts, was ihn mit dem einen oder dem anderen in Verbindung bringt. Bei der Hausdurchsuchung fanden wir lediglich einen Gegenstand von Interesse. In seinem Panzerschrank lag ein Notizbuch mit verschiedenen Daten und Orten. Alle waren durchgestrichen, außer einem. Durban, 3. Juli. Wir wissen, daß Nelson Mandela genau an diesem Tag dort sprechen wird. Das Datum, das wir bisher im Auge hatten, Kapstadt, am 12. Juni, ist in dem Büchlein ebenfalls durchgestrichen.«

Wervey straffte sich und bat darum, das Notizbuch sehen zu dürfen. Scheepers hatte es in seiner Tasche. Wervey blätterte es im Schein der Schreibtischlampe langsam durch.

»Welche Erklärung hat er gegeben?« erkundigte er sich, als er fertig war.

»Verschiedene Treffen. Er behauptet, in Durban ein Verhältnis mit einer verheirateten Frau zu haben.«

»Setz morgen an dieser Stelle an«, riet Wervey.

»Er weigert sich, den Namen zu nennen.«

»Sag ihm, daß er so lange im Gefängnis bleibt, bis wir den Namen wissen.«

Scheepers sah Wervey erstaunt an.

»Geht denn das?«

»Junger Freund«, klärte ihn Wervey auf. »Alles geht, wenn man Chefankläger und so alt ist wie ich. Vergiß nicht, daß ein Mann wie Jan Kleyn weiß, wie man Spuren verwischt. Er muß im Kampf besiegt werden. Bisweilen auch mit zweifelhaften Mitteln.«

»Dennoch schien es mir, als sei er ein paarmal unsicher geworden«, sagte Scheepers zögernd.

»Er weiß natürlich, daß wir ihm auf den Fersen sind. Nimm ihn morgen ordentlich in die Mangel. Dieselben Fragen, immer wieder. Neu zielen. Aber derselbe Schuß, immer derselbe Schuß.«

Scheepers nickte.

»Da ist noch eine Sache«, sagte er. »Kommissar Borstlap, der die eigentliche Festnahme leitete, hatte den Eindruck, daß Jan Kleyn vorgewarnt war. Obwohl nur wenige vorab wußten, was geschehen würde.«

Wervey sah ihn lange an, bevor er antwortete.

»Dieses Land hier ist im Krieg. Überall sind Ohren, menschliche und elektronische. Das Abhören von Geheimnissen ist oftmals eine Waffe, die alle anderen übertrifft. Vergiß das nicht.«

Das Gespräch war vorüber.

Scheepers ging hinaus, blieb an der Treppe stehen und sog die frische Luft ein. Er war sehr müde. Dann lief er zu seinem Wagen, um nach Hause zu fahren. Als er die Autotür aufschließen wollte, trat einer der Parkplatzwächter aus dem Schatten.

»Ein Mann hat das hier für Sie abgegeben«, sagte er und reichte Scheepers ein Kuvert.

»Wer?«

»Ein schwarzer Mann«, antwortete der Wächter. »Er hat seinen Namen nicht genannt. Er sagte nur, es sei wichtig.«

Scheepers nahm den Brief vorsichtig in die Hand. Er war dünn und konnte unmöglich eine Bombe enthalten. Er nickte dem Wächter zu, schloß auf und setzte sich ins Auto. Dann öffnete er das Kuvert und las im Schein der Innenbeleuchtung, was da geschrieben stand. »Der Attentäter ist vermutlich ein Schwarzer namens Victor Mabasha.«

Der Brief war mit Steve unterzeichnet.

Scheepers spürte, wie sein Herz schneller schlug.

Endlich, dachte er.

Dann fuhr er auf dem kürzesten Weg nach Hause. Judith erwartete ihn mit dem Abendessen. Bevor er sich jedoch an den Tisch setzte, rief er Kommissar Borstlap in dessen Wohnung an.

»Victor Mabasha«, sagte er. »Hast du den Namen schon mal gehört?«

Borstlap überlegte, bevor er antwortete.

»Nein.«

»Morgen früh mußt du sämtliche Karteien wälzen und alles, was du hast, in den Computer eingeben. Victor Mabasha, ein Schwarzer, ist vermutlich der Attentäter, den wir suchen.«

»Hast du Jan Kleyn zum Reden gebracht?« fragte Borstlap verwundert.

»Nein. Woher ich das weiß, spielt jetzt keine Rolle.«

Damit war auch dieses Gespräch vorüber.

Victor Mabasha, dachte er, als er sich an den Abendbrottisch setzte.

Wenn du es bist, werden wir dich stoppen, bevor es zu spät ist.

32

An jenem Tag in Kalmar merkte Kurt Wallander, wie schlecht er sich eigentlich fühlte. Später, als der Mord an Louise Akerblom und der ganze darauf folgende Alptraum bereits als eine Serie unwirklicher Geschehnisse erschien, als ein wüstes Schauspiel in einer entfernten Landschaft, würde er eigensinnig behaupten, daß er erst nach dem Anblick Konovalenkos mit starren Augen und brennendem Haar begriffen hätte, wie es um ihn stand. Das war der Ausgangspunkt, und daran änderte sich nichts, auch wenn die Erinnerungen und all die quälenden Bilder kamen und gingen wie die wechselnden Muster in einem Kaleidoskop. In Kalmar hatte er die Kontrolle über sich verloren! Seiner Tochter sagte er, daß es gewesen sei, als habe ein Countdown begonnen, ein Countdown, der in ein Vakuum führte. Der Arzt in Ystad, der sich Mitte Juni um ihn kümmerte und mit seiner zunehmenden Schwermut klarzukommen versuchte, schrieb ebenfalls in sein Journal, daß die Depression nach Aussage des Patienten bei einer Tasse Kaffee im Polizeigebäude von Kalmar begann, während ein Mann auf einer Brücke lag und verbrannte.

Er hatte also im Polizeigebäude von Kalmar gesessen und Kaffee getrunken, sehr müde und sehr niedergeschlagen. Die ihn in der halben Stunde sahen, die er bei seiner Tasse Kaffee verbrachte, hatten den Eindruck, daß er abwesend und völlig unzugänglich war. Oder war er nur in Gedanken versunken? Keiner jedoch ging zu ihm, um ihm Gesellschaft zu leisten oder sich nach seinem Befinden zu erkundigen. Der seltsame Polizist aus Ystad traf auf eine Mischung aus Respekt und Unsicherheit. Man ließ ihn ganz einfach in Frieden, während man sich um das Chaos auf der Brücke und die Flut von Anrufen aus den Redaktionen von Presse, Funk und Fernsehen kümmerte. Nach einer halben Stunde war er plötzlich aufgestanden und hatte gefordert, man möge ihn zu der gelben Villa am Hemmansvägen fahren. Als sie an der Stelle auf der Brücke vorbeikamen, wo Konovalenkos Wagen immer noch wie ein rauchendes Mahnmal stand, hatte er starr geradeaus geschaut. Dagegen hatte er in der Villa sofort das Kommando übernommen und völlig vergessen, daß die Untersuchung offiziell von einem Kriminalisten der Kalmarer Polizei namens Blomstrand geleitet wurde. Man ließ ihn jedoch gewähren, und er entwickelte in den nächsten Stunden eine unwahrscheinliche Energie. Konovalenko schien er bereits vergessen zu haben. Ihn interessierten vornehmlich zwei Dinge. Er wollte wissen, wem das Haus gehörte. Außerdem sprach er ununterbrochen davon, daß Konovalenko nicht allein gewesen sei. Er wies an, daß sofort alle Nachbarn, Taxichauffeure und Busfahrer befragt wurden. Konovalenko ist nicht allein gewesen, wiederholte er immer wieder. Wer, Mann oder Frau, war bei ihm gewesen und wohin spurlos verschwunden? Es zeigte sich, daß keine seiner Fragen sofort beantwortet werden konnte. Grundbucheintragung und befragte Nachbarn lieferten höchst widersprüchliche Angaben, wem denn eigentlich die gelbe Villa gehörte. Vor ungefähr zehn Jahren war der ehemalige Eigentümer, ein verwitweter Landesarchivar namens Hjalmarson, verstorben. Sein Sohn, der sich nach Auskunft verschiedener Nachbarn als Repräsentant eines schwedischen Unternehmens in Brasilien aufhielt (andere wieder behaupteten, er sei Waffenhändler), war nicht einmal zur Beerdigung erschienen. Das Ganze sei sowieso eine höchst unangenehme Zeit für den Hemmansvägen gewesen, behauptete der Sprecher der Nachbarn der gelben Villa, ein pensionierter Abteilungsdirektor im Landtag von Kronoberg. Deshalb habe man aufgeatmet, als das Verkaufsschild verschwunden und die Umzugsfuhre eines pensionierten Reserveoffiziers angerollt sei. Er war so etwas Antiquiertes wie ein Major der schonischen Husaren gewesen, Überlebender eines vergangenen Jahrhunderts. Er hieß Gustaf Jernberg und verständigte sich mit seiner Umwelt durch freundliches Gebrüll. Die Besorgnis war aber zurückgekehrt, als es sich zeigte, daß Jernberg den größten Teil des Jahres in Spanien verbrachte, um seinen Rheumatismus zu kurieren. Das Haus wurde dann von einem etwa fünfunddreißigjährigen arroganten und unverschämten Enkel okkupiert, der sich nicht an die geltenden Regeln hielt. Er hieß Hans Jernberg und war angeblich eine Art Geschäftsmann, der zu kurzen Besuchen auftauchte, oft mit seltsamen Bekannten im Schlepptau.

Die Polizei begann sofort, nach Hans Jernberg zu suchen. Er wurde gegen zwei Uhr nachmittags in einem Büro in Göteborg ausfindig gemacht. Wallander sprach selbst mit ihm am Telefon. Anfangs wollte er sich dumm stellen. Aber Wallander war nicht in der Laune, ihn lange zu bereden und die Wahrheit aus ihm herauszulocken. Er hatte sofort gedroht, ihn der Göteborger Polizei zu übergeben und die Presse einzuschalten. Mitten im Gespräch kam ein Kalmarer Polizist und hielt Wallander einen Zettel unter die Nase. Man hatte in verschiedenen Karteien geforscht und herausgefunden, daß Hans Jernberg intensive Beziehungen zu neonazistischen Bewegungen im Land unterhielt. Wallander starrte auf das Stück Papier, und plötzlich fiel ihm ein, welche Frage er dem Mann am anderen Ende der Leitung natürlich stellen mußte.

»Können Sie mir sagen, wie Sie über Südafrika denken?«

»Ich weiß nicht, was das mit der Sache zu tun hat«, gab Hans Jernberg zurück.

»Beantworten Sie meine Frage«, beharrte Wallander ungeduldig. »Sonst rufe ich die Kollegen in Göteborg an.«

Nach kurzem Schweigen kam die Antwort.

»Ich betrachte Südafrika als eines der bestregierten Länder der Welt. Ich sehe es als meine Pflicht an, den Weißen, die dort leben, jede Unterstützung zu geben.«

»Und das tun Sie, indem Sie das Haus russischen Banditen zur Verfügung stellen, die für Südafrika arbeiten?«

Diesmal war Hans Jernberg wirklich überrascht. »Ich verstehe nicht, was Sie meinen.«

»Sie verstehen sehr wohl. Aber jetzt sollen Sie mir erst mal eine andere Frage beantworten. Wer von ihren Freunden hatte in der letzten Woche Zugang zum Haus? Überlegen Sie, bevor Sie antworten. Die kleinste Ungenauigkeit, und ich verständige den Staatsanwalt in Göteborg, daß er Sie festsetzen soll. Und glauben Sie mir, es wird geschehen.«

»Ove Westerberg. Ein guter alter Freund, der hier in der Stadt eine Baufirma betreibt.«

»Die Adresse«, forderte Wallander und bekam sie.

Es war ein gewaltiger Aufwand. Aber der effektive Einsatz einiger Göteborger Kriminalisten brachte eine gewisse Klarheit darüber, was in den letzten Tagen in der gelben Villa geschehen war. Ove Westerberg war, so zeigte es sich, ein genauso großer Freund Südafrikas wie Hans Jernberg. Über verschiedene Kontakte, die sich ineinander verloren, hatte er vor einigen Wochen die Anfrage erhalten, ob das Haus für einige südafrikanische Gäste zur Verfügung gestellt werden könnte, gegen gute Bezahlung. Da Hans Jernberg zu dieser Zeit außer Landes weilte, hatte Ove Westerberg ihn nicht informiert. Wallander ahnte, daß auch das Geld in Westerbergs Taschen geblieben war. Aber was das für Gäste waren, wußte Westerberg nicht. Er wußte nicht einmal, daß sie wirklich dagewesen waren. Weiter kam Wallander an diesem Tag nicht. Es würde Aufgabe der Kalmarer Polizei werden, den Kontakten zwischen schwedischen Neonazis und Vertretern der Apartheid in Südafrika nachzugehen. Weiter herrschte Unklarheit darüber, wer zusammen mit Konovalenko in der gelben Villa gewesen war. Während Nachbarn, Taxichauffeure und Busfahrer befragt wurden, durchsuchte Wallander gründlich das Haus. Er sah, daß zwei Schlafräume kürzlich benutzt und in großer Hast verlassen worden waren. Er dachte, daß Konovalenko diesmal doch etwas hinterlassen haben mußte. Er war aus dem Haus gegangen und nicht wieder zurückgekehrt. Natürlich gab es die Möglichkeit, daß der andere Besucher Konovalenkos Besitztümer mitgenommen hatte. Vielleicht war Konovalenkos Vorsicht wirklich grenzenlos. Vielleicht hatte er jeden Abend mit einem Einbruch gerechnet und seine wichtigsten Dinge versteckt, bevor er schlafen ging? Wallander rief Blomstrand zu sich, der gerade den Geräteschuppen untersuchte. Wallander wollte, daß alle verfügbaren Polizisten im Haus nach einer Tasche suchten. Er konnte nicht sagen, wie sie aussehen und wie groß sie sein sollte.

»Eine Tasche mit Inhalt«, sagte er. »Irgendwo muß sie zu finden sein.«

»Was für ein Inhalt?« fragte Blomstrand.

»Ich weiß nicht«, antwortete Wallander. »Papiere, Geld, Bekleidung. Vielleicht eine Waffe. Ich weiß nicht.«

Die Suche begann. Verschiedene Taschen wurden zu Wallander heruntergebracht, der in der unteren Etage wartete. Er blies den Staub von einer Schreibmappe, die alte Fotografien enthielt und

Briefe, die zumeist mit »Geliebte Gunvor« oder »Mein lieber Herbert« eingeleitet wurden. Eine andere, genauso staubige Tasche, die unter dem Dach gefunden wurde, enthielt eine große Anzahl exotischer Seesterne und Schnecken. Wallander wartete geduldig. Er wußte, daß es irgendwo eine Spur Konovalenkos geben mußte und damit vielleicht auch eine des unbekannten Begleiters. Während er wartete, telefonierte er mit seiner Tochter und mit Björk. Die Nachricht über die Ereignisse des Morgens hatten sich schon über das Land verbreitet. Wallander teilte seiner Tochter mit, daß es ihm gutginge und daß jetzt alles vorüber wäre. Am Abend, wenn er heimkam, würden sie den Wagen nehmen und für ein paar Tage nach Kopenhagen hinüberfahren. An ihrer Stimme konnte er hören, daß sie ihm nicht glaubte, weder was sein Wohlbefinden anging noch was die Feststellung betraf, nun sei wirklich alles vorüber. Später dachte er, daß er eine Tochter hatte, die ihn genau durchschaute. Das Gespräch mit Björk endete damit, daß Wallander wütend wurde und den Hörer auf die Gabel warf. Das war ihm in seiner langjährigen Bekanntschaft mit Björk noch nie passiert. Die Ursache war, daß Björk Wallanders Urteilsfähigkeit in Frage gestellt hatte, weil er, ohne eine Nachricht zu hinterlassen, allein hinter Konovalenko hergejagt war. Wallander sah natürlich ein, daß Björks Sicht berechtigt war. Was ihn aber aufbrachte war, daß Björk gerade jetzt, mitten in einer kritischen Phase der Ermittlungen, darauf zu sprechen kam. Björk seinerseits wertete Wallanders Wutanfall als ein Zeichen, daß er seelisch wirklich aus dem Gleichgewicht geraten war. Wir müssen Kurt unter Aufsicht halten, sagte er zu Martinson und Svedberg.

Es war Blomstrand selbst, der schließlich die richtige Tasche fand. Konovalenko hatte sie hinter einem Haufen von Stiefeln in einem Besenschrank versteckt, der in dem Gang zwischen Küche und Eßzimmer stand. Es handelte sich um eine Ledertasche, die mit einem Kombinationsschloß versehen war. Wallander überlegte, ob das Schloß vielleicht mit einer Sprengladung gekoppelt war. Was geschah, wenn sie die Tasche gewaltsam öffneten? Blomstrand raste damit zum Kalmarer Flugplatz und ließ sie mittels Röntgenapparat untersuchen. Nichts deutete darauf hin, daß sie explodieren würde, wenn man das Schloß aufbrach. Er fuhr zur gelben Villa zurück. Wallander nahm einen Schraubenzieher und brach die Sperre auf. Die Tasche enthielt eine Anzahl Papiere, Fahrkarten, einige Pässe und eine große Summe Geld. Außerdem fand sich da eine kleine Pistole, eine Beretta. Die Pässe gehörten alle Konovalenko und waren in Schweden, Finnland und Polen ausgestellt. Jeder von ihnen trug einen anderen Namen. Als Finnländer hieß Konovalenko Mäkelä, als Pole deutschklingend Hausmann. Die Summe an Bargeld belief sich auf siebenundvierzigtausend schwedische Kronen und elftausend Dollar. Was Wallander jedoch am meisten interessierte, war, ob die Papiere aus der Tasche ihm einen Hinweis geben konnten, wer der unbekannte Begleiter war. Zu seiner großen Enttäuschung waren die meisten Schriftstücke in einer fremden Sprache abgefaßt, wahrscheinlich in russisch. Er verstand kein Wort. Es schien sich um eine Art Tagebuch zu handeln, denn am Rand war jeweils ein Datum vermerkt.

Wallander wandte sich an Blomstrand.

»Wir brauchen jemanden, der Russisch spricht. Jemanden, der das hier augenblicklich übersetzen kann.«

»Wir können es ja mit meiner Frau versuchen«, schlug Blomstrand vor.

Wallander sah ihn fragend an.

»Sie hat Russisch studiert«, erklärte Blomstrand. »Sie interessiert sich sehr für russische Kultur. Vor allem für Schriftsteller des 19. Jahrhunderts.«

Wallander machte die Tasche zu und klemmte sie sich unter den Arm.

»Wir fahren zu ihr. Hier wird sie ja bloß nervös bei all der Hektik.«

Blomstrand wohnte in einem Reihenhaus nördlich von Kalmar. Seine Frau war intelligent und aufgeschlossen; Wallander mochte sie sofort. Während sie in der Küche Kaffee tranken und ein paar belegte Brote aßen, nahm sie die Papiere mit in ihr Arbeitszimmer, wo sie ab und zu im Wörterbuch blätterte.

Es dauerte fast eine Stunde, bis sie den Text übersetzt und niedergeschrieben hatte. Aber dann war er vollständig, und Wallander konnte Konovalenkos Tagebuch studieren. Es war, als würden ihm seine eigenen Erlebnisse aus einer anderen Perspektive erzählt. Viele Details in verschiedenen Aktionen erhielten jetzt ihre Erklärung. Vor allem aber wurde ihm klar, daß der unbekannte Begleiter, dem es außerdem gelungen war, die gelbe Villa unbemerkt zu verlassen, ein ganz anderer war, als er gedacht hatte. Südafrika hatte einen Ersatzmann für Victor Mabasha geschickt. Einen Afrikaner, der Sikosi Tsiki hieß. Er war über Dänemark gekommen. »Sein Training ist nicht perfekt, aber ausreichend«, hatte Konovalenko geschrieben. »An Kaltblütigkeit und Willenskraft übertrifft er Mabasha.«

Dann gab es einen Hinweis auf einen Mann in Südafrika namens Jan Kleyn. Wallander vermutete, daß es sich um einen wichtigen Mittelsmann handelte. Dagegen enthielten die Papiere nichts über die Organisation, die es nach Wallanders Auffassung im Hintergrund der Geschehnisse, also im Zentrum, geben mußte. Er berichtete Blomstrand, was er erfahren hatte.

»Ein Afrikaner ist dabei, Schweden zu verlassen. Heute morgen noch war er in der gelben Villa. Jemand muß ihn gesehen haben, jemand muß ihn irgendwohin gebracht haben. Er kann nicht über die Brücke gegangen sein. Wir können ausschließen, daß er sich noch auf Öland befindet. Möglicherweise verfügte er über einen eigenen Wagen. Wichtiger ist aber, daß er versuchen wird, Schweden zu verlassen. Wir wissen nur nicht, wo. Er muß gestoppt werden.«

»Das wird schwer werden«, äußerte Blomstrand skeptisch.

»Schwer, aber nicht unmöglich«, erwiderte Wallander. »Trotz allem ist die Anzahl Schwarzer, die täglich schwedische Grenzkontrollen passiert, wohl eher gering.«

Wallander bedankte sich bei Blomstrands Frau. Sie fuhren zum Polizeigebäude zurück. Eine Stunde später lief die Fahndung nach dem unbekannten Afrikaner in ganz Schweden auf vollen Touren. Ungefähr zur selben Zeit ermittelte die Polizei einen Taxichauffeur, der an diesem Morgen einen Afrikaner vom Parkplatz am Ende des Hemmansvägen abgeholt hatte. Das war geschehen, nachdem der Mercedes gebrannt hatte und die Brücke blockiert gewesen war. Wallander nahm an, daß sich der Afrikaner zunächst einige Stunden in der Nähe des Hauses versteckt hatte. Der Taxifahrer war mit ihm ins Stadtzentrum von Kalmar gefahren. Dort hatte er bezahlt, war ausgestiegen und verschwunden. Eine genaue Personenbeschreibung konnte der Mann nicht geben. Der Afrikaner war groß und muskulös gewesen, hatte helle Hosen, ein weißes Hemd und eine dunkle Jacke getragen und englisch gesprochen. Mehr konnte der Taxifahrer nicht sagen.

Es war spät am Nachmittag geworden. In Kalmar konnte Wallander nichts mehr tun. Wenn sie den flüchtigen Afrikaner schnappten, würde das Puzzle vollständig sein.

Ihm wurde angeboten, ihn nach Ystad zu fahren, aber er lehnte ab. Er wollte allein sein. Kurz nach fünf verabschiedete er sich von Blomstrand, entschuldigte sich dafür, daß er während einiger Stunden dieses Tages so respektlos das Kommando übernommen hatte, und verließ dann Kalmar.

Er hatte auf die Karte geschaut und festgestellt, daß die Strecke über Växjö die kürzeste war. Die Wälder schienen ihm unendlich. Sie verkörperten dieselbe stumme Verweigerung, die er selbst in sich erlebte. In Nybro hielt er an und aß. Obwohl er am liebsten alles vergessen wollte, was um ihn herum geschah, zwang er sich, in Kalmar anzurufen, um sich zu erkundigen, ob man den Afrikaner schon gefunden hatte. Die Antwort war negativ. Er setzte sich ins Auto und fuhr weiter durch die unendlichen Wälder. Als er Växjö erreichte, zögerte er einen Augenblick, ob er seine Reise über Älmhult oder Tingsryd fortsetzen sollte. Schließlich entschied er sich für Tingsryd, um sofort nach Süden abbiegen zu können.

Es geschah, als er Tingsryd passiert hatte und auf die Straße nach Ronneby eingebogen war. Plötzlich tauchte ein Elch vor ihm auf. Im bleichen Licht der Dämmerung hatte er ihn nicht gesehen. Es war viel zu spät, er hatte nicht rechtzeitig reagiert, das begriff er in einem kurzen, verzweifelten Augenblick, als das Kreischen der Bremsen ihm in den Ohren gellte. Er würde frontal mit dem riesigen Elchbullen zusammenstoßen und hatte nicht einmal den Sicherheitsgurt angelegt. Plötzlich jedoch drehte das Tier ab, und ehe er sich's versah, war Wallander an ihm vorbei, ohne es auch nur zu streifen.

Er fuhr rechts ran und blieb ganz ruhig sitzen. Das Herz schlug wie wild in seiner Brust, er keuchte und fühlte sich schlecht. Als er sich beruhigt hatte, stieg er aus. Wieder einmal um Haaresbreite am Tod vorbei, dachte er. Nun habe ich wohl nicht mehr viele Fahrten frei im Leben. Er wunderte sich, daß er keine jubelnde Freude darüber verspürte, wie durch ein Wunder dem Zusammenstoß mit dem Elchbullen entgangen zu sein. Was er empfand, war eher ein Gefühl unklarer Schuld und schlechten Gewissens. Das Vakuum der Niedergeschlagenheit, das in ihm entstanden war, als er dagesessen und Kaffee getrunken hatte, kehrte zurück. Am liebsten wollte er den Wagen stehenlassen und einfach in den Wald gehen, um spurlos zu verschwinden. Nicht für immer, nur so lange, bis die Balance wiederkehrte, bis das Schwindelgefühl bekämpft war, das die Ereignisse der letzten Wochen in ihm erzeugt hatten. Aber er setzte sich wieder ins Auto und fuhr weiter nach Süden, diesmal jedoch mit angelegtem Sicherheitsgurt. Er erreichte die Hauptstraße nach Kristianstad und bog nach Westen ab. In einem Café, das rund um die Uhr geöffnet hatte, hielt er gegen neun Uhr an und bestellte Kaffee. Lastwagenfahrer saßen schweigend an einem Tisch, ein paar Jugendliche tobten über einem elektronischen Spiel. Wallander trank seinen Kaffee erst, als er schon kalt geworden war. Dann ging er zurück zu seinem Wagen.

Kurz vor Mitternacht bog er in den Hof des Hauses, das seinem Vater gehörte. Seine Tochter kam heraus und begrüßte ihn. Er lächelte müde und sagte, daß alles gut sei. Dann fragte er, ob ein Anruf aus Kalmar gekommen sei. Sie schüttelte den Kopf. Lediglich einige Journalisten hatten angerufen.

»Deine Wohnung ist schon wieder in Ordnung«, teilte sie mit. »Du kannst wieder einziehen.«

»Gut«, sagte er.

Er überlegte, ob er in Kalmar anrufen sollte. Aber er war zu müde. Er verschob es auf den nächsten Tag.

In dieser Nacht saßen sie lange wach und unterhielten sich. Aber Wallander erzählte nichts von dem Gefühl der Schwermut, das ihn bedrückte. Bis auf weiteres wollte er es für sich behalten.

Sikosi Tsiki hatte den Schnellbus von Kalmar nach Stockholm genommen. Er war den Instruktionen Konovalenkos für den Notfall gefolgt und kurz nach vier Uhr nachmittags in der Landeshauptstadt angekommen. Sein Flugzeug nach London würde um sieben in Arlanda starten. Da er sich verlief und die Flughafenbusse nicht fand, nahm er ein Taxi nach Arlanda. Der Chauffeur, der Ausländern mißtraute, wollte die Fahrt im voraus bezahlt haben. Er hatte ihm einen Tausender gegeben und sich dann auf der Rückbank in die Ecke gedrückt. Sikosi Tsiki wußte nicht, daß er an allen schwedischen Paßkontrollen gesucht wurde. Er hatte sich lediglich eingeprägt, daß er als schwedischer Staatsbürger ausreiste. Leif Larson hieß er jetzt; in aller Eile hatte er gelernt, den Namen richtig auszusprechen. Er war vollkommen ruhig, denn er verließ sich auf Konovalenko. Er war im Taxi über die Brücke gefahren und hatte gesehen, daß etwas passiert war. Aber er dachte, daß es Konovalenko ganz sicher gelungen war, den unbekannten Mann unschädlich zu machen, der am Morgen im Garten aufgetaucht war.

In Arlanda erhielt Sikosi Tsiki sein Wechselgeld und schüttelte den Kopf, als er gefragt wurde, ob er eine Quittung benötige. Er ging in die Abflughalle, checkte ein und blieb auf dem Weg zur Paßkontrolle an einem Zeitungskiosk stehen, um ein paar englische Zeitungen zu kaufen.

Wenn er nicht zu dem Zeitungskiosk gegangen wäre, hätte man ihn an der Paßkontrolle festgenommen. Aber gerade als er seine Zeitungen aussuchte und bezahlte, wechselte an der Paßkontrolle die Schicht. Der Kollege nutzte die Möglichkeit, um zur Toilette zu gehen; die neue Polizistin, sie hieß Kerstin Anderson, war gerade an diesem Tag ziemlich verspätet nach Arlanda gekommen. Sie hatte eine Autopanne gehabt und die Dienststelle erst in letzter Minute erreicht. Eigentlich war sie sehr pflichtbewußt und kam immer rechtzeitig, um die neuen Fahndungsmeldungen durchzusehen und sich die älteren noch einmal einzuprägen. Diesmal hatte sie es nicht geschafft, und Sikosi Tsiki passierte die Kontrolle mit schwedischem Paß und lächelndem Gesicht. Als die Tür hinter ihm zuschlug, kam Kerstin Andersons Kollege von der Toilette zurück.

»Müssen wir heute auf irgend etwas Besonderes achten?«
erkundigte sich Kerstin Anderson.

»Auf einen schwarzen Südafrikaner«, antwortete ihr Kollege.

Der Afrikaner, der gerade die Kontrolle passiert hatte, kam ihr
in den Sinn. Aber er war ja Schwede gewesen. Erst um zehn kam
der Leiter der Schicht und fragte, ob alles ruhig sei.

»Vergeßt diesen Afrikaner nicht«, sagte er. »Wir wissen nicht,
wie er heißt und mit was für einem Paß er ausreist.«

Kerstin Anderson schien es, als erhalte sie einen Schlag in die
Magengrube.

»Es geht doch um einen Südafrikaner?« vergewisserte sie sich
noch einmal bei ihrem Kollegen.

»Vermutlich«, antwortete ihr Chef. »Aber damit ist nicht
gesagt, unter welcher Nationalität er versucht, Schweden zu verlassen.«

Sofort berichtete sie, was einige Stunden zuvor passiert war.
Nach einer Phase hektischer Aktivität stellte man fest, daß der
Afrikaner mit dem schwedischen Paß um sieben mit der BA nach
London geflogen war.

Das Flugzeug war pünktlich gestartet und wieder in London
gelandet; die Passagiere hatten die Kontrolle bereits hinter sich.
Unterdessen hatte Sikosi Tsiki in der britischen Hauptstadt seinen schwedischen Paß zerrissen und in einer Toilette herunter-
gespült. Von nun an hieß er Richard Motombwane und war Bürger Sambias. Als Transitreisender hatte er sowieso keine
Kontrolle passieren müssen, weder mit dem schwedischen noch
mit dem sambischen Paß. Außerdem verfügte er über zwei verschiedene Flugtickets. Da er kein Gepäck aufgegeben hatte,
brauchte er dem Mädchen am Schalter in Schweden nur den
Flugschein nach London vorzuweisen. An der Transitabfertigung
in Heathrow zeigte er dann sein anderes Ticket, das nach Lusaka.
Das erste hatte denselben Weg genommen wie die Reste des Pas-
ses.

Halb zwölf startete die DC-10 Nkowazi der Sambia Airlines
nach ihrem Bestimmungsort Lusaka. Dort kam Tsiki Punkt halb
sieben am Samstag morgen an. Er nahm ein Taxi in die Stadt und
kaufte bei SAA ein Ticket für den Nachmittagsflug nach Johan-

nesburg. Ein Platz war bereits vorab reserviert gewesen. Diesmal reiste er als er selbst, Sikosi Tsiki. Er kehrte zum Airport von Lusaka zurück, checkte ein und aß dann im Restaurant der Abflughalle zu Mittag. Um drei ging er an Bord, und kurz vor fünf landete sein Flugzeug dann auf dem Jan-Smuts-Flughafen in der Nähe von Johannesburg. Franz Malan holte ihn ab und fuhr ihn direkt nach Hammanskraal. Er zeigte Sikosi Tsiki die Überweisungsquittung über eine halbe Million Rand; damit war die nächste Rate gezahlt. Dann ließ er ihn allein, nachdem er mitgeteilt hatte, daß er am nächsten Tag wiederkommen würde. In der Zwischenzeit durfte Tsiki das Haus und das umzäunte Grundstück nicht verlassen.

Als Sikosi Tsiki allein war, nahm er ein Bad. Er war müde, aber zufrieden. Die Reise war problemlos verlaufen. Er fragte sich nur, was aus Konovalenko geworden war. Dagegen war er nicht besonders neugierig darauf, bald zu erfahren, wen er eigentlich für so viel Geld erschießen sollte. Konnte ein einzelner Mensch wirklich so viel wert sein? Aber er ließ die Frage unbeantwortet. Noch vor Mitternacht kroch er zwischen die kühlen Laken und war bald darauf eingeschlafen.

Am Samstag morgen des 23. Mai geschahen zwei Dinge fast gleichzeitig. In Johannesburg wurde Jan Kleyn freigelassen. Scheepers teilte ihm aber mit, daß er damit rechnen konnte, zu neuen Vernehmungen geladen zu werden.

Er stand am Fenster und beobachtete, wie Jan Kleyn und sein Anwalt zu ihren Autos gingen. Scheepers hatte Beobachtung rund um die Uhr beantragt. Er ging davon aus, daß Jan Kleyn mit dieser Maßnahme rechnete. So kann ich ihn zumindest zur Passivität zwingen, dachte er.

Es war ihm nicht gelungen, von Jan Kleyn irgendwelche Aussagen zu erhalten, die Aufschlüsse über das Komitee ermöglicht hätten. Dagegen war Scheepers jetzt sicher, daß das Attentat am 3. Juli in Durban und nicht am 12. Juni in Kapstadt stattfinden würde. Jedesmal, wenn er auf das Notizbuch zu sprechen kam, hatte Jan Kleyn Zeichen von Nervosität gezeigt, und es schien Scheepers unmöglich, daß ein Mensch physische Reaktionen wie zitternde Hände und Schweißausbrüche einfach vorspielen konnte.

Er gähnte. Wenn das Ganze vorbei war, würde er sich freuen. Gleichzeitig fiel ihm ein, daß die Möglichkeit, Wervey könnte mit seinem Einsatz zufrieden sein, gewachsen war.

Er dachte plötzlich an die weiße Löwin, die im Mondlicht an dem Fluß gelegen hatte.

Bald würden sie Zeit haben, sie wieder zu besuchen.

Ungefähr zur selben Zeit, als Jan Kleyn auf der südlichen Halbkugel sein Gefängnis verließ, setzte sich Kurt Wallander im Polizeigebäude von Ystad an seinen Schreibtisch. Er hatte Gratulationen und Glückwünsche von den Kollegen entgegengenommen, die an diesem frühen Samstag morgen zur Stelle waren. Mit seinem schiefen Lächeln hatte er unverständliche Antworten gemurmelt. Als er in sein Zimmer kam, schloß er die Tür hinter sich und legte den Telefonhörer neben die Gabel. Obwohl er keinen Tropfen Alkohol angerührt hatte, fühlte er sich körperlich so unwohl, als habe er sich am Abend zuvor betrunken. Er war niedergeschlagen, seine Hände zitterten. Außerdem schwitzte er. Er brauchte fast zehn Minuten, um so viel Kraft zu mobilisieren, die Kalmarer Polizei anzurufen. Blomstrand war am Apparat und übermittelte ihm die niederschmetternde Nachricht, daß es dem gesuchten Afrikaner vermutlich am vergangenen Abend gelungen war, das Land über Arlanda zu verlassen.

»Wie ist das möglich?« fragte Wallander erregt.

»Pech und Schlamperei«, antwortete Blomstrand und berichtete ihm, wie es zugegangen war.

»Wozu strengt man sich überhaupt an?« brach es aus Wallander heraus.

»Eine gute Frage«, bemerkte Blomstrand. »Ehrlich gesagt, ich stelle sie mir selbst oft.«

Wallander beendete das Gespräch und legte den Hörer neben den Apparat. Er öffnete das Fenster und lauschte dem Gezwitscher eines Vogels in dem Baum gegenüber. Es würde ein warmer Tag werden. Bald war der 1. Juni. Der Mai war fast vorüber, und er hatte eigentlich gar nicht gemerkt, daß die Bäume ausschlugen, die Blumen aus dem Boden schossen und die Düfte reifer wurden.

Er setzte sich wieder an den Schreibtisch. Eine Aufgabe konnte er nicht auf die kommende Woche verschieben. Er spannte ein Blatt Papier in die Schreibmaschine, nahm sein Englischwörterbuch zur Hand und begann, langsam einen kurzgefaßten Bericht für die unbekannten Kollegen in Südafrika zu verfassen. Er legte dar, was er über das geplante Attentat und die Person Victor Mabashas wußte. Als er soweit war, dessen Tod zu schildern, legte er ein neues Blatt ein. Es dauerte eine Stunde, bis er mit dem Wichtigsten schloß, nämlich daß ein Ersatzmann ausgewählt worden war, der Sikosi Tsiki hieß und leider aus Schweden hatte entkommen können. Vermutlich sei er auf dem Rückweg nach Südafrika. Zuletzt erklärte er, wer er war, suchte die Telexnummer der schwedischen Interpolsektion heraus und bat um Rückfrage, falls weitere Informationen benötigt wurden. Dann gab er das Telex in der Anmeldung ab und wies an, daß es unbedingt noch an diesem Tag nach Südafrika geschickt werden mußte.

Dann ging er nach Hause, zum ersten Mal seit der Explosion.

Er fühlte sich fremd in seiner eigenen Wohnung. Die durch den Rauch geschädigten Möbel standen, mit einer Plastikplane abgedeckt, in einer Ecke. Er holte sich einen Stuhl und setzte sich.

Es war stickig.

Er fragte sich, wie er über alles, was geschehen war, hinwegkommen sollte.

Zur selben Zeit erreichte sein Schreiben als Telex Stockholm. Eine nicht besonders gut eingearbeitete Vertretung wurde damit beauftragt, die Mitteilung nach Südafrika weiterzuleiten. Aufgrund technischer Probleme und nachlässiger Kontrolle blieb die zweite Seite von Wallanders Bericht liegen. So kam es, daß die südafrikanische Polizei an diesem Abend des 23. Mai die Nachricht erhielt, ein Attentäter namens Victor Mabasha sei auf dem Weg nach Südafrika. Die Kollegen bei Interpol in Johannesburg wunderten sich über die sonderbare Botschaft.

Sie trug keine Unterschrift und endete ziemlich abrupt. Sie hatten jedoch von Kommissar Borstlap die Anweisung erhalten, jedes

Telex aus Schweden sofort an sein Büro weiterzuleiten. Da Wallanders Bericht erst am späten Samstag abend ankam, erhielt Borstlap ihn erst am Montag. Er informierte Scheepers sofort.

Das, was in dem Brief des geheimnisvollen Steve gestanden hatte, war damit bestätigt worden.

Der Mann, den sie suchten, hieß Victor Mabasha.

Auch Scheepers fand, daß das Telex seltsam abrupt endete, und auch ihm fiel auf, daß die Unterschrift fehlte. Aber da es sich ja lediglich um die Bekräftigung einer Information handelte, über die sie bereits verfügten, ließ er es darauf beruhen.

Von nun an konzentrierten sie alle Ressourcen auf die Jagd nach Victor Mabasha. Sämtliche Grenzstationen des Landes wurden alarmiert. Sie waren bereit.

33

Am selben Tag, als er von Georg Scheepers freigelassen wurde, rief Jan Kleyn von seinem Haus in Pretoria aus Franz Malan an. Er war davon überzeugt, daß seine Telefone abgehört wurden. Aber er verfügte über eine weitere Leitung, von der niemand etwas wußte außer dem speziellen Bewacher sicherheitsmäßig sensibler Kommunikationszentralen in Südafrika. Es gab eine Anzahl von Telefonen, die offiziell nicht existierten.

Franz Malan war überrascht. Er hatte keine Ahnung, daß Jan Kleyn an diesem Tag entlassen worden war. Da Jan Kleyn davon ausgehen mußte, daß auch Malans Telefon abgehört wurde, verwendete er ein vorab vereinbartes Codewort, um Franz Malan daran zu hindern, etwas Kompromittierendes zu sagen. Das Ganze wirkte wie ein Falsch-verbunden-Gespräch.

Jan Kleyn fragte nach Horst, entschuldigte sich dann und legte auf. Franz Malan kontrollierte die Bedeutung dieses Signals in seiner speziellen Codetabelle. Zwei Stunden später würde er von einer bestimmten Telefonzelle aus einen anderen öffentlichen Anschluß anrufen.

Jan Kleyn war viel daran gelegen, sich sofort darüber zu informieren, was in der Zeit während seiner Verhaftung geschehen war. Ebenso mußte Franz Malan einsehen, daß er auch in Zukunft die Hauptverantwortung tragen würde. Jan Kleyn zweifelte nicht daran, daß es ihm gelingen würde, seine Schatten abzuschütteln. Aber das Risiko war dennoch zu groß, sich mit Franz Malan persönlich zu treffen oder Hammanskraal zu besuchen, wo Sikosi Tsiki sich bereits aufhielt oder bald ankommen würde.

Als Jan Kleyn durch das Tor seines Anwesens fuhr, benötigte er nur wenige Minuten, um in einem Wagen hinter sich seinen Verfolger zu identifizieren. Er wußte, daß auch vor ihm nicht zufällig ein Auto fuhr. Aber erst mal kümmerte er sich nicht darum. Daß er an einer Telefonzelle hielt und anrief, würde sie natürlich neugierig machen. Sie würden es melden, jedoch nie erfahren, was da gesprochen wurde.

Es überraschte Jan Kleyn, daß Sikosi Tsiki bereits angekommen war. Zugleich wunderte er sich, warum Konovalenko nichts hatte von sich hören lassen. In ihrem gemeinsamen Kontrollplan war vereinbart, daß Konovalenko sich davon überzeugen sollte, ob Sikosi Tsiki wirklich nach Südafrika gelangt war. Diese Kontrolle sollte spätestens drei Stunden nach der geplanten Ankunftszeit erfolgen. Jan Kleyn gab Franz Malan ein paar kurze Anweisungen. Sie verabredeten außerdem, am nächsten Tag von zwei vorher festgelegten Telefonzellen aus wieder miteinander zu sprechen. Jan Kleyn versuchte herauszuhören, ob Franz Malan auf irgendeine Art unruhig wirkte. Aber ihm fiel außer Malans gewohnter leicht nervöser Ausdrucksweise nichts auf.

Als das Gespräch vorüber war, fuhr er weiter und aß in einem der teuersten Restaurants von Pretoria zu Mittag. Zufrieden dachte er an die dicke Rechnung, die sein Schatten Scheepers präsentieren würde. Er konnte den Mann an einem Tisch am anderen Ende des Lokals beobachten. Irgendwo im Hinterkopf hatte Jan Kleyn bereits entschieden, daß Scheepers unwürdig war, weiter in dem Südafrika zu leben, das es in wenigen Jahren wieder geben würde, wohlgeordnet und den alten Idealen verbunden, geschaffen und verteidigt von einem geeinten Burenvolk.

Aber es gab Augenblicke, da wurde Jan Kleyn von dem furchtbaren Gedanken befallen, das Ganze sei dem Tode geweiht. Es gab keinen Weg zurück. Die Buren hatten verloren, ihr altes Land würde in Zukunft von Schwarzen regiert werden, die nicht mehr zuließen, daß die Weißen ihr privilegiertes Leben lebten. Das war eine Art negativer Vision, gegen die er sich schlecht wehren konnte. Aber bald hatte er seine Selbstkontrolle wiedergewonnen. Es ist nur ein Moment der Schwäche, dachte er. Ich habe mich von der ständigen negativen Einstellung der Südafrikaner englischer Herkunft gegen uns Buren beeinflussen lassen. Sie wissen, daß wir die eigentliche Seele dieses Landes sind. Das von der Geschichte und Gott auserwählte Volk auf diesem Kontinent sind wir und nicht sie, daher der unselige Neid, den sie nicht ablegen können.

Er bezahlte für sein Essen, ging lächelnd an dem Tisch vorbei, an dem sein Schatten saß, ein kleiner, übergewichtiger, stark schwitzender Mann, und fuhr dann nach Hause. Im Rückspiegel sah er, wie sein Bewacher durch einen neuen ersetzt wurde. Als er das Auto in die Garage gestellt hatte, setzte er seine methodische Analyse fort, wer ihn verraten und Scheepers mit Informationen versorgt haben konnte.

Er goß sich ein Gläschen Portwein ein und ging ins Wohnzimmer. Er zog die Gardinen vor und löschte alle Lampen außer einer diskreten Tischbeleuchtung. In halbdunklen Räumen konnte er immer am besten nachdenken.

Die Tage mit Scheepers hatten seinen Haß auf die jetzige Ordnung im Lande noch gesteigert. Er konnte die Demütigung nicht verwinden, daß er als leitender, zuverlässiger und loyaler Beamter im Nachrichtendienst gesellschaftsfeindlicher Umtriebe verdächtigt wurde. Was er betrieb, war doch gerade das Gegenteil! Ohne seine und die geheime Arbeit des Komitees würde das Risiko des nationalen Zusammenbruchs wirklich und nicht nur in der Einbildung bestehen. Als er da mit seinem Portwein saß, war er mehr als je zuvor davon überzeugt, daß Nelson Mandela sterben mußte. Er sah die Aktion nicht mehr als ein Attentat, sondern als eine Hinrichtung an, die den ungeschriebenen Gesetzen entsprach, die er vertrat.

Es gab noch etwas, das ihn beunruhigte und zu seiner Aufregung beitrug. Von dem Augenblick an, als der ihm ergebene Büro-diener im persönlichen Stab des Präsidenten ihn angerufen hatte, war ihm klar gewesen, daß jemand Scheepers Informationen gegeben haben mußte, die diesem niemals zugänglich gewesen wären. Also hatte ihn jemand aus seinem eigenen Umfeld ganz einfach verraten. Er mußte sehr schnell herausfinden, wer das war. Was seine Unruhe noch steigerte, war die Tatsache, daß sogar Franz Malan als Schuldiger in Frage kam. Sowohl er als auch die anderen Mitglieder des Komitees. Abgesehen von diesen Männern gab es möglicherweise zwei, vielleicht drei Mitarbeiter im Nach-richtendienst, die in seinem Leben geforscht und sich aus unbe-kannten Gründen entschlossen haben konnten, ihn auszuliefern.

Er saß im Dunkeln und rief sich diese Männer ins Gedächtnis, jeden einzeln, suchte nach Anhaltspunkten, fand jedoch nichts.

Er arbeitete mit einer Mischung aus Intuition, Fakten und schließlicher Eliminierung. Er fragte sich, wer durch den Verrat etwas gewinnen konnte, wer ihn so haßte, daß die Rache das Risiko wert war, entdeckt zu werden. So reduzierte er die Gruppe der in Frage kommenden Personen von sechzehn auf acht. Dann begann er noch einmal von vorn, und jedesmal nahm die Zahl denkbarer Kandidaten ab.

Zuletzt war keiner mehr übrig. Seine Frage blieb unbeantwor-tet.

Und dann dachte er zum ersten Mal daran, daß Miranda es gewesen sein konnte. Denn nun wurde der Zwang übermächtig, auch sie einzubeziehen. Der Gedanke regte ihn auf, er war tabu, unmöglich. Aber der Verdacht blieb hartnäckig, und er mußte sie damit konfrontieren. Er ging davon aus, daß das Mißtrauen unge-rechtfertigt war. Da er sicher war, daß sie ihn nicht belügen konnte, ohne daß er es sofort merkte, würde es vergehen, sobald er mit ihr gesprochen hatte. Er mußte seine Schatten an einem der nächsten Tage abschütteln und sie und Matilda in Bezuidenhout besuchen. Die Lösung stand auf der Liste der Personen, die er gerade in Gedanken durchgegangen war. Er hatte sie nur noch nicht gefunden. Er verdrängte die Gedanken und begann statt des-sen, sich seiner Münzsammlung zu widmen. Das Betrachten der Schönheit der verschiedenen Münzen und die Gedanken an ihren

Wert ließen ihn ruhiger werden. Er nahm ein blinkendes Goldstück in die Hand. Es war ein früher Krügerrand, der dieselbe zeitlose Beständigkeit aufwies wie die Traditionen der Buren. Er hielt ihn ins Licht der Tischlampe und sah, daß er einen kleinen, fast unsichtbaren Schmutzfleck abbekommen hatte. Mit einem fein gefalteten Putztuch polierte er vorsichtig die goldene Oberfläche der Münze, bis sie wieder zu blitzen begann.

Drei Tage darauf, am späten Mittwoch nachmittag, besuchte er Miranda und Matilda in Bezuidenhout. Da er nicht wollte, daß seine Schatten ihm bis Johannesburg folgten, entschied er sich, sie bereits in der Innenstadt von Pretoria abzuschütteln. Ein paar simple Täuschungsmanöver, dann war er Scheepers Leute los. Trotzdem schaute er immer wieder in den Rückspiegel, als er auf der Autobahn nach Johannesburg fuhr. Im Geschäftszentrum von Johannesburg kontrollierte er nochmals, daß ihm auch wirklich niemand gefolgt war. Erst dann bog er in die Straßen ein, die ihn nach Bezuidenhout brachten. Es war sehr ungewöhnlich, daß er sie mitten in der Woche und außerdem noch ohne Ankündigung besuchte. Es würde eine Überraschung für sie sein. Kurz bevor er ankam, hielt er noch an einem Lebensmittelladen und kaufte für ein gemeinsames Abendessen ein. Es war ungefähr halb sechs, als er in die Straße einbog, in der das Haus lag.

Erst glaubte er, sich zu täuschen.

Dann wurde ihm klar, daß der Mann, der gerade auf den Bürgersteig getreten war, wirklich aus Mirandas und Matildas Tür gekommen war.

Ein schwarzer Mann.

Er bremste am Straßenrand und beobachtete den Mann, der ihm entgegenkam. Er klappte den Sonnenschutz an der Frontscheibe herunter, um selbst nicht gesehen zu werden. Dann wandte er sich wieder dem Mann zu.

Plötzlich erkannte er ihn. Er hatte diesen Mann lange unter Aufsicht gehalten. Der Nachrichtendienst war der Meinung, daß er einer Gruppe innerhalb der radikalsten Fraktion des ANC angehörte, ohne daß dieser Verdacht jemals erhärtet werden konnte. Diese Gruppe, vermutete man, steckte hinter einer

Anzahl von Bombenattentaten auf Geschäftshäuser und Restaurants. Der Mann nannte sich abwechselnd Martin, Steve oder Richard.

Er ging an dem Auto vorbei und verschwand.

Jan Kleyn saß völlig reglos. In seinem Kopf herrschte eine Verwirrung, die nicht so schnell zu beseitigen war. Aber jetzt gab es kein Zurück mehr, der Verdacht, den er nicht ernst nehmen wollte, hatte sich bestätigt. Als er einen nach dem anderen abgehakt und schließlich niemanden mehr übrigbehalten hatte, war sein Gedanke richtig gewesen. Es gab nur noch Miranda. Es war wahr und zugleich unbegreiflich. Einen Moment lang wurde er ganz vom Schmerz beherrscht. Dann kam die Kälte. Es war, als ob in ihm ein Thermometer rasend schnell fiel, während die Wut wuchs. In einem Augenblick schlug Liebe in Haß um. Es ging um Miranda, nicht um Matilda, denn die sah er als unschuldig an, auch sie war ein Opfer des Verrats ihrer Mutter. Er krallte die Hände um das Lenkrad und bezwang seine Lust, zum Haus zu fahren, die Tür einzuschlagen und Miranda ein letztes Mal in die Augen zu sehen. Er würde sich dem Haus nicht eher nähern, bis er nicht äußerlich völlig ruhig war. Unkontrollierte Gefühle bedeuteten Schwäche. Und die wollte er weder Miranda noch ihrer Tochter gegenüber zeigen.

Jan Kleyn konnte es nicht begreifen. Und was er nicht begriff, machte ihn rasend. Er hatte sein Leben dem Kampf gegen die Unordnung gewidmet. Darin schloß er auch alles ein, was unklar war. Was er nicht verstand, mußte bekämpft werden, auf dieselbe Weise wie andere Ursachen für die zunehmende Verwirrung und den Verfall der Gesellschaft.

Er blieb lange im Auto sitzen. Es wurde dunkel. Erst als er vollkommen ruhig war, fuhr er zum Haus hinüber. Er bemerkte eine schwache Bewegung hinter der Gardine des großen Fensters, das zum Wohnzimmer gehörte. Er nahm die Tüten mit den Lebensmitteln und ging durch das Gartentor.

Als sie öffnete, lächelte er sie an. Einen Augenblick lang, so kurz, daß er es kaum registrieren konnte, wünschte er sich, daß alles nur Einbildung war. Aber er wußte nun, was los war, und er wollte herausfinden, was dahintersteckte.

In der Dunkelheit des Zimmers konnte er ihr Gesicht kaum erkennen.

»Ich komme zu Besuch«, sagte er. »Ich wollte euch überraschen.«

»Das ist ja noch nie vorgekommen«, erwiderte sie.

Ihre Stimme erschien ihm rauh und fremd. Er wünschte sich, er könnte sie deutlicher sehen. Ahnte sie, daß er den Mann gesehen hatte, der aus dem Haus gekommen war?

Im selben Augenblick trat Matilda aus ihrem Zimmer. Sie sah ihn wortlos an. Sie weiß es, dachte er. Sie weiß, daß ihre Mutter mich verraten hat. Wie soll sie sich anders schützen als durch Schweigen?

Er stellte die Lebensmitteltüten ab und zog die Jacke aus.

»Ich will, daß du gehst«, sagte sie.

Erst glaubte er, er hätte sich verhört. Er drehte sich um, mit der Jacke in der Hand.

»Bittest du mich zu gehen?«

»Ja.«

Er starrte einen Moment auf seine Jacke, bevor er sie auf den Boden fallen ließ. Dann schlug er die Frau, mit voller Kraft, mitten ins Gesicht. Sie verlor das Gleichgewicht, aber nicht das Bewußtsein. Bevor sie selbst aufstehen konnte, hatte er ihre Bluse ergriffen und sie hochgezerrt.

»Du bittest mich zu gehen«, keuchte er. »Wenn hier jemand geht, dann bist du es. Aber du wirst nirgendwohin gehen.«

Er schleppte sie ins Wohnzimmer und stieß sie auf das Sofa. Matilda versuchte, ihrer Mutter zu helfen, aber er schrie sie an, es bleibenzulassen.

Er setzte sich ihr gegenüber auf einen Stuhl. Die Dunkelheit im Zimmer ließ ihn plötzlich wieder wütend werden. Er sprang auf und schaltete sämtliche Lampen ein. Dann sah er, daß sie aus Nase und Mund blutete. Er setzte sich wieder und starrte sie an.

»Ein Mann kam aus deinem Haus«, begann er. »Ein schwarzer Mann. Was wollte er hier?«

Sie antwortete nicht. Sie sah ihn nicht einmal an. Auch um das Blut, das heruntertropfte, kümmerte sie sich nicht.

Er dachte, daß es sinnlos war. Was sie auch gesagt oder getan hatte, sie hatte ihn verraten. Der Weg war in diesem Augenblick zu Ende. Es ging nicht weiter. Was er mit ihr tun würde, wußte er nicht. Er konnte sich keine Rache vorstellen, die als Strafe ausreichend war. Er sah Matilda an. Sie war immer noch völlig reglos. Im Gesicht trug sie einen Ausdruck, den er nie zuvor gesehen hatte. Er konnte nicht beschreiben, was es war. Auch das machte ihn unsicher. Dann merkte er, daß Miranda ihn ansah.

»Ich will jetzt, daß du gehst«, wiederholte sie. »Und ich will nicht, daß du mich jemals wieder aufsuchst. Das ist dein Haus. Du kannst bleiben, dann gehen wir.«

Sie fordert mich heraus, dachte er. Wie kann sie es wagen? Wieder fühlte er die Wut. Er zwang sich, sie nicht wieder zu schlagen.

»Niemand wird gehen. Ich will nur, daß du berichtest.«

»Was willst du hören?«

»Mit wem du über mich gesprochen hast. Was du gesagt hast. Und warum.«

Sie sah ihm direkt in die Augen. Das Blut unter der Nase und am Kinn war bereits schwarz geworden.

»Ich habe erzählt, was ich in deinen Taschen gefunden habe, wenn du hier geschlafen hast. Ich habe dich im Schlaf belauscht und alles aufgeschrieben. Vielleicht war es wertlos. Aber ich hoffe, daß es zu deinem Untergang führt.«

Sie hatte mit der fremden, rauhen Stimme gesprochen. Jetzt merkte er, daß es ihre wirkliche Stimme war, daß die, die er in all den Jahren gekannt hatte, verstellt gewesen war. Alles war Verstellung gewesen, nirgendwo konnte er noch Wahrheit in ihrem Verhältnis entdecken.

»Was wärst du ohne mich gewesen?« fragte er.

»Vielleicht tot. Vielleicht aber auch glücklich.«

»Du hättest im Slum gelebt.«

»Wir wären vielleicht mit dabeigewesen, es niederzureißen.«

»Zieh meine Tochter nicht mit hinein.«

»Du bist der Vater eines Kindes, Jan Kleyn. Aber du hast keine Tochter. Du hast nichts außer dir, nur deinen Untergang.«

Zwischen ihnen auf dem Tisch stand ein gläserner Aschenbecher. Jetzt, da er keine Worte mehr hatte, griff er danach und warf ihn mit aller Kraft in Richtung ihres Kopfes. Sie konnte sich gerade noch ducken. Der Aschenbecher landete neben ihr auf dem Sofa. Jan Kleyn sprang auf, schob den Tisch zur Seite, packte den Aschenbecher erneut und hielt ihn drohend erhoben. Im selben Augenblick vernahm er ein Zischen, wie von einem Tier. Er schaute zu Matilda, die aus dem Hintergrund getreten war. Der seltsame Laut drang durch ihre zusammengebissenen Zähne; er konnte nicht verstehen, was sie sagte, aber er sah, daß sie eine Waffe in der Hand hielt.

Dann schoß sie. Sie traf ihn mitten in den Brustkorb, und er hatte nur noch eine knappe Minute zu leben, nachdem er zu Boden gesunken war. Sie standen nebeneinander und sahen ihn an, das konnte sein trüber werdender Blick noch erfassen. Er versuchte, etwas zu sagen, versuchte, das Leben festzuhalten, das seinen Körper verließ. Aber da war nichts festzuhalten. Da war nichts.

Miranda fühlte keine Erleichterung, aber auch keine Angst. Sie sah ihre Tochter an, die dem Toten den Rücken zuwandte. Miranda nahm ihr die Pistole aus der Hand. Dann ging sie zum Telefon und rief den Mann an, der sie besucht hatte und der Scheepers hieß. Seine Nummer hatte sie bereits früher herausgesucht und einen Zettel neben den Apparat gelegt. Jetzt begriff sie, warum sie das getan hatte.

Eine Frau meldete sich unter seinem Namen, Judith. Sie rief ihren Mann, der sofort ans Telefon kam. Er versprach, sofort nach Bezuidenhout zu kommen, und bat sie, nichts zu unternehmen als zu warten.

Er erklärte Judith, daß das Abendessen warten mußte. Aber er sagte nicht, warum, und sie unterdrückte den Wunsch zu fragen. Bald würde sein Spezialauftrag vorüber sein, hatte er ihr erst am Tag zuvor versichert. Dann würde alles wieder wie gewohnt sein, sie würden in den Krüger-Nationalpark zurückkehren und nachsehen, ob die weiße Löwin noch da war und sie immer noch Angst vor ihr hätten. Er versuchte, Borstlap zu erreichen, und probierte verschiedene Nummern, bis er ihn endlich am Apparat hatte. Er gab ihm die Adresse, bat ihn aber, das Haus erst zu betreten, wenn er selbst angekommen sei.

Als er nach Bezuidenhout kam, stand Borstlap an seinem

Wagen und wartete. Miranda öffnete die Tür. Sie gingen ins Wohnzimmer. Scheepers legte Borstlap die Hand auf die Schulter. Noch hatte er nichts verraten.

»Der Mann, der tot da drinnen liegt, ist Jan Kleyn«, sagte er.

Borstlap sah ihn verwundert an und wartete darauf, daß er weitersprach, was allerdings nicht geschah.

Jan Kleyn war tot. Es fiel auf, wie bleich und mager sein Gesicht war, fast wie ausgemergelt. Scheepers überlegte, ob dies nun das Ende einer bösen oder einer tragischen Geschichte war. Aber er konnte sich noch nicht entscheiden.

»Er schlug mich«, erklärte Miranda. »Ich habe ihn erschossen.«

Als sie sprach, bemerkte Scheepers, wie Matilda erstaunt zusammenzuckte. Ihm wurde klar, daß sie ihn getötet, ihren Vater erschossen hatte. Daß Miranda geschlagen worden war, sah er an ihrem blutigen Gesicht. Hat Jan Kleyn noch begriffen, daß er sterben würde und daß seine Tochter die letzte Waffe hielt, die je auf ihn gerichtet wurde? fragte er sich.

Er sagte nichts, sondern nickte Borstlap zu, ihm in die Küche zu folgen. Hinter ihnen schloß er die Tür.

»Es ist mir egal, wie du es anstellst«, sagte er. »Aber ich will, daß du die Leiche hier wegbringst und es so aussehen läßt, als sei es Selbstmord gewesen. Jan Kleyn ist verhört worden. Das hat ihn tief getroffen. Er hat seine Ehre verteidigt, indem er sich das Leben nahm. Das muß als Motiv reichen. Es dürfte nicht schwer sein, Ereignisse zu vertuschen, die mit dem Nachrichtendienst zu tun haben. Ich möchte, daß du das noch heute abend oder in der Nacht erledigst.«

»Ich riskiere meine Stellung«, gab Borstlap zu bedenken.

»Du hast mein Wort, daß du nichts riskierst«, beruhigte ihn Scheepers.

Borstlap sah ihn lange an.

»Wer sind diese Frauen?« fragte er.

»Frauen, denen du nie begegnet bist.«

»Es geht natürlich um die Sicherheit Südafrikas«, murmelte Borstlap, und Scheepers bemerkte seine müde Ironie.

»Ja«, bestätigte er. »Genau darum geht es.«

»Noch eine Lüge«, sagte Borstlap. »Unser Land ist wie ein

Fließband, an dem Lügen produziert werden, rund um die Uhr. Was geschieht eigentlich, wenn all das hier zusammenfällt?«

»Warum versuchen wir, ein Attentat zu verhindern?« konterte Scheepers.

Borstlap nickte langsam.

»Ich werde es tun.«

»Allein«, fügte Scheepers hinzu.

»Niemand wird mich sehen. Ich werfe den Körper irgendwo aus dem Wagen. Außerdem kann ich versuchen, es so einzurichten, daß ich selbst die Untersuchung leite.«

»Ich werde ihnen Bescheid sagen«, versicherte Scheepers. »Sie werden aufmachen, wenn du wiederkommst.«

Borstlap verließ das Haus.

Miranda hatte ein Laken über Jan Kleyns Leiche gebreitet. Scheepers hatte plötzlich all die Lügen satt, die ihn umgaben, Lügen, die es teilweise auch in ihm selbst gab.

»Ich weiß, daß deine Tochter ihn erschossen hat«, sagte er. »Aber das spielt keine Rolle. Jedenfalls nicht für mich. Falls es euch anders geht, kann ich euch nicht helfen. Die Leiche wird heute nacht fortgeschafft. Der Polizist, der mit mir hier war, holt sie ab. Er wird einen Selbstmord daraus machen. Niemand darf wissen, was wirklich passiert ist. Die Garantie kann ich geben.«

Scheepers entdeckte einen Schimmer verwunderter Dankbarkeit in Mirandas Augen.

»In gewisser Weise war es vielleicht sogar Selbstmord«, fuhr er fort. »Ein Mann, der lebt wie er, kann vermutlich mit keinem anderen Ende rechnen.«

»Ich kann seinetwegen nicht einmal weinen«, gestand Miranda. »Da ist nichts.«

»Ich haßte ihn«, sagte Matilda plötzlich.

Scheepers sah, daß ihr Tränen über die Wangen liefen.

Einen Menschen töten, dachte er. Wie sehr man auch haßt, und wenn man es auch in äußerster Verzweiflung tut, so entsteht doch ein Riß in der Seele, der nie geheilt werden kann. Außerdem war er ihr Vater. Gewiß, sie hat ihn sich nicht ausgesucht, aber sie kann ihn auch nicht vergessen.

Er blieb nicht lange, weil er begriff, daß sie vor allem einander brauchten, mehr als alles andere. Aber als Miranda ihn bat, wiederzukommen, versprach er es.

»Wir ziehen hier weg«, sagte sie.

»Wohin?«

Sie hob die Hände.

»Das kann ich nicht bestimmen. Vielleicht ist es besser, wenn Matilda die Entscheidung trifft?«

Scheepers fuhr nach Hause und aß zu Abend. Er war in Gedanken und abwesend. Als Judith sich erkundigte, wie lange der spezielle Auftrag noch dauern würde, bekam er ein schlechtes Gewissen.

»Bald ist es vorbei«, versprach er.

Kurz vor Mitternacht rief Borstlap an.

»Ich möchte dir nur mitteilen, daß Jan Kleyn Selbstmord begangen hat. Er wird morgen früh auf einem Parkplatz zwischen Johannesburg und Pretoria gefunden werden.«

Wer wird der nächste starke Mann sein? überlegte Scheepers, als das Gespräch vorüber war. Wer dirigiert jetzt das Komitee?

Kommissar Borstlap wohnte in einer Villa in Kensington, einem der ältesten Stadtteile von Johannesburg. Er war mit einer Krankenschwester verheiratet, die ständig Nachtdienst in der größten Kaserne der Stadt hatte. Da ihre drei Kinder bereits erwachsen waren, verbrachte Borstlap an Wochentagen die meisten Abende allein im Haus. Meistens war er, wenn er nach Hause kam, so müde, daß er nur noch fernsehen konnte. Dann und wann ging er in eine kleine Werkstatt hinunter, die er sich im Keller eingerichtet hatte. Dort saß er dann und fertigte Scherenschnitte an. Er hatte die Kunst von seinem Vater gelernt, es aber nie zur selben Meisterschaft gebracht. Trotzdem war es eine gemütliche Beschäftigung, vorsichtig, aber dennoch bestimmt, Gesichter aus dem weichen schwarzen Papier zu schneiden. Gerade an diesem Abend, als er Jan Kleyn zu dem schlechtbeleuchteten Parkplatz gebracht hatte, den er wegen eines vor kurzem dort geschehenen Mordes kannte, war es ihm schwergefallen, abzuschalten, als er nach Hause kam. Er hatte sich hingesetzt und die Silhouetten seiner Kinder auszuschneiden begonnen. Dabei dachte er über die

Zusammenarbeit mit Scheepers in den letzten Tagen nach. Es klappte gut mit dem jungen Staatsanwalt; Scheepers war intelligent und energisch, außerdem hatte er Phantasie. Er konnte zuhören und gestand eigene Fehler sofort ein. Aber Borstlap fragte sich, womit er sich eigentlich beschäftigte. Soweit er verstanden hatte, ging es um etwas Ernstes, um eine Verschwörung, einen geplanten Mord an Nelson Mandela, der verhindert werden mußte. Aber darüber hinaus war sein Wissen ziemlich lückenhaft. Er ahnte eine mächtige Konspiration, ohne zu wissen, wer außer Jan Kleyn noch daran beteiligt war. Manchmal hatte er das Gefühl, mit verbundenen Augen an den Ermittlungen teilzunehmen. Er hatte sich auch Scheepers gegenüber dahingehend geäußert und war auf Verständnis gestoßen. Aber er konnte nichts tun. Sein Mandat war begrenzt, wenn es darum ging, die Geheimhaltung zu verletzen, die ihm auferlegt war.

Als am Montag morgen das seltsame Telex aus Schweden auf seinem Tisch gelandet war, hatte Scheepers sofort mit einer intensiven Arbeit begonnen. Nach ein paar Stunden hatten sie Victor Mabasha im Register gefunden. Ihre Spannung wuchs, als sie feststellten, daß er bereits mehrfach unter dem Verdacht gestanden hatte, ein Berufskiller zu sein, der auf Bestellung mordete. Er war nie verurteilt worden. Zwischen den Zeilen konnten sie lesen, daß er sehr intelligent war und seine Aktionen geschickt tarnte und absicherte. Sein letzter bekannter Wohnort war Ntibane in der Nähe von Umtata gewesen, nicht weit von Durban entfernt. Das sprach natürlich für den 3. Juli und Durban, was Datum und Ort des Attentats anging. Borstlap hatte sich sofort mit seinen Kollegen in Umtata in Verbindung gesetzt, die bestätigen konnten, daß sie Victor Mabasha ständig im Auge behielten. Am selben Nachmittag waren Scheepers und Borstlap hingefahren. Mit Hilfe einiger Kollegen wurde eine überraschende Durchsuchung von Mabashas Haus in den frühen Morgenstunden des Dienstags vorbereitet. Die Hütte war jedoch verlassen gewesen. Scheepers hatte seine Enttäuschung kaum verbergen können, während Borstlap überlegte, wie sie denn nun weiterkommen würden. Sie waren nach Johannesburg zurückgekehrt und hatten alle verfügbaren Kräfte mobilisiert, um Mabasha zu finden. Scheepers und Borstlap hatten sich auf eine offizielle Erklärung geeinigt, Victor Mabasha würde wegen einer Anzahl schwerer Vergewaltigungen weißer Frauen in der Transkeiprovinz gesucht.

Es wurde auch strengstens darauf geachtet, daß nichts über Victor Mabasha an die Massenmedien gelangte. Sie arbeiteten in diesen Tagen praktisch rund um die Uhr. Noch hatten sie jedoch keine Spur des gesuchten Mannes gefunden. Und nun war Jan Kleyn weg.

Gähnend legte Borstlap die Schere beiseite und streckte sich.

Am nächsten Tag würden sie wieder von vorn beginnen, dachte er. Aber noch hatten sie Zeit, egal, ob 12. Juni oder 3. Juli.

Borstlap war nicht so sicher wie Scheepers, daß die Hinweise auf Kapstadt nur zu ihrer Täuschung dienen sollten. Er beschloß, in bezug auf Scheepers' Meinung den Advocatus diaboli zu spielen und ein waches Auge auf die Kapstadt-Spur zu halten.

Am Donnerstag, dem 28. Mai, trafen sich Borstlap und Scheepers Punkt acht Uhr.

»Jan Kleyn wurde heute früh kurz nach sechs gefunden«, informierte Borstlap. »Durch einen Autofahrer, der anhielt, um zu urinieren. Die Polizei wurde sofort gerufen. Ich sprach mit dem Funkwagen, der zuerst dort draußen war. Er sagte, es handele sich ganz offensichtlich um Selbstmord.«

Scheepers nickte. Er merkte, daß er mit Borstlap als Mitarbeiter eine gute Wahl getroffen hatte.

»Bis zum 12. Juni sind es noch zwei Wochen«, sagte er. »Und ein reichlicher Monat bis zum 3. Juli. Mit anderen Worten, wir haben noch Zeit, Victor Mabasha zu finden. Ich bin kein Polizist. Aber ich nehme an, die Zeit müßte reichen.«

»Das kommt darauf an«, meinte Borstlap. »Victor Mabasha ist ein erfahrener Verbrecher. Er kann sich für lange Zeit unsichtbar machen. Wenn er sich in einem Township versteckt, werden wir ihn niemals finden.«

»Wir müssen«, unterbrach ihn Scheepers. »Vergiß nicht, daß ich die Vollmacht habe, alle verfügbaren Kräfte anzufordern.«

»So finden wir ihn bestimmt nicht«, gab Borstlap zu bedenken. »Du kannst Soweto von der Armee umzingeln lassen und Fallschirmjäger absetzen, du wirst ihn trotzdem nicht kriegen. Dafür hast du dann einen Aufstand am Hals.«

»Was schlägst du vor?«

»Eine diskrete Belohnung von fünfzigtausend Rand. Eine ebenso diskrete Andeutung gegenüber der Unterwelt, daß wir bereit sind, für Victor Mabasha zu zahlen. Nur so haben wir eine Möglichkeit, ihn zu finden.«

Scheepers sah ihn skeptisch an.

»Arbeitet so die Polizei?«

»Nicht oft. Aber es kommt vor.«

Scheepers zuckte die Schultern.

»Du mußt es ja wissen. Ich werde das Geld beschaffen.«

»Das Gerücht wird noch heute abend verbreitet.«

Dann begann Scheepers, über Durban zu sprechen. Sie mußten so schnell wie möglich das Stadion besuchen, in dem Nelson Mandela vor einer großen Volksmenge reden würde. Schon jetzt mußten sie sich informieren, welche Sicherheitsvorkehrungen die örtliche Polizei zu ergreifen gedachte. Sie würden rechtzeitig eine Strategie entwickeln für den Fall, daß sie Victor Mabasha nicht erwischten. Borstlap registrierte besorgt, daß Scheepers der anderen Variante keinesfalls dieselbe Aufmerksamkeit schenkte. Er beschloß insgeheim, einen seiner Kollegen in Kapstadt zu bitten, ein bißchen Fußarbeit für ihn zu erledigen.

Am selben Abend hatte Borstlap Kontakt zu einem Teil der Informanten aufgenommen, die der Polizei regelmäßig mehr oder weniger brauchbaren Klatsch zutrugen.

Fünfzigtausend Rand waren eine ganze Menge Geld.

Er wußte, daß die Jagd auf Victor Mabasha nun ernsthaft begonnen hatte.

34

Am Mittwoch, dem 10. Juni, wurde Kurt Wallander mit sofortiger Wirkung krank geschrieben. Nach Ansicht des Arztes, der Wallander für eine wortkarge und sehr introvertierte Person hielt, wußte dieser nicht genau, was ihm eigentlich fehlte. Er berichtete von Alpträumen, Schlaflosigkeit, Magenbeschwerden, nächtlichen Angstzuständen, bei denen er glaubte, sein Herz würde stillstehen, kurzum von allen wohlbekannten Streßsymptomen, die auf einen Zusammenbruch als denkbare Folge hinwiesen. Während dieser Zeit suchte Wallander den Arzt jeden zweiten Tag auf. Die Symptome wechselten, bei jedem Besuch wurden sie schlimmer. Dann kamen plötzliche und heftige Weinkrämpfe hinzu. Der Arzt, der ihn schließlich wegen anhaltender Depression krank schrieb und ihm eine Kombination aus Gesprächstherapie und Medikamenten verordnete, war keineswegs geneigt, am Ernst der Situation zu zweifeln. Wallander hatte innerhalb kurzer Zeit einen Menschen getötet und aktiv dazu beigetragen, daß ein anderer lebendig verbrannt war. Auch die Verantwortung für die Frau, die ihr Leben geopfert hatte, als sie seiner Tochter zur Flucht verhalf, konnte er nicht von sich weisen. Am meisten jedoch fühlte er sich schuldig, weil Victor Mabasha getötet worden war. Daß die Reaktion in direktem Zusammenhang mit dem Tod Konovalenkos erfolgte, war natürlich. Nun war niemand mehr zu jagen, und auch ihn jagte niemand mehr. Das Auftreten der Depression deutete paradoxerweise darauf hin, daß Wallander eine Last losgeworden war. Jetzt würde er vor sich selbst Rechenschaft ablegen, und dabei durchbrach die Schwermut alle bisherigen Dämme. Wallander wurde krank geschrieben. Nach einigen Monaten begannen viele seiner Kollegen zu glauben, daß er nie wiederkommen würde. Dann und wann, wenn neue Berichte über seine sonderbaren Reisen kreuz und quer von Dänemark bis in die Karibik im Polizeigebäude von Ystad bekannt wurden, fragte man sich, ob Wallander nicht vorzeitig pensioniert werden müßte. Der Gedanke weckte großen Unmut. Aber so weit kam es nicht. Er würde zurückkehren, wenn es auch lange dauern sollte.

Aber noch saß er in seinem Büro, am Tag, nachdem er krank geschrieben worden war, einem warmen, windstillen Sommertag in Südschonen. Er hatte immer noch eine Menge Schreibkram zu erledigen, bevor er seinen Tisch aufräumen und verlassen konnte, um zu versuchen, mit seiner Niedergeschlagenheit fertigzuwerden. Er spürte eine bohrende Ungewißheit und fragte sich, wann er eigentlich würde zurückkehren können.

Er war schon um sechs Uhr früh an seinem Arbeitsplatz gewesen, nachdem er eine schlaflose Nacht in seiner Wohnung verbracht hatte. In den ruhigen Morgenstunden war er endlich mit dem ausführlichen Bericht über den Mord an Louise Akerblom und alle folgenden Ereignisse fertig geworden. Er hatte sich das Geschriebene noch einmal durchgelesen und sich dabei gefühlt, als steige er erneut in die Unterwelt hinunter, als müsse er die Reise wiederholen, die er am liebsten nie angetreten hätte. Er würde außerdem einen Rapport abliefern, der zu einem gewissen Teil aus Lügen bestand. Es war immer noch ein Rätsel für ihn, daß niemand hinter sein seltsames Verschwinden und die geheime Beziehung zu Victor Mabasha gekommen war. Seine äußerst konstruierten und zum Teil direkt widersprüchlichen Erklärungen in bezug auf sein merkwürdiges Verhalten hatten nicht, wie von ihm erwartet, offenes Mißtrauen geweckt. Schließlich nahm er an, daß dies mit dem Mitleid zusammenhing, das ihn umgab, gemischt mit einer Art Korpsgeist, weil er einen Menschen getötet hatte.

Er legte den dicken Aktenordner mit dem Ermittlungsbericht auf den Schreibtisch und öffnete das Fenster. Irgendwo weit weg konnte er Kinder lachen hören.

Und wie sieht mein eigenes Resümee aus? überlegte er. Ich bin in einer Situation gelandet, die ich nicht beherrschte. Ich habe alle Fehler gemacht, die ein Polizist machen kann, und am schlimmsten war, daß ich das Leben meiner eigenen Tochter aufs Spiel gesetzt habe. Sie hat beteuert, daß sie mich nicht für den schrecklichen Tag verantwortlich macht, den sie angekettet in einem Keller verbringen mußte. Aber habe ich eigentlich das Recht, ihr zu glauben? Habe ich ihr nicht ein Leid zugefügt, das sich vielleicht erst in Zukunft in Angstvorstellungen, Alpträumen und einem reduzierten Leben äußern wird? Da muß ich doch mit dem wahren Bericht anfangen, den ich nie zu Papier bringen werde. Der heute damit endet, daß mich ein Arzt auf unbestimmte Zeit krank geschrieben hat, weil ich wie zerschlagen bin.

Er ging zu seinem Schreibtisch zurück und ließ sich schwer auf den Stuhl fallen. Er hatte in der Nacht nicht geschlafen, das war wahr, aber seine Müdigkeit hatte andere Ursachen, kam aus der Tiefe seiner Depression. War die Müdigkeit vielleicht mit der Schwermut identisch? Er dachte an das, was nun folgen würde. Der Arzt hatte ihm vorgeschlagen, in einer Gesprächstherapie sofort mit der Aufarbeitung seiner Erlebnisse zu beginnen. Wallander war das wie ein Befehl vorgekommen, den er eben einfach nur zu befolgen hatte. Aber was würde er eigentlich sagen können?

Vor ihm lag eine Einladung zur Hochzeit seines Vaters. Er wußte nicht, wie oft er sie gelesen hatte, seit sie vor einigen Tagen mit der Post gekommen war. Der Vater würde seine Haushaltshilfe am Tag vor der Mittsommernacht heiraten. Bis dahin waren es noch zehn Tage. Er hatte mehrmals mit seiner Schwester Kristina gesprochen, die der Meinung war, während eines kurzen Besuchs vor einigen Wochen, mitten im schlimmsten Chaos, das Ganze verhindert zu haben. Jetzt zweifelte Wallander nicht mehr daran, daß es wirklich geschehen würde. Er konnte auch nicht leugnen, daß sein Vater besser gelaunt war, als er ihn je erlebt hatte, solange er auch überlegte. Im Atelier, wo die Trauung stattfinden sollte, hatte er eine gigantische Kulisse gemalt. Zu Wallanders Erstaunen handelte es sich um exakt dasselbe Motiv, das er sein ganzes Leben lang verwendet hatte, die romantisch-reglose Waldlandschaft. Der Unterschied bestand lediglich darin, daß sie nun ins Großformat übertragen worden war. Wallander hatte sich auch mit Gertrud unterhalten, der zukünftigen Braut. Sie hatte um das Gespräch gebeten, und ihm war klargeworden, daß sie seinen Vater aufrichtig mochte. Gerührt hatte er ihr versichert, daß er sich mit ihnen freue.

Seine Tochter war nach Stockholm zurückgefahren, vor mehr als einer Woche. Zur Hochzeit würde sie wieder hiersein und dann direkt nach Italien weiterfahren. Das hatte Wallander die eigene

Einsamkeit erschreckend deutlich werden lassen. Wohin er sich auch wandte, überall fühlte er sich verlassen. Am Abend nach Konovalenkos Tod hatte er Sten Widen besucht und fast seinen gesamten Whiskyvorrat ausgetrunken. Er war schwer im Rausch gewesen und hatte begonnen, über die Hoffnungslosigkeit zu sprechen, die ihn bedrückte. Er glaubte, daß Sten Widen dieses Gefühl teilte, auch wenn er seine Pferdepflegerinnen hatte, mit denen er auch ins Bett ging und die ihm vielleicht einen Hauch von Gemeinschaft suggerierten. Wallander hoffte, daß der wiederentstandene Kontakt zu Sten Widen sich als dauerhaft erweisen würde. Er hegte keine Illusionen, daß es wieder so werden könnte wie in ihrer Jugend. Das war für immer vorbei, nicht wiederholbar.

Durch ein Klopfen an der Tür wurde er in seinen Gedanken unterbrochen. Er zuckte zusammen. In der letzten Woche im Polizeigebäude war ihm aufgefallen, daß er Menschen scheute. Die Tür ging auf, Svedberg steckte den Kopf herein und fragte, ob er stören dürfe.

»Ich habe gehört, daß du uns für eine Zeit verlassen wirst«, begann er.

Wallander hatte sofort einen Kloß im Hals.

»Es muß sein«, murmelte er und schneuzte sich.

Svedberg merkte, daß es ihm an die Nieren ging. Er wechselte sofort das Thema.

»Erinnerst du dich an die Handschellen, die du zu Hause bei Louise Akerblom in einer Schublade gefunden hast?« fragte er. »Du erwähntest sie einmal beiläufig. Erinnerst du dich?«

Wallander nickte. Für ihn hatten die Handschellen die rätselhaften Seiten repräsentiert, die jeder Mensch aufwies. Erst am Tag zuvor hatte er darüber nachgedacht, welche unsichtbaren Handschellen er eigentlich mit sich herumschleppte.

»Gestern habe ich zu Hause eine Kammer aufgeräumt«, fuhr Svedberg fort. »Da lag ein Haufen alter Zeitschriften, die ich aussortieren wollte. Aber du weißt ja, wie das ist, ich blieb sitzen. Irgendwie geriet ich an einen Artikel über Varietékünstler der letzten dreißig Jahre. Da war das Bild eines Ausbrecherkönigs, der sich als Artist bezeichnenderweise Houdinis Sohn nannte. Er hieß eigentlich Davidsson und hat irgendwann aufgehört, aus verschiedenen Körperfesseln und Blechschranken zu schlüpfen. Weißt du, warum er seinen Beruf aufgab?«

Wallander schüttelte den Kopf.

»Er wurde bekehrt. Er trat einer freikirchlichen Gemeinde bei. Rate mal, welcher!«

»Der Methodistenkirche«, sagte Wallander nachdenklich.

»Genau. Ich habe mir den ganzen Artikel durchgelesen. Da stand ganz am Schluß, daß er glücklich verheiratet war und viele Kinder hatte. Unter anderem eine Tochter namens Louise, später verheiratete Akerblom.«

»Die Handschellen«, seufzte Wallander.

»Eine Erinnerung an ihren Vater«, bestätigte Svedberg. »Ich weiß ja nicht, was du gedacht hast. Ich muß leider zugeben, daß mir eine ganze Menge nicht jugendfreier Gedanken durch den Kopf ging.«

»Bei mir war es genauso«, bestätigte Wallander.

Svedberg erhob sich. An der Tür blieb er stehen und drehte sich um.

»Da war noch eine Sache«, sagte er. »Erinnerst du dich an Peter Hanson?«

»Den Dieb?«

»Ja, den meine ich. Du weißt vielleicht noch, daß ich ihn damals bat, die Augen offenzuhalten, falls das in deiner Wohnung Gestohlene irgendwo auftauchen sollte. Gestern rief er mich an. Die meisten deiner Sachen sind wahrscheinlich in alle Winde zerstreut, die wirst du nie wiedersehen. Aber seltsamerweise hat er eine CD aufgetrieben, die angeblich dir gehören soll.«

»Erwähnte er, welche?«

»Ich habe es aufgeschrieben.«

Svedberg kramte in seinen Taschen, bis er einen zerknitterten Zettel fand.

»Rigoletto«, las er. »Verdi.«

Wallander lächelte.

»Die habe ich wirklich vermißt. Grüß Peter Hanson von mir, ich bedanke mich.«

»Er ist ein Dieb«, sagte Svedberg. »So einem dankt man nicht.«

Lachend verließ er den Raum. Wallander fing an, die verbleibenden Papierstapel durchzusehen. Es war inzwischen fast elf Uhr, und bis um zwölf wollte er fertig sein.

Das Telefon klingelte. Er wollte zuerst nicht abheben. Dann tat er es doch.

»Hier ist ein Mann, der Kommissar Wallander sprechen möchte«, teilte eine ihm unbekannte weibliche Stimme mit. Er vermutete, daß es Ebbas Urlaubsvertretung war.

»Schick ihn zu jemand anderem«, sagte er. »Ich empfange keine Besucher.«

»Er läßt nicht locker. Er will unbedingt Kommissar Wallander sprechen. Er sagt, er habe eine wichtige Nachricht. Er ist Däne.«

»Däne? Worum geht es denn?«

»Er sagt, es habe mit einem Afrikaner zu tun.«

Wallander überlegte einen Moment.

»Laß ihn herein.«

Der Mann, der Wallanders Büro betrat, stellte sich als Paul Jörgensen vor, Fischer aus Dragör. Er war sehr groß und kräftig. Als er Wallander die Hand gab, war diesem, als gerate er in einen Schraubstock. Er wies auf einen Stuhl. Jörgensen setzte sich und zündete sich eine Zigarre an. Wallander war froh, daß das Fenster offenstand. Er suchte eine Weile in seinen Schreibtischfächern, bis er einen Aschenbecher gefunden hatte.

»Ich habe etwas zu erzählen«, begann Jörgensen. »Aber ich habe mich immer noch nicht entschieden, ob ich es sagen soll oder nicht.«

Wallander zog erstaunt die Augenbrauen hoch.

»Das hätten Sie sich wirklich überlegen sollen, bevor Sie herkamen«, bemerkte er.

Normalerweise wäre er jetzt wahrscheinlich wütend geworden. Aber er hörte an seiner eigenen Stimme, daß ihm jede Autorität fehlte.

»Es kommt darauf an, ob sie eine kleine Ungesetzlichkeit übersehen können«, fuhr Jörgensen fort.

Wallander begann sich ernsthaft zu fragen, ob der Mann ihn auf die Schippe nehmen wollte. In diesem Falle hatte er einen äußerst ungünstigen Augenblick erwischt. Er sah ein, daß er das

Gespräch an sich reißen mußte, das sonst von Anfang an schief-
zulaufen drohte.

»Ich bekam die Nachricht, daß Sie mir etwas sehr Wichtiges
über einen Afrikaner zu erzählen hätten«, sagte er. »Wenn es
wirklich wichtig ist, kann ich vermutlich über eine kleine Ungesetzlichkeit hinwegsehen. Aber ich verspreche nichts. Sie müssen
selbst wissen, wie Sie es haben wollen. Aber ich muß darum bitten, daß Sie sich sofort entscheiden.«

Jörgensen blickte ihn aus halbgeschlossenen Augen durch den
Zigarrenrauch an.

»Ich riskier es«, erklärte er.

»Also, ich höre.«

»Ich bin Fischer in Dragör«, begann Jörgensen. »Man kommt
ungefähr klar mit dem Boot und dem Haus und einem Pils am
Abend. Aber keiner sagt nein, wenn sich die Möglichkeit eines
kleinen Zusatzverdienstes bietet. Ich nehm immer mal ein paar
Touristen mit aufs Meer raus, das bringt ein bißchen Geld
nebenbei. Aber es kommt auch vor, daß ich bis nach Schweden fahre. Nicht oft, ein paarmal pro Jahr. Zum Beispiel Leute,
die eine Fähre verpaßt haben. Vor einigen Wochen hatte ich
nachmittags eine Tour nach rüber. Es war nur ein Passagier an
Bord.«

Er verstummte plötzlich, als erwartete er eine Reaktion von
Wallanders Seite. Der jedoch nickte ihm nur stumm zu, er möge
fortfahren.

»Es war ein Schwarzer. Er sprach nur englisch. Sehr höflich. Er
stand während der ganzen Überfahrt neben mir im Steuerhaus.
Ich sollte jetzt vielleicht darauf hinweisen, daß es mit dieser Tour
etwas Besonderes auf sich hatte. Sie war nämlich im voraus bei
mir bestellt worden. Ein Engländer, der dänisch sprach, kam eines
morgens in den Hafen hinunter und erkundigte sich, ob ich eine
Fahrt über den Sund mit einem Passagier machen könne. Das kam
mir ziemlich verdächtig vor, deshalb nannte ich eine hohe Summe,
um ihn loszuwerden. Ich forderte fünftausend Kronen. Aber das
Komische war, daß er das Geld aus der Tasche zog und sofort
bezahlte.«

Wallander war inzwischen neugierig geworden. Für einen

Augenblick vergaß er seine eigene Misere und konzentrierte sich ganz auf Jörgensens Bericht. Er nickte ihm aufmunternd zu.

»Ich bin in jungen Jahren zur See gefahren«, fuhr Jörgensen fort. »Dort habe ich recht gut Englisch gelernt. Ich fragte den Mann, was er in Schweden vorhätte. Er antwortete, er wolle Freunde besuchen. Ich erkundigte mich, wie lange er bleiben wolle, und er sagte, er würde in spätestens einem Monat nach Afrika zurückkehren. Ich hatte wohl den Verdacht, daß nicht alles mit rechten Dingen zuging. Es war ja eine illegale Einreise. Da aber im nachhinein nichts zu beweisen ist, riskier ich, es Ihnen zu erzählen.«

Wallander hob die Hand.

»Ein bißchen genauer, bitte. An welchem Tag war das?« Jörgensen beugte sich vor und schaute auf Wallanders Tischkalender.

»Mittwoch, 13. Mai. Gegen sechs Uhr abends.«

Das könnte stimmen, dachte Wallander. Das könnte Victor Mabashas Nachfolger gewesen sein.

»Er sagte, er würde ungefähr einen Monat bleiben?«

»Ich glaube.«

»Glaube?«

»Ich bin sicher.«

»Erzählen Sie weiter. Lassen Sie kein Detail aus.«

»Wir unterhielten uns über dies und das. Er war freundlich und gesprächig. Aber ich hatte die ganze Zeit das Gefühl, daß er trotzdem irgendwie auf der Hut war. Ich kann es nicht besser erklären. Wir erreichten Limhamn. Ich legte an, und er sprang an Land. Da ich mein Geld ja schon vorab bekommen hatte, machte ich gleich wieder los, um zurückzufahren. Ich hätte die Sache wahrscheinlich vergessen, wenn mir neulich nicht eine alte schwedische Abendzeitung in die Hände gefallen wäre. Auf der ersten Seite war ein Foto, und der Mann darauf kam mir bekannt vor. Er soll bei einem Feuergefecht mit der Polizei getötet worden sein.«

Er machte eine kurze Pause.

»Mit Ihnen. Von Ihnen gab es auch ein Bild.«

»Von wann war die Zeitung?« fragte Wallander, obwohl er es eigentlich schon wußte.

»Ich glaube, es war eine Donnerstagszeitung«, antwortete Jörgensen zögernd. »Sie kann vom Tag danach gewesen sein. Vom 14. Mai.«

»Erzählen Sie weiter«, ermunterte ihn Wallander. »Das können wir später klären, falls es wichtig ist.«

»Ich habe diese Fotografie wiedererkannt. Aber ich konnte mich erst nicht richtig erinnern. Vorgestern dann kam ich darauf, wer es war. Als ich diesen Afrikaner in Limhamn an Land setzte, stand da ein wahnsinnig fetter Kerl am Kai und wartete auf ihn. Er hielt sich ein wenig abseits, als wolle er eigentlich nicht gesehen werden. Aber ich habe gute Augen. Der war es. Dann habe ich überlegt. Ich dachte, daß es vielleicht wichtig sein könnte. Also habe ich mir einen Tag freigenommen und bin hergefahren.«

»Das haben Sie richtig gemacht. Ich werde ignorieren, daß Sie an einer illegalen Einreise nach Schweden beteiligt waren. Ich setze voraus, daß Sie damit ab sofort aufhören.«

»Das habe ich bereits getan«, versicherte Jörgensen eifrig.

»Diesen Afrikaner, beschreiben Sie ihn«, bat Wallander.

»Ungefähr dreißig. Gut gewachsen, stark und sportlich.«

»Sonst nichts?«

»Kann mich nicht erinnern.«

Wallander legte den Stift zur Seite.

»Gut, daß Sie gekommen sind.«

»Vielleicht ist es ja nicht so wichtig.«

»Es ist durchaus wichtig.«

Er erhob sich.

»Vielen Dank, daß Sie gekommen sind und es mir erzählt haben.«

»Gleichfalls danke«, sagte Jörgensen und ging.

Wallander suchte die Kopie des Briefes heraus, den er per Telex an Interpol in Südafrika hatte schicken lassen. Er überlegte einen Augenblick. Dann rief er die schwedische Interpol in Stockholm an.

»Kommissar Wallander, Ystad«, meldete er sich. »Ich habe am Samstag, dem 23. Mai, ein Telex an Interpol in Südafrika geschickt. Nun möchte ich gern wissen, ob es darauf irgendwelche Reaktionen gegeben hat.«

»Wenn, dann wären sie Ihnen sofort zugesandt worden«, bekam er zur Antwort.

»Bitte prüfen Sie es sicherheitshalber noch einmal nach«, bat Wallander.

Nach ein paar Minuten meldete sich der Teilnehmer wieder.

»Ein Telex, Umfang eine Seite, wurde am 23. Mai an Interpol Johannesburg geschickt. Es kam bisher lediglich die Bestätigung des Empfangs.«

Wallander runzelte die Stirn.

»Eine Seite«, wunderte er sich. »Ich habe doch zwei abgesendet.«

»Die Kopie liegt hier vor mir. Es fehlt tatsächlich ein ordentlicher Abschluß der Nachricht.«

Wallander sah auf seine Unterlagen. Wenn nur die erste Seite übermittelt worden war, wußte die südafrikanische Polizei also noch gar nicht, daß Victor Mabasha tot war und vermutlich ein anderer seinen Platz eingenommen hatte.

Außerdem war anzunehmen, daß das Attentat für den 12. Juni geplant war, denn Sikosi Tsiki hatte Jörgensen erzählt, wann er spätestens wieder heimreisen wollte.

Wallander überschaute die Konsequenzen sofort.

Die südafrikanische Polizei hatte fast zwei Wochen lang einen Toten gejagt.

Heute war Donnerstag, der 11. Juni. Das Attentat würde wahrscheinlich am 12. Juni verübt werden.

Morgen.

»Wie zum Teufel konnte das passieren?« brüllte er. »Warum habt ihr nur die Hälfte meines Telex abgeschickt?«

»Ich habe keine Ahnung. Da müssen Sie mit dem sprechen, der an diesem Tag Dienst hatte.«

»Ein andermal«, sagte Wallander. »In Kürze werde ich Ihnen ein neues Telex senden. Und das muß unverzüglich nach Johannesburg weitergeleitet werden.«

»Wird gemacht.«

Wallander legte auf. Wie konnte das nur passieren? dachte er.

Er vergeudete keine Zeit damit, nach einer Antwort zu suchen. Statt dessen spannte er ein Blatt Papier in die Schreibmaschine und formulierte eine kurze Mitteilung. »Victor Mabasha ist nicht mehr aktuell. Dafür ein Mann namens Sikosi Tsiki. Dreißig Jahre alt, gut gewachsen (hier mußte er sein Wörterbuch zu Hilfe nehmen; er entschied sich für well proportioned), keine besonderen Kennzeichen. Diese Information ersetzt frühere. Ich wiederhole. Victor Mabasha nicht mehr aktuell. Sikosi Tsiki vermutlich Ersatzmann. Fotografie liegt uns nicht vor. Um Fingerabdrücke wird gebeten.«

Er unterzeichnete mit seinem Namen und ging zur Anmeldung.

»Das hier muß sofort an Interpol Stockholm geschickt werden«, sagte er zu der Diensthabenden, die er nicht kannte.

Er blieb stehen und sah zu, wie die Nachricht per Fax übermittelt wurde. Dann kehrte er in sein Zimmer zurück. Vermutlich ist es schon zu spät, dachte er.

Wenn er noch im Dienst gewesen wäre, hätte er sofort Aufklärung darüber verlangt, wer dafür verantwortlich war, daß nur die Hälfte seines Telex' abgeschickt worden war. So aber konnte das noch warten. Er mochte sich nicht damit befassen.

Er fuhr fort, Papierstapel durchzusehen. Es war fast ein Uhr, als er endlich damit fertig wurde. Der Schreibtisch war leer. Er verschloß seine privaten Fächer und stand auf. Ohne sich noch einmal umzudrehen, verließ er das Zimmer und machte die Tür zu. Im Korridor traf er niemanden und konnte das Polizeigebäude verlassen, ohne von jemand anderem als der Diensthabenden an der Anmeldung gesehen zu werden.

Jetzt hatte er nur noch ein Ziel. Wenn erledigt war, was er sich vorgenommen hatte, war sein innerer Terminkalender leer.

Er lief den Hügel hinunter, kam am Krankenhaus vorbei und wandte sich nach links. Die ganze Zeit hatte er den Eindruck, daß ihn die Leute anstarrten. Er versuchte, sich so unsichtbar wie möglich zu machen. Als er zum Marktplatz kam, ging er in das Geschäft des Optikers und kaufte eine Sonnenbrille. Dann führte ihn sein Weg die Hamngatan hinunter, er kreuzte Österleden und war bald im Hafenviertel. Dort gab es ein Café, das im Sommer geöffnet hatte. Vor ungefähr einem Jahr hatte er dort gesessen und einen Brief an Baiba Liepa in Riga geschrieben. Diesen Brief hatte er jedoch nie abgeschickt. Er war zum Pier hinausgegangen, hatte ihn zerrissen und die Schnipsel ins Hafenbecken flattern lassen. Nun wollte er einen neuen Versuch wagen, ihr zu schreiben, und er hatte sich vorgenommen, den Brief diesmal auch abzusenden. In der Innentasche seiner Jacke trug er Papier und ein Kuvert. Er setzte sich an einen Ecktisch, wo es windstill war, bestellte Kaffee und dachte an die Zeit vor einem Jahr. Auch damals war er in schlechter Stimmung gewesen. Aber mit der Situation, in der er sich jetzt befand, konnte man es nicht vergleichen. Weil er nicht wußte, was er schreiben sollte, begann er aufs Geratewohl. Er schilderte das Café, in dem er saß, das Wetter, das weiße Fischerboot mit den hellgrünen Netzen, das in der Nähe lag. Er versuchte, den Geruch des Meeres zu beschreiben. Dann begann er darzulegen, wie er sich fühlte. Es fiel ihm schwer, die richtigen englischen Worte zu finden, aber er tastete sich voran. Er verriet, daß er auf unbestimmte Zeit krank geschrieben war und nicht wußte, ob er jemals in den Dienst zurückkehren würde. »Vielleicht habe ich gerade meinen letzten Fall abgeschlossen«, schrieb er. »Und den habe ich schlecht aufgeklärt, eigentlich überhaupt nicht. Ich fange an zu glauben, daß ich für den von mir gewählten Beruf ungeeignet bin. Lange glaubte ich das Gegenteil. Nun bin ich mir nicht mehr sicher.«

Er las durch, was er geschrieben hatte, und ihm war klar, daß er es nicht noch einmal schaffen würde, so einen Brief zu verfassen, auch wenn er mit vielen Formulierungen, die ihm vage und ungenau erschienen, höchst unzufrieden war. Er faltete das Blatt zusammen, klebte das Kuvert zu und verlangte die Rechnung. Am Jachthafen in der Nähe gab es einen Briefkasten. Er ging hin und warf den Umschlag ein. Dann setzte er seinen Spaziergang fort, lief bis zum Ende der Mole hinaus und setzte sich auf einen der steinernen Poller. Eine Polenfähre lief gerade in den Hafen ein. Die Farbe des Meeres wechselte zwischen stahlgrau, blau und grün. Er mußte plötzlich an das Fahrrad denken, das er in jener Nacht im Nebel gefunden hatte. Es lag immer noch hinter dem Nebengebäude auf dem Grundstück seines Vaters versteckt. Er nahm sich vor, es noch am selben Abend zurückzustellen.

Nach einer halben Stunde stand er auf und lief durch die Stadt zur Mariagatan. Als er die Tür geöffnet hatte, blieb er stehen.

Auf dem Fußboden stand eine nagelneue Musikanlage. Oben auf dem CD-Player lag eine Karte.

»Wir wünschen gute Besserung und daß Du bald wieder bei uns bist. Deine Kollegen.«

Ihm fiel ein, daß Svedberg ja immer noch über einen Reserveschlüssel zu der Wohnung verfügte, den er erhalten hatte, um die Handwerker einlassen zu können, die nach der Explosion die Schäden beseitigen sollten. Wallander ließ sich auf dem Teppich nieder und besah sich die Stereoanlage. Er war gerührt und konnte sich kaum beherrschen. Aber er glaubte nicht, daß er dieses Geschenk verdient hatte.

Am selben Tag, Donnerstag, dem 11. Juni, waren die Telexverbindungen zwischen Schweden und dem südlichen Afrika von zwölf Uhr mittags bis zehn Uhr abends unterbrochen. Wallanders Telex blieb deshalb liegen. Erst gegen halb elf brachte es der Diensthabende dieser Nacht auf den Weg zu den Kollegen in Südafrika. Dort wurde es entgegengenommen, registriert und in ein Fach für Mitteilungen gelegt, die am folgenden Tag verteilt werden sollten. Jemand erinnerte sich jedoch daran, daß es ein Promemoria des Staatsanwalts Scheepers gab, Kopien aller Telexnachrichten aus Schweden sollten seinem Büro unverzüglich zugestellt werden. Die Polizisten im Telexraum konnten sich allerdings nicht erinnern, ob das auch für den späten Abend und die Nacht galt. Sie konnten Scheepers' Anweisung auf dem speziellen Bildschirm für laufende Tagesbefehle auch nicht finden. Der eine Diensthabende meinte, das Telex könne bis morgen warten, während den anderen irritierte, daß er Scheepers' P. M. auf dem Monitor nicht mehr fand. Er begann danach zu suchen, vielleicht auch nur mit dem Ziel, sich wach zu halten. Nach einer reichlichen halben Stunde hatte er es gefunden, natürlich in der falschen Befehlsübersicht. Scheepers' P. M. verlangte sehr kategorisch, daß spät eintreffende Fernschreiben sofort per Telefon an ihn weiterzugeben seien, unabhängig von der Uhrzeit. Inzwischen war es fast vierundzwanzig Uhr. Das Ergebnis all dieser Mißgeschicke und Verspätungen war, daß Scheepers erst am Freitag, dem 12. Juni, drei Minuten nach Mitternacht, benachrichtigt wurde. Obwohl er sich für Durban als Ort des Attentats entschieden hatte, war er schlecht eingeschlafen. Seine Frau Judith schlief bereits, während er noch wach lag und sich hin und her wälzte. Er bereute es, daß er nicht trotz allem mit Borstlap nach Kapstadt gefahren war. Und wenn nichts weiter dabei herausgekommen wäre als eine Ortsbesichtigung. Außerdem machte er sich Gedanken darüber, daß sogar Borstlap aufgefallen war, daß es seltsamerweise bisher nicht den geringsten Hinweis auf Victor Mabashas Versteck gegeben hatte, obwohl doch eine große Belohnung ausgeschrieben war. Borstlap hatte sich mehrfach über Victor Mabashas spurloses Verschwinden gewundert. Als Scheepers ihn aufforderte, doch deutlicher zu werden, hatte er von einem Gefühl gesprochen, das nicht auf Fakten beruhte. Judith Scheepers stöhnte, als neben dem Bett das Telefon klingelte. Scheepers griff nach dem Hörer, als habe er das Gespräch lange erwartet. Er lauschte, was der Diensthabende bei Interpol ihm zu berichten hatte. Dann nahm er sich einen Stift vom Nachttisch und bat um ein nochmaliges Verlesen der Nachricht. Auf dem linken Handrücken notierte er sich zwei Worte.

Sikosi Tsiki.

Er legte auf und blieb reglos auf der Bettkante sitzen. Judith wachte auf und erkundigte sich, ob irgend etwas passiert sei.

»Keine Gefahr für uns. Aber vielleicht für jemand anderen«, erwiderte er.

Er wählte Borstlaps Nummer.

»Ein neues Telex aus Schweden«, teilte er mit. »Es geht nicht mehr um Victor Mabasha, sondern um einen, der Sikosi Tsiki heißt. Das Attentat wird vermutlich morgen geschehen.«

»Verdammt«, fluchte Borstlap.

Sie vereinbarten, sich umgehend in Scheepers' Büro zu treffen. Judith sah, daß ihr Mann besorgt war.

»Was ist denn geschehen?« fragte sie noch einmal.

»Das Allerschlimmste«, antwortete er.

Dann begab er sich in die Dunkelheit hinaus. Es war neunzehn Minuten nach Mitternacht.

35

Freitag, der 12. Juni, war ein klarer, aber etwas kühler Tag in Kapstadt. Am Morgen war eine Nebelbank vom Meer her in die Three Anchor Bay getrieben. Inzwischen aber hatte sie sich aufgelöst. Auf der südlichen Halbkugel kündigte sich die kalte Jahreszeit an. Viele Afrikaner trugen auf dem Weg zur Arbeit bereits Strickmützen und dicke Jacken.

Nelson Mandela war am Abend zuvor in Kapstadt eingetroffen. Als er im Morgengrauen erwachte, dachte er an den Tag, der kommen sollte. So war es Usus in den vielen Jahren, die er als Gefangener auf Robben Island verbracht hatte. Ein Tag und noch ein Tag, das war die Zeitrechnung, die für ihn und seine Mitgefangenen galt. Auch jetzt noch, nach mehr als zwei Jahren in der wiedergewonnenen Freiheit, fiel es ihm schwer, seine alte Angewohnheit ganz aufzugeben.

Er stieg aus dem Bett und trat ans Fenster. Da unten im Meer lag Robben Island. Er versank in gedankenvollem Schweigen. So viele Erinnerungen, so viele bittere Momente, so groß schließlich der Triumph.

Er dachte daran, daß er ein alter Mann von mehr als siebzig Jahren war. Die Zeit war bemessen, er würde, wie alle anderen auch, nicht ewig leben. Aber ein paar Jahre mußte er wenigstens noch durchhalten. Zusammen mit Präsident de Klerk hatte er das Land durch das schwere, nicht ungefährliche, aber auch wunderbare Fahrwasser zu steuern, das zur Befreiung Südafrikas vom Apartheidsystem führen sollte. Die letzte koloniale Festung auf dem schwarzen Kontinent würde endlich fallen. Wenn dieses Ziel erreicht war, könnte er sich zurückziehen und auch sterben, wenn es notwendig war. Aber noch war seine Lebenskraft sehr groß. So lange wie möglich wollte er dabeisein und sehen, wie sich die schwarze Bevölkerung von den vielen Jahrhunderten der Unterwerfung und Erniedrigung befreite. Der Weg dahin würde mühsam sein, das wußte er. Die Wurzeln der Unterdrückung saßen tief in der afrikanischen Seele.

Nelson Mandela war klar, daß er zum ersten schwarzen Präsidenten Südafrikas gewählt werden würde. Er strebte nicht nach diesem Amt. Aber er hätte auch keine Argumente, es zu verweigern.

Es ist ein langer Weg, dachte er. Ein langer Weg für einen Mann, der die Hälfte seines Erwachsenenlebens in Gefangenschaft zugebracht hat.

Bei dem Gedanken lächelte er vor sich hin. Aber dann wurde er wieder ernst. Ihm fiel ein, was ihm de Klerk bei ihrem letzten Treffen vor einer Woche mitgeteilt hatte. Eine Gruppe ranghoher Buren hatte sich verschworen, um ihn zu töten. Um Chaos zu schaffen, das Land an den Rand eines Bürgerkriegs zu treiben.

Konnte das wirklich möglich sein? Daß es fanatische Buren gab, wußte er. Menschen, die alle Schwarzen haßten, sie als seelenlose Tiere betrachteten. Aber glaubten sie wirklich, daß sie durch eine solche Tat verhindern konnten, was im Lande geschah? Konnten sie wirklich durch ihren Haß – oder war es vielleicht Angst – so blind geworden sein zu glauben, eine Rückkehr zu einem alten Südafrika sei möglich? Merkten sie nicht, daß sie eine verschwindende Minderheit vertraten? Sicher, nach wie vor mit einem großen Einfluß. Aber dennoch? Waren sie wirklich gewillt, die Zukunft in einem Blutbad zu opfern?

Nelson Mandela schüttelte leicht den Kopf. Es fiel ihm schwer zu glauben, daß das möglich war. De Klerk mußte übertrieben oder Informationen falsch gedeutet haben. Er selbst hatte jedenfalls keine Angst, daß ihm irgend etwas geschehen würde.

Auch Sikosi Tsiki war am Donnerstag abend in Kapstadt angekommen. Im Unterschied zu Mandela war seine Ankunft aber unauffällig geschehen. Er war mit dem Bus aus Johannesburg angereist und nach dem Aussteigen mit seiner Tasche schnell in der Dunkelheit verschwunden.

Die Nacht hatte er im Freien verbracht. Zum Schlafen war er in einen abgelegenen Winkel des Trafalgarparks gegangen. Früh im Morgengrauen, ungefähr zur selben Zeit, als Nelson Mandela am Fenster stand, war er so hoch geklettert, wie er es für notwendig hielt, und hatte sich bereit gemacht. Alles stimmte mit der Karte und den Instruktionen überein, die er von Franz Malan in Hammanskraal erhalten hatte. Er war mit der Organisation zufrieden. In der Nähe gab es keine Menschen, der kahle Abhang war nicht gerade ein Ausflugsgebiet. Der offizielle Weg auf den 350 Meter hohen Gipfel schlängelte sich von der anderen Seite des Berges herauf. Er hatte nie mit einem Fluchtauto gearbeitet. Er fühlte sich freier, wenn er sich zu Fuß bewegte. Wenn alles vorüber war, würde er schnell den Hang hinuntersteigen und sich unter das rasende und Rache für Mandela fordernde Volk mischen. Dann würde er Kapstadt verlassen.

Er wußte jetzt, daß er Mandela töten sollte. Es war ihm klargewesen seit dem Tag, als Franz Malan ihm Ort und Zeit des Attentats genannt hatte. Er hatte in den Zeitungen gelesen, daß Nelson Mandela am Nachmittag des 12. Juni im Green Point Stadium reden würde. Er sah die ovale Arena, die in ungefähr 700 Meter Entfernung unter ihm lag. Die Entfernung beunruhigte ihn keineswegs. Sein Zielfernrohr und das weittragende Gewehr stellten seine Anforderungen an Präzision und Kraft vollauf zufrieden.

Er hatte nicht besonders darauf reagiert, daß Nelson Mandela sein Ziel war. Der erste Gedanke war, daß er darauf ja auch von selbst hätte kommen können. Wenn diese verrückten Buren die Möglichkeit haben wollten, Chaos im Land anzurichten, mußten sie zuerst Nelson Mandela beseitigen. Solange er da war und reden konnte, würden die schwarzen Massen die Selbstkontrolle behalten. Ohne ihn war es eher ungewiß. Mandela hatte keinen selbstverständlichen Nachfolger.

Für seinen Teil würde Sikosi Tsiki sich für ein ihm persönlich zugefügtes Unrecht rächen. An und für sich war ja nicht Nelson Mandela dafür verantwortlich, daß man ihn aus dem ANC ausgeschlossen hatte. Aber als oberster Führer konnte man ihn dennoch als denjenigen betrachten, an dem man sich rächen mußte.

Sikosi Tsiki sah auf die Uhr.

Nun brauchte er nur noch zu warten.

Georg Scheepers und Kommissar Borstlap landeten am Freitag vormittag kurz nach zehn Uhr auf dem Malanflugplatz in der Nähe von Kapstadt. Sie waren müde und hohläugig, nachdem sie seit ein Uhr in der Nacht versucht hatten, Informationen über Sikosi Tsiki zu sammeln. Verschlafene Kriminalisten waren aus ihren Betten gerissen worden, Computerspezialisten für die verschiedenen Datenbänke hatten sich eingefunden, die unter dem Anzug noch den Pyjama trugen, sowie sie von Polizeiwagen abgeholt worden waren. Aber als es Zeit war, sich zum Flugplatz zu begeben, war das Resultat niederschmetternd. Sikosi Tsiki fand sich in keinem Register. Es hatte auch niemand je von ihm gehört. Er war für alle eine unbekannte Person. Halb acht waren sie auf dem Weg zum Jan-Smuts-Flugplatz bei Johannesburg. Während des Fluges hatten sie immer verzweifelter versucht, eine Strategie zu formulieren. Ihnen war klargeworden, daß ihre Möglichkeiten, den Mann namens Sikosi Tsiki zu stoppen, äußerst gering, ja fast Null waren. Sie hatten keine Ahnung, wie er aussah, sie wußten absolut nichts über ihn. Nach der Landung verschwand Scheepers sofort, um Präsident de Klerk anzurufen. Er wollte ihn bitten, an Nelson Mandela zu appellieren, den Auftritt am Nachmittag ausfallen zu lassen. Erst nach einem Wutanfall und der Drohung, sämtliche Polizisten auf dem Flugplatz verhaften zu lassen, gelang es ihm, einen Raum zu bekommen, in dem er ungestört telefonieren konnte. Es dauerte fast fünfzehn Minuten, bis er Präsident de Klerk endlich am Apparat hatte.

Er schilderte so knapp wie möglich, was in der Nacht geschehen war. Aber de Klerk ging nicht auf seinen Vorschlag ein und meinte, es sei sinnlos. Mandela würde nie bereit sein, seine Rede abzusagen. Außerdem hätten sie sich ja schon einmal in Ort und Zeit geirrt. Warum nicht auch diesmal? Mandela verfüge jetzt über einen besseren Personenschutz. Mehr könne der Präsident der Republik im Augenblick nicht tun. Als das Gespräch vorüber war, hatte Scheepers das unbestimmte Gefühl, de Klerk sei immer noch nicht bereit, Nelson Mandela mit aller Konsequenz vor einem Attentat zu schützen. Konnte das denn möglich sein? fragte er sich aufgebracht. Habe ich mich in ihm getäuscht? Aber er hatte keine Zeit mehr, über Präsident de Klerks Haltung nachzugrübeln. Er begab sich zu Borstlap, der inzwischen für den von Johannesburg aus bestellten Wagen quittiert hatte. Sie fuhren auf dem kürzesten Weg zum Green Point Stadium, wo Nelson Mandela in drei Stunden sprechen sollte.

»Drei Stunden sind zuwenig«, meinte Borstlap. »Was glaubst du eigentlich, was wir in der Zeit schaffen können?«

»Ganz einfach: Wir müssen den Mann stoppen. Wir müssen!«

»Oder Mandela. Ich sehe keine andere Möglichkeit.«

»Das wird nicht gehen. Er wird um zwei das Rednerpult besteigen. De Klerk weigerte sich, an Mandela zu appellieren.«

Sie wiesen sich aus und wurden ins Stadion gelassen. Das Rednerpult stand schon bereit. Überall wehten die Fahnen des ANC und bunte Wimpel. Musiker und Tänzer bereiteten sich auf ihren Auftritt vor. Bald würden sich die ersten Zuhörer aus den Wohngebieten Langa, Guguletu und Nyanga einfinden und mit Musik empfangen werden. Für sie war die politische Kundgebung auch ein Volksfest.

Scheepers und Borstlap stellten sich ans Rednerpult und schauten sich um.

»Eine Frage ist entscheidend«, sagte Borstlap, »haben wir es mit einem Selbstmordkandidaten zu tun oder mit einer Person, die entkommen will?«

»Wir können von letzterem ausgehen. Ein Attentäter, der bereit ist, sich selbst zu opfern, ist durch seine Unberechenbarkeit gefährlich. Auch ist das Risiko sehr groß, daß er sein Ziel verfehlt. Wir haben es ganz sicher mit einem Mann zu tun, der damit rechnet, nach der Ermordung Mandelas entkommen zu können.«

»Woher weißt du, daß er eine Schußwaffe verwendet?«

Scheepers sah ihn an, verwundert und irritiert zugleich.

»Was sonst? Man würde ihn doch ergreifen und lynchen, sollte er ein Messer gebrauchen, denn dann müßte er ja in die unmittelbare Nähe seines Opfers vordringen.«

Borstlap nickte düster.

»Dann hat er viele Möglichkeiten, wenn du dich umschaust. Er kann das Dach nehmen oder eine leerstehende Rundfunkkabine. Vielleicht postiert er sich auch außerhalb des Stadions.«

Borstlap zeigte auf Signal Hill, der sich in der Entfernung von etwa einem halben Kilometer jäh erhob. »Er hat viele Möglichkeiten«, wiederholte er. »Zu viele.«

»Trotzdem müssen wir ihn stoppen«, bekräftigte Scheepers.

Beide sahen ein, was das bedeutete. Sie waren gezwungen, sich zu entscheiden, alle Chancen abzuwägen. Sie konnten nicht jede in Frage kommende Stelle untersuchen. Scheepers schätzte, daß sie ein Zehntel schaffen konnten, Borstlap etwas mehr.

»Uns bleiben noch zwei Stunden und fünfunddreißig Minuten«, stellte Scheepers fest. »Dann fängt Mandela an zu reden, wenn er pünktlich ist. Ich nehme an, daß ein Attentäter nicht unnötig warten wird.«

Scheepers hatte zehn erfahrene Polizisten zu seiner Verfügung gefordert. Sie wurden von einem jungen Polizeihauptmann befehligt.

»Unsere Aufgabe ist sehr einfach«, instruierte Scheepers. »Wir haben zwei Stunden Zeit, dieses Stadion zu durchsuchen. Wir suchen einen bewaffneten Mann. Er ist schwarz und gefährlich. Er muß unschädlich gemacht werden. Wir wollen ihn am liebsten lebend. Wenn es nicht zu vermeiden ist, muß er getötet werden.«

»War das alles?« fragte der junge Polizeihauptmann erschrocken, als Scheepers geendet hatte. »Gibt es keine Personenbeschreibung?«

»Wir haben keine Zeit, zu räsonieren«, fiel ihm Borstlap ins Wort. »Greift euch einfach alle, die sich verdächtig benehmen. Oder sich an Stellen aufhalten, wo sie nicht sein sollten. Entscheiden, ob es die richtige oder falsche Person war, können wir hinterher.«

»Es muß doch irgendeine Personenbeschreibung geben«, versuchte es der Hauptmann unter dem beifälligen Gemurmel seiner zehn Untergebenen noch einmal.

»Muß es überhaupt nicht«, zischte Scheepers und merkte, daß er wütend wurde. »Wir teilen das Stadion in Sektoren ein und fangen sofort an.«

Sie durchsuchten Geräteschuppen und Abstellräume, krochen auf Überdachungen und Tribünen herum. Scheepers verließ das Stadion, überquerte Western Boulevard und High Level und begann dann, den Hang hinaufzuklettern. Nach ungefähr zweihundert Metern blieb er stehen. Er stellte fest, daß die Entfernung allzu groß war. Für einen Attentäter käme eine Position außerhalb des Stadions wohl doch nicht in Frage.

Durchgeschwitzt und kurzatmig machte er sich auf den Rückweg.

Sikosi Tsiki, der ihn von seinem schützenden Gebüsch aus entdeckt hatte, dachte, es handele sich um einen Sicherheitsbeamten, der die Umgebung des Stadions kontrollierte. Da er so etwas erwartet hatte, wunderte er sich nicht weiter. Schlimmer wäre es, wenn Hunde zum Einsatz kämen. Der Mann, der da den Hang hinaufstieg, war jedoch allein. Sikosi Tsiki schmiegte sich an den Boden und entsicherte eine Pistole mit Schalldämpfer. Als der Mann umkehrte, ohne den Gipfel erklettert zu haben, wußte er, daß nun nichts mehr schiefgehen würde. Nelson Mandela hatte nur noch wenige Stunden zu leben.

Im Stadion hatten sich bereits viele Leute versammelt. Scheepers und Borstlap schoben sich durch die wogende Menschenmasse. Überall dröhnten Trommeln, sangen und tanzten Menschen. Scheepers lief es kalt den Rücken hinunter bei dem Gedanken, sie würden es nicht schaffen. Sie mußten den Mann finden, den Jan Kleyn beauftragt hatte, Nelson Mandela zu töten.

Eine weitere Stunde später, dreißig Minuten, bevor die eigentliche Kundgebung mit Mandelas Ankunft im Stadion beginnen sollte, geriet Scheepers in Panik. Borstlap versuchte, ihn zu beruhigen.

»Wir haben ihn nicht gefunden«, sagte Borstlap. »Jetzt haben wir nur noch wenig Zeit für die Suche. Die Frage ist, was wir übersehen haben können.«

Er schaute sich um. Sein Blick konzentrierte sich auf den Berghang außerhalb des Stadions.

»Ich bin dort gewesen«, murmelte Scheepers resigniert.

»Was hast du gesagt?« fragte Borstlap.

»Ach, nichts.«

Borstlap nickte nachdenklich. Nun glaubte auch er, daß sie den Attentäter nicht rechtzeitig erwischen würden.

Schweigend standen sie nebeneinander und ließen sich vom Menschenstrom hin und her schubsen.

»Ich versteh das nicht«, meinte Borstlap.

»Das ist zu weit«, ließ sich Scheepers noch einmal vernehmen. Borstlap sah ihn fragend an.

»Was meinst du? Was ist zu weit?«

»Kein Mensch kann ein Ziel auf so große Entfernung treffen«, antwortete Scheepers irritiert.

Es dauerte einen Moment, bis Borstlap begriff, daß Scheepers immer noch von dem Berg in der Nähe des Stadions sprach. Dann wurde er plötzlich ernst.

»Erzähl mir genau, was du getan hast«, forderte er ihn auf und wies auf den Hang.

»Ich bin ein Stück hinaufgeklettert und dann wieder umgekehrt.«

»Du bist also nie auf dem Gipfel von Signal Hill gewesen?«

»Ich sag doch, es ist zu weit!«

»Das ist überhaupt nicht zu weit«, rief Borstlap. »Es gibt Gewehre, die schießen über einen Kilometer weit und treffen ihr Ziel! Und das hier sind doch höchstens achthundert Meter!«

Scheepers sah ihn fragend an. Gleichzeitig erhob sich ein orkanartiger Jubel der tanzenden Menschenmenge, gefolgt von intensivem Getrommel. Nelson Mandela war ins Stadion gekommen. Scheepers konnte sein grauweißes Haar, sein lächelndes Gesicht und die winkende Hand erkennen.

»Komm!« rief Borstlap. »Wenn er da ist, dann dort oben auf dem Berg!«

Durch sein starkes Zielfernrohr konnte Sikosi Tsiki Nelson Mandela aus der Nähe betrachten. Er hatte es vom Gewehr abgenommen und den Weg des ANC-Führers verfolgt, seit dieser vor dem Stadion aus dem Auto gestiegen war. Sikosi Tsiki stellte fest, daß Mandela von nur wenigen Leibwächtern umgeben war. Eine auffällige Wachsamkeit oder Unruhe im Umkreis des weißhaarigen Mannes konnte er nicht beobachten.

Er montierte das Zielfernrohr wieder ans Gewehr, kontrollierte, ob es geladen war, und begab sich in die Position, die er sorgsam ausgewählt hatte. Vor sich hatte er ein Gestell aus Leichtmetall aufgebaut, das eine Eigenkonstruktion war und seinen Armen zusätzlichen Halt gab.

Er warf einen Blick zum Himmel. Die Sonne würde ihm keine unerwarteten Störungen bescheren, keine Schatten, Reflexe oder Blendungen. Der Berghang war menschenleer. Er war ganz allein mit seiner Waffe und ein paar Vögeln, die auf dem Boden umherhüpften.

Noch fünf Minuten. Der Jubel aus dem Stadion erreichte ihn mit ganzer Kraft, obwohl er über einen halben Kilometer entfernt war.

Keiner wird den Schuß hören, dachte er.

Er hatte zwei Reservepatronen. Sie lagen vor ihm auf einem Taschentuch. Aber er rechnete nicht damit, sie zu benötigen. Er würde sie zur Erinnerung aufheben. Vielleicht ließ er sich eines Tages ein Amulett daraus machen? Das würde seinem Leben auch weiterhin Glück bringen.

Dagegen vermied er es, an das Geld zu denken, das auf ihn wartete. Erst würde er seinen Auftrag erfüllen.

Er hob das Gewehr und beobachtete durch das Fernrohr, wie Nelson Mandela sich dem Rednerpult näherte. Er war entschlossen zu schießen, sobald sich die Möglichkeit bot. Es gab keinen Grund zu zögern. Er senkte die Waffe wieder und versuchte, die Schultern zu entspannen. Gleichzeitig atmete er ein paarmal tief durch. Er fühlte seinen Puls. Der ging normal. Alles war normal. Dann hob er das Gewehr erneut, legte den Kolben an die rechte Wange und kniff das linke Auge zu. Nelson Mandela stand jetzt vor dem Podium. Er war zum Teil von anderen Menschen verdeckt. Dann löste er sich aus seiner Umgebung und stieg zum Rednerpult hinauf. Er hob die Arme über den Kopf wie ein Sieger. Sein Lächeln war sehr breit.

Sikosi Tsiki schoß.

Den Bruchteil einer Sekunde, bevor die Kugel in irrsinniger Geschwindigkeit den Lauf verließ, fühlte er jedoch einen Schlag gegen die Schulter. Er konnte den Finger nicht mehr vom Abzug nehmen. Der Schuß löste sich. Der Stoß hatte ihn nur etwa fünf Zentimeter zur Seite geworfen. Auf die große Entfernung bewirkte dies aber, daß die Kugel nicht einmal das Stadion traf, sondern auf einer weit entfernten Straße in ein geparktes Auto einschlug.

Sikosi Tsiki drehte sich um.

Dort standen zwei atemlose Männer und sahen ihn an.

Beide hielten Pistolen in der Hand.

»Leg das Gewehr ab«, befahl Borstlap. »Aber langsam und vorsichtig.«

Sikosi Tsiki gehorchte. Es gab keinen anderen Weg. Die beiden weißen Männer würden nicht zögern zu schießen, das war ihm klar.

Was war schiefgegangen? Wer waren sie?

»Leg die Hände über den Kopf«, kommandierte Borstlap weiter und reichte Scheepers ein Paar Handschellen. Der trat vor und schloß sie um Sikosi Tsikis Handgelenke.

»Aufstehen!«

Sikosi Tsiki erhob sich.

»Bring ihn zum Wagen«, sagte Scheepers. »Ich komme gleich nach.«

Borstlap führte Sikosi Tsiki ab.

Scheepers blieb stehen und lauschte dem Jubel aus dem Stadion. Er hörte Nelson Mandelas charakteristische Stimme aus den Lautsprechern schallen. Sie schien sehr weit zu reichen.

Er war völlig verschwitzt. Immer noch spürte er die Angst, sie könnten zu spät kommen. Ein befreiendes Gefühl hatte sich noch nicht eingestellt.

Er hatte gerade einen historischen Augenblick erlebt, aber einen, der unbekannt bleiben würde. Wenn er nicht rechtzeitig zur Stelle gewesen wäre, wenn der Stein, den er in seiner Verzweiflung auf den Mann mit dem Gewehr geworfen hatte, sein Ziel verfehlt hätte, wäre es ein ganz anderer historischer Augenblick geworden, mehr als eine Fußnote der Geschichte. Dann hätte ein Blutbad daraus entstehen können.

Ich bin selbst Bure, dachte er. Ich sollte diese wahnsinnigen Menschen verstehen. Auch wenn ich es nicht will, so sind sie heute meine Feinde. Sie haben vielleicht im Innersten begriffen, daß Südafrikas Zukunft sie zwingen wird, alles in Frage zu stellen, was sie bisher als normal empfanden. Viele von ihnen werden das niemals akzeptieren. Sie wollen das Land lieber in Blut und Feuer untergehen sehen. Aber es wird ihnen nicht gelingen.

Er schaute über das Meer. Zugleich überlegte er, was er Präsident de Klerk sagen würde. Auch Henrik Wervey wartete auf einen Bericht. Außerdem hatte er einen wichtigen Besuch vor sich, in einem Haus in Bezuidenhout Park. Er freute sich darauf, die beiden Frauen wiederzusehen.

Was mit Sikosi Tsiki geschehen würde, wußte er nicht. Das war Kommissar Borstlaps Problem. Er verstaute das Gewehr und die Patronen in der Tasche. Das Gestell aus Leichtmetall ließ er liegen.

Plötzlich kam ihm die weiße Löwin wieder in den Sinn, die im Mondlicht am Flußufer gelegen hatte. Er nahm sich vor, Judith vorzuschlagen, bald wieder in den Naturpark zu fahren. Vielleicht war die Löwin noch da.

In Gedanken versunken machte er sich an den Abstieg.

Er hatte etwas begriffen, was ihm bis dahin verborgen gewesen war.

Endlich hatte er verstanden, was ihm die Löwin im Mondlicht hatte sagen wollen.

Er war nicht in erster Linie Bure, ein weißer Mann.

Er war Afrikaner.

Nachwort

Dieser Roman spielt zu gewissen Teilen in Südafrika, einem Land, das sich lange am Rande des Chaos befunden hat. Das innere menschliche und das äußere gesellschaftliche Trauma haben einen Punkt erreicht, wo viele meinen, vor sich nichts anderes als eine unausweichliche apokalyptische Katastrophe sehen zu können. Aber man kann auch dem Hoffnungsvollen nicht widersprechen: Das rassistisch regierte südafrikanische Imperium wird in absehbarer Zukunft fallen. Gerade in diesen Tagen, im Juni 1993, ist ein vorläufiges Datum für die ersten freien Wahlen in Südafrika festgelegt worden, der 27. April 1994. Mit Nelson Mandelas Worten: Ein unwiderruflicher Punkt ist endlich erreicht. Auf lange Sicht kann das Ergebnis bereits jetzt benannt werden, wenn auch natürlich mit der Vorsicht, die bei allen politischen Voraussagen angebracht ist: die Entstehung eines demokratischen Rechtsstaates.

Auf kurze Sicht ist der Ausgang eher ungewiß. Die begreifliche Ungeduld der schwarzen Mehrheit und Teile des aktiven Widerstands der weißen Minderheit führen zu immer mehr Gewalt. Niemand kann mit Sicherheit sagen, daß ein Bürgerkrieg unausweichlich ist. Ebenso kann niemand behaupten, daß er nicht vermieden werden kann. Die Ungewißheit ist möglicherweise das einzig Sichere.

Viele Menschen haben auf verschiedene Weise – manchmal ohne es überhaupt zu wissen – zu den »südafrikanischen« Kapiteln beigetragen. Ohne die grundlegenden Leistungen Iwor Wilkens' und Hans Strydoms bei der Enthüllung der Hintergründe der geheimen Burenorganisation Broederbond, der Bruderschaft, wäre das Geheimnis wohl auch mir verborgen geblieben. Auch die Lektüre von Graham Leachs Texten über die Kultur der Buren war ein Erlebnis für mich. Und schließlich muß ich noch die Erzählungen Thomas Mofololos' erwähnen, die mir tiefverwurzelte afrikanische Sitten erhellten, nicht zuletzt, was die Geisterwelt angeht.

Es gibt noch viele andere, deren persönliche Kenntnisse und

Erfahrungen wichtig waren. Ich danke ihnen allen, ohne ihre Namen zu nennen.

›Die weiße Löwin‹ ist ein Roman. Das bedeutet, daß Personen und Ortsbezeichnungen nicht immer authentisch sind.

Für die Schlußfolgerungen, wie auch für den Text insgesamt, bin allein ich verantwortlich. Sie sollten niemandem, genannt oder ungenannt, angelastet werden.

Maputo, Moçambique, 1. Juni 1993
Henning Mankell

Henning Mankell im dtv

»Mankell liest man nicht, man trinkt ihn – in einem einzigen
Schluck, ohne abzusetzen, in blinder, weltvergessener Gier.«
Jürgen Seeger im Bayerischen Rundfunk

Mörder ohne Gesicht
Roman · dtv 20232
Wallanders erster Fall

Ein altes Bauernpaar ist auf
seinem Hof in der Nähe
von Ystad brutal ermordet
worden. Das Motiv der Tat
liegt völlig im Dunkeln –
Kommissar Wallander
ermittelt.

Hunde von Riga
Roman · dtv 20294
Wallanders zweiter Fall

Die Ermittlungen führen
Kommissar Wallander
diesmal nach Osteuropa.
Immer tiefer gerät er hinein in ein gefährliches Netz
unsichtbarer Mächte, in
dem er nicht nur seinen
Glauben an die Gerechtig-
keit verliert, sondern fast
noch sein Leben läßt.

Die weiße Löwin
Roman · dtv 20150
Wallanders dritter Fall

Kommissar Wallander
steht vor einem der kom-
pliziertesten Fälle seiner
Karriere. Alles beginnt mit
dem spurlosen Verschwin-
den einer Immobilien-
maklerin – doch schon
bald ist klar: hier geht es
um ein teuflisches
Komplott von internatio-
nalen Dimensionen.

Die falsche Fährte
Roman · dtv 20420
Wallanders fünfter Fall

Der Selbstmord eines jun-
gen Mädchens ist nur der
Auftakt zu einer dramati-
schen Jagd nach einem
Serienkiller.

Die fünfte Frau
Roman · dtv 20366
Wallanders sechster Fall

Die Opfer dieser besonders
grausamen Mordserie
waren allesamt harmlose
Bürger. Warum verfolgt
der Mörder seine Opfer
mit so brutaler Gewalt?

Jostein Gaarder im dtv

»Geboren zu werden bedeutet, daß wir die ganze Welt geschenkt bekommen.«
Jostein Gaarder

Das Kartengeheimnis
dtv 12500
Vater und Sohn brechen auf zu einer Reise nach Griechenland. Kaum aber erreichen sie die Alpen, gelangen sie in den Besitz dieses winzigen Büchleins mit der irrwitzigen Geschichte von einer magischen Insel … Die Geschichte einer dreifachen Reise: einer wirklichen nach Griechenland, einer phantastischen auf eine magische Insel und einer gedanklichen in die Philosophie.

Sofies Welt
Roman über die Geschichte der Philosophie
dtv 12555
Mysteriöse Briefe landen im Briefkasten der 15jährigen Sofie. Was sollen diese Fragen: »Wer bist du?« oder: »Woher kommt die Welt?« Die Briefe entführen sie in die abenteuerliche und geheimnisvolle Gedankenwelt der großen Philosophen. – Der Roman, mit dem Gaarder Weltruhm erlangte.

Das Leben ist kurz
Vita brevis · dtv 12711
Die Geschichte der Liebe zwischen Floria und dem berühmten Kirchenvater Augustinus.

Der seltene Vogel
Erzählungen · dtv 24111
Zehn Erzählungen und Kurztexte, in denen Grenzen überschritten werden: zwischen Realität und Traum, Zeit und Unendlichkeit, Leben und Tod. Spielerisch nähert Gaarder sich den großen Fragen des Lebens und ermuntert den Leser, selbst Fragen nach dem Dasein zu stellen.

Durch einen Spiegel, in einem dunklen Wort
dtv 12917 und dtv 62033
»Sie hatte die Flurtür offenstehen lassen. Die Weihnachtsdüfte schwebten aus dem Erdgeschoß zu Cecilie hinauf.« Ein unendlicher Kosmos tut sich der kranken Cecilie auf, als der Engel Ariel an Weihnachten mit ihr über die Schöpfung spricht.

Michael Ondaatje im dtv

»Das kann Ondaatje wie nur wenige andere:
den Dingen ihre Melodie entlocken.«
Michael Althen in der ›Süddeutschen Zeitung‹

In der Haut eines Löwen
Roman
dtv 11742
Kanada in den zwanziger
und dreißiger Jahren. Ein
Land im Aufbruch, wo
mutige Männer und Frauen
gefragt sind, die zupacken
können und ihre Seele in
die Haut eines Löwen
gehüllt haben. »Ebenso
spannend wie kompliziert,
wunderbar leicht und
höchst erotisch.«
(Wolfgang Höbel in der
›Süddeutschen Zeitung‹)

Der englische Patient
Roman · dtv 12131
1945, in den letzten Tagen
des Krieges. Vier Men-
schen finden in einer tos-
kanischen Villa Zuflucht.
Im Zentrum steht der
geheimnisvolle »englische
Patient«, ein Flieger, der in
Nordafrika abgeschossen
wurde…»Ein exotischer,
unerhört inspirierter
Roman der Leidenschaft.
Ich kenne kein Buch von
ähnlicher Eleganz.«
(Richard Ford)

Buddy Boldens Blues
Roman
dtv 12333
Er war der beste, lauteste
und meistgeliebte Jazz-
musiker seiner Zeit: der
Kornettist Buddy Bolden,
der Mann, von dem es
heißt, er habe den Jazz
erfunden.

Es liegt in der Familie
dtv 12425
Die Roaring Twenties auf
Ceylon. Erinnerungen an
das exzentrische Leben,
dem sich die Mitglieder der
Großfamilie Ondaatje hin-
gaben, eine trinkfreudige,
lebenslustige Gesell-
schaft…

Die gesammelten Werke
von Billy the Kid
dtv 12662
Die größte Legende des
Wilden Westens – Lieb-
haber und Killer, ein halbes
Kind noch und stets dem
Tode nah: in ihm vereinig-
ten sich die Romantik und
die Gewalttätigkeit dieser
Zeit.